Les révolutions
d'Amérique
latine

Du même auteur

Un siècle de capitalisme minier au Chili
1830-1930
Éditions du CNRS, 1980

Auguste César Sandino, ou l'Envers d'un mythe
Éditions du CNRS, 1988

Nicaragua : les contradictions du sandinisme
Presses du CNRS, 1988

L'Amérique latine de 1830 à nos jours
Hachette, 2001

Pierre Vayssière

Les révolutions d'Amérique latine

Nouvelle édition revue et complétée

Éditions du Seuil

COLLECTION « POINTS HISTOIRE »
FONDÉE PAR MICHEL WINOCK
DIRIGÉE PAR RICHARD FIGUIER

ISBN 2-02-052886-X
(ISBN 2-02-013458-6, 1ʳᵉ publication poche)

© Éditions du Seuil, septembre 1991, novembre 2001

www.seuil.com

Avant-propos

Comment peut-on, aujourd'hui, s'intéresser à l'histoire des révolutions d'Amérique latine ? Sans vouloir chercher à justifier notre démarche, il est néanmoins possible d'avancer un certain nombre d'arguments en faveur de ce travail :

— d'une part, il n'existe — à notre connaissance — aucune synthèse en langue française sur ce sujet, habituellement traité sous la forme de monographies, en raison d'un critère qui voudrait que ces mouvements révolutionnaires soient « déconnectés » les uns des autres. Il s'agit pourtant d'un même continent, partiellement homogénéisé par quatre siècles de colonisation ibérique, pratiquant des langues romanes et une même religion ; gageons que cet héritage a aussi façonné certains comportements politiques...

— d'autre part, chacun peut observer aujourd'hui un reflux de l'idéal et de l'engagement « révolutionnaires ». La crise du socialisme réel à Cuba et au Nicaragua semble accélérer le cours du temps, et déchirer le voile idéologique qui recouvrait des réalités triviales ; les passions s'émoussent, les perspectives s'élargissent, et l'observateur peut prendre un certain recul face à cette actualité immédiate qui semble se figer dans le musée de l'histoire ;

— l'intérêt des Européens pour l'Amérique latine, enfin, s'est rarement démenti. Cinq siècles après sa découverte, ce continent si proche de la culture européenne, et pourtant si différent, reste encore à découvrir. Fascinés que nous sommes par cette différence exotique, nous faisons souvent preuve d'une demi-cécité dans le domaine du politique, en projetant un peu trop facilement nos idéaux démocratiques. L'écrivain péruvien Mario Vargas Llosa rappelait que « dans les pays occidentaux... les stéréotypes [sur l'Amérique latine] prennent le pas sur l'exposé des réalités... » (*Le Débat*, nº 46, 1987). Plus récemment, Jeannine Verdès-Leroux a magistralement démontré l'aveuglement et la naïveté des intellectuels français face au régime castriste, trop souvent perçu comme le modèle idéal d'un combat entre les « bons » et les « méchants » (*La Lune et le Caudillo*, 1989).

Dans cet ouvrage, nous avons essayé de ne pas céder à la tentation des simplifications abusives ou aux certitudes de la langue de bois ; malgré son déclin, l'utopie révolutionnaire relève encore d'une histoire « chaude » fondée sur l'empathie, c'est-à-dire sur la compréhension de l'intentionnalité des acteurs. Nous nous sommes attaché à replacer ces mouvements dans leur continuité temporelle et dialectique, celle d'une tradition multiséculaire de la révolte et de l'autoritarisme, qui perturbent fréquemment les avancées de la démocratie.

A la recherche d'un concept perdu

Pendant près de deux siècles, la révolution fut perçue comme le moteur de l'histoire. On s'est battu pour elle ou on l'a combattue. Porteuse d'espoirs ou de désillusions, tour à tour fascinante et menaçante, elle fut aussi l'alibi de bien des ambitions personnelles. Beaucoup l'ont personnifiée, sanctifiée, idéalisée, à l'image de ce très vieux paysan mexicain qui, soixante ans après les événements de 1910, déclarait : « La Révolution, elle, n'a pas failli, mais ce sont les hommes, parce qu'ils sont trop humains [1]... »

Pour certains auteurs en quête d'absolu, l'engagement révolutionnaire implique un idéal de perfection, sous peine de n'en être qu'une caricature : « Toute révolution digne de ce nom, écrit Hans Werner Tobler, se doit d'avoir pour objectif la recherche d'une démocratie authentique, de la justice sociale, de l'indépendance économique [2]... » Cette quête d'un modèle idéal risque fort d'invalider l'ensemble des mouvements révolutionnaires, car il n'a jamais existé dans le monde réel un seul exemple de révolution « parfaite » ou « authentique » ; c'est tout au plus un objectif à atteindre, au pire une utopie...

Le recours aux dictionnaires permet-il de mieux cerner les réalités cachées derrière ce mot magique ? Son usage, qui remonte au XIIe siècle, s'est chargé, avec le temps, de sens variables, et parfois contradictoires, qui dépendent de la langue et de la culture, et qui rendent vaine tout tentative d'homogénéisation [3]. Le même terme a désigné des événements aussi divers que le mouvement de 1688 en Angleterre, ceux de 1789 en France, de 1917 en Russie ou de 1948-1949 en Chine ; gageons pourtant qu'entre toutes ces « révolutions » les différences étaient au moins aussi importantes que les ressemblances.

Peu de mots du vocabulaire politique présentent autant de signes dialectiquement contradictoires : la révolution renvoie aussi bien au passé qu'au futur, à la destruction qu'à la reconstruction, au temps court qu'au temps long, à l'utopie qu'à la politique, à la folie qu'à la raison. Après avoir connu une véritable inflation pendant près de deux siècles, le mot s'est finalement banalisé, sous l'effet cumulé des explosions sociales ratées ou dévoyées. La victoire bolchevique de 1917 avait légitimé le double sens marxiste de mutation radicale des structures et de passage à un État socialiste, mais l'effondrement des systèmes collectivistes auquel nous assistons peut avoir pour conséquence de le dévaloriser totalement — aujourd'hui, les publicitaires n'hésitent plus à parler d'une voiture ou d'une lessive « révolutionnaires »...

Un mot-piège du dictionnaire

Peut-on seulement se fier à la lexicologie pour définir ce qu'on appelle en Amérique latine une révolution ? Certes, ces outils conceptuels que sont les dictionnaires ont le mérite de proposer une palette de sens qui devrait *a priori* rendre plus intelligible le fatras des innombrables mouvements baptisés « révolutions » latino-américaines. Mais la méthode n'est pas aussi sûre qu'il y paraît, dans la mesure où elle s'appuie sur des définitions universelles qui, bien que datées par l'âge même du dictionnaire, se contentent souvent de reproduire l'usage, dans une temporalité floue qui déconnecte la réalité observée du moment précis de son observation. Autre défaut regrettable : la polysémie du mot reflète presque toujours les points de vue — et parfois les préjugés — d'une nation ou d'une culture ; sur ce point, les critères d'un dictionnaire français ne sont pas toujours l'outil le mieux approprié pour décider de la nature d'un mouvement politique ou social de l'Amérique latine. De même, une encyclopédie éditée à Madrid ou à Barcelone aurait tendance à reproduire le point de vue des Espagnols, sur la réalité de tel ou tel pays d'Amérique du Sud, ignorant superbement la perception des événements outre-Atlantique... Il faut donc admettre que l'approche lexicologique ne permet, tout au plus, que de poser une problématique générale, sans jamais prétendre épuiser la diversité historique.

Il est bien connu qu'en France la conception dominante du phénomène révolutionnaire reste liée à nos visions passées et présentes de la « Grande Révolution » ; de François Guizot à François Furet, nous n'en finissons pas de nous interroger sur ce mythe fondateur de notre république — et peut-être de notre démocratie. Le récent bicentenaire a bien montré que 1789 n'est pas encore un objet historique totalement froid, non seulement pour le grand public, mais aussi pour les spécialistes. Paradoxalement, il semble même que cette révolution démocratique ait été réhabilitée par l'effondrement récent des sociétés socialistes, qui avaient pourtant, naguère, contribué à en dévaloriser l'image. Les unes et les autres — la « jacobine » et les « socialistes » — eurent cette prétention commune de vouloir apparaître comme des modèles universels, l'une dans l'ordre du politique et les autres dans le domaine socio-économique. Cette vision radicale transparaît encore dans les dictionnaires français contemporains. Le Robert (éd. de 1970) définit la révolution comme « un changement brusque et important dans l'ordre social, moral... », ou bien encore comme « une insurrection » qui s'accompagne de « changements profonds (politiques, économiques et sociaux) dans la société ». Le Larousse français (dans sa version *Lexis* de 1977) reprend ces deux acceptions, mais en inversant l'ordre d'entrée : la révolution est, d'abord : « le renversement brusque et violent d'un régime politique, qui amène de profondes transformations dans les institutions d'une nation » ; elle peut être aussi « un changement important dans l'ordre économique, social, moral d'une société » — par exemple, la révolution industrielle. Les dictionnaires français ont donc en commun une approche éminemment structurelle du fait révolutionnaire : ne sont dignes de figurer sous ce label que les mutations profondes et irréversibles qui ont bouleversé une société.

La recension d'une vingtaine de dictionnaires et d'encyclopédies ibéro-américains suggère une perception plus diversifiée et moins radicale du mot « révolution ». Presque toujours, ces ouvrages commencent par évoquer des définitions qui appartiennent au domaine des sciences exactes, astronomie et mécanique : dans le premier cas, la « révolution » est connotée au mouvement orbital d'un astre, dans sa courbe circulaire ou elliptique, et, dans le second, au mouvement circulaire d'un objet autour d'un axe. Sur un plan métaphorique, la « révolution » politique ou sociale renvoie ainsi au mythe du retour, de l'« éternel retour », dans une dialectique du nécessaire désordre de l'ordre ancien, annonciateur d'un ordre nouveau...

Dans leur approche sociopolitique du concept « révolution », les dictionnaires ibéro-américains reproduisent, avec une redondance un peu caricaturale, une typologie sommaire de sens reçus, dont la seule diversité tient à leur ordre d'entrée. Cet échantillon déjà représentatif[4] permet d'esquisser une modélisation provisoire comprenant quatre « états révolutionnaires » possibles.

Au premier degré figurent les simples « tumultes », « soulèvements populaires » et autres « séditions », dont le *Dictionnaire de l'usage de l'espagnol* de Maria Moliner (éd. de 1988) offre toute une palette de synonymes : « fronde », « rébellion », « soulèvement », « commotion », « secousse », « désordre », « agitation », « tumulte », « émeute »... Ce qui, dans l'usage français, n'apparaît pas vraiment digne de figurer dans l'inventaire d'une « révolution » — tout au plus dans celui d'une révolte — occupe chez les auteurs ibéro-américains la première place, la plus fréquente, la plus ordinaire, nous suggérant peut-être que ce type de mouvement appartient totalement à la phénoménologie de l'histoire latino-américaine : il s'agit, toujours selon Maria Moliner, d'« une altération grave, étendue et durable de l'ordre public, en vue d'en changer le régime politique ». Ce type de mouvement implique le recours à la violence armée, l'effet de surprise et la rapidité de l'action, l'intense agitation de la rue qui résonne de cris et de fureurs ; il suscite toujours de l'inquiétude, et même parfois de l'angoisse. Certes, nous n'apprenons pas grand-chose sur les acteurs, foule anonyme, sauf s'il s'agit de militaires — on parlera alors de « sédition », de « soulèvement », de « rébellion », de « coup d'État », de *pronunciamiento*, de *golpe* et même, en reprenant un mot allemand apparu en 1925, de *putsch*. On sait aussi que ce type de violence se déroule dans un temps très ramassé, quelques jours, tout au plus quelques semaines, car de sa rapidité dépend sa réussite ou son échec. La féministe Flora Tristan, qui a fait un long séjour au Pérou au lendemain de son indépendance, a laissé un vivant témoignage sur ce premier genre de mouvement « révolutionnaire » : « Il me serait difficile, écrit-elle dans *Les Pérégrinations d'une paria*, d'exposer à mes lecteurs les causes de la révolution qui éclata à Lima en janvier 1834, et des guerres civiles qui en furent la suite. Je n'ai jamais pu comprendre comment les trois prétendants à la présidence pouvaient fonder leurs droits aux yeux de leurs partisans... En résumé, voici ce que j'ai pu saisir. La présidente Gamarra, voyant qu'elle ne pouvait plus maintenir son mari au pouvoir, fit porter par ses partisans comme candidat Bermudez, une de ses créatures, et il fut élu président. Ses antagonistes alléguèrent, je ne sais pour quelles raisons, que la nomination de Bermudez était nulle, et, de leur côté, ils nommèrent Orbegoso. Alors les troubles éclatèrent. Je me rappelle que, le jour où la nouvelle en arriva de Lima, j'étais malade et couchée sur mon lit. Tout à coup, Emmanuel se précipite dans la chambre avec un air effaré et nous dit : "Vous ne savez pas ce qui se passe ? Le courrier vient d''apporter la nouvelle qu'il y a une affreuse révolution à Lima ! Un massacre épouvantable ! On en a été tellement révolté ici [à Arequipa] qu'il vient de se faire spontanément un mouvement général. Tout le peuple est rassemblé sur la place de la cathédrale[5]..." » La « révolution » dont il est ici question s'apparente à une guerre civile déclenchée par quelques généraux ambitieux, déterminés à mettre le pays à feu et à sang pour prendre le pouvoir ou pour le garder. Nous verrons que l'histoire latino-américaine abonde en dictateurs et autres caudillos qui ont jeté leur pays dans de graves convulsions par ambition personnelle. La pratique des « séditions », « émeutes » et autres « révoltes » était était si banale en Amérique latine qu'elle avait inspiré, dans le langage populaire, une série de synonymes, tous dérivés du mot « révolution » : *revoluta, revoluti, revolutis, revolución, revolufía*, employés dans le sens parodique de « désordre », « panique », « confusion »...

A un second niveau, ce mot si galvaudé peut prendre une connotation plus politique, désignant alors « un changement brusque et violent dans les institutions politiques d'une nation » (*Diccionario de la lengua española de la Real Academia*, éd. de 1970). Ici, l'insurrection devient accessoire par rapport à son résultat, un changement politique radical arraché par la force. Nous franchissons un autre degré si, partant d'une simple mutation « institutionnelle », on arrive à celle de « la forme de l'État ou du gouvernement des choses », comme, par exemple, le passage de l'état de colonie à celui de pays indépendant, de la monarchie à la dictature, ou de la dictature à la démocratie (Real Academia). Reste, enfin, un troisième niveau de sens,

plus général, qui désigne « un changement très radical intervenant dans n'importe quel domaine » ; on parlera alors de
révolution économique, culturelle, musicale, culinaire. Dispa-
raissent ici les connotations de rapidité ou de violence, au profit
de l'idée d'une mutation lente mais irréversible de la société.

De cette confrontation des dictionnaires il ressort que la
conception hispanique étend l'emploi du mot « révolution » aux
révoltes violentes, à condition toutefois qu'elles aient pour objectif la prise du pouvoir — dans cette perspective, les jacqueries
ou les agitations ouvrières déconnectées de tout projet politique
n'appartiendraient pas à cette catégorie « noble » *stricto sensu*,
pour ne relever que de la simple « révolte »...

Si l'on veut tenir compte de la spécificité de l'aire culturelle
latino-américaine, on doit donc adopter cette définition élargie
du mot. On peut aussi admettre qu'il n'est guère possible,
ni même souhaitable, de chercher « une » vérité définitive du
concept ; chaque génération a donné au mot « révolution » un
sens prédominant, qui ne correspond plus nécessairement au
nôtre. L'accélération de l'histoire immédiate confirme d'ailleurs
l'hypothèse qu'il n'existe plus en cette fin du XXe siècle une
seule définition correcte et « scientifique » du mot « révolution » ;
elle rend toute prétention théorique aléatoire.

De la préhistoire révolutionnaire
aux révolutions marxistes

La forte instabilité sémantique du concept de « révolution » inci-
te à refuser toute censure langagière qui risquerait d'en exclure des
versions réputées « marginales » ou illégitimes. Nous devons, au
contraire, prendre en compte l'extrême diversité des situations
historiques vécues par les acteurs comme authentiquement « révolutionnaires ». A la recommandation du linguiste Alain Rey :
« Observer le mot dans ses usages », nous pourrions ajouter celle-
ci : « Observer chaque situation révolutionnaire dans sa double
spécificité, diachronique et géographique. »

Dans la perspective du temps long, on dégagera une première
coupure significative, celle qui sépare le temps des révolutions

traditionnelles de celui des révolutions imprégnées d'idéologie socialisante, marxiste et anti-impérialiste. Pour certains, les premières — qui n'avaient aucune prétention à bouleverser radicalement la société — appartiendraient à une sorte de « préhistoire » des temps révolutionnaires. Ainsi, les révolutions d'indépendance de l'Amérique hispanique (1810-1826) semblent s'inscrire dans le sillage des trois grandes révolutions « atlantiques » — pour reprendre l'expression des historiens J. Godechot et R.R. Palmer —, celle de 1688 en Angleterre, où une dynastie en remplace une autre ; celle de 1776, où les treize colonies anglaises d'Amérique brisent le lien colonial d'avec la métropole, celle de 1789-1792 en France, où un monarque est décapité et une république bourgeoise instaurée.

A cette rubrique des révolutions « traditionnelles » il faudra rattacher un ensemble de mouvements que les Européens préfèrent intégrer dans la catégorie des « coups d'État », des rébellions ou des révoltes, parce qu'ils ne sont plus perçus par notre modernité occidentale que comme des actions archaïques, violentes et irrationnelles. Les éliminer de notre champ eût été, cependant, une erreur de perspective : les révoltes populaires, les révolutions de palais ou les insurrections militaires ont fait partie de la quotidienneté latino-américaine jusqu'à une époque très récente. On peut même se demander si les « guerres révolutionnaires » marxistes des années 1960 ne s'inspirèrent pas, au niveau de la tactique, des guérillas anciennes. La révolution mexicaine (1910-1920), dont l'impact psychologique a été grand jusqu'au début des années 1950, appartient encore à cet univers archaïque et magique des sociétés anciennes. Bien que porteuse d'un projet de réforme agraire, elle n'a jamais pris la forme d'une révolution sociale radicale ; à sept ans seulement de la grande révolution russe, ses acteurs visibles — les Indiens ou les paysans sans terre — semblaient n'avoir qu'un seul objectif : retourner à l'âge d'or de leurs communautés primitives ; quant aux acteurs efficients, les politiciens et les militaires, ils n'avaient qu'une seule ambition : prendre la place du dictateur déchu.

Le triomphe de la révolution cubaine, en janvier 1959, représente une coupure fondamentale dans l'histoire de l'Amérique latine au XXe siècle. Certes, on pouvait déjà trouver auparavant des projets de révolution totale, chez les anarchistes avant 1915, ou chez les socialistes avant 1930 ; mais ces utopies radicales ne concernaient que quelques groupuscules, qui ne furent jamais en condition de prendre le pouvoir. La véritable « révolution dans la révolution » n'apparaît qu'à la fin des années 1950, portée par l'insolente réussite de Fidel Castro. Et pourtant, il ne faudrait pas oublier qu'elle fut l'aboutissement d'une insurrection du peuple tout entier, avant de se transformer, deux ans plus tard, en un projet radical de révolution socialiste, vrai défi lancé à l'empire américain. Elle introduisait pour la première fois en Amérique latine une eschatologie socialiste de l'Histoire. Bientôt, le modèle cubain deviendrait la référence obligée de toutes les « guerres révolutionnaires » aux quatre coins du continent : guérillas guévaristes des années 1960, « guerres populaires prolongées » des années 1980. Après quelques années de doute au début des années 1970, le socialisme se remettait à croire en son destin après le « triomphe » de la révolution nicaraguayenne en 1979, une autre révolte populaire vite confisquée par une minorité. Au cours de la dernière décennie, le vent de l'Histoire semble souffler, une fois encore, à contre-courant : l'effondrement du régime socialisant de l'île de Grenade, miné de l'intérieur et abattu par l'intervention des *marines* (1983), les soubresauts de la guerre civile au Nicaragua et les difficultés récentes du régime cubain introduisent un doute métaphysique sur le prétendu sens de l'Histoire socialiste : à l'exception de Cuba et du Nicaragua, deux modestes dictatures de la Méso-Amérique, les autres grands États continentaux de l'Amérique ibérique n'ont pas été ébranlés par les projets révolutionnaires...

Une spécificité latino-américaine de la révolution ?

Une épure conceptuelle est-elle, malgré tout, possible ? Peut-on rassembler les traits épars et contradictoires des expériences révolutionnaires observées ici ou là pour tenter de dégager une spécificité latino-américaine, qui contribuerait à éclairer l'anthropologie politique du sous-continent ? A titre provisoire, on peut avancer quelques hypothèses de travail :

Dans sa phénoménologie ordinaire, l'acte révolutionnaire

apparaît d'abord comme une tentative, réussie ou avortée, de renversement du pouvoir en place. Cette définition minimale correspond non seulement à la quasi-totalité des révoltes « mineures », mais encore aux quatre « grandes révolutions » qui ont marqué l'histoire du continent : indépendances, révolutions mexicaine, cubaine et nicaraguayenne. Cette approche sera peut-être contestée par les historiens « révisionnistes », ceux du moins qui considèrent que l'épiphénomène de la violence armée ne prend son « vrai » sens que si on le replace dans un « temps long » qui l'enveloppe et qui l'éclaire. Loin de nous l'idée de repousser l'hypothèse selon laquelle toute révolution est enracinée dans un passé qui la porte en germe. Mais nous avons également pris conscience que chaque action révolutionnaire marque profondément la psychologie des peuples, qui reconstruisent leur imaginaire social dans une dualité de l'« avant » et de l'« après ». Telle une opération chirurgicale, chaque révolution politique sécrète un trauma collectif plus ou moins durable dans l'identité nationale ; même l'exécution d'un tyran ou d'un roi — surtout si elle est spectaculaire — continue d'exercer une fascination morbide. Si la suppression brutale d'un système politique peut créer dans la population un choc psychologique qui met du temps à s'effacer, l'adoption précipitée et coercitive d'institutions ou de structures socio-économiques nouvelles n'en implique pas moins un effort collectif d'adaptation qui peut aussi se révéler traumatisant, tant il est vrai que les populations restent, au fond d'elles-mêmes, profondément conservatrices.

Tout drame révolutionnaire implique une unité de temps et d'action, sinon de lieu ; il s'inscrit dans la contingence de l'inconnu, dans le précaire et le fugitif. Apprenti sorcier du changement, le révolutionnaire est un homme pressé qui veut accélérer l'histoire ou infléchir son cours, obsédé qu'il est par la fuite du temps, et sans doute aussi par sa propre mort. C'est donc par un abus de langage qu'on a pu parler d'une révolution « institutionnalisée » au Mexique, ou de la « défense de la révolution » à Cuba. Dès que le renversement du régime ancien est effectif et que les nouvelles structures politiques ou économiques sont en place, il faut admettre que la révolution est en passe d'amorcer son dépérissement : ce qui suit risque fort, en effet, de ressembler à une guerre civile pour le contrôle du pouvoir — ce fut le cas de la révolution mexicaine entre 1911 et 1920. L'enracinement des vainqueurs et la pérennisation des nouveaux maîtres, habituellement justifiés par une prétendue « consolidation » de la révolution, ne semblent guère compatibles avec l'authenticité de l'esprit de révolte ni avec la créativité de l'engagement révolutionnaire, par essence fugitif.

Agir vite, mais également dans la violence. Le militant est un fanatique qui croit à la force de ses idées, de ses slogans et (surtout) de ses armes. C'est seulement par antiphrase qu'on parle de révolutions « tranquilles », « silencieuses » ou « de velours », comme pour en signaler le caractère exceptionnel et paradoxal. Car toute révolution qu'on a pu observer sur le sol américain implique bien le recours à la violence, et aboutit souvent au chaos. Le prix à payer est toujours exorbitant, car il implique le renversement des institutions, la destruction des biens et la mort des hommes, quelques dizaines de leaders ou quelques milliers — voire dizaines de milliers — de gens anonymes : la violence révolutionnaire apparaît alors comme un rite sacrificiel, une catharsis de purification. Dans l'histoire contemporaine de l'Amérique latine, les révolutions sans effusion de sang furent rarissimes ; elles correspondent à quelques rébellions militaires, qui n'ont pas rencontré de résistance.

Si le temps d'une révolution est un ouragan dévastateur, mêlant inextricablement le politique et le sacré, son temps d'incubation est beaucoup plus difficile à déterminer. A l'exemple de Tocqueville recherchant dans l'histoire féodale de la France les causes de la déflagration de 1789 (*L'Ancien Régime et la Révolution*, 1856), les historiens ont toujours tendance à remonter loin vers l'« amont » pour essayer de capter les origines lointaines d'une révolte ; ainsi a-t-on pu écrire que l'insurrection de Zapata au Mexique en mars 1911 représentait « l'amertume de quatre siècles », ou que l'anti-impérialisme d'un Fidel Castro était le fruit d'un siècle de colonisation économique de Cuba par les États-Unis. Bien que ces observations ne soient pas fausses, elles n'apportent aucun éclairage supplémentaire sur le *timing* d'une révolution ; même en cumulant toutes les doléances d'un peuple, on ne parvient guère à « expliquer » rationnellement ni le moment de l'explosion, ni son déroulement chaotique, ni même son issue, souvent déroutante par rapport aux objectifs annoncés : la phénoménologie de chaque révolution, proprement unique, est imprévisible, fruit de multiples circonstances qui échappent à la logique « expérimentale ».

PREMIÈRE PARTIE

Les révolutions traditionnelles
1810-1950

Pendant près d'un siècle et demi, l'Amérique latine a été ébranlée par des insurrections de toutes sortes ; cette chronique fastidieuse de la révolte ordinaire constitue une véritable contre-histoire que l'idéologie officielle a cherché à minimiser par rapport à l'histoire « légitime » des institutions ou des mutations socio-économiques. Ces explosions sociales et politiques s'intègrent dans une dialectique permanente de l'ordre et du désordre, qui s'établit en faux contre l'illusion d'une philosophie du progrès ; elles suggèrent, à l'inverse, que la démocratie à l'occidentale fut une greffe artificielle, mal enracinée dans ces sociétés figées, où la violence héritée de l'époque coloniale constituait la seule forme de légitimation politique.

La confrontation de ces divers mouvements permet de dégager quelques traits plus ou moins constants :

— dans leur immense majorité, ces révolutions apparaissent, d'abord, comme d'âpres guerres intestines, plus ou moins longues, mais toujours intenses. Les guerres de l'indépendance ont duré, selon les pays, de dix à quinze ans ; la révolution mexicaine a enflammé le pays pendant près d'une décennie. La Colombie fut déchirée par deux guerres civiles particulièrement meurtrières : la guerre des Mille Jours (1898-1901), et la Violence (1948-1953). La révolution paysanne-nationaliste du Nicaragua dirigée par Augusto Sandino a duré près de sept années, de 1926 à 1933. Même lorsqu'elles se déroulaient sur des laps de temps plus brefs, les innombrables guerres civiles et autres insurrections qui ont déchiré le tissu social latino-américain ne présentent guère de justifications convaincantes au seul examen des motifs apparents qui les avaient déclenchées, comme si ces débordements de toute sorte exprimaient des haines inexpiables ou des défoulements collectifs : la révolution apparaît alors comme l'expression d'un irrationnel qui déborde le champ du politique proprement dit ;

— les principaux acteurs de ces violences sociales sont les paysans ou les Indiens. Ils se révoltent lorsque les grands propriétaires ou l'État ont élimé leur infinie patience. Mais les jacqueries sont matées dans le sang, et l'État finit toujours par prendre le dessus. Au Mexique, la révolution agraire a largement occulté la révolution politique qui l'accompagnait — et qui se révéla, en fin de compte, plus importante pour l'avenir du pays. Ces mouvements agraires violents avaient presque toujours un objectif modéré, et finalement conservateur : la récupération des terres ancestrales détournées par la spéculation. Mais la poussée de la demande foncière induite par la révolution agricole fut plus forte que les aspirations légitimes des communautés paysannes, et les réformes agraires alibis n'ont réellement cherché qu'à désamorcer les mécontentements sociaux, sans résoudre pour autant le problème de fond que constituait l'appropriation collective des terres ;

— l'autre force dominante de ce premier cycle révolutionnaire est représentée par l'armée. Les militaires furent omniprésents en politique, d'abord à titre individuel, tout au long du XIXe siècle — c'est le temps maudit du caudillisme. A partir de 1920, les castes militaires s'immiscent dans la politique au fur et à mesure qu'elles élargissent leur recrutement aux classes moyennes urbaines. Cette ouverture sociologique pourrait rendre compte de l'ambiguïté d'un grand nombre de révolutions militaires dont la coloration idéologique n'est plus systématiquement conservatrice ; on a même vu certaines armées latino-américaines favoriser l'instauration de régimes populistes, à la fin des années 1930 ;

— les grands absents de ces révolutions traditionnelles restent les ouvriers. Voilà qui ne saurait surprendre, compte tenu de leur faible représentation dans la société latino-américaine. Jamais les courants anarchistes et socialistes — encore moins communistes — n'ont été en mesure d'ébranler les « démocraties oligarchiques » : les grèves restaient catégorielles et dispersées, et la répression toujours impitoyable. On a même observé, dans le cas mexicain, une trahison de classe, la minorité ouvrière urbanisée s'associant à la bourgeoisie pour écraser la paysannerie...

Si toutes ces explosions sociales et politiques ont presque

toujours échoué dans leurs objectifs pratiques, elles laissèrent néanmoins des traces durables dans les mentalités — le propre des révolutions de tous les pays et de tous les temps n'est-il pas, d'abord, de soulever des espérances ? Certaines furent à l'origine de mythes indianistes dans les Andes. Les guerres d'indépendance ont nourri des rêves d'intégration nationale, à une époque où les nations latino-américaines n'existaient pas encore et où les nouveaux États restaient strictement contrôlés par des oligarchies. La révolution mexicaine a produit un discours sur la « mexicanité » et l'unité nationale, en contradiction réelle avec la réalité sociale et culturelle de ce pays. L'explosion rurale du Mexique fut même à l'origine d'une grande espérance dans le reste du continent, où le modèle de la réforme agraire, pourtant nettement individualiste et faiblement productiviste, apparut pendant quelque temps comme une solution possible à la question foncière. La politique nationaliste du président mexicain Lázaro Cárdenas (1934-1940) a pu même donner aux autres États latino-américains le sentiment qu'une lutte efficace pouvait être engagée contre l'impérialisme des États-Unis. Mais ces espoirs entrevus ont été vite dissipés par le blocage du Mexique, empêtré dans son immobilisme idéologique et menacé d'explosion démographique : dès 1950, le modèle de la révolution mexicaine avait fait long feu.

1

Les révolutions d'indépendance

> L'histoire des colonies modernes ne présente
> que deux événements mémorables, leur fonda-
> tion et leur séparation de la mère patrie.
>
> Alexandre de Humboldt

Le temps des indépendances (1810-1830) apparaît encore aujourd'hui comme le vrai mythe fondateur des nations latino-américaines ; on en voudrait pour preuve la part disproportionnée de la littérature historique qui lui a été consacrée. Si presque tout semble avoir été dit sur les « précurseurs », les « libéra-teurs » ou les batailles de ces révolutions, en revanche, leurs prétendues « causes » ne semblent pas aussi mécaniques et déter-ministes que l'historiographie traditionnelle l'a prétendu. Une lecture serrée des événements tendrait, au contraire, à prouver que le sentiment patriotique des « Américains », pour réel qu'il fût au début du XIXe siècle, ne signifiait pas, pour autant, un réel désir d'indépendance, mais, tout au plus, un souhait de plus grande autonomie dans la gestion de leurs affaires. Seul, un événement imprévu — l'invasion de la péninsule Ibérique par Napoléon — accéléra la maturation du désir d'émancipation. Les longues guerres civiles qui s'ensuivirent ne furent pas sans effets sociopolitiques sur la société : après trois siècles d'immo-bilisme, l'Amérique ibérique amorça une réelle mutation sociale et raciale qui s'est poursuivie jusqu'à aujourd'hui.

Les tensions de la société coloniale et le recul international de l'Espagne

Le complexe d'infériorité de l'élite créole

Comment comprendre l'explosion de 1810 sans évoquer, fût-ce brièvement, le mécontentement réel des créoles — ces fils d'Espagnols nés sur le sol américain —, partagés entre un désir de plus grande autonomie vis-à-vis du pouvoir espagnol et une peur confuse face à la menace sociale que représentait la masse des « gens de couleur » ? Le premier signe visible de ce mécontentement était d'ordre économique. L'Espagne avait adopté en 1778 une nouvelle législation, dite du « commerce libre », afin de rétablir son antique monopole commercial, battu en brèche dans plusieurs provinces de l'empire par la contrebande anglaise. Mais l'ouverture des ports relança massivement l'importation de produits européens, ce qui entraîna un fort déséquilibre de la balance commerciale — compensé par des sorties illicites de métaux précieux — ainsi que de nombreuses faillites parmi les commerçants locaux, concurrencés par les grossistes espagnols [1].

Sur le plan politique, les 3 millions de créoles supportaient mal leur sujétion face à la minorité des Espagnols de souche, les vrais maîtres du pouvoir.

La population de l'Amérique espagnole, vers 1810-1820
(estimation en millions et en pourcentage)

Total	Espagnols	Créoles (blancs)	Métis et Mulâtres	Noirs	Indiens
16,91	0,150	3,126	5,328	0,776	7,530
100 %	0,9 %	18,4 %	31,5 %	4,6 %	44,5 %

D'après Alexandre de Humboldt, *Voyage dans l'Amérique equinoxiale*, P. Maspero/La Découverte, 1980 (1807-1834), t. II, p. 29.

Une importante vague d'immigrants cantabriques — gens de condition modeste, durs au travail et âpres au gain — avait déferlé sur l'Amérique à la fin du XVIIIe siècle, monopolisant les places. Dans sa *Lettre à un habitant de la Jamaïque*, datée de 1815, le Vénézuélien Simón Bolívar rappelait les doléances de la communauté créole : « Nous n'avons jamais été vice-rois ou gouverneurs, sauf dans des circonstances exceptionnelles ; rarement des archevêques et des évêques ; jamais des diplomates ; des soldats, certes, mais de rang inférieur ; des nobles aussi, mais sans privilèges ; jamais nous ne fûmes magistrats, ni financiers, et rarement des marchands. » Au début du XIXe siècle, l'arrogance des péninsulaires vis-à-vis des créoles était générale, si l'on se fie au jugement d'Alexandre de Humboldt : « L'Européen le plus misérable, sans instruction ni culture, se croit supérieur aux Blancs qui sont nés sur le Nouveau Continent... » Mais, de leur côté, les créoles cultivaient leur différence avec tout autant d'orgueil : « Les natifs préfèrent la dénomination d'"Américains" à celle de "créoles"... On entend souvent dire avec fierté : "Je ne suis point espagnol, je suis américain [2]...." »

Les « Américains » supportaient tout aussi mal le renforcement des contraintes administratives que l'Espagne avait imposées à son empire. Le comte d'Aranda, un ministre « éclairé » du roi Charles III (1759-1788), avait lancé un train de réformes qui visaient aussi bien à protéger les « Indes occidentales » des incursions étrangères qu'à se prémunir contre des risques de révoltes locales. Ainsi avaient été créées la vice-royauté de La Plata (en 1776) et une cinquantaine d'intendances à travers tout le continent. Mais ces dispositions furent perçues par les Blancs d'Amérique comme un renforcement de la centralisation coloniale. L'imposition de nouveaux monopoles fiscaux (tabac, cartes à jouer, papier timbré) fut dénoncée comme un alourdissement injustifié des impôts. Classe dominante sur le plan culturel, l'élite créole avait le sentiment de ne pouvoir gérer ses propres affaires.

Ces Blancs d'Amérique exprimaient volontiers leur attachement quasi atavique à la terre américaine, dont ils vantaient les richesses et la beauté. Les premiers journaux laissaient déjà percer des émotions patriotiques. Des expressions comme « patrie », « nation », « nous autres Américains » se multiplient dans *La Gaceta de Literatura* ou dans *El Mercurio Volante* de la Nouvelle-Espagne (Mexique). *El Telégrafo Mercantil* de Buenos Aires présente le Río de La Plata comme « le pays le plus riche du monde », et *El Mercurio Peruano* décrit en termes dithyrambiques les beautés de la province du Pérou. On retrouve le même chauvinisme patriotique sous la plume des écrivains de l'époque, du « Chilien » Manuel de Salas au « Néo-Grenadin » Francisco José de Caldas...

Les créoles reprochaient aussi à l'Espagne d'avoir expulsé les jésuites d'Amérique en 1767, ce qui avait laissé un grand vide dans le domaine de l'éducation. Circonstance aggravante : les membres de la Compagnie étaient en majorité des créoles — ainsi, sur 680 jésuites expulsés du Mexique, 450 étaient d'authentiques « Américains ». Condamnés à un pesant exil en Italie, sans espoir de retourner sur leur sol natal, ces bannis conservaient, encore trente ans plus tard, un grand prestige en Amérique. Leurs ouvrages sur l'Amérique espagnole, édités à Rome et aussitôt traduits, contribuaient à diffuser outre-Atlantique la connaissance et l'amour des « chères provinces », creusant ainsi le lit d'un certain nationalisme « américain » : au début du XIXe siècle, on lisait couramment en Amérique les ouvrages historiques du « Quiteñien » Velasco, du « Péruvien » Juan Pablo Vizcardo y Guzman, des « Chiliens » Lacunza, Molina, Gómez de Vidaurre, des « Mexicains » Alegre, Cavo, Clavigero... En 1789, le père Estebán de Arteaga, l'un des grands intellectuels de la Compagnie, lui-même exilé à Venise, avait fourni au « patriote » vénézuélien Francisco Miranda une liste de jésuites « américano-espagnols » exilés à Bologne. Selon Miguel Battlori, ces intellectuels jésuites auraient contribué, par leurs écrits, à diffuser sur le sol américain « un idéal régionaliste prénational » fondé sur la nostalgie du terroir [3]. Cette influence morale et intellectuelle d'un ordre religieux très attaché au pape fut parfois perçue comme une authentique conspiration montée contre la couronne d'Espagne ; avec les juifs et les francs-maçons, les jésuites servirent de boucs émissaires aux contempteurs du processus d'émancipation [4].

Cependant, à l'exception d'une poignée d'intellectuels — ceux que la religion nationaliste a, plus tard, baptisés *próceres* (personnages éminents) ou « précurseurs » —, il est admis aujourd'hui que l'immense majorité des créoles américains n'envisageait aucune rupture du lien colonial. Sur ce point, il faut s'inscrire en faux contre la thèse de la fatalité chronologique de l'indépendance. Les historiens J. Godechot, R.R. Palmer ou S. de Madariaga ont prétendu que le sentiment séparatiste prédominait en Amérique au début du XIXe siècle, entretenu par l'esprit des Lumières et le modèle de la Révolution française. L'historien anglais John Lynch, le meilleur connaisseur de la période, rejette catégoriquement un tel point de vue : « Supposer, écrit-il, que la pensée de la "Ilustración" ait pu transformer les Américains en révolutionnaires, c'est confondre la cause et l'effet... » Cette prise de position rejoint les analyses des « révisionnistes » anglo-saxons de la Révolution française, pour qui la double équation, Lumières = majorité silencieuse = contenu révolutionnaire, apparaît aujourd'hui infondée [5].

Ce débat sur les origines de l'indépendance latino-américaine a été relancé récemment, à l'occasion du bicentenaire de la Révolution française. Cédant à l'euphorie commémorative, des hommes politiques et des historiens ont, par chauvinisme ou par opportunisme, grossi l'impact du modèle français à travers le monde. Ainsi, à propos de la traduction de la Déclaration des droits de l'homme à Santa Fe de Bogotá par Antonio Nariño en 1794, Tomas Gomez se croit obligé d'écrire : « [Cette] publication déclencha une véritable dynamique de réflexion dans les couches éclairées de la population créole et prépara le terrain à l'imminente revendication d'indépendance [6]. » Personne ne nie la pénétration des ouvrages des philosophes ou des pasquins dans les bibliothèques privées de l'Amérique hispanique ; nul ne conteste l'impact du rationalisme français chez certains libertadors (un Bolívar, un O'Higgins). Mais, à partir du sentiment séparatiste de quelques-uns, il est bien difficile de généraliser pour l'ensemble du continent. La suite des événements prouva, au contraire, que l'immense majorité des créoles ne voulait pas rompre immédiatement les liens avec la métropole [7].

L'inquiétude des créoles face aux gens de couleur : un frein à l'émancipation politique ?

Dans certaines provinces de l'empire, le désir d'une plus grande autonomie était contrecarré par une crainte, confuse mais bien réelle, des Blancs face aux « gens de couleur », Indiens et métis du Mexique ou du Pérou, Noirs et mulâtres (*pardos, zambos*, ou *chinos*) du Venezuela ou de la Nouvelle-Grenade (Colombie actuelle).

Un précédent inquiétant : la révolte de Tupac Amaru au Pérou (1780-1781)

Certes, l'abattement des quelque 8 millions d'Indiens, condamnés à une minorité perpétuelle depuis l'époque de Charles Quint, semblait sans remède : redevables d'un humiliant « tribut », condamnés à toutes sortes de travaux forcés à peine rémunérés, soumis à mille vexations par les fonctionnaires espagnols, les Indiens vivaient dans un dénuement physique et une hébétude morale, dont ils se réveillaient, parfois, en des révoltes pleines de fureurs, au souvenir des temps anciens — et largement mythiques — où l'Indien se percevait plus libre dans une société plus juste. En réalité, les Indiens n'avaient cessé de se révolter depuis la Conquête : ainsi, entre 1542 et 1780, on compte plus de trente rébellions du secteur indigène dans ce haut lieu du pouvoir espagnol que constituaient les Andes centrales. L'une des plus menaçantes avait été dirigée par un certain José Santos Atahualpa, un disciple des jésuites, qui avait voyagé en Europe et en Angola. Ce chef messianique, qui se prétendait le « rédempteur historique » de la dynastie incaïque, habile à mêler les mythes chrétiens et la cosmogonie des Indiens de la forêt, avait, quinze années durant (1745-1760), résisté aux expéditions militaires espagnoles ; jamais capturé, il fut à l'origine d'une légende tenace sur la parousie prochaine de l'Inca [8].

La révolte du métis José Gabriel Tupac Amaru Condorcanqui, héritier « légitime » de la dynastie incaïque du Dieu-Soleil, représenta une menace beaucoup plus sérieuse pour les autorités. Entrée dès le début dans la légende, elle fut avant tout l'expression d'un mécontentement généralisé de la zone andine, principalement des Indiens, qui souffraient de mille maux, maintes fois dénoncés, jamais corrigés : tâches agricoles serviles de l'*encomienda*, travaux forcés périodiques dans les mines (*mita*) ou dans les ateliers textiles (*obrajes*) ; achats imposés (*reparto*) de divers produits espagnols par l'administrateur local, le *corregidor*, celui-là même qui était censé les protéger... Placé par ses origines, son éducation mixte et ses activités de commerçant à la charnière des mondes « blanc » et indigène, Condorcanqui connaissait bien les failles du système colonial et la haine que beaucoup d'Indiens vouaient aux Espagnols. En novembre 1790, il lança dans la province de Tinta une insurrection meurtrière et destructrice contre les « mauvais administrateurs », après que le pouvoir lui eut refusé la reconnaissance d'un titre de noblesse incaïque.

Au départ, Tupac Amaru s'efforça de ménager la minorité créole, en désignant clairement son adversaire : l'Espagnol péninsulaire, le véritable maître du pouvoir. Mais condamnée par la hiérarchie catholique — malgré quelques adhésions isolées de *padres* —, cette révolte apparut bientôt comme un mouvement purement indien, de plus en plus radicalisé. L'exécution sauvage par écartèlement de l'Inca et de son épouse, Micaela Bastidas — une métis énergique qui avait commandé les bandes indiennes à plusieurs reprises —, traduisait bien la peur rétrospective des Blancs face à cette rébellion [9]. Pour le sociologue chilien Fernando Mires, l'épisode Tupac Amaru est révélateur d'une certaine dynamique de la révolte : de simple « dissident » au départ, Tupac Amaru se transforme en « rebelle » qui rejette la légalité espagnole, avant de se convertir en un authentique « révolutionnaire », rêvant de renverser l'ordre ancien, de réhabiliter les structures sociales indigènes et de supprimer l'esclavage. Néanmoins, Tupac Amaru n'a jamais clairement formulé un programme indépendantiste ; contrairement aux insinuations de l'historiographie péruvienne officielle, qui l'a toujours présenté comme un « précurseur » du séparatisme péruvien, Tupac Amaru symbolise plutôt la révolte des Indiens face aux Blancs de toute espèce, Espagnols et créoles confondus [10]. Ces derniers ne s'y sont pas trompés, qui se sont placés dès le début du côté des autorités espagnoles et contre les Indiens.

L'inquiétude des créoles face aux Noirs et aux mulâtres

Dans les Indes occidentales, la couleur de la peau décidait de la place de chacun dans la société. Si la condition des métis et des mulâtres — les *castas* — n'était guère plus enviable que celle des Indiens, elle commençait pourtant à changer quelque peu. Tout au long du XVIIIe siècle, les gens de couleur avaient connu une si forte poussée démographique qu'en 1810 ils comptaient pour près d'un tiers de la population totale. Autour du bassin Caraïbe, certains mulâtres connaissaient même un début de mobilité sociale ; les plus dynamiques avaient su tirer profit du boom consécutif à l'ouverture commerciale de 1778 ; d'autres avaient pu accéder à la prêtrise ou bien s'étaient acheté, au prix fort, un « blanchiment » officiel, gage d'une possible ascension sociale.

Pour les créoles de la Méso-Amérique — Nouvelle-Grenade, Venezuela, Cuba et Mexique —, le risque d'un soulèvement des gens de couleur n'était plus une hypothèse d'école depuis que la grande île de Saint-Domingue, « la perle des Antilles françaises », s'était soulevée en 1791, sur la lancée de la révolution en France. L'abolition de l'esclavage, en août 1793, avait entraîné une révolte généralisée des Noirs et, bientôt, la ruine de l'économie de plantation sucrière. Vers 1800, les sang-mêlé et les Noirs étaient maîtres de l'île, sous l'autorité capricieuse d'un Noir, petit colon affranchi au physique disgracieux, Toussaint Breda, dit Louverture. Contre lui, Bonaparte avait dû envoyer un véritable corps expéditionnaire, bientôt décimé par la fièvre jaune et stoppé dans sa progression par la résistance farouche des guérillas noires, commandées par les « lieutenants » du chef suprême, Christophe et Dessalines. Mais, si les Français avaient pu se saisir de Toussaint (qui mourut en exil dans le Jura français en avril 1803), ils ne purent s'opposer à la proclamation, en 1804, de l'indépendance d'Haïti, la première république noire d'Amérique. Pendant cette longue guerre civile de Saint-Domingue (1792-1804), ni l'Angleterre ni les États-Unis, trop heureux de voir s'affaiblir la position française dans les Caraïbes, n'avaient fait obstacle à son déroulement. Il y avait là matière à inquiéter les créoles : un tel précédent ne risquait-il pas de faire tache d'huile dans la zone caraïbe des Indes occidentales ? Loin d'être imaginaire, cette crainte de la révolte des gens de couleur allait trouver sa justification au Venezuela, lorsque les esclaves noirs et mulâtres s'engagèrent aux côtés des Espagnols contre leurs maîtres créoles qui s'étaient révoltés, dans les années 1812-1815 [11].

L'Espagne prise dans la tourmente napoléonienne

Pendant presque tout le XVIIIe siècle, l'Espagne fut une alliée dépendante de la France, dont elle avait copié le modèle administratif et avec laquelle elle avait renforcé ses liens en signant trois

« pactes de famille » successifs, qui l'avaient entraînée dans plusieurs conflits préjudiciables à ses propres intérêts. Ainsi, par le traité de Paris qui clôt la guerre de Sept Ans (1756-1763), l'Espagne avait dû abandonner à l'Angleterre la Floride et les rives du Mississippi. Alliée d'un pays conquérant, l'Espagne subit plus tard les conséquences néfastes des guerres révolutionnaires et napoléoniennes. L'exécution du roi Louis XVI incita Godoy, ministre tout-puissant du roi Charles IV (1788-1808), à rompre cette dépendance en déclarant la guerre à la Convention. Décision malheureuse : vaincue, l'Espagne dut signer avec la France le traité de Bâle (1795), par lequel elle renonçait à la partie orientale de l'île de Saint-Domingue. L'année suivante, elle devait consentir, par le traité de San Ildefonso, au rétablissement d'une alliance presque forcée avec son encombrant allié, allant même jusqu'à déclarer la guerre à l'Angleterre en 1804. Cette décision fut lourde de conséquences pour l'Empire espagnol : après la bataille de Trafalgar (octobre 1805), qui élimina l'imposante flotte espagnole, les relations administratives et commerciales furent interrompues *de facto* entre l'Amérique hispanique et sa métropole. C'était la première lézarde imposée par la situation générale au monopole colonial de l'Espagne.

La crise franco-espagnole qui éclate en 1808 va accélérer la rupture entre l'Espagne et ses colonies. Désireux de parfaire l'application du Blocus continental contre l'Angleterre, Napoléon avait imposé secrètement au roi d'Espagne Charles IV le traité de Fontainebleau, qui prévoyait le partage du Portugal, allié de l'Angleterre (octobre 1807). Mais l'Empereur en profite pour occuper en même temps la Castille, et c'est l'émeute d'Aranjuez (17 mars 1808). Sous la pression de la foule, Charles IV doit abdiquer en faveur de son fils le « prince des Asturies », qui prend le nom de Ferdinand VII (19 mars 1808). Déjà, les troupes françaises sont à Madrid ; sous leur pression, Charles et Ferdinand se rendent à Bayonne pour discuter avec l'empereur français des destinées de leur pays. Entrevue pénible pour la dignité espagnole : Ferdinand restitue le trône à son père, qui se désiste aussitôt en faveur de Napoléon. Ce dernier confie alors la couronne espagnole à son frère Joseph (9 mai 1808). Une assemblée de notables madrilènes *afrancesados* reconnaît Joseph Bonaparte comme roi légitime, mais, dès le mois de mai, le peuple se soulève contre l'usurpateur.

Ainsi, les guerres napoléoniennes ont été — beaucoup plus que la Révolution française — le véritable détonateur des révoltes séparatistes en Amérique latine : d'une part, elles ont abouti à la rupture brutale des communications maritimes entre l'Europe et l'Amérique, obligeant ainsi les créoles à prendre leur destinée en main ; d'autre part, elles ont coupé le cordon ombilical que représentait le lien dynastique légitime qui rattachait les « Américains » à la mère patrie.

Les trois phases de l'indépendance

Les guerres d'indépendance furent longues et sanglantes ; déclenchées à partir de 1810, elles faisaient encore ressentir leurs effets jusque dans les années 1830 ; déroulement chaotique de conflits régionaux, où la perspective continentale n'apparaît que trop rarement. Bien qu'une présentation générale soit, par définition, réductrice de la complexité des cas nationaux, elle permet au moins de dégager un modèle d'évolution en trois temps, à peu près valable pour l'ensemble du continent : tout d'abord, une « guerre civile américaine » ambiguë voit s'opposer aux autorités espagnoles un ensemble hétérogène d'« indépendantistes » républicains plus ou moins résolus et de royalistes plus ou moins fidèles à la dynastie des Bourbons (1810-1814). Dans un second temps, les Espagnols veulent rétablir l'ordre ancien : c'est le temps d'une reconquête implacable (1814-1816), qui a l'effet imprévu d'accélérer la maturation de l'idée d'émancipation. Enfin, à partir de 1818-1820, les indépendantistes arrachent la victoire définitive à une Espagne déchirée par ses propres guerres civiles.

Un réflexe conservatoire :
la révolte au nom du roi (1810)

Les *juntas* qui s'organisent en 1810 dans les principales villes d'Amérique — Caracas, Buenos Aires, Bogotá, Santiago du Chili — le font au nom du roi « légitime » prisonnier des Français.

Tel est bien le premier paradoxe du mouvement : la révolution d'indépendance commence par un acte de fidélité à la couronne. Ainsi, au Mexique, l'insurrection indienne qui éclate en 1810 dans les provinces du Jalisco, du Michoacan, du Guanajuato et du Guerrero, et dont le curé Hidalgo prend rapidement le commandement, se présente, au départ, comme un acte de défense de la légitimité de Ferdinand VII, et aussi comme une guerre sainte visant à préserver l'Église catholique de l'impiété française. Des *Te Deum* sont célébrés par les révoltés dans les églises de Valladolid et de Guadalajara. Les hordes indiennes qui déferlent sur la ville de Celaya — 50 000 Indiens qui détruisent et pillent les biens des *gachupínes* (surnom qui désigne les « mauvais Espagnols ») — brandissent, côte à côte, des portraits de Ferdinand VII et des étendards de la Vierge de Guadalupe, cette image de Marie apparue miraculeusement en 1531 à l'Indien Juan Diego, devenue depuis 1747 la patronne du Mexique et l'un des tout premiers symboles de la nationalité !

Par la création des *juntas*, l'Amérique semblait renouer avec ses plus vieilles traditions. Les abdications successives de Charles IV et de Ferdinand VII en faveur de Napoléon, puis de son frère Joseph, violaient ce que certains juristes appelaient la « Constitution américaine ». Selon eux, un accord tacite avait été scellé, au moment de la Conquête, entre le roi Charles Quint et les conquistadors, accord par lequel le nouveau « royaume » des Amériques devait rester strictement rattaché à la personne du roi, qui devenait alors *rex Hispaniarum et Indiarum*, et devait gouverner chaque royaume indépendamment de l'autre [12]. Avec « l'empêchement » du roi légitime, le pouvoir devait donc retourner au peuple américain, qui se choisirait un gouvernement soucieux d'assurer son bien-être et son bonheur : « De la même façon que [nos] peuples s'étaient donnés au gouvernement espagnol de leur plein gré, ainsi pouvaient-ils s'en séparer et vivre libres de tout tribut [13]. » Cette analyse plongeait dans la tradition du droit espagnol, proche de la philosophie scolastique : soumis, à la fois, au droit divin et au droit naturel, le roi reste lié de manière organique à la communauté qui lui a délégué le pouvoir d'exercer la souveraineté. En cas d'impossibilité de sa part, le contrat social est rompu, et la communauté a le droit de reprendre ce pouvoir. Une telle conception entrait, aussi, curieusement en résonance avec la doctrine du droit naturel, qui avait connu un grand succès au XVIIIe siècle : « Tout empire... a sa source dans un pacte passé entre les hommes... » (Samuel Pufendorf, 1632-1694 [14]). Quand le roi est dans l'incapacité provisoire de gouverner, la nation doit récupérer la souveraineté jusqu'à ce que ce même roi soit à même de réassumer ses fonctions.

Une telle conception peut apparaître aujourd'hui plus « réactionnaire » que « révolutionnaire », dans la mesure où le concept de « nation » ne se confondait pas encore avec la société civile ; elle se réduisait à l'ensemble des corps constitués, assemblées générales de citoyens (*ayuntamientos*), conseils municipaux (*cabildos*) et ecclésiastiques. La « nation » dont il est, ici, question désignait, en fait, l'oligarchie créole des grands propriétaires, des riches commerçants et des patrons de mines, auxquels s'ajoutait l'embryon d'une classe moyenne, avocats, petits propriétaires « éclairés », ecclésiastiques. La république qu'appelle ce premier mouvement d'indépendance est à l'image de la société coloniale : figée dans la hiérarchie de la richesse, de la culture et de la couleur de la peau ; les classes populaires en sont par principe exclues, et pour longtemps.

Mais ce discours du « retour aux sources » était alors perçu par certains intellectuels comme un mouvement novateur, dans la mesure où il prônait la renaissance de l'« authentique » Constitution américaine. Une telle conception de la « révolution » est bien loin d'exprimer, on le voit, le langage de l'esprit des Lumières, ou de refléter la vision du peuple « souverain ». Pour tous ces juristes, la rupture avec l'Espagne napoléonienne était une entreprise « révolutionnaire », dans la mesure où il s'agissait de réamorcer le fonctionnement correct d'un mythique « pacte originel » instauré lors de la Conquête. Nous retrouvons dans ce balbutiement de l'indépendance la métaphore la plus ancienne, empruntée au langage de l'astronomie et de la mécanique, de ce que représente alors un cycle révolutionnaire : à savoir, la nostalgie des « origines ».

De la fidélité au roi à la révolte autonomiste (1810-1814)

Le début de cette révolution est marqué au sceau de l'ambiguïté : d'une part, le pouvoir légitime symbolisé par le corps du roi est dans l'impossibilité de fonctionner ; d'autre part, l'Espagne est convoitée par des pouvoirs sans légitimité : à Madrid, un roi imposé par les envahisseurs, Joseph Bonaparte ; au sud, une Espagne de la résistance dont l'autorité fond comme une peau de chagrin, passant d'un Conseil de régence à une Junte centrale réfugiée à Séville (1809), puis à Cadix (1810) ; et, pour finir, à une assemblée des Cortés, qui vote en 1812 une Constitution nettement libérale inspirée des principes... français. Il en fallait moins pour donner à l'Amérique lointaine, traditionnelle, le sentiment d'un vide constitutionnel ! C'est pour combler cette carence du pouvoir que se réunissent en Amérique les premiers *cabildos abiertos*, prélude à la formation de *juntas* de gouvernement qui, sur le modèle de la Junte centrale de Cadix, se proposent de gérer les affaires courantes. Dans plus d'un cas, les « citoyens » — les créoles les plus riches ou les plus influents — procèdent d'ailleurs à une transition prudente : ainsi, à Bogotá, c'est le vice-roi lui-même qui se voit confier la présidence de la junte ! De même à Santiago du Chili, la présidence de la première junte est confiée au gouverneur intérimaire, le comte de la Conquête [15]. Cette période d'indécision et d'atermoiements va évoluer d'autant plus vite qu'une « contre-révolution » est rapidement déclenchée par les fonctionnaires espagnols, qui ont vite compris que tous ces mouvements allaient à l'encontre de leurs intérêts personnels. L'agitation s'amplifie au sein des deux maillons faibles de l'empire, le Río de La Plata et le Venezuela, où les leaders (qui n'osent encore se dire révolutionnaires, et encore moins « indépendantistes ») essaient en vain d'élargir la base sociale de leurs mouvements. Comme dans toute révolte, des surenchères se manifestent autour des plus fortes personnalités : c'est déjà l'amorce d'un caudillisme, promis à un bel avenir dans l'histoire de l'Amérique latine : en Argentine, le secrétaire de la junte s'oppose à son président ; au Chili, le jeune José Miguel Carrera, un aristocrate « populiste », se soulève contre les représentants des familles terriennes ; au Venezuela, c'est l'oligarchie foncière de Caracas qui se rebelle contre Simón Bolívar ; au Mexique, c'est un militaire, le caudillo José de Allende, qui s'insurge contre le président de la junte, Ignacio López Rayon...

Dans cette première période dominée par la confusion des idées et l'incertitude des objectifs, on cherche en vain un seul acquis véritable. Face au modèle dominant de ces révoltes contrôlées par l'oligarchie des gros propriétaires, des commerçants et des gens de plume se détache, en cette première phase, le cas original du Mexique, non pas tant par son programme, grossièrement fondé sur la défense de la légitimité du roi Ferdinand VII, que par sa base sociale, beaucoup plus élargie : la révolution qui éclate dans le Centre-Nord minier du Mexique rassemble au départ des Indiens, des ouvriers agricoles et des mineurs, encadrés par une poignée de créoles. Toutefois, les pillages et les massacres perpétrés par la populace indienne, par exemple à Guanajato, éloignent bien vite les créoles du mouvement ; l'évêque de Michoacán s'empresse d'excommunier le leader Hidalgo, qui réagit à son tour en décrétant la suppression de l'esclavage et du tribut indien, et en proclamant la première réforme agraire du Mexique. Mais ces bandes d'insurgés mal contrôlées sont rapidement écrasées, et Hidalgo exécuté (30 juillet 1811). A partir de 1812, le prêtre mulâtre José Maria Morelos relance le mouvement dans le Sud-Ouest du pays. Ce fils d'un charpentier et d'une institutrice défendait déjà un programme plus radical, incluant l'indépendance et la division de certains grands domaines. Militaire d'instinct, il résista aux Espagnols durant quatre campagnes d'une rare intensité. En septembre 1813, il faisait adopter par un premier Congrès (celui de Chipalcingo) le principe de l'indépendance, qu'il proclama d'ailleurs deux mois plus tard en faisant disparaître des actes officiels le nom de Ferdinand VII et en promulguant une Constitution relativement progressiste. Cependant, son idéologie était loin d'être moderniste : non seulement il revendiquait l'héritage historique de l'Empire aztèque, mais encore il s'engageait à faire respecter les privilèges de l'Église catholique ; avec Morelos, nous sommes encore loin du *Contrat social* et de la souveraineté populaire... Et pourtant, ce leader charismatique fut trahi, arrêté, livré à l'Inquisition et exécuté en décembre 1815. Alors que ce mouvement populaire s'émiettait en rébellions locales dirigées par des caudillos autonomes, déjà l'Amérique tout entière baignait dans le sang d'une répression féroce [16].

La contre-révolution : une erreur politique (1814-1816) ?

La contre-révolution fut, là encore, déclenchée dans la foulée des événements européens : la chute de Napoléon signifia pour l'Espagne le retour du « roi légitime », d'un roi qui, à l'instar de Louis XVIII, n'avait rien appris ni rien oublié (mars 1814) : Ferdinand VII s'empressa de rejeter en bloc la Constitution libérale de 1812, qui avait effacé le caractère colonial de l'Amérique pour la fondre dans la « nation » espagnole (mais cette Constitution n'avait jamais été appliquée dans les colonies...). Dépourvu de sens politique, le roi organisa une contre-révolution d'une rare violence ; un corps expéditionnaire de 10 000 soldats aguerris dans les guerres napoléoniennes fut envoyé outre-Atlantique pour rétablir la loi d'airain. Ainsi, en Nouvelle-Grenade, le général Pablo Morillo, l'un des vainqueurs de Bailen, commanda une répression féroce à Santa Fe de Bogotá et à Carthagène des Indes [17]. Dans la vice-capitainerie du Chili, le rétablissement de l'ancien régime fut confié à l'intraitable général de brigade Mariano Osorio, mis en scène par le romancier chilien Alberto Blest-Gana, dans son roman « balzacien » *Durant la Reconquête*. Oubliant ses promesses de pardon, Osorio se livra à une politique de « répression implacable et despotique ». N'hésitant pas à déporter dans des conditions inhumaines les principaux leaders des grandes familles au bagne des îles Juan Fernández (l'île de Robinson Crusoé), il « tua à la racine tout espoir de réconciliation [18] ».

Ainsi, par une répression aveugle, les autorités espagnoles ont accéléré le lent processus qu'elles croyaient pouvoir endiguer ; la contre-révolution fit plus pour la cause de l'indépendance que des dizaines d'années de frustration économique et politique ; si, en 1814, les républicains n'étaient qu'une poignée dans chaque province, deux ans plus tard, ils étaient devenus légion, largement convaincus que tout retour en arrière était impossible. Le processus de rupture psychologique avec la « mère patrie » était entamé. L'histoire semblait s'accélérer.

Les victoires de l'indépendance (1817-1824)

Dès lors, l'enjeu se réduisait à un rapport de forces militaires, et, sur ce plan, l'avantage devait nécessairement rester aux insurgés : l'Espagne était trop lointaine et trop affaiblie [19]. La décolonisation se réglerait sur les champs de bataille, où chaque camp aller jeter ses dernières forces. De leur côté, les indépendantistes pouvaient désormais compter aussi bien sur la neutralité bienveillante de l'Angleterre — qui ne manqua pas de s'opposer fermement à l'intervention militaire européenne décidée au Congrès de Vérone (décembre 1822) — que sur l'appui diplomatique de la jeune république des États-Unis : l'un des sens premiers de la « doctrine Monroe », proclamée en décembre 1823 sous la formule ambiguë « l'Amérique aux Américains », était le rejet par Washington de toute prétention de reconquête de l'Amérique latine par l'Espagne. La révolution libérale qui éclata à Cadix en 1820 acheva de brouiller les cartes en faveur des insurgés ; Ferdinand VII fut contraint d'accepter la Constitution libérale de 1812, et, durant trois années, l'Espagne fut à nouveau divisée entre les ultras et les partisans de la réconciliation : belle confusion dont profitèrent les créoles américains pour imposer des solutions « nationales ».

Les épisodes des dernières luttes sont, pour les écoliers d'Amérique latine, autant d'images d'Épinal de l'héroïsme : la traversée des Andes par San Martín et O'Higgins, la libération du Pérou et l'entrevue mystérieuse de Guayaquil entre le libérateur du Sud et celui du Nord, l'ascension foudroyante de Simón Bolívar, qui, dès lors, prend une dimension continentale; la dernière bataille de l'indépendance, Ayacucho (décembre 1824), remportée par le lieutenant de Bolívar, le « fidèle » général Sucre ; et le Congrès de Panamá (1826), qui marque la fin des espoirs unitaires pour toute l'Amérique latine... Sans oublier l'évolution curieuse du Mexique, où l'oligarchie, effrayée par les audaces des Indiens d'Hidalgo et de Morelos, appuie l'entreprise d'un conservateur, Agustín de Iturbide, qui se fait proclamer empereur du pays des anciens Aztèques.

L'indépendance fut-elle une révolution ?

On a parfois minimisé la portée des guerres d'indépendance, sous le prétexte qu'elles marquaient la transition entre une monarchie absolue de droit divin et des républiques autoritaires plus ou moins laïcisées — un système exotique défini par l'historien Brading comme un « républicanisme classique », dans lequel l'idéologie du *Prince* occulterait largement celle du *Contrat social*. Et pourtant, les contemporains ont bien eu le sentiment de vivre une époque de mutations décisives : « Depuis que j'ai quitté l'Amérique, écrit Alexandre de Humboldt, une de ces grandes révolutions qui agitent de temps en temps l'espèce humaine a éclaté dans les colonies espagnoles ; elle semble préparer de nouvelles destinées à une population de 14 millions d'habitants, en se propageant de l'hémisphère austral à l'hémisphère boréal [20]... »

En quoi cette longue suite de guerres civiles peut-elle s'apparenter à une chaîne de révolutions ?

Les ravages des guerres d'indépendance

Pendant plus de quinze ans, l'Amérique a connu des violences aveugles et prolongées, premiers stigmates des révolutions modernes. A l'exception de quelques rares régions reculées, comme le paisible Costa Rica, le sous-continent s'est transformé en un vaste champ de bataille, où s'affrontèrent des armées professionnelles et des milices formées de civils de toute condition. La révolution fut perçue par les contemporains d'abord comme un vrai « désastre » [21]. Les enrôlements massifs d'Indiens, de métis et de mulâtres soustrayaient la main-d'œuvre aux mines et aux haciendas ; les ravages de la « guerre à mort » dans les deux camps, les exécutions massives, les déportations et les désertions d'hommes jeunes eurent aussi des répercussions importantes sur la démographie [22]. Il est bien difficile de brosser un tableau précis de toutes les calamités que représentèrent pour la population civile les guerres d'indépendance, car les théâtres d'opérations se déplacèrent : durant la première décennie, les zones les plus atteintes furent le Venezuela — où la population passa de 825 000 à 651 000 habitants entre 1810 et 1825 [23] — et la Banda oriental (Uruguay). L'historien chilien Sergio Villalobos a étudié les effets durables de ces guerres sur son pays : réquisitions de chevaux, de bétail, de farine (en échange d'un papier officiel sans valeur), enrôlements forcés, mises sous séquestre des propriétés « ennemies », brigandage larvé... Après 1818, les combats touchèrent surtout la zone andine : Pérou, Nouvelle-Grenade (Colombie), Équateur, Bolivie.

Si l'Amérique centrale fut à peu près épargnée (sauf en 1823), le Mexique connut aussi « les horreurs de la guerre » en 1810 et, à nouveau, en 1821. On estime qu'en dix ans ce pays perdit le dixième de sa population, soit quelque 600 000 personnes [24]. L'impact de ces révolutions fut beaucoup plus sensible sur l'industrie et le commerce. Chaque région se replia dans une autarcie forcée ; d'abord parce que les Espagnols, principaux financiers de l'économie coloniale, retirèrent leurs capitaux dès le début des conflits et, ensuite, parce que de nombreux riches créoles avaient été taxés par de lourds emprunts forcés. Les techniciens, le capital et la main-d'œuvre ayant disparu, les mines de cuivre ou d'argent tombèrent à l'abandon et, promptement inondées, devinrent irrécupérables ; la spéculation boursière sur les mines sud-américaines, relancée à Londres dans les années 1823-1826, se termina brutalement par la ruine des petits porteurs anglais. Le commerce extérieur périclita parce que de nombreux navires marchands avaient été réquisitionnés pour le transport des troupes. La période dite de « reconquête », entre 1814 et 1816, fut particulièrement inique à l'égard des « patriotes » : le retour des royalistes se traduisit par des réquisitions vengeresses de propriétés et de bétail, de meubles, de bijoux et d'argent [25]. Fait tout aussi grave, la fin des guerres d'indépendance signifia pour la plupart des jeunes États une large ouverture à la concurrence du commerce britannique, ce qui aggrava le déséquilibre de la balance des paiements et la fuite des métaux précieux : au lendemain des indépendances, ces fragiles États amorçaient la spirale infernale de l'endettement extérieur...

L'esquisse d'une autre société

En introduisant une égalité de principe et en supprimant l'esclavage et la hiérarchie officieuse des *castas*, les révolutions d'indépendance ont joué un rôle de détonateur à retardement sur les sociétés latino-américaines. Déjà, pendant les guerres civiles, les créoles — à commencer par Bolívar — avaient libéré leurs esclaves pour les enrôler dans les armées de « patriotes ». La mesure fut adoptée par l'ensemble des nouvelles républiques entre 1821 et 1829, mais elle ne fut réellement appliquée qu'à partir des années 1850. Dans certains pays, on obligea les esclaves libérés à travailler comme *peones* libres, ce qui fait dire à l'historien John Lynch que, « en Hispano-Amérique, l'esclavage n'a pas été remplacé par la liberté, mais par le travail servile [26] ».

Malgré des dispositions légales égalitaires, la condition des Indiens s'aggrava. Au Pérou, Bolívar lui-même avait décidé de remplacer le statut d'« Indien » par celui de « citoyen », dans l'espoir de créer une petite propriété qui fît contrepoids au grand domaine. Mais, une fois divisées, les terres communautaires furent souvent rachetées par les gros propriétaires (*gamonales*). En Grande-Colombie, des dispositions analogues eurent des effets tout aussi pervers : en moins d'une génération, bon nombre de *resguardos* passèrent aux mains des Blancs ou des métis aisés. Seules les communautés indiennes qui avaient pu préserver leurs terres échappèrent au « progrès » de l'intégration et purent conserver plus longtemps leur mode de vie.

En revanche, la condition des mulâtres et des Noirs s'améliora nettement. Déjà, pendant les guerres civiles, certains officiers à la peau cuivrée avaient connu une ascension rapide dans les états-majors de Bolívar — qui avait lui-même du sang noir —, de Piar et Padilla en Colombie, de Santa Cruz au Pérou, de Monteagudo en Argentine, de Guerrero ou de Morelos au Mexique. En Colombie, les mulâtres manifestaient un si grand dynamisme que Bolívar ne cacha pas sa crainte de voir s'y imposer une pardocratie [27]. Les mulâtres prospéraient dans des métiers autonomes, tels qu'artisans, boutiquiers, fermiers ou métayers. Dans plusieurs pays, en particulier au Venezuela, les vieilles élites créoles étaient progressivement renouvelées par le métissage : des sang-mêlé enrichis, militaires, commerçants et spéculateurs de toute sorte, achetaient des terres ou épousaient les filles de l'ancienne aristocratie coloniale.

Des États-nations embryonnaires

Les douze États qui se forment au lendemain de l'indépendance épousent grossièrement les limites des *audiencias* de l'Empire espagnol. Certains d'entre eux, trop vastes ou trop artificiels, ont très vite éclaté en structures plus homogènes.

Ainsi, les Provinces-Unies de La Plata, regroupées autour de Buenos Aires, se sont scindées presque aussitôt en trois États souverains, l'Argentine, l'Uruguay et le Paraguay. Un peu plus tard, en 1830, la Grande-Colombie a éclaté sous la pression des particularismes, tant il était difficile de faire cohabiter les mulâtres vénézuéliens, les métis colombiens et les Indiens équatoriens. En 1838, la Fédération centro-américaine implosait à son tour malgré ses velléités unitaires, minée par un caudillisme précoce et gênée dans son développement par des obstacles géographiques insurmontables — ainsi, la province du Costa Rica était physiquement plus proche de la Colombie que de la capitale centro-américaine Ciudad-Guatemala. De ce point de vue, loin d'apparaître comme une « balkanisation » maudite, la nouvelle géographie des frontières semble, au contraire, respectueuse de la logique des espaces et des peuples[28]. Vers 1830, tous ces États maîtrisent encore mal leur territoire ; l'incertitude des frontières, due essentiellement aux ignorances de la géographie, alimentera bientôt un nationalisme ombrageux et des polémiques historico-juridiques sans fin. Dans certains cas, elle conduira à de graves conflits régionaux, comme la guerre du Paraguay (1864-1870), qui opposera ce petit pays à ses trois voisins, le Brésil, l'Argentine et l'Uruguay, ou bien encore la guerre du Pacifique (1878-1881), qui verra l'expansionnisme chilien se réaliser au détriment de la Bolivie et du Pérou.

Cette fragilité des espaces nationaux se traduit aussi par un conflit permanent entre des unitaires et des fédéraux. L'un des exemples les plus sanglants fut celui de l'Argentine, qui avait adopté coup sur coup deux Constitutions unitaires — en 1819 et en 1826 — chaque fois rejetées par les provinces andines de Salta, Tucuman et Mendoza. Jusqu'en 1852, le pays fut déchiré par une guerre civile sans merci entre les deux camps commandés par des caudillos intraitables, tel le tyran Rosas, leader exalté de la cause fédérale. Même un pays à vocation unitaire comme le Chili fut perturbé jusqu'en 1828 par des luttes entre régionalistes et centralistes. On retrouve ce type de conflits en Colombie, où une Fédération des provinces de Nouvelle-Grenade, rassemblée autour d'une nouvelle capitale, Tunja, s'opposa violemment à Bogotá, chef-lieu de la plus importante des provinces, la Cundinamarca. Dans le Brésil indépendant des années 1820-1840 éclatèrent également des révoltes régionales à tendance séparatiste, comme la Confédération de l'Équateur, mouvement né dans le Nord-Est en 1824, ou bien encore la révolution Farroupilha, dans le Rio Grande do Sul, entre 1835 et 1845.

Des démocraties formelles et autoritaires

Dès 1820, l'Amérique du Sud semblait entrer dans une période d'anarchie incontrôlable. Désabusé et malade, le Libertador Simón Bolívar confiait en 1825 au général Florés, premier président de l'Équateur : « L'Amérique est ingouvernable. » Impression confirmée par Flora Tristan en 1838 : « Les yeux fixés sur les prodiges que la liberté a fait éclore en Amérique du Nord, on s'étonne de voir celle du Sud en proie aux convulsions politiques et aux guerres civiles [29]... »

Les Constitutions adoptées n'avaient de la démocratie que l'apparence. Dès 1815, Simón Bolívar avait clairement exprimé son doute sur l'utilité d'un tel système en Amérique : « Nulle forme de gouvernement n'est aussi faible que la démocratie. Seuls des anges, et non point des hommes, pourraient vivre tranquilles et heureux en exerçant la puissance souveraine. De la liberté absolue, on redescend toujours vers le despotisme absolu. Peut-on concevoir qu'un peuple à peine libéré de ses chaînes puisse faire l'expérience de sa liberté, sans qu'à la façon d'Icare il ne se brûle les ailes et retombe à l'abîme ?... » Au scepticisme du Libertador répondait en écho le pragmatisme désabusé du Chilien Diego Portales, fondateur d'une république autoritaire : « La démocratie tant souhaitée par les naïfs est absurde dans les pays américains remplis de vices. Il faut adopter la république, mais je l'entends comme un gouvernement fort, centralisé, dont les hommes soient de véritables modèles de vertu et de patriotisme [30]... »

Dans la pratique, la forme autoritaire du pouvoir l'emporta partout, grâce à quelques règles simples : droit de vote réservé à une poignée de citoyens actifs — des propriétaires sachant lire et écrire ; domination écrasante de l'exécutif, tempérée par la pratique répétée des coups d'État. Dès lors, le jeu politique pouvait se dérouler entre gens convenables. Organisés selon le bipartisme « à l'anglaise », ils se divisaient en deux familles politiques, les « conservateurs » traditionalistes, et les « libéraux » adeptes de la modernité. Les premiers étaient des nostalgiques de l'hispanité, défenseurs de l'Église et des grands domaines ; les seconds croyaient au « progrès » et aux principes du libéralisme [31]...

Malgré l'invocation rituelle de l'unité continentale, l'histoire des guerres d'indépendance a été vécue par tous ces peuples dans une sensibilité nationaliste, pour ne pas dire chauvine. A l'exception, sans doute, de la figure tutélaire de Bolívar — l'incarnation fugace du mythe unitaire de l'Amérique —, les États se sont attachés à organiser le culte de leurs héros dans une perspective étroitement nationale : Hidalgo au Mexique, Santander en Colombie, Florés en Équateur, Paez au Venezuela, Sucre en Bolivie, O'Higgins au Chili, San Martín en Argentine, Artigas en Uruguay sont devenus autant de figures sacralisées, et même tutélaires... Quant au Pérou, qui ne disposait pas d'ancêtre convenable, il s'en est fabriqué un, l'Indien rebelle Tupac Amaru, qui s'était pourtant insurgé au nom du roi d'Espagne contre le pouvoir blanc...

En fin de compte, il semble bien que l'indépendance soit encore perçue aujourd'hui comme un mythe fondateur dont usent et abusent les États. Forger le sentiment national en exaltant les valeurs sûres que représentent les héros et les batailles de l'indépendance permet de valoriser l'idée d'une coupure radicale entre un passé archaïque (l'Espagne) et une modernité républicaine. L'histoire des indépendances a ainsi contribué à fonder un nouvel état de droit, dont la légitimité ne semble pas encore totalement épuisée.

2

Révolution et dictature au XIXe siècle

Si tu veux comprendre quoi que ce soit,
cherche l'origine...

Boris Porchnev, *Les Soulèvements
en France au XVIIe siècle*

Paradoxalement, on observe en Amérique latine une complémentarité de sens entre l'idée de « révolution » et celle de « dictature » : pas de révolution qui n'ait enfanté son homme fort ; pas de dictateur qui n'ait prétendu donner à son pouvoir quelque apparence « révolutionnaire ». Concept incertain de la science politique, le « caudillo révolutionnaire » fut, néanmoins, une réalité triviale de l'histoire latino-américaine. Le « caudillisme » est même devenu le thème favori des écrivains, qui ont renforcé, par la grâce de leur imagination, la confusion entre la « réalité historique » telle que les historiens la perçoivent et la fiction romanesque. A propos du *Recours de la Méthode*, roman parodique d'Alejo Carpentier, qui met en scène un dictateur allégorique de la Méso-Amérique, Maryse Vich-Campos soutient même qu'« il existe une réalité américaine qui échappe au raisonnement cartésien ». Cette forme apparemment irrationnelle du pouvoir autoritaire, si commune et si répétitive, semble, en effet, appartenir à la culture profonde du continent. On ne peut en saisir la force d'enracinement culturel qu'en remontant loin dans le temps, à la recherche de ses origines lointaines ; on y découvre alors que le césarisme est consubstantiel à l'histoire du continent. Loin d'en interrompre la pratique, l'indépendance semble l'avoir généralisé, en permettant aux hommes forts de s'imposer à des États-nations embryonnaires, dirigés par des oligarchies indifférentes au respect des lois et peu soucieuses de développer les pratiques démocratiques.

Le caudillisme : un concept espagnol, une réalité américaine

Le mot *caudillo* est souvent associé à l'histoire de l'Espagne, plus particulièrement à la Reconquête chrétienne sur les Maures au XVe siècle. Il désigne habituellement un général qui s'est porté au pouvoir, à l'exemple du général Francisco Franco, qui s'était attribué à lui-même le surnom valorisé de El Caudillo. La plupart des dictionnaires hispaniques mettent l'accent sur la fonction politico-militaire du caudillisme. Pour le *Diccionario de autoridades* (1726), le caudillo est « celui qui guide, commande et conduit des gens de guerre... Par extension, on appelle ainsi celui qui... est à la tête d'un groupe, même si ce ne sont pas des gens de guerre... ». Cette connotation de pouvoir personnel, encore mal définie au XVIIIe siècle, se renforce à partir des années 1880, particulièrement dans des ouvrages ibéro-américains. Dans son *Diccionario general de americanismos*, F.J. Santamaria précise : « Caudillo... A Porto Rico et en Argentine, désigne un chef de parti politique. En Argentine, homme de guerre, influent auprès des paysans et des *gauchos* qui accourent à son premier appel ; en Colombie, adjectif signifiant impudent, téméraire, atrabilaire, sans Dieu ni loi... » Le *Diccionario español francés*, publié chez Hachette en 1901, met en relief la connotation de pouvoir personnel : « Caudillo : chef, celui qui est à la tête, qui dirige et commande... chef de parti. »

Racines indiennes du pouvoir autoritaire

Le césarisme en Amérique est-il antérieur à l'arrivée des Espagnols ? Il semblerait que la réponse à cette question doive être nuancée, selon qu'on examine les sociétés de la forêt ou celles des hauts plateaux. Pour l'ethnologue Pierre Clastres, la culture indienne de la forêt appartenait au domaine du prépolitique, où « le pouvoir tend vers zéro » ; selon lui, la plupart des chefferies indiennes ne connaissaient pas le pouvoir coercitif : « S'il est quelque chose de tout à fait étranger à un Indien, c'est l'idée de donner un ordre ou d'avoir à obéir, sauf en des circonstances très spéciales comme lors d'une expédition guerrière... » Pierre Clastres décrivait essentiellement les micro-sociétés « de subsistance », installées depuis le paléolithique dans les régions forestières de l'Amérique du Sud. Dans ces petits groupes de chasseurs-collecteurs, le chef était tout, sauf un donneur d'ordres ; garant de la cohésion du groupe, il dispensait sans mesure une parole sociale à des Indiens apparemment indifférents. Mais ce « degré zéro du pouvoir » ne semble avoir fonctionné que dans des groupuscules à équilibre précaire ; dès qu'un certain seuil de densité du peuplement était atteint, le pouvoir de la chefferie tendait à devenir plus effectif ; c'était le cas des Tupi-Guarani, implantés dans une large partie du Brésil au début du XVIᵉ siècle [1].

Lorsqu'on aborde l'histoire des grands « empires », on voit que le pouvoir absolu d'essence divine est devenu la règle. Les empereurs aztèques qui envahirent la vallée de Mexico au milieu du XIIIᵉ siècle après J.-C. se présentaient comme les héritiers des « rois-prêtres » de Teotihuacan et de Tula ; dès le XIVᵉ siècle, le pouvoir suprême était confisqué par un empereur d'essence divine, le *tlatoani* (celui « qui parle » ou « qui commande »), véritable homme-dieu, qui imposait aux cités conquises les deux marques caractéristiques de son pouvoir, le tribut et la pratique des sacrifices humains. Sous le règne de Moctezuma II, au début du XVIᵉ siècle, le pouvoir aztèque se fait absolutiste et lointain : l'empereur s'entoure alors d'une puissante noblesse triée sur le volet, dont les privilèges de caste apparurent même exorbitants aux conquistadors.

En Amérique du Sud, l'empire des Incas s'enracinait aussi dans une tradition millénaire, héritier de civilisations dynamiques qui, dès le Vᵉ siècle avant J.-C., avaient étendu leur influence sur les Andes centrales et sur la côte Pacifique. Au XVᵉ siècle, les dynasties incaïques semblent avoir, comme les Aztèques, exercé un pouvoir absolu à légitimation théocratique. Aucun seigneur ne pouvait approcher le Fils du Soleil sans se charger d'un fardeau en signe d'humilité ; lorsqu'il apparaissait en public, le dernier Inca Atahualpa se voilait le visage d'un fin tissu, car nul humain n'était jugé digne de le contempler à l'œil nu... La souveraineté du roi-dieu sur les peuples soumis se manifestait par l'imposition d'un lourd tribut en nature, en femmes et en objets précieux, ainsi que par la pratique de sacrifices humains (en particulier d'enfants) et de nombreux rituels en l'honneur du Dieu-Soleil[2]. Un vrai débat s'est instauré entre spécialistes pour tenter de définir la nature de ce pouvoir absolu. De l'existence de clans totémiques et familiaux, les *ayllus*, fonctionnant autour des terroirs, Louis Baudin a cru déduire — au début des années 1940 — qu'un tel régime était de type socialiste. Cette vision optimiste, pour ne pas dire mythique, a été fortement critiquée par la suite. Pour Alfred Métraux, c'est seulement dans le traumatisme indien de la conquête espagnole que l'empire des Incas a pu se convertir en un âge d'or[3]. De fait, les témoignages collectés par les premiers Espagnols laissent deviner la nature despotique du pouvoir incaïque. Francisco de Toledo, vice-roi de Lima entre 1569 et 1572, prenait déjà un malin plaisir à dénoncer — dans un plaidoyer *pro domo* évident — le mythe incaïque ; ses *Informaciones* se veulent un réquisitoire sans concessions contre la « tyrannie » et la « cruauté monstrueuse » des « usurpateurs » incas. Dans son *Histoire des Incas*, le chroniqueur Pedro Sarmiento de Gamboa dénonçait aussi leur « tyrannie », dans le but avoué de justifier la légitimité des rois d'Espagne sur cette région du monde[4]. Adversaire de toute forme de despotisme, même « éclairé », le savant Alexandre de Humboldt évoquait aussi le pouvoir autoritaire des royaumes indiens du Nord et du Sud de l'Amérique. Selon lui, les peuples mexicains n'avaient fait que passer de la domination des Aztèques à celle des Espagnols : « Lorsque les Espagnols firent la conquête du Mexique, observe-t-il, ils trouvèrent déjà le peuple dans cet état d'abjection et de pauvreté qui accompagne toujours le despotisme et la féodalité[5].... » Plus près de nous, l'historien Luis A. Sánchez admettait le caractère autoritaire du pouvoir incaïque, qualifié de « théocratie paternaliste[6] ».

Ce bref retour en arrière n'avait pour seul objet que de rappeler l'ancienneté du pouvoir autoritaire en Amérique latine, un pouvoir contraignant qui, au début du XVIe siècle, maintenait l'immense majorité des quelque 80 millions d'habitants du continent dans une sujétion totale vis-à-vis d'un pouvoir distant et sacralisé. Cette tradition d'autoritarisme sera reprise par les Espagnols, mais sous une forme plus militaire que religieuse, ce qui lui donnera un caractère plus violent et souvent même sanglant.

Le militarisme, de la Conquête à l'indépendance

La tentation militariste de l'Amérique latine contemporaine semble déjà inscrite dans son acte de naissance. La confrontation des destins de l'Amérique anglo-saxonne et de l'Amérique ibérique est, sur ce plan, révélatrice d'une différence absolue ; si la première a été découverte et colonisée par des commerçants et par des sectes religieuses en rupture de ban, la seconde l'a été par des soudards ou par des aventuriers.

Le sociologue Max Weber avait décrit l'origine de la modernité nord-américaine comme une alliance de l'esprit d'entreprise et des utopies religieuses. Ainsi la colonisation de la Virginie et du Maryland mêlait-elle, à partir de 1620, un premier capitalisme de plantation au protestantisme le plus orthodoxe ; plus au nord, de la Pennsylvanie à la Nouvelle-Angleterre, ce fut une immigration cosmopolite, venue de toute l'Europe du Nord, où se mêlaient des paysans avides de terre et des sectes en quête de liberté religieuse, puritains et baptistes de Nouvelle-Angleterre, quakers de Pennsylvanie, luthériens mystiques installés le long du Delaware[7]... La diversité des origines et la dispersion géographique avaient contribué à renforcer l'isolement et le particularisme de ces sociétés austères, surtout dans les États du Nord — Nouvelle-Angleterre, Pennsylvanie — où la pauvreté relative, la concurrence des sectes et l'individualisme des hommes de l'Écriture favorisèrent au départ une tradition égalitariste.

Mais, si l'Amérique du Nord fut fondée par les livres — Bible et livres de comptes —, l'Amérique méridionale fut enfantée par l'épée et dans la violence. La découverte et la conquête des îles Caraïbes et de la Terre ferme — qui avaient, rappelons-le, précédé de plusieurs décennies celles de l'hémisphère nord-américain[8] — se situent dans une autre tradition, déjà multiséculaire : celle de la guerre sainte des chrétiens contre les Maures de la péninsule Ibérique, close symboliquement en 1492 par la chute du dernier royaume musulman, celui de Cordoue. Bartholomé Bennassar fait observer qu'« il n'y a pas de solution de continuité entre la Reconquête et la Conquête, 1492 achève l'une, inaugure l'autre[9] ». Un véritable esprit de croisade avait, du VIIIe au XIIIe siècle, animé les chrétiens à tous les niveaux de la société ; en valorisant l'usage de la force, l'entreprise de reconquête était devenue, pour des soldats en mal d'aventure, la source exclusive du pouvoir et de l'enrichissement dans des régions échappant à l'autorité monarchique de Castille ; dorénavant, les valeurs de référence de l'« homme espagnol » resteraient celles du soldat : courage et résistance, audace et ténacité, autorité et générosité dans le commandement : autant de qualités physiques et morales admirées chez les conquistadors par leurs contemporains... On retrouverait aussi dans l'histoire brésilienne des racines profondes à l'autoritarisme militaire : le petit royaume du Portugal s'est bâti, sous la dynastie des Bourgogne (1139-1383), dans une idéologie de la croisade contre les Maures, et, plus tard, la conquête du Brésil et la défense contre des concurrents potentiels — Français et Hollandais — s'est opérée grâce à des forces militaires [10].

En un peu plus de quarante ans (1499-1541), la conquête des principales régions peuplées de l'Amérique indienne était achevée ; quelques centaines de soldats étaient venues à bout de trois empires et de plusieurs civilisations, depuis les îles de Saint-Domingue et de Cuba jusqu'à la pointe méridionale de la Cordillère andine ; épopée où se révèlent les traits de l'« homme fort » ibéro-américain d'hier et d'aujourd'hui, et qui s'apparentent à ceux de chefs de bande : l'individualisme forcené, le caractère trempé, la conviction de réussir, l'audace et le goût du panache dans l'action, l'absence de scrupules et, même, la brutalité. Car, en toute circonstance, le caudillo de la Conquista fut, d'abord et avant tout, un « entrepreneur de conquêtes » — comme l'étaient ses prédécesseurs face aux Maures. L'organisation de ces aventures américaines est bien connue : sauf exception, l'État se déchargeait des détails concrets, ainsi que du financement, au profit de « capitaines de conquêtes » qui s'engageaient à rassembler les fonds, à armer les navires, à recruter les hommes ; en échange, ils recevaient, outre l'autorité et les honneurs, quelques attributions régaliennes, comme l'administration de justice ou le droit de diviser la terre, mais à la condition expresse de s'engager à faire respecter sur le territoire à conquérir les normes de l'état de droit — comme le principe de la puissance royale ou la diffusion de la religion chrétienne. La légalisation de ces entreprises privées était inscrite dans des capitulations signées en bonne et due forme entre la couronne de Castille et le maître de la chevauchée (*cabalgada*[11]).

Le conquistador révélait déjà l'un des traits du caudillisme moderne, à savoir l'aptitude à rassembler autour de sa personne un certain nombre d'individus prêts à partager, chacun à sa place, les profits et, éventuellement, les pertes de l'aventure. Chaque caudillo avait son clan, formé de quelques lieutenants fidèles et de reîtres, qui espéraient leur part du futur butin en biens et en captifs : association originale archaïque, plus proche de l'esprit du Moyen Age finissant que d'une Renaissance qui tarde encore à illuminer la péninsule ibérique [12]. Mario Góngora a étudié le cas original de l'occupation de la Terre ferme (l'Amérique centrale), entre 1509 et 1530, dont les « bandes de conquête » étaient formées de mariniers, d'artisans et de bergers de transhumance, habitués à la vie nomade et au vagabondage en Nouvelle-Castille, en Estrémadure et en Andalousie [13]. Comme dans le caudillisme politique contemporain, les capitaines devaient consacrer une bonne part de leur énergie à se défendre contre des rivaux potentiels, toujours prêts à prendre leur place : ainsi au Venezuela, au Nicaragua, au Mexique, mais surtout au Pérou, où, quatre ans durant (1544-1548), la conquête se transforma en une âpre guerre de clans, entre les partisans des frères Pizarro et ceux d'Almagro. Chaque conquérant appliquait à sa façon la devise : « Dieu est au ciel, le roi est loin : c'est moi qui commande ici ! »

L'organisation de l'Empire espagnol n'entrava point, tant s'en faut, la force de ce militarisme prédateur. Officiellement close en 1556, la conquête est relayée par la colonisation, sans que, pour autant, la violence le cède au droit : les tueries, l'exploitation de la force de travail des Indiens et des métis, le dépouillement des terres communautaires ne cessent guère, même si leur intensité varie en fonction de la démographie indigène et de la demande du marché. Si l'on s'en tient à la seule description des institutions coloniales mises en place progressivement au XVIᵉ siècle, on pourrait croire que le pouvoir absolu des souverains espagnols s'était imposé sans difficulté à travers ses rouages centralisateurs, vice-rois, audiences, gouverneurs. Mais, en réalité, les représentants directs de la couronne n'exerçaient un contrôle politique et administratif que dans un rayon relativement réduit autour des villes principales[14]. L'esprit de conquête continua de régenter l'espace américain : chaque propriétaire d'un grand domaine régnait pleinement sur ses terres et sur ses gens ; à la tête des municipalités (*cabildos*) se plaçaient naturellement les « hommes forts », les plus puissants ou les plus riches — mais pas nécessairement les plus compétents. Quant aux lois des Indes, garant théorique de la félicité des Américains, elles n'étaient que trop souvent oubliées, en raison de l'adage hispano-américain : « On respecte la loi, mais on ne l'applique pas... »

Une autre limitation d'importance au fonctionnement d'un état de droit en Amérique tenait à l'impossibilité chronique d'assurer une véritable défense de l'empire. Implantées pour la plupart le long des côtes et dépourvues de défenses convenables, les villes coloniales étaient constamment menacées par les pirates, corsaires, flibustiers, un Francis Drake, un Raleigh, un Morgan... Les transports de troupe depuis l'Espagne se révélaient onéreux, sans parler des risques inhérents à la traversée de l'Atlantique. Au XVIIIᵉ siècle, les voyageurs européens avaient noté la médiocrité des moyens défensifs ; pour chaque ville principale, seulement quelques pièces d'artillerie et, tout au plus, quelques centaines d'hommes de ligne : moyens dérisoires pour un aussi vaste empire. Aussi la couronne avait-elle demandé à chaque *encomendero* d'assurer, avec ses Indiens et ses hommes de main, une partie de la défense territoriale. Au XVIIIᵉ siècle, ce « service militaire » fut étendu à l'ensemble des créoles, intégrés massivement dans des « milices urbaines », qui contribuèrent à diffuser encore davantage l'esprit militaire au sein de la population civile. En ce qui concerne les Indiens, l'Espagne préféra ne pas démanteler les chefferies traditionnelles des caciques, auxquels elle confia l'administration indirecte des villages. Bien que progressivement acculturée, cette élite resta, tout au long de la période coloniale, une caste héréditaire, issue des familles impériales ou des noblesses indiennes. Les caciques continuèrent à jouir d'importants privilèges par rapport aux simples tributaires ; exonérés de la capitation, protégés des excès de la justice ordinaire, ils pouvaient aussi éduquer leurs fils dans des « écoles de caciques », à Lima, Cuzco, ou Tlatelolco (Mexique) ; bénéficiant d'une délégation de pouvoir, ils en usaient souvent pour s'enrichir au détriment de la communauté. Ces nobles in-

diens, métissés et acculturés pour la plupart, continuaient à
exercer un pouvoir « personnel » sur leur communauté ; chaî-
nons indispensables du pouvoir entre les fonctionnaires espagnols
et les Indiens de la base, ils décidaient de la répartition de
toutes les taxes entre les membres de la communauté ; ils cu-
mulaient souvent le prestige de l'autorité indienne et l'efficacité
du pouvoir espagnol [15].

Ainsi, au début du XIXᵉ siècle, ce type de pouvoir autoritaire,
mélange original de caciquisme indien et de caudillisme espagnol, sortait plutôt renforcé par deux siècles et demi de
colonisation ; il trouva une seconde jeunesse sous l'aiguillon
des guerres civiles de l'indépendance. Le rôle des soldats de
métier et des civils armés y occulta bien vite celui des hommes
de loi et des assemblées. La phrase prononcée par Bolívar au
Congrès de Cucuta, en octobre 1821, aurait pu s'appliquer à
toute l'Amérique latine : « En Colombie, le peuple est au sein
de l'armée... » Ainsi, pour n'évoquer que l'Argentine, qui se
souvient aujourd'hui des Castelli, Vieytes, Larrea, Maheu,
« précurseurs de la révolution de Mai » ? Ou encore du jacobin
rousseauiste Mariano Moreno, Premier secrétaire de la Junte
révolutionnaire de Buenos Aires, organisée le 25 mai 1810 ?
Les mérites de ces hommes d'assemblée ou de tribune ont été
occultés par le prestige des soldats, un Santiago Liniers, officier
d'origine française qui, placé à la tête des milices créoles, avait
réussi à évincer un corps expéditionnaire britannique de la cité
de Buenos Aires. Manuel Belgrano doit moins sa renommée à
son rôle de tribun qu'à ses talents de général improvisé — il
dirigea deux expéditions militaires au Paraguay et dans le haut
Pérou. Au-dessus de tous brille la figure de José de San Martín,
officier de carrière qui s'illustra sur les champs de bataille de
San Lorenzo (1813), de Chacabuco (1817) et de Lima (1821)...

L'Amérique s'est donnée aux militaires sans la moindre réserve, alors que les assemblées, formées d'hommes de loi, de
prêtres et d'intellectuels, restaient impuissantes de leurs contradictions, de leurs atermoiements, de leurs parlotes. Chaque
nouvelle république a enfanté son Bonaparte, l'exemple le plus
caricatural étant celui du Venezuela : ici, on chercherait en vain
un Camille Desmoulins ou un Robespierre, encore moins un
Brissot ou un Condorcet. Les grands personnages de l'indépendance sont des caudillos de premier ou de second rang : un

Santiago Mariño (1788-1854), homme fort de la province de Cumana, un Francisco Bermudez ou un Manuel Piar, lieutenants de Bolívar, tous avides du pouvoir. Et, parmi les plus notables, José Antonio Paez (1790-1873), un ancien vacher analphabète devenu, à partir de 1818, le maître des Llanos, avant d'accéder à la présidence du Venezuela... Au-dessus de tous ces seigneurs de la guerre plane la figure tutélaire, sacralisée, de Simón Bolívar : ce fils d'aristocrate, formé par un maître rousseauiste, révéla des talents militaires exceptionnels, sur lesquels il s'appuya pour imposer sa domination politique...

Les révolutions de palais du XIXᵉ siècle

Au siècle dernier, c'est bien ce sens banal que garde le mot « révolution » : la révolte armée d'un caudillo qui cherche à se placer au sommet de l'État « par des voies non institutionnelles [16] ». La « révolution » n'était pas autre chose que la phase violente de prise du pouvoir par un homme fort, qui gouvernait ensuite en associant étroitement la force d'une garde prétorienne, un charisme personnel et un consensus populaire plus ou moins résigné. L'historien péruvien G. Pons Muzzo décrit clairement cet « idéal type » du pouvoir autoritaire : « L'existence du caudillisme est favorable aux révolutions. Le caudillo est de type civil ou militaire ; jouissant de grandes sympathies auprès du peuple pour un fait important qu'il a réalisé, il se présente, fort de cette popularité, pour assumer le gouvernement légal du pays, et habituellement recourt à la révolution comme moyen d'accéder au pouvoir. Arrivé par la force, il finit habituellement par instaurer un gouvernement de force [17]... »

Cette définition n'épuise, certes, pas tous les cas de figure, car les « révolutions de palais » furent innombrables dans les temps fondateurs de ces fragiles républiques, où la greffe de la démocratie semblait rejetée par un corps social habitué à la violence des armes. Edwin Lieuwen a dénombré 115 révolutions « triomphantes », sans compter les centaines d'autres qui ont échoué [18]. Ces révolutions ressemblent bien peu aux révolutions sociales du XXᵉ siècle : quelque caudillo ambitieux s'appuyant sur une garde prétorienne s'empare du pouvoir et tâche de s'y maintenir par la force. La féministe Flora Tristan, bonne observatrice des mœurs péruviennes, note en 1834 : « Ce n'est pas actuellement pour des principes que se battent les Américains-Espagnols, c'est pour des chefs qui les récompensent par le pillage de leurs frères [19]... » La remarque aurait pu s'appliquer à l'ensemble du continent, où les « révolutions » prenaient la forme de « combats de chefs » ; dans ces conflits, les ambitions individuelles l'emportaient sur les motivations collectives, le clientélisme sur l'intérêt général, le provincialisme sur le nationalisme.

Le Libertador Simón Bolívar avait prévu l'imminence du césarisme en Amérique latine : « Le pays tombera infailliblement aux mains de la populace et passera ensuite à de médiocres tyranneaux de toutes couleurs et de toutes races... » Aucun historien n'a eu la patience de dresser l'inventaire du nombre des « révolutions dictatoriales » du siècle dernier — sans doute plusieurs centaines. Le nᵢᵉᵐᵉ coup d'État semblait identique à celui qui l'avait précédé, mécanique répétitive des *golpes* dirigés par des apprentis dictateurs sinistres et dérisoires. On a abondamment décrit ces régimes autoritaires et éclectiques, sans toutefois parvenir à définir une typologie opératoire [20].

Dans certains cas, on ne recourait à la « révolution de palais » *stricto sensu* qu'après avoir épuisé les formes « pacifiques » de prise du pouvoir, comme la fraude électorale, le simple achat de votes (*cohecho*) dans le cadre d'élections régulières — si ce mot pouvait d'ailleurs avoir un sens —, les intrigues, la mise en place d'un homme de paille — notons aussi que toutes ces manœuvres étaient également utilisées lorsque l'homme fort s'était déjà emparé du pouvoir par les armes et qu'il tâchait de s'y maintenir, avant qu'un autre caudillo ne le renversât [21].

Les militaires investissent l'État jusqu'aux années 1880

La « révolution de palais » conduite par un officier supérieur proche du pouvoir est le cas le plus fréquent, à une époque où l'armée est encore nombreuse et puissante, face à une population civile sans consistance politique. Pendant près d'un demi-siècle, les nouveaux États ont été largement dominés par les militaires qui s'étaient illustrés dans les batailles de l'indépendance. Quatre exemples, ceux du Pérou, de la Bolivie, de la Colombie et du Venezuela, suggèrent que les notions de « république » et de « démocratie » n'avaient guère de sens dans des régions où la tradition militaire était forte, et où le militarisme professionnel attirait de jeunes ambitieux.

Au Pérou, les principaux lieutenants de Bolívar ou de Sucre se transformèrent très vite en d'authentiques caudillos : pendant près de trente ans, ceux qu'on appelait les maréchaux d'Ayacucho dominèrent la scène « politique » : de 1823 à 1856, on ne compte pas moins de huit soulèvements de « maréchaux » et de généraux, dont la seule ambition restait la présidence du Pérou. Dans la fragile république de Bolivie, la tentation du coup d'État permanent domine aussi chez les militaires jusqu'au début des années 1880. Il y eut, tout d'abord, l'épisode d'Andrés de Santa Cruz, un autre maréchal d'Ayacucho, placé à la tête du pays de 1829 à 1837 ; ce métis, qui rêvait, disait-on, de construire un empire s'inspirant du modèle incaïque, créa une précaire Confédération Pérou-Bolivie, détruite en 1839 par le Chili. A partir des années 1840, la Bolivie entrait dans l'ère des coups d'État à répétition, dirigés par ceux que l'écrivain A. Arguedas appelait les « caudillos barbares », héros tragiques ou burlesques, excentriques et violents, mus seulement par leur passion effrénée de pouvoir.

Sans être aussi caricatural, le cas de l'instable république de Colombie est un autre exemple de la précarité du régime de droit après l'indépendance. Ce pays, dénommé tour à tour Nouvelle-Grenade, Confédération grenadine, États-Unis de Colombie, fut déchiré par des révolutions sanglantes fomentées par des militaires, en 1840, en 1860 et, à nouveau, en 1866... Chaque fois, on retrouve, sous la phraséologie de l'intérêt général ou de la défense d'un parti, les appétits égoïstes de caudillos sans scrupules, soutenus par une clientèle, un parti, une région... L'histoire du Venezuela est tout aussi symptomatique de cette violence politique : le long XIXe siècle reste pour ce pays « le temps des caudillos », depuis l'héritage du métis Paez (1821-1847) jusqu'à Juan Vicente Gomez (1908-1935), qui poussa la pratique du pouvoir personnel jusqu'à la caricature. A l'exception d'une quinzaine d'années de gouvernement vaguement civil (1864-1879), le pays ne connut qu'une alternance de régimes autoritaires et de guerres intestines. L'immense majorité de ces hommes forts arrivait au pouvoir par le complot ou le *pronunciamiento*, puis s'y maintenait par la corruption, le pillage des richesses et des ressources de l'État, des lois extravagantes et des abus de toute sorte.

Une impossible typologie du « caudillisme »

Dans le système de pouvoir autoritaire, il n'est pas toujours facile de séparer nettement le temps bref de la prise de pouvoir (la « révolution » au sens étroit) de son exercice, plus ou moins long : pour beaucoup de caudillos, il s'agit d'un même processus « révolutionnaire », qui est censé donner au pays un nouveau visage ; pour certains d'entre eux, la véritable « révolution » n'est constituée que par l'enracinement durable dans le pouvoir : la force de la régénération publique sera directement proportionnelle à cette longévité politique...

Certains caudillos ont pourtant laissé d'amers souvenirs. Le plus tristement célèbre, le *gaucho* Manuel de Rosas, brutal et cynique, violent et rusé, a gouverné pendant plus de vingt ans l'Argentine (1829-1852) en fondant son pouvoir sur la délation, la persécution policière et l'assassinat politique ; archétype du dictateur, il laissa le souvenir douloureux d'un fléau de l'humanité. Dans la rubrique des potentats pervers et redoutables figurent aussi en bonne place : le Paraguayen Francisco Solano López (1862-1870), maréchal-dictateur fanatique qui mourut sur le champ de bataille après avoir décimé sa population dans la guerre ruineuse du Paraguay ; les dictateurs sanguinaires de Bolivie Manuel Belzu (1858-1865) et Mariano Melgarejo (1864-1870), ce dernier qualifié de « fléau de Dieu » et de « tyran inculte, orgiaque, bestial et à demi fou [22] » ; les « tyrans » vénézuéliens José Tadeo Monagas (1847-1857) et Cipriano Castro (1899-1908), le Guatémaltèque Estrada Cabrera (1898-1920)... Mais ces exemples de dictature sanglante, qui ne furent peut-être pas aussi nombreux qu'on pourrait le croire, révèlent aussi la permanence de certains archaïsmes sociaux ; ni tout à fait coupable, ni tout à fait innocent, chaque Césarion laisse percer d'inavouables faiblesses sous son masque de brutalité, et son égoisme peut se doubler de largesses insoupçonnées envers ses clients, dociles instruments de sa politique. L'Argentin Rosas, celui-là même qui avait institué la terreur urbaine en système de gouvernement, avait des égards inattendus pour les domestiques noires et les esclaves, ses espions favoris au sein des familles respectables [23]. Le caudillo vénézuélien Juan Vicente Gomez, surnommé « le Barbare », favorisait sans vergogne l'entourage de ses nombreuses concubines et des hommes de son clan, installés à tous les postes clés de l'État...

Dans cet inventaire impossible des révolutions « caudillesques », il ne faudrait pas oublier les dictateurs « nationalistes ». Certes, le patriotisme est toujours resté une valeur sûre pour les démagogues, mais, dans certains cas, il a été valorisé sous la pression des circonstances, à une époque où la plupart des États ibéro-américains étaient confrontés à la délimitation de leurs espaces. L'Argentine et le Mexique, deux États héritiers légitimes de deux vice-royautés, ont vu s'affronter dans d'âpres combats des caudillos « unitaires » et « fédéralistes ». Au Mexique, le général Antonio López de Santa Anna (1829-1854) trahit les libéraux et la cause fédérale pour imposer, avec le régime unitaire et conservateur, son absolutisme rigide ; en Argentine, le *gaucho* Manuel de Rosas profita des guerres civiles endémiques entre tyranneaux de province pour accéder au pouvoir au nom du fédéralisme et instaurer... un régime unitaire *de facto* [24]. Au Paraguay, le « lettré » Gaspar de Francia (1811-1840), un avocat austère, secret et xénophobe, réhabilité par le romancier Augusto Roa Bastos (*Moi, le Suprême*), rétablissait la tradition d'isolement, inaugurée au XVIIe siècle par les jésuites, en décrétant la fermeture complète du pays, afin de le protéger, à la fois, des visées argentines et d'une « contamination » étrangère ; il finit par gérer le pays comme son propre domaine. D'autres hommes forts ont voulu laisser d'eux-mêmes une image de « super-patriotes », orientant, dès le départ, leur action vers la défense bruyante des intérêts nationaux contre l'ingérence des grandes puissances : le Vénézuélien Cipriano Castro (1899-1908), le Hondurien Miguel Dávila (1907-1911) ou le Nicaraguayen Santos Zelaya (1893-1909) se montrèrent ombrageux dans la défense des frontières ou des intérêts commerciaux de leur pays, face aux ingérences de la Grande-Bretagne ou des États-Unis.

Certains États n'ont pas cessé de rendre un culte à ceux de leurs hommes forts qui avaient su imposer des progrès matériels à leur pays. Le Péruvien Ramón Castilla (1855-1862), un autre maréchal d'Ayacucho, apparaît dans les manuels scolaires comme l'une des plus brillantes figures nationales, parce qu'il avait supprimé l'esclavage et le tribut indien, organisé l'administration du pays et lancé l'instruction publique. Mais ces mêmes manuels oublient de rappeler que ce personnage avait livré le guano à des étrangers, endetté fortement le pays et remplacé l'esclavage noir par le travail forcé des « coolies » chinois... Même ambiguïté autour du dictateur équatorien García Moreno (1869-1875), qui s'empara du pouvoir avec l'intention affichée de moderniser l'État et qui finit en grand inquisiteur, mystique et violent, rétablissant les tribunaux ecclésiastiques, confiant la totalité de l'enseignement au clergé et inaugurant une chasse aux sorcières contre tous les non-catholiques du pays. On pourrait aussi évoquer ici le général vénézuélien Guzmán Blanco (1870-1884), qui s'était attribué le titre d'« autocrate civilisateur » pour avoir décrété l'instruction obligatoire, modernisé l'administration et institué le mariage civil. D'autres caudillos positivistes de fin de siècle cherchèrent à donner d'eux-mêmes une image de modernité : le Mexicain Porfirio Díaz (1876-1910), le Guatémaltèque Rufino Barrios (1872-1895) ou encore, le Nicaraguayen Santos Zelaya (1893-1909), un réformateur progressiste, mais profondément autoritaire, et même expansionniste au détriment de ses voisins...

La fiction au service de l'histoire : les caudillos vus par les romanciers

Longtemps après la disparition des caudillos, leur présence magique continue de hanter l'imaginaire collectif. Les écrivains latino-américains les ont fait revivre dans des romans où la fiction réinterprète un certain vécu historique, livrant au lecteur des portraits de *machos* équivoques, démesurés dans la grandeur ou dans le sordide, proprement surréalistes, tour à tour fascinants et repoussants. Si la plupart des auteurs ont préféré s'inspirer de circonstances « réelles », d'autres ont imaginé des situations fictives ou semi-fictives, donnant encore à l'historien des récits pseudo-historiques où s'imbriquent étroitement réalité et fiction, mais qui prennent valeur de paradigme, non moins convaincants, parfois, que certains récits historiques réputés « vrais ».

Paul Verdevoye et une équipe de chercheurs ont dénombré plus de cent romans et récits traitant du caudillisme hispano-américain, pour une période allant essentiellement de 1910 à 1969 [25]. Une telle fascination sur l'imaginaire des écrivains — et donc sur celui de leurs lecteurs — n'est-elle pas en soi significative de la banalisation du pouvoir autoritaire en Amérique latine ? D'après cet échantillon, la majorité des caudillos appartient aux classes dominantes ; un grand nombre viennent, on le sait, de l'armée, vraie pépinière de dictateurs, mais on trouve aussi des propriétaires fonciers, des hommes d'affaires et même des intellectuels (G. de Francia était docteur en théologie et en droit). Plus rarement, ils sortent du peuple — c'est le cas du héros imaginé par le Colombien Gabriel García Márquez dans *L'Automne du patriarche*. La plupart des romanciers démontent le mécanisme des ambitions, le goût du pouvoir et de l'argent. Rares sont les caudillos honnêtes et désintéressés, comme la figure de « l'étudiant », pur révolutionnaire imaginé par le Cubain Alejo Carpentier dans *Le Recours de la Méthode*, ou bien celle de Santos Luzardo, que le Vénézuélien Rómulo Gallegos oppose à doña Bárbara, femme-cacique, méchante et avare, vraie personnification du Mal [26].

Le chef autoritaire suscite la peur en même temps qu'il s'efforce de la réprimer par la menace ou par la violence. A la *camarilla* de ses agents, il dispense honneurs et argent, sans être pour autant jamais sûr de leur fidélité. Sur le peuple, il exerce une fascination complexe, faite de crainte et de respect. On recherche instinctivement auprès de lui la protection du plus fort, du plus courageux, du plus « viril ». Dans leurs descriptions, vraies ou imaginaires, les romanciers confortent les réflexions de Guglielmo Ferrero sur les rapports complexes entre le pouvoir et la peur : les caudillos ne sont-ils pas tous des Caïn, « hommes forts, puissants, rigides, véhéments », qui s'imposent aux Abel, ces êtres caractérisés par « la faiblesse, la douceur, la passivité, l'abandon » ? Dans l'ordre symbolique Caïn apparaît comme l'homme de commandement, alors qu'Abel « incarne tous ceux qui sont destinés à obéir ». Mais, comme dans la Genèse, le rapport à la peur est ambigu, car, si « les hommes ont peur du Pouvoir, celui-ci a peur des hommes qui peuvent se révolter [27]... ».

La répartition géographique de ces œuvres dites « de fiction » confirme bien la géographie réelle des « révolutions caudillesques » : quasi absent dans les pays à réputation « démocratique », comme le Chili ou le Costa Rica, le roman du caudillisme foisonne au Mexique, souvent baptisé « terre de caciques », dans les pays andins et en Amérique centrale. Dans son roman, *Le Général*, le Mexicain B. Traven brosse le portrait type d'un authentique chef révolutionnaire qui prend la tête d'une révolte de paysans indiens jusque-là fatalistes, et réussit à les retourner contre leurs maîtres tyranniques — véritable anticipation de la révolte d'un Emiliano Zapata... Les romans à thèmes « caudillesques » abondent aussi au Pérou, en Bolivie, en Colombie et au Venezuela. A l'œuvre majeure du Péruvien Ciro Alegria (*Vaste est le monde*, 1941) qui dépeint « de l'intérieur » le gamonalisme, cette variété péruvienne du grand propriétaire féodal, maître de la terre et des gens, correspond la fresque historique *Le Grand Burundí Burunda est mort* de Jorge Zalamea (1952), qui crée une fiction historico-culturelle démesurée et grotesque autour du caudillisme colombien, d'ailleurs plus proche de la réalité de notre temps que du siècle passé. Le caractère tragicomique de l'œuvre sort renforcé par le recours à l'emphase, un procédé littéraire classique qui permet de qualifier de vingt-cinq manières différentes le personnage central, caméléon indéfinissable, qui devient, au gré de la fantaisie inventive de l'auteur, tour à tour le « Grand Sorcier », le « Grand Vociférant », ou le « Grand Absent » [28].

Les multiples révolutions d'Amérique centrale ont également stimulé la veine inventive des écrivains. Ainsi, dans *Monsieur le président* (1946), le prix Nobel Miguel Ángel Asturias dresse le portrait d'un dictateur qui ressemble étrangement à Estrada Cabrera, maître du Guatemala de 1897 à 1920. Asturias néglige le début de la révolution, pour ne s'intéresser qu'à la phase de décadence ; le dictateur déclinant s'accroche au pouvoir par la violence policière, la vénalité, la corruption, le népotisme, mais il sait encore exciter la ferveur et l'admiration du bas peuple en organisant de grandes fêtes populaires. L'auteur s'est aussi attaché à dépeindre la psychologie supposée du « président » : cruauté, violence, explosions de colère, manie de la persécution, goût du paraître et double jeu. Tel apparaît en sa quintessence *el Señor Presidente*, figure emblématique des hommes forts qui dominent la scène politique latino-américaine jusqu'au début de ce siècle.

Bien que cette littérature ne prétende pas être le miroir fidèle de la réalité complexe du césarisme, elle a au moins le mérite de suggérer, par son effet de réel, un certain « idéal type » qui éclaire et enrichit par la magie des mots les diverses situations historiques. Sans la créativité des écrivains, qui font revivre de l'intérieur les acteurs de ces drames baroques, l'historien en est trop souvent réduit à établir des chronologies et à dresser des bilans socio-économiques. La véritable compréhension « chaude » de ces personnages sort enrichie d'une méditation autour de ces univers romanesques, dont les trames donnent des effets de réel de plus en plus satisfaisants pour une histoire soucieuse de la vraisemblance des personnages. Il apparaît, en effet, qu'avec le temps les romanciers ont appris à mieux cerner la vraisemblance psychologique de leurs personnages. Jusqu'au début des années 1970, on nous donne à voir des entités un peu abstraites, presque indifférenciées, dessinées à partir de traits sociologiques non individualisés. C'est l'époque où les auteurs croient encore à la fonction sociale de l'écriture ; les personnages sont décrits dans un « vérisme » néo-naturaliste, mélodramatique et caricatural. Par la suite, sous l'influence d'auteurs comme M. Proust, J. Joyce, W. Faulkner ou E. Hemingway, le roman de la dictature latino-américaine prend de l'épaisseur historique, se charge de connotations mythologiques ou psychanalytiques. C'est le cas du *Recours de la Méthode* d'Alejo Carpentier (1974), qui fait parler à la première personne son héros dédoublé, homme raffiné et sensible à Paris, mais qui redevient implacable et brutal lorsqu'il retourne dans son pays pour y mater une rébellion qui risquait de le renverser. Dans *Moi le Suprême* (1974), Augusto Roa Bastos prétend écrire le « roman biographique » du dictateur paraguayen Gaspar de Francia, dans une écriture complexe qui mêle les considérations d'un narrateur omniscient, des fragments de documents historiques et des dialogues reconstitués. Lorsque l'auteur fait dire au Dr Francia : « Nous avons ici la seule Patrie libre et souveraine d'Amérique du Sud, la seule Révolution vraiment révolutionnaire », si nous ne sommes pas sûrs de l'authenticité de la phrase, nous la trouvons pourtant vraisemblable... Dans *L'Automne du patriarche* (1975), Gabriel García Márquez fonde une mythologie « caudillesque » qui aide à comprendre la profonde vérité du dictateur latino-américain : la solitude. Ces trois œuvres majeures s'attachent à brosser un sombre tableau psychologique de ces fins de règne, mal décrites par l'histoire académique [29].

Les révolutions populaires face au caudillisme

Alain Rouquié explique la permanence du césarisme dans les États hispano-américains par le vide institutionnel qui suivit l'indépendance, ce qu'il appelle leur « précarité préétatique [30] » ; il n'ignore pas, non plus, que ce pouvoir discrétionnaire des « seigneurs de la guerre » s'enracinait dans une certaine passivité de la population, qui partageait souvent à leur égard des sentiments de crainte et d'admiration.

Seuls les excès d'un caudillo pouvaient troubler la patience infinie des populations, qui finissaient, dans certains cas, par se soulever contre le tyran. Ces mouvements de réaction spontanée sont-ils, pour autant, révélateurs — comme le suggèrent certains historiens latino-américains — d'un début de prise de conscience politique ? A observer le déchaînement des violences qui accompagnent habituellement ces turbulences de la rue, on peut en douter : s'il arrive que la population se soulève, c'est d'abord pour chasser le tyran dont les excès ne lui sont plus supportables ; et, dans bien des cas, parce que la révolte a été fomentée et dirigée par des ennemis personnels du « président », d'autres dictateurs en puissance.

Les révoltes urbaines que les historiens académiques appellent un peu trop rapidement d'« authentiques révolutions populaires [31] » s'inscrivent, en effet, dans l'ambiguïté. L'exemple du Pérou, fertile en révolutions de toute espèce [32] est, sur ce plan, démonstratif. La prétendue « révolution libérale » de 1854-1855 ne fut, en réalité, qu'une simple tentative de récupération du pouvoir par un ancien président de la République, le maréchal Ramón Castilla, qui sut exploiter la mauvaise gestion financière de l'homme au pouvoir, pour le chasser et prendre sa place.

Dans ce cas précis, le rôle du « peuple » se réduisit à une approbation plus ou moins spontanée de l'initiative du nouvel homme fort... Bien d'autres exemples montrent qu'on aurait tort d'abuser de l'expression « révolution populaire » pour qualifier les mouvements de rue qui éclatent périodiquement au long du siècle... Certes, il arrive qu'une insurrection urbaine ait pour objet la défense du pouvoir civil en place. On sait qu'en 1834 Flora Tristan avait été le témoin ironique d'une « révolution » dont l'objectif était d'empêcher que deux généraux « illégitimes » ne renversent le président légal. Même scénario en juillet 1872, lorsque la population de Lima déclencha une insurrection contre deux colonels qui s'étaient soulevés contre un président légitime. Mais ces actions plus ou moins spontanées ne véhiculent aucun projet politique ou social véritable ; elles sont tout au plus le reflet d'une lassitude collective face à l'arbitraire du césarisme ; en général, elles n'ont aucune suite et ne remettent pas en cause la pratique séculaire de l'autoritarisme.

De même, il est bien difficile d'interpréter les mouvements régionalistes qui secouèrent les États, grands ou petits, pendant tout le XIXe siècle. Bien que dirigées contre les abus de la capitale ou de l'État fédéral, ils obéissaient presque toujours à un mode de fonctionnement autoritaire : pas une révolte régionale qui n'ait enfanté son chef charismatique, et qui ne se soit effondrée avec lui.

Dans la première moitié du siècle, le Brésil a connu sept « révolutions » régionalistes, localisées essentiellement dans les provinces du Nord-Est — Pernambouc, Pará, Maranhão, Bahia. A l'exception de deux d'entre elles, A Cabanagem (Pará, 1835-1840) et A Balaiada (Maranhão, 1838-1841), qui correspondent à des révoltes éclatant au sein des couches les plus misérables de la société, d'autres mouvements expriment des rancœurs politiques et économiques clairement régionalistes chez les élites locales ; ce fut le cas de la révolution Farroupilha, qui agita le Rio Grande do Sul de 1835 à 1845, et dont les leaders réclamaient une réelle autonomie administrative dans un Empire brésilien autoritaire et centralisateur, ou bien encore la révolution Praieira qui éclata au Pernambouc en 1848 et qui était dirigée par des libéraux hostiles à l'autoritarisme de l'empereur Pedro II. D'autres « révolutions » affichaient des objectifs franchement sécessionnistes, doublés de perspectives républicaines : ainsi la Confédération d'Équateur (1825) prétendait fonder une république indépendante dans la province de Pernambouc. Dans tous les cas, ces mouvements s'effondrèrent avec la disparition de leurs chefs historiques, sous la répression des troupes impériales.

Les révolutions régionalistes ne sont pas faciles à interpréter, tant elles mêlent de signes contradictoires, qui traduisent finalement la précarité de l'état de droit dans ces États en gestation. Ainsi, les révolutions régionalistes de 1851 et de 1859 au Chili ont fait l'objet de multiples interprétations. Pour les historiens libéraux, elles s'inscrivent dans « le cycle romantique et révolutionnaire de 1848 » (Agustín Edwards), alors que, pour les marxistes, elles correspondent à des insurrections populaires et « polyclassistes » (Luis Vitale). On trouve dans ces épisodes des éléments susceptibles de donner raison aux uns et aux autres : d'un côté, la rhétorique mystique et rationnelle de la table rase, à la française, la multiplication de « Clubs constituants », le goût de la tribune, la tentation de l'anarchie [33] ; et, de l'autre, ces deux « révolutions » s'inscrivent dans des phases dépressives de l'économie minière, celle du cuivre en 1851 et celle de l'argent en 1859 [34]. Ce qui rend aujourd'hui difficile la « lisibilité » de ces mouvements tient sans doute à l'extraordinaire complexité des messages. Ces régionalismes apparaissent d'abord comme l'expression des frustrations provinciales — Concepción au sud, Coquimbo au nord : aux extorsions fiscales de la capitale s'ajoutait l'aggravation des déséquilibres économiques, préjudiciables à ces deux provinces, depuis toujours les plus riches et les plus dynamiques. Mais ces guerres civiles dépassaient le simple enjeu économique pour exprimer d'autres mécontentements, comme celui des mineurs, celui des artisans ou celui des Indiens araucans, menacés par le dépècement de leurs terres communautaires ; celui, aussi, de bandes de « brigands » (*montoneros*), sévissant un peu partout dans les campagnes. Et, comme si cela ne suffisait pas à compliquer le modèle, ces révolutions furent, d'un bout à l'autre, suscitées, dirigées et animées par d'authentiques caudillos, qui finançaient eux-mêmes leur guérilla : ainsi, le général Cruz dans la région de Concepción en 1851, ou Pedro-León Gallo, un leader romantique de la province d'Atacama, qui finança « sa » révolution de 1859 en puisant dans la fortune familiale amassée dans les mines d'argent de la province d'Atacama [35]...

Qu'elles aient été fomentées par des caudillos ambitieux ou qu'elles aient correspondu à des explosions sociales de la plèbe urbaine, des petits paysans, des Indiens ou des esclaves noirs, ces explosions sociales ne sont pas souvent considérées aujourd'hui comme d'authentiques révolutions, tout au plus comme des révoltes archaïques et exotiques. Elles s'inscrivaient dans une culture différente, où la politique « rationnelle » n'avait pas encore acquis son autonomie par rapport aux pratiques charismatiques ou violentes des anciennes chefferies. L'Amérique latine est longtemps restée une belle illustration de la fascination primitive pour les chefs, ceux que Guglielmo Ferrero appelle les « César de village, de petites ou de grandes villes, les petits et grands dictateurs [36] », qui correspondraient à l'une des formes les plus enracinées du pouvoir, décrite par Montesquieu sous le nom générique de « despotisme », et que nous préférons aujourd'hui appeler « dictature ». A cela près, cependant, qu'en Amérique latine ce pouvoir autoritaire était fondé non seulement sur la « crainte », mais aussi sur le charisme du chef, sa personnalité active, ses dons de meneur d'hommes et de protecteur d'une communauté. Cet enracinement culturel était si profond que la plupart des révoltes populaires étaient, elles aussi, conduites par des leaders « naturels », capables de dynamiser le mouvement, de lui donner une âme.

Pour être mieux comprises, ces révolutions de palais devraient être éclairées par le contexte prérationaliste dans lequel baigne l'Amérique latine depuis les origines, et dont les deux composantes majeures étaient la sacralisation magique et la peur primitive, qu'on retrouvait sans doute dans toutes les vieilles civilisations. Ces « révolutions de palais » ont peut-être le sens qu'Alejo Carpentier leur accorde dans *Le Recours de la Méthode* : « crise d'adolescence, scarlatines et rougeoles de peuples jeunes, impétueux, passionnés et au sang chaud, qui avaient parfois besoin d'une certaine discipline... ».

3

La révolution mexicaine

La révolution mexicaine fut perçue par les contemporains essentiellement comme « une période confuse de guerres civiles[1] ». La
violence de ses combats, l'enflure baroque de ses héros inspirèrent
aux journalistes de *Collier's* et de *L'Illustration* des reportages hauts
en couleur, alors que les premières séquences du cinéma muet
s'attardaient, non sans complaisance, sur les horreurs de la guerre.
Pendant près de dix ans ont été ainsi accumulées des informations
hétéroclites sur les multiples péripéties militaires et politiques ; il
en est résulté une impression d'incohérence, et même de chaos, qui
perdure quatre-vingts ans après les événements.

Aujourd'hui encore, on éprouve également quelque difficulté à
comprendre la « logique » des enchaînements qui conduisirent à
l'explosion de 1910. Fut-elle « déclenchée » (mais ce mot évoque la fatalité déterministe du simple rapport causal) par un
mécontentement social profond dans les campagnes ? Fut-elle,
plutôt, la révolte des « bourgeois », lassés d'une dictature vieille
de trente ans ? Ce raz-de-marée de violences traduit-il encore, la
rencontre carnavalesque, baroque, macabre, de deux cultures irréconciliables, celle des villes, laïque et positiviste, et celle des
campagnes, imprégnée des valeurs indiennes et chrétiennes ?

Selon certains, la révolution serait le mythe fondateur du
Mexique moderne, le creuset dans lequel les composantes hé-
térogènes de la nation se seraient enfin réunies pour consolider
une identité nationale, la « mexicanité ». Mais, pour d'autres,
cette idéologie du consensus ne serait qu'un masque, derrière
lequel s'abriterait une réalité plus triviale, à savoir que la révolution n'aurait servi qu'à renforcer le pouvoir des caciques, des
politiciens et des capitalistes[2].

Révolution agraire ou révolution politique ?

Bien que la révolution ait commencé comme une affirmation des valeurs démocratiques face à une dictature trop longue, elle s'est très vite transformée en une énorme explosion agraire qui n'a cessé d'occuper le devant de la scène jusqu'au final [3].

Complexité de la question agraire vers 1910

Le problème foncier avait pris une réelle gravité dans la deuxième moitié du XIXe siècle, sous le double impact d'un « boom » démographique et d'une politique systématique d'extorsion des terres collectives.

Après le quasi-génocide de la Conquête, on observe une remontée curable et cumulative qui porte la population totale du Mexique de 6 millions à la veille de l'indépendance à 9,5 millions en 1876 et à 15,1 millions en 1910. Cette poussée démographique avait coïncidé avec une volonté politique de démanteler les vieilles structures agraires, d'abord sous la réforme, avec la loi Lerdo (1856), puis sous le gouvernement de Porfirio Díaz, qui mit en place, à partir de 1883, des compagnies financières dites « d'arpentage », destinées à coloniser des terrains en friche. En fait, ceux-ci appartenaient depuis toujours à des communautés paysannes, dépourvues de titres légaux de propriété. Entre 1883 et 1906, ces compagnies délimitèrent près de 50 millions d'hectares — soit le quart du territoire national — et en récupérèrent à bas prix ou gratuitement une grande partie [4].

Le vieux débat sur les conflits fonciers a été relancé voici quelques années. Les compagnies d'arpentage auraient surtout sévi du côté de la frontière septentrionale et dans les États moins peuplés qui bordent le golfe du Mexique (Veracruz, Tabasco) ; face à elles, on aurait sous-estimé la capacité de résistance des petites propriétés ; enfin — et surtout —, l'image archaïque du grand domaine mériterait d'être réexaminée, car, sous le Porfiriat (1876-1910), on aurait assisté à une réelle amélioration de la production à grande échelle. Pour Friedrich

Katz, « ce n'était pas le féodalisme, mais une forme plus intense de capitalisme agraire, qui choquait la paysannerie mexicaine [5] ».

A la fin du siècle, les conditions de vie du travailleur s'étaient dégradées, aussi bien pour les ouvriers agricoles que pour les métayers. Vers 1900, la pénurie de main-d'œuvre était si grave que les *hacendados* n'hésitaient pas à recruter leurs travailleurs sous la contrainte. Les autorités locales du Yucatán imposaient aux Indiens yaqui l'obligation de travailler, et, d'un bout à l'autre du pays, on enchaînait la main-d'œuvre par le système de l'endettement auprès du magasin général (*tienda de raya*). Dans le Nord, plus prospère, les contrats de travail étaient moins léonins, et l'esclavage pour dette beaucoup moins fréquent (car les *peones* pouvaient toujours s'exiler aux États-Unis).

Le recensement de 1910 donne une image contrastée du monde rural : il répertorie, d'un côté, 410 000 « agriculteurs », ensemble disparate allant du très grand propriétaire au travailleur réputé « libre » en passant par le fermier et le métayer ; de l'autre, il englobe dans la catégorie des *peones acasillados* quelque 3,1 millions de travailleurs ruraux attachés au domaine. Curieusement, le recensement semble oublier la masse des journaliers temporaires, qui ne figurent nulle part dans les statistiques. Or, d'après l'historien Jesús Silva Herzog, 4 Mexicains sur 5 dépendaient encore d'un revenu agricole en 1910 [6].

Mais toutes ces tensions auraient-elles suffi à provoquer l'explosion de 1910 ? Déjà, au XIXe siècle, le Mexique avait connu de nombreuses révoltes paysannes, sans que pour autant celles-ci débouchent sur un tel cataclysme social. Le mérite de l'historien John Tutino est de rappeler que la seule dégradation des conditions matérielles ne suffit pas à déclencher une révolution ; encore faut-il que le paysan éprouve un sentiment de perte d'autonomie et d'insécurité ; qu'il sente aussi qu'un processus de fissuration ronge l'État et les élites sociales [7].

Le problème politique

Bien qu'octogénaire, le dictateur Porfirio Díaz pensait pouvoir gagner sans difficulté les élections de 1910, les huitièmes qu'il organisait depuis son arrivée au pouvoir en 1876. Il n'avait jamais envisagé de se retirer — ce en quoi il était un vrai caudillo —, même s'il disait parfois le contraire. Pour l'heure, il reste encore l'homme fort du Mexique. Son passé plaide pour lui : ancien chef de guérilla, il s'était illustré dans la lutte contre Maximilien et les occupants français ; puis, avec le temps, il était devenu un homme d'ordre et de progrès — ne parlait-on pas de la « paix porfirienne », un peu comme en Angleterre de l'« ère victorienne » ? Grâce à cette sécurité intérieure, résumée dans la formule lapidaire *Pan y palo* (« Pain et gourdin »), grâce aussi à des lois « hospitalières », banquiers et hommes d'affaires avaient réalisé des investissements dans le pays — une exception notable dans cette Amérique latine encore instable. Don Porfirio était particulièrement fier d'avoir œuvré à l'amplification du réseau ferroviaire, qui dépassait 20 000 kilomètres en 1910. Cette apparence de prospérité rejaillissait sur l'aspect des villes, de Mexico en particulier, embellie par quelques monuments « Belle Époque », tels le palais des Beaux-Arts ou la poste centrale. Certes, on pouvait reprocher au régime le vieillissement de ses cadres, mais l'idéologie progressiste des *científicos* — l'autoritarisme au service du progrès industriel — restait toujours le fer de lance du régime...

La crise boursière qui avait éclaté à Wall Street en 1907 s'était répercutée au Mexique par la déflation et le chômage. Mais la population ouvrière n'était pas nombreuse dans ce pays éminemment rural : peut-être 200 000 salariés et 500 000 artisans. Jean Meyer fait justement observer : « La petite masse prolétaire ne pèse pas lourd en face des onze millions de ruraux, peu sûre d'elle-même, peu consciente de ses problèmes, elle n'a que dix à vingt ans d'usine derrière elle[8]. » Dans l'histoire du Mexique, les révoltes ouvrières qui éclatent à cette époque-là prennent surtout la figure d'un symbole, celui du réveil de la conscience ouvrière. A Cananea, mine de cuivre nord-américaine, les travailleurs mexicains se soulèvent, en juin 1906, pour obtenir l'égalité des salaires avec les « Yankees » et pour la journée de huit heures ; mais la grève tourne à l'émeute et s'achève dans un bain de sang. Au début de 1907, une autre grève dure frappait l'industrie textile de Rio Blanco, mais la répression fit plusieurs centaines de morts, car Díaz avait décidé de faire un exemple. De fait, cette agitation ponctuelle n'eut pas de répercussion dans le reste du pays. Partagés entre l'anarchisme, le socialisme et le christianisme social, les syndicats n'avaient aucun projet révolutionnaire cohérent. Les travailleurs d'usine seront les grands absents de la révolte de 1910, et, lorsqu'ils interviendront, ils agiront contre les intérêts des masses paysannes [9].

Pour l'heure, don Porfirio joue avec son opinion publique. Dans une entrevue accordée au journaliste nord-américain Creelman en 1908, le vieux dictateur commence par tenir des propos apparemment nouveaux : feignant d'admettre que sa mission s'achève, il appelle à la formation d'un véritable parti d'opposition. Propos lénifiants, visiblement destinés à la Maison-Blanche, avec laquelle les relations s'étaient aggravées depuis peu. Quelques mois plus tard, en effet, il annonçait sa huitième candidature à la présidence, renvoyant dos à dos ses héritiers présumés, le métis Bernardo Reyes, gouverneur « progressiste » du Nuevo León, et le créole d'origine française Limantour, chef de file des *científicos* ; il fit même exiler un « présidentiable » de la dernière minute, le général Reyes, alors ministre de la Justice et chef d'un timide « Parti démocrate » [10].

Díaz vieillissant ne tenait pas suffisamment compte de la crise que traversait le pays ; celle-ci avait ruiné des industriels, et la mauvaise révolte de 1907 avait renchéri le prix du maïs, donc de la *tortilla* (la galette). Dans ce climat de malaise général, le « parti des opposants » allait se souder en un bloc cohérent, déterminé à abattre le vieux lion. Paradoxalement, ce fut l'opposant le plus terne qui parvint à unir tous les mécontents. Francisco I. Madero était, à bien des égards, le « mouton noir » d'une vieille famille de l'État du Coahuila. Formé à l'humanisme classique au lycée Hoche de Versailles et à l'université de Berkeley, il s'efforçait d'appliquer ses principes philanthropiques auprès des travailleurs de son hacienda de coton. Lorsqu'il publia, en 1908, *La Succession présidentielle*, sa figure d'opposant modéré devint célèbre du jour au lendemain. Il y préconisait une transition progressive : le maintien à la présidence de l'indéracinable don Porfirio — vraie statue du Commandeur — serait assorti de la seule élection du vice-président. Amusé, au départ, par cette figure modeste, le dictateur finit par prendre ombrage de son activisme grandissant : dans ses meetings, le petit homme parcouru de tics et doté d'une voix de fausset, spiritualiste végétarien et antialcoolique, parvenait à faire vibrer les foules sur les thèmes de la liberté et de la

« régénération » du pays. Au fil des mois, le discours de Madero
se faisait plus radical (et Díaz le soupçonnait même d'être financé par les *gringos*...) : n'allait-il pas jusqu'à s'opposer pour de
bon au principe d'une nouvelle réélection de don Porfirio ? Madero
s'enhardit jusqu'à organiser une convention « antiréélectionniste »,
qui le choisit comme candidat à la future élection. Alors, Díaz se
fâcha tout rouge et fit emprisonner le « comploteur », à un mois
des élections. Tout semblait rentrer dans l'ordre : le 11 septembre
1910, *el Señor Presidente* pouvait inaugurer les festivités du centenaire de l'Indépendance. Flanqué de l'ambassadeur des
États-Unis, il plaçait la première pierre d'un monument consacré
à George Washington, symbole de la démocratie retrouvée. Deux
semaines plus tard, P. Díaz et « son » vice-président Corral étaient
proclamés élus. En caudillo magnanime, il laissait presque aussitôt s'évader son prisonnier, qui se réfugiait au Texas, où, dans un
manifeste — le plan de San Luis Potosí — il se proclamait
président provisoire du Mexique et annonçait l'insurrection générale pour le 20 novembre 1910. La révolution mexicaine venait
de commencer [11].

Une longue guerre civile appelée « révolution »

Pendant près d'une décennie, le Mexique fut en proie à des
convulsions qui ont appauvri le pays et traumatisé la population.
Ces luttes intestines étaient conduites par des caudillos à demi
barbares, trop absorbés par leurs obsessions ou leurs ambitions
pour imaginer une quelconque solution allant dans le sens de
l'intérêt général. Ceux-ci ont conduit leur révolte dans une perspective suffisamment autonomiste pour éclater le temps historique
en autant d'histoires régionales, déconnectées les unes des autres.

Les leaders de la révolution

Aux grands perdants que furent les « agraristes » on opposera
les « chefs politiques », vrais politiciens dont l'objectif avoué
était la conquête du pouvoir.

Les caudillos agraristes

Quoique peu connu, Pascal Orozco incarne une forme absolue de révolte. Dès le 20 novembre 1910, cet ancien chef de train fut l'un des premiers à se soulever contre Díaz, entraînant avec lui un groupe de mineurs — les Drapeaux rouges —, dans le Sud de l'État de Chihuahua. Après plusieurs opérations spectaculaires, il s'associait à Villa pour s'emparer de la ville frontalière de Ciudad Juárez : coup d'audace qui poussa le vieux Díaz à renoncer au pouvoir (le 25 mai 1911). Ce dernier s'embarquait aussitôt pour la France, où il devait mourir quatre ans plus tard. Par la suite, P. Orozco durcit ses positions : en mars 1912, il se révoltait contre un pouvoir central jugé trop mou. Bien que manipulé par des têtes politiques proches de l'ancien pouvoir, il apparaît alors comme l'un des chefs les plus populaires, tant par son prestige personnel que par son programme — le plan de Chihuahua — qui revendiquait l'application des lois sociales ainsi que la restitution des terres volées et l'expropriation des terres incultes [12]. Nommé gouverneur du Chihuahua, il refuse de transiger avec le nouveau président Madero, et devient alors l'ennemi public numéro un. Il se réfugie une première fois aux États-Unis, avant de se rallier au nouveau président Victorino Huerta, au début de 1913 ; mais l'échec final de ce dernier, en juillet 1914, contraint Orozco à un second exil aux États-Unis. Il sera abattu l'année suivante par des *rangers* mexicains, alors qu'il essayait de revenir au Mexique.

De tous les révolutionnaires mexicains, Francisco Doroteo Arango, *alias* Pancho Villa (1878-1923), est celui dont la personnalité a le plus fasciné les imaginations collectives, tant au Mexique qu'à l'étranger. Animé d'appétits féroces, instinctif comme un animal tour à tour agressif et traqué, ce fils d'ouvrier agricole originaire de l'État de Durango se révèle tout entier dans sa première révolte : à dix-sept ans, il blesse un grand propriétaire qui avait tenté de séduire sa sœur. Généreux mais implacable, tendre mais rancunier, prudent face aux dangers du quotidien, mais désarmé devant les intrigues, cet ancien voleur de bétail passé à la cause révolutionnaire a laissé de lui-même une image mal décryptée [13].

Dès le début, le « colonel » Villa adopte les principes de la guérilla, fondée sur la mobilité et l'effet de surprise, mais aussi sur l'inspiration, la fougue et la bravoure. Après une interruption de quelques mois, due à la fuite du dictateur Díaz, il reprend du service comme général de brigade dans l'armée fédérale pour écraser la rébellion de son ancien compagnon Orozco. Mais son insubordination lui vaut d'être arrêté et enfermé dans une prison militaire ; il s'en échappe et se réfugie aux États-Unis. L'assassinat de Madero, le président « légitime », le pousse à reprendre les armes contre le « traître » Huerta, le nouvel homme fort du pays (mars 1913). Après avoir pris le contrôle des États du Nord, il participe à l'occupation de la capitale, en mars 1914. Le cliché le plus iconoclaste de toute la révolution a été produit par le photographe Victor Casasola ; on y voit Villa — joues rebondies, moustache conquérante, expression malicieuse, uniforme de général, bottes de cavalerie — trônant sur le fauteuil cramoisi à dorures de don Porfirio ; pendant quelques secondes, celui qu'on appelle déjà « le Centaure du Nord » a donné consistance au mythe impossible de la revanche de « ceux d'en bas » sur les « puissants » — image baroque, fugitive, qui semble renverser, pour un bref instant, l'ordre du monde [14].

Après quelques frasques amoureuses, Villa abandonne la capitale, foyer d'intrigues politiques incessantes, pour s'installer dans le Chihuahua, à deux pas de la frontière des États-Unis. Déjà, ceux qu'on appelle les « constitutionnalistes » sont lancés à ses trousses. 1915 est pour lui une année cruciale ; il est engagé dans des batailles décisives, au cœur du bassin céréalier du Mexique central, à Celaya (7-13 avril), Trinidad (29 avril-5 juin), Aguascalientes (8-9 juillet). Villa a imprudemment renoncé à sa guérilla de harcèlement pour livrer des batailles frontales, Verdun en miniature au cours desquels ses cavaliers sont fauchés par des nids de mitrailleuses protégées par des tranchées et des barbelés. Pour se venger des Yankees qui ont décidé de couper ses fournitures en armes, il organise, en 1916, un raid punitif sur Colombus, petite ville située de l'autre côté de la frontière ; véritable opération suicide qui le condamne à n'être qu'un éternel proscrit. Pendant cinq ans encore, Villa dirigera avec des effectifs fluctuants une guerre de résistance sans finalité politique ; réfugié dans ses montagnes du Chihuahua, il devient dans l'imagerie populaire le bon *bandolero* qui se bat contre les puissants. A la fin de la guerre civile, on lui fait des propositions de paix — certains diront qu'on le rachète ; rétabli dans son grade de général de division, il peut se retirer avec sa garde personnelle dans une hacienda de son État natal, le Durango. Mais l'homme avait trop d'ennemis ; au petit matin du 23 juillet 1923, il était assassiné dans une rue de Parral. Pancho Villa entre alors dans la légende [15].

L'image d'Emiliano Zapata est plus effacée que celle de Villa ; l'homme était moins fantasque et, pour tout dire, plus paysan, à l'image de ces travailleurs de canne à sucre de l'État du Morelos dont il était originaire, dans le Centre-Sud du Mexique. Natif d'un village de 400 habitants, Anenecuilco, dont il était devenu le maire à l'âge de trente ans, Zapata appartenait à la paysannerie moyenne : il possédait quelques terres et, quand il ne les travaillait pas, s'intéressait — en amateur plus qu'en maquignon — au commerce des chevaux.

En mars 1911, il est de ceux qui lancent la révolte contre Díaz dans le sanctuaire montagneux du Morelos ; il trouve aussi des partisans actifs dans l'État voisin du Guerrero, région montagneuse où le banditisme sévit à l'état endémique. En juin de cette même année, il est l'un des tout premiers à accueillir Madero à Mexico. Mais, très vite, il exige une application immédiate de l'article 3 du plan de San Luis Potosí concernant la restitution des terres communautaires en friche. La rupture intervient avant la fin de juillet ; Zapata rejette l'autorité de Madero, radicalise ses positions agraristes, qu'il replace (curieusement) dans la tradition de désamortissement de l'« immortel » Juarez ; l'article 7 du plan de Ayala, qu'il lance le 28 novembre 1911, prévoit l'expropriation contre indemnisation du tiers de la surface des grands domaines.

Contre les zapatistes, désormais hors la loi, le gouvernement central dépêche de véritables armées qui, pendant toute une année, font régner la terreur dans le Morelos. L'année 1913 est encore terriblement destructrice ; les populations sont regroupées de force par les « fédéraux », mais, tel un feu mal éteint, la révolte renaît un peu plus loin. En mars 1914, les zapatistes réalisent un coup d'éclat en s'emparant de la ville de Chipancingo, capitale du Guerrero. A cette date, ils peuvent avoir l'impression de bien contrôler la situation politique : venus tar-

divement à la Convention nationale d'Aguascalientes, en octobre 1914, leurs représentants y apparaissent comme les grands
vainqueurs, puisque les articles les plus radicaux du plan de
Ayala sont acceptés à main levée par les délégués « villistes »
et par l'ensemble de la Convention [16].

Comme Villa, Zapata n'aime guère la politique : au début de
1915, il est déjà de retour dans son Morelos natal, où il s'emploie à mettre en application sa réforme agraire. C'était sans
compter avec les gens de la capitale qui veulent mettre fin au
climat d'anarchie et de sécession permanente. A nouveau, les
« constitutionnalistes » attaquent le fief zapatiste ; c'est le général Pablo Gonzalez qui est chargé d'y rétablir l'ordre par la
politique de la terre brûlée ; Zapata répond par des actions
meurtrières, comme l'explosion du train Mexico-Cuernavaca,
qui fait 400 morts, le 7 novembre 1916 ; il y gagne son surnom
d'« Attila du Sud ». Mais le temps travaille inexorablement
contre lui : sous l'effet conjugué de la répression et des premières mesures populistes, une partie des paysans commence à
faire défection. Le 10 avril 1919, Emiliano Zapata est attiré
dans un guet-apens et froidement exécuté par les hommes du
colonel Guajardo. Le message agrariste sera repris par Eduardo
Magaña, un zapatiste « historique » qui, une fois la paix revenue, s'efforcera d'infléchir la politique sociale du gouvernement.

Depuis 1913, le pays est entré dans une phase d'anarchie
généralisée et redevient une « terre de caciques ». Dans la plupart des États, des barons plus ou moins puissants se constituent
des fiefs quasi seigneuriaux ; plus ils sont éloignés de la capitale, plus ils jouissent de l'impunité. Ainsi, dans le lointain
Yucatán, s'imposa de 1914 à 1918 un « socialiste » du Nord,
Salvador Alvarado, qui disposait d'une armée privée de
7 000 hommes. Il avait mis la main sur la principale richesse de
la région, la fibre de *henequén* (agave), et contrôlait les banques
et le commerce d'exportation... Dans l'État de San Luis Potosí,
au nord du pays, ce furent les quatre frères Cedillo qui monopo-
lisèrent l'exercice du pouvoir. Ces hommes frustes, petits
propriétaires et petits commerçants, savaient pratiquer le système quasi féodal de l'allégeance vis-à-vis de l'homme fort du
moment : partisans d'Orozco au départ, ils le suivirent lorsque
celui-ci passa dans le clan de Huerta, mais, à la mort de ce
dernier, ils s'empressèrent de reconnaître l'autorité de Villa,

encore intacte en 1914. Car un cacique a toujours besoin de la protection d'un cacique plus puissant que lui.

Ces quelques exemples, choisis parmi bien d'autres, montrent qu'à l'inverse de la Révolution française la révolution mexicaine a fait éclater en morceaux une unité nationale bien précaire ; le Mexique a repris son visage d'autrefois : une mosaïque de régions autonomes, dirigées par des « seigneurs de la guerre ». Puissance militaire et clientélisme redeviennent les seuls instruments de légitimation du pouvoir.

Les chefs politiques

Au cours de ces guerres civiles, le Mexique tombe sous la coupe de caudillos civilo-militaires ambitieux qui pillent les ressources de l'État et pratiquent la corruption à grande échelle. Seul Francisco Madero donne l'image d'un politicien honnête : idéaliste jusqu'à la naïveté, partisan du compromis, il n'avait ni la soif du pouvoir ni la poigne d'un cacique. Homme cultivé, il rêvait d'une transition en douceur vers la démocratie, mais sa brève présidence (mai 1911-février 1913) ne connut que d'âpres conflits. Ses amis de la veille — Orozco, Villa, Zapata — se sont retournés contre lui, lui reprochant sa faiblesse à l'égard des anciens porfiristes ou sa timidité dans les réformes. Curieusement, cet honnête homme se méfiait trop de ses amis, et pas suffisamment de ses ennemis : intraitable à l'égard des agraristes, il fit preuve d'aveuglement face à ses deux plus dangereux adversaires, Bernardo Reyes et Felix Díaz, le neveu de l'ancien dictateur, qu'il gracia en toute naïveté ; quelques mois plus tard, ces mêmes personnages, soutenus par l'ambassadeur américain, se retournaient contre lui. Après une semaine de troubles sanglants dans la capitale (*la decena tragica*, 9-18 février 1913), Francisco Madero était arrêté et froidement exécuté par le général Victorino Huerta, auquel il avait accordé sa confiance. Jean Meyer brosse de lui un portrait en demi-teintes : « La grande douleur des madéristes fut l'impuissance de Madero, le chef de gouvernement le plus honnête que le pays ait jamais eu. L'optimisme à toute épreuve de ce Léon Blum mexicain, sa foi aveugle dans le peuple, sa conviction d'incarner la nation le mettaient à la merci de l'audace de ses ennemis [17]... » Cet assassinat inique mit le pays en état de choc, relançant la violence pour plusieurs années.

Victorino Huerta assume dans l'histoire du Mexique le rôle du « méchant » ; on lui reproche sa trahison (J. Womack), ses félonies (B. Oudin). Pour Henry Parkes, « son gouvernement fut l'une des tyrannies les plus grotesques de l'histoire mexicaine ». Alcoolique, cachant son regard derrière des lunettes noires, il finit sa brève carrière politique en dictateur détesté. Pourtant, au départ, il réussit presque à faire oublier son crime en appliquant des dispositions fiscales contre des sociétés nord-américaines. Jean Meyer rappelle qu'au début tout le monde ou presque fut tenté d'adhérer au « huertisme », l'armée, le monde des affaires et même les ouvriers — à l'exception sans doute des intellectuels. Pendant les dix-huit mois de son gouvernement (février 1913-août 1914), il a essayé de remettre le pays en route tout en modernisant certaines administrations. Il tenta même de rétablir l'union sacrée contre un débarquement de *marines* à Veracruz, le 21 avril 1914. Mais, une fois l'incident passé, les clans se reformèrent, et la haine accumulée contre Huerta le contraignit à la fuite, à la mi-juillet de la même année.

Lors de la Convention d'Aguascalientes, réunie en octobre 1914 pour choisir un nouveau président, les clans révolutionnaires n'étaient tombés d'accord que sur une candidature de transition, un certain Eulalio Gutiérrez ; déjà, un autre caudillo briguait le pouvoir suprême, Venustiano Carranza, un grand propriétaire, sénateur sous Díaz, puis ministre de la Guerre sous Madero. Il avait levé une armée personnelle, avant de lancer, en mars 1913, le plan de Guadalupe contre « l'usurpateur » — les mauvaises langues ont prétendu qu'il aurait été pris de vitesse par Huerta [18]. Il avait fondé le Parti « constitutionnaliste » dont il se voulait le « premier chef ». A partir du début de 1915, Carranza se joue des divisions des agraristes, les éliminant les uns après les autres. Dans cette stratégie de l'araignée, il avait reçu l'aide du général Obregón, un homme de talent qui avait su rallier les syndicalistes et la minorité ouvrière de Mexico, en misant sur leur anticléricalisme jacobin, face à un monde rural imprégné de religiosité. Conseillé par des officiers allemands, Obregón avait conduit avec succès les grandes batailles de 1915 contre Villa.

Dès octobre 1916, le gouvernement de V. Carranza était reconnu par le président Wilson. En février 1917, il faisait adopter une Constitution progressiste, qui introduisait la laïcité de l'État, le principe de la réforme agraire et certaines lois sociales. Après sa victoire à l'élection présidentielle du 1er mai 1917, il s'employait à briser les révoltes régionales. Mais, en caudillo conséquent, il eut envie de prolonger son pouvoir au-delà des quatre années fixées par la Constitution, ce qui ne pouvait que déplaire à son allié de la veille — et désormais concurrent — Obregón. L'opinion était, aussi, lasse du climat de corruption généralisée [19]. Abandonné de tous, Carranza fut contraint à l'exil et assassiné sur la route de Veracruz le 15 mai 1920. Cette mort coïncidait avec la fin véritable des guerres civiles.

Les violences de la révolution

Chaque caudillo avait constitué sa propre armée, dont les effectifs ne dépassaient pas, en moyenne, 25 000 à 30 000 hommes — seul Pancho Villa en avait recruté jusqu'à 35 000 à l'apogée de sa gloire, mais sa Division del Norte restait une troupe hétéroclite de fantassins et de cavaliers prompts à déserter au premier revers. Les recrues sont des paysans pauvres — petits propriétaires, ouvriers agricoles, chômeurs — attirés par la solde. Celle-ci est d'ailleurs deux à trois fois plus élevée chez les fédéraux (devenus plus tard les constitutionnalistes) : 1,5 peso chez Carranza ; 0,50 chez Villa. En cas de défaite, la troupe se scinde en bandes aux effectifs fluctuants, sortes de « grandes compagnies » qui se réfugient dans les montagnes et attaquent régulièrement les villages. Pour assurer leur ordinaire, les combattants ne peuvent guère compter que sur leur compagne du moment, la *soldadera* ou la *galeta* (galette), qui pille les poulaillers ou les vergers. A l'occasion, ces femmes endurcies au combat se transforment en pétroleuses. Ces troupes mobiles semblent de lointaines réminiscences des tribus indiennes au combat.

Chaque armée reflétait les originalités de son recrutement ; les zapatistes manifestaient leur atavisme de paysans du Morelos, qu'ils quittaient toujours à regret, et jamais pour longtemps. Leur esprit de clocher avait d'ailleurs desservi la cause agrariste en empêchant toute coordination nationale. Les zapatistes étaient, dans leur immense majorité, des croyants scrupuleux et même fétichistes de la Vierge de Guadalupe, dont ils brandissaient les étendards, un peu à la façon des partisans du curé Hidalgo au moment des guerres d'indépendance. Et s'ils pillaient, c'était plus par nécessité que par vengeance, jamais par cupidité. Ce n'était pas le cas des fédéraux, assurés de l'impunité, les plus débauchés, les plus acharnés au pillage, les plus mécréants, qui n'hésitaient pas à fermer les églises et à exécuter les prêtres suspects. Quant aux partisans de Villa, ils représentaient des milieux plus éclectiques ; on y trouvait, pêle-mêle, des chercheurs d'émotions fortes, des bandits sans scrupules, des petits paysans ruinés et désespérés, un sous-prolétariat de *vaqueros* (gardiens de bétail) déracinés, et — fait plus surprenant — quelques anarcho-syndicalistes, quelques pasteurs protestants, des vétérans de guerres perdues et même un fils de Garibaldi...

Chaque leader créait à sa volonté des kyrielles de généraux, en fonction de leurs mérites ou de sa propre fantaisie. En 1920, l'écrivain espagnol Vicente Blasco Ibañez ironisait sur ces hiérarchies militaires : « Qui n'est pas général là-bas ? Durant mon séjour à Mexico, quand je rencontrais par hasard un simple colonel, ses galons ne m'inspiraient que du mépris [20]. » Il évoque la jeunesse « scandaleuse » de ces officiers, leur agressivité, leur absence de discipline, mais aussi leur attachement réel à cette révolution, qui était devenue pour chacun une occasion d'enrichissement sans scrupules et une chance de promotion sociale.

Pour les populations, ces guerres civiles sont ressenties comme de vraies machines d'extermination. Le bilan de la révolution est particulièrement lourd : un million de morts entre 1914 et 1919, soit 6,4 % de la population totale, et au moins 300 000 émigrants. Les hommes comptant moins que les munitions, les généraux n'avaient aucun scrupule à lancer des offensives à outrance qui tournaient à la boucherie ; les soldats étaient fauchés par les mitrailleuses ou bien se lançaient dans des corps à corps où l'on se fusillait à bout portant. De son côté, la population civile souffrait de mille maux, et d'abord du banditisme et du pillage, plaies endémiques dans les campagnes. La rapine et la violence physique s'exerçaient contre les plus humbles villages, et l'on violait et exécutait à la moindre suspicion, surtout chez les fédéraux. De nombreux villages et hameaux détruits ou abandonnés disparurent de la carte et devinrent des villages fantômes, à l'image de Lovina, ce lieu perdu décrit par l'écrivain Juan Rulfo, où « ne poussait même plus une herbe pour arrêter la course du vent » et « où ne vivent que les vieux et ceux qui, comme on dit, ne sont pas encore nés [21] ». Pour se prémunir contre ces routiers du XXᵉ siècle — un Inès Chavez ou un Pedro Zamora, autre héros maudit de *La Plaine en feu* de Rulfo —, certaines communautés s'organisent en groupes d'autodéfense, les Défenses sociales. On allait semer avec le fusil en bandoulière. A San José de Gracia, village de 3 000 habitants, dont l'histoire orale a été recueillie par Luiz Gonzalez, on s'efforçait de sauver l'essentiel : à l'annonce d'une bande de « révolutionnaires », « on court cacher les jeunes filles, les chevaux et tous les objets de valeur [22] ». Mais la région périclita, et des jeunes commencèrent à prendre le chemin des États-Unis — S. José de Gracia perdra 8% de sa population en dix ans.

Autres plaies de la guerre : les épidémies de typhus et de grippe espagnole qui frappent les civils à partir de 1917. Leur virulence était aggravée par la sous-alimentation et parfois la famine. Les semailles ne se faisaient plus à leur heure, les récoltes étaient souvent détruites ou confisquées. Le maïs était devenu objet de spéculation, et la mortalité infantile continua de faire des ravages jusqu'en 1919. Si, à cette date, on avait demandé à un paysan pauvre (ou à un Indien communautaire) son sentiment sur cette révolution conduite en son nom, il est probable qu'il aurait répondu — avec la prudence nécessaire — qu'il l'avait ressenti comme une malédiction, que la population de son village avait diminué et que son plus cher désir était le retour de la paix. La petite agriculture sortait très affectée de cette longue guerre civile, et le chômage continuait de frapper les campagnes. Mais la grande production agricole d'exportation (coton, café, riz, sucre) n'avait guère été touchée, non plus d'ailleurs que le pétrole ou les produits miniers. Tel était bien le premier paradoxe d'une révolution qui prétendait résoudre le problème social des campagnes, et qui avait appauvri les pauvres et enrichi les puissants.

Le rôle des États-Unis

Les États-Unis ne pouvaient rester indifférents devant l'explosion sociale d'un pays qui partageait avec eux une aussi longue frontière, véritable glacis du quasi-protectorat que représentaient alors pour les États-Unis l'Amérique centrale et les Caraïbes. L'« Amérique » avait aussi investi quelque 900 millions de dollars dans ce pays — l'équivalent des placements au Canada —, dans des haciendas d'élevage, des plantations de sucre, de café, de coton et d'agave, des mines de cuivre, de plomb et de fer, des chemins de fer... Les groupes Doheny et Rockefeller avaient acquis à des prix dérisoires de vastes concessions pétrolières le long du golfe du Mexique [23].

Dans un premier temps, l'administration Taft vit d'un assez bon œil la révolte « démocratique » de Francisco Madero, qui accélérait la chute du « dictateur », accusé par les services secrets américains de vouloir livrer l'isthme de Tehuantepec — passage éventuel d'un second canal interocéanique — à des puissances maritimes nouvelles, l'Allemagne et, surtout, le Japon, bête noire des Américains dans le Pacifique. Avec ce dernier pays, les relations du Mexique semblaient au mieux : don Porfirio avait envoyé son fils comme ambassadeur extraordinaire à Tokyo, et il avait reçu, en retour, une délégation d'officiers nippons en 1910. Un ambassadeur américain aurait dit : « Son flirt avec le Japon a coûté au président Díaz la présidence [24]. »

Mais l'administration américaine révisa bien vite sa position devant l'anarchie généralisée qui menaçait la vie de ses ressortissants autant que leurs intérêts. Dès février 1912, les États-Unis mobilisaient des hommes à la frontière, tandis que les rapports entre Madero et l'ambassadeur Henry Lane Wilson s'envenimaient. On a vu le rôle d'entremetteur de ce dernier dans l'assassinat du trop candide président mexicain. La mort de ce dernier porta la yankeephobie à son comble ; 550 ressortissants nord-américains, soit plus de 2% de la colonie, auraient été assassinés entre 1910 et 1919. Avec V. Huerta, Washington courait vers une nouvelle déconvenue ; par simple nationalisme, Huerta avait préféré accorder d'importantes concessions pétrolières à la compagnie anglaise Pearson plutôt qu'à la Standard Oil, et il ne céda sur aucun des litiges anciens. Washington intervint alors indirectement, en bloquant les emprunts et les armes destinés au gouvernement, tandis qu'il facilitait l'approvisionnement des « rebelles » Carranza et Pancho Villa. Une armada de seize navires de guerre rôdait dans les eaux mexicaines, prête à intervenir. Au premier incident, un corps de *marines* débarqua à Veracruz, principal port douanier du pays (avril 1914) [25]. Un peu plus tard, la Maison-Blanche se prononça en faveur de Carranza et travailla à l'élimination de P. Villa. L'ultime épisode de l'intervention directe fut le droit de suite que Wilson arracha à Carranza pour abattre le « Centaure du Nord » ; pendant plusieurs mois, une forte colonne de soldats américains commandés par le colonel Pershing traqua le rebelle sur le territoire mexicain.

A partir de 1919, on s'attacha à régler les deux grands différends — la dette et le pétrole — entre les deux pays, mais il fallut prolonger les négociations. Les accords de Bucarelli, signés en août 1923, prévoyaient un rééchelonnement de la dette publique extérieure du Mexique (soit 1,4 milliard de pesos), ainsi que la confirmation de la propriété pétrolière américaine, moyennant la dérogation de l'article 27 de la Constitution sur la propriété de la nation sur le sous-sol [26].

Ainsi, les États-Unis avaient joué un rôle non négligeable dans le déroulement de la révolution. Tout d'abord en servant de refuge aux proscrits successifs — Madero, Orozco, Villa ; ensuite, ils avaient violé, par deux fois, l'espace mexicain dans le but d'exercer des représailles. Mais leurs décisions financières et douanières avaient joué un rôle beaucoup plus efficace pour la survie des caudillos plus ou moins éphémères que le hasard des circonstances avait placés à la tête d'un pays en état de convulsion prolongée. Les Nord-Américains avaient surtout réussi à préserver l'ensemble de leurs intérêts économiques dans le pays.

Après quelques années d'embellie, les relations entre les deux pays s'envenimèrent à nouveau dans l'hiver 1926-1927, toujours à propos des baux pétroliers. On fut à deux doigts de la rupture, mais le nouvel ambassadeur, Dwight Morrow, sut gagner la confiance du président Calles, qui obtint de la Cour suprême l'abandon des dispositions législatives contraires aux intérêts des sociétés pétrolières américaines.

Le conflit devait rebondir au moment de la crise mondiale : l'effondrement des exportations de brut avait entraîné un fort chômage et des réductions de salaires. Les compagnies pétrolières rejetèrent les revendications des travailleurs, qui s'étaient lancés dans une longue grève, dont l'issue paraissait incertaine. La Cour suprême mexicaine, soutenue par le président Cárdenas, leur donna raison, décrétant en 1938 la nationalisation des compagnies pétrolières — dont la valeur des actifs avait, d'ailleurs, fortement diminué... Signe des temps, le président Roosevelt ne chercha pas à envenimer l'affaire, qui traîna pendant plusieurs années, d'autant plus que les Mexicains promettaient d'indemniser les sociétés concernées...

L'après-révolution

Si l'on se place vers 1940, à un moment où le mythe révolutionnaire est déjà consacré, le bilan de la révolution mexicaine apparaît fortement contrasté, aussi bien sur le plan politique que sur celui de la justice sociale.

Les nouveaux maîtres du Mexique

La Constitution de 1917 avait établi un système présidentiel puissant, métamorphose civile du caudillisme militaire : contrairement à la Constitution de 1857, celle-là donne la réalité du pouvoir au « président des États-Unis du Mexique », qui l'exerce sans partage, la séparation des pouvoirs n'étant qu'une illusion juridique. *Primus inter pares*, il a été désigné par un petit groupe de dirigeants, « la famille révolutionnaire » — qui se confondra à partir de 1929 avec le PRI (Parti révolutionnaire institutionnel), créé par le président Calles, vrai fondateur de l'État autoritaire. Le parti officiel, et quasi unique, donne ainsi au peuple « son » candidat, au cours d'une convention rituelle, presque un conclave. Tel un nouveau « vice-roi », le président supervise la vie politique et administrative de la nation en même temps qu'il exerce sur le peuple des formes multiples de paternalisme ; la masse des ruraux continue d'être respectueuse d'un pouvoir dont elle attend presque tout [27].

Les crises de ce régime civiliste seront rares et relativement brèves ; en 1923-1924, une partie de l'armée se dressa contre l'autre pour essayer d'empêcher la candidature du général Calles à la succession d'Obregón. En 1929, Obregón fut assassiné pour avoir transgressé le principe de non-réélection, pour lequel tant de caudillos s'étaient soulevés au XIXᵉ siècle. Désormais, la « famille révolutionnaire » resterait vigilante sur ce sacro-saint principe...

Le nouvel État révolutionnaire est là pour servir la nouvelle classe dirigeante : généraux, leaders politiques ou syndicaux et, plus bas dans la hiérarchie, avocats, banquiers, hauts fonctionnaires. Jean Meyer note qu'après la révolution cohabitent « deux Mexique... qui s'articulent sans se fondre, dans une dualité de dominants et de dominés ». Le romancier Carlos Fuentes a imaginé deux archétypes de ces nouveaux maîtres du Mexique : partis de rien l'un et l'autre, Federico Robles et Artemio Cruz ont su tirer profit des guerres civiles pour asseoir leur puissance financière et sociale. Le romancier fait dire à l'un des protagonistes, le vieux Bernal, enrichi au temps de Juarez et dépouillé par le même Artemio Cruz : « Pauvre pays qui, à chaque génération, voit disparaître les anciens maîtres pour les remplacer par des nouveaux, aussi rapaces, aussi ambitieux que les précédents [28]. » Mais la force de ce nouvel État omnipotent, bureaucratique et corrompu tient à la reconnaissance de sa légitimité par la base ; il est plébiscité par le suffrage universel, et respecte donc le vieil adage : « Le pouvoir vient d'en haut, mais la légitimité vient d'en bas. » Ce régime a su donner au peuple les gages de ses vertus révolutionnaires dans plusieurs secteurs sensibles. Cet opportunisme du discours — volontiers radical jusqu'à la surenchère — permet au gouvernement de masquer son autoritarisme consubstantiel.

Un discours laïque et socialisant

Si la Constitution de 1857 avait établi la liberté de conscience, celle de 1917 avait fondé les principes de l'État laïque : limitation de la pratique extérieure du culte, état civil, séparation du clergé et de l'État. Dans les années 1915-1919, les carranzistes se montrèrent actifs dans la chasse aux curés et le pillage des églises. Il s'agissait, avouait un général, « non seulement de persécuter, mais d'exterminer cette hydre que l'on appelle le clergé... vraie bande de voleurs et de malfaiteurs [29]... ». En 1923, on avait même envisagé de créer une Église assermentée, pour tenter de concilier le militantisme jacobin et la profonde religiosité du peuple mexicain.

Le conflit latent s'envenima sous la présidence de Calles (1924-1928), spirite et viscéralement anticlérical, qui décida d'assimiler aux délits de droit commun des infractions en matière de culte. Il déboucha sur une guerre civile de trois ans, la Christiade, ou guerre des Cristeros (1926-1929) qui s'étendit dans les États du Centre-Ouest : Jalisco, Michoacan, Guanajuato. Des paysans dirigés par un libéral agnostique, le général Gorostieta, se battaient entre deux récoltes pour obtenir la suppression des lois anticléricales et pour pouvoir vénérer librement le Christ-Roi et la Vierge de Guadalupe. Face à eux, une armée de 70 000 hommes conduisit une répression féroce, « exécution de prisonniers, massacre des civils, politique de regroupement des populations et de la terre brûlée, pillage, viol, destruction des villages et des récoltes [30]... ». Il fallut l'intervention de l'ambassade américaine pour réamorcer une négociation entre l'épiscopat mexicain, jusqu'alors en position d'attentisme, et le gouvernement, inquiet de la tournure militaire des événements. Les arrangements (*arreglos*) de juin 1929 normalisèrent les relations entre l'Église, qui renonça à la grève des cultes, et l'État, qui rouvrit les églises et accorda une amnistie aux Cristeros. Mais la religion de l'intolérance avait coûté la vie à 100 000 personnes, des paysans pour la plupart [31].

L'aile gauche de la « famille révolutionnaire » avait fait adopter, dans la Constitution de 1917, l'article 123 sur les droits des travailleurs, en vertu des accords passés avec les syndicats urbains. Cet article établissait les avancées sociales de la journée de huit heures, du salaire minimum, des accidents du travail, du droit de grève... Mais la lune de miel entre le gouvernement et la classe ouvrière fut loin d'être durable : plusieurs syndicats — les pétroliers, les sidérurgistes — refusèrent de servir dans les Bataillons rouges. En 1918, Luis Morones créait un syndicat maison, proche de l'American Federation of Labor, la Confédération ouvrière mexicaine (CROM), qui allait devenir le plus solide soutien du pouvoir. Intégré dans l'« establishment » révolutionnaire, Morones alla jusqu'à justifier les répressions de 1923 et 1927, essentiellement dirigées contre la CGT minoritaire. Mais, dans son ensemble, la classe ouvrière adhéra massivement au projet « révolutionnaire », dont elle tirait certains avantages en tant que minorité urbaine, même si le décalage entre les discours radicaux et les conditions réelles de vie et de travail des classes populaires urbaines restait toujours aussi grand. La révolution alimentait aussi une mythologie du progrès à travers l'école. Un grand ministre d'Obregón, Vasconcelos, créait en 1921 un secrétariat d'Éducation publique et un département d'Éducation et de Culture de la race indigène, et il lançait une vaste campagne d'alphabétisation. On débattait des valeurs de la « mexicanité », de l'« hispanisme » et même du « socialisme [32] »... Au moment de la crise de 1929, des lois progressistes furent adoptées, mais dans une précipitation telle que leur portée pratique en fut très atténuée. Si l'alphabétisation des enfants et des adultes avait enregistré quelques progrès, le marginalisme social et l'hétérogénéité culturelle restaient toujours aussi grands à la fin des années 1930. La société mexicaine continuait de fonctionner dans une logique de capitalisme dépendant en voie de lente modernisation.

La réforme agraire, également inscrite dans la Constitution de 1917, fut-elle, au moins, une réussite ? Il est vrai qu'entre 1917 et 1940 le pays redistribua 25,5 millions d'hectares à quelque 1 712 000 bénéficiaires. Mais le rythme d'application de la réforme avait été très lent, particulièrement avant 1934 : Obregón et Calles avaient su manœuvrer entre l'impatience des paysans et leur volonté propre de moderniser les campagnes — pour eux, l'avenir agricole du pays devait reposer sur une organisation capitaliste. De tous les présidents mexicains, Lázaro Cárdenas (1934-1940) alla le plus loin dans l'application de la réforme agraire, puisqu'en six années de mandat il répartit près des deux tiers de la surface totale redistribuée. La révolution semblait, enfin, tenir ses promesses. La réforme ne changea pas la nature capitaliste de l'agriculture mexicaine, mais Cárdenas y gagna une image de radical, encore confortée par la nationalisation du pétrole en 1938. Pendant quelques années, le Mexique profond pouvait avoir le sentiment de retrouver les premiers élans de 1910 [33].

Au Mexique, on dit parfois que la révolution n'est pas terminée. Si l'on veut signifier par là qu'une révolution en profondeur reste encore à faire, alors, oui, le peuple peut légitimement espérer des lendemains qui chantent, à condition toutefois qu'il puisse accéder au pouvoir. Aujourd'hui et plus que jamais, ce pouvoir reste confisqué par les classes supérieures ou moyennes, et par les caciques de tout poil, du pharmacien de village au juge auxiliaire, du propriétaire au commerçant, du policier au curé. Le peuple reste un bel alibi dans la dialectique subtile du compromis, double langage d'intellectuel et de bourgeois, curieux mélange de critique de fond et d'acceptation du court terme.

En 1990, moins de 10 000 personnes détenaient la moitié des dépôts bancaires du pays, les riches étaient encore plus riches, alors que 40% de la population ne disposait que de 13% du revenu national. Dans un billet d'humeur, l'ancien président Lopez Portillo s'indignait : « Quelle honte ! Quel dégoût ! Deux choses sont claires : l'absence de solidarité et l'accélération de la concentration de la richesse... » Plus que jamais cohabitent deux Mexique. La révolution a-t-elle jamais existé en dehors des manuels scolaires ?

4
Révoltes populaires et rébellions militaires dans la première moitié du XXe siècle

L'histoire de l'Amérique latine des années 1890-1950 offre une assez bonne illustration de la difficulté à définir ce mot quelque peu obsessionnel : « révolution ». Durant ce long demi-siècle, le sous-continent fut constamment secoué de soubresauts que les contemporains répertorient sous les termes vagues de « révolte », « insurrection », « émeute », « soulèvement », « rébellion », sans oublier, bien sûr, l'inévitable « révolution ». Plus tard, les historiens marxistes ont voulu voir dans ces chroniques de la révolte ordinaire les contradictions de la société « féodale » confrontée à un État capitaliste naissant ; ils y percevaient les signes annonciateurs de la « vraie révolution » socialiste à venir.

Aujourd'hui encore, la compréhension de ces mouvements sociaux reste difficile, tant il est vrai que nous échappent encore trop de données sur les objectifs véritables (qui ne sont pas toujours les objectifs avoués). Pour cette première synthèse, il nous a semblé préférable de proposer une typologie des mouvements en fonction de l'origine sociale de leurs acteurs : tout d'abord, la longue série des violences paysannes et indiennes, dont l'exemple atypique des guerres civiles en Colombie constitue un véritable défi à l'explication « rationnelle » ; ensuite, les mouvements ouvriers et étudiants, fortement influencés par des idéologies « exotiques » venues d'Europe. On répertorie, enfin, l'ensemble des rébellions militaires, elles-mêmes très éclectiques, qui prennent tantôt l'apparence d'une révolution « de gauche », tantôt la forme d'une « contre-révolution ». Leur originalité par rapport aux révolutions « caudillesques » du XIXe siècle tient au fait qu'elles mobilisent — pour la première fois — l'institution militaire tout entière.

Les révolutions paysannes et nationalistes

A la fin du XIXe siècle et dans la première moitié du XXe, les régions andines furent secouées par de violentes guerres paysannes, tandis que plusieurs pays de la Méso-Amérique voyaient éclater des guérillas de résistance nationaliste face à la pénétration nord-américaine.

Les révoltes agraires

Du Nord au Sud du continent, une suite impressionnante de soulèvements paysans plus ou moins violents et radicalisés préoccupent régulièrement les gouvernements. La plupart ne dépassent pas le cadre régional, voire local ; dépourvus de programme, ils sont autant de réponses désordonnées à un système inique d'exploitation et ne constituent pas, à proprement parler, des révolutions politiques. Mais certains d'entre eux ont fait trembler les États par leur ampleur et leur durée.

Les révoltes indiennes du Mexique

Véritables anticipations de l'explosion de 1910, les mouvements indiens et métis de la seconde moitié du XIXe siècle révèlent déjà un grave malaise foncier. Les expropriations continues de terres indiennes déclenchèrent des émeutes à répétition, par exemple en 1847, dans la sierra Gorda, à 300 kilomètres au nord de la capitale ; des guérillas indiennes, conduites par des bandits d'honneur, et sans doute manipulées (car le Mexique était en pleine guerre contre les États-Unis), éclataient contre les « usurpateurs blancs »...

Plus générale et plus durable encore, la guerre des castes embrase le lointain État maya du Yucatán en cette même année 1847 : une agitation complexe, où se mêlaient des revendications régionalistes, des mouvements sociaux, des aspirations mystico-religieuses et, pour faire bonne mesure, des pratiques « caudillesques ». Ce mouvement de 1847, répétition d'une première tentative sécessionniste qui avait éclaté en 1840, peut se lire comme une revanche des Indiens, trop longtemps exploités comme esclaves par les Blancs et les métis. La révolte du Yucatán ne s'éteignit jamais tout à fait : en 1902, il faudra l'intervention de l'armée fédérale pour briser une autre tentative de soulèvement.

En déclenchant une anarchie généralisée, la révolution mexicaine de 1910 ranima bien d'autres révoltes paysannes, non seulement dans les États du Sud — Yucatán, Chiapas, Quintana Roo —, mais aussi chez les Huastèques et dans l'Oaxaca. Dans l'État isolé du Guerrero, des Indiens se révoltèrent en 1926, en lançant les vieux slogans de 1810 : « Vive la Vierge de Guadalupe ! Meurent les Espagnols ! » Mais la guerre la plus meurtrière fut déclenchée — dès l'époque de Díaz — par les Indiens yaqui du Sonora, main-d'œuvre trop longtemps docile exploitée par les grands domaines. Les Yaquis voulurent profiter des dissensions du pouvoir central pour récupérer leurs terres ancestrales. Cette guerre de rapines et de coups de main se prolongea jusqu'en 1926. La pacification qui suivit signifia pour beaucoup d'Indiens l'émigration ou la clochardisation [1]...

Les soulèvements paysans dans les Andes

D'autres rébellions explosent périodiquement, soit pour signifier le rejet brutal d'une exploitation séculaire, soit pour s'opposer au démantèlement des terres collectives. Ainsi, au Venezuela, on avait déjà dénombré, entre 1830 et 1846, plus de 130 « rébellions, conspirations et révolutions » d'anciens esclaves ou de métis, la plus notable étant l'insurrection agraire de 1859-1863, conduite par un caudillo populaire, un certain Ezequiel Zamora [2].

La concentration la plus intense de luttes agraires se place au Pérou. Il y eut, d'abord, les révoltes contre l'impôt du sel, rétabli après la guerre du Pacifique ; de 1879 à 1896, ces insurrections antifiscales secouèrent les régions de Cerro de Pasco, Ancash, Huanaco, Puno, Cuzco. La « révolte du sel » qui éclate à Huanta en 1896 est un exemple de la complexité de ces mouvements indiens, qui mêlent étroitement des revendications sociales, des guerres de chefs, des rejets du pouvoir central et même des discours « millénaristes » (ou « nativistes ») prêchant le retour à la société parfaite du Tawantinsuyu (l'organisation incaïque). José Carlos Mariategui (1894-1930), journaliste et fondateur du Parti socialiste péruvien, considérait que le « problème national » de son pays était bien celui de la terre et de l'exploitation des Indiens par les *gamonales* (propriétaires terriens). Cette analyse, parfaitement lucide dans les années 1920, reposait, à la fois, sur une observation de la situation foncière des hautes terres andines et sur une lecture attentive de la littérature indigéniste de son temps, moins rêveuse, moins passéiste. Dans les années 1970, Wilfredo Kapsoli et Jean Piel ont donné des récits détaillés sur les jacqueries indiennes qui rythment l'histoire des Andes méridionales au début de ce siècle. Le vocabulaire qui les nomme est particulièrement riche : on parle de banditisme rural, de rébellions, de grèves, d'insurrections... De 1919 à 1923, éclatent des « jacqueries barbares » (Jean Piel), qui atteignent leur paroxysme en 1923, dans le département de Puno, secoué par des révoltes depuis le début du siècle. Mais ces actions de désespoir ne déclenchent aucune réaction de la capitale, depuis toujours indifférente aux problèmes indigènes [3].

D'autres révoltes rurales émaillent l'histoire de ce premier XXe siècle, comme en Patagonie, à la pointe méridionale de l'Argentine, où la répression de 1919 fit plus de 2 000 morts, ou bien à l'autre extrémité de l'Amérique, au Salvador, où une révolution agraire, conduite par le nouveau Parti communiste et son leader Farabundo Marti, s'acheva par une répression qui aurait fait 10 000 victimes (1932). Mais ces deux mouvements semblent étroitement liés à la conjoncture dépressionnaire qui accompagne la fin de la Seconde Guerre mondiale et la crise de 1929 ; ce ne sont pas, à proprement parler, des révolutions politiques.

Les guerres civiles en Colombie

Sous la pression de la demande agricole mondiale, la Colombie connaissait, à la fin du XIXe siècle, un ample mouvement de colonisation des terres vierges (*baldíos*) situées dans les zones chaudes et tempérées du Nord-Ouest et de la côte Caraïbe. Manquant de main-d'œuvre, les grands domaines caféiers s'employaient à fixer par des contrats léonins les ouvriers agricoles descendus des terres froides ; par ailleurs, ils empiétaient régulièrement sur les lopins des petits colons indépendants, venus défricher quelques hectares sur la frontière agricole, mais qui ne disposaient pas d'un titre légal de propriété. D'où des conflits fonciers plus ou moins graves... Certaines communautés indiennes demandèrent en vain à l'État l'application d'une loi de 1890 sur la protection des terres indiennes. Au cours des années 1910-1917, le cacique Manuel Quentin Lame se révolta en lançant le projet utopique d'un retour à l'ancienne république indienne des Chiquitos, en marge du territoire des Blancs. Plus tard, son principal collaborateur, un certain Gonzalez Sanchez, devint secrétaire du Parti communiste colombien, s'employant à radicaliser les luttes foncières[4].

Mais ces révoltes agraires endémiques comptent peu si on les compare aux deux grandes explosions sociales qui sont restées dans l'histoire de la Colombie sous les noms de révolution des Mille Jours (octobre 1899-novembre 1902) et de la *Violencia* (1948-1953). Jusqu'au début de ce siècle, le pays fonctionnait selon les règles d'une démocratie oligarchique, contrôlée par les deux familles politiques traditionnelles, libéraux et conservateurs, qui s'affrontaient par clientèles interposées — 90% des Colombiens restaient des citoyens passifs, attachés à « leurs » caudillos par tradition familiale ou par intérêt. Sans être particulièrement pacifiques, les « révolutions politiques » de 1854, 1876 et 1895 n'avaient jamais connu les raffinements de violence des décennies suivantes.

En 1898, la Colombie plonge dans une guerre civile de plus de trois années, qui fait plus de 100 000 victimes, entraîne l'effondrement des exportations, la ruine du Trésor public et même, dans certains départements, la famine. La presse internationale insiste sur la nature « barbare » de ces affrontements. L'explication traditionnelle de cette « grande guerre » — comme on l'a parfois appelée — laisse perplexe : officiellement, elle fut déclenchée par la révolte du Parti libéral, fatigué de subir l'arbitraire quasi monarchique du président conservateur... Il semble pourtant qu'on puisse faire une lecture différente de cette révolution des Mille Jours, au cours de laquelle on voit les deux clans retrouver spontanément des comportements ataviques ; un peu partout s'implantent des foyers de guérilla quasi autonomes, chaque caudillo recrutant ses combattants locaux parmi les paysans sans terre ou les petits colons, tous flanqués de leurs Juanas, amantes et cantinières. On renoue avec les réflexes des guerres indiennes : tactiques d'embuscades, mobilité et harcèlement, autonomie des combats, etc. La déconnexion de la guérilla d'avec la politique « civilisée » des villes appellerait sans doute une autre forme de compréhension liée à l'histoire des mentalités[5].

Un demi-siècle plus tard, une guerre civile généralisée embrasait à nouveau toute la Colombie. Le prétexte en fut l'assassinat d'un caudillo libéral, avocat très populaire, Jorge Eliecer Gaitán, alors que se tenait à Bogotá la IXe Conférence panaméricaine. Ce crime, perpétré le 9 avril 1948, déclencha une insurrection spontanée : pendant une semaine, Bogotá fut pillée et livrée aux flammes, et l'on dénombra plusieurs milliers de victimes. On cria, sans preuves, au complot communiste. Ce *bogotazo* ranima la « culture de la violence », toujours latente dans ce pays. « Pendant plusieurs années — note Marcel Niedergang — une guérilla impitoyable, opposant l'armée conservatrice aux "bandoleros" libéraux, désola le pays ; exécutions sommaires, atrocités, pillages, fermes brûlées... Bandes rivales de libéraux et de conservateurs s'exterminaient avec férocité au pied des sierras de la province de Tolima... » Les guérillas libérales finissaient par devenir autonomes, au cœur de chaque province, dirigées par des propriétaires fonciers baptisés *comandantes*, les unes bien armées, bien nourries, acceptées par les populations locales, les autres plus instables, conduites par des *bandoleros*, mais toutes unies cependant dans la haine du conservateur[6]... Une guerre civile aussi acharnée a laissé des traces durables ; outre l'hécatombe démographique (2% de la population du pays), la Violence a déclenché de vastes mouvements migratoires, accéléré l'urbanisation de la capitale, de plus en plus malade de ses bidonvilles. Elle a aussi entraîné l'appauvrissement général du pays.

Historiens, sociologues et politologues ont essayé de comprendre cette « culture de la violence », que l'opinion, toutes tendances confondues, préfère occulter derrière un « pacte de l'oubli » (Antonio Cavallero). Une hypothèse banale, d'ailleurs peu convaincante, consiste à expliquer la Violencia par des raisons strictement politiques ; selon cette version, l'aile gauche du Parti libéral aurait jeté le feu aux poudres en refusant de souscrire à un accord entre les libéraux eux-mêmes et les conservateurs. Pierre Gilhodés voit dans la Violence une guerre de résistance paysanne face aux appétits des grands producteurs de café, résolus à dépouiller les colons de leurs terres en s'appuyant sur des milices privées — ce serait, au fond, une répétition de la révolte de Quentin Lame, entre 1910 et 1917, mentionnée plus haut. De son côté, Daniel Pécaut explique cette guerre civile par l'absence d'un pouvoir central fort : « La violence ne se serait pas produite de cette manière si les libéraux avaient trouvé devant eux, non pas un parti, mais un État... » Et pourtant, les facteurs socio-politiques paraissent bien secondaires par rapport à la réalité quotidienne de la violence sociale endémique, aux haines tenaces et au jeu des ambitions personnelles, présentes dans les deux camps. Un ancien guérillero libéral note avec justesse : « Dans ce conflit, on ne trouve aucun objectif clair cherchant à assurer le bien-être du peuple... » Là encore, il est difficile de sous-estimer l'habitus, c'est-à-dire l'ensemble des traditions historiques et des pratiques incorporées communes aux agents sociaux d'une même culture. L'irrationalité apparente de tels comportements collectifs ne pourrait prendre sens que dans une relecture socioculturelle de l'histoire colombienne [7].

Les guérillas nationalistes en Méso-Amérique (1912-1933)

Ces insurrections constituent autant de réponses populaires et spontanées à la politique interventionniste des États-Unis en Amérique centrale et dans les Caraïbes au début du siècle. Devenue grande puissance, l'« Amérique » justifiait sa présence active dans la « Méditerranée américaine » par la nécessité de faire respecter par tous les moyens la *pax americana*. Cette politique de présence active s'était déjà illustrée par l'occupation de Cuba et la mainmise sur Porto Rico (1898), ainsi que par le soutien actif à l'indépendance de Panamá, détaché de la Colombie en 1903. Le canal de Panamá, ouvert en août 1914, était perçu par Washington comme le véritable cordon ombilical reliant la jeune côte Ouest à l'Amérique historique. Et la sécurité du canal impliquait le maintien de l'ordre dans une région déchirée par les guerres civiles et l'anarchie.

Mais cette présence étrangère soulevait des critiques acerbes. On dénonçait, pêle-mêle, le « nouveau pacte colonial », l'« hégémonie » et l'« impérialisme » des Yankees ; on stigmatisait leur rôle de « gendarme » et leur « politique du gros bâton », leurs « agressions » militaires et leur « diplomatie du dollar », leur hypocrisie et leur bonne conscience... Dans les caricatures de l'époque, le gouvernement nord-américain apparaissait sous la forme d'une ombre menaçante, celle du « méchant » Oncle Sam planant sur les innocentes républiques bananières [8]...

Trois interventions militaro-financières de Washington dans cette région du monde ont entraîné des soulèvements populaires qui se sont transformés très vite en guérillas prolongées, sans que jamais celles-ci aient mis, pour autant, en danger les autorités en place : d'abord à Saint-Domingue et en Haïti, puis au Nicaragua.

Les guérillas de résistance en Haïti et en République dominicaine

De part et d'autre de la frontière qui partage l'ancienne Saint-Domingue en deux « républiques », Haïti et la République dominicaine, les problèmes et les enjeux paraissaient singulièrement analogues.

Par sa position sur la route du canal de Panamá, l'ancienne Saint-Domingue intéressait beaucoup les Américains. Mais l'endettement des deux fragiles États paraissait sans remède. Un rapport financier de 1906 qualifiait le budget dominicain de « carnaval financier ». « Ce pays — écrivait un expert nord-américain — a pratiqué à peu près toutes les formes de faillite que connaît la science financière... » Ces désordres économiques joints à l'instabilité politique avaient servi de prétexte à une mise sous contrôle des finances des deux pays, bientôt suivie, dans les deux cas, d'un débarquement d'unités de *marines* — à Port-au-Prince en janvier 1915, et à Santo Domingo en mai 1916.

Ces deux occupations militaires, pourtant d'ampleur modérée, déclenchèrent dans les deux pays des guérillas nationalistes d'intensité variable. Si, en République dominicaine, la guerre de résistance resta circonscrite à deux provinces du Nord, d'accès difficile, montagneuses et boisées, terres traditionnelles de banditisme et de particularismes, en revanche, en Haïti, le mouvement prit une ampleur telle qu'en 1919 — moment culminant de la révolution — près d'un paysan sur cinq était engagé dans la guérilla ; une guérilla rurale qui ne cherchait pas à contrôler les villes, et dont le seul objectif était le rembarquement des Yankees. La révolution haïtienne, appelée Mouvement Coco, était conduite par Charlemagne Peralte, un fils de notable rural, qui sut, par son charisme, rassembler autour de lui un véritable état-major de partisans. Malgré son aviation et ses soldats d'élite, la marine américaine eut bien du mal à pacifier les départements soulevés. Il fallut recourir à la trahison pour éliminer physiquement le leader et ramener la paix dans le pays (1919). Cette révolution paysanne avait coûté la vie à des milliers de combattants et de civils [9].

La première révolution sandiniste au Nicaragua (1925-1933)

Depuis la découverte de l'or en Californie (1848), le Nicaragua intéressait les Nord-Américains, à cause de sa position centrale au cœur de l'isthme. Mais, comme d'autres pays de la région, le Nicaragua ne brillait ni par ses finances ni par sa stabilité politique. Après le gouvernement musclé du général Zelaya, un caudillo du Parti libéral (1893-1909), le pays entra dans une période de grande instabilité politique ; à deux reprises, en 1912 et en 1925, il fallut l'intervention des *marines* pour mettre fin à la guerre civile larvée qui opposait conservateurs et libéraux. En mai 1927, les Nord-Américains firent signer un accord entre les belligérants et créèrent — comme ils l'avaient fait en République dominicaine ou à Cuba — une garde nationale « apolitique », encadrée et instruite par des officiers de la marine nord-américaine. Seuls, quelques nationalistes animés par un jeune idéaliste, Augusto Sandino Calderón, allaient s'opposer à cette paix imposée de l'extérieur : ce fut le point de départ de la première révolution sandiniste (mai 1927-janvier 1933).

Fils illégitime d'une ouvrière agricole et d'un moyen propriétaire, A. Sandino avait souffert de cette enfance ballottée entre deux foyers. A vingt-cinq ans, il avait même dû quitter son village pour une sombre affaire d'argent et de mœurs, errant pendant six ans à travers l'Amérique centrale et le Mexique « post-révolutionnaire ». De retour dans son pays comme volontaire de la « révolution libérale » de 1926-1927, il refuse de souscrire à la paix américaine, s'enfonce dans les montagnes impénétrables des Ségovies, à la frontière du Nicaragua et du Honduras, et organise une guérilla dont le sanctuaire s'étend bientôt à toute la partie septentrionale du pays. Guérilla violente, sans concession, guérilla bien organisée, soumise à l'autorité d'un chef charismatique, plus efficace encore qu'une armée professionnelle. Par son art raffiné de l'embuscade, ses raids urbains et sa connaissance parfaite du terrain, la rébellion sandiniste sut tenir tête pendant plus de six ans au corps expéditionnaire des *marines* (5 600 hommes en novembre 1928), peu à peu relayée par la nouvelle garde nationale placée sous commandement américain. Sandino ne déposa les armes qu'après le départ du dernier soldat nord-américain, au début de 1933.

Cette brusque démission montrait bien le caractère idéaliste du personnage. Malgré certains accents populistes et une phraséologie généreuse et mystique, son discours restait essentiellement patriotique : ce franc-maçon, adepte des Rose-Croix, voulait surtout la libération de son pays. Son programme social était des plus réduits : « L'agrarisme, écrit-il, n'a guère de raisons d'être ici. Les paysans sans terre sont peu nombreux, et ils ne meurent pas de faim. » En réalité, cet intuitif n'en n'était pas à une contradiction près ; s'il éprouvait une véritable « yankeephobie », il n'en refusait pas moins l'appui des communistes mexicains. Il n'a jamais donné de lui-même une image de cohérence idéologique : ses intuitions sont fugitives et sa ferveur va d'abord à l'action. Sans projet politique véritable, Sandino se laisse finalement manipuler par les politiciens de Managua. Son image de patriote valeureux et intègre indispose le nouveau directeur de la garde nationale, Anastasio Somoza, qui le fait assassiner en février 1934. Avec la mort du héros de cette « révolution nationaliste » s'achève une épopée dont la mythologie sera relancée trente ans plus tard par les révolutionnaires procastristes de Managua [10].

Contestations ouvrières et étudiantes

Au début de ce siècle, l'Amérique latine se démarque nettement de l'Europe par la faiblesse de ses mouvements ouvriers. Quant à la contestation étudiante qui apparaît au début des années 1920, elle préfigure l'aspiration des nouvelles classes urbaines à la modernité plus qu'à un bouleversement cataclysmique.

Utopie et marginalité des révoltes ouvrières (1880-1930)

L'Amérique latine est restée à l'écart de la révolution industrielle. Terre d'haciendas et de plantations, elle n'avait guère éprouvé le besoin de s'industrialiser : les marchés internes étaient bien trop réduits pour absorber des productions nationales, et, dans le climat de libre-échange qui perdure jusqu'à la fin du siècle, l'oligarchie terrienne préférait, de beaucoup, importer des articles européens de qualité.

L'Amérique a néanmoins connu deux tentatives d'industrialisation modérée : en 1890-1910 et dans les années 1935-1950. « Industrialisation » reste, d'ailleurs, un bien grand mot : au cours de cette première phase, des investissements nord-américains et européens mettent en place ce que l'historien haïtien Leslie Manigat appelle « une matrice préindustrielle [11] », expression qui désigne le collectage et la transformation de certains minerais, comme l'étain, le nitrate, le cuivre et, à l'extrême fin du XIXe siècle, « l'or noir » du Venezuela et du Mexique. Jusqu'à la crise de 1929, les concentrations ouvrières sont rares : on pense, bien sûr, à la (modeste) « ceinture pétrolière » mexicaine de Tampico-Veracruz ou aux établissements « nitriers » du Nord chilien. A ces zones mono-industrielles, il conviendrait d'ajouter les mines en altitude de la cordillère Andine, les ports et quelques industries de consommation implantées au cœur des capitales. Mais tout cela ne suffit pas à modeler une classe ouvrière agressive : vers 1920, on dénombre, tout au plus, quelques dizaines de milliers d'« ouvriers » au Venezuela, au Pérou, au Chili, en Argentine, en Uruguay, le record étant détenu par le Mexique, avec quelque 200 000 travailleurs industriels...

Il faut attendre la fin des années 1930 pour observer une deuxième vague d'industrialisation — dite de « substitution d'importations » — utilisatrice de main-d'œuvre [12].

Les grèves commencent à se multiplier au début du siècle : au Chili, au Pérou, au Mexique, au Brésil, en Argentine et, plus tardivement, au Venezuela, en Colombie et en Équateur. Mais, dans leur quasi-totalité, ces mouvements spontanés expriment des revendications concrètes, salaires, durée de travail, qui ne débouchent pas sur une remise en question de la société. Seuls les militants anarchistes et socialistes voudraient changer le monde.

Entre 1890 et 1920, on trouve des représentants de l'Internationale anarcho-syndicaliste dans cinq pays : au Mexique, en Colombie, au Brésil, au Chili et, surtout, en Argentine. Ces militants avaient été partiellement formés au contact d'immigrants ou de militants professionnels disciples de Proudhon et de Bakounine, comme le leader italien Enrico Malatesta en Argentine. Ils expriment dans leurs journaux ou leurs libelles une pensée radicale qui tient en peu de mots : la révolution libertaire doit commencer par la destruction du vieux monde. Maurice Fraysse observe qu'« on trouve [dans ce courant] avec l'accent prophétique et la véhémence révolutionnaire... la déclaration de guerre adressée à la société [13]... ». Leurs journaux — *Le Rebelle, La Rébellion, L'Agitation, La Bataille, Régénération* — ont un seul mot d'ordre : la « destruction » (si possible par le feu et les bombes) des machines du capitalisme, cause de l'aliénation. Leur révolution exprime, avant toute chose, l'instinct primordial de la révolte.

Néanmoins, quelques anarchistes ne se contentent pas du grand chaos universel : « Fous insensés, écrit en 1904 *La Ajitación*, feuille anarchiste du Nord chilien, écoutez d'abord la voix de la nature ; rejetez la religion, la propriété, la patrie qui sont autant de sources de conflits !... La morale de l'avenir, c'est bien de s'aimer les uns les autres dans un climat de solidarité qui réunisse hommes, bêtes et plantes... » Mais qui pouvait, au sein de la classe ouvrière, suivre cette morale de la force vitale et de l'esprit libertaire, ce message « révolutionnaire » de la perfection individuelle, symbolisé par cet autre table des commandements ? « Sois toi-même... Avance toujours. Tu es maître d'une personnalité puissante et rebelle... Entre l'esclavage et la mort, c'est celle-ci que tu dois préférer. Entre le licou et la potence, préfère cette dernière. Liberté ou esclavage, il faut choisir... La liberté, c'est la vie ; l'esclavage, la négation de la vie. Choisis. Si tu ne veux pas être esclave, tue ou tue-toi ! Choisis ! »

Certains anarchistes ont rêvé de construire sur ce continent neuf la Cité de demain. Sur le modèle de la colonie créée par Robert Owen au Texas en 1828, une « colonie anarchiste » — Cecilia — avait vu le jour au Brésil en 1892, une autre au Paraguay en 1896. L'anarchiste mexicain Ricardo Florés Magon avait un semblable projet pour la Basse-Californie. L'utopie anarchiste la plus originale fut celle du Franco-Argentin Joaquín Alejo Falconnet, *alias* Pierre Quiroule (*sic*), auteur d'un ouvrage paru en 1914, *La Ville anarchiste américaine*. Pierre Quiroule y dénonce les pseudo-révolutions, celles qui sont imposées au peuple par une minorité active finissant en pouvoir révolutionnaire dictatorial ; les nouveaux dirigeants ne manquent pas de maintenir les anciens esclaves à leur poste et deviennent les nouveaux maîtres : « On avait fait une révolution formidable pour se soustraire aux effets pernicieux d'un système funeste, mais ce système... restait parfaitement intact... La Révolution venait une fois de plus décevoir les grandes espérances qu'on avait placées en elle... » Il faut donc imaginer une autre révolution, qui se développera dans une ville géométriquement parfaite et de faible dimension, organisée autour de la place de l'Anarchie, mettant les ateliers à faible distance des habitations, dotée d'une bibliothèque, d'un colisée, d'une salle du Conseil... La révolution libertaire devra bannir en priorité toute forme de bureaucratie et inventer l'écologie [14]...

L'anarchisme s'est surtout manifesté par des grèves dures, conduites dans les secteurs les plus sensibles de l'économie d'exportation : bananeraies de Colombie, compagnies pétrolières du Mexique, transports urbains au Brésil, dockers du port de Callao-Lima... L'agitation anarchiste atteignit son paroxysme en Argentine, avec la grève sanglante de janvier 1919. Cette « semaine tragique » amorçait pourtant le reflux de cette idéologie, minée par ses dissensions et menacée par la concurrence des courants nouveaux. L'anarchisme ne pouvait, en effet, dépasser ses propres contradictions : révolte individuelle avant tout, il s'interdisait par principe tout projet de rébellion collective et

toute organisation structurée : la révolte devait rester irrationnelle et imprévisible. Ce « spontanéisme » sera vite balayé, tant
par l'État-gendarme que par l'organisation marxiste [15].

Face aux sociétés de pensée ou de secours mutuels, copiées
sur des modèles français, italiens ou allemands, la
Iᵣₑ Internationale, créée à Londres en 1864, avait eu bien du mal
à implanter des sections dans les grandes villes d'Amérique,
malgré la présence de quelques « communards » français à
Buenos Aires, ou d'immigrants italiens, portugais et allemands
à Rio. La poussée du socialisme ne devint significative qu'à
partir des années 1910, avec l'urbanisation. Le conservatisme
social des oligarchies et l'impact de la révolution de 1917 contribuèrent à rendre le mouvement syndical à la fois plus actif et
plus radical, au nom d'une solidarité des opprimés. Parmi les
socialistes les plus représentatifs de la période figurent le Chilien Emilio Recabarren, un ouvrier typographe, et surtout le
Péruvien José Carlos Mariategui (1894-1930). Cet autodidacte
à la santé fragile s'était formé au socialisme dans la presse,
après un exil forcé en Europe, particulièrement dans l'Italie
fasciste. De retour au Pérou en 1923, il fonde *Amauta*, une revue
« plurielle », culturelle et sociale, appelée à une grande diffusion, puis il crée en 1928 le Parti socialiste péruvien. L'année
suivante, il participe à la première conférence communiste latino-
américaine de Montevideo. Son ouvrage majeur, encore lu
aujourd'hui, *Sept Essais sur la réalité péruvienne*, fut considéré
dès sa parution comme la meilleure synthèse sur la pensée
socialiste latino-américaine [16].

Néanmoins, les espoirs d'un soulèvement général sont vite
déçus : d'un côté intervient en 1918 la « trahison » de la classe
ouvrière mexicaine, qui accepte de collaborer avec le nouveau
pouvoir des caudillos, et s'allie même au syndicat réformiste
American Federation of Labor. Par ailleurs, le mouvement
ouvrier est déchiré par les luttes féroces qui opposent les anarchistes aux socialistes, et ceux-ci aux communistes de la
IIIᵉ Internationale. La crise économique de 1929, qui coïncide
avec le retour en force des militaires dans presque tout le continent, contribue aussi à affaiblir l'action de la Confédération
syndicale latino-américaine — qui rassemblait quelque
600 000 ouvriers syndiqués dans une dizaine de pays [17].

Espoirs et limites de la contestation étudiante :
la « réforme universitaire » et l'APRA : 1900-1930

Depuis toujours, les universités latino-américaines restaient des mondes clos, fréquentés par les enfants de l'oligarchie. Univers dépolitisé, baignant dans un « dogmatisme médiéval », faiblement ouvert aux idées du temps, à l'image de l'université de Córdoba (Argentine), fondée en 1613 par les jésuites, « reflet d'un monde décadent » et « siège de l'immobilisme sénile [18] ».

Au lendemain de la guerre de 1914-1918, pourtant, les échos des bouleversements culturels et politiques du monde résonnent jusqu'en Argentine, un pays proche de l'Europe par sa culture d'immigrants. En dix ans, le monde a changé, avec deux révolutions (la mexicaine et la russe) et une guerre mondiale qui a affaibli les puissances européennes et fait surgir, avec la Société des Nations, les idéaux démocratiques dans ce qu'on n'appelle pas encore le tiers monde. En Argentine même, des changements sociaux et politiques introduisent un air de modernité ; depuis 1916, c'est un radical, Hipólito Irigoyen, qui est à la tête des affaires, après plus d'un siècle de pouvoir sans partage des grands éleveurs : victoire des immigrants et des couchés populaires alliés de la classe moyenne montante, revanche sur l'*estancia* et sur le club très fermé des membres de la *sociedad rural*.

La réforme universitaire de 1918 n'est pas seulement l'expression classique d'une révolte des jeunes contre leurs parents. Malgré sa phraséologie romantique, grandiloquente et confuse, elle correspond à la quête authentique d'un nationalisme moderne et sincère, à égale distance du traditionalisme *anti-gringo* d'un écrivain comme Manuel Galvez et du modèle d'une « Euro-Argentine » blanche, qui se cherche dans l'œuvre d'un José Ingenieros. Le soulèvement commence à Córdoba, ville d'esprit provincial, contrôlée par l'Église. Comme dans la révolte étudiante de mai 1968 en France, il a pour point de départ une revendication mineure : la suppression de l'obligation d'assistance aux cours. Les étudiants réclament aussi une modernisation des mœurs intellectuelles et administratives de leur université, une démocratisation du recrutement professoral et une diminution des cours magistraux au profit des travaux pratiques. En novembre 1917, les étudiants vont jusqu'à exiger une réelle autonomie de gestion de leur université, qu'ils souhaitent voir plus largement ouverte au « peuple », c'est-à-dire aux premiers étudiants salariés. Parce qu'elle s'attaque au principe même du recrutement élitiste et à l'autoritarisme de l'Université, cette agitation de Córdoba prend, dès le départ, l'allure d'une petite révolution. La protestation étudiante débouche sur la formation d'un comité *Pro reforma* ; et une grève est lancée en mars 1918. Alors que les autorités académiques ferment l'université, les étudiants reçoivent l'appui des syndicats et des partis politiques. Très vite, la ville est coupée en deux, et la grève gagne toutes les universités du pays. Le Parti radical au pouvoir hésite longtemps avant de céder, en octobre 1919, sur toute la ligne : participation aux conseils, procédure électorale dans le recrutement des enseignants, liberté d'assistance aux cours, assouplissement des examens. Cette révolte étudiante établit « la charte de naissance de l'Université nouvelle » (Leslie Manigat). Elle est, avec la révolution mexicaine, l'une des premières traductions latino-américaines de ce que Ortega y Gasset appelait « la révolte des masses [19] ».

L'agitation des étudiants de Córdoba fit bientôt tache d'huile : au Chili, au Mexique, en Bolivie, en Colombie, en Uruguay, en Haïti, au Paraguay, on se battit aussi pour la réforme universitaire. Au Venezuela, la Fédération des étudiants fut à deux doigts de renverser le dictateur Vicente Gomez, après une semaine de manifestations, en février 1928. Mais c'est dans le proche Pérou que l'influence de la contestation étudiante fut la plus féconde : dès 1920, la Fédération des étudiants péruviens, présidée par Víctor Raúl Haya de la Torre, obtint du dictateur populiste Leguía les deux réformes de la modernité universitaire : la codirection des conseils universitaires et l'assistance libre aux cours, deux mesures qui brisaient la structure coloniale de l'enseignement, tout en permettant à de jeunes travailleurs sans fortune de s'inscrire à l'université. Au même moment, un autre intellectuel, Haya de la Torre, fondait l'université populaire Gonzalez Prada, ouverte à des catégories sociales jusqu'alors exclues de l'éducation. Dès 1923, des affrontements violents opposaient le régime démagogique de Leguía aux étudiants ; Haya de la Torre fut même emprisonné.

De la réforme universitaire péruvienne allait naître l'Alliance populaire révolutionnaire américaine (APRA), dont la vocation se voulait au départ continentale ; elle fut créée en mai 1924 à Mexico par Haya de la Torre, qui donnait alors une série de conférences dans les universités de ce pays. L'aprisme préten- dait se situer au carrefour de l'idiosyncrasie américaine et de l'ouvriérisme européen ; son idéologie complexe était ramassée dans le slogan : « Contre l'impérialisme, pour l'Unité politique de l'Amérique latine, pour la réalisation de la Justice sociale ! » Dans son ouvrage de 1936, *El Antiimperialismo y el Apra*, Haya de la Torre développe les cinq points de son programme, déjà si attaqué par la IIIe Internationale et les Partis communistes de Mexico et de La Havane : lutte anti-impérialiste, nationalisation des terres et solidarité des classes opprimées, unité continentale, internationalisation du canal de Panamá. La richesse de l'idéo- logie apriste allait bien au-delà de ces cinq points : Haya de la Torre avait gardé des attaches aussi bien avec la pensée démo- cratique et libérale européenne qu'avec celle de Sorel et du courant anarcho-syndicaliste. Il intégrait aussi dans son pro- gramme l'indigénisme et l'agrarisme (révolution mexicaine oblige). Une telle synthèse pouvait apparaître trop éclectique, et même contradictoire : s'il préconisait l'internationalisme prolé- tarien, il récusait en même temps la lutte des classes. Ainsi conçu, l'aprisme pouvait s'ouvrir vers plusieurs directions. De la Torre croyait à la possibilité de créer partout dans le conti- nent des mouvements analogues à celui du Pérou ; il espérait même susciter entre les nationalismes une solidarité « indo- américaine » pour se protéger de l'impérialisme yankee. Mais cette révolution culturelle à l'échelle du continent ne se réalisa pas, et l'APRA, au départ interdite et même pourchassée par la droite, ne dépassa jamais la sphère péruvienne [20].

Au cours des deux décennies suivantes, la réforme universi- taire s'étendit peu à peu à l'ensemble des universités latino-américaines : les étudiants intervenaient désormais dans le choix des professeurs ou dans la gestion administrative des établissements. Plus ouverts aux discussions, ils s'imprégnaient aussi des idéologies nouvelles, et tout particulièrement du marxisme dont les méthodes autoritaires et le messianisme visionnaire exerçaient une fascination puissante sur les jeunes intellectuels [21]. A partir des années 1930, la diffusion de l'idéal communiste parmi les étudiants et les professeurs devient banale, et certains départements universitaires se transforment en bastions où se prépare la révolution de demain.

Les révolutions militaires (1920-1950)

La professionnalisation des armées et leur intervention en politique

Les armées latino-américaines avaient conservé, longtemps après l'indépendance, une image archaïque, digne des temps coloniaux : recrutement aléatoire ou forcé, discipline brutale, formation nulle, promotion fantaisiste. A la fin du XIXe siècle, il est encore banal d'opposer la troupe, recrutée dans la population indienne ou mulâtre, au corps des officiers, d'ascendance blanche et d'esprit pseudo-aristocratique. La professionnalisation de l'armée avait timidement commencé, dans les années 1850-1860, par la création d'écoles d'officiers, de collèges et d'académies militaires, qui donnaient aux jeunes recrues une meilleure instruction, une morale militaire et un esprit de corps, valeurs qui, de tout temps, font « le » militaire de carrière [22].

Ainsi se transforment progressivement ces armées « nationales », qui deviennent des armées de métier, bureaucraties bien organisées, mais rigides ; leur autonomie financière quasi absolue les place en marge de la société civile. La dichotomie entre le corps des officiers et la troupe est encore aggravée par l'instauration, au début du XXe siècle, du service militaire obligatoire, auquel échappent, d'ailleurs, les fils scolarisés des classes aisées... Les soldats de la base restent des Indiens ou des métis analphabètes, commandés par des officiers instruits. Fait nouveau : ces officiers ne sont plus exclusivement les fils turbulents des vieilles familles oligarchiques ; de plus en plus, ils sont recrutés au sein des couches moyennes urbaines, à une époque d'urbanisation accélérée des capitales. Dans des villes comme Buenos Aires, Montevideo ou Rio, l'immigration européenne rend pléthorique la protéiforme classe moyenne, à laquelle se rattache sociologiquement le corps des officiers. Des adolescents provenant de petites villes peuvent même espérer devenir « cadets » de collège militaire et bénéficier ainsi d'une forme d'ascension sociale. Alain Rouquié ne doute pas que « les officiers en Amérique latine seraient majoritairement issus des classes moyennes [23] », mais il trouve ce concept trop vague pour être opérationnel. Il n'en reste pas moins vrai que, jusqu'aux années 1940-1950, les recrutements d'officiers dans les couches très populaires restent minoritaires dans des pays aussi divers que le Brésil, l'Argentine ou le Pérou. Certes, il faudrait nuancer l'analyse selon les armes ou selon les pays, mais il reste établi que la majorité des gradés provenait des classes moyennes. Jacques Lambert et Alain Gandolfi affirment (sans toutefois préciser la période) : « Le recrutement du corps des officiers a ainsi tendu à se faire dans les classes moyennes. Plus exactement, ce corps tend à former une caste à l'intérieur des classes moyennes. En effet, les écoles militaires pouvaient s'ouvrir devant des éléments peu aisés s'ils étaient liés à l'armée. L'enseignement y est gratuit et les officiers s'efforcent d'y envoyer leurs enfants. Le recrutement tend ainsi à devenir héréditaire. Des corps d'officiers ainsi recrutés partagent les idéologies des classes moyennes bien plus que de l'aristocratie [24]... » Ces observations trouvent une illustration assez fidèle dans le roman de Mario Vargas Llosa, *La Ville et les Chiens*, paru en 1963. A Lima, le collège militaire Leoncio Prado reçoit des adolescents de tous les niveaux sociaux et de toutes les couches ethniques ; si la bourgeoisie liménienne considère cet établissement comme une maison de correction servant à dresser des garçons difficiles, les métis de la montagne (*serranos*) y voient plutôt un moyen d'ascension sociale pour leurs enfants. Sous la plume de l'écrivain (qui fut lui-même pensionnaire à Leoncio Prado), ce collège apparaît comme un instrument de répression, qui brise les passions adolescentes par la contrainte et même par la violence physique : l'école militaire devient le paradigme de la société péruvienne tout entière.

En Amérique latine, le poids de l'institution militaire a toujours été important. Déjà en 1837, Hegel notait que « les républiques d'Amérique du Sud ne reposent que sur la puissance militaire » : dans ces États embryonnaires, l'armée, seule force cohérente et organisée, avait tendance à s'identifier à la nation et à jouer un rôle politique plus ou moins constant, par exemple dans la préservation de l'espace national. Néanmoins, l'état-major n'intervenait quasiment pas dans la conduite de la politique intérieure, qu'il abandonnait à l'oligarchie, dont il était majoritairement issu [25].

La diversification sociale des militaires de carrière au début du siècle entraîne au sein des états-majors des tiraillements entre des forces d'inertie — et même de conservatisme — et des forces de changement et de progrès. Ainsi, sur 42 soulèvements militaires répertoriés entre 1930 et 1957, 16 ont penché à droite, et 15 à gauche (11 d'entre eux furent sans signification politique claire ou bien reflétaient une démarche de pouvoir personnel [26]). Cette indétermination idéologique des militaires de carrière est particulièrement nette pour la période 1920-1940. Ainsi, au Brésil et au Chili, ce sont plutôt les militaires « de gauche » qui firent les coups d'État, alors qu'en Argentine et au Pérou des officiers de même rang choisissaient nettement une ligne conservatrice.

Les rébellions militaires « de gauche »

Le « tenentisme » brésilien (1922-1930)

L'armée brésilienne avait été la première d'Amérique latine à « entrer en politique », renversant, dès 1889, la monarchie dont elle avait été, jusqu'alors, le plus fidèle soutien. La seule force susceptible de s'opposer au pouvoir traditionnel des *coroneis*, chefs souverains des familles patriarcales, était bien l'armée. Ses officiers appartenaient pour la plupart aux couches moyennes peu fortunées qui envoyaient leurs enfants au collège militaire de Realengo, dans la banlieue de Rio. Leurs conditions matérielles étaient médiocres, et leurs promotions désespérément longues. En contact avec les hommes de troupe, ils prenaient aussi conscience de l'immobilisme sociopolitique du Brésil. Formés à l'idéologie d'une modernité professionnelle, lointain héritage du comtisme, la mission française conduite par le général Gamelin en 1920 avait même renforcé leur désir de professionnalisme. A deux reprises, en juillet 1922 et en juillet 1924, des officiers se soulèvent à Rio et à São Paulo. Leur révolte se cristallise autour de deux exigences : pour eux-mêmes, la revalorisation du métier ; pour le pays, l'élimination de

LIBRAIRIE VENTS DU SUD
S A R L
7, rue du Maréchal Foch
13100 AIX EN PCE Tél: 04 42 23 03 38

Caisse : F   17:18:41
Tic. 167 du 26 9 03 Total   9,00 E
              (1 art.)

Reglement
en ESPECES EUR: 9,00 E

   1 REVOLUTIONS D AMERIQUE   9,00 E

   1 FRAN   = 0,152449 EUR
   TOTAL en FRAN   59,04

MERCI DE VOTRE VISITE

l'oligarchie caféière, du « coronelisme », et de la corruption généralisée. Leur mouvement fut bien accueilli non seulement par la classe moyenne, mais encore par une partie du prolétariat [27]. Mais, après vingt-deux jours de résistance, les 3 000 insurgés paulistes échouent, comme avait échoué, deux ans plus tôt, le dernier carré des *cadetes* de Copacabana, entré bientôt dans la légende. Les *tenentes* de São Paulo parviennent à échapper aux troupes légalistes, et entreprennent alors une retraite vers le Mato Grosso, où certains espéraient créer un « État libre révolutionnaire ». Affaiblis par les désertions et les escarmouches, ils infléchissent leur exode vers le sud et font leur jonction avec un certain capitaine Luis Carlos Prestes qui avait soulevé une garnison et pris la tête d'une colonne de 800 rebelles. C'est le début de la « longue marche de la colonne Prestes », quelque 2 000 officiers et soldats perdus qui errent pendant deux ans à travers onze États du pays ; ces 25 000 à 30 000 kilomètres parcourus deviennent une longue méditation autour d'un problème sans fond : comment purifier et régénérer le Brésil profond [28] ? De moins en moins nombreux, mal équipés et mal vêtus, fuyant le combat, ces rescapés se heurtent à l'incompréhension ou à la résistance des populations (comme dans le Nord-Est, pourtant misérable et soumis au « coronelisme »). Dure leçon pour ces jeunes gens volontaristes, qui finissent par rendre leurs armes à un poste frontière bolivien, et partent pour l'exil après avoir cru un peu trop naïvement que l'armée pourrait « changer la société ».

Ultime avatar de la révolte des jeunes officiers brésiliens : la révolution de novembre (1930) : des réformistes civils et militaires, rassemblés sous la bannière d'une Alliance libérale, se soulèvent contre le gouvernement fédéral, contrôlé par les politiciens de l'État de São Paulo ; le soulèvement armé était parti du Rio Grande do Sul dont Getúlio Vargas était gouverneur. Pendant quatre ans (1930-1934), celui-ci dirigea un gouvernement révolutionnaire qui dut faire face à de graves difficultés : d'abord, la crise durable du café, puis une contre-révolution de l'État de São Paulo, baptisée révolution constitutionnaliste, vraie guerre civile régionale conduite par l'oligarchie et la classe moyenne (juillet-octobre 1932) contre le pouvoir de Rio. L'habileté politique de Getúlio Vargas consista à établir un compromis entre les exigences radicales des *tenentes*, placés aux postes clés, et les vœux beaucoup plus modérés des militaires légalistes, proches de l'oligarchie. Après la défaite militaire des *paulistas*, Getúlio Vargas sut manœuvrer habilement pour réintégrer en douceur l'État sécessionniste dans la Fédération. Cette politique déjà populiste, voire démagogique, devait lui permettre de se maintenir longtemps au pouvoir.

Les soulèvements militaires au Chili (1924-1932)

C'est dans le double contexte de la crise économique — les méventes du nitrate — et de l'instabilité du système politique qu'il faut replacer la révolte d'une partie de l'armée chilienne, une armée naguère modernisée par des officiers allemands, mais se sentant depuis trop longtemps déconsidérée, et mal payée de surcroît ; depuis plusieurs mois, l'armée n'était même plus payée du tout, et les promesses d'augmentation des soldes restaient sans effet par manque de fonds au budget [29].

Si le déclenchement de la révolution de septembre 1924 s'explique par le mécontentement des officiers, il doit aussi être éclairé par le climat social de l'époque, chômage, excès du parlementarisme, échos assourdis du fascisme italien... Les deux cents lieutenants et capitaines qui envahissent les tribunes de la Chambre des députés lors d'une session nocturne, le 5 septembre 1924, réclament beaucoup plus que des satisfactions catégorielles ; ils exigent aussi un changement politique profond. Trois jours plus tard, ils finissent par imposer au Congrès le vote de seize lois sociales « oubliées » dans les cartons, et même la promesse d'un changement de Constitution. Bien que cette rébellion militaire fût moins dirigée contre le président Alessandri, toujours à la recherche d'un dialogue, que contre les excès du parlementarisme, elle aboutit à une pression si forte du comité militaire que le président se retira pour six mois en Italie et que le Congrès fut dissous (12 septembre). C'était la fin d'un régime constitutionnel qui avait prévalu depuis 1833 dans ce pays.

Commence alors une période de crise, qui se prolongera jusqu'en 1932. Une première junte composée de trois officiers supérieurs fut balayée par le *pronunciamiento* du 23 janvier 1925, lequel porta au pouvoir un autre groupe d'officiers plus radicalisés, qui s'empressèrent de rappeler d'exil le président Alessandri, susceptible de mieux servir les intérêts de cette nouvelle « révolution ». On pouvait penser que l'intervention militaire n'avait été qu'un intermède, mais la crise générale du pays était trop profonde. Rétabli dans son pouvoir, Alessandri démissionne à trois mois de la fin de son mandat ; aux élections anticipées de 1927 triomphe le candidat de l'armée, Carlos Ibañez del Campo, général du corps des carabiniers ; sous le prétexte de remettre de l'ordre, celui-ci fit élire un Congrès à sa botte et pourchassa l'extrême-gauche. Pour financer le « nouveau Chili », ce caudillo vaguement populiste emprunta déraisonnablement à l'extérieur et lança des programmes de grands travaux pour lutter contre le chômage. Mais cette dictature, fondée sur le pouvoir policier, la bureaucratie et le nationalisme, ne pouvait endiguer les effets dramatiques de la crise de 1929. La révolte contre ce régime policier couvait un peu partout, et Ibañez dut se retirer à la suite d'une série de grèves déclenchées par les étudiants (juillet 1931).

Pendant dix-huit mois, le pays entre dans une période d'anarchie au bilan sombre : un soulèvement de l'escadre, quatre révoltes de casernes (*cuartelazos*), sept gouvernements successifs, dont trois militaires. Le plus éphémère (4-17 juin 1932) a été baptisé république socialiste parce que son « homme fort », le ministre de la Guerre Marmaduke Grove, plaidait pour une « authentique révolution socialiste », en commençant par la nationalisation du cuivre [30]. Le Chili est alors au creux de la vague économique, la dette publique atteint 4 milliards de pesos-or, les caisses sont vides, l'inflation galopante, et les militaires ne sont toujours pas payés. Le mérite d'Arturo Alessandri, le nouveau président élu à la fin de 1932, sera de restaurer, à la faveur d'une légère reprise de l'économie mondiale, les finances publiques. Avec ce nouveau mandat, le pays se mettait à l'abri de la tentation militariste et renouait avec la tradition constitutionnelle.

Des contre-révolutions militaires « de droite » en Argentine et au Pérou

Le 6 septembre 1930, des cadets et de jeunes officiers commandés par un certain général Uriburu s'emparaient de la Casa Rosada, le palais présidentiel de Buenos Aires, et déposaient sans trop de violence Hipólito Irigoyen, un président radical récemment réélu, qui jouissait d'une grande popularité auprès des classes moyennes. L'armée inaugurait ainsi une nouvelle tradition argentine, celle du *golpe*. Dans cette rébellion, les militaires obéissaient à des motivations diverses : une xénophobie exacerbée par un siècle continu d'immigration, un corporatisme inspiré du modèle fasciste, la dénonciation de la « démagogie » et de la « corruption » du Parti radical. La révolution de septembre avait été suivie de manifestations de rues plutôt enthousiastes, comme si l'opinion publique venait de trouver dans le radicalisme son bouc émissaire. Mais l'on déchanta rapidement au fur et à mesure que l'on s'enfonçait dans la crise, et bientôt le mouvement d'opinion s'inversa. Avec la baisse durable des exportations de *beef* vers l'Angleterre, le chômage s'alourdissait et l'exode vers la capitale s'accélérait. Pour les *porteños* (habitants de Buenos Aires), c'est le temps de la désillusion et de l'amertume, l'âge d'or du tango et de la prostitution. Dans la mémoire collective, la période qui court de 1930 à 1943 est devenue la « décennie tragique » (*la decada trágica*). Certes, le gouvernement ultra-nationaliste d'Uriburu, encadré par ses organisations paramilitaires, ne survécut que quelques mois à la mort de son leader (1932), et un système beaucoup plus libéral en économie et moins répressif en politique fut inauguré par son successeur, le général Agustín P. Justo ; ce dernier enregistra même, à partir de 1934, une certaine réussite dans sa politique anticrise. Mais pour l'opinion argentine, cette période est bien perçue comme « tragique » parce qu'elle signifie le retour en force du conservatisme, le renforcement de la dépendance économique, la rigueur financière et sociale, et, finalement l'impuissance et les luttes intestines au sein même des partis de gauche et de la CGT.

La « révolution argentine » de 1930 trouva une résonance au Pérou, où un certain colonel Sanchez Cerro renversa le général Leguía, un caudillo au pouvoir depuis onze ans et dont l'idéologie semble encore aujourd'hui indéfinissable. Sanchez Cerro reprochait à son prédécesseur son impuissance à résoudre la crise économique et son laxisme face au mouvement gauchiste de l'APRA. Il est clair que le vainqueur reprenait le discours des classes dominantes, inquiètes de l'agitation sociale. L'armée devint alors, selon l'expression du sociologue François

Bourricaud, « le chien de garde de l'oligarchie » : pendant une décennie non moins « tragique » qu'en Argentine, ce sont des militaires — Sanchez Cerro et son successeur Benavides — qui portent les couleurs politiques de la droite la plus conservatrice que le pays ait jamais connue [31].

Coups de balancier : à gauche au Brésil et au Chili ; à droite en Argentine et au Pérou. Cette idéologie à géométrie variable des armées sud-américaines n'est pas seulement due au recrutement des officiers dans l'indéfinissable « classe moyenne » ; elle tient sans doute aussi à la conjoncture politique des pays concernés. Au Brésil, la révolte des *tenentes* entendait s'attaquer aux archaïsmes figés du pouvoir ; au Chili, les rébellions « socialistes » de 1931-1932 faisaient suite à la dictature musclée, celle du caudillo Ibañez. A l'inverse, la contre-révolution d'Iriburu en Argentine succède à quatorze ans de « décadence démocratique » (selon la formule de l'écrivain nationaliste et chauvin Leopoldo Lugones). Au Pérou, enfin, on reprochait à Leguía son caudillisme démagogique, son népotisme, sa politique d'emprunts sans retenue, bref son populisme et son impuissance. Une telle diversité de réactions des armées du cône Sud préfigure déjà celle des militaires à la fin des années 1960.

Le rôle clé des armées dans l'instauration des régimes populistes (1937-1952)

Pour cinq pays au moins — le Brésil, la Bolivie, l'Argentine, le Guatemala et le Venezuela —, l'interventionnisme des états-majors a débouché sur des révolutions « nationales » d'un style nouveau, qui cherchaient à briser les forces archaïques de la société pour intégrer dans l'État les nouvelles catégories sociales urbanisées. Le populisme latino-américain plonge donc ses racines dans l'activisme militaire, même si son idéologie sommaire tend très vite à s'émanciper des valeurs militaires pour rehausser le culte d'un chef charismatique auprès des masses [32].

Ainsi, au Brésil, le coup d'État de 1937 inaugure l'*Estado novo*. Prenant prétexte d'une menace communiste (un hypothétique plan Cohen), Getúlio Vargas fait dissoudre le Congrès élu en 1934 et impose une nouvelle Constitution qui instaure un État fort et centralisé, bien éloigné de l'idéal démocratique des jeunes officiers qui avaient fait la révolution de 1930. Ce Brumaire brésilien, conçu et réalisé avec l'appui de l'état-major, inaugurait une forme originale de populisme, fondé sur le culte du Chef. « Le Dr G. Vargas, écrit *O Estado do São Paulo* en 1942, représente l'ordre pour le Brésil. Être contre lui — si cela était concevable — serait se placer contre l'ordre. Moins qu'un président de la République, il est le chef de la famille brésilienne... » Favorisé au départ par la conjoncture économique de la Seconde Guerre mondiale, *o Estado novo* finira par suivre le destin des fascismes européens — il s'effondrera en novembre 1945 [33].

A l'origine du péronisme qui gère l'Argentine de 1946 à 1955, on retrouve l'intervention de l'armée. La révolution militaire du 4 juin 1943, conduite par les colonels Rawson et Ramirez, prétendait officiellement restaurer la démocratie, mais un pacte secret liait entre eux les officiers « putschistes » autour d'un projet autoritaire et nationaliste, inspiré du modèle brésilien tout proche. Un certain colonel Juan Perón, qui avait participé au *golpe* d'Uriburu en 1930 et venait de rentrer d'un voyage dans l'Italie mussolinienne, se construisit, en bon démagogue, une image de protecteur de la classe ouvrière, à la faveur d'un poste de secrétaire du Travail et du Bien-Être social. Après avoir gagné les élections présidentielles de 1946, il inaugurait dix ans de régime populiste, soutenu par l'armée, l'Église et la classe ouvrière... Un demi-siècle plus tard, le mythe péroniste, fondé sur la nostalgie d'une prospérité perdue, exerce encore une réelle fonction politique [34].

En Bolivie, l'armée fut, également, à l'origine de la révolution nationale de 1952. Traumatisée par sa défaite contre le Paraguay dans la guerre du Chaco (1932-1935), elle exprima d'abord son malaise par une suite chaotique de coups d'État de gauche et de droite. Ainsi, la *Révolución febrerista* (février 1936), dirigée par le colonel Franco et quelques anciens combattants, proposa des réformes sociales et une colonisation des terres publiques, mais elle fut balayée au bout de quelques mois par un autre *golpe*. En décembre 1943 — quelques mois seulement après le coup d'État argentin —, un certain major G. Villaroel prétendait instaurer une révolution nationale d'inspiration gauchiste-fascisante. Villaroel fut renversé (et pendu) en 1946 par une contre-révolution militaire de droite, manipulée par la *Rosca*, la puissante oligarchie de l'étain. La véritable révolution nationale se fera un peu plus tard, le 9 avril 1952. Ce jour-là, le peuple descendit dans la rue pour défendre, aux côtés des carabiniers, mais contre l'armée, le résultat des élections « démocratiques » de mai 1951. Pendant douze ans, sous les présidences de Victor Paz Estenssoro et de Hernán Siles Suazo, le Mouvement nationaliste révolutionnaire lança les premières mutations du pays : réforme agraire, nationalisation de l'étain, éducation... Révolution « prolétaire », ou révolution « petite-bourgeoise » ? Les Boliviens s'interrogent encore aujourd'hui sur le sens de cette expérience contradictoire et assez peu démocratique (comme dans d'autres pays réellement fascistes, le gouvernement mit un grand zèle à poursuivre les communistes). Mais la révolution de 1952 eut le double mérite de forger, pour la première fois en Bolivie, un État national et d'instaurer le principe d'une certaine redistribution sociale [35].

On retrouve encore l'armée dans son rôle de balancier politique au Guatemala. Le 24 juin 1944, un triumvirat militaire chassait le dictateur Jorje Ubico, au pouvoir depuis quatorze ans, et, quelques semaines plus tard, un groupe d'officiers revenait à la charge en réalisant la révolution d'octobre qui devait permettre l'élection d'un président civil, le Pr Alvarado (1944-1951), puis celle du colonel Arbenz, un ancien putschiste de 1944. Souhaitant moderniser son pays, Arbenz eut l'audace de promulguer quelques lois sociales touchant au travail, à l'éducation et, surtout, au domaine ultra-sensible de la terre. Le décret n° 900 sur la réforme agraire devait être, selon lui, « le fruit le plus précieux de la Révolution et la base fondamentale de la destinée de la Nation ». Il déclencha, en fait, l'opposition féroce des gros propriétaires, ainsi que de la *frutera* (United Fruit Co.). Bien que le gouvernement eût réparti, au total, 2,5 millions d'hectares à quelque 100 000 familles, l'insuffisance des terres récupérées entraîna aussi des mécontentements chez les paysans et des occupations sauvages de grands domaines. Ces réactions populaires plus ou moins spontanées renforcèrent la méfiance de l'armée vis-à-vis d'un régime déjà soupçonné de communisme. La CIA finit par appuyer une contre-révolution militaire conduite par le général Castillo Armas, qui mit fin brutalement, et sans résistance, à l'expérience Arbenz (juin 1954). L'armée venait de relancer le balancier de la politique vers la droite, différant pour longtemps tout projet de modernisation de l'État guatémaltèque [36].

Le Venezuela, terre de caudillos jusqu'en 1945, offre un ultime exemple du rôle à la fois déterminant et imprévisible des militaires en politique : en une dizaine d'années (1947-1957), des fractions de l'armée vénézuélienne se lancèrent dans des coups d'État « tous azimuts », autobaptisés « révolutions », dont la ligne idéologique défie l'analyse et qui produisirent, tour à tour, des juntes révolutionnaires, des dictatures militaires et des gouvernements civils temporaires — tel celui de l'écrivain Rómulo Gallegos, fugace président de la République entre décembre 1947 et novembre 1948. En 1952, un « auto-coup d'État » porta au palais de Miraflores un nouveau dictateur, Marcos Perez Jimenez (1952-1958), qui semblait faire renaître le temps de Vicente Gomez « le Barbare », temps de la prospérité du pétrole et de la folle spéculation foncière [37].

Le survol des multiples conflits politiques de cette première moitié du XXe siècle laisse entrevoir, à la fois, le profond désir de changement et les blocages de la société latino-américaine. Bien qu'inscrite dans la plupart des Constitutions, la démocratie politique était depuis trop longtemps confisquée par des caudillos ou par des oligarchies pour ouvrir la voie au réformisme. Les inégalités sociales continuaient de s'aggraver, car les États embryonnaires ne pouvaient empêcher ni les maîtres d'haciendas de pressurer les ouvriers agricoles ou les communautés indiennes, ni les patrons d'ateliers ou d'usines d'exploiter une main-d'œuvre ouvrière peu nombreuse et divisée. Quant aux classes moyennes, elles étaient plus soucieuses de défendre leurs intérêts matériels que d'accélérer le changement social. On peut même observer dans les années 1930 une certaine « trahison des intellectuels », trop fascinés par des idéologies radicales pour œuvrer dans le sens de solutions pragmatiques...

Relativement instruits, jouissant des privilèges matériels et sociaux de leurs castes, les militaires latino-américains ne présentaient pas, pour autant, une image consensuelle dans le domaine politique. Ils manifestaient même une réelle incohérence dans leurs interventions politico-militaires. Attachés viscéralement aux valeurs patriotiques, une partie d'entre eux se considéraient comme le seul rempart de l'état de droit, face aux doctrines « exotiques » du marxisme et de l'aprisme. Mais d'autres militaires de carrière — souvent des jeunes officiers — considéraient l'armée comme le seul vecteur potentiel du changement au sein de ces sociétés bloquées. Les nombreux soulèvements armés qui rythment l'histoire latino-américaine dans les années 1925-1950 reflètent avant tout ces rapports de force au sein des états-majors à un moment précis ; rapports précaires, fluctuants, à l'image des sociétés latino-américaines en mutation...

DEUXIÈME PARTIE

Les révolutions marxistes et leurs prolongements 1953-2000

La guérilla de Fidel Castro inaugure un nouveau cycle de révolutions, fondé sur une stratégie de renversement accéléré des oligarchies foncières et des intérêts capitalistes au profit de sociétés socialistes. Lorsqu'il pénètre dans La Havane, en janvier 1959, Fidel Castro peut avoir le sentiment qu'il vient d'ébranler le plus grand empire du monde et qu'il inaugure une ère nouvelle. D'un bout à l'autre du sous-continent, il va soutenir par tous les moyens — militaires, logistiques et médiatiques — les groupuscules marxistes qui veulent accélérer la maturation des « conditions objectives » par la lutte armée. Cette stratégie perdure pendant près d'une décennie, sans pour autant déstabiliser le moindre gouvernement ; à l'inverse, la plupart des États organisent la lutte antiterroriste et parviennent sans trop de difficultés à éliminer les « subversifs ».

Le fort impact psychologique de la révolution castriste laissait entrevoir l'ampleur des frustrations du continent latino-américain, qui aspire depuis longtemps à un changement réel des structures postcoloniales. Fait nouveau dans cette Amérique trop longtemps stagnante, le modèle cubain de la révolution par les armes interpellait non seulement les intellectuels — qui prirent parti massivement pour La Havane — mais encore une institution aussi traditionnelle que l'Église catholique, confrontée désormais au problème de l'engagement : après la Conférence de Medellín (1968), la hiérarchie catholique évoluait assez vite vers des positions nettement réformistes, tandis qu'une partie des clercs et des fidèles adhéraient à des projets franchement révolutionnaires.

Mais au début des années 1990, le modèle castro-communiste semblait en voie d'épuisement, non seulement à Cuba, mais encore dans toute l'Amérique hispanique. Ce recul du projet socialiste sur le continent s'explique autant par l'échec économique du modèle cubain — mauvaise copie d'un modèle soviétique en voie d'implosion — que par l'agressivité du président Ronald Reagan (1981-1988), attentif à faire échouer toute velléité révolutionnaire dans cette partie du monde. Dans ce nouveau contexte, les révolutions de Cuba et du Nicaragua (1979) apparaissent rétrospectivement comme des cas isolés, dont la réussite n'avait été rendue possible que par la conjonction heureuse de deux circonstances : d'une part, la fin de règne de deux dictateurs corrompus, Batista à Cuba et Somoza au Nicaragua ; d'autre part, le feu vert tacite donné par la Maison-Blanche, soudainement lassée de soutenir des régimes qu'elle avait naguère contribué à mettre en place. Sans ce laxisme américain — fruit d'un relâchement passager dont l'Amérique anglo-saxonne est coutumière — on peut se demander si les révolutions de Cuba et du Nicaragua auraient pu voir le jour...

5

La révolution de Fidel Castro
à Cuba (1953-1990)

> Tous les hommes ont droit à tout ce qu'ils de-
> mandent...
> — Et s'ils demandent la lune ?...
> — S'ils demandent la lune, c'est parce qu'ils en
> ont besoin...
>
> Dialogue entre J.-P. Sartre et F. Castro
> en 1960 (Jeannine Verdès-Leroux,
> *La Lune et le Caudillo*)

Dans les années 1960, la révolution cubaine figura dans l'imaginaire latino-américain comme le paradigme de toute révolution à venir. Son *líder máximo*, Fidel Castro, apparaissait comme l'un des grands leaders politiques de son temps. Son goût du défi et la force de conviction de sa parole lui donnaient une stature prométhéenne, et il faisait l'objet d'un culte inavoué de la personnalité, aussi bien à l'extérieur qu'à l'intérieur du pays. Trente ans plus tard, les anciens adorateurs de Castro sont ébranlés dans leurs convictions par la dégradation du modèle cubain, qui ne parvient plus à cacher les stigmates du socialisme réel sous les oripeaux d'un caudillisme tropical. Le « processus révolutionnaire » est confronté aux dures réalités de la crise et de la dépendance économique, et les « acquis de la révolution » semblent plus que jamais menacés. Est-ce la fin d'un beau rêve ?

Du castrisme au marxisme
ou les métamorphoses du caudillisme

Aujourd'hui, on perçoit mieux les données sociales et politiques qui ont rendu possible la révolution cubaine : sans un concours exceptionnel de circonstances, celle-ci n'aurait sans doute jamais réussi à renverser aussi facilement la dictature de Fulgencio Batista.

Cuba : la fausse indépendance (1898-1953)

De toutes les possessions espagnoles d'Amérique, Cuba avait été la seule (avec Porto Rico) à rester à l'écart du mouvement d'émancipation, dans les années 1810-1824 ; ce prolongement du lien colonial était certes voulu par la métropole, qui avait fait de La Havane sa plus grosse place forte d'Amérique, mais aussi par la majorité de la bourgeoisie commerçante de l'île, qui craignait de voir s'installer à Cuba une réplique de la république noire d'Haïti. Classe dominante par son poids économique, la bourgeoisie sucrière ne se posa jamais en classe dirigeante susceptible de formuler un projet politique — à l'exception toutefois d'un petit parti réformiste, proche des propriétaires esclavagistes, mais favorable au libre-échange d'inspiration anglaise. Il est significatif que le premier soulèvement d'envergure, la révolution de Yara (octobre 1868), n'ait pas été fomenté par cette bourgeoisie de La Havane, mais par un grand propriétaire de moulin à sucre, Manuel de Cespedes, un homme de l'Oriente — province natale de Fidel Castro — excédé par les abus fiscaux de l'Espagne. Cette première « guerre d'indépendance » (1868-1878) déboucha sur une précaire « république cubaine », vite déchirée par des guérillas sauvages qui ruinèrent le pays.

La révolte qui rebondit à partir de 1895 sera décisive, sous l'effet conjugué de circonstances favorables, véritable schéma catastrophe : la dépression mondiale de 1893, l'effondrement des cours de la canne concurrencée par la betterave, l'agitation des anciens esclaves, laissés à l'abandon après la loi d'émancipation de 1886 et, toujours, l'incompréhension de la métropole, qui persistait dans son refus d'accorder un statut spécial à l'île. C'est alors qu'un intellectuel en exil, José Marti (1853-1895), relança l'opposition politique, jamais vraiment éteinte depuis Cespedes. Ce fils d'un sergent espagnol et d'une modeste créole avait fait six ans de bagne durant la « guerre de Dix Ans ». Journaliste-écrivain exilé à New York, il avait organisé en 1892 un « Parti révolutionnaire cubain », mais mourut tout au début des combats de cette seconde révolution — le 19 mai 1895. Dans l'idéologie castriste, Marti deviendra l'apôtre de l'indépendance et le symbole de l'anti-impérialisme, figure tutélaire du régime [1].

Sans l'aide militaire des États-Unis, l'indépendance politique prônée par les autres leaders du mouvement, le « Blanc » Maximo Gómez et le « Noir » Antonio Maceo, eût été plus longue, sinon incertaine, tant les affrontements de cette seconde « guerre d'indépendance » (1895-1898) furent meurtriers. Le prétexte de l'intervention yankee fut l'explosion en rade de La Havane d'un navire nord-américain, le *Maine* (15 février 1898). Ses 260 victimes « indignèrent » l'opinion, et le Sénat nord-américain vota l'intervention directe en déclarant la guerre à l'Espagne « pour la libération de Cuba ». Le président McKinley envoya une escadre, et le régiment des *rough riders*, commandé par un volontaire, le colonel Theodore Roosevelt, s'empara de Santiago de Cuba en juillet, obligeant ainsi l'Espagne à signer, le 25 octobre 1898, le traité de Paris, par lequel elle renonçait en bloc à Cuba, à Porto Rico et aux Philippines. L'île passait sous un statut provisoire de tutelle nord-américaine, avec occupation militaire pendant quatre années (alors que Porto Rico était annexée), temps estimé suffisant pour démobiliser la guérilla nationaliste, mais aussi pour entreprendre, non sans arrière-pensées politiques, des réformes administratives, des travaux d'infrastructure routière et d'assainissement contre la fièvre jaune [2].

Cette forme de néo-colonialisme politique venait renforcer la présence économique du capital américain. Depuis le milieu du XIXe siècle, la fin de l'esclavage et l'effondrement des cours du sucre avaient entraîné la disparition des petits producteurs « indépendants », ce dont profitaient des investisseurs nord-américains, qui rachetaient à bas prix des terres et des moulins à sucre (*ingenios*), réalisant ainsi des concentrations de production et de commercialisation de l'« or blanc » ; dès 1880, une compagnie nord-américaine monopolisait le commerce extérieur de l'île. La pression des intérêts yankees pour obtenir une intégration économique était si forte qu'un syndicat financier new-yorkais envisagea en 1897 de racheter l'île aux Espagnols, en accord avec les indépendantistes... Prétextant que « l'avenir de Cuba était américain », des hommes politiques, tel le sénateur Albert Beveridge, préconisaient même l'annexion pure et simple. L'intervention militaire de 1898, loin d'être fortuite, s'inscrivait donc dans une géopolitique de proximité spatiale et d'intérêts économiques.

Dès 1901, la nouvelle république cubaine tombait sous la tutelle américaine par l'effet de l'« amendement Platt », un additif imposé à la Constitution cubaine par Washington, qui prévoyait l'intervention militaire à tout moment si des vies ou des biens américains étaient directement menacés. La cession d'une base perpétuelle à Guantanamo matérialisait cette dépendance, assortie d'un traité commercial de réciprocité... A l'ombre du protectorat américain, un système clientéliste dominé par les conservateurs et les libéraux se mit en place, singulièrement perturbé par la fraude et la corruption[3]. Dans les années d'instabilité politique — 1906, 1917 —, les *marines* débarquaient dans l'île pour « rétablir l'ordre », tandis que les financiers de Wall Street continuaient d'acheter des terres et que la banque Morgan prêtait à l'État impécunieux. Les intérêts américains tiraient profit aussi bien des « booms » sucriers (1914-1919 ; 1921-1929 ; 1940-1944) que des crises sucrières, plus particulièrement celles de 1920, 1929 ou 1953... A la veille de la révolution castriste, l'économie cubaine restait totalement dépendante de son puissant voisin, qui lui fournissait les trois quarts des importations et lui achetait la moitié de son sucre ; 90% des mines, 40% des usines sucrières et 80% des services publics étaient contrôlés par des capitaux nord-américains. Après 1959, Fidel Castro se rendra compte — mais un peu tard — qu'il est bien difficile d'éliminer par simple décret de telles dépendances...

Dans les années 1920, Cuba était entrée dans le cycle des dictatures dont elle ne sortira guère par la suite. Avec, tout d'abord, Gerardo Machado (1925-1933), un ancien gérant de succursale de la General Electric, qui sut profiter de la manne sucrière pour développer l'infrastructure et moderniser La Havane. Déjà, la Mafia attirait la clientèle américaine fortunée dans ses hôtels de luxe, où la prohibition des alcools ne s'appliquait pas ; Cuba était devenue pour les Américains en mal d'exotisme « la perle des Antilles ». « Machado le Boucher » justifiait son surnom en gouvernant avec des méthodes violentes ; c'est ainsi qu'il réprima brutalement les manifestations de rue qui éclatèrent au moment de la crise. La grève générale de 1933 n'aurait pas suffi à abattre le dictateur si les Américains ne l'avaient lâché tout à la fin. Comme dans d'autres pays du sous-continent, la décennie de la grande crise fut une période d'instabilité politique, dominée par deux personnages, Ramón Grau San Martín et Fulgencio Batista. Le premier, professeur de physiologie, devenu président en 1933 sous la pression des étudiants, instaura une éphémère république révolutionnaire, créa un ministère du Travail, fit accorder le droit de suffrage aux femmes et nationalisa l'électricité, sans pour autant accepter l'instauration des soviets dans les usines à sucre. La révolution de Grau ne dura, d'ailleurs, qu'une centaine de jours, car il fut éliminé par l'armée sous la pression des Américains[4]. Fulgencio Batista, simple sergent de souche métisse, qui avait participé à l'élimination de Grau, dominera la scène politique jusqu'en 1959. Après avoir œuvré longtemps dans l'ombre, il se fit élire président avec l'appui de l'armée et du Parti communiste. Son premier mandat (1940-1944) avait pu donner de lui l'image d'un homme intègre et même démocrate, respectueux de la Constitution « progressiste » adoptée en 1940. En 1942, il avait même incorporé dans un gouvernement d'Unité nationale deux ministres communistes, décision que les Nord-Américains n'avaient pas encore oubliée en 1958... Mais celui qu'on appelle encore parfois le « fils du peuple » a beaucoup changé lorsqu'il revient au pouvoir par un coup de force, le 10 mars 1952 ; il fut encore « réélu » en 1954 grâce à la fraude, et avec la bénédiction de Washington. Face à une opposition divisée, Batista n'eut guère de mal à imposer ce qu'il appelait sa « dictature démocratique », et qui, selon Jeannine Verdès-Leroux, n'aurait pas été aussi terrible que Castro l'a laissé entendre. Sur le plan des mœurs, cette seconde période de Batista semblait renouer avec la « belle époque » de Machado ; La Havane redevenait le paradis du jeu et de la prostitution : des centaines de bordels et de bars louches prospéraient dans le quartier « chaud » de La Rampa, contrôlés par des gangs nord-américains. Dictature et décadence morale faisaient décidément bon ménage ; ce fut d'abord contre elles que voulut se dresser Fidel Castro [5].

L'incroyable épopée castriste (1953-1959)

Loin d'être le fruit d'une stratégie calculée, la réussite de Fidel Castro ressemble à une aventure chanceuse, relevant autant de l'exploit sportif que du projet politique ; les aspects irrationnels, improvisés ou aléatoires y sont décisifs, aussi bien dans sa stratégie politique que dans la tactique de guérilla. Lorsque André et Francine Demichel soutiennent que « [la guérilla] a abouti à la victoire essentiellement parce qu'elle reposait sur une stratégie irréprochable... [elle-même] reposant sur une théorie révolutionnaire globale », ils semblent encore victimes de la manie théorisante d'un Régis Debray, qui essaya, le premier, de rationaliser *a posteriori* l'extraordinaire défi que Fidel Castro avait lancé à une dictature qui ne pouvait tomber ni par des élections régulières ni par une grève générale. Prenant à contre-pied les analyses les plus pessimistes sur l'impossibilité « objective » d'une révolution violente, le jeune leader a réussi à mener à bien une entreprise un peu folle, dont le succès final s'éclaire après coup autant par sa personnalité que par des conditions spécifiques, qui tiennent à la géographie de l'île, aux problèmes agraires d'une partie de sa population et, surtout, à l'usure même de la dictature.

Une vocation de rebelle

Rien ne semblait prédisposer ce jeune avocat non conformiste à devenir l'archétype du révolutionnaire. Son père, Angel Castro, Galicien d'humble origine, s'était constitué par des défrichements sauvages un domaine de 800 hectares, situé au nord-est de Cuba. C'était, au dire de son fils, « un homme très actif... très entreprenant... », qui avait aussi affermé « quelque 10 000 hectares » dans le voisinage. Malgré cette accumulation primitive, Angel Castro resta toute sa vie un paysan mal dégrossi, qui obligeait ses enfants à travailler sur le domaine.

Fidel Castro a gardé de sa mère, Lina Ruz Gonzalez, le souvenir d'une femme de bon sens, de surcroît « fervente croyante ». Elle avait d'abord été la très jeune « servante-maîtresse » de don Angel, avant de devenir sa seconde épouse et de lui donner sept enfants. Fidel, qui était le troisième, serait donc né enfant naturel (il ne fut baptisé qu'à l'âge de cinq ans[6]). Trop turbulent, il est placé, avec sa sœur, dans une école de Santiago avant d'entrer, à huit ans, au collège mariste de La Salle. Renvoyé au bout de trois ans pour mauvaise conduite, il est accueilli — sur recommandation — au collège jésuite Notre-Dame-des-Douleurs, « l'un des plus prestigieux et des plus cotés » de Santiago. Dès cette époque, le jeune Fidel manifeste son indépendance de caractère, son goût de la bagarre et, déjà, un esprit de rébellion[7]. Sa forte personnalité éclate dans ses rapports avec les professeurs et les élèves. A l'âge de quatorze ans, il n'hésite pas à écrire au président Franklin Roosevelt pour lui proposer, en échange d'un billet de 10 dollars, une mine de fer « pour construire ses bateaux » : déjà, cette façon mégalomane de traiter d'égal à égal avec les grands de ce monde[8]...

En 1941, il est admis au collège huppé de Belén (Bethléem), à La Havane, pour y faire ses humanités. Il continue d'exceller dans le sport et devient le « meilleur athlète lycéen de Cuba ». Actif, et déjà doté d'un sens de l'organisation, il sait convaincre ses camarades par ses talents de discoureur. Bons psychologues, les pères jésuites l'ont vite évalué : on peut lire sur son carnet de sortie, en juin 1945 : « Il est d'une bonne étoffe et un tempérament d'acteur ne lui fera pas défaut... » Mais, durant ces cinq années de pensionnat dans la capitale, Fidel a été mis à l'écart par ses camarades « de bonne famille », qui n'ont jamais songé à intégrer ce fils de paysan provincial dans leur cercle de relations ; jusqu'à dix-neuf ans, Fidel a passé ses vacances scolaires à travailler chez son père ou à parcourir le domaine, un fusil de chasse à la main.

Inscrit à la faculté de droit, il se plonge aussitôt dans une intense activité politique, dont la logique n'est d'ailleurs pas totalement élucidée. La question a été maintes fois posée : dans ces années 1945-1950, Fidel était-il déjà marxiste ? Dans ses entretiens avec Carlos Franqui, Castro précise : « Lorsque j'entrai à l'université avec mon diplôme, je n'avais aucune culture politique... J'étais à cette époque un être donquichottesque, romantique et rêveur... alliant une grande soif de connaissance et un puissant désir d'action[9]... » En 1947, il avait adhéré au Parti du peuple cubain — ou Parti orthodoxe — d'idéologie anti-impérialiste, mais résolument anticommuniste. Son fondateur, le sénateur Eddy Chibás (Edy) avait acquis une immense popularité en dénonçant les excès de la dictature ; son cri de ralliement était : « Dignité face à l'argent. » De l'avis même d'un de ses compagnons, Fidel Castro avait, à cette époque, des idées plutôt « anarchistes ». Selon Tad Szulc, son ultime biographe, « il ne savait pas bien ce qu'il voulait, mais il savait s'exprimer, et il trouvait des partisans pour le suivre... ». Il apparaît alors comme un homme d'action qui s'efforce de naviguer entre les syndicats étudiants et des groupes d'action prétendument révolutionnaires qui contrôlent par la force le campus de l'université « autonome » de La Havane. Sans doute échappa-t-il à plusieurs attentats ; « J'étais, admet Fidel, le Don Quichotte de l'université : toujours sous les coups et au milieu des balles[10]. » En 1947, il participe à une expédition (manquée) contre le dictateur Trujillo, en République dominicaine. L'année suivante, il assiste, à Bogotá, à un « congrès anti-impérialiste des étudiants latino-américains », organisé avec la bénédiction du dictateur argentin Perón. C'est alors qu'éclate — étrange coïncidence — ce que les Colombiens appellent la « révolution d'avril » (le *Bogotazo*), consécutive à l'assassinat du leader libéral Jorge Gaitán, très populaire : « Je me joins aux premiers rangs de la foule — se souvient Fidel — je vois que c'est une révolution qui éclate et je décide d'y participer... » Ce baptême du feu à vingt et un ans est pour lui une révélation : « Cette masse révoltée, saine et modeste qu'est le peuple, voilà la force qui peut faire la révolution ; il faut conduire cette masse à la révolution, mais par étapes... » Retardé dans son cursus universitaire par sa fébrile activité politique, mais peut-être stimulé par son « mariage d'amour » avec Mirta Díaz (en octobre 1948), il finit par décrocher son titre d'avocat en 1950, ouvre avec deux collègues un modeste cabinet d'avocat-huissier-recouvreur, avant de devenir le défenseur de travailleurs licenciés ou de résidents pauvres menacés par l'urbanisation de la capitale. Castro ne s'intéresse guère à l'argent (les mauvaises langues diront qu'il sait se satisfaire de celui des autres...). Le suicide de Chibás, en août 1951, était un coup dur pour le Parti orthodoxe qui pouvait gagner les élections de 1952 ; certains pensaient même que Fidel Castro serait élu député. Mais le coup d'État de Batista, en mars 1952, brisait net tous ces calculs. Face à une opposition attentiste ou qui courbe l'échine, Fidel Castro est le premier à se lancer dans une lutte active contre Batista ; à partir de septembre 1952, il prépare la lutte armée en organisant des groupes de combattants [11].

Victoire de la guérilla

La révolte commence au petit matin du 26 juillet 1953, lorsqu'un commando de quelque 150 jeunes — ouvriers, employés, journaliers et étudiants — se lance à l'assaut de la Moncada, une caserne-forteresse de Santiago de Cuba, gardée par un millier de soldats. L'objectif est double : s'approvisionner en armes, mais aussi soulever cette province orientale, si prompte à s'embraser. Dirigée par trois leaders peu expérimentés, Fidel et Raúl Castro, Abel Santamaria, l'attaque s'achève dans un véritable carnage : plus de la moitié des assaillants sont tués au combat ou exécutés peu de temps après leur arrestation. Les survivants sont bien vite arrêtés ; Fidel, qui a déjà la baraka, échappe miraculeusement à une exécution sommaire. A l'issue d'un gigantesque procès médiatisé à des fins de propagande, de lourdes condamnations sont prononcées. Jugé à part en tant que meneur, l'avocat Fidel Castro assume sa propre défense dans un plaidoyer de deux heures, où le prévenu revendique la responsabilité entière de la révolte, au nom du droit « de résistance » à la dictature. Après avoir cité quinze fois l'« apôtre » José Marti, Castro lance un défi à la dictature, dans une péroraison « de style grandiose et ampoulé, roublard et généreux,... monument de l'esprit jésuite [12] » : « Je termine ma défense, mais je ne ferai pas comme les autres magistrats, en demandant l'acquittement de l'accusé ; je ne peux le demander alors que mes compagnons subissent à l'île des Pins une ignominieuse captivité. Envoyez-moi auprès d'eux pour partager leur sort, car il est normal que les hommes honorables soient tués ou captifs dans une république où la présidence est assurée par un criminel et un voleur... Condamnez-moi, cela est sans importance, l'Histoire m'absoudra... » Dans l'idéologie castriste, l'opération de la Moncada est devenue un symbole, mieux, un mythe fondateur, malgré l'échec (ou plus probablement à cause de cet échec même, et du sang versé) : sa date anniversaire, qui avait donné son nom à la première organisation « révolutionnaire » (le MP « 26 juillet »), a été choisie, après la victoire, comme jour de fête nationale...

Condamné à quinze ans de prison, Castro est enfermé au pénitencier « modèle » de l'île des Pins, où il se jette à corps perdu dans la lecture — philosophie de Kant, *Le Capital* de Marx, *L'État et la Révolution* de Lénine —, tout en se préparant, avec quelques compagnons, à la prochaine étape de son combat. Il ne reste, d'ailleurs, que deux années en prison, car sous la pression de l'opinion publique, et aussi par (mauvais) calcul politique, Batista signe une loi d'amnistie en faveur des *moncadistas* (6 mai 1955 [13]). Six semaines après sa libération, Castro s'embarquait pour le Mexique, terre d'accueil pour les exilés de tous pays ; il y rassemble des hommes et de l'argent. Son *Manifeste numéro 1 au peuple de Cuba* propose un programme en quinze points, dont le tout premier est la redistribution des terres. Auparavant, il a rencontré, à Mexico, celui qui deviendrait bientôt le symbole du romantisme révolutionnaire latino-américain, l'argentin Ernesto Che Guevara, un médecin globe-trotter, « marxiste-léniniste » et idéaliste. Angoissé et tourmenté par l'asthme, ce dernier ressent immédiatement une fascination pour celui qu'il appellera « l'ardent prophète de l'aurore », au service duquel il se met aussitôt [14].

Le débarquement est programmé pour le 30 novembre 1956 sur une plage au sud de Niquero (dans la province d'Oriente) ; il doit être « couvert » sur place par une insurrection, dont les préparatifs ont été confiés à un jeune instituteur, Frank Païs. Mais la synchronisation des opérations se fait mal, car le *Granma*, un vieux yacht de douze mètres, acheté et rafistolé pour la circonstance, est surchargé ; pris dans de forts coups de vent, il manque plusieurs fois de couler. Le débarquement ne s'opère qu'à l'aube du dimanche 2 décembre, sur une mangrove de palétuviers, et tourne vite à la catastrophe lorsque des gardecôtes mitraillent les 82 apprentis guérilleros qui rampent vers la terre ferme. Pendant plusieurs jours, on se terre dans des champs de canne pour échapper à la vigilance de l'aviation, mais la garde rurale finit par démanteler le groupe. Fidel Castro qui, contre l'évidence, a la foi du charbonnier, lance aux rescapés incrédules ce cri prémonitoire : « Nous avons gagné ! »

Pari insensé : une douzaine de rescapés parviennent à se regrouper à la mi-décembre 1956 et, grâce à l'appui de quelques paysans, se terrent dans la sierra Maestra toute proche. Selon Faustino Perez, leur stratégie est alors, pour le moins, hésitante : « Aucun de nous ne pensait que le poids du combat reposerait principalement sur une armée formée dans les montagnes... Ce que nous imaginions, c'était un mouvement d'ampleur nationale qui organiserait une grève générale... » (Tad Szulc, p. 318). Pourtant, au cours des semaines suivantes, la poignée de guérilleros se transforme en armée rebelle, qui grossit de mois en mois et récupère des armes sur les garnisons ennemies. Au printemps 1957, un morceau de la sierra est proclamé « territoire libre » ; cet embryon d'État va peu à peu grandir, jusqu'à occuper, au début de 1958, un espace de 1 500 kilomètres carrés ; une infrastructure minimale y est implantée : un hôpital de campagne, une armurerie, un four à pain, un journal et, plus tard, une radio, confiée à Carlos Franqui, et une école, voulue par le Che. Progressivement, la guérilla étend l'« impôt révolutionnaire » à l'ensemble des gros propriétaires des zones contrôlées. Bientôt, quatre colonnes lancent des raids à travers toute la province. Dans la sierra, le dictateur impose la politique de la terre brûlée et reprend l'offensive en faisant bombarder les zones de guérilla au napalm. En juillet 1957, le M 26 de Fidel Castro et le directoire révolutionnaire — composé d'étudiants — avaient formé un front uni, sans toutefois parvenir à créer les conditions d'une insurrection générale. En mars 1958, Raúl Castro ouvre un second front dans la sierra Cristal, à la pointe orientale de l'île. Mais l'échec de la grève générale programmée pour le 9 avril 1958 reflétait encore le poids des tensions internes au sein du M 26, tiraillé entre les guérilleros de la montagne et les militants de la « plaine » ; il traduisait aussi la méfiance des communistes vis-à-vis de toute stratégie fondée sur la lutte armée. En juin 1958, c'est la grande « offensive d'été » de Batista : face aux effectifs peu nombreux de la guérilla — 600 réguliers et 2 000 auxiliaires tout au plus —, le dictateur déploiera jusqu'à 12 000 hommes, qui prennent en tenaille la sierra, pilonnée au préalable par des bombardiers B 26. Fidel réplique en lançant, le 18 août, sa propre offensive ; c'est l'invasion de l'île par les « rebelles » et la guerre à mort. Le Che Guevara et Camilo Cienfuegos font mouvement vers l'ouest et réalisent, non sans mal, la jonction avec les guérillas turbulentes de l'Escambray. En octobre 1958, toutes les villes sont isolées, et l'élection présidentielle de novembre est boycottée par la moitié des électeurs. Les États-Unis, qui comprennent leur erreur d'appréciation, s'efforcent de trouver une troisième voie [15]. Sur le terrain, le Che investit, malgré les chars, la ville de Santa Clara et s'empare du redoutable train blindé de Batista. Dans les derniers jours de décembre, l'armée se débande, et le président-dictateur s'enfuit de La Havane dans la nuit de la Saint-Sylvestre. Le 7 janvier 1959, le *líder máximo* faisait une entrée triomphale dans la capitale, à la tête d'une colonne bariolée de *barbudos* en treillis et d'adolescents juchés sur des blindés.

Les données de la victoire

Dans la balance des rapports de force, la situation ne semblait guère, *a priori*, favorable au projet de Fidel Castro. Le monde ouvrier était minoritaire dans la société cubaine et pratiquait un syndicalisme corporatif et pragmatique. L'important chômage chronique — particulièrement parmi les 400 000 coupeurs de canne — freinait la combativité des travailleurs, divisés entre d'innombrables syndicats, « dominés par le gangstérisme et la trahison de classe [16] ». Le Parti communiste, interdit en 1953, ne rassemblait que 20 000 membres ; marqué par l'idéologie browdériste [17], il croyait si peu aux chances de la lutte armée qu'il s'empressa de condamner l'attaque de la caserne Moncada, et ne songea à se rapprocher des castristes qu'à partir d'avril 1958, volant ainsi au secours de la victoire.

Mais d'autres données avaient contribué à la dynamique de succès. A commencer par l'absence de véritable bourgeoisie nationale susceptible d'offrir une autre perspective politique face au programme de la guérilla ; gros propriétaires, exportateurs et industriels du sucre s'expatrieront massivement au début de 1959. Quant aux classes moyennes — fonctionnaires, employés, artisans —, elles se sentaient flouées par le coup d'État de Batista, qui annulait toute perspective de démocratisation. Un autre élément favorable : la dégradation de l'image de Batista durant sa deuxième période de gouvernement (1952-1958) : candidat unique à l'élection de 1954, il réprima assez durement les opposants — sans atteindre pour autant les excès que la

presse lui a attribués[18]. Les méthodes de gangstérisme de la
police de Batista, ses règlements de comptes avec les gangs de
la Mafia [19] ne contribuaient pas peu à ternir l'image du dictateur aux États-Unis, où l'on rappelait qu'il avait autrefois
gouverné avec l'appui des « communistes », ces nouveaux pes-
tiférés qui soulevaient des vagues d'hystérie au pays de la liberté.

Parallèlement, l'image de Fidel Castro ne cessait de s'améliorer auprès des médias américains. Un reportage d'Herbert
Matthews, publié dans le *New York Times* du 24 février 1957,
ainsi qu'une émission télévisée de la chaîne CBS dépeignaient
favorablement ce jeune avocat « non communiste », fils de grand
propriétaire luttant contre la corruption généralisée... On pouvait lire sous la plume de Matthews, qui avait passé plusieurs
jours avec les guérilleros : « F.C., le chef de la jeunesse rebelle,
est vivant, et poursuit avec succès son dur combat dans les
âpres montagnes... La personnalité de l'homme est écrasante...
C'est un fanatique désintéressé et instruit, un homme qui possède un idéal, du courage et de remarquables qualités de chef... »
Selon J.-P. Clerc : « Castro, deux ans durant, sera le Robin des
Bois romantique et barbu face à l'affreux Batista — en parfait
contraste avec le démon qu'il deviendra sitôt après la victoire [20]. » Face au correspondant du *New York Herald Tribune*, Fidel
Castro avait entretenu un flou calculé sur son idéologie : « La
seule personne qui ait intérêt à nous accuser d'être communistes
est le dictateur Batista ; cela lui permet de continuer à recevoir
des armes des États-Unis, qui sont ainsi éclaboussés par le sang
des Cubains assassinés. » Fait décisif, Washington décidait, le
13 mars 1958, l'embargo sur les livraisons d'armes à Batista,
condamnant ainsi son protégé de la veille à subir la pression de
la guérilla. Selon Tad Szulc, le capital de sympathie pour Castro était si grand que le consul américain à Santiago n'aurait pas
hésité à verser 50 000 dollars au M 26 et que la CIA aurait
même parachuté des armes sur le « deuxième front » ouvert par
Raúl Castro. En septembre 1958, les Américains reviendront
sur leurs préjugés favorables, mais, déjà, le mouvement paraissait irréversible [21]...

Un autre facteur s'est révélé particulièrement favorable : la
géographie de la sierra Maestra, lieu idéal, jamais égalé, pour
la guerre de guérilla. C'est le mérite d'Yves Lacoste d'en avoir
formulé les données. Bien que le débat sur les intentions pre-

mières de Fidel Castro soit loin d'être clos, on peut admettre qu'il avait choisi l'Oriente pour son isolement relatif par rapport à La Havane, dont 800 kilomètres de mauvaises routes le séparaient. La tactique envisagée sur le terrain apparaît déjà plus floue ; d'après des documents rassemblés par Carlos Franqui, sans doute Castro voulait-il s'emparer du bourg de Pilón, avant d'attaquer le cantonnement militaire de Niquero, puis, à partir de là, gagner de proche en proche les centres urbains de Manzanillo (petite ville animée d'où était partie la révolte de Céspedes en 1868), de Bayamo, ville plus traditionnelle, pour confluer enfin vers la capitale régionale, Santiago de Cuba. D'ailleurs, au moment du débarquement, rien n'était préparé pour que les guérilleros puissent se battre et subsister dans la sierra. Le quasi-naufrage du *Granma* et le carnage sur la plage d'Alegria obligèrent les survivants à renverser tous leurs plans, et c'est alors que débuta véritablement l'aventure castriste [22]. La position géographique ne pouvait être plus favorable : long croissant dissymétrique, escarpée au sud (et donc imprenable), la sierra Maestra s'abaisse régulièrement vers le nord, offrant une excellente visibilité sur les mouvements de troupe dans la plaine ; la raideur de ses pentes, sa couverture boisée occultent les déplacements des partisans.

Le peuplement de la sierra fut tout aussi décisif, car les habitants des hautes vallées du Yara, conduits par un cacique local, Crescencio Perez, se rallièrent dès le début à la guérilla. Cette adhésion spontanée de paysans à une rébellion importée est un cas rarissime, qui ne peut s'expliquer que par l'histoire locale des conflits fonciers. Depuis les années 1920-1930, un certain nombre de paysans parcellaires, appelés *precaristas* parce qu'ils étaient dénués de titres de propriétés, avaient été progressivement refoulés des plaines et des basses terres par les grands propriétaires de canne ou par des compagnies agro-alimentaires ; pour survivre, ils s'étaient donc déplacés vers l'amont des vallées septentrionales de la sierra. Rejetés et marginalisés, menacés par des procès, ils devinrent naturellement les premiers adeptes du Mouvement du 26 juillet. La singularité de cette situation est encore renforcée si on la compare aux attitudes de la paysannerie de la montagne de l'Escambray, qui resta un foyer actif de contre-guérilla jusqu'en 1965. En chef charismatique, Fidel Castro sut établir des liens amicaux, et même paternalistes, avec les paysans [23]. Les *barbudos* bénéficièrent également d'une aide un peu inattendue (et longtemps sous-estimée) de la part de certains habitants de la ville de Manzanillo, où des juifs polonais avaient introduit les idées marxistes dans les années 1930 : enseignants, syndicalistes, militants locaux du Parti communiste, mais aussi parfois des notables, appuyèrent, par divers moyens, la guérilla castriste...

Jamais plus, en Amérique latine, on ne retrouvera un tel concours de circonstances favorables : un vide politique absolu, l'appui d'une base paysanne locale déterminée, une diplomatie américaine permissive. Dans ces conditions, l'effort de théorisation mené par Régis Debray sur les « lois de la guérilla » apparaît comme un simple jeu intellectuel, qui ne devait pas résister à « la critique des armes » : l'histoire immédiate de l'Amérique latine devait montrer — au prix de beaucoup de sang — que toutes les montagnes boisées ne se ressemblent pas et que les paysanneries ne sont pas dotées des mêmes capacités de révolte... Elle confirmait aussi que la victoire castriste n'avait pas été seulement arrachée par la guérilla de montagne : sans le terrorisme urbain et les multiples sabotages, sans l'appui de la presse à grand tirage fascinée par Robin des Bois, sans l'insurrection finale qui secoua toute l'île, la victoire castriste eût été plus que problématique...

La radicalisation du régime

Bien qu'il soit difficile de retracer la trajectoire « complexe et tortueuse » de Fidel Castro, son biographe Tad Szulc considère qu'« il a fallu à Fidel dix-huit mois pour mener son pays sur le seuil d'une conversion totale au marxisme-léninisme et à une alliance avec l'Union soviétique ». Impression corroborée par cette remarque du vice-président cubain, le communiste « historique » Carlos Rafael Rodriguez : « La période démocratico-bourgeoise a vraiment pris fin à Cuba en août 1960 [24]. » Et, de fait, si, encore en janvier 1959, le *líder máximo* se défendait devant Jules Dubois, du *Chicago Tribune*, d'être communiste, dès le mois d'avril 1961, il appelait ses concitoyens à la défense de « la révolution socialiste ». Comment rendre compte d'une mutation aussi radicale et aussi rapide ? Tout laisse à penser que la radicalisation de Fidel Castro a été rendue possible par des circonstances imprévisibles qui l'ont poussé dans une fuite en avant qu'il ne maîtrisait plus. Elle s'est opérée, à la fois, par un rapprochement avec les « vieux » communistes et par une détérioration rapide des relations avec les États-Unis.

Dès octobre 1957, le PSP (Parti socialiste populaire) d'obédience communiste révisait sa position critique vis-à-vis de la guérilla, sans doute sous la pression des Jeunesses communistes. A partir de septembre 1958, Carlos Rafael Rodriguez avait passé plusieurs semaines dans la sierra Maestra, bien évidemment pour parler de l'avenir. Un avenir qui n'était pas aussi radieux qu'il y paraissait au premier abord. J.-P. Clerc fait justement observer : « Fidel, aux approches de la victoire, a dû avoir quelques sueurs froides en songeant à la façon dont il gouvernerait cette chose plus complexe qu'une armée en campagne qu'est un pays [25]. » Quel parti cubain « révolutionnaire » autre que le PSP pouvait exciper d'une expérience gouvernementale — C.R. Rodriguez, par exemple, avait été ministre de Batista ? Au cours des mois suivants, la collaboration MP 26/PSP se renforça grâce au savoir-faire communiste en matière d'organisation et d'encadrement. Le rapprochement institutionnel fut plus long et même semé d'embûches. D'abord marginalisé et exclu du premier gouvernement révolutionnaire, le PSP commença par adopter un profil bas, tiraillé entre ceux qui, derrière Rodriguez, voulaient se rallier à Castro et ceux qui, tel le secrétaire Blas Roca, préféraient voir venir. En mai 1959, le Congrès communiste décidait finalement le soutien, après plusieurs mois de conversations secrètes. A propos de ces négociations Tad Szulc observe : « Dès le début, Castro insista pour que le "vieux" parti communiste fût incorporé à un nouveau parti placé sous sa direction ; il demandait que le sort du parti lui fût confié, acte sans précédent dans l'histoire du communisme... Au commencement de 1960, Castro et les communistes décidèrent que le moment était venu de commencer à organiser un parti unifié, mais Fábio Grobart (un ancien du Komintern) remarque que la première étape consista à fonder les Organisations révolutionnaires intégrées (ORI), en fusionnant le Mouvement du 26 juillet, le Parti socialiste populaire et le Directoire révolutionnaire étudiant... En 1961... les trois organisations se fondirent officiellement en une seule [26]... » Qui saura jamais, note de son côté Jean-Pierre Clerc, lequel des trois protagonistes — Fidel, Raúl ou le Che Guevara — a eu l'idée d'un plan aussi machiavélique ? La nouvelle organisation des ORI fut confiée au numéro deux de l'ex-PSP, Anibal Escalante, qui s'empressa, peut-être sous la pression de Moscou, de noyauter la nouvelle structure à tous les niveaux ; mais, en mars 1962, l'affaire Escalante, appelée aussi à Cuba « crise du sectarisme », éclatait au grand jour : Castro dénonça publiquement l'instigateur du noyautage, tout en réaffirmant la pureté de son néo-marxisme... Le 1er octobre 1965, la fusion tant attendue s'opérait enfin au sein d'un nouveau Parti communiste cubain (PCC), sans que les arrière-pensées fussent toutes envolées : son comité central était majoritairement composé de *fidelistas*, et la vieille garde du PSP était mise sur la touche — à l'exception de Blas Roca et de Rodriguez. Il faudra attendre le mois de janvier 1968 pour que soit définitivement éliminée la micro-fraction prosoviétique, toujours dirigée par Escalante, qui avait été réhabilité en 1964 ! Dans un discours de plus de douze heures, le *líder máximo* dénonça ce « foyer d'infection » qui osait rejeter les thèses guévaristes sur l'exportation de la révolution. Au cours d'un grand procès avec autocritique, digne d'une autre époque, la « micro-fraction » fut condamnée à de lourdes peines de prison. Il avait donc fallu plus de huit années pour que le castrisme se muât en un castro-communisme, mais on ne saurait dire avec certitude laquelle des deux tendances avait fini par noyauter l'autre...

En peu de temps, les Américains étaient redevenus sceptiques sur le nouveau régime ; dès janvier 1959, ils s'empressaient de dénoncer la violente répression que les castristes dirigeaient contre les batistiens. Flanqué de son fils Fidelito, Castro essaya vainement de transformer un voyage aux États-Unis en opération de charme : « Notre Révolution, proclama-t-il à Washington en avril 1959, est une démocratie humaniste. » Si l'accueil populaire fut chaleureux, en particulier au Central Park de New York où les « latinos » l'acclamèrent, la presse se montra critique, et la Maison-Blanche méfiante — déjà, la CIA criait au péril communiste et envisageait une opération militaire contre l'île [27]. En octobre, des avions partis de Floride lançaient des tracts au-dessus de La Havane et, à Washington, on envisageait de ne plus respecter le Sugar Act, en vertu duquel les Américains achetaient 3 millions de tonnes de sucre cubain au double du cours mondial.

La dégradation des rapports entre les deux États ne s'arrêtera plus ; d'abord verbale, la tension allait se traduire par une véritable escalade de sanctions économiques et militaires. A la réforme agraire de mai 1959, qui touchait la plupart des domaines sucriers américains, Washington répliquait en juin de l'année suivante par une réduction de son quota sucrier, au moment même où Castro décrétait la saisie des installations pétrolières yankees qui avaient refusé de raffiner du pétrole soviétique. Entre août et octobre 1960, Cuba expropriait 192 sociétés nord-américaines, tandis que Washington répliquait par l'embargo quasi total sur les exportations à destination de Cuba.

Washington décidait bientôt de soutenir les partisans de Batista. L'explosion meurtrière du cargo français *La Coubre*, intervenue le 4 mars 1960 en rade de La Havane, fut portée, malgré les démentis de Washington, au compte de la CIA, qui aurait ainsi voulu frapper les sociétés livrant des armes à Cuba... Désormais, tous les moyens seraient employés contre Castro : propagande, espionnage, guérillas et même des attentats personnels — du cigare empoisonné au tueur à gages...

Au centre de cette dramatisation des rapports américano-cubains se placent deux événement majeurs, intrinsèquement liés : la tentative de retour des anticastristes (avril 1961) et l'affaire des fusées (octobre 1962).

D'un second séjour new-yorkais, Castro est revenu avec la conviction qu'une invasion est imminente. Le soir même de son retour (28 septembre 1960), il annonce la création des Comités de défense de la révolution (CDR), qui doivent devenir « l'œil » de la révolution au niveau de l'usine, du village, du pâté de maisons ; ces comités de vigilance, dont la fonction s'élargira très vite à des activités civiques et municipales, doivent encadrer la quasi-totalité de la population, désormais mobilisée pour la survie du nouveau régime. C'est qu'en effet, au moment où Kennedy remplace Eisenhower à la Maison-Blanche, les préparatifs matériels et psychologiques d'une invasion sont très avancés. La CIA a recruté 5 000 Cubains au sein des associations d'exilés qui fleurissent à Miami, *the Little Habana*, et elle les instruit dans des camps au Guatemala. Son dernier projet est d'établir une tête de pont, à partir de laquelle il serait possible d'installer un contre-gouvernement provisoire, en espérant le ralliement massif des populations [28]. Dans l'île, on se prépare intensément à la défense ; grâce à l'armement tchèque et soviétique, l'interminable boulevard de mer du Malecón devient une gigantesque fortification. Le débarquement tant redouté intervient entre le 15 et le 19 avril 1961, à Playa Girón, dans la baie des Cochons, une région isolée marécageuse et d'accès difficile, au sud de l'île. Il a été précédé d'un bombardement des bases aériennes. Mais près de la moitié des avions de chasse cubains ont pu échapper à l'attaque aérienne des vieux B 26, ce qui leur permettra, un peu plus tard, de couler les cargos qui attendaient de pouvoir débarquer hommes et matériel [29]. Comme l'effet de surprise est nul, les 1 500 *contras* transportés depuis Puerto Cabezas (Nicaragua) sont « accueillis » par des miliciens sur le qui-vive et en surnombre. Plus de 1 000 « mercenaires » sont faits prisonniers, dont l'état-major au complet. Castro lance à la télévision : « Playa Girón est la première déroute de l'impérialisme en Amérique latine. » Alors que le président J.F. Kennedy assumait publiquement l'entière responsabilité de l'opération, Moscou attribuait à son nouvel allié le prix Lénine de la paix [30]...

Dans le climat de guerre froide, Cuba devenait ainsi un nouvel enjeu. Jusqu'alors plutôt indifférente aux réalités latino-américaines, l'URSS avait salué la révolution castriste comme une victoire anti-impérialiste. Le rapprochement avec Cuba s'accéléra après le voyage d'Anastas Mikoïan à La Havane (février 1960), voyage assorti de nombreux accords économiques. Quelques mois plus tard, Castro levait l'ambiguïté sur sa position idéologique, en affirmant solennellement : « Je suis un marxiste-léniniste et je serai un marxiste-léniniste jusqu'au dernier jour de ma vie » (1er décembre 1961 [31]). Pour Washington, une telle profession de foi signifiait que Cuba tombait définitivement dans la mouvance militaire soviétique. La presse de Moscou reprenait en écho les proclamations des dirigeants : la révolution cubaine est pour l'Amérique ce que l'URSS a été pour le monde, et il faut la défendre par tous les moyens. De fait, après la baie des Cochons, des conversations secrètes s'étaient engagées entre Raúl Castro et Khrouchtchev sur les moyens d'empêcher une autre invasion : sans aller jusqu'à intégrer Cuba dans le pacte de Varsovie, le Kremlin proposa d'installer des missiles à Cuba (mais les Soviétiques affirmeront, par la suite, qu'ils l'avaient fait « à la demande du gouvernement cubain »...). La manœuvre d'intimidation de Khrouchtchev tenait du coup de poker : dès septembre 1962, 24 batteries de missiles Sam II, d'une portée moyenne de 1 800 kilomètres, étaient installées dans la province occidentale de Pinar del Río, bientôt complétées par un arsenal de fusées à moyenne portée, réparties sur cinq autres bases.

Mais, le 14 octobre, un avion espion U 2 volant à 20 000 mètres d'altitude détectait par photo aérienne les silos de missiles. Dès lors, la crise s'emballait, menaçant de déboucher sur une conflagration thermonucléaire : le 22 octobre, Kennedy exigeait le démantèlement immédiat des plates-formes de lancement et imposait en représailles un embargo militaire autour de l'île. Deux jours plus tard, on frôla la catastrophe, lorsque des navires soviétiques firent mine de briser le blocus. A l'ONU, l'ambassadeur américain Adlaï Stevenson brandissait les photos accusatrices devant le représentant soviétique Valerian Zorine, qui persistait à nier l'authenticité des documents, malgré la confirmation des experts. Néanmoins, devant la détermination américaine, Khrouchtchev reconnaissait, dans un message secret adressé à Washington, la présence des fusées et proposait de les retirer contre la promesse américaine de ne pas envahir Cuba. Par l'intermédiaire de U Tant, secrétaire général de l'ONU, les deux Grands convenaient d'échanger leurs panoplies : les missiles soviétiques Sam seraient démontés en même temps que les (vieilles) fusées américaines Thor et Jupiter seraient retirées de Turquie et d'Italie... Mis à l'écart de ces négociations, Castro continuait d'exiger la fin des activités anticubaines ainsi que la restitution de la base de Guantanamo.

Cette crise majeure, vrai sommet de la guerre froide, inaugura aussi, par sa conclusion favorable, un début de coexistence entre les deux Grands. Pour Cuba, elle eut au moins une conséquence heureuse : la fin des menaces d'invasion. Mais l'amour-propre de Fidel Castro avait été mis à mal par ce marchandage entre Kennedy et Khrouchtchev, qui l'avaient évincé des négociations directes dans une affaire le concernant au plus haut point. Mis devant le fait accompli, il exprima au numéro un soviétique son « indicible amertume et [sa] tristesse ». Il allait en résulter un net refroidissement des relations cubano-soviétiques pendant plusieurs années...

Récemment diffusée, la correspondance entre Fidel Castro et

Nikita Khrouchtchev au moment de la crise laisse aussi entre-voir une exaltation du leader cubain frisant l'irresponsabilité. Ainsi, dans une lettre du 26 octobre 1962, il va jusqu'à propo-ser l'emploi de l'arme nucléaire contre les États-Unis dans le cas où Cuba serait attaquée, quelles qu'en puissent être les con-séquences pour les États-Unis, et pour Cuba : « Il s'agirait, écrit-il, d'un acte relevant de la plus légitime défense, aussi dure et terrible que fût la solution... » Dans une autre lettre datée du 31 octobre, il persiste avec une belle inconscience : « Nous savions que... nous aurions été exterminés... » En bon joueur de poker, Khrouchtchev, qui estime avoir gagné la certitude que les États-Unis n'attaqueraient pas Cuba, se croit obligé de donner à Castro une leçon de réalisme : « Dans votre lettre du 27 octobre, vous nous avez proposé d'être les premiers à assener le coup nucléaire contre le territoire de l'ennemi... Ce ne serait pas un simple coup, mais le commencement de la guerre mondiale thermonucléaire... » (lettre du 30 octobre) [32]. Cette correspondance a le mérite de révéler un aspect peu connu de Castro : sa volonté d'aller jusqu'au bout de la rancœur et de la haine, quel que soit l'enjeu...

Pouvoir populaire et caudillisme

Cuba : dictature ou démocratie ? s'interrogeait la marxiste Marta Harnecker en 1976. Sa réponse était sans ambiguïté : « A Cuba, il existe un peuple qui discute les lois, rend la justice, approuve les plans économiques... Marx et Lénine ont montré que la dictature du prolétariat est la forme la plus haute de la démocratie. Démocratie qui n'est plus désormais l'instrument à travers lequel une minorité exploiteuse exerce sa domination, mais l'expression du pouvoir de l'immense majorité du peuple qui fait face à ses problèmes et prend en main son destin commun de libération [33]. » Cet acte de foi sans nuances mériterait d'être confronté à d'autres aspects contradictoires du système politi-que cubain, qui touchent à la Constitution, à l'exercice des libertés publiques et à la dimension écrasante du *líder máximo* sur l'ensemble du système de pouvoir.

Théorie et pratique du « pouvoir populaire »

L'organisation des pouvoirs traîna en longueur : absorbés par des priorités économiques et par des problèmes de défense, les nouveaux dirigeants ajournèrent la réflexion constitutionnelle. André Demichel, juriste acquis au régime castriste, admet que « Cuba a vécu près de quinze ans sans institutions véritables [34] ». Depuis février 1976, en effet, le régime a fonctionné selon une « loi fondamentale », qui n'était qu'une version centralisée et autoritaire de la Constitution libérale de 1940 : un Conseil des ministres concentrait tous les pouvoirs — y compris celui de choisir le président (fantoche) de la République. Dirigé par Fidel Castro, il était constitué à parts égales de « vieux » communistes et d'anciens guérilleros [35].

Il faut attendre février 1976 pour que Cuba adopte une Constitution formelle, approuvée par référendum-plébiscite — 97,7% de oui contre... 1% de non. Élaborée pendant deux années, à partir d'une « expérience modèle » réalisée dans la province de Matanzas, la nouvelle loi fondamentale définit la république de Cuba comme « un État socialiste d'ouvriers et de paysans » (art. 1). Un État monolithique qui rejette le pluralisme au profit d'un parti unique : « Le Parti communiste de Cuba... est la force dirigeante supérieure de la société et de l'État » (art. 5). Ce parti, dont les effectifs sont passés de 200 000 en 1975 à plus de 500 000 en 1987, accorde une surreprésentation aux tertiaires politiques, alors que les femmes, les jeunes et les Noirs y sont sous-représentés. Lors de ces grand-messes que sont les congrès — en 1975, 1980 et 1986 —, on y réaffirme les principes révolutionnaires et on y définit les grands projets. Fonctionnant selon le sacro-saint modèle du centralisme démocratique, le Parti fournit une part importante des hauts dirigeants de l'État ; Fidel et Raúl Castro en sont les Premier et Second secrétaires inamovibles.

L'encadrement de la société est complété par ce qu'on appelle à Cuba les organes de « la démocratie prolétarienne », ensemble de structures politiques qui gèrent la vie quotidienne des Cubains sur leurs divers lieux de vie : des organisations sociales et professionnelles multiples, des syndicats — comme la puissante Confédération des travailleurs cubains, qui contrôle trois travailleurs sur quatre, la Fédération des femmes cubaines et, pour couronner le tout, les Comités de défense de la révolution, qui surveillent 85% de la population majeure. A ce dispositif civil complexe s'ajoute une armée de 250 000 hommes entièrement organisée à la soviétique, la plus puissante d'Amérique latine. Susceptible de mobiliser 500 000 combattants en quelques jours (sans compter la milice), elle est considérée comme le dernier rempart du socialisme [36]...

La Constitution de 1976 aurait-elle introduit un modèle avancé de démocratie, qu'on appelle à Cuba le « pouvoir populaire » ? Par le droit de vote exercé dès l'âge de seize ans, le peuple se verrait doté d'un authentique droit de regard sur l'État socialiste. On explique, en effet, que tout le pouvoir vient d'en bas par le système pyramidal d'élections emboîtées : au premier degré, le peuple choisit — au suffrage universel et secret — ses représentants aux assemblées municipales, lesquelles élisent, à leur tour, des délégués aux assemblées provinciales et à l'Assemblée nationale. Ensuite, celle-ci désigne le Conseil des ministres et le Conseil d'État (une sorte de Praesidium). Pour couronner l'édifice, le Conseil d'État élit son président, qui est, tout à la fois, chef de l'État et chef du gouvernement... En théorie donc, on peut dire que le pouvoir vient des citoyens, que l'État a une base sociale d'ouvriers et de paysans, et que l'exécutif est choisi par le législatif. Mais ce bel ordonnancement juridique s'accompagne d'une grande rigidité dans le choix des candidats ; en l'absence de pluralisme politique et d'opinion publique, les délégués aux assemblées municipales — et par voie de conséquence aux autres niveaux — doivent être en affinité politique avec le pouvoir : « Les candidats sont proposés (par quelles instances ?) sur la base de leurs qualités et mérites [37]. » Leur conformisme est assuré par le poids écrasant du Parti communiste dans toutes les instances (même si, en théorie, le Parti ne peut proposer de candidat ni s'immiscer directement dans le fonctionnement des institutions...).

Libertés et contraintes dans la révolution

Une réelle ambiguïté se manifeste dès qu'on parle des libertés « fondamentales » à Cuba. Celles-ci sont reconnues, et même parfois garanties : droits au travail... et au repos, à la santé, à l'assistance et à la protection, à l'éducation, au sport... Mais la Constitution est déjà plus restrictive pour d'autres droits : ainsi, « l'éducation est assumée par l'État et... doit promouvoir la formation communiste des jeunes générations... » ; « la création artistique est libre, aussi longtemps que son contenu n'est pas contraire aux principes de la Révolution... » (art. 38) ; « la liberté de parole et de presse... est reconnue aux citoyens », mais son exercice en est réservé à l'État (art. 52) ; les libertés de réunion, de manifestation et d'association ne peuvent s'exercer que dans le cadre des « organisations sociales et de masse » (art. 53) ; enfin, si la liberté de conscience est reconnue, « il est illégal et punissable d'opposer la foi ou la croyance religieuse à la Révolution », et « l'État socialiste fonde... son enseignement sur la conception scientifique matérialiste de l'histoire... » (art. 54) [38].

Dans la pratique, l'État cubain a toujours appliqué strictement ces limitations de liberté, bien avant le vote de la Constitution de 1976, particulièrement à l'égard de ceux qu'on peut appeler des « dissidents ». Dès le début, le régime castriste exerça une répression vengeresse, plus démagogique que populaire, sur ses adversaires — on aurait procédé à plus de 600 exécutions en 1959. La presse « bourgeoise » écrite (*Avance, Diario de la marina, Prensa libre*), parlée ou télévisée (CMQ, Mundo), était « normalisée » ou bien disparaissait ; puis ce fut le tour du barreau, de la magistrature, de l'université. Les journalistes durent adopter l'autocensure, par peur d'être accusés de confondre la « critique constructive » et la « critique contre-révolutionnaire [39] ».

Ceux qui, parmi les premiers compagnons de combat, ne voulaient pas d'un virage marxiste furent impitoyablement balayés par « le vent de l'Histoire ». Parmi tant d'autres : Hubert Matos Mar, condamné — sans preuves — en octobre 1959 à vingt ans de prison pour « conspiration », et qui ne sera libéré qu'en 1978 ; Ricardo Bofill, un haut fonctionnaire condamné en 1968 à douze ans de prison ; Rolando Cubela, un ancien du directoire étudiant de l'Escambray, condamné à vingt-cinq ans de prison pour une accusation de tentative d'assassinat contre Castro. On s'est aussi interrogé sur la mort suspecte de Camilo Cienfuegos, le plus populaire des guérilleros, rétif au marxisme, qui disparut dans un accident d'avion en octobre 1959 ; ou bien sur celle d'Irribaren Borgés, assassiné mystérieusement à Cara-

cas, en février 1967. Dans les années noires, on a compté jusqu'à 20 000 prisonniers politiques — chiffre admis par Castro
dans un numéro de *Playboy*. Parmi ceux-ci, seuls quelques-uns
furent réhabilités, avant d'être « réintégrés dans la production » ;
ceux qui refusaient la réhabilitation (*los plantados*) purgeaient
leurs lourdes peines jusqu'au bout ; d'autres, souvent anonymes, sont morts dans les camps.

En 1978, une loi spéciale dite de « dangerosité » ou de « pré-
délinquance » stipulait qu'on pouvait emprisonner tout individu
présentant « un penchant naturel à commettre des délits » (!).
Commença alors une véritable chasse aux sorcières : les « aso-
ciaux » — témoins de Jéhovah, homosexuels, « hippies » —
furent enfermés dans des camps de travail en vue de leur « réhabilitation ». On estime qu'entre 1959 et 1987, plus de
800 000 Cubains, hostiles au communisme ou excédés par le
manque de libertés ou par les privations, ont quitté Cuba, de gré
ou de force : c'est la plus forte émigration des Caraïbes après
celle d'Haïti. La fuite éperdue de 125 000 Cubains par le port
de Mariel, en 1980, reste encore gravée dans les mémoires. La
plupart de ces émigrés ont constitué une « communauté de l'extérieur » à Miami, ville des Caraïbes, *Little Habana* ; très
motivée, la première génération a réussi à prospérer dans les
affaires, la drogue ou le trafic d'armes — mais on sait
aujourd'hui que plus de la moitié des électeurs d'origine cubaine
sont de petits employés ou de simples ouvriers. Financée par la
CIA, cette communauté cubaine de l'extérieur a formé des organisations ataviques et sans complexe, dont l'objectif reste le
renversement des Castro [40].

A partir de 1986, il semble qu'on assiste à une légère embellie sur la question des droits de l'homme ; même si l'information
reste toujours problématique, on perçoit un réel assouplissement du régime : le Code pénal a adouci certaines peines, la
rééducation des jeunes ne passe plus systématiquement par les
camps. Un Comité cubain des droits de l'homme commence à
se faire entendre, ainsi que d'autres groupes (religieux persécu-
tés, francs-maçons, art libre, etc.). Une délégation d'avocats
new-yorkais a même pu visiter un certain nombre de prisons,
où elle a constaté de réelles améliorations, mais les conditions
de vie des *plantados* dans les cellules spéciales restent particulièrement dures, et la répression est toujours aussi intense

vis-à-vis des dissidents — Samuel Martinez, dirigeant du Parti
cubain pour les droits de l'homme, a été emprisonné au printemps de 1989 pour avoir soutenu la perestroïka de Gorbatchev[41].

Dès 1975, la polémique sur les droits de l'homme à Cuba a
été relancée par plusieurs victimes de la répression. Pierre
Golendorf, ancien militant du PC français vivant à Cuba, fut
accusé d'espionnage pour avoir écrit un ouvrage critique sur la
Cuba socialiste. En 1976, il révélait la réalité d'un « goulag
tropical », décrivant les prisons de sécurité et les camps de
travail forcé : « L'opposant est un malade et le policier son
médecin. Le prisonnier sera libre quand il inspirera confiance
au policier[42]... » En 1985, le poète catholique Armando Valladares publiait *Contre toute espérance*, un gros ouvrage consacré
à ses « Mémoires de prison ». Condamné à trente ans de réclusion
et adopté par Amnesty International comme prisonnier d'opinion,
il fut libéré après vingt-deux années d'incarcération, sur intervention de Régis Debray agissant au nom de F. Mitterrand.
L'« affaire Valladares » fit l'objet d'un débat acerbe entre les
partisans et les adversaires du régime cubain : pour les uns,
Valladares était un « martyr » condamné pour avoir dénoncé
l'instauration d'un régime de pouvoir personnel. Pour d'autres,
la réalité était bien plus prosaïque : le soi-disant poète aurait
appartenu à la police secrète de Batista, avant de passer au
terrorisme anticastriste entre 1959 et 1961[43]. Au-delà même du
débat concernant la matérialité des faits imputés à Valladares
reste le témoignage, parfois halluciné, d'un long séjour dans les
prisons castristes, la Cabaña, l'île des Pins (démantelée en 1966),
Boniato, dans lesquelles le prisonnier qui refuse la réhabilitation est traité avec une extrême dureté. Autre témoignage
accablant sur le « temps vide » des prisons cubaines, celui de
Marta Freyde, ancienne directrice de l'hôpital national de La
Havane, ex-ambassadeur de Cuba à l'UNESCO ; arrêtée en 1976,
elle fut condamnée à vingt-neuf ans de prison comme « agent
de l'étranger ». Elle ne dut sa libération anticipée en 1979 qu'à
la pression internationale[44].

Dans un gros ouvrage, *Les Maîtres de Cuba*, Juan Vivés se
livre à une charge féroce contre le « monstre » totalitaire — en
retournant contre le système cubain la métaphore que le nationaliste José Marti employait pour désigner les États-Unis. Ancien
membre des services secrets cubains, condamné en 1970 com-

me agent double, Vivés avance une série d'affirmations, rarement vérifiables, mais qui vont toutes dans le même sens : pour
lui, il ne fait aucun doute que la révolution cubaine est le produit
« truqué » du KGB et des services secrets soviétiques, qui
auraient organisé le G 2 — le KGB cubain —, lequel noyaute-
rait chaque structure, chaque administration, avec sa manie
tatillonne du secret et du rapport. La démocratie cubaine ne
serait alors qu'une vaste mise en scène, orchestrée par le plus
grand des cyniques, Fidel Castro [45].

Le caudillisme de Fidel Castro

Le « pouvoir populaire », si amplement décrit par la Constitution, semble bien dérisoire face à la personnalité écrasante du
líder máximo. Herbert Matthews, son premier biographe, affirmait dès 1970 : « La révolution cubaine est la révolution de
Fidel Castro. » Et d'évoquer la figure complexe, insaisissable,
charismatique de son personnage, qui présente tous les traits du
dictateur latino-américain : verbe fluide et impérieux, bravoure
« machiste », volonté inflexible, tempérament anarchique et orgueilleux qui n'en fait qu'à sa tête, « loup solitaire » non dénué
de perversité politique [46]...

Une question qui n'a rien de saugrenu en Amérique latine :
Fidel Castro est-il réellement un caudillo ? A cette question le
journaliste-biographe Jean-Pierre Clerc donne une réponse plutôt mitigée : pour lui, s'il est incontestable que le castrisme est
un avatar des « caudillismes défunts », il reste cependant une
variété de « despotisme éclairé [47] ». Même si Fidel Castro a
toujours prétendu que « ce sont les masses qui font l'Histoire »,
il jouit, en fait, d'un pouvoir absolu qui a résisté à toutes les
secousses politiques, à des dizaines d'attentats, à un cumul im-
pressionnant d'erreurs économiques ou de changements de cap
qui, dans d'autres démocraties, l'eussent déjà balayé. Rares sont
ses moments d'autocritique : ainsi, après l'échec du plan sucrier
de 1970, il lance : « Vous êtes en droit de réclamer mon départ », pour ajouter aussitôt : « Cela ne résoudra rien... » La
pérennité de son pouvoir a contribué à diffuser un culte de la
personnalité d'autant plus insidieux que la doctrine officielle
reste la direction collégiale... Convaincu de conduire une révolution inimitable, cabré comme un cheval rétif dans l'adversité,

refusant l'idée de la défaite, affrontant les dangers sans crainte apparente, dur (sans être pour autant cruel) à l'égard des opposants notoires ou des « traîtres », fidèle à ses hommes liges, sûr de lui (trop sûr de lui ?) au point de se mêler de tout sans compétence particulière [48], traitant d'égal à égal avec les plus grands leaders mondiaux, actif et passionné en toute chose, cynique seulement lorsque la raison d'État doit l'emporter sur les grands principes (l'invasion de la Tchécoslovaquie en 1968), bonimenteur inépuisable et inlassable — pédagogue populiste plus que tribun, séducteur plus que convaincant, ironique ou exalté plus que comminatoire — fascinant, des heures durant, un auditoire consentant, soumis au charisme du géant barbu à la voix fluette, qui ne se lasse pas d'expliquer « au peuple » sous le charme « sa » révolution en mélangeant les grands principes et des flots de statistiques souvent invérifiables. Un homme qui aime le pouvoir par-dessus tout et qui se croit indispensable, suffisamment arrogant pour rejeter tout dialogue avec les opposants, prêt à battre le record absolu de longévité politique : Fidel le guérillero, Fidel le « cheval » (son surnom le plus populaire et sans doute aussi le plus révélateur [49]), Fidel l'homme fort de Cuba, celui qui a toujours le dernier mot et sans lequel la révolution ne serait pas, sans lequel la révolution ne sera plus, tant il s'est identifié à elle, dans une sorte de corps à corps entre l'homme-macho et la foule consentante.

Face au maître absolu de Cuba, l'opposition a eu beaucoup de mal à se faire entendre : le contrôle policier permanent, les purges périodiques, l'élimination de hautes personnalités en désaccord (comme, récemment, le ministre de l'Intérieur Abrantes) rendent difficile toute estimation de la dissidence. Celle-ci ne semble pas réduite à l'intelligentsia en exil ; elle touche aussi une bonne part de la population, qui manifeste sa résistance passive par l'absentéisme et par une faible productivité au travail [50].

Les « acquis de la révolution »

Fidel Castro a cru pouvoir organiser une société radicalement différente, qui échapperait aux contraintes d'une économie dépendante, tout en instaurant une plus grande justice sociale. Mais le nouveau système se heurta à des difficultés de toute sorte, sans que, pour autant, se développât une plus grande autonomie extérieure ; le volontarisme révolutionnaire révélait, une fois de plus, ses limites.

Les incohérences économiques

Cuba s'est très vite orientée vers une économie planifiée, calquée sur le modèle soviétique. Franchi le premier moment, toujours spectaculaire, de la socialisation des biens de production, la gestion incohérente de la première décennie s'est traduite par des résultats catastrophiques, dont l'échec de la *zafra* (récolte de sucre) de 1970 constitue le point d'aboutissement. L'intégration dans la zone économique soviétique en 1972 et le retour à la spécialisation sucrière offrent alors à Cuba une embellie économique, stoppée brutalement en 1979 par une crise prolongée, dont elle n'est pas sortie en 1990, malgré l'aide soviétique massive et la politique de « rectification » amorcée en 1986.

Une suite de virages économiques

On a vu comment le bras de fer avec les États-Unis accéléra la collectivisation de l'économie, déjà envisagée avant la victoire : nationalisation du téléphone, des transports urbains (mars 1959), de l'ensemble des entreprises établies sur le sol cubain, y compris les sucreries nord-américaines (août 1960), etc. Plus radicales encore dans un pays agricole : les deux réformes agraires de mai 1959 et d'octobre 1963, qui collectivisaient la quasi-totalité des productions. La première limitait le droit de propriété à quelque 400 hectares, la seconde ramenait le seuil de la propriété privée à 67,1 hectares (5 *caballerías*). L'ensemble des terres récupérées par l'INRA (Institut national de la réforme agraire) constituait le secteur collectivisé des fermes d'État (*granjas del pueblo*), bientôt regroupées en ensembles régionaux, les *Agrupaciones*. Demeuraient dans le domaine privé 200 000 petites propriétés, soit un cinquième des terres arables, regroupées au sein d'une association, l'ANAP (Association nationale des petits producteurs), dont le rôle initial était de fournir un complément agro-alimentaire au secteur étatisé.

Malgré — ou à cause de ? — cette belle construction bureaucratique, les résultats à moyen terme se révélèrent rapidement décevants, pour ne pas dire catastrophiques, autant par improvisation que par laxisme. Certes, l'embargo décidé par les États-Unis, en août 1960, sur l'ensemble des produits (à l'exception toutefois des médicaments) a constitué un facteur aggravant, dans la mesure où il coupait brutalement des liens économiques anciens, mais l'ignorance technique et la fatuité idéologique de nombreux responsables agricoles ont achevé le malade. Qu'on en juge par la politique économique des premières années.

Obsédés par le thème du décollage économique, les responsables du Plan — à commencer par Che Guevara, ministre improvisé de l'Industrie — se lancèrent dans un développement agricole et industriel à marches forcées. Ainsi la monoculture de la canne à sucre fut-elle, d'abord, sensiblement réduite au profit d'une atomisation de cultures jugées plus rentables — le tabac, le café ou les agrumes —, toujours dans une grande improvisation, dénoncée dès le début par l'agronome René Dumont[51]. Ces décisions conduisirent le pays à la disette pendant toute une partie des années 1960[52]. Mêmes gesticulations dans le secteur industriel où l'économiste Charles Bettelheim s'employa à planifier une politique de substitution des importations, qui échoua par surestimation des capacités de production, mais aussi en raison d'une conception militaire et héroïque de l'économie doublée d'une croyance en « l'esprit de sacrifice du travailleur », totalement démentie dans les faits...

En 1963, à la suite d'un long voyage de Fidel Castro en URSS, les responsables amorçaient un second virage : le retour à la production massive de canne à sucre, reconsidérée comme base de l'économie. Après les accords cubano-soviétiques de janvier 1964, qui assuraient au sucre cubain un débouché régulier à des cours élevés, le pays se réorienta tout entier vers cette monoculture, qui était censée fournir à elle seule la couverture des importations. Un plan sucrier de six ans devait porter la production à 10 millions de tonnes en 1970 ; la militarisation et la surveillance pallieraient, au besoin, le manque d'enthousiasme des travailleurs. C'est l'époque où les citadins se déplacent pour de longues semaines vers les campagnes, celle où le *líder máximo* donne l'exemple en coupant la canne quatre heures par jour... Mais, des années durant, la production sucrière stagna à 5 millions, et le record tant espéré ne fut pas atteint : la *zafra* mythique de 1970, celle qui devait apporter au peuple la prospérité, atteindra tout au plus 8,6 millions de tonnes, mais à quel prix ! Tous les autres secteurs, sacrifiés à la coupe de la canne, s'écroulèrent. Ce fut un des rares moments où Castro se laissa aller à un semblant de doute...

Commence alors une troisième orientation économique, qui se prolonge jusqu'aux années 1985 : en 1972, c'est l'intégration au CAEM (Conseil d'aide économique mutuel, ou Comecon) dont Cuba devient le pourvoyeur officiel en sucre, et qui lui livre la totalité de sa consommation de pétrole — 10 millions de tonnes par an — et de son coton, les trois quarts de ses céréales et les deux tiers de son acier. Renonçant définitivement à une industrialisation de base, Cuba se contentera d'exporter des matières premières (comme le nickel, dont il est le cinquième producteur mondial) ou des produits tropicaux — cigares, langoustes, agrumes — tout en implantant quelques créneaux industriels : textiles, agro-alimentaire, prospection pétrolière [53]. Le pays adopte le système soviétique de direction et de planification, avec recours aux stimulants matériels, autonomie des entreprises, références à la loi de la valeur [54], etc., sans que ce « suivisme » économique implique une adhésion totale au modèle politique soviétique, que les Cubains ne se privent pas de critiquer en privé.

A partir des années 1985-1986 se dessine une quatrième étape de la politique économique : la « rectification ». Face aux contre-performances durables du modèle, bien déprimé par les effets de la crise mondiale, Fidel Castro a décidé tout à la fois un recentrage et une purification : « Tout le pari de la rectification, écrit Francis Pisani, consiste à dire que les échecs économiques de la réorganisation mise en place en 1970 sont avant tout dus à des caractéristiques de l'application [55]. » Vision encore prométhéenne, qui se fonde sur l'impératif moral du « devoir être » révolutionnaire hérité du Che. Il s'agit de revenir au système vertueux des « stimulants moraux », qui avait déjà eu l'agrément de Castro entre 1966 et 1970 [56]. En même temps, le *líder máximo* centralise plus que jamais l'économie dont il confie le pilotage à un Groupe central (non prévu par la Constitution), composé essentiellement d'experts choisis parmi les jeunes conseillers de Fidel Castro. Faisant fi de onze ans de planification « à la soviétique », on rajeunit les cadres, on s'efforce de rationaliser et d'améliorer tout à la fois la productivité et la qualité[57].

Mais on n'en est plus à une contradiction près : cette pureté idéologique, ce retour aux sources historiques de la révolution auront bien du mal à résister à ce que certains observateurs appellent déjà « la seconde révolution de Fidel Castro », ou encore la « touristroïka ». Le chef d'État cubain lance le pari de faire du tourisme la première activité de Cuba — avant le sucre — en portant le nombre des visiteurs de 200 000 en 1988 à 500 000 en 1992. Dans son langage imagé, Fidel souligne que Cuba dispose de 300 plages et bénéficie d'une image exotique idéale aux yeux des Canadiens ou des Européens, que le tourisme se vend bien et qu'en devises convertibles 2 000 places hôtelières peuvent payer un hôpital... Pour réaliser ces investissements, Cuba a fait appel à des financements étrangers sous la forme de *joint-ventures* : ainsi la Cubanacan, société mixte formée de capitaux panaméens, italiens et espagnols, devra-t-elle investir 250 millions de dollars sur les plages dorées du Varadero. Fidel jure ses grands dieux que ce tourisme sera moralisé, qu'il n'y aura ni drogue, ni jeux, ni prostitution comme au temps maudit de Batista ; mais le risque est grand de voir le billet vert, déjà omniprésent, corrompre les valeurs « révolutionnaires ». La castroïka est un pari de plus, dans lequel la révolution prend le risque de perdre son âme en entrant, à son corps défendant, dans l'engrenage capitaliste[58]...

Crises économiques et dépendance

En trente années, Cuba a accumulé deux gros handicaps : le passage d'un système capitaliste « périphérique » à un système collectiviste non moins dépendant que le premier ; et, à partir de 1979, les effets de la dépression mondiale. Introduite brutalement et massivement à Cuba, l'économie centralisée a créé des traumatismes difficilement surmontables ; de tous les pays « socialistes », Cuba est, en effet, celui qui a été le plus vite et le plus loin dans la collectivisation, particulièrement dans le secteur agricole. Ainsi, dès janvier 1967, on supprimait le lopin de terre (*conuco*) que la réforme de 1963 avait accordé à chacun des 975 000 ouvriers agricoles des fermes d'État. Quant aux petits propriétaires, qui assuraient l'essentiel de la consommation en maïs, manioc, haricot, café ou tabac, ils subirent des pressions indirectes mais continues, notamment par le biais de mesures fiscales ou sociales, afin d'intégrer des associations paysannes, des coopératives de services ou de production. Ce syndrome de collectivisme aigu, reflet d'une obsession récurrente pour un socialisme « intégral », ne contribua pas peu à démobiliser les énergies individuelles[59]. Que dire encore de l'obligation des livraisons gratuites faite aux petits propriétaires ; de la nationalisation de plus de 50 000 boutiques, condamnées pour « parasitisme » et « corruption » ; de la volte-face consistant à interdire en 1986 les marchés « paysans » libres après les avoir autorisés en 1979... ?

Pour expliquer les contre-performances des dernières années, les responsables ont souvent évoqué les catastrophes naturelles : des sécheresses répétées, en 1971-1972, en 1976, en 1986, l'ouragan de novembre 1985 ; et toutes ces maladies qui frappent les animaux — peste porcine, dingue — ou les plantes : rouille de la canne ou du café, moisissure du tabac, sogata du riz... Bien que réels, ces virus et autres parasites prennent, dans le discours castriste, l'allure de fatidiques plaies d'Égypte ; mais il ne faut pas oublier que tous ces « fléaux » se sont abattus sur une agriculture déjà désorganisée par d'autres tares, mille fois dénoncées par Fidel dans ses discours, l'incurie, l'absentéisme chronique au travail, la pénurie de matériel et, sans doute aussi, le sabotage[60].

Une autre malédiction n'a pas épargné le système cubain : la crise capitaliste, latente dès 1976, manifeste à partir de 1979, année médiocre pour le sucre, après trois récoltes excellentes. La contre-performance sucrière de cette année-là redoubla les effets de la crise mondiale, car la chute continue des cours du sucre depuis 1975, de ceux du café, du tabac, des agrumes ou du nickel, conduisit à un effondrement du commerce avec les pays capitalistes (les exportations vers l'Ouest passèrent de 45% en 1975 à 15% en 1985). L'exportation de sucre souffrit également du protectionnisme de la CEE. Toutes ces contraintes extérieures, combinées aux aléas de la production sucrière, donnèrent à l'économie cubaine des années 1980 un rythme chaotique qui l'apparentait étrangement au *stop and go* des pays capitalistes...

Trois décennies durant, la révolution cubaine a vainement tenté d'échapper à la dépendance, mais avec pour seul résultat le changement de maître. Un maître lointain et apparemment plus généreux, que l'orgueilleux Fidel Castro n'a jamais voulu reconnaître comme tel, au nom de la solidarité prolétarienne. Cuba était devenue, disait-on, « l'enfant gâté du Comecon », tant les largesses du Kremlin semblaient inépuisables. Ainsi la livre de sucre était-elle troquée à 38 cents (en 1984), alors que le cours mondial était descendu à 6 cents ; le baril de pétrole soviétique était cédé à 20 dollars — contre 29 par l'OPEP. Cuba avait même l'autorisation de vendre sur le marché libre du brut les barils non consommés, soit un gain moyen annuel d'un demi-milliard de dollars, la moitié des devises de l'île ! Moscou assurait l'essentiel des investissements industriels, comme la centrale nucléaire de Cienfuegos ou le port pétrolier de Matanzas, ainsi que beaucoup de projets sociaux, hôpitaux spécialisés, etc. On estimait le montant de l'aide soviétique à 5 milliards de dollars en 1988, soit le tiers du PNB : ce chiffre correspondait à une allocation mensuelle de 900 francs par famille, somme élevée si on la compare aux revenus réels des Cubains [61]. Depuis l'arrivée de Gorbatchev au pouvoir, le principe de ces subventions a été remis en question dans presque tous les domaines, au point que Cuba découvre la précarité de son autonomie. Lors de son voyage à La Havane en avril 1989, le numéro un soviétique a bien assuré son interlocuteur de la pérennité du traité « d'amitié et de coopération », mais le conflit idéologique est latent : face à un Gorbatchev de moins en moins hostile aux lois du marché, Castro se dresse en rempart du socialisme : « Je suis opposé, lançait-il à Caracas en février 1989, à l'utilisation des mécanismes du capitalisme dans la construction du socialisme... » C'est peut-être oublier un peu vite la dépendance totale du commerce extérieur cubain à l'égard de l'URSS : « Cuba, écrit Françoise Barthélémy, peut craindre que l'URSS ne diminue à l'avenir l'aide qu'elle lui apporte dans tous les domaines... » Depuis quelques années, le Comecon aligne ses prix sur le marché mondial, et Moscou commence à rechigner contre le « boulet cubain [62] ». Depuis le 1er janvier

1991, Cuba doit acheter son pétrole à l'URSS au cours mondial et en devises... Trente ans après la révolution, l'assistance soviétique reste une condition *sine qua non* de la survie économique de l'île. La division internationale du travail socialiste a replacé Cuba dans son rôle de toujours : celui d'un pourvoyeur de matières premières[63]. La rupture du cordon ombilical avec l'URSS signifierait à court terme l'asphyxie de l'économie cubaine, dont les performances antérieures apparaissent aujourd'hui bien relatives.

L'endettement de Cuba constitue la plus belle illustration de sa dépendance. En 1989, il s'élevait à quelque 11 milliards de dollars envers l'URSS et à 5,5 milliards vis-à-vis de l'Occident. La Havane, qui avait la réputation de payer ses annuités avec ponctualité, a dû renégocier, en 1982, l'ensemble de sa dette avec ses créanciers du Club de Paris, sans pour autant freiner le cumul des arriérés. Depuis 1985, Fidel Castro dénonce périodiquement les taux d'intérêt trop élevés, et se fait l'avocat du gel de la dette du tiers monde : « Nous n'acceptons pas de verser 400 milliards dans les dix prochaines années... car cet argent pourrait servir au développement de l'Amérique latine[64]... »

« Cuba quand même » : délices et archaïsmes de la société cubaine

Les révolutions — plus particulièrement les marxistes — se veulent le commencement d'un monde nouveau, capable d'apporter, tout à la fois, le bien-être, la justice sociale, et le bonheur. A Cuba, si le mot « révolution » revêt le sens fort de bouleversement, c'est bien dans les secteurs de la santé et de l'éducation qu'il peut s'appliquer : pas un observateur qui n'ait souligné les bonds spectaculaires réalisés en trente ans ; on ne compte plus le nombre d'hôpitaux, de polycliniques rurales, de cliniques dentaires, d'écoles de médecine... L'espérance de vie a été portée de cinquante-deux ans en 1959 à soixante-quinze ans en 1987, grâce à la généralisation de l'hygiène et de la prévention. Les médicaments sont peu coûteux ou gratuits, et le carnet de santé obligatoire. L'éducation primaire et secondaire de masse constitue aussi une réussite sociale d'autant moins contestable qu'elle est une exception dans le monde caraïbe. Cependant, cette révolution éducative ne semble pas être partie de zéro : chiffres à l'appui, Jeannine Verdès-Leroux démontre qu'en 1958 le taux d'analphabétisme à Cuba (28%) était déjà beaucoup plus faible que dans la plupart des États latino-américains [65]. Marie-France Mottin déplore aussi que l'appréciation des résultats scolaires s'y établisse en fonction du Plan, ou que l'enseignement du marxisme y soit omniprésent, et décisif dans l'appréciation des élèves [66].

Malgré le volontarisme des dirigeants, « l'homme nouveau » tarde à émerger. Les relations entre les sexes semblent cumuler le machisme traditionnel et le conformisme nouveau symbolisé par le mariage « petit-bourgeois » au « palais des Fiancés [67] » — mais l'on divorce avec frénésie... Fi des amours clandestines, désormais occultées dans des hôtels spécialisés (*posadas*), fi de l'homosexualité, poursuivie et punie. Et la révolution a bien du mal à extirper les « vieux restes », du racisme larvé aux magies noires... Par ailleurs, trente ans de révolution n'ont pas suffi à couper le cordon ombilical qui reliait depuis si long-temps les Havanais à la Floride, si proche et si lointaine, et qui continue de faire rêver le Cubain « moyen ».

Pour la majorité des Cubains, la vie quotidienne reste encore une longue course d'obstacles. Les cartes d'alimentation et de vêtements (*libretas*), qui existent depuis 1962, sont censées re-distribuer équitablement les richesses, mais ne répartissent en fait que la pénurie ou, dans le meilleur des cas, les restrictions. Malgré la multiplication des « micro-brigades » de construc-tion, le nombre de logements est notoirement insuffisant. Dans la capitale, considérée au début comme « la ville du péché », immorale, parasitaire, on a laissé se dégrader les quartiers insa-lubres du centre colonial, où l'on continue de s'entasser dans des immeubles vétustes, parfois dépourvus d'eau courante. Les autobus sont bon marché, mais insaisissables, la bureaucratie toujours souveraine, et les voyages à l'étranger accordés au compte-gouttes en fonction des « mérites révolutionnaires ». La course clandestine au dollar est devenue le sport obligé pour qui ne saurait se contenter du minimum vital de la *libreta*, car le « billet vert » permet d'acheter à peu près n'importe quoi, en « vente libre » ou au marché noir : des cigarettes, de la nourri-ture, des vêtements importés... Cette quête permanente de biens individuels, encore aiguisée par les quelques cadeaux apportés par les visiteurs de la communauté cubaine de Miami, prouve-rait que « l'homme nouveau » n'est pas encore pour demain... Les Cubains auraient même tendance à oublier l'idéal révolu-tionnaire ; avides de ces biens matériels « importés », ils se plaignent de ne pouvoir dépenser leurs économies « forcées ». En revanche, ils ne s'épuisent guère au travail depuis l'époque où, déjà, le Che dénonçait les ravages causés par l'absentéis-me ; de son côté, Fidel a plus d'une fois vilipendé « les travailleurs qui ne travaillent pas et les étudiants qui n'étudient pas »...

Avec le temps, la mystique révolutionnaire s'émousse, parti-culièrement chez les plus jeunes qui sont nés avec la révolution. N'ayant pas connu l'ancien régime de Batista, bloqués dans leur île par l'interdiction de voyager, ils ne peuvent confronter leur situation à celle, plus archaïque encore, des îles environ-nantes. Sollicités par Radio Marti, qui diffuse depuis la Floride les rêves de l'*American way of life*, ils supportent mal les queues et les files d'attente. Mieux éduqués, plus ouverts, ils sont rétifs au climat de suspicion, au manque d'intimité, à l'apartheid tou-ristique qui réserve aux étrangers les bus conditionnés et les plus belles plages du Varadero... Le Parti semble en porte à faux par rapport à cette jeunesse qu'il décrit, à tort, comme idéaliste et désintéressée ; les journaux sont remplis de dates commémoratives et de sagas révolutionnaires peu évocatrices pour la nouvelle génération : « Les jeunes Cubains, écrit Jean Valence, sont... jeunes, nouveaux, incompréhensibles, comme partout [68]. »

Pis : le gouvernement doit faire face à des mécontents ou à des marginaux, tantôt tolérés, tantôt pourchassés : opposants politiques, membres des comités des droits de l'homme, homo-sexuels, petits trafiquants de drogue ou de dollars pris sur le fait. « Ici, dit un Cubain, le mot "différent" n'existe pas. On est "identique" ou "opposé". » Si la répression des années 1970 a cédé la place à une dissuasion plus subtile dans les années 1980, l'ouverture d'espaces de liberté civique ne semble pas être encore à l'ordre du jour à Cuba au début des années 1990 [69]...

Sans aller jusqu'à la persécution, la révolution a traité l'Égli-se catholique comme une force hostile : pendant vingt-cinq ans, l'éducation religieuse hors des églises et l'expression publique des cultes, considérées comme des déviations idéologiques, ont

été prohibées. La plupart des prêtres espagnols, jugés trop inté-
gristes, ont été expulsés au cours de la première année, les
collèges privés furent nationalisés, et les fonctions administratives interdites aux catholiques. Malgré une politique de la main
tendue de la part des évêques et du nonce, Mgr Zacchi (1963-
1975), les campagnes antireligieuses redoublèrent d'intensité
dans les années 1970. Il en est résulté un effondrement de la
pratique : en 1987, on ne comptait plus que 10% de croyants et
1% de pratiquants — contre 90% de baptisés à la veille de la
révolution. Depuis 1985, Fidel Castro prétend se rapprocher de
l'Église non par « tactique », mais « par principe » — un moyen
comme un autre d'entrouvrir la porte du Club des nations latino-
américaines, et aussi de pouvoir compter sur l'aile progressiste
de l'Église face aux enjeux du développement. En mai 1985,
Fidel Castro affirmait devant le dominicain frei Betto : « Avec
l'Église, nous avons eu, voici des années, des difficultés qui
sont aujourd'hui dépassées[70]. » Un conseiller de Fidel commente de son côté : « Les bons chrétiens ont des valeurs
communes avec la Révolution... » Un bureau des affaires religieuses a même été ouvert au comité central du Parti en février
1985, et un voyage du pape Jean-Paul II a été programmé pour
1991. Castro, qui n'hésite plus à faire l'éloge des religieuses
œuvrant dans les foyers pour personnes âgées, se dit prêt à
accorder 10 000 visas aux congrégations. De son côté, l'épiscopat cubain semble décidé à faire une partie du chemin vers la
révolution. Mais, en 1990, rien n'était fait pour faire sortir les
catholiques (et les chrétiens en général) de leur ghetto[71].

L'exportation de la révolution

« Le devoir de tout révolutionnaire est de faire la révolution » : tautologie admirable, qui permet, entre autres choses, de
justifier la « diplomatie de grande puissance » que Fidel Castro
n'a cessé de conduire dans les Caraïbes, en Amérique latine,
avec les pays non alignés, les pays non développés et le bloc
socialiste...

Une politique extérieure surdimensionnée

Si, en accord avec le principe de non-ingérence, les relations de Cuba avec l'Europe « capitaliste » sont restées bonnes, et même franchement cordiales avec la France, ses rapports avec les États-Unis se sont très vite détériorés, tant les motifs de tension se multipliaient : de l'expropriation des biens américains au blocus économique de l'île, de l'invasion de la baie des Cochons à l'affaire des fusées soviétiques, de l'exportation de la révolution par Cuba en Amérique latine au rôle de « gendarme impérialiste » des États-Unis... Malgré la volonté de certains sénateurs américains — E. Kennedy, G. McGovern — ou les intérêts de certaines compagnies, comme Coca Cola ou Xerox, la normalisation a été lente et toujours précaire, contrariée par la persistance du blocus, par la piraterie aérienne ou par des conflits localisés. L'échec des guérillas castristes dans le reste du continent et la fin de la guerre au Vietnam (en janvier 1973) avaient diminué pour un temps les tensions entre les deux États, particulièrement sous le président Carter (1976-1980), qui avait supprimé les visas espions, alors que, de son côté, La Havane autorisait les visites d'Américains à Cuba. Des accords précis sur les eaux territoriales et les zones de pêche avaient même été signés entre les deux États [72]. Avec Ronald Reagan, les relations s'envenimèrent dès 1981, à propos de la guerre civile au Salvador, où Cuba était accusée de jouer un rôle décisif dans l'unification et l'armement des guérillas ; l'entourage de Reagan menaça même Cuba d'une « guerre de libération »... Au printemps de 1982, la guerre des Malouines, qui vit les États-Unis se ranger aux côtés de l'Angleterre contre l'Argentine, fut pour Castro l'occasion rêvée de dénoncer les impérialismes anglo-saxons, tout en s'efforçant de prêcher la solidarité continentale et de rétablir des liens diplomatiques avec plusieurs pays de la région. Mais la crise majeure de cette période fut « l'invasion » de la Grenade par les Américains, en octobre 1983. Sur ce caillou de 344 kilomètres carrés, situé à la pointe de l'arc des Petites Antilles, triomphait, en mars 1979, une révolution procastriste modérée. Son leader, Maurice Bishop, s'efforça de maintenir des liens avec Washington, mais il fut débordé sur sa gauche par des communistes plus radicaux, peut-être « télécommandés » par Moscou, et qui le firent assassiner. R. Reagan décida alors d'envoyer plusieurs milliers de *marines*, flanqués d'une petite force d'appoint de l'Organisation des États de la Caraïbe orientale, afin d'empêcher que la « révolution grenadine » ne fît tache d'huile. Le prétexte de l'intervention fut fourni par la présence sur l'île de 800 Cubains, employés à la construction d'un grand aéroport, dont l'objectif avoué était l'expansion du tourisme (l'île ne produit guère que des noix muscade et des bananes). La faible résistance des Cubains, celle des officiers en particulier, humilia l'amour-propre de Fidel, qui attendait de ses miliciens une combativité digne des idéaux de sa révolution [73]...

Au cours des années suivantes, l'affrontement entre David et Goliath semblait tourner à l'avantage de ce dernier : en 1984, Castro acceptait de reprendre les 2 570 déséquilibrés mentaux ou délinquants qu'il avait inopinément « glissés » dans le flot des 120 000 exilés du port de Mariel, à l'automne 1980. L'acharnement de Reagan en Amérique centrale, enfin, prenait des allures de croisade anticastriste, tant au Salvador qu'au Nicaragua, où la coopération cubaine se fera plus discrète à partir de 1987. A cette date, Castro semblait avoir abandonné sa politique agressive, essayant même de rompre son isolement en Amérique latine — le Mexique avait été le seul État à ne pas rompre les relations diplomatiques.

Avec l'URSS, les relations n'ont pas toujours été au beau fixe, surtout au cours de la première décennie ; mariage de raison plus que d'amour, le rapprochement souhaité des deux côtés fut contrarié par les contradictions de leur géopolitique : Moscou tolérait mal la stratégie guévariste, si méprisante à l'égard des PC « historiques », et Cuba flirtait avec la Chine — c'était l'époque où Castro était séduit par la théorie des « stimulants matériels ». On observe même une étrange coïncidence entre la diminution des livraisons de pétrole soviétique en 1967-1968 et l'approbation cubaine (au nom de la « défense du communisme ») de l'invasion de la Tchécoslovaquie par l'URSS, l'année suivante... Et si Cuba s'intégra sans difficulté au CAEM en 1972, elle n'a jamais adhéré au pacte de Varsovie, au nom d'une certaine « fluidité diplomatique » — selon le mot d'Alain Rouquié — à la faveur de laquelle elle entendait défendre ses intérêts spécifiques d'île Caraïbe [74]. Les réticences de Fidel vieillissant face à la perestroïka ne sont-elles pas une autre illustration de la recherche permanente d'originalité dans le processus révolutionnaire et de démarquage par rapport au géant frère ?

La « solidarité prolétarienne » dans le tiers monde

Mais la construction la plus originale de Castro reste sa politique « tiers-mondiste », établie au nom de grands principes historiques réincorporés dans son discours « anti-impérialiste », où sont invoquées périodiquement les figures tutélaires de Marti et de Lénine, de Sandino et de Guevara. Véritable fuite en avant, défi à la coexistence « pacifique » imposée par les deux Grands, l'hétérodoxie castriste s'est illustrée par une géostratégie en deux temps : l'Amérique latine jusque vers 1975, le continent africain ensuite. C'est au sixième sommet des non-alignés, réuni par Castro à La Havane en septembre 1979, que sa conception agressive du tiers-mondisme s'est le plus clairement exprimée.

La pénétration cubaine en Amérique du Sud fut surtout d'ordre idéologique et militaire (cf. chap. 6 et 7), bien que La Havane s'en soit défendue, préférant mettre en avant sa coopération technique, agricole, scolaire ou médicale, particulièrement dans la zone caraïbe et en Amérique centrale. Mais si l'influence de la Cuba socialiste dans cette région peut s'expliquer par la contiguïté géographique et culturelle, son engagement en Afrique apparaît déjà plus surprenant. Certains adversaires y ont vu une manœuvre de diversion du régime, face à ses difficultés intérieures, alors que d'autres y décelaient le bras armé de l'URSS brejnévienne, toujours prête à exploiter le maillon faible de l'impérialisme... Pour justifier leur intervention massive, les Cubains ne restent pas à court d'arguments : la lutte « anti-impérialiste » n'est-elle pas inscrite à l'article 12 de leur Constitution (« La république de Cuba adopte les principes de l'internationalisme prolétarien et de la solidarité combative des peuples... ») ? Plus contestable, l'argument de la « latino-africanité » cubaine, quand on sait que la culture vaudou y a été refoulée et que la proportion des Noirs au sein de l'élite dirigeante, en particulier au sein du bureau politique, est restée toujours faible [75]...

La Conférence dite « tricontinentale » (3-18 janvier 1966) fut le point de départ symbolique de l'action idéologique et militaire de La Havane, devenue pour un temps le centre mondial de l'anti-impérialisme, à une époque où les relations entre Moscou et Pékin étaient au plus bas. La solidarité à l'égard de l'Afrique avait timidement commencé par les voyages du Che Guevara en 1965, et s'était poursuivie par l'envoi de coopérants civils ou militaires, de l'Algérie au Congo, de la Libye au Mozambique ; au début des années 1980, une quinzaine de pays au total avaient reçu quelque 50 000 coopérants cubains, militaires, médecins ou enseignants [76].

La « solidarité prolétarienne » de Cuba s'était déjà exprimée dans les luttes d'indépendance de l'Algérie, du Congo, de la Guinée-Bissau, du Mali et du Sénégal ; par deux fois à Alger, en 1972 et en 1973 — lors du IVe Sommet des pays non alignés —, Fidel Castro avait réaffirmé son alliance « naturelle » avec le bloc socialiste et le tiers monde. Il la manifesta surtout par un engagement militaire massif et sans réticences aux côtés des révolutions d'Éthiopie et d'Angola.

Dans ce qu'on appelle parfois la « Corne de l'Afrique », deux conflits territoriaux opposaient depuis longtemps l'Éthiopie à ses voisins, la Somalie à l'est et l'Érythrée au nord ; le premier concernait la province d'Ogaden, un morceau de désert peuplé de Somaliens et revendiqué par la Somalie avec la bénédiction de Moscou ; le second opposait l'Érythrée, autrefois annexée par Mussolini, à l'Éthiopie du négus, après que l'ONU eut décidé, en 1962, le rattachement définitif de cette bande littorale à l'Empire du « roi des rois ». Depuis lors, deux guérillas se battaient pour arracher l'indépendance érythréenne, toujours avec l'appui des Soviétiques, au nom des luttes d'indépendance nationale. Mais la révolution qui éclate à Addis-Abeba en 1974 va bientôt bouleverser la géopolitique régionale par un rapide renversement des alliances : celui qui devient en 1977 le nouvel homme fort d'Éthiopie, Mengistu Haïlé Mariam, est un marxiste-léniniste bon teint, qui obtient — *Realpolitik* oblige — un retournement radical de l'URSS... et de Cuba en sa faveur. Fidel Castro, qui aidait déjà depuis 1967 le leader somalien Syaad Barre, finit par adopter la position soviétique, après avoir vainement proposé une fédération somalo-éthiopienne. En novembre 1977, Cuba envoyait 5 000 hommes à Addis-Abeba, pour contribuer à l'écrasement des rebelles de l'Ogaden, qui venaient de se retourner vers l'Occident. Plus de 17 000 soldats cubains auraient, depuis lors, participé à la guerre contre la Somalie — dans l'affaire érythréenne, beaucoup plus complexe, l'aide militaire cubaine semble s'être réduite à des actions de couverture aérienne.

Dans la guerre d'Angola, l'interventionnisme cubain fut encore plus spectaculaire. En 1975, la perspective de l'indépendance angolaise déclenchait une guerre fratricide et tribale entre trois guérillas « idéologiquement » opposées : le FNLA (Front national de libération de l'Angola), soutenu par les États-Unis et la Chine ; le MPLA (Mouvement populaire de libération nationale), appuyé par Moscou et le camp socialiste ; et enfin, l'UNITA (Union nationale pour l'indépendance totale de l'Angola), aidée par l'Afrique du Sud. D'après G. García Márquez, la décision d'intervenir fut prise par Fidel Castro lui-même en novembre 1977, toujours au nom de l'« internationalisme prolétarien ». Au cours de l'« opération Carlota », plus de 15 000 soldats cubains furent transportés à Luanda grâce à la logistique soviétique, afin de soutenir le MPLA d'Agostinho Neto, alors en difficulté. Les autres guérillas furent assez facilement dispersées par les troupes cubaines. Depuis lors, les Cubains se sont enracinés en Angola « pour résister à toute menace d'agression... » ; à plusieurs reprises, en 1980, 1983, 1987, ils ont répondu aux offensives meurtrières de l'UNITA — les pertes cubaines s'élèveraient à plusieurs milliers de morts. C'est en août 1988 seulement qu'un accord de cessez-le-feu, signé à Genève, envisageait le départ des Cubains d'Angola, en échange de l'indépendance de la Namibie et du retrait complet des troupes de Pretoria. Ici comme ailleurs, « le *líder* n'entend se retirer que la tête haute », sans tenir compte des considérations des deux superpuissances [77].

« *Le marxisme-léninisme ou la mort !* »

Ce slogan, lancé à Santiago de Cuba le 1er janvier 1989, illustre bien la détermination de Fidel Castro d'aller « jusqu'au bout » de sa logique. La volonté de puissance du *líder máximo* semble épouser d'ailleurs le consentement d'une majorité de

Cubains. Relation archaïque, entre un caudillo et son peuple, incompatible avec une authentique démocratie ? Mais les Cubains n'ont pour ainsi dire jamais connu d'expérience démocratique depuis leur tardive indépendance.

Ambitieux pour sa révolution, orgueilleux pour son pays, Castro est un des rares caudillos à avoir toujours refusé qu'on lui érige la moindre statue, préférant la réalité du pouvoir à ses apparences. Il s'y accroche davantage encore au fil des années ; grand politique, acteur merveilleux, prédicateur de talent, il perdure et s'enracine, malgré ses échecs ou ses volte-face déroutantes. Ce (jeune) vétéran de la politique, dont la résistance à l'usure du pouvoir l'apparente à un Bourguiba, un Kim Il Sung ou un Stroessner, est persuadé de la légitimité de « sa » Révolution, cet idéal de perfection aux horizons toujours obscurs : il se croit le seul timonier capable de diriger le bateau ivre de la Révolution, vers un objectif qui s'éloigne sans cesse. Castro s'entête à vouloir avoir raison contre tous, prisonnier de son propre idéal, loin du monde qui change, déconnecté de ses concitoyens, qui rêvent sans doute d'une révolution plus humaine. Avec le temps, ce caudillo marxisant semble avoir, en effet, oublié les racines populaires de sa victoire.

En moins de trente ans, la révolution de 1959 a déjà pris la patine d'un mythe fondateur : pour les Latino-Américains comme pour les Cubains, elle n'est sans doute plus ce qu'elle fut au départ : un miracle inespéré, une épopée romantique, limpide et, pour tout dire, facile, presque trop facile, « une révolution irréelle, métaphorique », la transcription rêvée que chacun pouvait avoir dans sa tête, la facile victoire d'Ariel sur Caliban « avec en prime le rhum blanc, la musique tropicale et les "barbudos" en treillis vert olive [78] ». Moment merveilleux d'une rupture première, sinon unique, qui redonnait à tout un continent le sentiment de sa dignité trop longtemps bafouée par toutes formes de colonialisme, et qui semblait détenir la clé des révolutions à venir. La révolution castriste a illuminé l'histoire continentale des années 1960, elle était devenue le modèle paradigmatique qui ranimait de sa vivacité créole le marxisme glacé venu de l'Est. Trente ans après le triomphe castriste, l'espérance n'est pas totalement retombée pour des millions de Latino-Américains qui veulent encore croire à l'efficacité d'un scénario de rupture.

Jusqu'au début des années 1970, la révolution cubaine était perçue par de nombreux intellectuels européens comme un modèle à visage humain au sein du socialisme ; à l'image de J.-P. Sartre voyageant à Cuba en 1960, ils étaient fascinés par l'aventure merveilleuse des *barbudos*, étant tout près d'admettre que là-bas on pouvait effectivement, comme le proclamait Fidel lui-même, demander la lune. Après l'affaire Padilla et l'échec de la *zafra* historique, on commença à déchanter, même si les figures de Castro et de Guevara demeuraient intouchables[79]. Mais Cuba cessa d'attirer les apprentis révolutionnaires ou les intellectuels en quête de modèle, qui se tournèrent alors vers Lisbonne en 1974, puis vers Managua en 1979. A partir des années 1980, l'apologie de naguère avait cédé la place à la polémique ou à la critique désabusée.

En 1990, le modèle révolutionnaire cubain se lézarde de fissures qui menacent l'édifice ; la dernière en date fut le procès public et l'exécution d'Arnaldo Ochoa, ancien commandant en chef des forces cubaines en Angola, vainqueur de Cuito-Cuanavale, symbole de l'internationalisme prolétarien (juillet 1989). Ramené à une affaire de drogue et de « haute trahison », cet épisode pourrait n'être qu'un aspect sordide des luttes intestines pour la succession. Est-ce, pour autant, l'« automne du patriarche » ? En 1990, Fidel Castro reste encore présent, lui qui n'a jamais été aussi fort qu'au milieu des tempêtes, un peu à l'image du monarque vieux et fatigué du roman de García Márquez, dont la disparition est toujours annoncée, mais qui n'en finit pas de mourir... Certains dissidents affirment qu'en cas d'élections libres Castro ne recueillerait guère plus de 20 à 30% des voix, « soit moins que Daniel Ortega au Nicaragua ». Mais l'homme s'accroche au pouvoir et refuse le seul scénario qui lui serait fatal : une consultation démocratique. Dans l'espoir de repousser l'échéance fatidique de son départ, volontaire ou forcé, Castro lance ses compatriotes dans une ultime aventure : celle du combat d'un seul contre tous. La défaillance de l'aide soviétique au début de 1990 se traduit par une crise interne sans précédent, dont le *líder máximo* pense sortir en plongeant le pays dans une économie de guerre archaïque. On remplace les tracteurs par des bœufs et on demande au peuple de nouveaux sacrifices. La Jeunesse communiste ressert les vieux slogans : « Le socialisme ou la mort ! », « Vive Cuba libre ! », comme pour redonner un second souffle au processus, mais la mystique révolutionnaire s'est émoussée au fil des ans, et le caudillo devenu vieux devra bientôt affronter de nouveaux orages politiques. Les jours de la révolution de Fidel Castro semblent comptés : s'il n'est pas renversé par un putsch militaire, il devra composer avec les exilés de La Havane, se soumettre ou se démettre.

6

L'échec des guérillas marxistes (1960-1990)

De la « guerre révolutionnaire » à la « guerre populaire prolongée »

Au début des années 1960, la presse commençait à diffuser les échos assourdis et souvent déformés des « luttes révolutionnaires » conduites aux quatre coins du continent par des guérilleros anonymes qui prétendaient « changer le monde » par la lutte armée. Trente ans plus tard, on peut esquisser un bilan qui, sans être définitif, laisse entrevoir un lourd passif : ces guérillas ont dramatiquement échoué, tout en entraînant de lourdes pertes au sein des populations civiles ; elles ont également justifié le retour en force des régimes militaires dans un grand nombre de pays.

Dans ce long parcours des luttes armées, on distingue nettement deux périodes, qui correspondent à deux stratégies successives : de 1960 jusqu'au début des années 1970 domine le modèle « guévariste », caractérisé par la tactique du « foyer révolutionnaire » (*foco*) ; de la fin des années 1970 jusqu'au milieu des années 1990, c'est plutôt la stratégie de la « guerre populaire prolongée », conçue comme un prélude à l'insurrection populaire, qui l'emporte. Mais l'une et l'autre ont montré leurs limites : aujourd'hui, l'avenir des guérillas semble bien compromis...

L'échec des guérillas castro-guévaristes (1960-1975)

Bien que la guérilla latino-américaine s'enracine dans une longue tradition de violence, elle fut réactivée par la victoire de

Fidel Castro. La révolution cubaine apparaît alors comme un détonateur capable d'allumer une immense explosion, dont l'onde de choc continentale devait renverser les régimes conservateurs, pour aboutir à la « seconde indépendance » de l'Amérique latine. Isolée diplomatiquement, Cuba décide d'exporter sa révolution et de transformer, selon l'idée du Che Guevara, les Andes en une sierra Maestra inexpugnable. La *Seconde Déclaration de La Havane*, datée du 4 février 1962, officialise l'aide cubaine et, en juillet de l'année suivante, la Iʳᵉ Conférence de l'OLAS (Organisation latino-américaine de solidarité) décide de coordonner à grande échelle l'aide à la révolution continentale. « Créer deux, trois, de nombreux Vietnam » sera la réponse guévariste au « défi impérialiste » qu'était censée représenter l'Alliance pour le progrès, un projet d'aide économique lancé par le président Kennedy à Punta del Este (Uruguay) en 1961.

La « guerre révolutionnaire » selon Che Guevara

L'Amérique latine n'a certes pas le monopole des guérillas marxistes, mais elle est sans doute le continent où celles-ci ont atteint leur dimension utopique la plus achevée, confortée par une théorisation apparemment sans faille. Ces guérillas se veulent comme autant de réactions d'une violence calculée face à la violence institutionnelle des États. Dans ces années-là, le système capitaliste semble clairement condamné par le « tribunal de l'Histoire » ; on accuse les États-Unis d'être le Grand Satan de l'exploitation du tiers monde. Le capitalisme est d'ailleurs connoté à l'idée d'archaïsme ou de croissance lente, alors que, curieusement, le socialisme est associé à l'idée de progrès économique rapide ; dans ces conditions, toute révolution digne de ce nom se doit d'imiter un modèle de socialisme réel.

A Cuba, dans les années 1960, on parlait d'« une » stratégie, et même mieux, d'« une » méthode infaillible pour frapper « le talon d'Achille de l'impérialisme ». Ernesto Guevara exposait dans *La Guerre de guérillas* (1960) les fondements de sa théorie : le foyer insurrectionnel (*foco*) devait être la phase initiale de la révolution, son objectif final étant la transformation en profondeur de la société. Ce « léninisme pressé » (selon la formule lucide, mais un peu tardive de Régis Debray) devait, à lui seul, accélérer le processus révolutionnaire. « Les conditions objectives de la lutte armée sont créées par la faim du peuple et par ses réactions ; elles le sont aussi par la peur du pouvoir face aux réactions populaires et par la haine déclenchée par la répression... » Dans cette vision mécaniciste, le guérillero devient « l'avant-garde armée du peuple » : travaillant au milieu des paysans, il doit se mettre à leur service, en échange de leur coopération. Porté par sa foi révolutionnaire, apôtre de la justice en même temps que soldat, il devra aussi manifester des qualités presque surhumaines : haute valeur morale, conscience critique, aptitude au combat [1]... Au fil des années, l'image même du Che finira par devenir le symbole d'une perfection à atteindre, un modèle à imiter...

Régis Debray, compagnon fugitif et malheureux du Che en Bolivie, croyait encore, en 1967, en la méthode imparable du « foyer révolutionnaire » comme stratégie correcte de lutte contre l'impérialisme. Ce fils brillant de la bonne bourgeoisie parisienne, qui avait enseigné la philosophie à La Havane, s'était fait connaître par un essai publié en 1966, *Révolution dans la révolution*. Apôtre d'une nouvelle certitude philosophique, il s'y livrait à un commentaire optimiste de la lutte armée : « Le dernier Empire du monde a commencé son agonie... » Il s'y faisait aussi le censeur des marxistes orthodoxes ; selon lui, les vieux partis communistes avaient oublié la nécessaire liaison entre la politique et la lutte armée, alors qu'à Cuba « un seul homme avait réuni la direction militaire et la direction politique... ». Il fallait insuffler aux appareils un nouvel esprit : « Vous êtes capables de créer des cadres qui se laissent déchiqueter dans l'obscurité d'un cachot, sans un mot, mais pas de former des cadres qui prennent d'assaut un nid de mitrailleuses. » Et, se voulant prémonitoire : « L'armée populaire sera le noyau du parti, et non l'inverse. Ce qui est décisif pour l'avenir, c'est l'ouverture de foyers militaires, et non de foyers politiques... » Finis les bavardages universitaires, et trêve des « permanents globe-trotters » ! Rédigé dans la fébrilité par un intellectuel ayant le goût de la théorisation, ce guide bien écrit du parfait révolutionnaire sera lu, médité et parfois même appliqué par une génération de jeunes tentés par l'engagement. Il suscita aussi bien des polémiques...

De la théorie à la pratique

Entre 1960 et 1967, la guérilla a touché, de près ou de loin, une vingtaine de pays. Certaines actions n'ont été que des tentatives avortées, comme à Panamá, au Costa Rica, en Équateur, au Honduras, au Nicaragua ou en Haïti. En République dominicaine, quelques « foyers » marxistes financés par les Cubains ont été mis en échec, dès le départ, par la violence de la réaction militaire. Au Paraguay, le général Stroessner, au pouvoir depuis 1954, n'a eu aucun mal à refouler une poignée d'émigrés armés qui tentaient de le renverser (décembre 1959-avril 1960[2]). Il est pourtant des pays où les guerres de guérilla ont donné aux gouvernements en place quelques motifs de préoccupation, sans que jamais, pour autant, elles les aient déstabilisés. Entre 1960 et 1972, on observe comme un lent déplacement du théâtre des opérations du Nord vers le Sud du continent. Les guérillas affectèrent d'abord certains pays de la Méso-Amérique et des Andes centrales : Guatemala, Mexique, Venezuela, Colombie, Pérou, Bolivie. Cette première vague relevait globalement de la guérilla rurale. Mais la mort du Che, en octobre 1967, semble infléchir la guérilla vers une seconde phase, caractérisée par une prédominance des luttes urbaines, particulièrement dans quatre pays du Sud, Argentine, Uruguay, Chili et Brésil.

Guérillas rurales dans les Andes et en Amérique centrale

Mouvements insaisissables, tour à tour agressifs et fuyants : chaque guérilla a son histoire, mais toutes connurent une fin tragique.

Pays aux inégalités sociales et ethniques choquantes, le Guatemala semblait le terrain idéal de « la guerre révolutionnaire ». En novembre 1960, une confrérie secrète de jeunes et brillants officiers, formés dans les écoles militaires de *rangers* de Fort Bennig (Géorgie) ou de Fort Gulick (zone du canal de Panamá), tous admirateurs de la « révolution inachevée » du colonel Arbenz, se soulèvent contre le gouvernement « antinational » d'Ydigoras Fuentes. Cette révolte échoue dans ses objectifs immédiats, mais elle débouche sur la formation de deux réseaux de guérillas : le M 13 (Mouvement révolutionnaire du 13 novembre), un courant trotskiste, dirigé par Yon Susa, dit le Chinois ; et les FAR (Forces armées révolutionnaires), placées sous l'autorité de Turcios Lima et de Luis Trejo, procastristes. En 1966, après la mort accidentelle de Turcios, les FAR sont contrôlées par un membre du Parti communiste guatémaltèque, Cesar Montés. Mais, dès la fin de 1967, un combat idéologique au moins aussi violent que le combat sur le terrain opposait les « nouvelles FAR rebelles » procastristes aux « nouvelles FAR révolutionnaires » proches du Parti communiste guatémaltèque. Quelques opérations spectaculaires ne pouvaient stopper le déclin de cette guérilla, dont les effectifs — 300 militants tout au plus — ne faisaient pas le poids face à une armée professionnelle bien encadrée par des conseillers américains, et décidée à en découdre. Les groupes paramilitaires pouvaient agir en toute impunité, faisant sans doute de 3 000 à 6 000 morts dans la population civile. A la fin de 1967, la guérilla rurale avait disparu et, de l'avis même de Régis Debray, son bilan était jugé catastrophique. Non seulement le Guatemala n'était pas devenu « un second Vietnam », mais encore toute révolution y paraissait improbable à moyen terme [3].

Malgré l'ampleur des problèmes socio-économiques du Mexique, la guérilla n'y a jamais pris l'importance de celle de son voisin du Sud : d'une part, il y a cette longue frontière commune avec les États-Unis, qui surveillent en permanence ce maillon faible de leur système de défense ; d'autre part, les gouvernements mexicains ont gardé de bonnes relations avec Cuba et la gauche latino-américaine, bénéficiant en retour d'un traitement de faveur de La Havane, qui a faiblement aidé les guérillas mexicaines — celles-ci ont dû chercher un appui du côté de la Chine, de l'URSS ou de la Corée du Nord. Dans ces conditions, les petits groupes d'insurgés se sont longtemps cantonnés dans l'État méridional du Guerrero, pauvre et marginal — par exemple l'Action civique nationale révolutionnaire (ACNR), d'idéologie vaguement prochinoise. Au début des années 1970, l'activité guérillera se manifesta dans plusieurs villes — Mexico, Monterrey —, sous les formes classiques d'attaques de banques, de destructions de bâtiments et de kidnapping. C'est ainsi qu'en 1974 le consul américain de Guadalajara fut séquestré par un mouvement trotskiste, le FRAP (Forces révolutionnaires armées du peuple). Mais ces groupuscules

Les guérillas des années 1960 : tableau synoptique	
Mouvements et date	**Idéologie et leaders**
Argentine :	
montoneros	péronisme
FAP (Forces armées du peuple)	péronisme
EFP (Armée guérillera du peuple), 1964	guévarisme (J.R. Masetti)
ERP (Armée révolutionnaire populaire)	trotskiste (Mario Santucho)
FAR (Forces armées révolutionnaires), 1967	castriste
Bolivie :	
Colonne Guevara, 1966-1967	guévariste (Er. Che Guevara)
Brésil :	
ALN (Armée de libération nationale), 1966	scission PC (Marighela)
PCRB (Parti communiste révolutionnaire brésilien)	scission PC (Mario Alvez)
PC do Brasil (Parti communiste du Brésil)	prochinois
PRT (Parti révolutionnaire des travailleurs)	scission PC do B
VRP (Avant-Garde populaire révolutionnaire)	
VAR	Carlos Lamarca
Chili :	
MIR (Mouvement de la gauche révolutionnaire)	anti-impérialiste (Miguel Henriquez)
ELN (Armée de libération nationale)	id.
VOP (Avant-Garde organisée du peuple)	id.
Colombie :	
MOEC (Mouvement ouvrier, étudiants, paysans), 1959	
ELN (Armée de libération nationale), 1964	Fabio Vásquez, Med. Morón, C. Torrés
EPL (Armée populaire de libération), 1963	prochinois
FARC (Forces armées révolutionnaires de Colombie), 1966	PC autodéfense (Manuel Marulenda, Hern. Gonzalez, Ciro Trujillo)
Guatemala :	
MR 13, 1960	trotskiste (Yon Sosa)
FAR (Forces armées rebelles), 1962	proche PC (L. Turcios, L. Trejo, R. Ramirez)
Nouvelles FAR	Yon Sosa, Cesar Montez
Pérou :	
MIR (Mouvement de la gauche révolutionnaire), 1959	apristes (PC Lobatón, de la Puente)
ELN (Armée de libération nationale), 1962	communiste *et al.* (Hector Bejar)
Uruguay :	
Tupamaros, 1962	socialiste *et al.* (Raúl Sendic)
Venezuela :	
MIR (Mouvement de la gauche révolutionnaire), 1960	Action démocratique (D.A. Rangell, C. Fourtoul)
PCV (Parti communiste vénézuélien)	communiste (D. Bravo, P. Márquez, Petkoff)
FALN (Forces armées de libération nationale), 1963	

ne sont jamais parvenus à mettre en place une organisation politique solide, et le gouvernement fédéral n'a eu aucun mal à les éliminer, en combinant les opérations conventionnelles de contre-insurrection et les programmes d'aide aux populations rurales [4].

Par le nombre de ses foyers révolutionnaires — six en 1978 —, la Colombie sembla renouer, un moment, avec ses vieux démons du bandolérisme : bien que les conditions politiques fussent différentes, la carte de la nouvelle violence épousait assez curieusement celle de l'ancienne : mêmes lieux, mêmes tactiques et, parfois, mêmes guérilleros [5] ! Certains de ces « Fronts » eurent une existence brève, comme le MOC (Mouvement ouvrier, étudiant, paysan), ou l'EPL (Armée populaire de libération), scission prochinoise du Parti communiste colombien, qui finit à son tour par se fragmenter en trois groupuscules, au début de 1970. D'autres survécurent et s'enracinèrent. Ainsi les FARC (Forces armées révolutionnaires de Colombie), créées en 1966, se voulaient-elles les héritières des communautés paysannes d'autodéfense, pseudo-républiques du Sud du Tolima et du Nord du Cauca, encadrées par le Parti communiste. Une autre guérilla survécut : l'Armée de libération nationale (ELN), formée en 1964 par une majorité d'étudiants proches du castrisme et commandée par Fabio Vásquez. Au début de 1966, le père Camilo Torrés, un ancien étudiant en sociologie de l'université de Louvain, adhérait à l'ELN. A ses yeux, la révolution s'imposait comme un impératif chrétien de justice : « Il est nécessaire d'enlever le pouvoir aux minorités privilégiées pour le donner aux majorités pauvres... » Désavoué par la hiérarchie, il avait été rendu à l'état laïque. Quelques semaines seulement après son entrée dans la clandestinité, il était abattu au cours d'un banal affrontement (15 février 1966). Sa disparition fut suivie de revers militaires et de scissions au sein de l'ELN, mais le sacrifice du « père Camilo » perdura comme un symbole de la pureté de son engagement, dans ce slogan : « La libération ou la mort ! »

Au début des années 1960, les guérillas vénézuéliennes apparaissaient comme les plus prometteuses, après le renversement du dictateur Marcos Perez Jimenez par l'ensemble des partis. La présidence de Rómulo Bétancourt (1959-1964) fut une période d'intense agitation sociale et politique. Dans cette société bouleversée par l'urbanisation, le modèle cubain apparaissait alors comme la voie royale du changement, et, comme l'écrit un ancien guérillero, le modèle des « barbus sauveurs » serait le substitut du Robin des Bois des légendes médiévales[6]. A gauche, on voulait croire que le fruit était mûr, car la rue était quotidiennement envahie par des agitateurs. L'invasion de la baie des Cochons par les anticastristes (avril 1961) fut prétexte à de nombreux engagements individuels au sein du MIR (Mouvement de la gauche révolutionnaire). De jeunes étudiants désertaient les salles de cours, parfois accompagnés de leurs professeurs, pour organiser les premiers foyers de résistance dans les États de Sucre ou de Mérida. Les paysans de la région désignaient ces campeurs bizarres sous le nom de *cimarrones*, un mot employé sous la « colonie » pour désigner les esclaves en fuite... Au début de 1963, les déçus de la première vague révolutionnaire, communistes, miristes, se regroupaient dans un autre mouvement, les FALN (Forces armées de libération nationale), qui affichaient bien haut leur idéal bolivarien : « la libération du peuple vénézuélien ». Pendant plusieurs mois, une vague de violence déferla sur Caracas : enlèvements, attaques de banques, de grands magasins, de postes de police. Cette ambiance insurrectionnelle faisait dire au président Bétancourt : « L'image de Caracas est en train de devenir celle du Chicago des années 1920... » Mais, face à la détermination du gouvernement, le terrorisme urbain déclina. La guérilla rurale fut relancée dans les États de Falcón, de Lara et de Trujillo, mais les unités mobiles de chasseurs et de parachutistes vinrent facilement à bout de ces derniers foyers. Dès 1969, le gouvernement avait gagné la bataille[7].

La désastreuse expérience péruvienne révéla la fragilité d'une greffe de l'idéologie de rupture en milieu paysan. Depuis 1956, la condition des Indiens des hauts plateaux avait empiré ; les autorités déploraient les « invasions » de terre par les communautés qui, de leur côté, préféraient parler de « récupérations ». Certaines de ces actions illégales étaient contrôlées par des évangélistes, d'autres par des communistes, d'autres encore par des trotskistes, tel Hugo Blanco, qui organisait des ligues paysannes dans la vallée de la Convention et qui devint même, en 1962, le président de la Fédération des travailleurs de Cuzco. Mais, comme dans des pays voisins, une nouvelle gauche intellectuelle cherchait d'autres voies vers la révolution : étudiants procastristes, dissidents communistes ou apristes reprenaient les thèses de Cuba et adhéraient au Mouvement de la gauche révolutionnaire (MIR), créé en 1962 et présidé par un fils de grand propriétaire, Luis de La Puente Oceda, qui reprenait en 1964 les thèses formulées par Mariategui dans les années 1920 : « Le problème de la terre constitue le problème clé. La campagne est donc le point le plus faible du système et en même temps le plus vulnérable... » D'autres étudiants venus de la petite bourgeoisie, des lycéens et des dissidents communistes créaient également l'Armée de libération du peuple (ELN). Cependant, entre les uns et les autres, les divergences idéologiques et tactiques restaient insurmontables. 1965 fut pour toute la guérilla péruvienne une année décisive : deux fronts du MIR avaient été créés autour de Cuzco et de Huancayo, dirigés par Luis de La Puente et Guillermo Lobatón, alors que l'ELN s'était implanté à Puerto Maldonado (département d'Ayacucho), sous le commandement d'Hector Bejar. Mais l'altitude, le froid et les dures conditions de survie en montagne affaiblirent ces groupuscules, débarqués dans un milieu hostile ou indifférent, formé d'Indiens quéchua monolingues. Le gouvernement engagea alors des forces importantes contre ces nids de « terroristes », qui furent éliminés en moins de six mois. Au début de 1966, seuls quelques survivants parvenaient à s'enfuir vers la Bolivie [8]...

Le bref épisode de la guérilla bolivienne ne prend valeur paradigmatique qu'en raison du contraste entre la mort presque clandestine du Che Guevara et ses ambitions politiques démesurées. Ce héros « paulinien » (Jeannine Verdès-Leroux), ce « petit condottiere du XXe siècle » (Régis Debray), ce « saint Ernesto » (Leonel Rugama) n'avait qu'une passion : la Révolution. Sa personnalité a fasciné des écrivains de tous bords — de Jean Cau à Robert Merle, d'Anne Philipe à Jorge Semprun — par son refus du réel et sa quête donquichottesque de l'impossible. Sa fin presque suicidaire constitue l'épilogue tragique d'une campagne de onze mois, conduite en dépit du bon sens.

On comprendrait mal l'aventure bolivienne du Che sans rappeler ses objectifs. Dans son journal du 31 décembre 1966, le *comandante* porte un toast à la « Révolution continentale ». Son plan initial consistait à faire de la Bolivie un noyau dur de la résistance, qui ranimerait les maquis en décadence et en susciterait de nouveaux dans des pays jusqu'alors inactifs, comme le Chili, l'Argentine ou le Brésil. Cette vision optimiste était partagée par Régis Debray, qui écrivait dans *The Economist*, du 12 août 1967 : « La Bolivie est le pays où les conditions objectives et subjectives se combinent parfaitement. C'est le seul pays d'Amérique du Sud où une révolution est en marche... » Le choix de la zone de Ñancahuazú, au cœur de la forêt du Sud-Est bolivien, semblait devoir répondre aux objectifs de cette stratégie grandiose.

Mais, en quelques mois, les échecs successifs devaient montrer les limites du volontarisme et de l'improvisation. D'une part, il n'était pas sûr que la Bolivie fût le maillon faible de l'impérialisme, depuis qu'un certain général René Barrientos avait scellé avec des communautés indiennes un pacte « militaro-paysan » contre les « subversifs ». D'autre part, les communistes boliviens — en particulier leur secrétaire Mario Monje —, n'acceptant pas que la direction d'une hypothétique insurrection pût leur échapper, cessèrent de soutenir la fragile guérilla. Un autre point faible tenait au choix trop hasardeux du terrain des luttes, une région montagneuse burinée de vallées sinueuses et profondes, forestière mais peu giboyeuse, à la population clairsemée, méfiante et même hostile. L'isolement des quelque trente guérilleros devait, à court terme, les condamner à l'asphyxie. Malgré l'installation d'un solide camp de base, la petite troupe passait son temps en marches harassantes pour établir le contact avec l'ennemi, ou pour le rompre, au gré des circonstances. La guérilla était devenue un jeu de pistes brouillées, dans un espace mal maîtrisé, tant les cartes étaient mal faites, et les chemins rares. L'arrière-garde, qui avait perdu toute liaison avec le corps principal, finit par être exterminée. Dans ses carnets, le Che note avec une sorte de détachement lucide l'enfer du quotidien, l'angoisse de la nourriture, les orages, le paludisme, les moustiques, le froid du petit matin et, pour lui-même, l'asthme qui empire au fil des mois. La guérilla devient une épreuve de résistance physique et même de survie. Jusqu'à ce dimanche 8 octobre 1967 où les quelques survivants, talonnés depuis un mois par l'armée, sont encerclés. Blessé à la jambe, le Che, *alias* Ramón, est fait prisonnier et conduit au village de Higueras ; enfermé dans l'école, il est abattu d'une rafale de M 2, le lundi 9 octobre, vers 13 heures, sur ordre de La Paz. Le jour suivant, son corps disparaissait, sans doute lancé d'un avion au-dessus de la forêt. L'aventure héroïque s'achevait dans le fait divers. Vingt ans après, il est difficile de donner raison à Régis Debray, qui affirmait en 1974 que « la raison et l'histoire étaient avec le Che » et que « le projet de Ñancahuazú traçait une voie possible, vraisemblable et digne de confiance ». Cette guérilla frappe au contraire par la gratuité de ses sacrifices et l'utopie de son projet[9].

Les guérillas urbaines

Dans les pays du « cône Sud », la violence révolutionnaire a été plus tardive ; elle s'est surtout développée dans les villes, sous la forme d'opérations spectaculaires, revendiquées à coups de communiqués qui, par contraste avec la guérilla rurale, lui donnaient l'apparence d'une guerre psychologique.

Au Brésil, des centaines d'étudiants adhérèrent aux thèses guévaristes, avec l'espoir de renverser le régime militaire de 1964, jusqu'alors relativement modéré. Plusieurs mouvements se constituèrent : l'ALN (Alliance de libération nationale), dirigée par Carlos Marighella, un dissident du Parti communiste ; le VAR-Palmares (Avant-garde armée révolutionnaire), entraîné par un ancien capitaine, Carlos Lamarca ; ou bien le MR 8, baptisé ainsi en commémoration de l'assassinat du Che... Une des opérations les plus spectaculaires de l'ALN fut la séquestration de l'ambassadeur américain, finalement échangé contre des prisonniers politiques. Mais la junte militaire réagit violemment contre les « terroristes », dont la plupart des chefs furent abattus entre 1969 et 1971, tandis qu'un décret-loi interdisait toute manifestation politique.

Alors qu'au Chili, dans les dernières années de l'administration démocrate-chrétienne du président Eduardo Frei (1964-1970), des extrémistes du MIR (Mouvement de la gauche révolutionnaire) se lançaient dans des attaques à main armée plus spectaculaires qu'efficaces en termes politiques, l'Argentine post-péroniste allait vivre une sorte de guerre civile rampante, animée par des étudiants frustrés dans leurs aspirations et écœurés par l'instabilité politique. Élitiste, et même intolérante, cette jeunesse révolutionnaire argentine se divisait en chapelles irréconciliables : trotskistes, maoïstes, castro-guévaristes, anarchistes, péronistes (*montoneros*)... La révolte commença par un bref intermède : le « foyer révolutionnaire » de Salta, région semi-désertique située à l'extrême nord du pays, où une squelettique Armée des guérilleros du peuple, commandée par Jorge Masetti, un admirateur du Che, disparaissait avant que ne sonne « l'heure des brasiers ». A la fin de 1970, on ne dénombrait pas moins de quatre réseaux de guérillas, totalement irréconciliables, mais rivalisant dans l'action violente : froide exécution d'un ancien président de la République, d'un chef de la police et de multiples suspects au sein de l'armée. En octobre 1975, un groupe de 500 *montoneros* détruisait une garnison militaire au nord-est de la province de Formosa. C'est alors que les trois corps d'armée réagirent contre la « subversion » par la « guerre sale », dont l'escalade devait aboutir au démantèlement complet des *montoneros*... L'année suivante, l'armée reprenait le pouvoir [10].

C'est en Uruguay que la guérilla urbaine enregistra ses meilleurs résultats. Vraie machine de guerre, l'organisation des Tupamaros menaça même le pouvoir civilo-militaire, dans un pays miné par une grave crise de confiance, après une demi-siècle de prospérité. Au début des années 1960, une bonne partie de la classe moyenne se tourne vers les idéologies extrémistes, sans doute à cause de la dégradation de ses conditions de vie, sous l'effet de la longue dépression économique. Fondé en 1962, le Mouvement de libération nationale des Tupamaros (qui a emprunté son nom à l'Indien Tupac Amaru exécuté en 1780) recrute de nombreux jeunes socialistes influencés par la révolution cubaine. Organisés en cellules clandestines, ces « combattants » appliquent avec une perfection quasi esthétique toutes les opérations courantes de la guérilla urbaine : vols d'explosifs, attentats à la bombe, assaut de banques et de casinos, séquestration d'hommes politiques ou de responsables d'entreprises. Si, en juillet 1969, ils échouent dans leur attaque de la prison centrale de Montevideo, ils réussissent l'année suivante un raid contre la petite ville de Pando, un vrai défi lancé aux forces de l'ordre, en hommage au Che. Cette année-là, les Tupamaros exécutaient Dan Mitrione, un agent de la Sécurité américaine, en représailles contre l'arrestation de huit de leurs dirigeants. Mais, à partir de septembre 1971, l'armée dans son ensemble prenait en charge la lutte anti-insurrectionnelle. Pour gagner « la guerre interne », elle supprimait les garanties constitutionnelles et lançait contre les réseaux ses « escadrons de la mort », un appareil de répression insaisissable et terriblement efficace. En 1974, on comptait près de 5 000 prisonniers politiques en Uruguay [11].

Les points faibles de cette première vague de guérillas

Dans leur enthousiasme, les jeunes révolutionnaires voulaient croire que les armées continentales étaient aussi fragiles que l'avait été la « garde prétorienne » cubaine, dont la cohésion n'avait tenu que grâce aux largesses du dictateur Batista et à la confiance des États-Unis. Dans *La Guerre de guérillas*, le Che n'avait-il pas écrit que « des forces populaires peuvent gagner une guerre face à une armée régulière... », et la *Seconde Déclaration de La Havane* n'avait-elle pas solennellement affirmé, en 1962, que, « lorsqu'elles doivent affronter le combat irrégulier des paysans sur leur propre terrain, les armées se révèlent absolument impuissantes » ? Au sein de l'extrême gauche, l'idée selon laquelle toute armée n'est que le chien de garde « vulnérable » de l'oligarchie foncière et de l'impérialisme était portée à la dimension d'un dogme... Cette croyance tenait autant à l'ignorance qu'à l'autosuggestion. Car, de plus en plus, la base sociale des officiers s'était élargie aux couches intermédiaires de la société. Dans plusieurs pays, l'armée tendait à devenir un corps social plus autonome, bien différent de l'image caricaturale que l'extrême gauche voulait lui donner. Par ailleurs, pour lutter contre la guerre interne, les armées latino-américaines demandaient l'aide du Pentagone et des services d'Intelligence nord-américains ; dès lors, la police devenait le fer de lance de la contre-insurrection, équipée d'armes légères et mobiles — fusils automatiques, hélicoptères, défoliants... On lui enseignait les techniques sophistiquées et amorales de la guerre contre-révolutionnaire prolongée, apprises au Vietnam : tortures physiques et psychologiques, terreur aveugle pour dissuader les populations d'aider la guérilla. Grâce au Programme d'assistance militaire et à l'Académie internationale de police créée en 1962, plus d'un million de policiers furent formés à la lutte antiguérilla en dix ans [12]... Face à ce défi technologique, les

révolutionnaires n'étaient pas à la hauteur : des effectifs dérisoires, des réseaux divisés — à l'exception des Tupamaros
d'Uruguay —, une inexpérience militaire totale, sauf quelques
officiers guatémaltèques ou vénézuéliens ; un manque d'entraînement physique et d'adaptation culturelle pour survivre dans
des milieux rigoureux et indifférents, une improvisation permanente dans l'intendance comme dans la tactique. Le combat
de David contre Goliath était perdu d'avance...

L'un des handicaps les plus lourds fut l'impuissance de la
guérilla à mobiliser les paysans qu'elle était censée libérer. Les
guévaristes voulaient utiliser l'énorme potentiel de révolte d'une
paysannerie exploitée, sans jamais lui donner de responsabili-
tés : la conduite de cette « guerre populaire » était confiée à une
« avant-garde » d'intellectuels et de petits-bourgeois. Cette perception réductrice du monde rural s'appliquait avec encore plus
d'aveuglement aux masses indigènes, main-d'œuvre éminemment passive de toute révolution (du côté indien, le guérillero
était d'abord perçu comme un « Blanc », c'est-à-dire comme un
exploiteur potentiel). Certes, il y eut quelques exceptions, par
exemple au Guatemala, où Luis Turcios collabora étroitement
avec l'Indien cakchiquel Pascual Ixtapa, mais il faudra attendre
la fin des années 1970 pour voir évoluer chez les responsables
marxistes leur vision du monde indigène [13].

Les dissensions internes furent un autre point de faiblesse des
guérillas. On connaît, bien sûr, les réticences — ce mot est sans
doute trop faible — des partis communistes face à l'insurrection armée. Par ailleurs, un certain nombre de ces partis s'étaient
naguère compromis avec des partis « bourgeois » : ainsi le PC
colombien n'avait pas hésité, dans les années 1950, à se rapprocher du Parti libéral, qu'il jugeait « progressiste », et à prôner
le respect des institutions ; le PC vénézuélien avait participé à
la coalition gouvernementale de Rómulo Bétancourt en 1958 ;
le PC péruvien avait contribué à faire élire Fernando Belaunde
Terry au Pérou en 1963, et le PC guatémaltèque avait fait la
même chose pour Mario Montenegro en 1966... Dans leur grande majorité, les membres des PC appartenaient à l'avant-garde
intellectuelle, qui préfère habituellement préparer la révolution
de demain plutôt que d'œuvrer à celle d'aujourd'hui... Peu
nombreux étaient les apparatchiks capables de soutenir le principe de la guérilla, trop incontrôlable. Et, s'ils le faisaient, c'était

toujours avec beaucoup de réticence. Ainsi, en 1962, le PC vénézuélien n'appuya la guérilla que sous la pression de ses militants prochinois ; dès 1965, son comité central décidait de revenir à la voie légale. C'est sans doute en Colombie que le Parti communiste fut le plus partagé face à la lutte armée : d'un côté, le PCC se voulait « un parti de stricte obédience soviétique » (Gérard Chaliand), et il manifesta toujours une réserve profonde vis-à-vis de Cuba ; de l'autre, il y avait le précédent des zones d'autodéfense paysannes et de la république indépendante de Marquetalia, dirigée depuis 1963 par un communiste, Manuel Marulanda, et qui aboutit, en 1966, à la création des FARC (Forces armées révolutionnaires). En 1963 et en 1967, des dissidents prochinois firent scission pour organiser des fronts de guérilla, par exemple dans le haut Sinu (département de Córdoba), où furent créés des écoles, des dispensaires et des coopératives [14].

Plus grave encore : ces guérillas ont succombé à l'atomisation, à l'« autophagie », aux scissions, aux exclusions, aux discussions interminables, aux suspicions et aux anathèmes réciproques, les uns valorisant le combat « anti-impérialiste », les autres préférant s'exprimer en termes de « tiers-mondisme » ou de « nationalisme progressiste ». Cette logomachie exprimait, en fin de compte, la nature réelle de cette prétendue « avant-garde », blanche ou métisse, d'origine petite-bourgeoise. Sa culture occidentalisée lui masquait celle de ces populations paysannes et indiennes qu'elle côtoyait souvent pour la première fois.

Cette cécité sociopolitique des acteurs permet de comprendre le profond décalage entre l'ambition des projets et la médiocrité des résultats. Comparés aux gigantesques guérillas d'Asie ou d'Afrique, les « foyers révolutionnaires » qui se sont créés en Amérique latine dans les années 1960 paraissent presque insignifiants. Or ces guérillas, somme toute impuissantes, ont laissé derrière elles un mythe durable, particulièrement en Europe, sans doute par un effet de notre « occidentocentrisme », pour parler comme Gérard Chaliand. Sans doute aussi parce que Fidel Castro et Ernesto Guevara étaient perçus comme appartenant au monde blanc [15]...

L'implantation géographique de ces guérillas de la première génération laisse apparaître un paradoxe : faibles dans les pays

de dictature — Paraguay, Brésil, Bolivie —, elles se sont déve-
loppées davantage au sein de régimes plutôt « démocratiques »
confrontés à des mutations sociales ou à une crise économique
durable, comme ce fut le cas au Venezuela ou en Uruguay.
Maladies infantiles de certains pays en voie de développement,
les guérillas ont accéléré la déstabilisation de démocraties fragiles
et facilité, en retour, la montée du militarisme.

La seconde vague de guérillas (1975-1990)

On comprendrait mal la relance des guérillas en Amérique
latine à la fin des années 1970 sans les replacer dans la
foulée de la victoire sandiniste de 1979 (voir chap. 8, p. 239). Le
Nicaragua a donné un second souffle à des guérillas éteintes et
il en a suscité d'autres en Amérique centrale et dans les régions
andines. Mais il faut également situer cette relance des guérillas
latino-américaines dans la perspective d'une réactivation du
terrorisme à travers le monde. L'Afrique et l'Asie, plus encore
que l'Amérique, ont été submergées par des vagues de violence
sans précédent qu'on ne saurait expliquer seulement par le néo-
colonialisme ou par les effets sociaux de la crise économique de
1973 : l'explosion démographique de certaines régions, les
conflits ethniques ou, plus prosaïquement, les instincts belliqueux
ont fait éclater le vernis démocratique des fragiles républiques
du monde « non développé ». On n'en finirait pas d'évoquer les
conflits armés à travers le monde : en Asie, les guérillas
d'Afghanistan, les Khmers rouges du Cambodge à partir de
1973, les guérillas tamoules du Sri Lanka à partir de 1974, les
nationalistes moros aux Philippines, la révolte des sikhs en Inde
à partir de 1983 ; et, en Afrique, le Front Polisario au Maroc et
en Mauritanie, la guerre ethno-religieuse du Soudan, les guerres
nationalistes de l'Érythrée et de la Somalie, et les terribles guerres
d'indépendance du Mozambique, d'Angola, de Namibie et du
Zimbabwe...
Au début des années 1980, le Département d'État américain
proposait une définition très politisée du « terrorisme » : un
type de conflit de basse intensité dans lequel « des individus

ou des groupes menacent de recourir ou recourent à la violence à des fins politiques, en s'opposant directement aux autorités gouvernementales, de telle sorte que les actions entreprises, chocs, coups, intimidations, visent à atteindre un groupe plus large que les seules victimes [16]... ». Le même Département d'État dénonçait les ingérences de Moscou, dont l'aide militaire au Nicaragua aurait atteint un milliard et demi de dollars pour la période 1982-1986 — soit un montant nettement supérieur à l'aide militaire américaine pour toute l'Amérique centrale, qui fut de 900 millions. Washington dénonçait aussi la présence de 1 500 à 2 000 experts militaires cubains à Managua, désignée comme étant la plaque tournante du terrorisme en Amérique centrale. Une filière libyenne et palestinienne aurait même été ouverte depuis les années 1975, sous la forme de trafic d'armes et de crédits. Non seulement Muammal Kadhafi aurait cofinancé l'aérodrome de l'île de Grenade, mais il aurait livré des armes au Nicaragua *via* le Brésil. Depuis 1980, des liens étroits auraient été noués, sous la forme de délégations et d'instructeurs militaires, entre le Fatah et le Front G. Habache et la guérilla du Salvador. L'OLP aurait même établi des contacts avec d'autres mouvements, comme l'« Avant-garde populaire révolutionnaire » du Brésil et le M 19 colombien...

L'échec des insurrections en Amérique centrale

La guerre contre-insurrectionnelle au Guatemala

Au Guatemala, les survivants de la première vague avaient fondé en 1972 l'Armée guérillera du peuple (EGP) dont la nouvelle stratégie s'inspirait du modèle vietnamien : il s'agissait d'établir des bases politico-militaires stables et protégées dans la région indienne d'Ixcan. D'autres réseaux, comme l'ORPA (Organisation du peuple en armes), les FAR (Forces armées rebelles) et une fraction dissidente du Parti communiste finissaient par signer une convention unitaire : l'Union révolu-

tionnaire nationale Guatémaltèque, qui prétendait vouloir construire une nouvelle société pluriethnique. Pour le sociologue
Yvon Le Bot, ce discours s'apparentait davantage à une incan-
tation sur les valeurs indiennes qu'à une authentique prise de
conscience, car les référents restaient la « classe » et la « nation », sur lesquelles se greffait artificiellement la notion
d'« ethnie [17] ».

Après le coup d'État du 23 mars 1982 conduit par le général
Efraín Ríos Montt, l'armée lançait le plan Victoria 2, dont le
slogan racoleur (« Fusil et haricots ») prévoyait un programme-
me d'assistance à 50 000 familles, tout en intégrant des civils
dans les patrouilles d'autodéfense pour la zone du triangle
d'Ixil et du bas Verapaz, au cœur de la zone guérillera.
La stratégie des militaires consistait à acculer les « subversifs »
sur la frontière, au risque de créer des incidents avec le
Mexique. Pour invalider l'accusation de génocide,
le commandement envoyait dans les zones de guerre des recrues provenant des autres départements, jouant ainsi avec les
particularismes ethniques. Recrutés par quotas parmi les plus
pauvres, les conscrits subissaient un vrai lavage de cerveau
anticommuniste.

L'arrivée de Ríos Montt au pouvoir n'arrêta pas les massacres ; entre mars et juillet 1982, 3 200 Indiens paysans étaient
assassinés par l'armée dans le Nord-Ouest. A San Francisco de
Huehuetenango, 350 villageois furent froidement abattus, le
17 juillet 1982, par des soldats drogués, femmes et enfants d'un
côté, hommes valides et vieillards de l'autre. Cet Oradour guatémaltèque est un exemple, parmi d'autres, de la politique de la
terre brûlée conduite par l'armée pour terroriser les populations
et les obliger à ne plus cacher ni nourrir les « subversifs ». De
leur côté, les guérilleros avaient intégré des indigènes dans leurs
unités de combat. Pris entre le marteau et l'enclume, les paysans indiens ont été les principales victimes d'un combat mené
en leur nom ; plus de 20 000 d'entre eux ont été assassinés ou
exécutés entre 1966 et 1982, principalement par l'armée, et
certains experts évaluent à 100 000 le nombre des victimes de
cette guerre civile qui dure depuis 1960.

La radicalisation des deux camps bloquait toute velléité réformiste, mais la répression violente conduite jusqu'en 1985 a
réduit peu à peu la lutte armée à ce qu'elle était au départ :

quelques noyaux mobiles coupés de leurs bases. L'élection du président démocrate-chrétien Vinicio Cerezio, en 1986, semblait marquer une rupture avec trente ans de pouvoir autoritaire et de luttes armées ; la victoire aux élections présidentielles de janvier 1991 de Jorge Serrano, candidat évangéliste de centre droit, semble augurer de la poursuite de l'état de droit. Mais les militaires, foncièrement antimarxistes, restent encore méfiants ; pour le sociologue Yvon Le Bot, « les dérapages sont toujours possibles et la logique de l'affrontement peut reprendre le dessus », dans un pays où la tradition de la violence politique reste encore fortement enracinée [18].

La guerre civile au Salvador (1979-1990)

La seule évocation de l'inégalité des structures foncières de ce petit pays surpeuplé suffirait-elle à rendre compte de l'acharnement des deux camps dans cette guerre interne qui ne dit pas son nom ? Depuis le début des années 1970, le Salvador connaît une politisation extrême ; aux associations de droite comme la Phalange, l'Union guerrière blanche et Órden s'opposent les partis marxistes ou même des chrétiens engagés à gauche, comme la Fédération chrétienne des paysans salvadoriens (FECCAS). Malheur aux paysans, en particulier aux journaliers, qui refuseraient de prendre parti !

Dans ce pays habitué depuis 1931 à la pratique des coups d'État « de droite », l'insurrection militaire du 15 octobre 1979 fit l'effet d'une bombe, dans la mesure où les nouveaux hommes forts, les colonels Abdul Gutiérrez et Adolfo Majano, annonçaient un programme populiste, avec réforme agraire et nationalisations. Comme la droite ne voulait pas perdre ses privilèges, et que la gauche ne cachait pas sa défiance quasi atavique à l'égard des militaires, la spirale violence-répression se réamorça, amplifiée par l'assassinat, en 1980, de l'archevêque de San Salvador, Mgr Romero, devenu figure prophétique de l'opposition, depuis qu'il avait osé suggérer aux soldats l'insoumission : « Frères, vous êtes du même peuple que nous. Vous tuez nos frères paysans. La loi dit : "Tu ne tueras point !" Devant l'ordre de tuer donné par un homme, c'est la loi de Dieu qui doit prévaloir. Un soldat n'est pas obligé d'obéir à un ordre qui va contre la loi de Dieu... » Le 10 janvier 1981, le FMLN (Front

Farabundo Martí de libération nationale) échouait dans sa tentative d'insurrection générale. Sa stratégie évoluait alors vers une alternance d'offensives localisées et de replis tactiques. De son côté, l'armée lançait de redoutables attaques contre-insurrectionnelles — comme celle du Volcancillo, au cours de laquelle 5 000 soldats suréquipés traquèrent pendant douze jours un détachement des Forces armées populaires de libération (octobre 1981). En 1985, les 5 000 hommes du FMLN et du FDR (Front démocratique révolutionnaire) contrôlaient près du quart du territoire national. Mais des différends existaient au sein de la guérilla salvadorienne ; on sait que le *comandante* Marcial (Salvador Cayetano Carpio), un communiste prosoviétique, fit assassiner à Managua la *comandante* Ana Maria (Melida Anaya Montés), partisane de la voie négociée.

L'agressivité de la guérilla n'avait pas empêché le démocrate-chrétien Napoleón Duarte et le candidat de droite Alfredo Cristiani de remporter successivement les élections présidentielles de 1984 et de 1989. A plusieurs reprises, un dialogue (de sourds) fut amorcé, en octobre 1984 et en 1985 — cette dernière fois sous l'autorité morale de l'Église catholique. N. Duarte avança une autre proposition, que le FDR/FMLN rejeta, avant d'en proposer une autre à son tour, en mai 1987. Cette difficulté de dialoguer tenait sans doute à l'extrême polarisation des deux camps. Mais les accords de Guatemala pour l'Amérique centrale (dits « d'Esquipulas »), les 6-7 août 1987, créaient les conditions d'une négociation, d'abord à la nonciature de San Salvador puis à Caracas en octobre 1987.

Si l'oligarchie et la bourgeoisie refusent le dialogue, il existe dans les villes une classe moyenne favorable aux solutions négociées. Le peuple aussi, dans son immense majorité, souhaite ardemment la fin de ce conflit dont il est la première victime : la guerre civile a fait 60 000 morts, surtout parmi les paysans pauvres, et l'on compte 250 000 réfugiés au Mexique et 500 000 aux États-Unis. L'économie est atteinte (le revenu *per capita* est plus faible en 1987 qu'en 1968). Cette lassitude de la population peut expliquer pourquoi « l'insurrection finale » lancée dans la capitale le 11 novembre 1989, par plusieurs milliers de guérilleros, n'a pas réussi à soulever les bidonvilles du nord de la capitale. La riposte gouvernementale fut très vive : on dénombra 600 tués dans la guérilla et 200 dans l'armée. Durant ces événements, six jésuites furent froidement abattus par les « escadrons de la mort ». Cette offensive fut-elle un baroud d'honneur ? On sait que cette action du FMLN fut nettement condamnée par son ancien partenaire du Mouvement national révolutionnaire. « Ces huit jours de combat, commente Philippe Burin des Rosiers, ont été un tragique gaspillage dont la population, une fois encore, prise entre l'irresponsabilité des guérillas et la brutalité des militaires, a été la victime [19]... »

Les guérillas andines (1970-1990)

En Colombie : des guérillas sans projet politique ?

Enracinée dans l'histoire du pays, la violence s'est à nouveau déchaînée, menaçant même le bipartisme « socioculturel » par lequel les partis « historiques », conservateur et libéral, pratiquent l'alternance depuis 1958... S'inspirant des Tupamaros uruguayens, les militants du M 19 — mouvement créé en 1974 — se lancèrent dans des opérations de terrorisme urbain, aux effets plus médiatiques que politiques : on vola l'épée de Bolívar, une relique de l'épopée continentale du Libertador ; on prit en otage l'ambassadeur des États-Unis, on occupa l'ambassade de la République dominicaine... Après un retour passager vers la guérilla de montagne, entre 1980 et 1982, le M 19 se lança dans une autre opération spectaculaire à Bogotá : l'occupation de la Cour suprême et du Conseil d'État, face à la cathédrale. Une centaine de personnes, magistrats, avocats, guérilleros, simples passants, périrent au cours de l'assaut brutal donné au canon et à la grenade par les forces de l'ordre. Dans le pays de García Márquez, on parla même d'un « massacre annoncé et toléré par le gouvernement ». Le M 19 perdit dans cette affaire une bonne partie du capital de sympathie dont il bénéficiait auprès de la population. De leur côté, les FARC, d'obédience communiste, relançaient de plus belle leurs activités dans le Caqueta, le Huila et le Cauca, sans doute persuadés que la situation était mûre pour une insurrection. Mais la tactique contre-insurrectionnelle de l'armée fut assez efficace pour neutraliser les FARC. En mars et en août 1984, le président Belisario Betancur lança plusieurs propositions de paix, assorties d'amnistie. Un « dialogue national » s'ouvrit même en 1985, sans pour autant freiner la violence endémique : dans certains départements — comme le Magdalena —, des milices privées, des fabricants de drogue, la guérilla et l'armée continuaient à séquestrer, à piller et à tuer. Aux crimes des groupes paramilitaires et des escadrons de la mort répondaient les délits de la guérilla. Pour un observateur comme Daniel Pécaut « se brouillent les frontières entre luttes armées, guerres sociales, délinquance... ». L'histoire colombienne semble renouer avec le temps long d'une violence protéiforme... L'Armée populaire de libération (EPL) s'est enfoncée dans la grande délinquance, d'autres mouvements de guérilla survivent plus ou moins : Patria libre, l'Armée populaire des travailleurs, le mouvement indianiste Quintin Lame, l'Union camiliste, etc. Que représentent ces divers maquis dans la société colombienne ? Le nombre des militants ne dépasse pas 8 000 (en mai 1988), et leur dispersion en 71 fronts reste un handicap insurmontable. Leurs méthodes terroristes ou narco-terroristes, assimilables à de la grande délinquance, justifient à l'avance la répression paramilitaire[20].

Les chefs de ces mouvements tâchent d'occulter leur origine sociale « bourgeoise » par une surenchère d'idéologie prolétarienne. La plupart analysent la société colombienne en simples rapports de production, sans tenir suffisamment compte de la complexité ethno-raciale du pays. Peu avant sa mort en 1984, Jaime Bateman, le leader historique du M 19, exprimait spontanément ses réserves sur ce dogmatisme : « La gauche traditionnelle, avec sa position imbécile et rationaliste du marxisme, a refusé de voir la richesse et la potentialité des manifestations magiques, religieuses, culturelles. Quand un marxiste voit un sorcier... il ne sait comment réagir, parce qu'un sorcier, ce n'est pas scientifique ni marxiste. Il oublie que ce pays est rempli de sorciers et de sorcellerie... » Le 27 mai 1990, le jeune candidat libéral Cesar Gabiria remportait la présidence, et Antonio Navarro, représentant du M 19 reconverti au légalisme — alors qu'il se battait encore un an auparavant dans les sierras de Cali — faisait une percée spectaculaire à l'élection présidentielle, avec 12% des voix. En octobre 1990, les FARC et l'ELN acceptaient le dialogue proposé par Gabiria. Mais la société colombienne a-t-elle suffisamment évolué en vingt ans pour amorcer une négociation fructueuse[21] ?

Un maoïsme andin :
le Sentier lumineux du Pérou (1970-1990)

Ce qui intrigue dans cette guérilla — « une épine douloureu-se enfoncée dans le cœur du pays », selon le sociologue péruvien Francisco Guerra —, c'est son nom étrange, Sentier lumineux, emprunté à une formule insolite du Front étudiant révolution-naire (maoïste) : « Par le sentier lumineux de Mariategui... » En fait, son nom véritable est : Parti communiste marxiste-léniniste Pensée Mao Ze-dong. « Il est né, précise l'ethnologue Henri Favre, d'une de ces innombrables scissions en chaîne qui n'ont cessé d'émietter le communisme péruvien depuis 1964... » Il est, de fait, un mouvement schismatique au second degré, fraction d'une tendance prochinoise (PC Drapeau rouge) du Parti com-muniste « historique » (PC Unité) fondé au début des années 1930... Certains pensent que le noyau fondateur de Sentier lu-mineux aurait appartenu au FLN procastriste créé en 1962, mais l'histoire du mouvement reste encore fragmentaire, malgré l'abondance des publications récentes — sans doute plus de 200 ouvrages et articles en dix ans...

SL est né dans le département d'Ayacucho, autrefois riche en minerais d'argent, aujourd'hui l'un des plus pauvres du Pérou, et qui porte bien son nom, en quechua : « le coin de la mort ». Pour ses 500 000 habitants, indiens à 90%, le département ne disposait, en 1981, que de 30 médecins, 827 téléphones et 44 ki-lomètres de routes. La population était analphabète à 54%, et l'espérance de vie n'y dépassait pas quarante-quatre ans. Deux routes ouvertes dans les années 1960 vers la côte Pacifique et vers la région amazonienne lui avaient apporté quelques menus progrès dans le domaine de la santé et de l'éducation. On avait ouvert à nouveau l'université de San Cristobal de Huamanga, à Ayacucho, avec l'idée d'en faire un agent du développement, mais les crises de 1967 et de 1981 ont entraîné des coupures de crédit telles que l'université s'est retrouvée surpeuplée et sans moyens [22]...

Le fondateur du mouvement SL, Abimael Guzman Reynoso, *alias* camarade Gonzalo, est un enfant illégitime né à Lima en 1934. Ancien élève des frères de La Salle à Arequipa, il soutint dans cette ville une thèse sur *La Théorie kantienne de l'espace*,

avant d'être recruté par l'université d'Ayacucho. Un voyage en
Chine en 1965 achève de le radicaliser dans une position maoïste
dure. Personnage introverti, sans originalité, dogmatique et même
sectaire, mais bon orateur, il a su tisser autour de lui un réseau
d'amitiés fidèles. Une *camarilla* officieuse et plus ou moins
endogame forme le noyau dur de l'organisation ; Alain Hertoghe et Alain Labrousse la comparent aux clans familiaux de
Ceausescu et de Kim Il Sung. Elle est composée de l'épouse
d'A. Guzman, Augusta, et des fondateurs « historiques » du
mouvement, des doués de l'« agit-prop » : Luis Kawata (expulsé
en 1979), Antonio Díaz Martinez, Maximiliano Durán et,
surtout, Julio Casanova, Osman et Katia Morote, fils et fille de
l'ancien recteur d'Ayacucho...

Les modestes débuts de « la guerre populaire » ont commencé
par une lente infiltration dans les communautés indigènes, aussi
bien par des maîtres d'école, bons connaisseurs du milieu indigène, que par les étudiants de l'université, qui revenaient au
pays pour les travaux agraires ou pour les fêtes religieuses. Aux
élections du 18 mai 1980, on commence par brûler quelques
urnes électorales — notons au passage que l'apparition du SL
coïncide avec le retour des militaires péruviens dans les casernes... Puis les attaques s'intensifient ; on fait sauter les pylônes
électriques, les ponts, les installations agronomiques ; en 1982,
un commando libère 300 partisans de la prison d'Ayacucho...

Dès le départ, Sentier lumineux a dû faire face à l'indifférence de certaines communautés indiennes. Depuis des siècles, il
existe, en effet, une opposition entre les Indiens chanca des
hauts plateaux, colonisés par les Incas au XVe siècle, et les
villages des vallées ; ces derniers se sont montrés plus réceptifs
aux sentiéristes, alors que les seconds restaient plutôt hostiles.
SL organise des tribunaux populaires pour condamner les
mauvais propriétaires, les mauvais juges, les mauvais commerçants ou encore les voleurs de bétail (*los abigeos*), une plaie des
Andes. En 1985, le mouvement disposait de plusieurs milliers
de militants, organisés en cellules verticales ; il comptait dans
ses rangs bon nombre de jeunes femmes à la réputation sanguinaire, les « dames de la mort », Edith Lagos, Carlota Tello,
Laura Zambrano Padilla...

A partir de l'automne 1981, le gouvernement de Belaunde
Terry lance contre SL un corps spécialisé dans la lutte anti-

subversive, les *sinchis*. On regroupe les paysans dispersés dans des « hameaux stratégiques » où s'organisent des groupes d'autodéfense. Là encore, les paysans deviennent les otages de cette guerre idéologique. Répression, massacres, bavures de toutes sortes alimentent la presse quotidienne ; ainsi, en janvier 1983, sept journalistes de Lima venus pour enquêter dans les steppes isolées de Huanta sont assassinés à l'arme blanche par les paysans du village d'Uchuraccay. Les *sinchis* auraient dit aux paysans : « Les étrangers qui arrivent par le ciel — par hélicoptère — sont des amis. Ceux qui se présentent à pied, vous devez les tuer, leur arracher les yeux, leur couper la langue pour la donner à manger aux chiens... »

Depuis les années 1985, le SL a réorienté sa lutte vers deux autres zones : Lima et la forêt amazonienne. La capitale du Pérou enregistre une explosion démographique sans précédent — en 1989, on y dénombrait plus de 800 *pueblos jóvenes*, bidonvilles au bord du désert, souvent dépourvus d'eau et d'électricité, dans lesquels s'entassent les émigrés de la sierra, les chômeurs, les démunis de toute sorte, « un univers quechua familier pour le Sentier qui va pouvoir s'y mouvoir comme un poisson dans l'eau » (A. Hertoghe et A. Labrousse). Le racisme larvé des *limeños*, la misère quotidienne et l'absence d'avenir y engendrent une charge d'agressivité peu commune, très favorable à l'infiltration sentiériste. Les journaux évoquent la « bataille de Lima », la hantise d'un débordement populaire, le fantasme séculaire d'une invasion des hordes indiennes venues de la sierra. Par son hermétisme, par son image d'inquisiteur rigoriste, le Sentier fascine aussi les intellectuels — et jusqu'à l'ancien président Alan Garcia. L'assassinat brutal par la garde républicaine de 250 sentiéristes qui s'étaient soulevés dans les prisons de la capitale, le 19 juin 1986, a été récupéré par le mouvement qui en a fait des héros et des martyrs de la cause ; ce triste épisode a contribué à renforcer leur image de militants purs et austères... Depuis 1987, SL s'est aussi implanté dans la région amazonienne où il lève l'impôt révolutionnaire sur le trafic de la coca ; on y parle même d'une « narco-guérilla »... 2 000 sentiéristes y disputent pied à pied le contrôle de la région avec le Mouvement révolutionnaire Tupac Amaru (MRTA), d'idéologie guévariste, dirigé par le « commandant Rolando », et dont la stratégie est moins violente (on ne tue qu'en cas de résistance) et moins impénétrable — contrairement aux sentiéristes, les Tupacamarus expliquent le pourquoi et le comment de leurs actes... Depuis quelques années, les règlements de comptes et les disputes territoriales entre les deux mouvements se font plus âpres dans le Haut-Huallaga ; les victimes désignées de ces affrontements sont, une fois encore, les ethnies de la région, particulièrement les Ashaninkas.

Malgré leur mutisme, les sentiéristes laissent entrevoir quelques bribes de leur idéologie, un « maoïsme pur et dur » (Henri Favre), presque irréel, nourri aussi des archaïsmes de la pensée du socialiste historique José Carlos Mariategui. Pour eux, les paysans des Andes de 1980 sont comme les frères jumeaux des masses exploitées dans les années 1930 — comme si le grand domaine féodal n'avait pas été, depuis lors, démantelé, comme si le Pérou ne s'était pas urbanisé. Les sentiéristes semblent avoir également emprunté à Mariategui sa mystique révolutionnaire, proche de l'émotion rituelle. L'utilisation qu'ils font du symbole de la lumière se remarque — en dehors de leur nom — dans leur frénésie de destruction des pylônes électriques. Pour Jean-Marie Ansion, il s'agit d'une véritable tentative de renversement magique des valeurs : Lima la Blanche, occidentale, capitaliste, « brillante », doit disparaître dans le noir, amorce symbolique d'un retournement de l'ordre du monde... Le discours sentiériste renvoie à une autre utopie : celle de la création d'un « État de nouvelle démocratie », qui exclurait le monde pourri des villes, au profit d'un monde rural authentique à reconstruire ; à cette fin, SL a lancé des mots d'ordre pour affamer les villes, un peu à la façon des Khmers rouges au Cambodge...

Intolérant et quelque peu mystique, fasciné par la violence purificatrice, celle de ses militants et celle de ses victimes, tel apparaît Sentier lumineux. Sa guerre a fait plus de 20 000 morts et entraîné des dégâts matériels estimés à 16 milliards de dollars, à peu près l'équivalent de la dette extérieure du Pérou. Après une visite de travail au Pérou à la fin de 1990, le Conseil mondial des Églises dénonçait, une fois encore, la spirale de la violence qui entraîne vers les mêmes surenchères aussi bien les « subversifs » que les brigades d'autodéfense communautaires (*ronderos*) ou les policiers engagés dans la lutte antiterroriste (les *sinchis*). Ce qui frappe, en dernière analyse, c'est l'archaïsme du mouvement sentiériste, sa perception passéiste du Pérou, révélatrice d'un myopie politique et d'un machiavélisme réducteur. Pour le camarade Gonzalo, il faut renverser le monde : après la révolution, les *cholos* (métis d'Indiens) deviendront les maîtres ; et les Blancs capitalistes, les futurs esclaves. Sur ce plan au moins, le Sentier renoue avec un messianisme andin, l'« indianisme », qui voulait reconstruire le grand « empire socialiste des Incas » (le Tawantinsuyu).

Malgré le déroulement normal des élections d'avril-mai 1990, Sentier lumineux n'a pas renoncé à exécuter la seconde phase de son programme : l'offensive générale. Mais l'arrestation de trente-cinq de ses dirigeants en juin 1990 et la découverte d'une partie de ses archives semblent lui avoir porté un coup sévère, sans pour autant l'abattre : la violence politique n'a pas faibli au Pérou [23].

Pour les politologues et les militaires nord-américains, ces guérillas d'Amérique latine appartiennent à la catégorie des *low intensity conflicts* (LIC) dont les objectifs restent le renversement du pouvoir politique en place. Quoique pénétrées d'idéologie marxiste, ces guérillas contemporaines s'enracinent dans la longue histoire des insurrections et des révolutions traditionnelles, par lesquelles un parti ou un « homme fort » tâchaient de s'emparer du pouvoir. Observons toutefois que l'image de ces guérillas n'était pas foncièrement mauvaise dans l'opinion, dans la mesure où elles apparaissaient comme le seul moyen rapide de changement dans ces sociétés figées.

Au début des années 1960, la victoire castriste insuffla un nouveau dynamisme et homogénéisa l'idéologie « révolutionnaire » en désignant un ennemi commun : les États-Unis, colosse aux pieds d'argile qu'il fallait abattre par une prompte explosion continentale, en profitant de la conjoncture internationale ; celle-ci pouvait laisser espérer, après l'affaire des fusées (octobre 1962), une aide substantielle de l'URSS par Cuba interposée. Mais les foyers allumés par Guevara et quelques autres n'enflammèrent pas le continent, tant à cause de leur faiblesse militaire que par leur isolement politique. La deuxième vague de guérillas, qui se développe après 1975, montre une bien meilleure organisation politique, et même un certain enracinement dans les populations — au Salvador, au Guatemala et dans la province d'Ayacucho au Pérou. Mais, là encore, ces mouvements devaient se heurter aux actions contre-révolutionnaires menées par les divers gouvernements. Grâce à l'aide nord-américaine, ceux-ci ont pu rapidement reconvertir leurs armées vers des objectifs « antiterroristes ». Malgré l'intérêt du président Carter (1976-1980) pour les droits de l'homme, la politique militaire répressive des armées nationales contre leurs guérillas respectives s'est poursuivie durant son mandat. Paradoxalement, il faut attendre la présidence « musclée » de Reagan pour entrevoir une première ouverture vers la négociation (cas du Salvador, du Guatemala et de la Colombie). Bien que la décennie 1990 semble s'ouvrir sur un espoir de paix, on peut s'interroger sur ses chances de durée, tant les facteurs socio-économiques et culturels de la violence sont toujours présents dans cette Amérique.

7

Révolutions et contre-révolutions militaires (1960-1990)

D'après le Turku Peace Research Group de l'université de Finlande, plus de 50 pays en voie de développement à travers le monde étaient dirigés par des régimes militaires en 1977. En Amérique latine, l'irruption massive des armées dans le domaine politique était présentée par les états-majors comme une riposte (dans le sens de « dépassement créateur » que donne à ce mot l'historien Arnold Toynbee) au double défi que représentaient, d'une part, le « mal développement » socio-économique et, de l'autre, le danger présumé d'une diffusion du modèle cubain par le canal des guérillas. Riposte sans doute excessive, mal maîtrisée ; mais riposte efficace qui a pratiquement éliminé les solutions radicales fondées sur la voie armée.

Les états-majors accompagnaient leurs interventions de programmes économiques « développementistes » ; au Pérou, en Équateur ou à Panamá, les armées esquissèrent un modèle de « troisième voie » vaguement socialisant ; d'autres, comme au Brésil, en Argentine, en Uruguay et au Chili, se transformèrent en commis voyageurs du néo-libéralisme. Contrairement aux révolutions militaires des années 1930, ce nouveau militarisme tentait de s'installer dans la durée.

Les mobiles des interventions militaires

*La « crise intégrale » de l'Amérique latine
dans les années 1970*

Si l'on veut tâcher de comprendre l'intervention massive des militaires sans se contenter des explications rigides — comme la pression de « l'impérialisme » —, il faut la replacer dans le contexte de crise généralisée qui frappait, à des degrés divers, l'ensemble du continent à partir de 1973 ; cette crise prolongée rendait caducs les populismes démagogiques et semblait faire le lit du communisme et des guérillas.

Pour mémoire, rappelons les effets pervers de l'internationalisation des échanges à partir du début des années 1960 : forte détérioration des balances agricoles et industrielles, crise du système monétaire international et endettement vertigineux des États latino-américains auprès des banques privées : vrai tonneau des Danaïdes qui épuisait les capacités financières de l'Amérique latine sans lui assurer le décollage tant espéré. La remontée effective des cours des matières premières fut annulée par le choc pétrolier — Mexique et Venezuela exceptés — et par une inflation galopante, induite ou importée, qui reflétait, tout à la fois, d'importants déséquilibres commerciaux, des trous budgétaires sans fond, une épargne découragée... Les deux modèles économiques traditionnels — exportation de matières premières et industrialisation de substitution — semblaient en voie d'épuisement.

A la débâcle économique s'ajoutaient les bouleversements de la société. Avec une natalité seulement moyenne (3,1% en 1983), la population de l'Amérique latine était passée de 164 à 406 millions entre 1950 et 1985. L'échec cumulé des « révolutions vertes » et des réformes agraires condamnait les ruraux à l'émigration interne, et cette urbanisation galopante transformait les capitales en kystes démesurés, nourris de la détresse paysanne.

Face à ces pressions sociales nouvelles, les populismes « historiques » des années 1930-1955, ceux de Perón, de Vargas ou d'Estenssoro, cessaient d'apporter des solutions de rechange.

Qu'ils fussent autoritaires ou plus démocratiques, ces régimes populistes attribuaient à l'État un rôle central comme acteur du changement social. Ils défendaient le principe d'une autosuffisance économique et valorisaient la petite propriété individuelle. Ils n'étaient pas, non plus, exempts de démagogie redistributive, postulant les principes de l'harmonie sociale et même de l'alliance de classes. « Idéologie de compromis » (F. Weffort), aux principes vagues, le populisme était censé répondre à presque toutes les situations sociales, renforçant, de surcroît, la cohésion sociale par son nationalisme forcené.

Ce populisme démagogique fut frappé de plein fouet dès la fin des années 1960 par le nouvel ordre économique et par la crise : l'État-providence se montrait impuissant à assurer ses programmes sociaux. Cette faillite des régimes « nationaux-populaires » a été analysée par A. Stepan, F.H. Cardoso et Alain Touraine, qui montrent — par exemple dans le cas du Brésil — la corrélation inverse entre la baisse des ressources économiques dont disposait l'État et l'augmentation des demandes sociales. Cette impuissance même débouchait sur une crise de légitimité des États. Dans ce nouveau contexte, aucun groupe social n'apparaissait susceptible de prendre la relève, et un vide sociopolitique s'instaurait au plus haut sommet ; ce vide, les états-majors eurent la tentation de le combler [1].

L'idéologie de la « sécurité nationale » ou le syndrome de l'anticommunisme

Depuis le début du siècle, les officiers se définissaient tantôt comme des « intellectuels organiques » (Jean Meyer), tantôt comme des « professionnels », formés dans des écoles spécialisées aux sciences et aux techniques les plus sophistiquées. Ce sentiment de force technologique et le culte de l'efficacité dans l'action s'accompagnaient souvent chez eux d'une défiance assez systématique vis-à-vis des civils, dont l'impuissance à « faire bouger les choses » n'avait d'égale que leurs verbiages. La méconnaissance du monde civil s'expliquait amplement par l'origine sociale et par l'éducation des militaires de carrière. Un grand nombre de « cadets » étaient recrutés au sein des familles d'officiers, dont ils reproduisaient l'habitus, d'une génération à l'autre. La vie d'un militaire commence, dès l'école militaire, par l'inculcation d'une discipline corporelle et morale : levé tôt, il subit le règlement quasi monacal de l'école, partageant son temps entre l'étude, la formation militaire, le sport, les parades, les soins corporels... Plus tard, muté de garnison en garnison, il se sent coupé du monde des civils. Sa vraie communauté reste l'armée, les familles d'officiers, le club militaire. Dans certains cas, il peut même se sentir exclu, incompris, voire méprisé par le reste de la société. La médiocrité des soldes l'oblige à mener une vie plutôt ordonnée, et même souvent rigide. Telle apparaît la mentalité militaire, que tout semble opposer à la vie civile : celle-ci se veut politique, démocratique et pluraliste quand celle-là se présente comme technique, autoritaire et monolithique [2].

Ces difficultés de communication entre civils et militaires peuvent aboutir à une incompréhension totale, lorsque l'État se trouve dans l'incapacité de résoudre des problèmes pressants. C'est alors que la tentation du *golpe* surgit au sein des états-majors ; en « professionnels » convaincus de leur efficacité, ils prétendent se substituer à un État impuissant et chaotique. Ainsi, au début des années 1960, la plupart des armées se croient obligées, face à la menace que représentent les guérillas, de prendre en charge la « défense continentale contre le communisme ».

Dès la Conférence panaméricaine de Chapultepec (Mexico, février 1945), les États-Unis avaient mis en garde les alliés contre le danger marxiste sur le continent. En 1947, à la Conférence de Rio, Washington les avait entraînés dans sa croisade antibolchevique, en créant le TIAR (Traité interaméricain d'assistance réciproque), placé sous son propre leadership. Dès l'année suivante était créée à Bogotá l'OEA (Organisation des États américains), conçue comme une machine de guerre contre le communisme. En 1954, l'OEA, convoquée à Caracas, proclama solennellement que toute activité communiste en Amérique serait considérée comme une intervention dans les affaires intérieures du continent : décision qui trouva son application presque immédiate dans un plan d'action de la CIA pour assurer le renversement du régime Arbenz au Guatemala, avec l'accord tacite de l'armée guatémaltèque (juin 1954)...

Lancé par le président J.F. Kennedy en mars 1961, l'Alliance pour le progrès se voulait, d'abord, une riposte au défi castriste, en s'attaquant aux racines économiques du sous-développement. L'administration américaine proposait pour la décennie un grand programme de développement, avec une contribution nord-américaine de quelque 12 milliards de dollars. L'aide au développement s'accompagnait d'un dispositif anti-insurrectionnel, représenté par une série d'accords bilatéraux de coopération militaire, qui portaient aussi bien sur l'utilisation d'armes fournies dans le cadre de pactes d'assistance que sur l'entraînement à la lutte antiguérilla de plusieurs dizaines de milliers d'officiers, à Fort Braggs (dans la zone du canal de Panamá) et dans plusieurs autres centres, aux États-Unis ou en Amérique latine, à l'École supérieure de guerre du Brésil, par exemple [3]. A la mort du président Kennedy, la partie répressive de la politique anticastriste l'emporta sur les projets de développement : après l'affaire des fusées (octobre 1962) et l'expulsion de Cuba de l'OEA, les Américains intervenaient à Panamá en 1964 et, l'année suivante, à Saint-Domingue, où une « révolution constitutionnelle » conduite par des militaires fut dénoncée par Washington comme « marxiste », avant d'être balayée par des troupes nord-américaines agissant au nom d'une Organisation des États américains plutôt réticente...

On a quelquefois ironisé sur l'idéologie à géométrie variable des états-majors : dans tel pays, l'armée s'est soulevée pour préserver le *statu quo* social, alors que, dans tel autre, un soulèvement de colonels et de capitaines prétendait conduire une politique authentiquement réformiste au service du « peuple »... Mais cette diversité des situations historiques ne saurait masquer le fond idéologique commun aux armées latino-américaines dans ces années 1960-1980. Celui-ci porte un nom, l'idéologie de la « sécurité nationale ».

Ses inspirateurs en furent une poignée d'officiers brésiliens ayant appartenu à la force expéditionnaire brésilienne, qui avait combattu en Italie aux côtés des Alliés pendant la Seconde Guerre mondiale. Ils s'appelaient Golbery do Couto e Silva, Castelo Branco, Ernesto Geisel, Cesar Obino, Cordeiro de Farias... Avec l'aide d'officiers nord-américains de la Ve armée, ils avaient fondé, en 1949, l'École supérieure de guerre du Brésil, baptisée familièrement la Sorbonne. Il n'est pas indifférent d'observer que la quasi-totalité de ses fondateurs seront impliqués dans la (contre)-révolution de 1964...

La modernité de la Sorbonne résidait, d'abord, dans la diversité de son corps professoral et dans ses méthodes : des civils — hauts fonctionnaires, magistrats, députés, enseignants — côtoyaient les militaires de l'École de guerre ; les rencontres informelles avec des hommes d'affaires y tenaient autant de place que les conférences de méthode. Cette formation générale, inspirée du vieux positivisme brésilien, mêlait les techniques du contre-espionnage aux sciences politiques, à la psychologie sociale, à l'économie et à la sociologie. Cet éclectisme allait de pair avec une adhésion générale aux valeurs du libéralisme économique, en application d'un nouveau slogan : Sécurité et développement [4].

La sécurité nationale a d'abord été formalisée et vulgarisée dans un ouvrage publié en 1957 par le général Golbery do Couto e Silva, *Géopolitique du Brésil*. Très lu sur l'ensemble du continent, il devait inspirer d'autres auteurs, tous militaires, comme les lieutenants généraux argentins Osiris G. Villegas et Benjamin Rattenbach, ou bien encore le général Augusto Pinochet, professeur à l'École de guerre de Santiago du Chili, dont la *Geopolítica*, publiée en 1968, fut deux fois rééditée.

La doctrine de la sécurité nationale n'est ni une science abstraite ni une idéologie formelle, mais plutôt un corps de propositions tirées de l'observation et capables d'orienter l'action politico-militaire. Approche globalisante de la réalité, cette géopolitique nouvelle se voulait un instrument d'analyse au service de la politique ; elle ravivait les vieux principes établis par le Suédois J. Rudolf Kjellen et les Allemands Friedrich Ratzel et Karl Haushofer, et que le général Golbery résumait en deux slogans : « L'espace, c'est le pouvoir ! La géographie, c'est le destin ! » A travers ce vieux savoir dépoussiéré, les militaires prétendaient analyser les facteurs qui conditionnent l'évolution générale d'un pays. Ainsi, la « destinée manifeste » du Brésil, son rôle de grande puissance continentale semblaient dérivés directement de son vaste espace et de son potentiel géographique. De la configuration même d'un pays, de sa forme, de ses frontières, de ses relations conflictuelles avec les pays voisins, les théoriciens dégageaient l'autre principe fondamental de la sécurité nationale : le nationalisme intégral. Pour chaque peuple, le territoire est un espace quasi sacré, et le patriotisme doit constituer son idéologie fondamentale. Cette perception darwinienne de l'espace — qui, à la façon d'un organisme vivant, peut croître ou dégénérer — fait de la nation le paradigme de tout principe politique. Le général do Couto e Silva proclame : « Être nationaliste, c'est sacrifier toute idéologie, doctrine, théorie, à la loyauté envers la nation... »

Parmi les dangers réels qui semblaient menacer la nation, se plaçait au premier rang l'infiltration marxiste. L'idéologie de la sécurité nationale reprenait à son compte sa vision pessimiste, conspirationnelle, quasi épidémique, de l'Histoire : « Le marxisme, écrira un peu plus tard Augusto Pinochet, n'est pas seulement une erreur doctrinale ; il est aussi intrinsèquement pervers. Il est la négation de toute civilisation... » Telle une maladie contagieuse, il peut s'étendre, à l'insu des responsables, neutraliser, voire démoraliser, une population, favorisant ainsi les activités subversives. Contre ce fléau insidieux, capable de corrompre des institutions aussi respectables qu'Amnesty International ou la Croix-Rouge, il faut rester vigilant, en menant une guerre permanente, « guerre morale », stratégie sans fin dirigée contre un ennemi qui, par principe, n'est pas désigné à l'avance : des syndicalistes, des universitaires, des petits-bourgeois ou des curés. Lutte acharnée et sans trêve qui implique que la guerre et la paix restent inséparables et complémentaires, comme les deux faces d'une même monnaie...

Car la sécurité nationale est aussi un projet stratégique : tout État, surtout s'il est vaste, doit se préparer intégralement au troisième conflit mondial que ne manquera pas de déclencher l'expansionnisme soviétique. Si la guerre nucléaire n'est guère réaliste, alors l'affrontement prendra la forme de guerres conventionnelles localisées ou de guérillas que les gouvernements se doivent de contrer par tous leurs moyens — car ni les élites civiles ni les masses ne sont capables de détecter l'ennemi intérieur. La guerre sera militaire et scientifique, économique et financière, politique et psychologique... Pour parvenir à ces objectifs nationaux, il est indispensable de créer de nouvelles élites civilo-militaires, prêtes à assurer la relève du pouvoir et capables de définir le bien commun [5]...

Dans ce monde bipolaire menacé d'une fin apocalyptique, la lutte permanente pour la survie implique, à la fois, une action de répression et une politique de développement. Contre l'infiltration marxiste, les états d'âme sont de trop : la défense de l'État-nation passe par le contrôle des « subversifs » et l'élimination de toute sédition en général ; désormais, les droits de l'État priment ceux de l'individu, justifiant à l'avance la violence répressive, la torture, l'état de siège... Dans la mesure où l'armée se considère comme la tutrice de la nation et où elle défend la mère patrie et le prestige national, elle a tous les droits, y compris celui de ne pas respecter celui des individus.

L'autre volet de la politique sécuritaire devra reposer sur une planification de développement, car la nation est un organisme social qui ne peut croître que dans une stratégie économique à long terme : l'État doit donner les grandes options de la politique économique, tout en laissant les entreprises agir sur le terrain. Il doit aussi diriger des programmes d'action civique, construire des routes et des écoles, animer un certain développement rural ou indigène. Il peut même rechercher le bien-être social, l'élévation progressive du niveau de vie, une distribution plus juste des richesses, à condition toutefois que la recherche de ces objectifs ne débouche pas sur l'anarchie.

On le voit, la doctrine de la sécurité nationale se voulait un ensemble cohérent, vraie machine de guerre tournée contre le communisme agressif des années 1960. A la réflexion, ce modèle s'inspirait plus des doctrines antisubversives apparues au moment de la décolonisation que du simple fascisme européen des années 1930 — il est significatif que les romans de Jean Lartéguy, *Les Centurions* et *Les Prétoriens*, aient été beaucoup lus par les militaires latino-américains. Mais ce mimétisme étonne, dans la mesure où cette vision profondément pessimiste d'un nouveau « déclin de l'Occident » face à la décolonisation s'appliquait plutôt mal à un continent, l'Amérique latine, où la notion de « colonisation interne » n'est que métaphorique : ses minorités, indigènes ou paysannes, appartenaient malgré tout à la même nationalité — contrairement à l'Indochine ou à l'Algérie « françaises » —, et leur non-développement appelait sans doute d'autres solutions globales que la répression aveugle.

L'ambiguïté de cette doctrine antisubversive apparaît surtout dans son application. Elle aboutit à des scénarios assez différents, selon que les pôles répressif ou « développementiste » en furent privilégiés. Un auteur américain, José Nun, a bien montré que l'attitude répressive des militaires fut inversement proportionnelle au degré d'ouverture sociale de chaque pays. Dans les sociétés oligarchiques du Pérou, du Panamá ou d'Équateur, les états-majors furent plutôt réformistes, voire radicaux ; dans les pays de tradition plus démocratique ou en mutation sociale rapide — Chili, Uruguay, Argentine, Brésil —, les armées furent plutôt conservatrices et gardiennes du *statu quo*[6].

Des révolutions réformistes

Depuis toujours, les armées latino-américaines exercent des fonctions civiles à finalité modernisatrice. Ainsi, au Pérou, les garnisons militaires ont construit des routes ou des pistes dans la *selva* amazonienne ; ils ont aussi assuré le transport aérien du courrier... En Bolivie, l'armée a également réalisé des « programmes d'action civique » (parfois cofinancés par les États-Unis), construisant des pistes d'atterrissage, des écoles ou des postes sanitaires dans la sierra ou dans les provinces orientales. De façon plus générale, on pourrait appliquer à l'Amérique latine cette proposition de S.P. Huntington : « Plus une société est archaïque, et plus progressive est l'action des militaires[7]. »

La révolution des militaires péruviens : 1968-1980

Le coup d'État du 3 octobre 1968 s'inscrit, dès le départ, dans la durée : obéissant à un projet cohérent et mûri d'assez longue date, les militaires qui prennent le pouvoir à Lima mettent en place un gouvernement « révolutionnaire » qui affiche un seul objectif : « moderniser » le Pérou en éliminant la société oligarchique ; projet finalement moins idéologique que pragmatique, même s'il relevait aussi d'une logique sécuritaire[8].

Aux origines de la révolution des forces armées

Ce qu'on appelait en 1968 le processus révolutionnaire s'enracinait dans l'histoire d'une frustration militaire déjà ancienne. Depuis le début du siècle, l'armée semblait déchirée entre la défense des intérêts supérieurs de la nation et son ancrage idéologique à droite. L'historien Pablo Macera rappelle que, dans les années 1930, l'anti-aprisme « faisait partie de l'éducation des cadets dans les écoles militaires, et constituait le principal facteur de cohésion des forces armées[9] ». Au nom de cette idéologie, le commandant Sanchez Cerro et son successeur, le général Oscar R. Benavides, avaient conduit une répression sévère contre tous les opposants de gauche, apristes, communistes et anarchistes (cf. chap. 4). Mais, au début des années 1950, cette image rétrograde d'une armée « chien de garde de l'oligarchie » commençait à devenir pesante pour des officiers qui cherchaient, plus ou moins consciemment, à redéfinir leur fonction dans la société[10]... En 1948, au temps de la dictature d'Odria, avait été fondé à Lima un Centre des hautes études de l'armée (CAEE, devenu le CAEM en 1957), sous la responsabilité du général Marin : son objectif avoué était de définir « un processus de préparation intégrale du pays pour sa défense ». Comme à la Sorbonne brésilienne, la formation des officiers supérieurs y était largement assurée par des enseignants civils, qui initiaient leurs « élèves » aux réalités économiques et sociales du Pérou. Mais là s'arrête sans doute la ressemblance avec le modèle brésilien ; pour maintenir la solidité du « front intérieur » face aux menaces marxistes, les militaires péruviens pensaient qu'il fallait aussi s'intéresser à l'amélioration des relations sociales. Le général Pardo, directeur du CAEM, exprimait, déjà en 1959, une pensée radicale : « Il n'est pas possible — affirmait-il — de poser les problèmes de défense nationale séparément de ceux du développement économique et social de la nation. » Le CAEM contribua donc à modeler une idéologie bien spécifique, qui n'est pas sans rapport avec le conflit « historique » entre l'armée et l'APRA ; mais alors qu'en 1930 le parti d'Haya de la Torre était perçu comme un mouvement d'extrême gauche, trente ans plus tard, il avait évolué suffisamment vers la droite pour laisser un vide à gauche ; vide que les militaires s'efforcèrent de combler, dans une sorte de chassé-croisé idéologique entre ces deux adversaires irréconciliables[11]. Pour certains auteurs, les militaires auraient donc repris à leur compte une partie de la politique populiste de l'APRA ; selon Stephen M. Gorman, leur idéologie s'apparentait à un certain humanisme social dont les slogans apparaissent clairement dans les discours des leaders, de Velasco Alvarado en particulier : justice sociale, solidarité et participation économique, émancipation nationale d'ordre culturel, développement économique par l'État et par le marché [12].

Après la dictature de Manuel A. Odria (1948-1956), qui correspond à une décennie de relance des exportations primaires et même à un semblant de prospérité, le Pérou était entré dans une crise complexe et prolongée, dont aucune force politique — du centre droit à la gauche — ne semblait pouvoir le sortir. L'armée refusa le résultat des élections présidentielles de 1962 qui semblaient avoir été favorables à l'APRA, et qu'elle annula sous le prétexte de fraude électorale : le gouvernement militaire intérimaire prépara pour 1963 une autre élection présidentielle, dont sortit vainqueur Fernando Belaunde Terry, le leader de l'*Acción popular*, un parti représentatif de la classe moyenne. Le caractère vaguement populiste du nouveau gouvernement s'effaçait assez vite, sous la pression conjuguée d'une oligarchie agrariste figée dans ses privilèges et d'une extrême gauche aiguillonnée par la révolution cubaine. La révolution militaire du 3 octobre 1968 balayait une démocratie anarchique, chancelant déjà sous l'impact d'un grave crise socio-économique.

Les étapes du processus

Le jour même du coup d'État, le gouvernement révolutionnaire des forces armées formulait un diagnostic sévère sur l'état du pays : « Chaos économique, immoralisme de l'administration, improvisation, abandon des richesses nationales et de leur exploitation à des groupes privilégiés, impuissance à réaliser les réformes structurelles nécessaires au développement et au bien-être du peuple... » La junte proposait alors un nouveau modèle, défini par le général Juan Velasco Alvarado, chef de la junte militaire, lors de la session inaugurale du Groupe des 77, réuni à Lima le 28 octobre 1971 : « [Notre position] a pour finalité de construire une "démocratie sociale de pleine participation", c'est-à-dire un système fondé sur la solidarité... sur une économie autogestionnaire... et sur un ordre politique où le pouvoir de décision n'appartiendra plus aux oligarchies politiques ou économiques, mais à des institutions gérées par les hommes et les femmes qui la composent... »

Influencée sans doute par l'approche « cépalienne » du sous-développement, l'équipe de colonels radicalisés qui entouraient Velasco s'attaqua d'emblée aux vieux problèmes [13]. Dès juin 1969, une réforme agraire fixait des seuils de propriété individuelle (150 ha sur la côte, de 15 à 55 ha à l'intérieur), au-delà desquels l'État pouvait exproprier des domaines, contre indemnités payables en « bons de la dette agraire » ; transformation des *latifundia* expropriés en coopératives ou en sociétés agricoles d'intérêt social (SAIS) ; transformation en coopératives agraires des complexes agro-industriels sucriers de la côte. Dans le domaine industriel, la junte décidait de nationaliser la plupart des industries de base ; elle promulgua même — le 9 juin 1971 — une loi minière qui redonnait à l'État la propriété entière du sous-sol, en même temps qu'elle fixait le principe du monopole étatique de la commercialisation des produits miniers. C'est ainsi qu'elle expropria deux grands groupes nord-américains, symboles de l'impérialisme : la Cerro de Pasco Copper Corporation et la International Petroleum Company, filiale de Standard Oil of New Jersey [14]. Dans un autre domaine vital, la pêche, la junte décidait d'étatiser l'industrie de la farine et de l'huile de poisson en créant une entreprise nationale, Pesca-Perú (mai 1973) ; elle espérait consolider cette industrie en reprenant à son compte le principe de la juridiction péruvienne sur les 200 milles marins. La fièvre des nationalisations touchait d'autres secteurs aussi essentiels que les transports ou les banques.

Tout aussi originale fut la politique extérieure de la junte, qui proclama bien haut son tiers-mondisme « anti-impérialiste ». Ainsi s'exprimait le général ministre des Relations extérieures à la IIe Réunion des chefs d'État des pays non alignés à la Conférence de Lusaka (Zambie), le 10 septembre 1970 : « Pour le Pérou, le non-alignement... suppose la recherche de l'instauration de la paix au sein d'une communauté internationale plus juste... Il implique la lutte contre l'impérialisme et le colonialisme... Selon nous, toute transformation réelle dans des pays comme le nôtre implique nécessairement le combat anti-impérialiste... » Comme illustration de cette attitude, le gouvernement de Velasco Alvarado ne manqua pas de protester au sein de l'OEA contre l'ostracisme à l'égard de Cuba ; il appuya également les revendications de Panamá sur le canal...

Pourtant, dès 1973, la dynamique révolutionnaire était chancelante : à la crise de succession prématurée du président

Velasco, tombé gravement malade — et qui devait mourir en décembre 1977 —, s'ajoutaient tous les problèmes concrets de la mise en place des grandes réformes. Une grève des employés du grand journal *El Comercio* aboutit à la nationalisation de la presse (juillet 1974) et à une offensive de l'aile radicale du gouvernement, qui fit publier un projet de réformes sociales, le Plan inca. Alors, l'aile droite de l'armée réagit, peut-être stimulée par le *golpe* de Santiago du Chili, en septembre 1973. La crise économique de 1973 faisait aussi sentir pleinement ses effets par l'alourdissement du déficit de la balance des paiements courants et des emprunts extérieurs ; des mesures d'austérité s'imposaient.

Avec le gouvernement du général Francisco Morales Bermudez (1975-1980), l'idéologie du velasquisme était rapidement abandonnée. Les réformes structurelles n'avaient pas suffi à amorcer le fameux décollage ; l'étatisme massif et brouillon avait découragé les investisseurs. Dans la langue de bois du régime, cette seconde phase fut rebaptisée « étape de consolidation et d'approfondissement de la révolution », ou même euphémisée sous l'appellation de « gradualisme ». Il s'agissait, plus prosaïquement, de faire revenir les capitaux, de relancer la petite et moyenne industrie. Le nouveau président justifiait ce retour au réalisme : « Ceux qui ont des œillères sur ce que doit être une révolution critiquent notre position en affirmant que ce n'est plus une révolution. Mais il s'agit d'hommes qui n'ont pas su tirer profit des leçons qu'ils ont reçues au jardin d'enfant de la politique... » (discours du 31 mars 1976 à Lima). Ainsi le pays amorça-t-il un retour progressif au vieux libéralisme dépendant, conjurant les industriels de croire qu'une « révolution humaniste et chrétienne » ne pouvait les considérer comme ses ennemis, ou même seulement comme de « mauvais Péruviens ». L'acte de foi prolibéral était déjà suffisamment clair pour infirmer les grands élans collectivistes du départ : dès 1976, la démocratie sociale de pleine participation était moribonde...

Entre l'utopie incaïque et le corporatisme de gauche

L'originalité du processus de 1968 tient surtout à la nature hétérogène de son idéologie, un mélange étonnant de culte du passé et de dirigisme militaire, une synthèse profondément nationaliste du modèle incaïque et de l'autoritarisme inspirée de l'idéologie de la sécurité nationale.

L'un des actes les plus idéologiques de Velasco Alvarado fut sa loi générale de l'Éducation, adoptée en mars 1972 et présentée comme la clé de voûte du nouveau système. Influencé par le philosophe Augusto Salazar Bondy (1925-1974), le président Velasco affirmait, dès juillet 1970 : « La réforme de l'Éducation constitue l'objectif central de notre Révolution... Sans une transformation effective, profonde et permanente de l'éducation péruvienne, il est impossible de garantir le succès et la continuité des autres réformes structurales de la Révolution... » Les objectifs se voulaient ambitieux : alphabétisation, lutte contre l'aliénation culturelle, conscientisation des masses. Toutes les sciences sociales devaient appuyer cette nouvelle pédagogie humaniste et communautaire, tendue vers l'action au service du développement. A plusieurs reprises, Velasco Alvarado insiste sur l'importance « historique » de la révolution institutionnelle des forces armées : « Après tant d'années, notre peuple a retrouvé sa destinée... Nous faisons l'Histoire : ceci, nous ne devons jamais l'oublier ; nous sommes conscients que maintenant commence une véritable renaissance du Pérou... »

Pour dynamiser son grand projet, le vélasquisme l'enracine dans la mémoire la plus émotionnelle : celle de la société incaïque, appelée à devenir le nouveau paradigme de la révolution. Gommant la diversité réelle des anciennes civilisations andines, les nouveaux manuels scolaires minimisent les sociétés préincaïques pour ne valoriser que la « splendide organisation incaïque », son caractère (supposé déjà) autogestionnaire, ses valeurs fondamentales, telles que le sens du travail, le respect de la terre communautaire, la conscience collective, la défense des faibles, etc. Cette récupération du mythe incaïque et de ses valeurs n'est pas originale dans l'histoire du Pérou, puisqu'elle réapparaît périodiquement, depuis l'Indien Garcilaso de la Vega jusqu'aux historiens Louis Baudin ou Luis Varcarcel. Mais c'était bien la première fois qu'un gouvernement en faisait le modèle officiel d'une révolution à construire [15]. La symbolique venait au secours de la politique ; ainsi la réforme agraire avait-elle été décrétée le jour même où l'on célébrait « l'Indien » ; de même le grand salon d'apparat Pizarro du palais présidentiel avait-il été rebaptisé Tupac Amaru : l'Indien supplantait le conquistador...

Cette référence à l'histoire devenait permanente chez les leaders de la révolution : « Aujourd'hui, le Pérou, après des siècles, s'exclame le président Alvarado, retrouve sa grandeur passée et devient un exemple pour tout le continent. » Ou bien : « A l'homme de la terre nous pouvons dire maintenant de la voix immortelle et libertaire de Tupac Amaru : "Paysan ! Le maître ne se nourrira plus de ta misère..." » La révolution a donc produit un véritable métadiscours sur elle-même et sur l'histoire nationale : glorification du passé réactualisé, jouant le passé (bricolé et reconstruit, idéalisé) contre le présent incertain (une indianité paysanne lourde à gérer) [16].

L'autre versant de l'idéologie de 1968 peut s'interpréter comme une modalité péruvienne de l'autoritarisme militaire, prétendument « de gauche », mais par essence pyramidal et hiérarchique : pour un militaire, il va de soi que tout changement doit venir d'en haut, décrété par l'instance supérieure (la junte) et diffusé à la base par la hiérarchie. Comme l'écrit justement Mario Goloboff, « le discours militaire est, par définition, autoritaire, compulsif, substitutif ; il répercute des orientations et des mesures déjà décidées, et ne demande jamais l'accord préalable ». Pour répercuter dans la société civile les mots d'ordre — qui ne peuvent être, en théorie, bien reçus et bien appliqués qu'au sein des forces armées —, la junte avait même créé une structure nouvelle, un nouvel appareil idéologique d'État, SINAMOS (ou Système national de mobilisation sociale), agrégat hétéroclite de fonctionnaires, de travailleurs sociaux, de techniciens de la réforme agraire, d'anciens guérilleros. Recrutés pour la plupart dans le magma de la classe moyenne, ces idéalistes de gauche trouvaient dans cette structure une nouvelle motivation, car ils étaient chargés de conduire les réformes décrétées par les militaires tout en organisant des mouvements de masse pour appuyer la révolution [17]. Mais les militaires surveillèrent étroitement cette « officine de manipulation sociale » (Alain Rouquié) à connotation vaguement anarchiste. En réalité, les observateurs ont bien montré les limites réelles de cette « participation populaire », tant de fois évoquée et si mal appliquée. Les militaires se méfièrent jusqu'au bout de cette agence SINAMOS, qui pouvait se transformer à tout moment en un lieu de contestation antigouvernementale (*Sinamos* peut aussi se lire : *Sin amos*, « sans maîtres [18] »...).

Sociologues et politologues se sont interrogés sur la nature « profonde » de cette révolution par en haut. La diversité des interprétations dépend autant du moment étudié que de la perspective idéologique des auteurs : pour les uns, qui s'attachent surtout aux premiers moments de l'expérience, l'armée a su fédérer toutes les forces populaires contre l'oligarchie et le capital étranger. Pour d'autres, ce fut, au contraire, un régime autoritaire, tiraillé entre des groupes rivaux... Certains avancent l'idée que cette prétendue « révolution » fut l'instrument de la nouvelle bourgeoisie industrielle contre l'oligarchie traditionnelle. Mais on comprendrait mal, alors, pourquoi ladite bourgeoisie resta toujours hostile au velasquisme... Reste l'hypothèse d'un mouvement véritablement autonome, d'un éveil authentique de l'armée, représentante d'une classe moyenne frustrée, face aux défis d'un développement toujours entrevu mais jamais atteint [19].

Révolution ambitieuse, révolution frustrée : les militaires péruviens avaient imaginé un nouveau modèle pour sortir leur pays du sous-développement, tout en le préservant — doctrine de la sécurité nationale oblige — du péril communiste. Ils rêvaient de la « troisième voie », un peu à la manière de Nasser en Égypte ou des colonels grecs. Pour Pablo Macera, « la révolution militaire péruvienne se voulait, de l'avis même de ses auteurs, une action préventive contre le communisme ». La seule façon de relever le défi n'était-elle pas encore de récupérer une partie des programmes de la gauche, de l'APRA défaillante en particulier ? Bien qu'essentielle, cette motivation n'était pas unique ; l'armée cherchait peut-être aussi, on l'a vu, à échapper à son image passéiste...

Succès ou échec ? La majorité des observateurs ont porté un jugement négatif sur ce qu'ils appellent une « expérience réformiste » plutôt qu'une « révolution ». Les critiques portées contre cette « troisième voie » dévoyée ne manquent pas : l'échec économique de ces douze ans de militarisme, l'incohérence des décisions, la faible efficacité économique des grandes nationalisations, le caractère utopique d'un changement « décrété », l'autoritarisme ambiant, l'attribution de nombreux emplois, prébendes et autres promotions « civiles » à des officiers dans les secteurs publics et nationalisés... Pourtant, quelques auteurs défendent l'action du velasquisme. Abraham F. Lowenthal affirme que les militaires ont mené à bien ce qu'ils avaient entrepris, et qu'en douze ans (1968-1980) le Pérou avait bien changé. George Phillip le pense également : « En dépit de leur défaite ultérieure, les militaires radicaux et leurs alliés "développementistes" ont réalisé des changements majeurs dans l'économie. Le régime est parvenu à détruire l'oligarchie... Il a mis en place un important secteur étatique [20]. » La mise en veilleuse de la flamme révolutionnaire à partir de 1974 s'explique, bien sûr, par l'échec économique patent du régime, mais surtout par la volonté de préserver l'unité institutionnelle de l'armée, alors menacée par des tensions nouvelles...

Les expériences militaires de Panamá, de l'Équateur et du Surinam

A Panamá, le nationalisme antiyankee remonte à la fondation de l'État, lorsque les Américains avaient imposé, dans la Constitution panaméenne de 1904, l'article 136 qui leur reconnaissait un droit d'intervention permanente... Depuis 1953, l'isthme panaméen était encore mieux intégré au dispositif de défense, puisque la zone américaine du canal abritait — à Fort Gullick — l'un des sept commandos stratégiques nord-américains. Au début des années 1960, on disait encore couramment que le sentiment antiyankee « est la religion qui unit tous les Panaméens [21] ».

Secoué par des crises sérieuses (en 1946, en 1953, en 1961-1962), ce petit pays de 1,7 million d'habitants était, par sa structure sociale complexe, bien autre chose qu'une république bananière : le prolétariat bananier, réel, mais peu nombreux — sans doute moins de 10 000 travailleurs —, se différenciait nettement de « l'aristocratie ouvrière » des employés panaméens de la Canal Zone, fidèles adhérents du syndicat nord-américain AFL/CIO, et qui percevaient des salaires deux fois plus élevés que la moyenne nationale. De la même manière, les agriculteurs métis, petits paysans parcellaires intégrés dans des ligues paysannes, se sentaient différents de la minorité noire jamaïcaine, installée à Panamá depuis la construction du canal... Autre contraste saisissant, celui qui opposait l'« intérieur », peuplé de paysans pauvres, à la capitale, dominée par une oligarchie hétéroclite de grands propriétaires fonciers, d'industriels et de gros commerçants.

Cette diversité sociale peut rendre compte de l'émiettement des forces politiques : pas moins de treize partis au début des années 1960... Arnolfo Arias, un populiste démagogue, déjà élu deux fois président (en 1940 et 1949), fut renversé par la garde nationale le 8 octobre 1968, quelques jours seulement après sa troisième réélection. Ce coup d'État fut d'abord interprété comme la réaction proaméricaine d'une garde nationale anticommuniste, un corps de 11 000 soldats composé de fils de paysans et d'officiers venus des classes moyennes. La suite de l'histoire montra que sa vision de la sécurité nationale n'était pas incompatible avec un authentique nationalisme, ravivé depuis peu par trois projets nord-américains concernant la construction d'un futur canal sans écluse. Après un premier cabinet militaire d'esprit conservateur, le pouvoir passa au commandant de la garde, Omar Torrijos, un chef charismatique qui s'était fait remarquer par son efficacité dans le maintien de l'ordre. Pour s'imposer, il dut, à deux reprises — les 25 février et 16 décembre 1969 — éliminer des fractions dures appuyées par la CIA.

Omar Torrijos lance alors sa « Révolution nationaliste et populaire ». Soutenue par l'Église pour son aspect purement nationaliste, l'expérience panaméenne semblait s'apparenter au modèle péruvien. De 1969 à 1975, 123 000 hectares de terres exploitées furent expropriées par la CORA (Corporation de la réforme agraire), pour être redistribuées à des familles paysannes regroupées au sein de coopératives. L'autre volet de la révolution était sa prétention chatouilleuse à revendiquer son indépendance nationale, véritable provocation dans le contexte panaméen : Omar Torrijos expulsa les Peace Corps, et commença par refuser de signer les nouveaux traités sur le canal ; fort de l'appui de l'opinion publique, il entama de longues négociations, qui aboutirent au nouveau traité de 1977, prévoyant pour l'an 2000 la récupération du canal et l'évacuation de la Canal Zone par les Américains. Torrijos inaugura aussi une stratégie tiers-mondiste assez proche de la conception cubaine. En août 1975, il organisait à Panamá, en collaboration avec le Mexique et le Venezuela, le SELA (Système économique latino-américain). Plus provocant encore, il amorçait des relations bilatérales avec le Pérou du général Velasco et avec le Chili d'Allende, ouvrait des relations diplomatiques avec Cuba (en 1974) et avec les pays de l'Est et le Vietnam. Omar Torrijos osa même assister au VIᵉ Sommet des pays non alignés à La Havane, en septembre 1979, et il finança les combattants sandinistes au Nicaragua.

La troisième composante de la politique militaire était le développement : « Je rejette pour mon pays, disait Torrijos, un système de croissance de type brésilien où 2% de la population multiplient par 100 leurs richesses, 8% restent au même niveau et 90% s'enfoncent dans l'épouvante de la misère... » Pour assurer le décollage économique Torrijos reprit les armes de la panoplie « cépalienne » : nationalisation (des bananes, du sucre, des abattoirs, de l'électricité, des télécommunications) ; monopole étatique du tourisme et de l'exploitation des crevettes, législation du travail, reconnaissance des syndicats, logements sociaux... Plus originale encore fut sa politique bancaire qui, par des lois ultra-libérales (comme le secret des opérations), attira des capitaux flottants et fit se multiplier les banques au point que Panamá était devenue en 1972 la première place financière d'Amérique latine. Et pourtant, comme dans le modèle péruvien, la révolution d'O. Torrijos échoua d'abord dans sa dimension économique. Sur le plan agraire, la réforme n'avait pas vraiment bouleversé les structures ; la grande majorité des paysans parcellaires continuait à ne pas participer à l'économie monétaire, alors que les concentrations de terres supérieures à 2 500 hectares n'avaient pas été touchées. Quant au développement industriel, il n'était guère possible dans un marché aussi étroit. Comme au Pérou, enfin, le talon d'Achille de la révolution fut son endettement extérieur (multiplié par trois en quatre ans, pour financer la politique sociale).

Au fond, l'expérience panaméenne illustre assez bien l'idéologie de certains militaires à la fin des années 1960 : la lutte contre le communisme doit passer par l'éradication des injustices sociales — ce que Torrijos appelait « le bouillon de misère dans lequel se préparent les théories exotiques », pour mettre en place une « société plus juste et plus redistributive » : « Il ne sert à rien, lançait-il encore, de disposer de forces militaires bien équipées et bien formées à la répression, si, sur le plan politique, on n'essaie pas de satisfaire les aspirations croissantes des peuples. » Vision finalement modérée d'une révolution minimale qui refuse la lutte des classes et prêche le consensus politique[22]. Mais cette idéologie progressiste ne survécut pas au *líder máximo*, qui abandonna volontairement le pouvoir en 1978 et mourut dans un accident d'avion en août 1981.

En Équateur, la révolution nationaliste du général Rodriguez Lara (février 1972-janvier 1976) fut un autre avatar du militarisme réformiste « à la péruvienne » : même rhétorique sur le développement autocentré et l'humanisme social ; même stratégie structuraliste, même dérive inflationniste et financière. La chance de ce petit pays andin (moins de 10 millions d'habitants pour 283 000 km²) était son pétrole : intégré à l'OPEP en 1973, il s'attacha à développer sa production, contrôlée à 80% par l'État, qui racheta l'essentiel des participations de deux groupes, la Gulf et la Texaco. Grâce à la manne pétrolière, le gouvernement militaire pensait pouvoir accélérer sa révolution : il relança l'industrie locale — en particulier le secteur public —, mit sur pied une réforme agraire, limitée dans ses effets par la rareté de la terre disponible et l'esprit individualiste des petits paysans ; il s'attacha aussi à augmenter l'infrastructure routière et imita le Pérou en repoussant la limite des eaux territoriales aux 200 milles marins, au détriment des pêcheurs de thon nord-américains.

Mais la fébrilité du « boom » pétrolier ne déboucha pas, comme on pouvait s'y attendre, sur un authentique décollage : la croissance un peu folle des exportations de brut dans les années 1973-1975 eut surtout comme effets d'alourdir le poids mort de l'administration et de gonfler la part des importations de biens de consommation, ce qui déséquilibra les échanges et réamorça l'inflation. Dès la fin de 1975, les syndicats lançaient des grèves très dures autour de revendications salariales. Pressée par les milieux d'affaires — ceux du port de Guayaquil en particulier —, qui craignaient une dérive à gauche, une partie de l'armée se souleva et destitua le général Rodriguez Lara, qui céda la place à une junte composée des chefs d'état-major des trois armes (11 janvier 1976). La révolution progressiste en Équateur était terminée[23].

Au Surinam, la révolution des Sergents qui éclate le 25 février 1980 prétendait s'attaquer aux problèmes fondamentaux de cette ancienne colonie hollandaise indépendante depuis 1975 : crise de la bauxite, principal produit d'exportation, corruption généralisée, tensions ethniques. Dans ce petit pays de 400 000 habitants, les vieux créoles, descendants d'esclaves, cohabitaient plutôt mal avec des communautés hindoues et javanaises. L'homme fort du moment, le général Bouterse, se heurta à l'hostilité des Pays-Bas et des États-Unis qui fomentèrent des rébellions de l'aile droite de l'armée. Bouterse essaya de se rapprocher de Cuba, du Nicaragua et de l'île de Grenade, tout en renforçant la répression interne contre les opposants. Mais la population ne suivait guère, et les étudiants abandonnèrent peu à peu un régime qui tendait à l'autoritarisme sans manifester pour autant une idéologie politique bien claire. La « révolution » ne survécut pas à la suppression de l'aide financière de l'ancienne puissance colonisatrice.

Pérou, Panamá, Équateur, Surinam : ces quatre « révolutions militaires » illustrent assez bien les limites d'une révolution décrétée « par en haut » : autoritaires sans excès, elles veulent, selon le mot d'Alain Rouquié, « tout pour le peuple, rien par le peuple » (*L'État militaire en Amérique latine*, 1982, p. 406). Expériences bureaucratiques et hiérarchisées, elles montrent les limites de l'esprit réformiste des militaires, qui privilégient l'action tout en se méfiant des civils radicalisés dont ils craignent le spontanéisme. Le prolongement de telles expériences est d'ailleurs compromis par les luttes de pouvoir au sein même des institutions militaires : quand le jeu du balancier repart à droite, la révolution s'effondre d'elle-même.

Les contre-révolutions militaires

La « révolution » d'avril 1964 au Brésil

La participation des militaires à la vie politique est ancienne au Brésil ; depuis la guerre du Paraguay (1865-1870), ils ont eu tendance à se placer derrière le pouvoir pour en assurer la continuité au nom d'une philosophie de l'ordre et du progrès. En

1889, ce fut l'armée qui renversa Pedro Segundo et instaura la république. Imprégnés d'une double tradition, prussienne et française, les militaires brésiliens se percevaient comme des « professionnels », des « polytechniciens spécialisés en génie militaire » ; de leurs stages à l'Army Armor School de Fort Knox ou à l'École de commandement et d'état-major de Fort Leaven Worth, ils ont appris, depuis la fin de la Seconde Guerre mondiale, à concilier « la science de la doctrine et l'efficacité de la pratique ». Ils ont toujours manifesté une réelle répugnance à s'emparer réellement du pouvoir ; en 1955 encore, le général Castelo Branco se défendait de vouloir transformer son pays en une autre « républiquette sud-américaine [24] ».

Dans le schéma dominant des coups d'État militaires latino-américains contemporains, le cas brésilien constitue une exception, en ce sens qu'il n'apparaît pas comme une conséquence directe de l'activisme des guérillas marxistes ; il semble avoir été provoqué surtout par la crise prolongée du populisme, même si, par la suite, la guérilla castriste servit de prétexte au durcissement de l'autoritarisme des généraux.

En se suicidant le 24 août 1954, le président populiste Getúlio Vargas avait affirmé « donner sa vie en holocauste » pour protester contre les pressions des groupes internationaux, dont il dénonçait les enrichissements scandaleux. Si la présidence de Juscelino Kubitschek (1956-1961) avait encore alourdi le poids du capital étranger dans l'économie nationale, celles de Janio Quadros (1961) et de João Goulart (1961-1964) semblaient renouer, au contraire, avec le populisme de gauche ; Quadros n'avait-il pas osé rétablir les relations diplomatiques avec l'URSS et décorer le Che Guevara de l'ordre de la Croix du Sud ? Quant à Goulart, il avait réussi à faire voter — le 6 janvier 1963 — un plébiscite lui restituant les pleins pouvoirs que le Congrès lui avait retirés. Il en profita pour lancer, sous la responsabilité de l'économiste Celso Furtado, un Plan triennal de « réformes de base », dont une explosive réforme agraire. Mais le Brésil vivait alors une de ses périodes les plus difficiles au plan économique : l'épuisement apparent du modèle dit « de substitution d'importations » se traduisait par une croissance *per capita* négative et une inflation de près de 400% en 1963. Les inégalités sociales criardes aggravaient les mécontentements et facilitaient la mobilisation sociale ; le climat social agité, les grèves incessantes pouvaient même apparaître comme le fruit d'un complot de l'extrême gauche. La contestation gagnait même l'armée [25].

De toutes les armées du cône Sud, c'est celle du Brésil qui a poussé le plus loin la logique de la sécurité nationale [26]. La « révolution rédemptrice » d'avril 1964 fut originale par sa méthode et par ses objectifs. Elle se déroula sans résistance populaire réelle, à la grande déception du président Goulart. Préparée par le plan Mourão, et appuyée par un groupe d'industriels, elle débuta le 31 mars dans le Minas Gerais, avant de s'étendre, les jours suivants, dans les autres États : São Paulo, Pernambouc, Porto Alegre. Dès le 1er avril, le président Goulart s'enfuyait en Uruguay. Effrayés par une hypothétique « république syndicaliste », les propriétaires terriens, les industriels et les classes moyennes soutinrent dans leur ensemble le coup d'État militaire. 500 000 personnes à São Paulo — et 200 000 à Recife — défilèrent dans une « marche de la famille avec Dieu et pour la liberté » aux côtés des militaires. Dans les jours suivants, les conjurés procédèrent à un « nettoyage » au sein de l'armée et dans les milieux syndicalistes et associatifs, tandis que les journaux dénonçaient les « éléments cubains » et les « espions chinois » qui menaçaient la civilisation chrétienne [27]... Le 9 avril, le haut commandement révolutionnaire imposait au Congrès le choix d'un général-président, le maréchal Humberto Castelo Branco, qui choisissait ses ministres parmi les anciens élèves de l'École supérieure de guerre : Cordeiro de Farias à l'Intérieur, Juraci Magalhães au ministère des Relations extérieures, Juarez Távora aux Travaux publics [28]...

Sous la présidence du maréchal Castelo Branco (1964-1967), la contre-révolution militaire instaura un « ordre nouveau » qui présentait toutes les caractéristiques d'un régime autoritaire. L'« acte constitutionnel numéro 1 », daté du 9 avril 1964, suspendait les garanties constitutionnelles et mettait fin à la stabilité de la fonction publique ; il donnait au pouvoir la faculté d'instaurer l'état de siège et de réprimer les « éléments subversifs » ; il privait des droits politiques plus de 300 personnalités, dont les anciens présidents de la République Kubitschek, Quadros et Goulart. D'autres actes institutionnels aggravèrent l'autoritarisme ; le président de la République fut élu au suffrage indirect, tous les anciens partis politiques furent interdits, et un bipartisme fut imposé, avec un parti de gouvernement, l'ARENA

(Alliance de la rénovation nationale), et un parti d'opposition, le MDB (Mouvement démocratique brésilien). La ligne dure s'imposa davantage encore sous la présidence du maréchal Costa e Silva (1967-1969), qui fit adopter, le 13 décembre 1968, l'« acte institutionnel numéro 5 », par lequel l'*Habeas corpus* était supprimé, et les droits arbitraires de la présidence augmentés, « afin d'assurer la continuité de la Révolution ». Frappé par la maladie, le président dut démissionner, une junte militaire assura l'intérim avant de confier le pouvoir suprême au général Garastazu Medici (1969-1974). C'est l'époque où le régime militaire proclame la peine de mort pour raison de « guerre révolutionnaire, subversive ou psychologique ».

Tenu par une main de fer, le Brésil peut alors se lancer dans son « miracle économique », fondé sur le développement technologique, la révolution agricole et l'ouverture industrielle vers les marchés internationaux... Voici que, pour la première fois dans l'histoire brésilienne, une intervention militaire s'inscrivait dans la durée. Pendant plus de vingt ans (1964-1985), les militaires partagèrent avec une poignée de civils l'essentiel du pouvoir politique et économique — il est admis aujourd'hui que le coup d'État de 1964 ne fut pas l'œuvre exclusive des militaires, mais qu'il fut amplement appuyé par les milieux industriels, nationaux ou étrangers, à la fois modernisateurs sur le plan technique et conservateurs sur le plan social : véritable état-major informel d'où devait sortir la nouvelle classe dirigeante, cette bureaucratie de civils et de militaires travaillait — particulièrement sous le « président-général » Geisel (1974-1979) — à faire du Brésil une puissance mondiale sur le plan économique, en s'appuyant sur une combinaison originale du capital national privé, des entreprises multinationales et d'un secteur étatique très développé. Mais cette politique dite du « trépied » n'a pas réussi à éviter les tares d'un développement mal contrôlé : inflation accélérée, dette extérieure croissante, déséquilibre des échanges.

Au Chili : de la « voie chilienne au socialisme » à la contre-révolution militaire (1973-1989)

Le coup d'État militaire du 11 septembre 1973 ne peut se comprendre sans le précédent de l'Unité populaire, qui lui donna sa justification idéologique, renforçant le postulat — enraciné au cœur de la doctrine de la sécurité nationale — du « danger marxiste ».

L'Unité populaire (1970-1973) ne relève pas précisément d'un modèle « révolutionnaire » dans la mesure où elle s'était imposée dans la plus parfaite légalité constitutionnelle : bien qu'il n'ait recueilli qu'un peu plus de 36% des voix aux élections présidentielles d'octobre 1970, le socialiste S. Allende avait reçu l'investiture de la majorité du Congrès, après une négociation serrée avec la principale formation d'opposition, le Parti démocrate-chrétien. Par ailleurs, le président restait un partisan convaincu de la méthode non violente : il s'agissait, pour lui, d'inventer « une nouvelle manière de construire la société socialiste par la voie pluraliste » : « Nous empruntons, ajoutait-il, un nouveau chemin, et nous avançons sans guide en terre inconnue, avec comme seule boussole notre fidélité à l'humanisme, particulièrement à l'humanisme marxiste [29]... » Processus démocratique et non violent, action politique à long terme : la méthode allendiste n'entrait pas précisément dans la typologie des révolutions latino-américaines... Elle se voulait une utopie raisonnable : « Tel est l'espoir de construire un monde qui dépasse la division entre riches et pauvres, l'espoir d'édifier une société dans laquelle soit proscrite la guerre des uns contre les autres... Il est exceptionnel, ce temps présent qui nous donne les moyens matériels de réaliser les utopies les plus généreuses du passé [30]... »

Les mille jours de l'Unité populaire

Mais des divergences de fond existaient au sein de la gauche : la transition vers le socialisme s'opérerait-elle par un front populaire élargi ou par une révolution plus radicale ? Devrait-on employer la voie pacifique ou bien recourir à la « violence révolutionnaire » ? Plusieurs mois avant les élections de 1970, l'Unité populaire semblait avoir tranché en faveur de la transition pacifique vers le socialisme. On nationalisa les matières premières, à commencer par le cuivre (« le salaire du Chili », selon Allende) ; on appliqua la réforme agraire jusqu'à démanteler la grande propriété ; on nationalisa la banque, ainsi que plusieurs filiales d'entreprises nord-américaines ; on rectifia l'échelle des impôts et on réajusta les salaires ; un effort sans précédent fut réalisé dans le domaine de l'éducation, de la santé, de la sécurité sociale, du logement... Bref, on s'attaqua aux fameuses structures socio-économiques, tout en essayant de respecter les lois de la Constitution « bourgeoise ». Des hommes politiques européens — et non des moindres — venaient faire leur pèlerinage à la source d'un modèle original de progrès social dans la liberté et le légalisme...

Au fil des mois, pourtant, l'action législative du gouvernement fut peu à peu paralysée par l'opposition, et la Constitution finit par devenir un carcan, une camisole de force pour le président, qui aurait souhaité que « la légalité socialiste succédât à la légalité capitaliste ». L'affrontement devint inéluctable à partir d'octobre 1972, avivé de l'extérieur par la CIA et le Pentagone.

Le coup d'État du 11 septembre 1973

Les forces armées chiliennes se voulaient de tradition légaliste, et, comme le disposait l'article 22 de la Constitution, « essentiellement professionnelles, hiérarchisées, disciplinées et non délibérantes ». Pendant plus d'un siècle, le caudillisme fut rare au Chili, et l'interventionnisme politique quasi absent, en dehors de la période troublée des années 1924-1932. L'Unité populaire ne remit jamais en cause cette idée reçue de l'apolitisme des militaires. L'armée fut même choyée par la gauche, qui alla au-devant de ses aspirations professionnelles, augmenta le budget militaire, plaça des officiers supérieurs à des postes clés de l'économie et de l'administration, se gardant même d'intervenir énergiquement lorsque certains militaires étaient impliqués dans des activités subversives [31].

Pourtant, le *golpe* du 11 septembre ne surprit qu'à moitié les observateurs les plus lucides : depuis plusieurs semaines, on attendait « quelque chose » à Santiago, où couraient des bruits contradictoires. Dès le 29 juin, une première alerte avait secoué la capitale, avec le *tancazo*, putsch avorté d'un régiment blindé, sorte de répétition générale du grand chambardement, et dont l'effet majeur fut le renforcement de l'armement des cordons ouvriers, dans les faubourgs de la capitale. Chaque formation politique de l'Unité populaire avait, en effet, organisé sa milice armée — mais la suite des événements prouva que toutes étaient inopérantes, même celle du Parti socialiste, qui prêchait pourtant l'urgence d'« armer le peuple ». Pour justifier leur intervention, les forces armées affirmaient détenir la preuve de l'existence d'un *autogolpe*, le plan Z, destiné à démanteler le haut commandement, à assassiner Allende et à donner le pouvoir aux communistes et à l'extrême gauche [32].

L'anarchie grandissait au cours des mois de juillet et d'août, aggravée par des dissensions réelles au sein de la coalition de gauche, dissensions que les militants tâchaient d'exorciser par ce slogan : « La gauche unie ne sera jamais vaincue... ». Une grève du syndicat des transporteurs routiers, sous la responsabilité de León Vilarín, et financée par la CIA, bloquait les approvisionnements jusque dans les quartiers populaires. Les forces armées lançaient des perquisitions violentes contre les usines et les sièges des partis de gauche, tandis que des femmes de la « bonne société » défilaient dans les rues aux côtés des femmes du *lumpen* en tapant sur des casseroles vides pour protester contre la pénurie. Des bandes d'adolescents cassaient des vitres de magasins ou de voitures pour amplifier l'image du chaos. Les journaux d'opposition, à commencer par *El Mercurio*, les radios et les télévisions s'employaient à augmenter les tensions, les haines et les peurs collectives. Moment chaotique, où les extrêmes s'affrontaient ; alors que le général légaliste Prats, ministre de la Défense nationale, démissionnait sous la pression de l'armée et qu'il était remplacé par le général Pinochet, commandant en chef des forces armées (24 août), 800 000 personnes défilaient pour célébrer le troisième anniversaire de l'arrivée au pouvoir d'Allende (4 septembre).

Le 11 septembre, aux premières heures de la matinée, les partisans de l'Unité populaire se communiquaient par téléphone la nouvelle codée du coup d'État : « Il pleut sur Santiago. » La marine avait occupé Valparaiso, et l'armée de terre investi Santiago ; quelques heures plus tard, l'aviation bombardait le palais de la Moneda à la roquette ; en accord avec ses propres déclarations, le président Allende se donnait la mort plutôt que de se rendre [33]. La « bataille de Santiago » n'aurait pas lieu. Le soir même, une junte représentant les quatre corps d'armée et dirigée par Augusto Pinochet, commandant en chef de l'armée de terre, prenait le pouvoir.

Bien qu'on ait pu dire que le coup d'État était l'œuvre du général Pinochet, il est admis, aujourd'hui, que le principal organisateur du putsch fut l'amiral Patricio Carvajal. Pinochet, jusqu'alors tenu pour « légaliste », se contenta de « prendre le train en marche » seulement dans les dernières semaines, peut-être même dans les derniers jours [34]. La conspiration fut plus massive dans l'aviation et la marine que dans l'armée de terre ou dans le corps des carabiniers. Le *golpe* fut préparé avec un luxe de précautions dans les mess des officiers, parfois sur les navires de guerre, sans doute au lendemain des élections de mars 1973, qui donnaient encore 44% des voix à l'Unité populaire... On reste étonné devant la passivité de la population ; surpris par la rapidité du putsch, partis et syndicats n'eurent pas le temps de lancer une grève générale... Seuls quelques milliers de jeunes « non organisés » s'essayèrent à une résistance inégale, dans l'attente de renforts qui ne vinrent jamais.

Un modèle de contre-révolution politique et économique

La logique des militaires chiliens était de mettre fin à l'institutionnalisation d'une « révolution marxiste ». Comme l'écrirait plus tard Pinochet, il s'agissait de conduire une action de « récupération intégrale », après trois ans de socialisme rampant.

Dans le domaine politique, la junte poursuivit systématiquement sa répression aveugle, qu'elle confia aux « spécialistes » de la DINA (Direction de l'intelligence nationale), puis, à partir de 1977, à la CNI (Centrale nationale d'information). La violence de la répression frappa l'opinion internationale. Le nombre exact des victimes reste inconnu, mais il fluctue, selon des sources diplomatiques, entre 3 000 et 8 000, surtout parmi les ouvriers des cordons industriels et des *poblaciones*, ou bien encore parmi les Indiens mapuches — les classes moyennes et les intellectuels ont été beaucoup moins touchés que les classes populaires. Plusieurs dizaines de milliers de Chiliens ont été emprisonnés et/ou torturés entre 1973 et 1979. Par la suite, le terrorisme d'État semble avoir reflué, sans disparaître totalement [35]. A partir de 1983, sous la pression de vastes mouvements pacifiques (les *protestas*), des espaces de liberté sont apparus dans la presse écrite (mais pas à la télévision) ; le fonctionnement des partis politiques « non marxistes » s'est normalisé, des exilés ont été autorisés à rentrer. Mais jusqu'au départ du général Pinochet, au début de 1990, les libertés démocratiques ont toujours été placées sous haute surveillance...

Sur le plan constitutionnel, le spécialiste de géopolitique qu'était Pinochet imagina un nouveau modèle politique, un mélange de corporatisme et de « pinochétisme ». Il en formula les valeurs dans deux documents « fondateurs », une *Déclaration de principes* et un *Objectif national* : « national et chrétien », son projet visait à construire une « démocratie autoritaire », à égale distance du « totalitarisme socialiste » et du « matérialisme occidental ». Représenté par « un gouvernement autoritaire, apolitique et juste », l'État devait rechercher le « bien commun » en s'appuyant sur les corps intermédiaires et les syndicats, « participatifs et dépolitisés ». Les slogans de cette nouvelle démocratie étaient : « Travail, austérité, famille, femme, jeunesse. » Par le référendum du 11 septembre 1980, Pinochet réussit à faire voter une nouvelle Constitution qui s'inspirait de ces principes : un président élu à deux tours au suffrage universel et investi de pouvoirs importants — dont l'initiative des lois ; un Sénat représentatif des intérêts régionaux ; une limitation réelle de l'action des partis politiques au nom du principe de la nécessaire « dépolitisation » ; des droits individuels réduits, en raison de l'état de siège.

Devenu, au fil des ans, un renard de la politique, démagogue à souhait, le général Pinochet, catholique et franc-maçon, était parvenu à s'enraciner au sommet de l'État (contrairement aux généraux-présidents du Brésil et d'Argentine). En 1978, il avait réussi à éliminer son principal concurrent, le général d'aviation Gustavo Leigh Guzman. On affubla le général-président du titre archaïque, peu significatif et un rien baroque, de capitaine général. Sanglé dans son uniforme, il apparaissait régulièrement sur le petit écran dans le rôle du père de la patrie, recours suprême contre le communisme international. Dans ses discours ternes, prononcés d'une voix de tête, aux inflexions cassées, il annonçait, imperturbable, les « sept modernisations » du Chili, fondées sur la liberté et la prévision sociale. Impénétrable, il assistait, tour à tour, aux *Te Deum* des Églises catholique et pentecôtiste, tandis que son épouse présidait avec fermeté aux destinées d'une dizaine d'associations charitables.

L'autre pôle de la « révolution silencieuse » du général Pinochet était le développement économique, « condition du bien-être social ». Dépourvue au départ d'un programme économique de rechange, la junte adopta à partir de 1975 le modèle néolibéral proposé par ceux qu'on appelait à Santiago les *Chicago boys*, petit groupe d'économistes formés à l'université catholique de Santiago ou à l'École des affaires de Valparaiso. La plupart d'entre eux avaient acquis un doctorat en sciences économiques dans une université nord-américaine, Colombia, Berkeley, Boston, Yale, MIT ou Chicago. Entraînés par le play-boy Hernán Buchi, ministre des Finances depuis 1985 (et candidat malheureux de la droite aux élections présidentielles de 1989), ces technocrates ont conduit l'économie chilienne dans une approche macro-économique, à mille lieues des contingences humaines : après avoir appliqué un traitement de choc à l'inflation galopante (un abaissement de 40% des dépenses fiscales), ils ont libéralisé les échanges en appliquant un taux unique d'importation de 10% *ad valorem*. Dans un premier temps, il en est résulté un effondrement de l'industrie nationale et des secteurs directement productifs. Parallèlement, les importations faisaient un bond gigantesque, avant d'être à nouveau stoppées par la crise de 1982. Jouant sur de gros emprunts en dollars, des sociétés financières et bancaires se sont lancées dans des spéculations à haut risque, étatisant les dettes et privatisant les bénéfices (selon l'heureuse formule de l'économiste chilien Ricardo Ffrench-Davis).

Cette « révolution économique » des militaires s'est aussi traduite par une sensibilisation extrême à la conjoncture mondiale : les crises des années 1973-1975 et 1982-1983 et les booms des années 1975-1981, 1983-1989 ont marqué les reculs et les avances d'une économie excessivement spéculative. Mais le « miracle économique », tant vanté par les inconditionnels du régime militaire, reste d'une extrême fragilité ; le pays semble condamné à une fuite en avant dans la recherche permanente de créneaux d'exportation pour des ressources naturelles qui ne sont pas éternellement renouvelables. Par ailleurs les exportations spectaculaires de raisin primeur, de kiwis, d'huîtres ou de saumon frais, si elles ont relégué au second plan la part du cuivre dans les exportations, ont une faible élasticité aux cours mondiaux. Fait tout aussi alarmant, la « révolution néo-libérale » a divisé le pays en deux : d'un côté, les dirigeants politiques, l'armée et la bourgeoisie d'entreprise ; de l'autre, les exclus de la prospérité. En 1988, plus de la moitié des habitants du grand Santiago étaient statistiquement définis comme « pauvres » ; par ailleurs, l'ultra-libéralisme a créé ses nouveaux déclassés : petits commerçants, enseignants, employés. Cet échec social, reconnu par toutes les tendances politiques, pourrait sans doute expliquer le revers du général Pinochet dans le plébiscite du 5 octobre 1988, qui était censé proroger ses pouvoirs. Un an plus tard, la démocratie chrétienne et la gauche gagnaient les élections présidentielles, réamorçant ainsi la tradition démocratique au Chili. Paradoxalement, le nouveau président Patricio Alwyn ne proposait aucune modification du modèle économique : la nouvelle démocratie chilienne devait accepter de gérer l'essentiel de l'héritage et faire du pinochétisme économique sans Pinochet ! Les Chiliens avaient d'abord plébiscité les droits de l'homme, en laissant pour plus tard la justice sociale...

La contre-révolution en Argentine (1976-1983)

Le retour des militaires dans ce pays s'inscrit dans le vide politique de l'après-péronisme et dans le chaos économique de la crise de 1973. Le 1er juillet 1974, Juan Domingo Perón disparaissait, après un bref retour de neuf mois au pouvoir, sans avoir pu réaliser son « pacte social » avec le peuple. Forte de l'appui des partis, des syndicats et même de l'armée, son épouse, la vice-présidente Maria Estela Martinez de Perón, essaya de relancer le projet justicialiste. Mais le pays était déjà rongé par une guerre civile rampante, opposant, d'un côté, les *montoneros* et l'Armée révolutionnaire du peuple et, de l'autre, la Triple A (Alliance anticommuniste argentine) et le Commando des libérateurs de l'Amérique. Un an après la mort de Perón, on comptait déjà plus de 500 victimes, des policiers et des militaires, des professeurs et des journalistes, des chefs d'entreprise et des syndicalistes [36]. Quant au prétendu pacte social justicialiste, il se transformait, par la force des choses, en un plan d'urgence, laminé par la spirale inflationniste, le déséquilibre de la balance des paiements et l'endettement extérieur (plus de 8 milliards de dollars à la fin de 1974). Dès juillet 1975, des voix discordantes réclamaient soit la démission, soit une mise en congé de la présidente, compromise dans une affaire de détournement de fonds du ministère du Bien-Être social, avec son homme de confiance, López Rega. En décembre de la même année, des soulèvements ponctuels de bases aériennes semblaient annoncer des mouvements de plus grande ampleur.

Le 15 mars 1976, le ministre de la Défense annonçait : « Les forces armées sont prêtes à agir en cas de chaos généralisé ou de vacance du pouvoir », mais, le lendemain, le lieutenant-général Videla, chef d'état-major, faisait une déclaration un peu moins enthousiaste : « Les forces armées ne se sentent aucune vocation pour le pouvoir, mais elles sont prêtes à intervenir en cas d'urgence. » Bien que l'armée apparût comme la seule force cohérente et capable d'agir unie pour sortir le pays de sa paralysie, elle semblait pourtant peu encline à renouer durablement avec le pouvoir, échaudée par les expériences peu glorieuses des années 1966-1973. C'est donc seulement au nom de « la sauvegarde des intérêts suprêmes de la nation » que les militaires passèrent à l'action. Le 23 mars 1976, alors que les dirigeants péronistes appelaient à la grève générale, les trois commandants en chef des forces armées mettaient fin à la période de transition, qui avait commencé à la mort de Perón, vingt et un mois auparavant : dans la nuit du 24 mars, la présidente était arrêtée et assignée à résidence dans le Sud du pays. Le lendemain, la junte de gouvernement désignait le nouveau président de la République, le lieutenant-général Jorge Rafael Videla. Elle dissolvait le Congrès et toutes les assemblées, suspendait l'activité des partis et des syndicats, établissait l'état de siège et la censure, multipliait les communiqués sur le maintien de l'ordre, un ordre qui n'était nullement troublé, malgré la supposée infiltration marxiste dans l'État. Au cours des jours suivants, les principaux leaders syndicalistes, ainsi que d'autres responsables, étaient arrêtés. Dans un message télévisé, le nouveau président annonçait la fin du cycle historique que représentait le péronisme. Dénonçant la violence, l'insécurité, la ruine de l'autorité et « la mise en question des valeurs traditionnelles de la nation argentine », il annonçait les objectifs de cette nouvelle « réorganisation nationale » : une démocratie « vraiment » représentative, dominée par « une conception chrétienne de l'homme et du monde », la recherche de la « paix sociale » et de « l'harmonisation des rapports entre le capital et le travail » ; en matière économique, il lançait un appel à « l'initiative privée et aux capitaux nationaux et étrangers ».

Peu de jours après le coup d'État du 24 mars, José Alfredo Martinez de Hoz, le nouveau ministre de l'Économie, exposait son nouveau Plan de « récupération économique » inspiré des principes de l'orthodoxie monétariste : un vrai traitement de choc face au laxisme populiste, accompagné d'un appel aux capitaux étrangers, et dont les points forts visaient à l'éradication de l'inflation par la diminution des dépenses de l'État et par l'assainissement du système bancaire. Sans remettre en cause les liens économiques établis sous le régime péroniste avec les pays socialistes, l'URSS en particulier, la junte s'efforça de faire appel à des capitaux privés, américains, mais aussi japonais et européens. L'un des prétendus points forts du nouveau régime fut la réforme financière de 1977. De fait, entre 1976 et 1979, le nombre des banques doubla, mais les taux d'intérêt réels flambèrent, poussant l'épargne vers la spéculation. Les crédits empruntés à l'extérieur étaient réinjectés à court terme dans le secteur financier par des spéculateurs qui jouaient sur le différentiel des taux d'intérêt. On vit même des groupes financiers argentins — Massuh, Bunge et Born, Alpargatas — jouer sur les différentiels de taux bancaires dans d'autres pays du sous-continent. Dans ce jeu hautement spéculatif, la loi financière manqua donc son objectif initial, qui était de moderniser l'appareil productif national. La crise de 1980 toucha brutalement l'ensemble du pays, où le volume total des faillites industrielles et financières dépassa 5 milliards de pesos : la politique économique du régime se traduisait donc par un bilan catastrophique dans presque tous les secteurs de l'économie. En 1982, les salaires réels avaient baissé de 40% par rapport à 1975 ; la dette extérieure s'élevait à 12 milliards de dollars, soit plus que l'équivalent de la valeur des exportations ; la désindustrialisation du pays avait touché les branches les plus dynamiques [37].

La contre-révolution argentine échouait aussi sur le plan politique. La contre-guérilla et la lutte antisubversive dérivèrent vers une répression aveugle — de 10 000 à 30 000 morts ou « disparus » selon les sources —, dont les stigmates ne sont pas effacés quinze ans plus tard. En avril 1982 éclatait la guerre des Malouines, dont l'objectif premier était de redonner une seconde légitimité à un pouvoir en décomposition et qui semblait avoir peur de rendre des comptes ; la défaite face à l'Angleterre a accéléré la débâcle du successeur de Videla et de Viola, le général Galtieri. En sept ans, la contre-révolution avait ainsi servi de révélateur aux contradictions internes d'une armée qui n'aurait pu prolonger encore longtemps sa présence à la tête de l'État sans menacer sérieusement sa cohésion apparente [38].

Autoritarisme et néo-libéralisme en Uruguay (1973-1984)

L'Uruguay est, de loin, le pays dans lequel la corrélation entre révolution marxiste et contre-révolution militaire semble la plus évidente : dès septembre 1971, les forces armées avaient été investies par le président Pacheco Areco, au pouvoir depuis 1968, de la mission de réprimer la guérilla des Tupamaros, et le Parlement votait l'« état de guerre interne », permettant à l'armée de ne plus s'embarrasser des contraintes juridiques dans la conduite de la répression : comme le rappelle Alain Rouquié, il s'agissait alors de « terroriser les terroristes ». En moins d'une année, la guérilla était démantelée.

La lutte antisubversive fut donc à l'origine d'une militarisation progressive de l'État. Sous le prétexte de vouloir « purifier » le pays, l'armée imposait d'abord au président Bordaberry, successeur de Pacheco, un Conseil de sécurité nationale (COSENA), institution dominée par les militaires, qui pouvaient ainsi surveiller l'exécutif (février 1973). Malgré une longue grève générale, ils obtenaient, à la fois, la dissolution des deux Chambres, — remplacées par un Conseil d'État — et la suspension des activités politiques. Bientôt, le nouveau pouvoir, combinaison subtile de civils et de militaires, s'attaquait aux forces syndicales, démentant ainsi la prétendue connotation sociale et péruaniste que certains partis de gauche avaient cru déceler dans le nouveau régime. De la sorte, le « processus révolutionnaire » était progressivement « institutionnalisé » dans tous les secteurs de l'appareil d'État. En juin 1976, l'ultime étape de ce coup d'État à plusieurs détentes conduisait à la destitution du président lui-même, auquel les militaires « avaient retiré leur confiance ». Plusieurs « actes institutionnels » — inspirés sans doute du modèle brésilien — prévoyaient un strict contrôle des pouvoirs exécutif et législatif par l'armée. Près de 15 000 citoyens étaient privés de leurs droits politiques, la presse et l'université muselées, et les partis de gauche interdits ; la torture et la menace devenaient les pratiques ordinaires de la politique anti-insurrectionnelle dans l'administration et dans l'enseignement[39]. *Dictablanda* ou *démocradura*, dictature douce ou démocratie dure, les qualificatifs ironiques exprimaient bien l'ambiguïté d'un régime qui prétendait « faire le ménage dans la maison » (*ordenar la casa*) en s'attaquant aux institutions démocratiques et au personnel politique, sous le prétexte que les unes et les autres étaient « corrompus ».

Le régime militaire s'est appliqué à mettre en œuvre une politique économique complexe, d'inspiration néo-libérale, bien que non dénuée d'un réel interventionnisme, censée assainir par l'ouverture à la concurrence internationale l'économie agro-exportatrice, en crise permanente depuis le milieu des années 1950. La direction de l'économie fut confiée à un diplômé de Harvard, A. Vegh Villegas, fasciné par le « miracle brésilien ». Liberté des changes, liberté des prix, diminution de la pression fiscale furent quelques-unes des recettes de la nouvelle politique économique. Le régime encouragea par des primes à l'exportation et des aides fiscales les entreprises les plus performantes, aussi bien dans les secteurs traditionnels comme la viande bovine, que dans les branches nouvelles telles que les cuirs, la chaussure ou les textiles. Mais l'ouverture financière du pays aboutit — comme au Chili — à un endettement excessif de l'État et des entreprises (plus de 3 milliards de dollars en 1981). Les dévaluations successives du peso, censées adapter la monnaie nationale au cours réel des changes, aboutirent à une dégradation rapide de la compétitivité des exportations. Ainsi, la révolution néo-libérale ne parvint pas à faire renaître cet « Uruguay heureux » — et largement mythique —, celui du caudillo Battle y Ordoñez (1903-1915) ou celui des années 1945-1955[40].

En 1980, les militaires proposèrent de changer la Constitution, mais le référendum fut repoussé par une large majorité des électeurs, qui manifestaient ainsi leur défiance vis-à-vis de l'autoritarisme. La seule issue possible restait alors la négociation entre les partis traditionnels et les forces armées, désireuses avant tout de sortir indemnes de cette expérience peu glorieuse ; à la fin de 1983, un accord était conclu sur les bases d'un retour progressif à la démocratie, entraînant l'application de la Constitution précédente, l'autorisation des partis marxistes « modérés » et des élections générales. En échange, les militaires obtenaient l'impunité pour les bavures de la répression antimarxiste.

Dès lors, le pays semblait retrouver sa physionomie d'avant les événements : comme en 1971, le Parti colorado gagnait les élections de novembre 1984, devant le Parti national et la gauche, inaugurant ainsi une restauration démocratique, caractérisée par un réalisme politique et un néo-libéralisme économique et social dont le président Sanguinetti ne s'est guère départi [41].

Esquisse d'un bilan

La diversité des modes d'intervention et de repli des armées n'efface pas, pour autant, quelques caractéristiques communes aux mouvements contre-insurrectionnels de la période 1964-1976. Pour être mieux compris dans leur durée et dans leur violence exceptionnelles, ceux-ci doivent être mis en rapport avec l'objectif initial des guérillas castro-guévaristes qui était de subvertir l'État. Sur ce plan, les contre-révolutions ont réussi à préserver les institutions tout en mettant fin aux menaces insurrectionnelles.

Il est vrai que la répression militaire a été beaucoup plus meurtrière que la violence de la guérilla, sans doute parce que l'institution militaire est une pesante machine qui, une fois déclenchée, ne peut faire l'économie de « bavures » à la base. La modération relative des opinions face aux exactions des militaires ne laisse pas de surprendre : les civils se sont contentés de demander justice contre les criminels, dénoncés nommément pour les tortures ou les disparitions dont ils s'étaient rendus coupables, mais sans que jamais les armées fussent vraiment remises en question. Dans la plupart des pays, on s'est orienté vers une amnistie à peu près générale pour les crimes commis durant les « sales guerres », guerres civiles, ou plutôt guerres idéologiques. C'est ainsi qu'en Argentine le président péroniste Menem, pourtant torturé pendant le régime militaire, a accordé *el indulto* — la remise de peine — aux principaux responsables : les généraux Rafael Videla, Roberto Viola, l'amiral Emilio Massera et leur ancien ministre de l'Économie, José Martinez de Hoz (décembre 1990). Cette décision prenait appui sur la nécessité d'imposer l'oubli (sinon le pardon), afin de créer les conditions d'une nouvelle réconciliation nationale...

Par ailleurs, la cohésion institutionnelle et le moral des armées sont sortis à peu près indemnes de ces expériences douloureuses et prolongées — plus de vingt ans au Brésil, dix-sept ans au Chili. Sans renoncer parfois à des alliances avec des civils, elles ne se sont jamais laissé manipuler par eux, et ceux qui ont essayé de les téléguider (comme le démocrate-chrétien Frei au Chili ou le gouverneur Carlos Lacerda au Brésil) en ont été pour leurs frais. Certains régimes militaires ont cru trouver une sorte de légitimité *a posteriori* dans des élections (au Brésil) ou dans des référendums (au Chili). Mais les résultats n'ont pas été à la hauteur des espérances, et, lorsque la société civile a subtilement perçu que le temps de la violence s'achevait, elle n'a pas manqué de le faire savoir par les urnes [42].

Finalement, un bilan des révolutions militaires sera nécessairement contrasté. Pour les habitants du cône Sud, les régimes militaires n'ont été perçus que comme de longs, trop longs intermèdes de la démocratie, cette forme de pouvoir que l'on apprécie surtout lorsqu'on en est privé. Le retour des militaires dans les casernes à la fin des années 1980 signifiait d'abord la fin des limitations de la démocratie formelle : militarisation de la vie quotidienne, censure de l'information, de l'expression publique ou de l'enseignement. Car il faut souligner que ces régimes furent moins des fascismes totalitaires que des bureaucraties autoritaires : on y chercherait vainement un parti de masse ou une idéologie légitimatrice — en dehors de l'anti-communisme ambiant. Ces régimes plutôt élitistes semblaient, au contraire, vouloir décontaminer la vie civile de toute référence politique...

Sur le plan économique, l'expérience militaire n'a guère été concluante. En choisissant des méthodes grossièrement néo-libérales, les forces armées ont appliqué un remède de cheval, au risque de tuer le corps social, qui est loin de s'en être remis. On déplore aussi que les militaires aient su profiter du pouvoir pour renforcer leurs propres intérêts institutionnels, quand ils n'ont pas, comme en Argentine, tiré profit à titre personnel de leur position d'intervenants au sein des entreprises publiques. Dans ce domaine aussi, les militaires ont laissé un goût amer de leurs interventions dans la société civile...

8

Nicaragua : une révolution avortée (1960-1990)

Le 25 février 1990, le Front sandiniste de libération nationale (FSLN) perdait les élections présidentielles par un vote sans appel : 54,7% en faveur de Violetta Chamorro, la candidate de l'opposition, et seulement 40,8% à Daniel Ortega, le président sortant. Ce résultat exprimait clairement le rejet d'une révolution présentée jusqu'alors comme un modèle réussi de passage en douceur au socialisme et à la « démocratie participative ».

Cette défaite par les urnes de dix années de pouvoir sandiniste ne peut se comprendre qu'en évoquant l'ambiguïté idéologique fondamentale de cette révolution, qui fut, d'abord, populaire et nationale avant de connaître une dérive marxiste risquant de la transformer en une caricature de Cuba. La victoire de 1979 avait signifié, en premier lieu, le rejet par tout un peuple d'une dictature archaïque. Par la suite, la minorité sandiniste profita de sa position de force pour établir son hégémonie sur l'État. Parvenue au pouvoir, elle s'efforça de transformer en profondeur les structures socio-économiques, mais elle se heurta à toutes sortes d'oppositions, intérieures et extérieures. Après huit ans d'une guerre ruineuse contre une minorité d'opposants financés par les États-Unis, le Front sandiniste dut, sous la pression internationale, procéder à des élections libres et accepter le verdict des urnes. C'est ce parcours dense et contradictoire que nous nous proposons de retracer ici.

Les étapes vers la victoire

Les premiers échecs du Front sandiniste (1960-1973)

Dans la mythologie sandiniste, l'histoire du mouvement révolutionnaire au Nicaragua se subdivise en trois périodes : la
guérilla rurale de Sandino (1926-1934) ; le repli des forces populaires pendant la dictature du « pantin » Somoza Garcia et de
sa « clique » (1934-1956) ; la relance de la lutte armée qui cul-
mine en 1979 avec le « triomphe » de la révolution [1]. A y regarder
de près, on éprouve quelque difficulté à observer une telle
continuité des luttes : la révolte d'Auguste César Sandino fut
essentiellement nationaliste, alors que la guérilla qui éclôt au
début des années 1960 est un pur produit de l'idéologie castro-
guévariste. La victoire sandiniste n'a pas été facile, puisque
près de vingt ans se sont écoulés entre la fondation du FSLN,
en 1960, et l'élimination du dictateur Somoza en 1979. Après
l'échec de la stratégie « foquiste » dans les années 1960, il faut
attendre 1974 pour voir le mouvement armé reprendre une
dynamique ascendante.

En 1961, Carlos Fonseca, Tomas Borge et Silvio Mayorga
avaient créé le Front sandiniste de libération nationale (FSLN),
qui attira surtout des étudiants issus des classes moyennes,
fascinés par l'aventure cubaine. Leur première démarche
« révolutionnaire » fut de s'initier collectivement au marxisme,
perçu comme une « méthode » de lutte contre « l'obscurantisme
traditionnel des masses ». Au départ, la stratégie des jeunes
sandinistes n'était guère assurée ; les attaques de banques, de
sociétés commerciales ou de stations de radio déclenchaient
plus la répression policière que l'enthousiasme populaire. En
1963, ils implantent, à partir du Honduras, une guérilla rurale
dans la région boisée du Río Bocay ; totalement improvisé, ce
premier maquis tourne à la débâcle, car ces jeunes venus de la
ville supportent mal la faim, les coups de froid, les maladies ou
l'isolement absolu. En outre, le terrain choisi ne correspond pas
à l'une des conditions essentielles de la théorie du *foco* : un
environnement paysan favorable : le Río Bocay, situé à la frontière hondurienne, est peuplé majoritairement d'Indiens miskito,

anglophones et de religion morave, qui, de surcroît, ne semblaient pas avoir gardé un souvenir bien chaleureux de la guérilla d'Auguste César Sandino, dans les années 1930[2]...

Le Front relance la guerre révolutionnaire en 1967, année qui marque l'apogée de la conception « foquiste » en Amérique latine. C'est la culmination d'une époque enthousiaste, où « l'on croyait que la mèche pourrait s'allumer rapidement et incendier le pays tout entier, dans le combat final contre le somozisme[3] »... Un front s'implanta dans la région de Pancasán. Mais, si l'affaire avait été mieux organisée qu'en 1963, elle souffrait encore d'une tare rédhibitoire : son incapacité à communiquer avec le milieu paysan ; la plupart des recrues locales désertèrent, et la guérilla fut finalement écrasée par la garde nationale. D'importants leaders du mouvement, tels Rigoberto Cruz ou Silvio Marorga (cofondateur du Front), furent tués au combat.

Après le revers de Pancasán, la guérilla se disperse en groupuscules d'une efficacité politique douteuse. En 1970, certains membres du Front vont se battre aux côtés des Palestiniens, d'autres organisent des fronts de guérilla paysanne (à Zínica ou à Nandaime). Jusqu'en 1973, le Front se révèle incapable, à lui seul, de renverser une dictature enracinée depuis 1936, et qui s'appuie sur des intérêts économiques puissants et sur une garde nationale bien équipée. De 1960 à 1973, le danger pour la dictature vint davantage de l'agitation ouvrière que des guérillas...

La coexistence de l'opposition légale et de la lutte armée (1974-1977)

De 1936 à 1979, la dynastie Somoza père et fils occupa la présidence du pays, à l'exception d'un intérim civil de cinq ans (1963-1967). A la faveur du tremblement de terre de 1972, A. Somoza Debayle imposa un contrôle militaire sur l'État, ce qui lui permit de remporter les élections de septembre 1974[4]. L'opposition civile se regroupait alors dans une Union démocratique de libération (UDEL), animée par Pedro Joaquim Chamorro, un membre éminent du Parti conservateur, qui était aussi directeur du journal *La Prensa*[5]. Le retournement de la bourgeoisie nicaraguayenne avait été accéléré, à la fois, par le durcissement politique de la dictature et par les effets prolongés de la crise économique mondiale. Après la prospérité des années 1960, due en grande partie à l'ouverture du Marché commun centro-américain, le Nicaragua enregistre à partir de 1973 une baisse des recettes du coton, principal produit d'exportation, ainsi qu'un tassement de ses industries agricoles et légères. Le pays restait toujours aussi dépendant de l'extérieur pour ses machines et ses *inputs*, payés en devises fortes. Il était même, selon René Dumont « le plus endetté des États du Centre-Amérique [6] ».

A ce premier motif de mécontentement de la bourgeoisie s'ajoutaient les malversations en tout genre du dernier dictateur de la dynastie : commandes d'État soumissionnées par les sociétés appartenant à Somoza, trafic de plasma, contrôle des casinos... Après le tremblement de terre de 1972, le dictateur avait spéculé sur les terrains à bâtir de la capitale et sur les matériaux de construction, en même temps qu'il détournait une partie de l'aide internationale. En 1974, personne n'aurait pu calculer avec précision le patrimoine d'Anastasio Somoza Debayle : 400, 500 millions de dollars ? On n'en finirait pas d'établir l'inventaire de ses richesses, en perpétuelle augmentation. Cette corruption de la présidence était dénoncée quotidiennement par *La Prensa*. Frustrée de ce monopole dictatorial, et gênée par la crise économique, la bourgeoisie d'affaires n'hésitait plus à mêler ses critiques aux protestations de la gauche politique : l'opposition s'élargissait à l'ensemble de la société nicaraguayenne. Après une audacieuse prise d'otages réalisée le 27 décembre 1974 par un commando sandiniste à la résidence du somoziste Chema Castillo, Somoza imposa l'état de siège, la loi martiale et la censure de la presse ! Toute grève et toute manifestation étudiante étaient violemment réprimées, et le fonctionnement des institutions devenait de plus en plus caricatural.

La conjonction des oppositions (1978-1979)

L'histoire officielle sandiniste voudrait que la chute de Somoza s'expliquât exclusivement par la multiplication des opérations militaires, dont la plus spectaculaire fut l'attaque du palais national, le 22 août 1978, par le commando Eden Pastora ; en échange de 500 otages, le *comandante* Zero avait obtenu, ce jour-là, la libération de tous les prisonniers politiques, un demi-million de dollars et une ample publicité à la radio. Mais cet activisme militaire « tous azimuts » ne parvenait pas à cacher les dissensions au sein du Front sandiniste, qui avait commencé de se scinder en trois tendances, peu de temps avant la mort au combat de son principal leader, Carlos Fonseca (1976). Querelles idéologiques banales au sein des guérillas latino-américaines, mais qui se traduisaient aussi sur le terrain par un réel flottement tactique, à partir d'octobre 1977 : « Les accusations deviennent publiques et graves, les injures sont courantes. Chaque tendance assume sa propre personnalité, définit ses propres conceptions, développe ses structures politiques[7]... » Le courant traditionaliste Guerre populaire prolongée voulait créer, à la façon chinoise, des sanctuaires montagneux imprenables, à partir desquels il serait possible de développer la guérilla rurale et de harceler les villes. La tendance prolétaire donnait, au contraire, la priorité à la guerre urbaine, sans dissocier la lutte armée du travail politique sur les « masses ». La tendance tercériste, dite aussi Direction nationale, se voulait différente, dynamique, inventive, offensive, sans renoncer pour autant à des alliances avec l'opposition civile. On suggérait aussi à demi-mot que les tercéristes étaient « blancs, cultivés, propres et bien habillés... ». La relative ouverture idéologique des tercéristes leur apportera le soutien de la social-démocratie internationale au cours des mois décisifs. Mais, pendant plusieurs années, chaque courant agit pour son propre compte, et il fallut attendre mars 1979, soit moins de cinq mois avant la victoire finale, pour que les trois courants signent un accord d'unification.

Dans ces années-là, ce n'est pas la guérilla, mais l'opposition civile qui contribue à faire éclater au grand jour tous les mécontentements. Dès novembre 1977, une douzaine de personnalités avaient lancé dans *La Prensa* un appel pour une véritable alternance démocratique. Or voici qu'intervient un événement aux retombées décisives : l'assassinat, par des sbires de Somoza, de Pedro Joaquim Chamorro, le 10 janvier 1978. En faisant disparaître un directeur de presse vigilant et critique, caudillo de l'opposition civile, Somoza avait fait un bien mauvais calcul : par l'indignation générale qu'il souleva dans le pays, ce crime allait sceller définitivement un pacte antisomoziste entre la bourgeoisie, la hiérarchie catholique, les classes moyennes, les paysans et les prolétaires. Ce fut la goutte d'eau qui fit déborder le vase. Daniel Ortega reconnut plus tard l'importance de cet assassinat : « P.J. Chamorro était l'une des personnes les plus représentatives du pays. Aucune autre personnalité de l'opposition traditionnelle n'était aussi populaire... Il avait converti *La Prensa* en instrument de diffusion des plaintes et des problèmes des Nicaraguayens. Chamorro était un homme puissant mais respecté de tous. L'assassinat du directeur de "son" journal a été ressenti par le peuple comme une agression contre lui-même [8]. »

Dès lors, l'opposition civile maintient une pression constante. Suivies par 100 000 personnes, les funérailles de P.J. Chamorro tournent à l'émeute. Peu de temps après, le syndicat patronal de la COSEP lance un ordre de grève de plusieurs jours pour exiger le départ de Somoza. Henri Weber note : « Pour la première fois, la population urbaine s'est massivement et longuement mobilisée dans tout le pays contre la dictature, petite bourgeoisie du commerce et des services au coude à coude avec les ouvriers d'industrie et les sous-prolétaires [9]. » L'initiative bourgeoise se poursuit : des patrons se rassemblent au sein d'un Mouvement démocratique nicaraguayen, qui réclame le retour à la démocratie, et, en juillet 1978, l'ensemble des opposants — dont la tendance tercériste et l'Église — créent le *Frente amplio de oposición* (FAO), qui exige à nouveau le départ de Somoza.

S'il est bien certain que l'opposition civile ne pouvait, à elle seule, venir à bout de la garde prétorienne du dictateur, elle contribua cependant à diffuser dans l'opinion un sentiment de rejet définitif du régime. Après les échecs sanglants du Front sandiniste dans l'attaque des villes de León et d'Estelí, en septembre 1978, c'est encore le Front d'opposition élargi qui reprend l'initiative en acceptant de négocier, sous contrôle international, le départ de Somoza. Les négociations se prolongent jusqu'au 19 janvier 1979, date à laquelle Somoza rejette les propositions de la Commission, et par là même, écarte tout espoir de solution négociée ; il justifie ainsi le recours à la voie armée...

En organisant l'insurrection à partir de ce mois de janvier, le Front sandiniste réunifié prend en quelque sorte le relais [10]. Pour vaincre la résistance rageuse de Somoza, il multiplie les théâtres d'opérations, au nord, au sud et à l'ouest, en s'appuyant sur l'extraordinaire combativité de la population, meurtrie par la répression sauvage et aveugle de la garde nationale lors de l'offensive tercériste de septembre 1978. La grève générale que le Front lance à partir du 4 juin paralyse tout le pays, et les villes tombent les unes après les autres dans la première quinzaine de juillet. Le 17, Anastasio Somoza abandonne le pays, et deux jours plus tard Managua est libérée. La garde nationale, jusqu'alors très agressive, se débande. L'élimination du dictateur par la voie armée avait coûté la vie à 50 000 Nicaraguayens. Prix fort sans doute, mais que les sandinistes estimaient nécessaire pour obtenir le « triomphe », créer « un homme nouveau » et édifier « une société nouvelle [11] ».

Le « triomphe de 1979 » : une conjonction de facteurs favorables

Comme Cuba en 1959, la révolution sandiniste a bénéficié d'un faisceau de conditions exceptionnellement favorables. Rappelons pour mémoire l'usure d'une dictature (et même d'une dynastie dictatoriale) ayant sévi impunément pendant quarante-trois ans au point d'indisposer jusqu'à la bourgeoisie d'affaires. Sans ce consensus autour du départ de Somoza, on voit mal comment le Front sandiniste aurait pu arracher la victoire. Sur le plan militaire, la réunification du commandement des trois tendances du Front à partir du 9 décembre 1978 a été un autre facteur décisif : contrairement à toutes les autres guérillas « historiques », celle du Nicaragua a pu dépasser ses contradictions idéologiques pour former au cours des six derniers mois de la guerre une véritable armée, cohérente sur la stratégie et sur la discipline. Elle redécouvrait aussi les anciennes méthodes mobiles de la guerre de guérilla, mais en les appliquant à des objectifs urbains, essentiellement les casernes et les centres logistiques de l'armée. Les vrais combattants (pas plus de 1 200) pouvaient aussi compter sur la participation de plusieurs milliers de miliciens, qui transformaient les attaques éclairs en d'authentiques insurrections populaires, dirigées par les cadres du Front sandiniste — ce fut le cas à Estelí et à Managua. Au lendemain même de la victoire, plusieurs sandinistes souhaitaient voir les mouvements de guérilla se fondre dans une authentique armée, en généralisant le service militaire. Pour le *comandante* Luis Carrion, seule une telle structure permanente serait capable de « défendre la révolution » en rapprochant « l'avant-garde » des « masses [12] ».

Comme pour Cuba en d'autres temps, il ne faut pas sousestimer la « permissivité » des États-Unis de Jimmy Carter dans l'affaire nicaraguayenne. Le durcissement de la dictature somoziste au cours des années 1975-1978, la corruption et l'affairisme ambiants avaient profondément desservi l'image du dictateur dans l'opinion publique nord-américaine, alors sensibilisée par la question des droits de l'homme à travers le monde. Dès le mois de février 1978, les États-Unis avaient suspendu leur aide militaire à Somoza, et, en juin 1979, le secrétaire d'État Cyrus Vance avait exprimé le souhait de voir se former un gouvernement provisoire de reconstruction nationale. De son côté, le Mexique avait déjà rompu ses relations diplomatiques avec Managua, et les pays membres du Pacte andin avaient condamné le régime du dictateur. Au début de 1979, le président Carter semblait préoccupé par les problèmes plus lointains ; en février 1979, la « révolution islamique » triomphait à Téhéran, et, le mois suivant, le traité de paix égypto-israélien était ratifié à Washington. Un mois jour pour jour avant la victoire des sandinistes, J. Carter était à Vienne pour signer avec L. Brejnev les accords Salt II sur le désarmement. Après la victoire sandiniste, Washington accordait au pays une « aide humanitaire » de 3 millions de dollars et se disait disposé à accroître sa coopération... On peut toujours imaginer un autre scénario de la conjoncture internationale : à supposer que Somoza ait pu se maintenir au pouvoir dix-huit mois de plus, on voit mal comment le nouveau président Reagan aurait laissé triompher la révolution sandiniste...

L'impossible révolution des structures (1979-1990)

La défaite des sandinistes aux élections de février 1990 semblait encore improbable quelques jours auparavant. Aux élections de novembre 1984, Daniel Ortega l'avait emporté avec 67% des suffrages, face à une opposition, il est vrai divisée, et qui s'était réfugiée dans l'abstention. En 1990, tous les sondages donnaient perdante la veuve de Pedro Joaquim Chamorro, candidate de compromis, sans charisme, placée à la tête d'une union de quatorze partis, hétéroclite et instable.

Durant une décennie complète, les sandinistes avaient joui d'un pouvoir politique sans partage. Bien rares étaient alors les observateurs qui osaient émettre quelques réserves sur les orientations du « nouveau modèle révolutionnaire ». Comme il l'avait fait vingt ans auparavant à Cuba, René Dumont prévoyait dès 1983 un sombre avenir économique à cette révolution ; deux ans plus tard, une équipe du CNRS constatait « la dynamique contradictoire d'un modèle politique inachevé [13] ». Mais ces Cassandre étaient assimilées à des contre-révolutionnaires par l'intelligentsia européenne, toujours à la recherche du dernier modèle de transition vers le socialisme à visage humain...

La confiscation de l'État par les sandinistes (1979-1983)

Les premières décisions du nouveau pouvoir semblaient aller dans le sens d'un consensus : la Junte de gouvernement de reconstruction nationale (JGRN) — un exécutif de cinq membres — rassemblait les différents courants antisomozistes, dont deux non sandinistes. A son programme, une démocratie en forme, la garantie des libertés fondamentales, le progrès social, une politique étrangère indépendante. En application de ces principes, la JGRN adoptait le décret du 21 août 1979, vraie charte des droits de l'homme, avec son corollaire, la liberté d'expression. *La Prensa* avait reparu quelques jours auparavant et apportait, comme on dit, son soutien critique à la révolution.

Mais, très vite, le torchon brûle entre les sandinistes et la bourgeoisie. La Junte, qui s'est dotée d'une police secrète, supprime le droit de réunion et traque les groupuscules trotskistes et maoïstes (janvier 1980) ; une censure aveugle et maladroite frappe toute la presse. Dès avril 1980, les représentants non sandinistes de la Junte, Violeta Chamorro et Alfonso Robelo, démissionnent, accusant les sandinistes d'une mainmise sur l'appareil d'État.

Pour justifier la radicalisation du régime, ses thuriféraires évoquaient rituellement la menace que représentaient pour le régime les attaques des *contras*, petits groupes d'anciens gardes somozistes qui, dès août 1979, organisaient des sabotages et des coups de main sur les frontières du Centre-Nord, une zone d'élevage traditionnel et de production caféière, où, depuis l'époque de Sandino (1927-1934), la garde nationale avait beaucoup recruté. Le géographe Roberto Santana a rappelé le caractère traditionnellement frondeur de cette région — les départements de Nueva Segovia et Madríz — dont la topographie accidentée en fait un véritable *no man's land* de 60 kilomètres de large, aux populations mal intégrées dans l'espace national[14]. Plus généralement, l'espace nicaraguayen n'était guère homogène par rapport à la réceptivité du projet révolutionnaire : si certaines zones, comme Managua ou le Sud, restaient bien contrôlées par le nouveau pouvoir, d'autres, comme le Centre-Nord ou la côte Atlantique, se montraient indifférentes, voire franchement hostiles au sandinisme. C'est dire que l'opposition armée ne se réduisait pas aux seuls gardes somozistes ; tout prouve au contraire que la *contra* attira bien vite un certain nombre de mécontents et de déçus du sandinisme. Il faut rappeler ici que l'aide financière nord-américaine aux antisandinistes a été décidée par Ronald Reagan le 1er avril 1981, soit vingt et un mois après la chute de Somoza : en aucun cas, elle n'a donc créé le phénomène de la *contra*, qui fonctionnait depuis juillet-août 1979...

Il existe une autre donnée, rarement évoquée par les observateurs : la volonté de radicalisation idéologique et d'hégémonie politique du Front sandiniste. Certains parlent de fuite en avant, d'autres de « dévoiement » (Pablo Antonio Cuadra) ou de confiscation de la révolution. Fidèles aux thèses de Gramsci, les sandinistes considéraient comme nécessaire l'intensification de la lutte idéologique, partie intégrante de la lutte pour le pouvoir ; il s'agissait de dynamiser ce nouveau pouvoir culturel, dimension décisive du contrôle politico-militaire. La nouvelle « culture révolutionnaire » devait s'attaquer à la transformation de la société : « La Révolution est Culture, et notre Culture d'aujourd'hui s'appelle la Révolution. Il n'y a pas de différence entre l'une et l'autre[15]. » Le nouveau défi : aller à contre-courant de « cent cinquante ans de domination étrangère... lutter contre une série de schémas mentaux inculqués par les conquistadors espagnols et par la domination idéologique nord-américaine... ». Il s'agissait aussi, comme le souligne encore le *comandante* Bayardo Arce C., de « développer une culture révolutionnaire, une culture anti-impérialiste », qui, tout en étant authentiquement créatrice, puisse se garder d'une excessive politisation. Dès 1980, Daniel Ortega affirmait clairement sa solidarité non seulement avec Fidel Castro et Maurice Bishop, Premier ministre de Grenade, mais encore avec « la lutte juste que livre aujourd'hui le peuple héroïque du Salvador dans sa recherche d'une nouvelle société de liberté et de justice [16] ». Un certain nombre d'autres *comandantes* s'attachaient à démontrer le rôle « avant-gardiste » du Front à la tête du « peuple travailleur ». Si Jaime Wheelock se défendait de vouloir investir l'État pour des raisons « doctrinales », il n'en justifiait pas moins l'action des militants dans « la structuration du nouvel État » ; de son côté, le *comandante* Luis Carrión C. revendiquait le caractère « immortel » du Front, élite de l'avant-garde... Dans un discours inspiré, le ministre de l'Intérieur Tomas Borge reprenait le thème de l'assimilation entre culture et révolution pour justifier la mise en place des appareils de vigilance et de répression, armée et police sandinistes : « Que peut-on reprocher à un peuple qui cherche à se défendre ?... » Il rendait un vibrant hommage à « la démocratie des Comités de défense sandinistes, celle des ouvriers, paysans et étudiants en armes des Milices sandinistes..., de la Jeunesse sandiniste, de l'Association des femmes... La Révolution a donné la démocratie de la vérité et a mis fin à la démagogie et au mensonge... ». Il encourageait les militants à construire le Parti de la révolution, « organisé, guidé par des principes scientifiques, conscient de son rôle de conducteur, maître d'une morale élevée, d'une claire stratégie politique, afin d'éliminer à jamais l'exploitation et la dépendance... » (discours du 13 septembre 1980).

Au cours des années 1980-1983, l'objectif fondamental resta donc la conquête de tous les appareils d'État, répressifs ou idéologiques ; police, armée, troupes spéciales du ministère de l'Intérieur, confédération syndicale (CTS) et coopératives, mouvements de jeunesse, enseignement, information, etc., furent noyautés par l'« avant-garde » pour être mis au service du « parti authentiquement révolutionnaire ». Au nom de la vigilance révolutionnaire, on généralisa les « comités de défense sandinistes » (CDS), yeux et oreilles de la révolution, copiés sur le modèle cubain. La police sandiniste clamait bien haut ses vertus, qu'elle opposait aux tares de l'ancienne police somoziste : honnêteté, surveillance et protection de la population. Quant à l'armée, elle se fondait véritablement dans le nouveau pouvoir, osmose politico-militaire que l'on ne retrouvait que dans les pays de l'Est, habillée en vert olive — comme à Cuba — et totalement équipée par les Soviétiques. Elle se voulait « sandiniste », partageant avec le nouvel État-parti « sandiniste » un même objectif : la défense de la Révolution. Dans une escalade des fins et des moyens, cette armée sandiniste absorba très vite la moitié du budget national, et le pouvoir instaura en 1984, malgré les protestations de la population, le service militaire obligatoire ; en 1987, le pays comptait près de 100 000 soldats (pour 3 millions d'habitants), pour s'opposer aux quelque 15 000 *contras*, ce qui représente beaucoup en termes budgétaires et, aussi, en termes de stratégie antiguérilla.

La conquête des appareils idéologiques d'État fut l'objectif constant de la révolution au cours des premières années. Dès 1980, était lancée une croisade nationale d'alphabétisation « pour que les travailleurs puissent étudier » (Tomas Borge), mais dont le contenu idéologique restait clairement orienté (« on enseigne à nos enfants les noms de nos martyrs et de nos héros, le nom de notre très cher et respecté fondateur Carlos Fonseca, l'histoire véritable de notre pays, celle des grands propriétaires et des paysans sans terre... celle des exploiteurs et des exploités... » (Tomas Borge, 18 mai 1980). La mainmise sur l'éducation primaire et secondaire s'opérait à travers la formulation de nouveaux programmes dans lesquels le matérialisme historique subvertissait l'histoire nationale, dans une sorte de filiation peu innocente des deux combats sandinistes, celui du père fondateur et celui de ses épigones du FSLN. Cette offensive en direction des jeunes se heurta à l'opposition de la hiérarchie catholique, toujours sensible au monopole étatique de l'éducation.

Convaincus de l'importance de la culture populaire, le sandinisme voulut en faire, au départ, une vitrine de la Révolution. Le ministère de la Culture fut attribué au poète jésuite Ernesto Cárdenal, qui en quadrupla le budget en l'espace de quatre ans. Mais le programme dépassait les faibles moyens du pays : développement des bibliothèques et des archives, création d'instituts du cinéma et des loisirs, promotion de la musique, de l'artisanat et des centres populaires de culture. L'Association sandiniste des travailleurs de la culture, tout en rejetant le principe d'un art officiel, s'engageait néanmoins à rechercher et à développer les formes d'expression qui puissent rendre compte du « processus de libération nationale que construit et défend notre peuple... ». Au cours des années suivantes, la coloration politique de cette culture sandiniste se renforça, en même temps que les moyens matériels fondaient comme neige au soleil et que l'enthousiasme du départ s'émoussait.

Dans le domaine de l'information, les sandinistes disposaient de leur organe de presse officiel, *Barricada*, dirigé par Carlos Fernando, fils de Pedro Joaquim et de Violeta Chamorro ; ils pouvaient aussi compter sur *El Nuevo Diario*, un journal ultra, proche de l'Église populaire, dont le directeur était un autre Chamorro, Javier Ch. Cárdenal, frère de Pedro Joaquim. On comprend d'autant moins la rigueur de la censure dirigée contre *La Prensa* que son ancien directeur, Pedro Joaquim Chamorro, avait été proclamé par les sandinistes « martyr des libertés publiques », précisément pour ses actions courageuses en faveur de la liberté d'information du temps de Somoza... Dès avril 1980, le journal conservateur devenait la bête noire des sandinistes, malgré la « loi générale sur les moyens d'information », votée quelques mois auparavant, qui fondait les principes de la liberté d'expression et d'information. Deux décrets, adoptés en septembre 1980, justifiaient le droit de censure au nom de la défense nationale et de la protection économique. Quelques mois plus tard, la Junte imposait la censure préalable. *La Prensa* fut fermée cinq fois entre juillet et octobre 1981. Par la suite, la censure devint quasi quotidienne, au fur et à mesure que la situation générale du pays s'aggravait, touchant à tous les domaines de la vie, de la politique à la religion, des conflits du travail aux faits divers ; censure officielle le plus souvent aveugle, parce que brutale et expéditive, décidée par des fonctionnaires zélés et rarement compétents. Au fil des années, elle s'intensifia, et les articles censurés circulaient dans Managua sous la forme de *samizdats* ; certains articles furent même repris par des radios du Honduras et du Costa Rica. Le 27 juin 1986, *La Prensa* fut interdite pour une période de quatorze mois, et ne put reparaître, à partir du 1er octobre 1987, qu'à la faveur des accords de paix d'Esquipulas II. Sur ce chapitre de la liberté d'expression, les sandinistes n'étaient pas parvenus, contrairement à Cuba, à imposer leur monopole.

La crise du régime (1983-1987)

La guérilla des « contras » :
une guerre idéologique autant que stratégique

Le 15 mars 1983, la Junte sandiniste imposait l'état d'urgence au nom de la guerre qui s'était aggravée aux frontières. Vers le nord, le noyau des anciens gardes somozistes s'était renforcé des paysans hostiles au pouvoir sandiniste, recrutés dans les départements frontaliers du Honduras, là où la résistance au pouvoir central, quel qu'il fût, était une tradition. Parmi eux, des milliers d'Indiens miskito. Les *contras* étaient entraînés par des officiers argentins et israéliens ou par des agents de la CIA, qui avaient même diffusé un manuel de sabotage à l'usage des « combattants de la liberté ». Ils étaient dirigés par une organisation politique, le FDN (Front démocratique nicaraguayen), qui exploitait le mécontentement d'une partie de la population.

Dans le département de San Juan del Norte, à la frontière du Costa Rica, Alfonso Robelo, un ancien membre de la junte de gouvernement, et Eden Pastora (l'ex-commandant Zero) avaient constitué une autre force d'opposition, l'Alliance révolutionnaire démocratique (ARDE), qui prétendait ne pas confondre son combat avec celui des anciens gardes somozistes.

A partir d'avril 1984, la situation militaire devint préoccupante : dans le Nord, sur la côte Atlantique et au Sud, des groupes de *contras* s'infiltraient, poussant des pointes de pénétration de 100 kilomètres à l'intérieur du pays. L'armée devait s'engager dans des opérations lourdes, et le ministre de l'Intérieur Tomas Borge proclamait : « Tout pour la guerre. La socialisation de la défense de la patrie est inéluctable. » Aussi la part du budget de l'État consacrée à la défense passa-t-elle de 25 à 50%, entre 1984 et 1987 [17]. Ce qu'on appelait la *contra* était un ensemble hétérogène de fronts militaires relativement fluctuants et inégalement actifs. Le plus important et le plus dangereux était au nord, où les FDN (Forces démocratiques nicaraguayennes) —10 000 à 12 000 hommes commandés par Enrique Bermudez et Adolfo Calero — lançaient des attaques éclairs meurtrières, sans pour autant parvenir à s'implanter durablement en territoire nicaraguayen. Le Front sud, contrôlé par l'ARDE, fut assez actif jusqu'en mai 1986, date du retrait de son leader, Eden Pastora. Depuis juillet 1985, d'autres groupes de *contras* essayaient, sans grande conviction, de relancer quelques offensives : les hommes du FARN (Front armé de la résistance nicaraguayenne), bras armé de l'Union démocratique nicaraguayenne, ou bien encore les 1 500 réguliers de l'Unité Jorge Salazar. Les minorités indiennes de la côte Atlantique constituèrent aussi des fronts de résistance jusqu'en 1986. Misura, localisé au Honduras, était dirigé par Steaman Fagoth, et Misurasata, replié au Costa Rica, par Brooklin Rivera ; depuis 1985, un troisième front indien, le Kisan, commandé par Diego Wicliffe, avait été créé à l'initiative de la CIA, sans grande activité militaire d'ailleurs.

Miami était devenue la véritable arrière-garde de la *contra*. Grâce à un puissant réseau logistique et à des moyens financiers importants, les membres du directoire de l'UNO (Union nicaraguayenne d'opposition) — Adolfo Calero, Alfonso Calero et Arturo Cruz — coordonnaient les divers fronts. De 1981 à 1984, l'aide militaire de la CIA fut tenue secrète. Puis, en août 1986, le président Reagan obtint du Congrès américain un financement de 70 millions de dollars pour « les combattants de la liberté ». En août de la même année éclatait le scandale de l'« Irangate » : des fonds provenant de ventes d'armes à l'Iran avaient servi à financer la *contra*. Dès lors, le Congrès refusa de renouveler l'aide militaire, pour n'accorder qu'une aide « humanitaire ». Mais, déjà, la guerre civile s'enlisait, sans qu'on pût entrevoir une issue militaire. Après six ans de conflits, le pays était exsangue.

L'effondrement de l'économie et l'appauvrissement du pays

L'objectif affiché par les sandinistes a toujours été de mettre en place une économie mixte, avec un secteur public — l'aire de propriété du peuple —, un secteur socialisé, formé des petits et moyens producteurs organisés en coopératives, et un secteur réputé libre concernant les entreprises. Celles-ci se sont tou-

jours demandé quel sens il fallait accorder à la notion d'économie libre ; leur liberté de mouvement a été de plus en plus
étroite — au niveau des investissements et des exportations —,
en même temps que l'intervention publique devenait envahis-
sante. Dès la fin de 1982, l'économie était contrôlée à 40% par
l'État (et même à 70% dans la construction et à 100% dans les
mines). Dans de nombreux secteurs, le Front a doublé les organisations professionnelles afin de mieux les encadrer
idéologiquement, et la fuite des techniciens et des cadres d'entreprise a commencé dès 1981. Encore acceptable en 1984, le
niveau de vie moyen n'a cessé de se dégrader à partir des années
suivantes. L'approvisionnement ordinaire — riz, sucre, haricots
noirs, maïs, savon — est alors rationné par un système de cou-
pons et distribué à des prix subventionnés. Dès 1985, le marché
noir fonctionne à plein, non seulement pour des produits de
luxe comme le whisky ou l'essence, mais encore pour les médicaments, la viande et les produits laitiers. En mars 1985, un
plan d'austérité est mis en place, prélude à une pénurie généralisée et à des hausses de prix brutales et spectaculaires. En
1987, la situation est devenue préoccupante ; faute de pièces de
rechange, le parc automobile diminuait, l'eau et l'électricité
étaient rationnées, et les supermarchés toujours vides. Faire son
marché était devenu pour la plupart des Nicaraguayens une
occupation à plein temps, car même la nourriture de base (*el gallo
pinto*, riz et haricots noirs) se faisait rare. Tout habitant de
Managua était condamné à la débrouillardise, tel fonctionnaire
devenant à ses heures marchand de fromage au marché oriental,
tel pharmacien se transformant dans la journée en chauffeur de
taxi. Seuls les étrangers et quelques privilégiés du régime
pouvaient, avec des dollars, acheter à des prix dérisoires des
articles rares ou fréquenter des restaurants chics, qui n'avaient
pas disparu. Des gens du peuple n'hésitaient pas à dire qu'« on
vivait mieux au temps de Somoza... ».

La guerre des *contras* fut-elle la seule responsable de cette
dégradation dramatique du niveau de vie ? On a également
incriminé les dirigeants pour leur « incompétence, leur
irresponsabilité et leur négligence dans tous les secteurs [18] ». On
ne saurait, en effet, accuser les *contras* de la baisse spectaculaire des exportations, par exemple de la viande, dont la
production avait diminué de moitié entre 1978 et 1986. Les

fermes collectives produisaient alors aux deux tiers de leur capacité. La réforme agraire, qui avait permis de redistribuer 2 millions d'hectares à 50 000 familles, se traduisait en même temps par une baisse de 20% de la nourriture de base — maïs, haricots noirs, bananes. En 1987, on comptabilisait plus d'un délit économique par jour. Le taux de couverture des importations par les exportations était passé de 53% en 1983 à 42% en 1987, et les fournisseurs habituels de pétrole, comme le Mexique, ne voulaient plus faire crédit. En 1988, la dette extérieure dépassait les 7 milliards de dollars, et l'aide financière des pays européens, à commencer par celle de l'Espagne, s'effondrait. Certes, le Nicaragua pouvait encore compter sur un appui modéré du Comecon, dont il était membre « observateur » depuis 1985, mais les Russes se refusaient à entrer dans un engrenage de type cubain en se chargeant du poids mort de l'économie nicaraguayenne...

Une difficile intégration des minorités

L'idéologie jacobine d'intégration nationale et la méconnaissance des questions ethniques ont poussé les sandinistes à agir vis-à-vis des minorités indiennes et métisses de la côte Atlantique avec brutalité. Cette vaste plaine alluviale au climat tropical humide, peuplée de groupes indigènes et de *criollos* (mulâtres) fut, dès le départ, une région marginale, « incorporée » en 1894 seulement dans la communauté nationale. Elle fut — selon le mot du géographe Roberto Santana — un « espace vulnérable » pour la révolution : forts de leur tradition d'autonomie, de leurs différences linguistiques et religieuses, les 150 000 Miskito, les 13 000 Sumu, et les petites communautés rama et garufana rejetaient toute politique intégrationniste. En 1979, les sandinistes avaient accepté du bout des lèvres le maintien d'une organisation ethnique, à condition toutefois de la noyauter [19]. Mais une rupture intervint en 1981, les leaders indigènes émigrèrent, et les sandinistes lancèrent en 1984 une autre organisation, Misatan, en même temps qu'ils déplaçaient, sous des prétextes militaires, 10 000 Indiens de leurs territoires ancestraux, pour les installer de force à Tasba Pri, au cœur de la forêt, loin de leur fleuve magique, le río Coco. Mesure tragique pour les Indiens, et politiquement maladroite, cette décision reflétait surtout la bon-

ne conscience d'intellectuels et de politiciens « progressistes »,
pour qui la terre reste avant tout un outil de production, et les
communautés indiennes des archaïsmes. Pour des marxistes,
l'État centralisateur doit devenir l'accoucheur de la nation, et
toute minorité a vocation à s'intégrer — politiquement et cul-
turellement — dans l'ensemble national.

C'est bien tardivement que les responsables découvrirent les
conséquences négatives de leur enthousiasme intégrationniste ;
beaucoup de jeunes Indiens avaient rejoint, avec leurs chefs, les
rangs de la *contra* pour se battre contre la révolution ; plusieurs
milliers d'entre eux ont, plus prosaïquement, fui les zones de
combat, et ont été regroupés dans des camps au Honduras.
Revenus à plus de réalisme, les sandinistes acceptèrent de signer, en avril 1987, un statut d'autonomie qui reconnaissait la
propriété communautaire inaliénable ainsi que les spécificités
linguistiques, culturelles et juridiques de ces populations. Ce
premier accord devait être suivi d'un authentique effort de
développement, pour une région dont l'économie a été détruite
par la guerre civile et dont la capitale, Bluefields, fut ravagée
en 1988 par un ouragan [20].

L'impossible dialogue politique

En ces années d'intense affrontement idéologique, tout dialogue avec des opposants paraissait impossible. Convaincus de
leur légitimité politique et de leur rôle historique, les sandinistes
ne se prêtaient guère à la négociation ; presse d'opposition
(« vendue à l'impérialisme ») bâillonnée, radios contrôlées, opposition surveillée [21]. La Coordination des partis d'opposition
avait décidé de boycotter les élections présidentielles de novembre 1984, arguant du maintien de l'état d'urgence et des
mauvaises conditions de la campagne électorale. Le climat
politique restait tendu, tout particulièrement entre le pouvoir et
la hiérarchie catholique : peu de temps auparavant, dix prêtres
étrangers avaient été expulsés pour avoir soutenu un jésuite
accusé de flirter avec la *contra*. De son côté, Rome avait suspendu *a divinis* trois prêtres accusés de ne pas respecter leurs
devoirs de réserve, Miguel d'Escoto, Ernesto Cárdenal, ministres des Relations et de la Culture, et Edgar Parrales, délégué
sandiniste auprès de l'OEA (Organisation des États américains).

Malgré une première tentative de dialogue en 1985, la tension entre l'Église et l'État fut à son comble en juillet 1986 lorsque le père Bismarck Carballo, bras droit du cardinal de Managua Obando y Bravo, se vit interdire le retour dans son pays, après qu'il eut assisté à un colloque organisé en France. Pareillement, l'évêque de Juigalpa, Mgr Pablo Antonio Vega, vice-président de la Conférence épiscopale, était expulsé pour avoir approuvé l'aide américaine aux *contras*. Radio católica était même interdite. Fort de son élection de novembre 1984, doté de nouveaux pouvoirs au sein d'un gouvernement plus centralisé, le président Daniel Ortega consacrait toute son attention à la guerre, indifférent aux réactions sociales négatives qu'entraînait la militarisation totale de la politique [22].

Épilogue : du rêve à la réalité (1987-1990)

Le retour de la paix en Amérique centrale

Depuis 1983, le groupe de Contadora — le Mexique, la Colombie, le Venezuela et Panamá — essayait de trouver des solutions négociées à l'ensemble des problèmes de la région centro-américaine. Un projet de traité devait fixer les conditions du retour à la paix pour juin 1986. C'est alors que le président guatémaltèque Vinicio Cerezo prit l'initiative de proposer, en mai 1986, des entretiens directs entre les cinq pays de l'aire centro-américaine. L'idée fut reprise par le président du Costa Rica, Oscar Arias, alors que la *contra* se lançait dans une offensive spectaculaire sur tous les fronts, tout en multipliant les actes de sabotage en zone urbaine. On peut dire qu'au début de 1987 la guerre s'était étendue à l'ensemble du territoire nicaraguayen. A la mi-juillet se livrait dans le Nord la plus grande bataille de la guerre ; la petite ville de Bocay fut complètement rasée. Du 5 août au 5 septembre 1987, on dénombra jusqu'à 338 affrontements. Beaucoup de paysans n'hésitaient plus à fournir aux *contras* une aide médicale et à leur servir de courriers ou d'espions. Les colonnes étaient désormais capables de s'infiltrer sur plusieurs centaines de kilomètres à l'intérieur du pays. Allait-on vietnamiser — selon l'expression de Reagan — le Nicaragua ? Par ailleurs, la situation socio-économique était devenue préoccupante, le combustible rationné, et l'économie dite informelle incontrôlable : il fallait donc aller à Canossa. Les accords dits d'Esquipulas II, signés au Guatemala les 6 et 7 août 1987, prétendaient imposer — en onze points — une logique régionale de paix, incluant des aspects militaires et politiques ; essentiellement : un cessez-le-feu et l'arrêt de l'aide aux *contras* du Nicaragua et à la guérilla du Salvador ; un processus d'amnistie et des commissions de réconciliation, des élections nationales et un projet de parlement centro-américain élu au suffrage universel. Une Commission de vérification, contrôlée par l'OEA, serait garante de l'application des accords.

Rejetées au départ avec indignation par les sandinistes, les négociations directes avec la *contra* finissaient par s'imposer, aboutissant aux accords signés à Sapoa, en territoire nicaraguayen (mars-avril 1988). Ces accords fixaient des zones de résidence pour les *contras* et proposaient les étapes d'un calendrier de retour à la paix : amnistie et libération progressive des prisonniers politiques, transformation de l'opposition armée en opposition civile, dialogue national. Si la fin des combats s'est imposée sans trop de difficultés, les réticences de la *contra* ont retardé jusqu'aux élections de février 1990 le délicat problème du désarmement des 10 000 soldats antisandinistes, encore localisés dans les régions périphériques du pays...

Depuis lors, le Nicaragua est entré dans une « désescalade » de la guerre, malgré des retards ou des bavures inévitables. L'état d'urgence a été supprimé au début de 1990, et une loi d'amnistie adoptée, afin de permettre aux opposants de retourner au pays pour y préparer des élections directes et libres. Plusieurs radios et hebdomadaires ont été à nouveau autorisés. Certes, le retour à la normalité ne se fit pas sans arrière-pensées ; les *contras* critiquaient la loi d'amnistie, et les sandinistes essayaient de gagner du temps pour éviter d'avoir à négocier la nature du futur régime[23].

« La révolte de la réalité »

La guerre civile avait coûté à ce pays meurtri 44 000 morts, des dommages estimés à 4 milliards de dollars, et porté la dette extérieure à 7 milliards. En 1989, le revenu par tête était le plus bas d'Amérique latine, avec 300 dollars. La réforme agraire, la mauvaise gestion et la corruption avaient contribué à ruiner la production agricole de base, le dirigisme d'État et le durcissement idéologique avaient accéléré la fuite des cerveaux — en 1990, plus d'un demi-million de Nicaraguayens vivaient en exil. Privé de l'aide européenne, jusqu'alors appréciable, le régime allait à la dérive, cherchant en vain à retrouver une crédibilité face à son peuple. « La réalité s'est réveillée au Nicaragua... Le projet original du sandinisme... a dû affronter des réalités qui s'imposèrent à l'idéologie et aux objectifs », note un sympathisant. « Les projets et les schémas idéologiques ont dû globalement s'adapter face à une réalité têtue... La réalité, base matérielle et historique, peut être changée, mais à condition de respecter ses exigences culturelles, économiques et historiques [24]. »

A quelques semaines seulement des élections de février 1990, le *comandante* Carlos Carrión reconnaissait l'incapacité économique des dirigeants sandinistes : « Au moment du triomphe [1979], nous avions des idées générales sur les événements. Mais nous n'avions pas l'expérience pratique pour diriger une transformation révolutionnaire. Certains pensaient qu'on pouvait passer rapidement à la société socialiste... » Carlos Carrión affirmait aussi la nécessité de « redéfinir le modèle économique », face à de jeunes électeurs, beaucoup moins politisés que leurs aînés [25]. Le projet sandiniste, jusque-là de type collectiviste et redistributif, devrait donc accepter un virage à 180 degrés et entamer une étape de concertation avec les représentants de l'entreprise privée, pour diminuer le poids parasite de l'économie planifiée. Le président nicaraguayen Daniel Ortega le reconnaissait lui-même en évoquant « le principe d'une économie libérale dans un état révolutionnaire ». Dans les faits, cette politique réaliste s'est s'imposée dès février 1988 : dévaluation importante pour tenter de briser l'hyperinflation (de 23 000 à 30 000 % en 1988, selon les sources), mesures d'austérité, licenciement de 30 000 fonctionnaires, offres non dissimulées de coopération avec le secteur privé... Mais la crise était trop profonde pour qu'une rigueur tardive pût redresser la situation ; l'erreur du gouvernement était d'oublier que la vraie raison de l'hyperinflation était tout simplement l'insuffisance de l'offre [26]. Pour la plupart des observateurs favorables à l'expérience sandiniste, les contre-performances économiques du régime doivent être imputées à l'économie de guerre. Il est vrai que le Nicaragua a compté jusqu'à 250 000 citoyens armés (en y incluant les milices) pour faire face aux attaques démultipliées d'une guérilla de quelque 20 000 hommes : poids excessif pour une population de 3 millions d'habitants. Mais les indicateurs économiques de la CEPAL (Commission économique pour l'Amérique latine) laissent entrevoir une plus grande complexité des explications de l'effondrement économique du Nicaragua : ainsi, en 1988, année d'interruption des attaques de la *contra* et de paix relative, jamais les exportations n'ont été aussi faibles (- 24,2%) et les importations aussi élevées (+ 32,4%). En cette même année, le déficit fiscal a augmenté de 58,7% par rapport à l'année précédente, le PIB a baissé de 8,2%, et la dette extérieure a fait un bon en avant, passant de 6,26 milliards de dollars à 7,50 [27]. Ainsi, l'année du répit fut celle des pires résultats économiques de la décennie : la guerre n'était donc pas la seule cause, et sans doute pas la cause principale de l'échec économique de la révolution sandiniste...

Condamné à respecter les accords de paix signés en 1987 avec les États voisins, plongé dans une crise économique sans issue à court terme, abandonné militairement (et économiquement jusqu'à un certain point) par son principal tuteur, l'Union soviétique [28], le Nicaragua sandiniste ne pouvait guère rejeter le défi de la démocratie, proposé par la communauté centro-américaine. Sa défaite électorale est loin d'être banale, dans la mesure où elle constitue le premier exemple d'une révolution marxisante ayant arraché le pouvoir par la force et condamnée, sous la pression extérieure et intérieure, à le perdre par les urnes.

Les sandinistes ont perçu trop tardivement les limites du modèle du Parti-État hégémonique, en déclin dans tous les pays socialistes, à commencer par l'URSS. Dans l'opposition, il leur reste à faire l'apprentissage du pluralisme démocratique, plus « représentatif » et moins « participatif », et à méditer sur l'épuisement du modèle de révolution violente, s'ils espèrent reconquérir le pouvoir en 1996.

9

Les Églises face à la révolution

L'Église catholique est présente en Amérique latine depuis la Conquête ; elle est même, pourrait-on dire, consubstantielle à la colonisation espagnole et portugaise, dans la mesure où, depuis bientôt cinq siècles, elle participe à l'investissement de l'imaginaire indien par le surnaturel chrétien. Bien que l'immense majorité des Latino-Américains se dit catholique, et que quatre sur cinq d'entre eux soient baptisés, la pratique est en déclin, et la crise des vocations y est plus forte qu'ailleurs — selon Nobmac'h, on compterait seulement un prêtre pour 6 000 habitants, soit sept fois moins qu'en France. Cette raréfaction des vocations justifie le recours massif à un clergé étranger — plus de la moitié des religieux officiant au Brésil sont européens, et, dans le cas extrême de la Bolivie, on dénombre plus de 80% de prêtres étrangers, représentatifs de 28 nationalités. Mais cette faiblesse de l'encadrement clérical ne diminue que partiellement l'influence morale et politique de l'Église catholique [1].

Depuis Vatican II, le conservatisme prudent des clercs a été ébranlé, et l'Église a révisé sa doctrine sociale. En Amérique même, les Conférences épiscopales de Medellín (1968) et de Puebla (1979) ont brisé l'image d'une hiérarchie catholique figée dans ses privilèges et compromise avec le pouvoir. Au cours des années 1980, l'option préférentielle pour les pauvres entrait dans le discours officiel de l'Église catholique ; en avril 1986, le pape Jean-Paul II finit même par cautionner la doctrine sulfureuse de la théologie de la libération. Et pourtant, derrière la doctrine officielle, apparemment homogène, le consensus politique et social n'existe pas au sein de l'Église : alors que la hiérarchie, dans son ensemble, se contente de prôner une « Église pour les pauvres », des chrétiens plus engagés veulent édifier une « Église des pauvres », voire, pour les plus extrémistes, une « Église révolutionnaire ». Un tel radicalisme ne se retrouve pas dans les positions — pourtant contradictoires — des Églises protestantes...

La fonction « tribunicienne » de l'Église catholique en Amérique latine

L'*aggiornamento* des Églises nationales au cours des années 1960 s'inscrit tout autant dans le sillage du Concile de Vatican II (1962-1965) que dans le contexte de la révolution cubaine, porteuse d'un immense espoir. Par son réseau extrêmement décentralisé, l'Église catholique apparaît très vite comme la seule institution capable de donner la parole aux plus humbles ; par ses messages de « conscientisation » et d'espoir de changement pour demain, elle devient, selon l'expression consacrée, « la voix des hommes sans voix », et se substitue partiellement aux partis, aux syndicats, aux médias défaillants...

Vers une doctrine officielle : « l'option prioritaire pour les pauvres », de Medellín (1968) à Puebla (1979)

Animé par le pape Jean XXIII, Vatican II avait plus développé l'action pastorale que la réflexion purement théologique ; revenant aux sources historiques de la Bible, il avait introduit sur le terrain de la théologie et de la pastorale deux innovations de nature « démocratique » : le pluralisme ecclésial et l'autonomie du temporel. Il avait aussi dégagé une notion nouvelle, celle de « l'Église, peuple de Dieu », enracinée dans l'histoire, où commence à se bâtir le Royaume [2]. L'épiscopat devait donc en priorité accéder concrètement à cette vision sociologique de l'histoire en se sensibilisant aux problèmes du tiers monde. Les grandes encycliques sociales du pape Jean XXIII (*Mater et magistra*, 1961, *Pacem in terris*, 1963) et de Paul VI (*Populorum progressio*, 1967) eurent un impact presque immédiat sur l'Action catholique ouvrière et sur la Jeunesse étudiante chrétienne.

Au point de départ de l'irruption du politique au sein de l'institution ecclésiastique, on trouve la CELAM (Conférence épiscopale latino-américaine), un organe de liaison entre les divers épiscopats du continent, créé en 1955 à l'initiative de dom Hélder Camara, alors simple évêque auxiliaire de Rio de Janeiro. Celui-ci avait déjà organisé, trois ans auparavant, l'épiscopat brésilien en Conférence nationale — la CNBB — dont il fut le premier secrétaire général. Avec Mgr Larraín, évêque de Talca (Chili), dom Hélder fut un secrétaire général efficace de la CELAM dans les années qui précédèrent le Concile du Vatican II.

La IIᵉ Conférence de la CELAM se réunissait à Medellín (Colombie) en août 1968, moins de trois ans après la clôture de Vatican II. Il s'agissait de réfléchir sur le thème : « L'Église dans la transformation de l'Amérique latine, à la lueur de Vatican II ». Inaugurée par le pape Paul VI, la Conférence aborda, à travers ses seize commissions, tous les aspects de la vie de l'Église : la théologie, la pastorale, la catéchèse, la liturgie ; elle s'intéressa également à la situation sociale du continent. Dans un document final de 124 pages, appelé à un grand retentissement [3], la Conférence exprimait ses trois préoccupations dominantes : l'Église, la foi et l'homme américain. Sur chacun de ces plans, la doctrine s'efforçait de replacer la réflexion théologique autour de réalités concrètes. Ainsi, à propos de l'action pastorale de l'Église, Medellín confirmait la valeur de la pauvreté (condamnée lorsqu'elle est subie, mais exaltée si elle est consentie), et engageait solennellement l'Église du côté des pauvres, avec la consigne : « Faire nôtres leurs problèmes et leurs luttes ; savoir parler pour eux. » Sur le plan de la foi, l'Église latino-américaine cherchait à retrouver les racines de la religiosité populaire en encourageant la pastorale des communautés de base. Véritable nouveauté : la Conférence plaçait l'homme américain au centre de sa réflexion, non pas l'homme abstrait, intemporel, mais l'homme engagé dans un « processus historique », celui de la transformation du continent, pour laquelle l'action devenait plus urgente que la parole. Six des seize conclusions de Medellín étaient, en effet, consacrées à « la promotion de l'homme et des peuples du continent vers les valeurs de la justice et de la paix, de l'éducation et de l'amour chrétien [4] ». Les évêques proclamaient : « Nous sommes au seuil d'une époque nouvelle de l'histoire de notre continent, époque clé du désir ardent d'émancipation totale, de libération de toute espèce de servitude... » Même s'il reconnaissait l'injustice de la « violence institutionnalisée », l'épiscopat latino-américain n'allait pas, pour autant, jusqu'à soutenir la violence révolutionnaire. Reprenant les thèses que Paul VI exprimait dans *Populorum progressio*, les évêques soulignaient l'esprit pacifique du chrétien : « Si nous tenons compte de la préférence du chrétien pour la paix, de l'énorme difficulté de la guerre civile, de sa logique de violence, des maux atroces qu'elle engendre..., de la difficulté à construire un régime de justice et de liberté en partant d'un processus de violence, nous souhaitons que le dynamisme du peuple conscient et organisé se mette au service de la justice et de la paix [5]... »

Ce texte majeur devint peu à peu la référence obligée du discours catholique, et de la pastorale postconciliaire, même si son application concrète restait difficile au sein d'un clergé plutôt individualiste. Les métaphores inspirées ne manquèrent pas pour qualifier Medellín, événement majeur de l'Église au XXe siècle : « Exode de l'Église latino-américaine », « Pentecôte chrétienne où se mêlèrent la voix de l'Esprit et le cri du peuple opprimé [6] ».

Au début de 1979 se livrait au Mexique la « bataille de Puebla » (selon la formule de Paul E. Sigmund). Cette IIIe Conférence générale de la CELAM, inaugurée par le pape Jean-Paul II, se tenait dans une Amérique frappée par la crise économique, l'endettement et les dictatures militaires. Au cours des années précédentes, certains évêques avaient essayé de désamorcer les effets pratiques de la bombe à retardement que représentait le texte de Medellín, car ils craignaient qu'une radicalisation ne mît en danger les valeurs traditionnelles de l'Église. Le nouveau secrétaire de la CELAM, Mgr Alfonso López Trujillo, évêque auxiliaire de Bogotá, avait fait en sorte de tenir à l'écart de la réunion épiscopale de Puebla les théologiens les plus engagés, ceux qui avaient joué un rôle décisif dix ans plus tôt à Medellín. Mais ces derniers surent agir avec discrétion et efficacité auprès des participants, qui produisirent un document final balancé : si les excès de la théologie nouvelle étaient condamnés, le capitalisme libéral et la doctrine de la sécurité nationale l'étaient aussi, au même titre que les régimes marxistes totalitaires. La doctrine de Medellín sur le « choix prioritaire des pauvres » fut également réaffirmée, et acceptée sans réticence majeure par l'ensemble de la hiérarchie. Cet unanimisme de façade a fait dire à certains clercs radicalisés que l'Église hiérarchique s'était, paradoxalement, approprié quelques aspects du discours et de la pratique de la religiosité populaire[7].

Les défis de la « théologie de la libération »

Cette théologie neuve marque non seulement le catholicisme, mais la pensée chrétienne en général, dans la mesure où la plupart des communautés chrétiennes du sous-continent ont eu à se définir par rapport à elle : les publications qui la concernent sont abondantes, et son audience a dépassé le seul domaine de la spécialité ; avec elle, la théologie est entrée à l'université, mais aussi dans les familles ; on en a parlé dans les médias, dans les cafés et jusque dans la rue, au risque d'en déformer l'essence[8]. Elle s'inscrit, d'une certaine manière, dans une longue tradition contestataire, lorsque certains clercs ou juristes dénonçaient l'oppression coloniale et prenaient la défense des Indiens — un Bartolomé de Las Casas, un Francisco de Vitoria, un Juan de Acosta[9]...

Son dynamisme est associé au climat de contestation sociale de l'Amérique latine dans les années 1970. Le développement des communautés ecclésiales de base (CEB), mais aussi les réactions négatives — souvent violentes — des milieux conservateurs à son expression populaire ont renforcé sa créativité et même, pourrait-on dire, son agressivité. Cette théologie profondément engagée dans le politique prétendait fournir des solutions à tous les groupes sociaux, plus particulièrement aux plus défavorisés, aux marginaux sociaux de toute espèce. Cette théologie protéiforme proposait sa propre grille d'analyse aux tares socio-économiques de l'Amérique ibérique contemporaine, offrant à toutes les communautés des réponses spécifiques : à l'Indien, au Noir, à la femme... Pensée totalisante, sinon totalitaire, la théologie de la libération se voulait authentiquement chrétienne par son souci d'œcuménisme et par la réhabilitation de la Bible, considérée comme le Livre de la Parole de Dieu. Cette théologie amorçait aussi une révolution culturelle par son herméneutique tout à fait neuve, qui prétendait comprendre l'histoire de l'Église sur le continent à travers le regard des pauvres et des opprimés, qui osait redonner aux femmes le droit à l'explication de la parole sacrée [10], et qui cherchait à redéfinir les formes de l'Église de demain...

La théologie de la libération semblait s'être substituée à la pensée philosophique par son souci de « couvrir » la totalité du sacré et du réel. Nouvel arbre de la connaissance qui plongerait ses racines dans le « peuple de Dieu », elle nourrissait son tronc du dynamisme de ses racines multiples qui s'étalaient vigoureusement dans toutes les directions. Disséminés aux quatre coins du continent, de Medellín à Lima, de São Paulo à San José de Costa Rica, ses centres d'étude diffusaient plus d'une vingtaine de revues spécialisées, particulièrement *Revista eclesiastica brasileira* (*Petropolis*, Brésil), et *Christianismo y sociedad* (Mexico). Si l'on en juge par l'ampleur de l'édition, sa fécondité semble inépuisable au cours de la dernière décennie, particulièrement dans les deux pays phares de ce mouvement, le Brésil et le Pérou — mais cette « nouvelle théologie » a aussi produit des ouvrages remarqués en Amérique centrale et dans les pays du « cône Sud [11] ».

Comme tout système de pensée, la théologie de la libération a ses « vedettes », qui occultent une masse d'auteurs moins reconnus ; et tout d'abord le plus ancien, le père Gustavo Gutiérrez, né en 1928, prêtre diocésain formé à l'université de Louvain et qui a soutenu une thèse « sur travaux » à l'Institut catholique de Lyon en mai 1985. Il est considéré comme le « père fondateur » du mouvement pour avoir publié en 1971 *Vers une théologie de la libération*, formulation plus heureuse d'un courant qui s'appelait alors « théologie du développement », comme un effet de résonance de la théorie de la dépendance. Il a formé à Lima une équipe, sinon une école, de théologie biblique. Mais les leaders médiatiques du mouvement restent incontestablement ceux du Brésil, particulièrement les frères Leonardo et Clodovis Boff, respectivement franciscain et servite. Spécialiste d'ecclésiologie et de christologie (*Jésus-Christ libérateur*, 1972), Leonardo Boff s'est surtout fait connaître par son *Saint François d'Assise* (1982) et par un ouvrage jugé sulfureux à Rome (*Église, Charisme et Pouvoir*, 1981). Le dominicain frei Betto, qui a longtemps travaillé dans les communautés ecclésiales de base de la banlieue ouvrière de São

Paulo, se définit moins comme un théologien que comme un « pastoraliste ». Il est connu par son best-seller : *Fidel [Castro] et la Religion*. D'origine belge, le Père Joseph Comblin a travaillé successivement à Recife (1965-1967), d'où il fut expulsé, et au Chili. Ses ouvrages expriment une position nettement engagée (*Théologie de la libération*, 1970, *Théologie de la pratique révolutionnaire*, 1974, et, dans un autre registre, *Le Pouvoir militaire en Amérique latine*, 1977). Quelques auteurs ont plutôt vulgarisé la doctrine : l'Argentin Enrique Dussel, formé à la Sorbonne et à Fribourg (*Philosophie de la libération*, 1983), le Chilien Pablo Richard (*Mort des chrétientés et Naissance de l'Église*, 1979), et le jésuite d'origine basque espagnole Jon Sobrino, ami de Mgr Romero et auteur d'une *Résurrection de la véritable Église*, 1981. Le jésuite uruguayen Juan Luis Segundo s'est aussi fait remarquer par un ouvrage au titre provocateur (*Libération de la théologie*, 1974), dans lequel il propose une définition spécifique du socialisme : « un régime politique dans lequel la propriété des moyens de production appartient à des instances supérieures dont l'objectif est le bien commun... ».

Bien qu'il soit difficile, et, à la limite, vain, de vouloir cerner les multiples courants de cette nouvelle théologie, on peut en esquisser les prémisses méthodologiques. La doctrine est doublement neuve, d'une part parce qu'elle prétend fonder son analyse de la société sur la base des sciences sociales, reconnues comme des disciplines quasi exactes et, d'autre part, parce qu'elle se veut, en même temps, une authentique *praxis* de la libération. Sous la plume de Leonardo Boff et de Gustavo Gutiérrez jaillissent des métaphores politiques qui font du théologien une espèce d'intellectuel organique au service des « masses » ou du « peuple de Dieu ». A l'instar de Gramsci, ces représentants de l'intelligentsia que sont les théologiens prétendent aller au peuple, pour exercer en sa faveur une sorte de « science pratique de la libération » ; science totalisante, qui voudrait réaliser une union dialectique entre la connaissance épistémique et la *praxis* politique ; dans cette approche, le théologien devient un « intellectuel organique du prolétariat [12] ».

Les formulations de cette théologie sont beaucoup plus variées qu'il n'y paraît au premier abord : à partir d'un principe commun, qui est de commenter la Parole à partir du lieu social que représente le pauvre ou l'opprimé, les théologiens divergent sur la perception du « peuple de Dieu » et sur le type de relations qui doivent s'établir entre les « masses » et l'intellectuel. Pour les uns, la base reste éminemment passive, parce qu'elle ne dispose ni du savoir ni d'une culture authentique ; simple objet d'oppression, elle a besoin de clercs savants et actifs qui se mettront à son service pour la libérer et la conduire vers la réalisation d'un Évangile terrestre autant que spirituel. Selon d'autres, la relation dialectique entre le théologien et sa base doit être de pure réciprocité, car le peuple reste un « sujet » riche de sa créativité, de son sens commun ; il a une voix et peut s'exprimer à part entière dans « l'Église des pauvres » ; car le « peuple sujet » possède en lui-même les valeurs authentiques qui lui permettront de se libérer. Le théologien doit alors renoncer à sa vocation d'intellectuel de classe moyenne et s'immerger dans ce monde des pauvres, qui garde son propre dynamisme [13]...

Contre les « dérives » ou les « déviations » de ce que certains journalistes appelaient une « théologie des rues », ou bien encore une « perversion de la chrétienté », l'Église de Rome n'a pas manqué de prendre position. En septembre 1984, la Congrégation romaine pour la doctrine de la foi faisait paraître sous la signature du cardinal Joseph Ratzinger une *Instruction sur quelques aspects de la théologie de la libération*, dans laquelle le prélat rappelait que la libération véritable est surtout celle de « la servitude radicale du péché », et non pas celle « des servitudes d'ordre terrestre et temporel ». « La présentation qu'ils [les théoriciens de cette doctrine] proposent des problèmes est ainsi confuse et ambiguë... Certains sont tentés, devant l'urgence de partage du pain, de mettre entre parenthèses et de remettre à demain l'évangélisation : d'abord le pain, la parole pour plus tard... » Fait encore plus aggravant, l'Église de Rome voyait sous la plume de certains auteurs — de Joseph Comblin en particulier — une influence plus ou moins consciente du marxisme. C'est encore le cardinal Ratzinger qui écrit dans la même *Instruction* : « Des emprunts non critiqués à l'idéologie marxiste et le recours aux thèses d'une herméneutique biblique marquée par le rationalisme sont à la racine de la nouvelle interprétation, qui vient corrompre ce qu'avait d'authentique le généreux engagement initial en faveur des pauvres [14]... » Selon certains commentateurs, cette théologie d'un nouveau genre serait fortement marquée par l'école de Francfort : Adorno, Habermas, Marcuse, ainsi que par le marxisme mystique d'un Ernst Bloch. Le théologien allemand Juergen Moltman la dévalorise en la traitant de « marxisme de séminaire »... On accuse encore ses théoriciens de confondre l'image biblique de l'histoire avec la dialectique marxiste, de faire du marxisme la seule herméneutique légitime pour comprendre la Bible. On lui reproche aussi de transformer la notion de « peuple de Dieu » en un concept historique proche de celui de la lutte des classes, ou bien de ne s'intéresser qu'à la figure du « Jésus historique », aux antipodes de la christologie officielle empruntée au judaïsme, pour laquelle l'événement historique comptait moins que son interprétation... Quant à la vision pratique de cette théologie, elle peut dériver vers une métapolitique réductrice, qui rendrait compte de tous les maux d'une société par les seules structures économiques, sociales et politiques. Car, pour Rome, le « Discours sur la montagne » ne saurait se réduire à la lutte des classes, et l'espoir du règne de Dieu ne peut se confondre avec une utopie visant à construire un hypothétique royaume terrestre. Bref, le christianisme ne peut servir d'instrument à la transformation du monde [15]...

L'expression la plus spectaculaire de ce différend fut l'obligation imposée à Leonardo Boff de venir se justifier au Vatican, à propos de son livre *Église, Charisme et Pouvoir*, dans lequel il critiquait l'autoritarisme de Rome, accusée de conduire l'Église avec une discipline toute militaire, et de maintenir un immobilisme politique, contradictoire avec l'option pour les pauvres : « Je ne mets pas en doute l'autorité de l'Église, écrivait L. Boff, mais la manière dont cette autorité "pyramidale" a été organisée historiquement afin de réprimer toute liberté de pensée au sein de l'Église... » Malgré une campagne de presse en sa faveur, la Congrégation (l'ex-Saint-Office) le condamna en mars 1984 à une période de silence pénitentiel de douze mois pour « quatre options dangereuses [16] » ; mais le bruit courait à Rome que la punition avait pour motif l'emploi de critères marxistes dans des œuvres théologiques.

Les « nouveaux théologiens » se sont toujours défendu de telles accusations, en particulier de faire du marxisme une option fondamentale. Ainsi, le père Leonardo Boff, soutenu par deux archevêques brésiliens, franciscains comme lui, précisait devant le cardinal Ratzinger : « Le marxisme est dangereux, mais utile, il est utilisé (seulement) comme médiation, comme outil intellectuel, comme instrument d'analyse sociale [17]. » Dans les années 1970, plusieurs théologiens brésiliens, frei Betto, Moacyr Grechi, Ivone Gebara, partageaient cette approche « instrumentale » de la théorie marxiste : pour eux, il était utile de recourir à certains éléments de l'analyse marxiste, mais seulement pour comprendre les faits sociaux. Même le père Gutiérrez, accusé en 1983 par le cardinal Ratzinger de faire une synthèse entre le marxisme et le christianisme, s'en défendait vivement, affirmant que ses premiers écrits étaient très critiques vis-à-vis du « socialisme historique ». Reprenant les conclusions de Joseph Comblin, José Francisco Gómez H. écrivait (en 1987) : « Nous ne croyons pas qu'il existe un seul théologien de la libération qui assume la totalité du marxisme. » Selon lui, la nouvelle théologie d'Amérique latine se contentait d'utiliser des théories, comme le marxisme ou le concept de dépendance, pour comprendre la réalité sociale [18]. Débat de fond entre deux épistémologies irréductibles ; pour les uns, la théologie doit rester en position de « métathéorie » par rapport au marxisme ; pour les autres, on ne peut sélectionner dans la théorie de Marx : ou bien on la rejette intégralement, ou bien elle émerge tout entière...

Vers l'apaisement théologique ?

A partir de 1985, la tension entre le Saint-Office et les partisans de la nouvelle théologie semble s'être atténuée, dans un effort réciproque de convergence. Après les hésitations que l'on sait, la Congrégation romaine pour la doctrine de la foi publiait le 5 avril 1986 une *Instruction sur la liberté chrétienne et la libération*, encore signée du cardinal Ratzinger. A la façon du Christ, qui a vécu « dans un état de pauvreté et de dénuement », l'Église réitérait son message de « préférence pour les pauvres », rappelait « l'exigence impérative du respect de chaque être humain dans ses droits à la vie et à la dignité », se prononçait pour « la promotion de la justice dans les sociétés humaines ». Toujours au nom de la priorité de la personne humaine, le document romain proposait une « *praxis* chrétienne de libération » qui évacuait tout recours à la « violence systématique » et dénonçait « le mythe de la révolution ». Étaient renvoyées dos à dos les idéologies machiavéliques de la lutte des classes et de la sécurité nationale. Sans remettre en cause le système capitaliste, l'*Instruction* du cardinal réaffirmait le primat du statut des travailleurs sur l'augmentation des profits et donnait une approche beaucoup plus constructive des communautés ecclésiales de base. Rome approuvait les efforts de l'Église brésilienne pour trouver des réponses aux problèmes de la pauvreté et de l'oppression, ajoutant : « La TL est non seulement opportune, mais utile et nécessaire... » Comme si l'Église essayait de récupérer le dynamisme de ce nouveau courant de la pensée chrétienne.

De leur côté, les « nouveaux théologiens » semblaient avoir renoncé à leur radicalisation et à leurs emphases lyriques, à ce que Thomas Sanders appelait en 1973 leur « moralisme utopique » : la lutte des classes, la justification de la violence ou le refus de tout réformisme étaient sinon gommés, du moins minimisés. Leurs derniers écrits sont plus imprégnés de spiritualité biblique ou, tout simplement, de réalisme. Ainsi, Hugo Assmann, qui passait pour l'un des théologiens les plus engagés, écrivait en 1986 : « Beaucoup de gens de gauche commencent à comprendre que les valeurs démocratiques sont des valeurs révolutionnaires [19]. »

Les Églises chrétiennes et l'engagement révolutionnaire

Face aux enjeux de la révolution, les chrétiens d'Amérique latine, particulièrement les catholiques, ont adopté des positions éclectiques, pour ne pas dire opposées ; se plaçant à mi-chemin des traditionalistes et des engagés « à gauche », l'épiscopat s'est attaché à défendre la position officielle, définie par la Conférence épiscopale de Puebla.

La démocratie chrétienne
ou l'utopie de la « révolution dans la liberté »

Pendant des siècles, la croix s'était mise au service de la colonisation, à l'exception sans doute du clergé régulier. Cette identification de l'Église au pouvoir explique sans doute en partie la déchristianisation précoce des campagnes et la montée des « sectes ». Malgré Vatican II, certains clergés — ceux de l'Argentine, de la Colombie, du Mexique en particulier — continuaient à défendre des positions traditionnelles ou conservatrices. En Colombie, par exemple, l'Église continuait à être régie par le concordat de 1887, exerçant une pastorale de la famille et de l'éducation, à base de liturgie et de rites sacramentels. Proche du Parti conservateur, elle exhortait les prêtres à protéger les pauvres de la lutte des classes ainsi que de l'idéologie « diabolique » du communisme. Reprenant à son compte la métaphore du « corps social », elle prônait l'édification d'un nouvel « ordre social chrétien [20] ».

L'ouverture de l'Église catholique à la « question sociale » avait commencé timidement au lendemain de la crise de 1930, sous la forme d'un projet politique exotique en Amérique : la démocratie chrétienne. On sait, en effet, que celle-ci plonge ses racines dans l'histoire européenne, depuis l'encyclique de Léon XIII (*Rerum novarum*, 1891) jusqu'aux penseurs catholiques : Marc Sangnier et le Sillon (1893), Luigi Sturzo (1871-1951), ancien secrétaire général de l'Action catholique, et, surtout, Jacques Maritain (1882-1973), apôtre de la « nouvelle chrétienté ». Malgré une forte influence cléricale, la DC se présentait comme un mouvement séculier. Ses militants se recrutaient surtout dans « la classe moyenne catholique, blanche, urbaine, intellectuelle et en voie d'ascension [21] ». A partir des années 1950, le mouvement « s'américanisa », se transformant peu à peu en populisme bon teint, enrichi de thèses « développementistes ». Il ne prit une réelle consistance politique qu'au début des années 1960, s'orientant vers des actions de développement communautaire et des réformes agraires, dans l'esprit de l'Alliance pour le progrès, lancée par J.F. Kennedy, le premier président catholique des États-Unis. A sa façon, la démocratie chrétienne latino-américaine développait une utopie politique nouvelle, celle de la « troisième voie », de la « troisième alternative », ou de la « révolution dans la liberté ». Dans la pratique, ce courant se montra beaucoup plus virulent contre le communisme que face au capitalisme ; ses leaders s'employèrent à mettre en place une économie libérale modérée, susceptible de satisfaire un minimum de revendications salariales, tout en contrôlant mieux les conflits de travail.

La démocratie chrétienne s'est implantée dans dix-huit pays d'Amérique latine, essentiellement en Amérique centrale — Guatemala (1955), Salvador et Panamá (1960), Costa Rica (1963) — et dans les pays andins — Chili (dès 1938), Venezuela (1946), Pérou (1955), Équateur et Colombie (1964)[22] ; notons que le Brésil et le Mexique n'ont guère été touchés par cette idéologie.

Incontestablement, c'est au Chili que la démocratie chrétienne a été la plus forte et la plus constante ; connue au départ sous le nom de Phalange nationale — branche dissidente du Parti conservateur, traditionnellement proche de l'Église —, elle rassemblait quelques brillants intellectuels catholiques, appelés à jouer un rôle décisif dans les années 1960, Bernardo Leighton, Radomiro Tomic, Manuel Garretón et, surtout, Eduardo Frei (1914-1982), futur leader du mouvement. Ce dernier reconnaîtra plus tard sa dette intellectuelle à l'égard de Jacques Maritain, le rénovateur de la scolastique. Par l'intermédiaire de Gabriela Mistral, E. Frei avait établi une correspondance régulière avec l'auteur de l'*Humanisme intégral* (1936), avant de suivre son enseignement à l'Institut catholique de Paris. Dans un livre paru en 1949, Frei expliquait le fondement philosophique du nouveau courant, démontrant aussi l'influence décisive de l'encyclique *Quadragesimo anno* (1931) : « [Une] critique de la société capitaliste... aussi sévère que celle du marxisme[23]. » En juillet 1957, la Phalange se transformait en Parti démocrate-chrétien (PDC), qui se situait clairement au centre de l'échiquier politique ; son programme était de « lutter démocratiquement pour un nouvel ordre social fondé sur la fraternité et la justice... » (commission politique du 15 mai 1959). Aux élections présidentielles de 1964, le mouvement s'attacha à défendre un programme électoral fondé sur une authentique démocratie politique et sur une coopération de classes. Cette « voie intermédiaire » proposait des réformes structurelles importantes, comme la généralisation du droit de vote aux citoyens âgés de vingt et un ans, l'application du droit du travail, une réforme de l'éducation et, plus spectaculaire encore, une réelle réforme des structures agraires... E. Frei gagna aisément les élections de 1964, avec 56,1% des voix, loin devant Salvador Allende (38,9%), qu'il battit dans de nombreuses circonscriptions traditionnellement de gauche. Plus sans doute que la peur du communisme, la figure charismatique du candidat Frei et l'habileté de son slogan « Révolution dans la liberté » avaient séduit un large éventail d'électeurs... La réforme agraire constituait la partie la plus révolutionnaire de ce programme, dans la mesure où elle s'attaquait au droit de propriété : entre 1967 — date de la promulgation de la réforme — et 1970, près de 15% des terres cultivables furent expropriées et réparties en *asentamientos* (coopératives) gérées collectivement. Les démocrates-chrétiens avaient rêvé de créer une petite bourgeoisie rurale, mais, de fait, la paysannerie se trouva divisée entre les bénéficiaires de la réforme (20 000 familles au lieu des 100 000 prévues) et les simples ouvriers agricoles. Des tensions réapparurent au niveau des syndicats paysans[24]. Au sein même du PDC, les radicaux (ou « rebelles ») — un Silva Solar, un Jacques Chonchol — ne parvenaient pas à accélérer les réformes, ni dans l'agriculture ni dans le domaine des nationalisations. Sceptiques sur les « perspectives révolutionnaires » de la démocratie chrétienne, une partie des militants s'en détacha en mai 1969, pour former un parti ancré à gauche, le MAPU (Mouvement d'action populaire unitaire), un parti de cadres qui rassemblait des techniciens de la réforme agraire, des fonctionnaires et des universitaires, et qui se radicalisa au point de considérer le marxisme comme « une idéologie opérationnelle », se définissant même comme une « avant-garde marxiste-léniniste ».

Le choix d'un candidat de gauche, Radomiro Tomic, n'avait pas suffi à faire gagner les élections présidentielles du 4 septembre 1970. Bien qu'il eût accepté la transaction constitutionnelle qui donnait à Salvador Allende la présidence du pays, le Parti démocrate-chrétien entra dans une opposition non violente, mais résolue, suivant en cela la majorité de l'Église chilienne, troublée par ce que d'aucuns appelaient déjà le « dogmatisme socialiste[25] ». Eduardo Frei adopta une position sans ambiguïté face aux désordres de l'Unité populaire, surtout après l'assassinat, en juin 1971, d'un de ses anciens ministres,

Edmundo Perez Zujovic, par un groupe d'extrême gauche. Devenu second personnage du pays par son élection à la présidence du Sénat, en mai 1973, E. Frei ne fit rien pour tenter une médiation entre Allende et les forces armées. Le 10 octobre, il justifia même le coup d'État du 11 septembre, dans le quotidien espagnol *ABC*, par ces mots laconiques : « Le droit de rébellion est un devoir... » Mais, quelques années plus tard, Frei devait entrer en opposition virulente contre le régime militaire d'Augusto Pinochet. A sa mort, survenue en janvier 1982, plus de 500 000 personnes suivirent le cortège funèbre. Dans son homélie, le cardinal Silva Henriquez remercia l'ancien leader de la DC d'« avoir voulu appliquer la doctrine sociale de l'Église [26] »...

Dans d'autres pays, la démocratie chrétienne s'employa à rechercher la fameuse « troisième voie », mais sans jamais atteindre le radicalisme et l'ampleur du mouvement chilien. Ainsi, au Venezuela, le Parti social chrétien (COPEI), qui avait souffert des compromissions d'une partie du clergé avec les militaires, dans les années 1948-1958, sembla retrouver une seconde jeunesse après Vatican II. En 1968, le candidat démocrate-chrétien Rafael Caldera, ami d'Eduardo Frei, gagnait avec une poignée de voix d'avance seulement les élections présidentielles. Battu en 1973 par le candidat d'Action démocratique (Carlos Andrés Perez), le Parti chrétien revint au pouvoir en 1978 avec L. Herrera Campins, mais n'entreprit jamais des réformes aussi importantes qu'au Chili.

Quant à la vague démocrate-chrétienne des années 1980 en Amérique centrale, elle correspondait surtout à la recherche d'une troisième voie pacifique, après des années de guerre civile entre les guérillas et les partis d'extrême droite. D'ailleurs, le manifeste approuvé par l'IDC (Internationale démocrate-chrétienne) en 1976 à Rome n'avait rien d'un message radical ; il préconisait « une société d'hommes et de peuples libres et solidaires, une démocratie authentique et pluraliste, une société communautaire, une économie au service de l'homme ». Napoléon Duarte (1984-1989) au Salvador, Marco Vinicio Cerezo au Guatemala (1986-1991), Rafael Angel Calderón (depuis février 1990) au Costa Rica sont arrivés au pouvoir à la faveur de la grande lassitude des opinions publiques. Leurs victoires élec-

torales ne correspondaient à aucune aspiration révolutionnaire
(au sens d'un changement radical) ; tout au contraire, elles signifiaient le rejet de la violence et des guerres fratricides, le
refus de la polarisation entre deux extrêmes irréconciliables.
Les nouveaux slogans des programmes démocrates-chrétiens de
cette région si instable étaient : « justice », « liberté », « lutte
contre la drogue », « développement » « reconstruction économique », « paix »[27]...

La doctrine officielle d'une majorité de l'épiscopat catholique : « Oui aux réformes, non à la révolution... »

La hiérarchie catholique a, dans sa très grande majorité, suivi
la ligne de l'engagement aux côtés des pauvres, tout en condamnant fermement toute action violente de droite ou de gauche.

L'épiscopat face aux régimes autoritaires

Face aux « cas douloureux » que représentèrent le Brésil, Haïti
et le Chili, l'Église officielle a montré d'étonnantes capacités à
concilier la fermeté des principes et sa souplesse d'adaptation
aux conditions politiques spécifiques...

A l'époque du Brésil « populiste », l'Église catholique —
évêques et laïcs confondus — se montrait soumise aux autorités, lesquelles, en retour, accordaient des subventions publiques
aux écoles catholiques... En 1964, la Conférence nationale de
l'épiscopat brésilien (CNBB) avait justifié la (contre)-révolu-
tion de 1964 : « En rendant grâce à Dieu qui a répondu aux
prières de millions de Brésiliens et nous a délivrés du péril
communiste, nous remercions les militaires... » (déclaration du
2 juin 1964). Au cours des années suivantes, l'Église officielle
devait évoluer rapidement, passant de l'observation prudente au
rejet massif du régime autoritaire. La minorité progressiste,
jusqu'alors puisée dans la classe moyenne, s'élargit aux classes
populaires, et la pastorale des communautés ecclésiales de base
devint l'école d'une démocratie à inventer. Durant les deux
décennies du régime militaire, la CNBB devint, si l'on peut
dire, le principal parti d'opposition, intervenant dans la défense
des droits de l'homme, des Indiens en particulier, ou pour la

réforme agraire : « Nous donnons à la réforme agraire un sens social, humain... Nous insistons sur le droit de chacun à travailler la terre [28]... »

En Haïti, la lenteur de la conversion de l'Église s'explique par la contrainte du concordat, qui donnait au président à vie le droit de choisir les évêques. Ce fut la Conférence nationale des religieux qui donna le signal de la contestation au sein des classes populaires, au début des années 1980. Bien souvent, les messes se transformaient en meetings contre Jean-Claude Duvalier, et de nombreux prêtres assumaient la direction de projets de développement. « Bébé Doc », qui se méfiait de l'autorité morale de l'Église, avait pris soin d'expulser bon nombre de prêtres étrangers, jugés subversifs parce qu'ils dénonçaient la montée des injustices. Le Congrès eucharistique de Port-au-Prince avait lancé, en 1983, ce slogan éminemment politique : « Il faut que quelque chose change ici et que les pauvres se mettent à espérer ! » — slogan repris par le pape Jean-Paul II, qui semblait ainsi cautionner l'aspiration du peuple à un profond changement [29]. Pour Henri Tinck, l'Église a été « la véritable responsable de la chute de M. Duvalier ». Cependant, si l'Église institutionnelle semble avoir « donné une âme » au peuple haïtien, elle a toujours refusé d'aller plus loin, préférant garder « son indépendance et sa fonction critique [30] ». L'élection à la présidence d'Haïti, en janvier 1991, du père Aristide, adepte de la théologie de la libération, semble comme un prolongement naturel de l'action de l'Église des pauvres, dans le pays le plus pauvre d'Amérique.

De son côté, l'Église officielle chilienne a manifesté quelque contradiction face au régime autoritaire du général Pinochet, un catholique pointilleux [31]. Même après la séparation de l'Église et de l'État, en 1925, l'ouverture de l'Église chilienne à la question sociale, à travers l'Action catholique, avait été laborieuse. Lorsque le père Hurtado publia, dans les années 1940, un essai polémique intitulé *Le Chili est-il un pays catholique ?*, il fut désavoué par une partie de l'épiscopat... Même si l'Église prétendait ne s'identifier à aucun parti, elle enjoignait à ses fidèles de ne pas s'inscrire dans des mouvements anticléricaux... Au temps de l'Unité populaire (1970-1973), la hiérarchie prit du recul par rapport au régime, dénonçant même « la profonde ambiguïté et l'erreur doctrinale » du Mouvement des chrétiens pour le socialisme [32] et se prêtant à un éloge appuyé de la démocratie bourgeoise. Deux jours après le coup d'État des militaires (le 13 septembre 1973), les évêques lançaient un appel aux nouvelles autorités pour exiger le respect des vaincus, la réconciliation et le retour à la démocratie. Mais il est clair que l'Église chilienne ne condamna pas le coup d'État ; dans un document de travail du 5 septembre 1975, le Comité permanent de l'épiscopat écrit clairement : « Il est évident que l'immense majorité du peuple ne désirait, ni ne désire, suivre le destin de ces pays qui sont soumis à des gouvernements marxistes totalitaires. En ce sens, nous croyons juste de reconnaître que, le 11 septembre 1973, les forces armées ont interprété un désir majoritaire, et, en agissant ainsi, ont écarté un immense obstacle sur le chemin de la paix [33]... »

Par la suite, les relations entre l'épiscopat chilien et le gouvernement du général Pinochet devaient s'aggraver. Dès avril 1974, les évêques publiaient un document sur la nécessaire réconciliation des Chiliens. Institution médiatrice, soutenue par le Saint-Siège, l'Église s'attachait à défendre les droits de l'homme, à travers le Comité œcuménique pour la paix et le Vicariat de la solidarité (1976). En janvier 1978, elle organisait à Santiago un symposium sur les droits de l'homme, au risque d'être durement critiquée par le pouvoir et par une minorité de catholiques « traditionalistes ». L'archevêque-cardinal de Santiago, Mgr Raúl Silva Henriquez, présenté par le régime comme le chef tacite de l'opposition, ne manquait aucune occasion de dénoncer la violence, mais aussi la crise économique et sociale sévère qui frappait le pays depuis 1982. Dans une lettre pastorale (*Le Renouveau du Chili*), il exigeait « le retour à une démocratie totale ». Mais l'Église était aussi tenue à une certaine prudence, dans la mesure où le Saint-Siège avait accepté de jouer un rôle de médiateur dans le conflit frontalier dit du Beagle, qui opposait le Chili et l'Argentine sur le problème des terres australes. Ces contradictions peuvent rendre compte de l'alternance de gestes de bonne volonté et de déclarations critiques de la part de l'épiscopat au cours des années 1980 [34]. La nomination, en mai 1983, d'un nouvel archevêque de Santiago, Mgr Fresno, un homme de terrain, moins doctrinaire et plus modéré, n'a pas empêché la détérioration des relations entre l'Église et la dictature, la première ne cessant de réclamer le retour à la démocratie, et la seconde n'hésitant pas à expulser des prêtres militants. C'est Mgr Fresno qui prit, en août 1985, l'initiative d'un accord national entre les divers partis pour assurer la transition démocratique ; aussi la victoire du démocrate-chrétien Patricio Aylwin aux élections de décembre 1989 peut-elle être aussi interprétée comme une victoire partielle de l'Église chilienne.

La hiérarchie catholique à Cuba et en Amérique centrale

Il semble vain de vouloir comparer les positions respectives des églises nationales de Cuba et du Nicaragua, car il s'agit d'expériences révolutionnaires décalées par un certain laps de temps, au cours duquel l'Église catholique d'Amérique latine a connu sa grande mutation intérieure...

Ainsi, lorsque triomphe la révolution à La Havane, l'Église cubaine défend encore une position largement conservatrice. Les trois quarts de ses 2 500 prêtres et religieux étaient espagnols, largement élitistes et acquis aux préjugés anticommunistes. La pratique religieuse était faible, les campagnes déchristianisées, et l'Église apparaissait comme une institution marginale. On peut alors comprendre aussi bien les prises de position anticastristes de l'épiscopat cubain que la vague importante d'expulsions qui frappa le clergé en 1960. Il faudra attendre le milieu des années 1980 pour que s'établisse un vrai « dialogue », voulu, à la fois, par Fidel Castro, désormais soucieux de ne pas se couper des catholiques progressistes latino-américains, et par l'Église cubaine elle-même, toujours à la recherche de son *aggiornamento* [35].

En contraste avec Cuba, la tradition religieuse en Amérique centrale avait un enracinement ancien et authentique, et l'autorité morale de l'Église y était fortement respectée. Pourtant, depuis le début des années 1980, l'Église avait éclaté en plusieurs courants, « travaillée » de l'intérieur par les enseignements de Puebla. On trouvait, tout d'abord, une minorité d'évêques, de clercs et de fidèles, obsédés par le communisme et qui condamnaient aussi bien les guérillas du Salvador et du Guatemala que l'expérience sandiniste au Nicaragua. Une majorité d'évêques adoptaient une position plus nuancée, que le jésuite Ignácio Ellacuria résume sous la formule : « Ni ceci, ni cela ! » — ni le capitalisme sauvage ni le communisme [36]. Ces catholiques modérés souhaitaient un gouvernement démocratique et progressiste et condamnaient fermement la violence « révolutionnaire » des guérillas. Dans la pratique, cette position n'excluait pourtant pas une préférence plus ou moins explicite : dans la mesure où, selon eux, la violence ne peut conduire à rien de bon, ils adoptaient une attitude finalement moins tolérante vis-à-vis des expériences révolutionnaires. La troisième tendance, plus radicale, était prête à assumer toutes les contradictions et tous les risques pour en terminer avec l'injustice et la violence institutionnelle...

Si cette analyse a le mérite de la clarté, elle a l'inconvénient d'ignorer l'extrême diversité des cas nationaux, diversité que l'on saisit mieux en confrontant les exemples du Guatemala et du Nicaragua.

Jusqu'à l'époque de Medellín, l'Église du Guatemala apparaissait comme l'exemple caricatural d'une église préconciliaire ; formée en grande partie d'un clergé d'origine étrangère, elle se montrait respectueuse du pouvoir, et sa hantise du communisme servait de justification à des prises de position partisanes ; en 1954, l'archevêque de Guatemala, Mgr Mariano Rosell Arellano, appela ouvertement à la révolte contre le gouvernement « communiste » du colonel Arbenz. Le Ier Congrès eucharistique de 1959 organisa des prières pour le triomphe de la foi chrétienne sur le « matérialisme athée »... Cette Église guatémaltèque, qui s'attachait à ne pas faire de politique, condamna même les premières communautés de base et les rares prises de position radicales de certains membres du clergé. Il faut attendre 1976 pour voir l'épiscopat guatémaltèque, jusqu'alors divisé sur ce chapitre, dénoncer sans ambiguïté la violence meurtrière de l'État militaire — sans pour autant condamner l'idéologie de la sécurité nationale, ni même la légitimité de l'État militaire : dans ce même document du 25 juillet 1976, on peut lire : « L'Église et ses ministres ne sont pas contre les autorités constituées, car il est hors de sa compétence de déterminer si elles sont légitimes ou pas [37]... »

Une telle prudence ne se retrouve pas, tant s'en faut, au sein de l'épiscopat nicaraguayen, confronté, il est vrai, à un processus politique beaucoup plus complexe, qui fit passer le pays, en peu de temps, d'une dictature désuète à un régime cryptocommuniste. Longtemps associée au Parti conservateur, la hiérarchie catholique bénéficiait d'un concordat de droit ou de fait qui lui donnait de nombreux privilèges, en particulier dans le domaine de l'éducation. Sous la dictature des Somoza (1936-1979), l'Église se sentait forte et protégée. Exemple presque caricatural de cette soumission au pouvoir : le dictateur A. Somoza Garcia fut proclamé par l'épiscopat national « prince de l'Église », peu après son assassinat en 1956...

L'évolution de la hiérarchie a été plus précoce et plus radicale qu'au Guatemala. La nomination de Mgr Miguel Obando y Bravo à l'archevêché de Managua en 1970 accéléra la mutation de l'épiscopat, qui prit une part de plus en plus active dans le combat contre la dictature, surtout après l'assassinat de Pedro Joaquim Chamorro en janvier 1978. Le 2 juin 1979, les évêques allaient même jusqu'à légitimer la violence révolutionnaire face à une « tyrannie évidente et prolongée... ». Prise de position radicale, sans doute un peu tardive, d'une Conférence épiscopale, dès lors convaincue que tout retour en arrière était devenu impossible, et que le Front sandiniste avait le peuple derrière lui [38]...

Dans les années suivantes, la hiérarchie infléchit à nouveau sa position, reprochant à la jeune révolution de vouloir instaurer un régime marxiste : elle dénonça, tour à tour, le déplacement des Indiens miskito (comme attentatoire à la dignité de l'homme), le service militaire obligatoire (parce qu'il enrégimentait les jeunes dans une armée « sandiniste » sectaire), le risque d'uniformisation de l'éducation, l'inefficacité de la réforme agraire, la collaboration de cinq prêtres dans un gouvernement à idéologie marxiste... Une partie du clergé justifia même la guerre des *contras*. Les relations entre le pouvoir civil et la hiérarchie s'aggravèrent avec la visite du pape Jean-Paul II à Managua, le 4 mars 1983. Tout à la pensée de condamner ce régime « marxiste » et de rétablir l'unité de l'Église nicaraguayenne menacée par un schisme, Jean-Paul II fut assez maladroit pour dénoncer publiquement l'« Église populaire » et les prêtres-ministres, sans prononcer un mot de sympathie pour les « victimes et les héros » de la révolution. Il n'en fallait pas davantage pour creuser le fossé entre l'Église officielle et le pouvoir, et créer un malaise profond entre la hiérarchie et les chrétiens de gauche [39].

Les communautés de base :
aliénation ou « conscience critique » ?

Au cours des vingt dernières années ont proliféré en Amérique latine des dizaines de milliers de CEB, communautés ecclésiales de base (plus de 60 000 pour le seul Brésil...). Si d'aucuns expliquent leur éclosion par l'insuffisance des prêtres ou par l'influence du protestantisme, d'autres y voient l'aboutissement pratique des enseignements de Medellín, qui poussaient à vivre la communion chrétienne non pas de façon abstraite et spiritualiste, mais sur le mode d'une communauté localisée, réelle, socialement homogène et en même temps unique. Les communautés ecclésiales de base rassemblent de façon informelle, dans un village, un bidonville, un quartier populaire, des gens de condition modeste autour d'objectifs à la fois sociaux et religieux. Coopératives, associations de défense, etc., elles sont avant tout des groupes de spiritualité, tournés vers l'approfondissement de la foi, la célébration du culte et l'animation de l'espérance. Reçues avec prudence par le pape Paul VI, elles ont été avalisées par la Conférence de Puebla (1979) dans leur double dimension, théologique et socio-historique, sans que soit levée l'ambiguïté de leurs pratiques et, pour certaines d'entre elles, de leur rapport au marxisme. L'efficacité de pénétration de ces cellules au sein du peuple semble, en effet, plus grande que celle des paroisses traditionnelles. Les CEB s'enracinent également dans la religiosité populaire, dont la sédimentation est sans doute antérieure au christianisme, mais que l'Église s'efforce de récupérer en canalisant les croyances et les médiations, lesquelles constituent l'expression d'une authentique sous-culture, enfin reconnue par l'Église[40].

Charles Antoine rattache ces « noyaux de prière » à deux types de « catholicisme populaire » : « magique » et « critique ». Dans le premier modèle, largement majoritaire au Brésil ou en Colombie, la démarche reste fondamentalement aliénante ; les classes opprimées « se nourrissent de la contemplation des Christs souffrants, des pietà et de la vie des saints... La prière s'inscrit dans les perspectives ancestrales de l'intercession, de l'imploration et de la demande pour les biens primaires de l'existence : santé, fécondité, prospérité, refuge contre l'adversité [41]... ». Dans la seconde approche, restée, il faut le dire, minoritaire, l'attitude des chrétiens se fait moins passive, plus critique, et la Bible devient un outil d'identification culturelle et un modèle d'action ; la foi se met au service de la politique, comme un cheminement de libération intérieure, qui part de la Bible pour aboutir à l'action politique. Ces communautés de base « radicalisées » expriment presque toujours les mêmes revendications minimales, qui peuvent apparaître, dans tel ou tel contexte dictatorial, comme « subversives » et même « révolutionnaires » : la dignité de la personne, le respect des lois et, dans les cas les plus extrêmes, la remise en cause de la légalité, c'est-à-dire du pouvoir — ainsi, au Nicaragua, les communautés de base, bien que relativement moins nombreuses qu'ailleurs, ont été des catalyseurs puissants de la révolution politique de 1979. Pour ces petits groupes de chrétiens, la Bible est devenue un « livre de chevet » dont la lecture littérale leur permettait de réinterpréter leur propre histoire. Sans qu'il soit nécessaire de beaucoup les solliciter, ces textes anciens présentent des analogies avec le temps présent sur la permanence de l'oppression et de l'exploitation : « Quand les paysans latino-américains, victimes de la spoliation de leurs terres par les grandes sociétés agro-pastorales... découvrent le livre de l'Exode, ils voient comment le peuple hébreu s'est mis en route pour se libérer de l'esclavage imposé par Pharaon... » Quant au Nouveau Testament, il fait revivre l'espérance chez des hommes et des femmes désespérés par leur condition sociale et matérielle. Les mythes chrétiens nourrissent ainsi une métapolitique par la montée progressive de la conscience sociale... On aurait tort cependant d'assimiler ce christianisme extrême à un extrémisme ; dans plusieurs cas, les CEB se sont substituées à des structures politiques défaillantes, comme dans le Brésil des militaires ; ce fut encore le cas pour certaines communautés chrétiennes populaires chiliennes au temps de Pinochet. Depuis le retrait des dictatures, la politisation des CEB s'est fortement atténuée [42].

Une fraction minoritaire de l'Église s'est engagée dans le combat révolutionnaire

Le clergé radical est resté minoritaire en Amérique latine. Depuis le début des années 1960, une poignée de clercs ont abandonné leur paroisse pour lutter, avec des non-croyants, au service d'une révolution. Pour ces militants d'un nouveau genre, la dialectique entre la dimension spirituelle et l'engagement est si forte qu'elle aboutit souvent à une sacralisation du politique [43]. Dans plusieurs pays, des prêtres radicalisés se sont regroupés au sein de mouvements sacerdotaux : Prêtres pour le tiers monde en Argentine, Mouvement Golconda en Colombie, Chrétiens pour le socialisme au Chili, ONIS au Pérou...

Au sein de l'Église institutionnelle, la marge de manœuvre des « révolutionnaires » reste étroite, mais, comme ils sont actifs et efficaces, on parle plus souvent d'eux que de la majorité silencieuse. La souplesse de l'institution ecclésiastique permettait à ces jeunes prêtres « enragés » de chercher et de trouver leur voie propre à l'intérieur d'une institution plutôt conservatrice. La plupart préféraient travailler à la « conscientisation » de leurs ouailles plutôt qu'à la distribution des sacrements. Si leur évêque les accusait de subversion, ils pouvaient toujours se soustraire à son autorité en recherchant un pasteur plus « compréhensif ». Claude Deffarge et Gordian Troeller se sont attachés à brosser, au début des années 1970, un portrait-robot sans complaisance de ces « prêtres révolutionnaires et engagés », « heureux de cette liberté et de cette impunité qu'ils rencontrent dans le sein de l'Église : le luxe d'avoir partout le gîte et le couvert, de n'avoir à justifier ni un métier ni une activité de couverture, être sans souci de famille, tout en ayant les avantages d'une grande famille refuge. Quel révolutionnaire professionnel peut en dire autant ?... ». Ils ont décrit l'itinéraire d'un « révolutionnaire inspiré » du Nord-Est brésilien : « En 1960, quand nous suivions Francisco Julião dans ses pérégrinations à travers le Sertão brésilien, nous étions frappés par le rôle joué par les diables et les saints dans ses discours aux paysans. Saint François d'Assise était plus souvent cité que Fidel Castro. Francisco Julião avait génialement compris quelles remarquables plates-formes révolutionnaires pouvaient être l'Église et la religion. Il organisait des marches de la faim sous forme de processions géantes, grands actes politiques déguisés en pèlerinages [44]... »

C'est sur le terrain, dans les bidonvilles ou dans les zones rurales pauvres, qu'on trouve surtout les curés rouges, ceux qui disent qu'il n'existe que deux Églises, celle des oppresseurs et celle des opprimés, ceux qui pensent que les textes de Medellín et de Puebla ne sont que de « beaux écrits » et qui souhaitent ardemment qu'« on passe enfin aux actes ». Il est bien difficile d'apprécier l'impact de cet enseignement radicalisé. Daniel H. Levine et Scott Mainwaring font observer que le message politique passe lentement au sein des communautés ecclésiales de base du Brésil et de Colombie, alors qu'en Amérique centrale de nombreux prêtres et laïcs semblaient avoir transgressé leur mission évangélique pour s'engager dans l'action politique — voire militaire — aux côtés de la guérilla [45].

La seule Église « révolutionnaire » vraiment active et dynamique en Amérique latine a été celle du Nicaragua ; encore s'agissait-il d'une fraction très minoritaire du « peuple de Dieu » (cette Église populaire n'a jamais pu réunir plus de 20 000 fidèles, alors que la hiérarchie en a mobilisé 700 000 lors de la visite du pape Jean-Paul II à Managua). La naissance d'une aile radicale se dessine dès 1966, lorsqu'un prêtre espagnol, José de la Jara, organise une première communauté de base à Saint-Paul-Apôtre, un quartier populaire de Managua. Un peu plus tard, le jésuite Fernando Cárdenal fonde une communauté contemplative, Nuestra Señora de Solentiname, sur une petite île du lac Nicaragua ; les paysans qui la fréquentent méditent sur la Bible et se « conscientisent » à la politique — la plupart participeront aux combats de la révolution. Dans les années 1970-1972, des étudiants catholiques, comme le futur *comandante* Carrión, deviennent des leaders du Front sandiniste, tout en adhérant au Mouvement chrétien révolutionnaire. La répression violente de Somoza à partir de 1977 radicalise de nombreux chrétiens, et la Conférence nationale des évêques publie, le 2 juin 1979, un document qui justifie le tyrannicide [46], et, par là même, la révolution. A cette date, un sondage montrait que 46 % des prêtres nicaraguayens étaient favorables au processus violent. Après 1979, cinq d'entre eux entraient au gouvernement aux côtés des marxistes, tout en proclamant bien haut leur communion avec l'Église de Rome. Mais, dès juin 1981, la hiérarchie exigeait le départ des prêtres-ministres, trop étroitement associés au pouvoir sandiniste[47]. Le ministre des Affaires étrangères Miguel d'Escoto persista en essayant, en février 1986, de créer un mouvement populaire en faveur de la paix, l'« Insurrection évangélique », fondé sur le jeûne et des exercices spirituels. Mais le schisme n'a pas eu lieu, et l'Église populaire est restée marginale dans le contexte nicaraguayen.

Le pragmatisme politique des sectes évangéliques

Réduit à quelques communautés baptistes, anglicanes et méthodistes, le protestantisme libéral de souche anglaise resta toujours minoritaire en Amérique latine face à la pénétration des sociétés missionnaires en provenance des États-Unis, presbytériens et, surtout, évangélistes. Les « sectes » ont commencé à se développer dans les années 1950 et ont véritablement « explosé » à partir de 1965, jusqu'à représenter plus de 10% de la population du Chili, du Brésil et de l'Amérique centrale.

Manifestant un grand réalisme face aux différents pouvoirs, ces sociétés religieuses ont adopté une stratégie simple : en échange de leur soumission aux autorités, elles ont cherché à se faire admettre comme « détentrices légitimes des biens symboliques de salut ». Ainsi, au Chili, les pentecôtistes ont-ils soutenu activement le régime du général Pinochet, tandis qu'au Guatemala les pasteurs évangélistes cherchaient auprès des militaires une relation de clientélisme qui leur apporterait une sorte de légitimation. L'un des éphémères présidents guatémaltèques, le général Efraín Ríos Montt, appartenait à l'Église du Verbe, qui le présentait comme « l'oint du Seigneur, une alternative de Dieu dans le combat pour la liberté[48]... », et le dernier président en date, Jorge Serrano, élu en janvier 1991, appartient à l'Église évangéliste du Shaddai.

En revanche, au Nicaragua, les sectes évangélistes ont pris fait et cause pour la révolution. Déjà, le CEPAD (Comité évangélique pour l'aide au développement) avait travaillé intensément pour secourir les victimes du tremblement de terre de 1972. En juillet 1979, les évangélistes se mettent au service de la cause sandiniste en participant à la campagne d'alphabétisation. Leurs leaders ont su utiliser les moyens de communication pour se faire largement connaître dans le pays ; en 1982, à un moment où les mormons et les témoins de Jéhovah critiquaient le régime, les évangélistes le défendaient publiquement, au point que le président Ortega se crut obligé de rendre hommage à leur action, « utile dans le processus de reconstruction nationale ».

A travers ces quelques exemples, on voit bien que le protestantisme dynamique s'est bien gardé d'adopter une quelconque position théorique face aux enjeux de la révolution. Comme minorités religieuses dans des pays historiquement catholiques, les « sectes » ont surtout défendu un apolitisme actif auprès du pouvoir, quelle qu'en fût la couleur, selon la parole de l'Évangile : « Rendez à César... »

On a vu la grande diversité des comportements politiques non seulement entre les diverses Églises protestantes, mais encore au sein même de l'Église catholique, où l'unanimité n'est guère de rigueur. Paulo Freire repérait au moins trois tendances au sein du catholicisme latino-américain : les traditionalistes, les modernisateurs et les « prophétiques ». Cette distinction ternaire était reprise par Fernando Lagarrigue sous un vocabulaire un peu différent : de part et d'autre d'une Église « modernisatrice » cohabiteraient une aile « conservatrice » et une aile « libératrice [49] ». De fait, on a pu observer la prépondérance d'une position moyenne, que Daniel Levine qualifie « évangélique-pastorale », et qu'on pourrait appeler la « ligne de Puebla ». Celle-ci, qui cherche à préserver la communion avec le pape, rassemble la majorité des évêques et le plus grand nombre des communautés ecclésiales de base. Autour de cet axe central se situent, à droite, les traditionalistes et les démocrates-chrétiens, dont le point commun est de vouloir séparer l'action pastorale et l'engagement politique ; à gauche de la ligne de Puebla, on retrouve toutes les tendances de la théologie de la libération, qui ont pour message commun la « construction du Royaume ». Les plus radicalisés d'entre eux voulaient détruire le vieux monde, en passant par une alliance stratégique avec le marxisme et en acceptant la lutte armée.

Au niveau des Églises nationales, on ne sera pas surpris d'observer une corrélation inverse entre la nature des régimes et la position « moyenne » des épiscopats : dans les pays à forte tyrannie ou à démocratie malmenée (Nicaragua, Salvador, Guatemala, Haïti, Brésil, Chili), les clergés se sont radicalisés plus fortement qu'ailleurs. Si cette « règle » ne s'observe pas en Argentine ou en Uruguay, pays où la démocratie a été également bafouée, c'est probablement parce le catholicisme populaire y était plus faiblement enraciné. A l'inverse, les Églises de Colombie, du Venezuela et, à un moindre degré, du Mexique ont adopté depuis 1960 des positions plus traditionnelles, sans doute parce que le système politique de ces pays est resté relativement ouvert et pluraliste, et que les libertés fondamentales y ont été préservées plus qu'ailleurs — jusqu'au sein de l'Église... Si cette hypothèse était vérifiée, elle confirmerait l'idée que l'Église, loin d'être un appareil idéologique uniforme, télécommandé de l'extérieur, a su s'adapter aux réalités sociopolitiques de chaque pays.

10

La révolution : fait culturel

L'engagement révolutionnaire ne relève pas seulement du politique ; il présuppose aussi chez les militants des motivations personnelles plus ou moins conscientes — croyances intimes relatives au futur, rêves, émotions refoulées —, masquées par les mots du discours politique. L'espérance révolutionnaire peut parfois occulter chez certains individus le refus d'une destinée triviale, par le moyen de l'idéalisation et de la sublimation de la réalité, maquillée à travers le prisme déformant de la foi.

Qu'elle soit utopie collective ou rêve individuel, la révolution a nourri l'imaginaire des artistes et des créateurs dans les domaines de la littérature, de la musique, des arts plastiques ou du cinéma. Cette créativité a pu se traduire aussi bien par une idéalisation de la révolution que par une dénonciation de ses excès...

Pour une sociologie et une anthropologie de la révolution

On ne peut qu'être frappé par la différence de comportements entre les dirigeants d'un mouvement révolutionnaire et la foule anonyme. Celle-ci manifeste une cautèle muette — mais persistante — devant les excès de toute sorte des minorités actives, et ne se résout à accepter le nouveau pouvoir que lorsque celui-ci a démontré sa force. De son côté, le groupe dirigeant se comporte en élite convaincue de sa supériorité sur la masse.

La prudence des populations face aux révolutions

Peut-on discerner les motivations profondes des foules face à un projet ou une action révolutionnaires ? Dépourvu de méthode de sondage d'opinion appropriée, l'historien en est réduit à s'appuyer sur des indices trop fragiles pour espérer en tirer quelque conclusion généralisable. La difficulté de prendre le pouls d'une opinion face à une révolution tient d'abord au fait que le récit des événements est toujours écrit dans la perspective des vainqueurs, qui s'efforcent de justifier *a posteriori* leur engagement par des motifs nobles et désintéressés ; nouveaux cavaliers de l'Apocalypse annonçant la nouvelle Jérusalem, les révolutionnaires ont toujours voulu se présenter comme les authentiques messagers du peuple et ont toujours parlé en son nom...

L'histoire des révolutions en Amérique latine suggère que la « conscientisation » des masses est toujours hypothétique ou tardive, et qu'à l'inverse ce sont les fils révoltés des classes dominantes qui deviennent les meilleurs militants d'un mouvement révolutionnaire. Les populations manifestent, presque toujours, un réel attentisme, voire une résistance secrète, face à l'activisme des militants. La poignée d'exaltés ou d'idéologues, qui sont les premiers à croire à la justesse et à l'efficacité de leurs propres discours, ont bien du mal à entraîner dans leur sillage la foule des indifférents, des prudents ou des sceptiques, qui se rallient — en dernière minute — à la cause par opportunisme plus que par conviction.

Déjà, à la veille de l'indépendance du continent latino-américain, l'immense majorité des créoles se montrait méfiante, voire hostile, à toute idée de rupture radicale avec l'Espagne — à l'exception, sans doute, d'une minorité d'intellectuels ou de grands voyageurs. A propos de l'opinion des créoles vers 1810, l'historien F.-X. Guerra observe prudemment : « Chez les élites, la sympathie pour les nouvelles références [les principes de la Révolution française] a certainement progressé... mais le processus révolutionnaire français lui-même soulève plus de méfiance que d'adhésion [1]... » Malgré ses frustrations politiques anciennes vis-à-vis de l'Espagne, la société créole — la seule qui, à cette époque, puisse compter, comme force d'opinion —

n'est guère disposée, dans son ensemble, à soutenir des actions violentes contre l'Espagne. Loin de souscrire aux projets de conspirations des émissaires napoléoniens, les créoles ont massivement pris fait et cause pour Ferdinand VII, le prisonnier des Français. La mutation du sentiment loyaliste en un projet d'autonomie n'a été rendue possible que par la carence proprement physique du pouvoir légitime espagnol sous l'effet des guerres napoléoniennes. Le glissement vers un projet séparatiste n'a commencé à se manifester qu'avec la reprise en main brutale de son empire par le roi Ferdinand VII ; longtemps attentiste, la population créole n'a psychologiquement basculé vers l'idée d'indépendance que dans la toute dernière période des guerres civiles, dans les années 1816-1818... Encore cette radicalisation fut-elle toute relative dans les régions où un risque d'explosion sociale menaçait le pouvoir des Blancs : on sait qu'au Mexique la peur de la plèbe a incité l'oligarchie à préserver le principe monarchique et à mater les rébellions indiennes. Le conservatisme des prétendus « révolutionnaires » de l'indépendance se manifeste aussi par la nature fondamentalement oligarchique et autoritaire des Constitutions « républicaines » qui s'imposèrent du sud au nord du continent, faisant ainsi le jeu des caudillos.

Dans la révolution mexicaine de 1910, on est également frappé par l'absence de radicalisme au sein du peuple. Les revendications de la masse des paysans restent finalement très modérées, n'exprimant aucun désir véhément de changement en profondeur. L'historien John Womack Jr. semble vouloir provoquer son lecteur lorsqu'il écrit, à propos des partisans du leader agrariste Emiliano Zapata : « Voici un livre sur des paysans qui ne voulaient rien changer, et qui, pour cela même, firent une révolution[2]... » L'explosion agraire de 1910 n'est, en effet, que la résultante d'un trop long processus d'exploitation par les grands propriétaires, dont la rapacité aveugle a fini par entamer la patience séculaire des Indiens et des métis. Mais, en se révoltant, ceux-ci n'envisagent pas de bouleverser de fond en comble la société ; ils n'expriment rien d'autre qu'un désir de récupérer leurs terres et de retrouver quelque dignité, tout cela dans le cadre de leur village. A propos de la réforme agraire, Jean Meyer fait observer : « [Le paysan] ressent comme une honte à demander la terre appartenant à autrui ; autant la resti-

tution est légitime, autant la dotation est honteuse... » De son
côté, Éric Jauffret a décrit le courant zapatiste comme un désir
de retour à l'ordre ancien, comme un mouvement régressif vers
le passé[3]. C'est la même modération qui transparaît dans le
domaine des revendications politiques : en 1910, la faible opposition libérale des villes est surtout excédée par l'entêtement de
Porfirio Díaz qui, à quatre-vingts ans, s'accroche encore au
pouvoir et s'apprête à manipuler les élections pour gagner une
huitième présidence... Cette opposition civile, modeste et respectueuse, exprime, somme toute, des revendications qui auraient
pu apparaître parfaitement légales et légitimes dans le cadre
d'une démocratie formelle... Ce n'est que devant l'obstination
du « président à vie » que la bourgeoisie urbaine se résoudra à
recourir à la violence, derrière son leader du moment, Francisco
Madero, un homme d'esprit très modéré.

A Cuba aussi, en 1958, les foules laissent entrevoir ce sens
inné de l'opportunisme, qui ne les fait basculer du côté des
révolutionnaires qu'au moment où le régime en place semble se
décomposer de l'intérieur, et où le rapport des forces a basculé
en leur faveur. Pendant longtemps la masse des Cubains était
restée dans une prudente expectative. Jeannine Verdès-Leroux
a bien montré la relative indifférence de l'opinion publique
cubaine face à la « dictature » de Batista, qui restait, selon elle,
« autoritaire, pragmatique et... plutôt réformiste... Les exemples
qui montrent que le régime n'était ni la dictature que combat-
taient ses adversaires ni une démocratie sont inépuisables... ».
Ce même auteur insiste sur la nature curieuse du régime bastis-
tien : un mélange déroutant de répression arbitraire et violente
et « d'indices positifs, de progrès économiques, d'avancées sociales... » ; une situation paradoxale et banale, où le pire côtoie
l'ordinaire, telle qu'on peut la voir dans de nombreux régimes
pseudo-démocratiques. Si l'on en croit Mario Llerena, l'adhésion à la révolution castriste ne fut pas le produit d'une
révélation : « La majorité des Cubains espérait seulement (dans
la révolution castriste) un changement qui donnerait, par exemple, accès pour tous à de bonnes études et les avantages d'un
gouvernement "honnête". » L'opinion cubaine était si peu acquise à l'idée de faire la révolution que la grève générale lancée
par Fidel Castro pour le 9 avril 1958 (neuf mois seulement
avant la chute de Batista) échoua totalement. Plus tard, les

castristes ont essayé de justifier le « fiasco » de cette grève par la mauvaise volonté des « vieux » communistes ou par une insuffisante préparation... C'était oublier que la grève générale est déjà en soi un acte révolutionnaire, et qu'il ne suffit pas de proclamer, comme ce fut le cas : « Le jour de la libération est venu !... » pour que la foule suive. Il faudra attendre les dernières semaines, voire les tout derniers jours du régime batistien, pour que « le peuple » bascule du côté des guérilleros, sans doute lassé par la « guerre totale » que le dictateur mène, à partir de juin 1959, contre les rebelles, avec ses 10 000 hommes, son artillerie, ses avions, ses hélicoptères et ses frégates. Dans l'espoir d'ébranler les indécis, Fidel Castro restait, dans ces mois décisifs, tactiquement modéré : son *Manifeste unitaire de la sierra Maestra*, daté du 20 juillet 1958, est censé s'adresser à « toutes les forces laborieuses, civiques, professionnelles et économiques », auxquelles il est proposé « un programme minimum de gouvernement », fondé sur « le châtiment des criminels, les droits des travailleurs, le respect des accords internationaux, l'ordre public, la paix, la liberté, ainsi que le progrès économique, social et politique du peuple cubain [4]... ». Qui pouvait, dans ce climat de guerre civile larvée, ne pas être séduit par un texte aussi consensuel, aussi démocratique ? A partir de la mi-septembre 1958, le peuple cubain peut avoir l'impression, avec l'offensive triomphante de l'armée rebelle, que le rapport des forces est en train de basculer. Tad Szulc fait justement observer qu'à partir de ce moment-là « partout à La Havane comme dans les autres villes et dans les campagnes, la population manifestait [à Batista] son hostilité, et, *volant au secours du vainqueur* [souligné par nous], affichait avec ostentation des attitudes castristes » (*Castro, trente ans de pouvoir absolu*, p. 398). Nous sommes alors à moins de trois mois de la fuite de Batista. Et quelques semaines plus tard, lorsque Fidel Castro entre dans Santiago, le 2 janvier 1959, il est accueilli par « une explosion de liesse populaire ». En tacticien opportuniste à la recherche du consensus, Fidel sait trouver les mots qui traduiront la communion entre la guérilla et la foule anonyme : « C'est le peuple, s'écrie-t-il, qui a gagné la guerre !... » Au cours des jours suivants, le héros de la sierra Maestra retrouve d'instinct la mise en scène du triomphe des empereurs romains, à laquelle peu de foules ont su résister : « La marche sur La

Havane dura cinq jours et cinq nuits ; entouré de ses *barbudos*, Fidel, debout sur un char ou une jeep, recevait à chaque pas les folles acclamations de la population... Il donnait la parfaite image d'un royal guerrier-philosophe. Avec sa célèbre barbe, son ci-gare entre les dents et son treillis vert olive (sans oublier la petite médaille de la Vierge du Cuivre pendue à une chaîne accrochée à son cou et fort opportunément visible dans l'échan-crure de sa chemise ouverte), il présentait à la foule tous les accessoires symboliques de sa personnalité... Avançant lente-ment, fendant des foules immenses, il s'arrêtait presque à chaque minute pour saluer ou embrasser quelqu'un qu'il reconnaissait, crier un mot d'ordre, prononcer quelques paroles ou même faire un discours [5]... » Un tel retournement des foules, qui peut s'ob-server à l'issue de toute guerre ou de toute révolution, loin d'illustrer le radicalisme latent d'une population, laisse entre-voir plutôt sa versatilité, et son opportunisme.

L'histoire de la révolution nicaraguayenne confirme la modé-ration, la prudence et l'attentisme des foules anonymes. Au moment des luttes, les sandinistes eux-mêmes avaient l'habitu-de de distinguer l'« avant-garde », vrai « détonateur » de la révolution, et les « masses non conscientisées ». Le peuple ni-caraguayen, qui avait supporté pendant quarante-trois ans la dictature violente, arbitraire et corrompue du clan Somoza, ne bascula dans une opposition ferme et active qu'à partir de l'as-sassinat du directeur de *La Prensa*, Pedro Joaquim Chamorro, le 10 janvier 1978. Encore cette mutation fut-elle accélérée par la répression sauvage conduite par les sbires de Somoza au cours des mois suivants : beaucoup plus qu'à Cuba, on a vu des milliers de jeunes non politisés, encadrés par les « unités » san-dinistes, se soulever pour participer à des insurrections urbaines. Le succès de la grève générale lancée par le Front pour le 4 juin 1979 — un mois et demi avant la victoire — dit bien la lassi-tude de l'immense majorité de la population, prolétaires et ouvriers, petite bourgeoisie et grands patrons confondus, face à un dictateur qui refusait de partir et qui n'hésitait pas à faire donner sa garde prétorienne contre la population civile. Ce qu'on appelle le « triomphe » du 19 juillet 1979 fut d'abord l'expres-sion du rejet par tout un peuple d'une dictature qui avait fini par confondre l'État avec son patrimoine ; en aucun cas, elle ne signifiait l'adhésion massive dudit « peuple » au projet de radicalisation voulue par une minorité agissante. C'est ce qu'admettait implicitement en 1980 le *comandante* Humberto Ortega : « Il est nécessaire de pratiquer une politique de très large unité autour d'une base programmatique ouverte, et en y incluant des secteurs qui, sans être "dans la révolution", sont en contradiction avec le pouvoir du moment... Nous devions, pour rassembler le peuple, partir de tous les problèmes qu'il ressentait le plus... Nous avons ainsi obtenu le soutien de la bourgeoisie... Sans cette politique large, il eût été difficile d'en arriver à l'insurrection nationale qui nous a permis de prendre le pouvoir[6]... »

Si ces exemples ne suffisaient pas à démontrer l'inertie des populations, leur répugnance à s'engager dans la violence armée, leur prudence et même leur rouerie face à tous les pouvoirs, le rappel des échecs cuisants de la « guerre révolutionnaire » dans le reste du continent le prouverait *a contrario*. Ainsi, en Bolivie, entre les guérilleros et les populations locales, l'incompréhension fut totale jusqu'à la fin. Le *Journal* du Che reste sans doute le témoignage le plus poignant de cette incommunication foncière des petits paysans vis-à-vis des révolutionnaires : « L'isolement demeure total, note le Che à la fin d'avril 1967... De tous les paysans que nous avons rencontrés, un seul se montre coopératif, et encore non sans crainte... La base paysanne ne se développe toujours pas... et il semble que nous puissions obtenir seulement leur neutralité par la terreur organisée ; l'appui viendra plus tard... » Et en juin 1967 : « Le manque de contact est toujours total... le manque d'engagement de la part des paysans continue à se faire sentir. Vrai cercle vicieux : pour obtenir cette incorporation [à la cause], nous avons besoin d'exercer une action permanente sur le territoire peuplé, mais pour cela nous avons besoin d'autres hommes[7]... » Drôle d'accueil fait par le peuple à ses « libérateurs » : le cas bolivien s'est reproduit dans presque toutes les montagnes andines — à l'exception sans doute de certaines régions frontière de la Colombie où une « culture de la violence paysanne et indienne » se reproduisait depuis des siècles. Partout ailleurs, du Pérou au Venezuela, du Guatemala au Salvador, les guérilleros ont trouvé devant eux des masses paysannes hostiles ou indifférentes, mais toujours prudentes ; pour survivre, ils ont dû quadriller militairement leurs secteurs d'influence, véritables zones de guerre isolées du reste du pays. Dans tous les cas, les paysans sont devenus l'enjeu de la lutte entre les guérillas et l'armée ; partout, ils furent les victimes désignées des révolutionnaires et des contre-terroristes, boucliers des premiers, objets de représailles des seconds, Indiens du Quiché et du Verapaz (Guatemala), Indiens et métis de la province d'Ayacucho (Pérou). Statistique macabre : à l'image du Salvador meurtri par dix ans de guerres civiles, la « guerre révolutionnaire » des trente dernières années en Amérique latine a fait proportionnellement plus de ravages au sein des populations paysannes pauvres et analphabètes que parmi les grands propriétaires, les métis exploiteurs ou les armées de la répression. Car, pour un révolutionnaire exalté, le crime suprême, c'est l'indifférence. Ainsi les guérillas d'Amérique latine ont-elles perdu « le combat politique des masses », sur lequel elles avaient, à juste titre, tant misé ; la lassitude des populations civiles face à la violence renvoie dos à dos les « bons » et les « méchants » ; elle explique sans doute le retour récent sur la scène politique des partis centristes, en Amérique centrale autant que dans les Andes...

L'élitisme révolutionnaire

Bien que toute généralisation soit hasardeuse, s'agissant d'expériences historiques étalées dans le temps, on peut esquisser une sorte de portrait type du révolutionnaire : il est jeune et d'esprit aventureux ; il appartient davantage aux classes moyennes ou aisées qu'aux milieux pauvres et il a souvent fait des études secondaires ou supérieures. On observe aussi une réelle différenciation de classe entre les leaders et la foule anonyme des exécutants.

Déjà, à l'époque de l'indépendance, les principaux caudillos appartenaient aux classes dominantes : oligarchie foncière, administration et armée espagnoles. Bernardo O'Higgins, le héros de l'indépendance chilienne, était le bâtard d'un capitaine général, et José San Martín, libertador du Sud, était fils d'un gouverneur espagnol des Missions guaranies. Simón Bolívar était un aristocrate vénézuélien, et l'ingénieur Antonio José Sucre provenait d'une famille créole aisée. Le « précurseur » Miranda était issu d'une riche famille créole d'origine basque, et Agustín de Iturbide, futur empereur du Mexique, était un riche *hacendado*. Gaspar de Francia, caudillo de l'indépendance paraguayenne, était un homme de loi. Certes, on trouvait aussi des origines moins prestigieuses ou moins avouables : au Mexique, le curé-guérillero José Maria Morelos était le fils d'un charpentier, et Guerrero, un sang-mêlé d'origine paysanne, comme l'était aussi Gervasio Artigas, le leader de l'indépendance uruguayenne, un *gaucho* fils de simple paysan, attaché à sa terre, qu'il n'avait jamais quittée. Quant à Paez, acteur essentiel de l'indépendance vénézuélienne, c'était un ancien chef d'une bande de pillards dans les *llanos*... Mais tous ces parvenus, qui s'étaient imposés par leurs talents guerriers et par leur énergie débordante, n'eurent de cesse d'intégrer rapidement la société dominante.

On retrouve dans le Mexique insurgé des années 1910-1920 un contraste semblable entre les leaders et les masses anonymes. Parmi les combattants prédominent les ouvriers agricoles analphabètes ou les jeunes paysans mal lotis. Ainsi, Doroteo Arango, *alias* Pancho Villa, lui-même fils d'ouvrier agricole, devenu *bandolero* et voleur de bétail avant de passer à la révolution, avait recruté dans le Chihuahua des *peones* descendants d'anciens bagnards, des paysans dépouillés de leurs terres par les *hacendados*, mais aussi des mineurs ou des travailleurs immigrés en chômage. De son côté, le petit propriétaire Emiliano Zapata a vu s'enrôler sous la bannière de la Vierge de Tepeyac des paysans sans terre, mais aussi bon nombre de petits exploitants du Morelos, menacés par les grands propriétaires.

Derrière les figures tutélaires de la révolution agraire se profilent d'autres personnages obscurs, mais importants : les jeunes théoriciens-idéologues, secrétaires, et autres assesseurs militaires, représentatifs des classes moyennes peu fortunées, et dont le zapatiste Manuel Palafox, qui rédigea en octobre 1915 un projet de loi agraire, constitue un bon exemple[8]. Toute la production idéologique des grands chefs de la révolution mexicaine fut l'œuvre d'intellectuels venus de la classe moyenne qui, à l'ombre de leurs leaders, exprimaient toutes les contradictions de leur classe d'origine, tiraillés entre le libéralisme politique et le radicalisme social. Du côté de la révolution « constitutionnaliste », Francisco Madero, fils d'une riche famille d'*hacendados*, d'industriels et de banquiers, recrutait dans un éventail social plus excentré à droite : propriétaires terriens aisés, petits *rancheros*, mais aussi parmi les fils de la petite bourgeoisie provinciale de tendance libérale... A partir de 1916, on vit même des représentants d'une petite bourgeoisie radicalisée, et même un peu jacobine et anticléricale, s'aligner derrière les leaders du Parti « constitutionnaliste », Carranza, puis Obregón [9].

Les premiers jeunes gens qui décident, en mars 1953, de suivre Fidel Castro dans sa révolte contre Batista appartiennent tous à la petite bourgeoisie cubaine : Abel Santamaria, d'origine ouvrière, et Jesús Montané étaient comptables, le premier à la Pontiac, et le second à la General Motors ; Melba Hernandez était avocate, Pedro Miret étudiant en ingénierie, Fidalgo sculpteur, et Chenard photographe. Quant à l'échantillon représenté par le commando des 127 attaquants de la Moncada, il semble *a priori* éclectique, avec 11% d'étudiants, 20% de membres de la « petite bourgeoisie », 26% d'employés, 35% d'ouvriers agricoles et 8% d'ouvriers. Il convient pourtant de faire le tri entre ce qu'on peut appeler l'état-major de la révolution, qui représente assez précisément la diversité sociologique des militants du Parti orthodoxe, nationaliste et populiste, et qui recrute plutôt dans les couches moyennes et urbaines ; et, d'autre part, les exécutants de la conjuration, dont Tad Szulc nous dit qu'« ils étaient d'humbles travailleurs... dont la plus grande partie n'avaient jamais mis les pieds dans une école primaire... » (*op. cit.*, p. 175). Quelques recrues pouvaient, tel l'aide-conducteur de camions Ramiro Valdés Menéndez, appartenir à la tradition anarchiste ; mais Tad Szulc observe encore que « le mouvement de Castro s'est presque entièrement formé [en 1953] grâce à la piétaille du Parti *ortodoxo* », parti inspiré par l'élite mais qui, par son souci de moralisme, attirait aussi des membres de la classe moyenne et du secteur ouvrier [10]. Pour préparer le débarquement de 1956, Castro continua de considérer le Parti *ortodoxo* comme le vivier naturel de son nouveau Mouvement du 26 juillet, tout en essayant de recruter des hommes neufs, après sa rupture officielle avec son parti d'origine. Bien que le MP 26 se voulût « organisation des humbles, pour les humbles, par les humbles », la plupart de ses sympathisants appartenaient à la bourgeoisie cubaine, petite ou moyenne : Faustino Perez était médecin, Armando Hart avocat, Frank País instituteur...

Dans le Nicaragua des années 1970, on retrouve le même clivage sociologique entre le noyau des authentiques militants révolutionnaires et la foule des combattants anonymes. Certes, les idéologues officiels affirmaient que la révolution sandiniste était populaire et massive, reflet de tout un peuple au combat, de la petite bourgeoisie aux ouvriers, en passant par les « sous-prolétaires [11] ». On sait pourtant qu'à l'origine le Front sandiniste de libération nationale a recruté au sein de la petite bourgeoisie et parmi les étudiants — comme ce fut le cas pour la plupart des guérillas castristes dans les années 1960-1970. Le témoignage du guérillero Omar Cabezas est, sur ce plan, révélateur d'un comportement collectif : fils d'un membre du Parti conservateur, il adhère au FSLN après son baccalauréat et, avec ses compagnons, s'adonne à la lecture et à l'analyse d'ouvrages marxistes, avant de se lancer dans l'action militante. Toute une génération d'étudiants sans expérience part à la recherche du « peuple », mais elle a bien du mal à communiquer avec celui-ci : « On avait l'impression que les gens ne nous comprenaient pas, que notre action ne les intéressait pas... » Dans ses souvenirs, Omar Cabezas décrit le profond décalage entre la fascination exercée par la montagne chez les apprentis guérilleros, intellectuels venus de la ville, et la dure réalité qu'ils rencontrent sur le terrain : « Les gens de la ville, nous sommes plus complexes [que les paysans], plus abstraits, plus sophistiqués, plus compliqués [12]... »

Humberto Cuenca, professeur à l'université centrale du Venezuela, a bien montré le rôle des universités dans la formation des « élites révolutionnaires » à partir des années 1960 : « La gent étudiante n'est pas une classe, mais constitue la force agglutinante de toutes les classes, dans la lutte pour la libération, dans l'alliance de tous les exploités contre leurs exploiteurs. Elle doit réaliser le parfait assemblage entre ouvriers, soldats, paysans et classes moyennes exploitées... » Pour tous les jeunes, en effet, le passage par l'université est un itinéraire obligé s'ils veulent éviter de tomber dans la condition prolétarienne. Cette « coagulation » de jeunes disponibles, vivant dans une sorte de ghetto, était favorable aux surenchères verbales et aux prises de position radicales. Dans cette société figée, une seule alternative s'offrait aux étudiants : la technocratie capitaliste ou la radicalisation politique. L'université devient alors, d'un bout à l'autre de l'Amérique, le vivier des minorités conscientisées et activistes « au service de la révolution [13] ».

Ce qui frappe aussi, en tout temps et en tout lieu, c'est l'éternelle jeunesse des « révolutionnaires ». La plupart des révoltés de l'indépendance n'avaient pas atteint la trentaine en 1810 — à l'exception, notable, de Francisco Miranda, un « vieillard » de soixante ans. Pancho Villa avait un peu plus de trente ans en 1910, et Emiliano Zapata, dont la date de naissance n'est pas connue avec précision, entre trente et trente-cinq. Quand Sandino se lance dans la révolution « constitutionnaliste », en 1926, il a tout juste trente et un ans. Au moment de l'assaut de la Moncada, Fidel Castro, né en 1926, n'a que vingt-sept ans, et lorsque le « Che » Guevara réalise son premier engagement « révolutionnaire », dans le Guatemala d'Arbenz, il vient d'avoir vingt-six ans. Faut-il rappeler que, dans leur immense majorité, les apprentis guérilleros des années 1960 n'avaient pas vingt ans, et que les *muchachos* nicaraguayens de 1979 ou les sentiéristes maoïstes du Pérou, dans les années 1980, sortaient à peine de l'adolescence. La plupart des leaders révolutionnaires sont morts ou ont été éliminés de la scène politique avant d'avoir atteint leur maturité, à l'image du Che Guevara, qui, à trois mois de son exécution, notait avec une angoisse mal dissimulée : « Parvenu à l'âge de trente-neuf ans, je vois que s'approche inexorablement le moment où je devrai réfléchir sur mon avenir de guérillero [14]... » Bel aveu implicite qu'à la quarantaine sonne pour un révolutionnaire l'heure de la retraite...

Comme effet de cette jeunesse, l'engagement reflète, avant tout, la quête d'un absolu. Pour beaucoup de militants, la lutte est d'abord un engagement existentiel qui n'a que des rapports indirects avec la politique. Dans chaque révolutionnaire sommeille un révolté. Camus fait observer que « de grandes souffrances comme de grands bonheurs peuvent être à l'origine de raisonnements », et que « la révolte naît du spectacle de la déraison, devant une condition injuste et incompréhensible... » (*L'Homme révolté*, p. 23). L'homme dit non d'abord dans sa chair et dans ses sentiments avant d'en faire une théorie politique ; sublimation d'une énergie vitale mise au service des autres ; droit essentiel de l'individu à s'affirmer dans le refus avant de construire un projet alternatif. Le jeune révolté apparaît donc d'abord comme une sorte de héros nietzschéen, égoïste dans son engagement, absolu dans sa rage d'anéantissement, cultivant sa surhumanité, rejetant le principe de réel, et, jusqu'à un certain point, la rationalité. Il est l'homme prométhéen qui se dresse face au ciel, dans un geste d'orgueil démesuré, pour assurer la rédemption du monde. Stimulés par leur souffrance intérieure, les grands révolutionnaires ont d'abord été des révoltés « métaphysiques ». Simón Bolívar, personnage romantique et torturé, orphelin à dix ans et veuf à vingt ans, avouera la sublimation de sa souffrance intérieure dans la révolte politique : « Si je n'avais pas été veuf, peut-être ma vie en eût été changée... La mort de mon épouse m'a placé très vite sur le chemin de la politique... » D'autres personnages ont emprunté la voie de la révolution comme quête de perfectibilité : un César Auguste Sandino qui cherche à sublimer ses frustrations de mal-aimé dans un patriotisme ombrageux ; un Camilo Torres qui projette dans l'action de guérilla sa quête d'absolu, d'idéalisme et de perfection.

Cette soif de pureté se double souvent d'un besoin d'aventure et, parfois, d'une fascination presque suicidaire pour la mort et le sacrifice expiatoire... Les révolutionnaires sont de grands baroudeurs qui aiment pousser la résistance physique jusque dans ses limites extrêmes. Ainsi Fidel Castro imposait-il aux volontaires qu'il avait rassemblés au Mexique des exercices physiques à la limite du supportable, véritable ascèse sadomasochiste pour de futurs moines-soldats, bien faite pour modeler l'esprit autant que le corps : « Les repas se prenaient à des heures rigoureusement fixes ; les hommes cuisinaient et faisaient le ménage à tour de rôle... Le règlement était si sévère que toute indiscrétion était considérée comme une trahison... Les combattants étaient prêts à affronter des marches de jour et de nuit à travers les pires terrains, par les temps les plus épouvantables, à dormir par terre, à avancer pendant des jours sans rien, ou presque rien à manger ou à boire [15]... » D'ailleurs, l'engagement politique implique une passion exclusive pour la cause, comme chez Fidel Castro ou Che Guevara, dont les attachements sentimentaux se déterminaient exclusivement en fonction du militantisme révolutionnaire de leur partenaire.

Chez ces jeunes passionnés, l'idéal révolutionnaire prend souvent l'apparence d'une mystique de l'énergie, du sacrifice rédempteur et de la purification. Héritiers du christianisme baroque et du romantisme de l'engagement, les révolutionnaires latino-américains, tout particulièrement les castro-guévaristes, prêchaient une morale de l'héroïsme quotidien. Évoquant les difficultés des jeunes recrues de la ville à s'adapter aux dures conditions de la guérilla en montagne, au froid, à la faim, aux marches harassantes, le Nicaraguayen Omar Cabezas évoque encore dans ses souvenirs les obsessions du dépassement quotidien, la morale de surhomme que les instructeurs s'efforçaient de donner à ces jeunes gens fragiles et délicats, ces « fillettes », ces « pédés » : « L'homme nouveau est bien au-delà de l'homme normal... il est... dans l'oubli de la fatigue, dans la négation de soi... car le Front se doit d'être une organisation d'hommes nouveaux [16]... » La « montagne » est ainsi mythifiée, transcendée, elle devient une école de détachement de soi-même et de force morale, une *via crucis* pour parvenir à la pureté révolutionnaire — alors qu'en réalité le départ à la montagne signifiait, pour beaucoup de jeunes, une fuite devant l'épreuve : examen, chagrin d'amour... Là encore, le Che Guevara fut pour toute une génération de militants le modèle à imiter — un aventurier déterminé, héroïque et invincible. Il était devenu, dans les consciences des aspirants guérilleros, le parangon de l'idéal, l'homme des exploits et du dépassement permanents, du sacrifice suprême : « Être comme le Che ! » se plaisait à répéter l'écrivain Leonel Rugama devant les jeunes étudiants nicaraguayens avides d'entrer dans la carrière... Même un Régis Debray rongé par le doute écrit encore en 1974 : « Personnellement... nous avons découvert avec stupeur que le Che Guevara était mortel... » (*La Critique des armes*, Seuil, p. 235). Dans la révolution sandiniste de 1979, on retrouve nombre de témoignages allant dans le sens de l'idéalisation et de la pureté dans l'engagement ; ainsi s'exprime le « commandant » Ruben en juillet 1979, peu de jours avant la victoire sandiniste : « Je veux être un "vrai" révolutionnaire, je veux être un "vrai" marxiste-léniniste, et mon aspiration finale ou globale est de parvenir à être un "vrai" communiste... » Au cours de cette profession de foi, le « commandant » Ruben laisse clairement entendre que, pour lui, *vrai* signifie « parfait », car, dit-il, le vrai révolutionnaire sera, tout à la fois, homme d'honneur, sincère, travailleur, courageux, tendre, humble, énergique, ferme... Pour parvenir à cette perfection, il devra se purifier « des merdes petites-bourgeoises [17]... ». Carlos Rangel a montré comment l'Amérique latine est passée du mythe du « bon sauvage » à celui du « bon révolutionnaire », par une sorte de profession de foi susceptible de retrouver la perfection des temps anciens, grâce à la médiation des héros de la révolution, les nouveaux Robin des Bois et autres Saint-Just, accoucheurs des temps nouveaux [18]...

Le révolutionnaire a le goût de l'aventure ; il ressent une fascination pour les armes, pour la violence, et finalement un hypnotisme pour la mort — une « thanatomanie », selon le mot de Gérard Chaliand [19]. Celle-ci transparaît nettement dans les hymnes révolutionnaires, qui exaltent la violence (« A la charge ! escadrons.../ Égorgeons ! Le clairon sonne/ Levons avec furie nos *machetes*...) ou qui poussent à la mort sacrificielle (« Ne craignez pas une mort glorieuse/ Mourir pour la patrie, c'est revivre...). Un diplomate français en poste à Cuba a signé sous le pseudonyme de Joseph Marsant un pseudo-roman historique, *La Septième Mort du Che*, qui décrit sans complaisance Ernesto Guevara comme un *condottiere* moderne dont la seule vraie passion, un peu morbide, était l'art du combat et de l'embuscade, seuls moments de vérité pour tout militant « révolutionnaire »... Rite sacrificiel, psychose de destruction et, finalement, d'autodestruction : tous les grands leaders révolutionnaires — mais sans doute aussi les anonymes — ont exprimé sans ambiguïté leur pulsion de mort : « Il vaut mieux mourir que supporter une existence déshonorante » (Bolívar) ; « Nous avons besoin d'hommes qui soient disposés à mourir » (Sandino) ; « Le peuple est désespéré et prêt à risquer sa vie [ce qui peut se traduire : « Je suis désespéré et prêt à risquer ma vie »] pour que la prochaine génération ne soit plus esclave » (Camilo Torrès) ; « Si la révolution est authentique, tu dois aller jusqu'à la victoire ou jusqu'à la mort » (Omar Cabezas) ; « Qu'importe où nous surprendra la mort », « Nos vies ne signifiaient rien face à la révolution » (Che Guevara)... Fidel Castro lui-même a plus d'une fois flirté avec sa propre mort, sans jamais manifester d'angoisse particulière ; fatalité assumée comme un simple risque du métier, elle peut dans certains cas traduire une forme de morbidité suicidaire, par laquelle la personnalité se prête au sacrifice, consent à s'immoler dans un rite expiatoire au service des autres...

Moins perceptible, sans doute, mais non moins révélateur d'un comportement collectif : le culte de la virilité. Celui-ci peut déjà s'observer dans certains des traits déjà relevés : le goût de l'aventure, de la performance physique, du maniement des armes, de la camaraderie et de la fraternité des combats — mais aussi le respect atavique des hiérarchies rigides et le culte de l'honneur —, autant de traits que le guérillero Omar Cabezas rassemble sous le terme de *hombría*, et qu'on peut traduire comme un « honneur d'hommes ». Pour la plupart de ces jeunes, le plaisir de la révolution est aussi d'appartenir à une phratrie d'hommes audacieux, à une organisation secrète, à une « avant-garde » aristocratique (au sens des meilleurs). La virilité des révolutionnaires peut aussi se doubler d'un réel machisme. Lors de l'attaque de la caserne Moncada, les rares femmes présentes étaient chargées de coudre les uniformes ; mission que le Che Guevara continuera plus tard d'assigner au sexe « faible » ; considérant que les femmes n'ont pas les aptitudes physiques requises pour se battre, il préfère les orienter vers d'autres tâches : la cuisine, la couture, le travail de liaison ou d'alphabétisation. En Uruguay, les Tupamaros préféraient confier aux femmes des tâches plus effacées comme celles d'agents de liaison ou de pseudo-maîtresses de maison... Cette attitude se retrouve totalement assumée par les révolutionnaires sandinistes, même si un semblant de doute perçait parfois au sein de la direction nationale du Front : « Pendant la guerre, admet le *comandante* Luis Carrión, les *compañeras* se sont vu assigner les mêmes tâches que les hommes... Mais elles risquent d'avoir du mal à tenir le rythme d'un entraînement militaire classique. Nous envisageons donc de regrouper les femmes en colonnes spéciales chargées de certains types de travaux... Cela étant, nous devons aborder cette question avec la plus grande prudence parce que certaines *compañeras* ne sont pas du tout d'accord, elles rejettent totalement cette idée qu'elles considèrent comme une sous-estimation de leurs capacités [20]... » A Cuba même, vingt ans après la victoire, Marie-France Mottin a pu porter témoignage sur la permanence d'une phallocratie rampante, même si l'image officielle de la femme est totalement alignée sur celle de l'homme...

H. Mansilla a brossé un tableau sans complaisance de cette « culture révolutionnaire » élitiste observée au sein des guérillas castro-guévaristes dans les années 1960. La perception léniniste, autoritaire et bureaucratique du mouvement s'y combinait avec le culte atavique du chef caudillo. Héroïque dans la vie quotidienne, au besoin même un peu théâtral, un chef digne de ce nom doit être capable d'appliquer au combat une tactique sans faille tout en défendant une stratégie politique « correcte » ; on lui doit soumission et obéissance, car le savoir et le pouvoir viennent d'en haut. Diffusé à travers le prisme réducteur du chef omniscient, le discours révolutionnaire devient souvent réducteur de la réalité ; les conditions socio-économiques y sont fortement valorisées, aux dépens d'une analyse plus fine des sociétés réelles et des forces politiques du pays concerné ; on y raille le bourgeois et le capitaliste, et on y valorise le prolétaire et le paysan. Une telle simplification, parfois proche de l'aveuglement, est si caricaturale dans son absence de nuances et de lucidité qu'elle finit par desservir les acteurs de la cause révolutionnaire. Beaucoup de révolutionnaires étaient, pourtant, des universitaires, sinon des intellectuels, représentatifs des classes moyennes plutôt frustrées, et aspirant au pouvoir [21].

La révolution entre la liberté de création et la censure

Au-delà de l'aphorisme qui veut que tout véritable écrivain — « médium intermittent », selon la belle formule d'Hector Bianciotti — soit un « révolutionnaire » qui exprime des exigences latentes de la conscience individuelle ou collective, il semble évident que toute révolte, *a fortiori* toute révolution, se prolonge dans la création artistique ou littéraire, même si, dans un premier temps, la révolte et la révolution impliquent le nihilisme et la destruction. Mais le paradoxe n'est qu'apparent, dans la mesure où l'artiste se nourrit — comme le révolutionnaire — de la tension créée par la révolte. Réciproquement, toute révolution a autant besoin d'artistes ou d'écrivains qui la valorisent que d'historiens qui la racontent. Pour le créateur, la révolte collective devient un objet de fascination, parfois attrayant, parfois repoussant. Toute révolte sécrète, en effet, une esthétique, celle que peut produire la violence et la transgression de l'ordre, et qui lui permet — plus que sa propre vérité — de passer à la postérité.

L'art et la littérature au service du changement : de la révolution libérale à la révolution cubaine

Parce qu'elle prétend changer l'ordre du monde, la révolution inspire les créateurs, qui sont, par nature, des non-conformistes, car écrire, peindre ou filmer implique une remise en question des conventions et du goût. Beaucoup d'entre eux se sont sentis « interpellés » par l'irruption d'un événement aussi nouveau, et se sont attachés à en défendre les valeurs.

Persistance d'une poésie populaire

Parmi les formes les plus spontanées et les moins élaborées, il faut placer les chansons populaires : « romances » des guerres d'indépendance, *corridos* (ballades) de la révolution mexicaine, chants révolutionnaires de Cuba ou du Nicaragua. Souvent anonymes, ces couplets ont eu un impact considérable sur les couches populaires, dont ils décalquaient l'authenticité des sentiments et auxquelles ils rappelaient quelques vérités fortes sur la vie, la mort, le sacrifice des humbles et la rouerie des méchants. *Le Sergent de Ayacucho* raconte le retour nostalgique d'un soldat de San Martín, après l'épopée libératrice à travers les Andes. Si *Le Cri de Dolorés*, composé au milieu du XIXe siècle par un certain Francisco Sosa, justifie le « nécessaire sacrifice » que la patrie mexicaine exige de ses enfants comme prix de la disparition des maîtres, la romance mexicaine *Les Opprimés* se montre beaucoup plus pessimiste sur le sort des Indiens, qui se sont battus en vain pendant onze ans et à qui la seule issue offerte est la mort [22].

La poésie populaire est parvenue à sa plus grande floraison pendant la révolution mexicaine de 1910, avec les *corridos*, ces ballades anonymes à huit ou dix pieds, qui évoquent les exploits guerriers et les programmes des grands leaders : de Madero, on retient qu'il a chassé « don Porfirio », de Venustiano Carranza, qu'il « a rendu la liberté » au peuple. Dans la célèbre *Cucaracha*, ou encore dans le *Corrido de Siete Leguas*, on se plaît à célébrer les qualités guerrières du « vaillant » Pancho Villa et de ses hommes. L'assassinat d'Emiliano Zapata — plus encore que ceux de Madero ou de Villa — devient prétexte à idéalisation du personnage, « terreur des Espagnols », « qui soignait les blessés et donnait de l'argent aux pauvres... ». Dans *Le Spectre de Zapata*, il devient un fantôme qui hante les montagnes à la recherche de ses légions perdues... Dans ces romances populaires, l'évocation des aspirations agraires revient comme un leitmotiv : « Nous autres, nous avons tout subi/ l'exploitation, la guerre/ et on nous traite de voleurs/ parce que nous réclamons la terre... » (*Corrido du fusil 30/30*). Dans le *Corrido de la loi prolétaire*, le ton se fait anarchiste : « Plus de religion/ Plus de lois ni de tromperie/ Vivent les travailleurs !/ Vive le peuple prolétaire... » Mais, quelques années plus tard, la révolution s'est éteinte, et un réel apaisement perce dans le *Corrido de l'agrariste* : « Notre devise est le travail/ Nous voulons des terres et des charrues/ car la patrie ne peut se passer/ de ses champs cultivés... » Dans le *Corrido de Juan sin Tierra*, l'auteur, déjà désenchanté, évoque à la fois les promesses d'Emiliano Zapata (« Le général nous disait/... On va vous répartir des lopins... ») et les désillusions du peuple (« Si l'on vient me chercher/ pour une autre Révolution/ Je leur dirai : "Je suis occupé/ à semer pour le patron [23]..." »).

Dans le florilège des « chansons de témoignage et de révolte » recueillies par Méri Franco-Lao au début des années 1970, les thèmes de la lamentation, de la rébellion, mais aussi celui de l'espérance révolutionnaire continuent d'alimenter la veine des poètes populaires. Si le thème de la déploration persiste — avec l'assassinat de « l'immortel Sandino », en 1933, ou celui du Vénézuélien Alberto Lovera, en 1965 —, des obsessions nouvelles hantent l'imagination populaire, nées de la nouvelle conjoncture. On condamne l'impérialisme américain dans *Yankee, go home !*, ou encore dans l'irrespectueuse ballade, *La Femme de Richard Nixon*, composée après un voyage houleux du président américain au Venezuela en 1958 : « La femme de Richard Nixon/ Ne cuisine pas avec du charbon.../ Elle cuisine avec du pétrole.../ Volé au Venezuela... » De nombreux hymnes sont écrits à la gloire des rébellions rurales ou des guérillas andines : « Je ne suis pas né guérillero/ Mais on m'a fait le devenir/ La misère dans laquelle j'ai grandi/ L'injustice dans laquelle j'ai vécu.../ A eux la richesse/ moi le travail... » (*Guerillero no nací*). Et encore et toujours, l'image tutélaire du Che Guevara qui, dans la *Samba al Che*, rejoint les figures libératrices de Bolívar et de San Martín. Dans « la Cuba socialiste », on célèbre le triomphe de Castro (*Fidel est là !* — « Les rêves de Marti, Fidel les a construits ») et la révolution à bâtir : la réforme agraire, la canne à sucre (« C'est la *zafra* du peuple, nous ne pouvons pas la perdre... ») ou bien encore l'alphabétisation et l'instruction : « La culture, c'est la vérité que le peuple doit connaître/ pour ne plus jamais perdre/ son amour de la liberté... », « nous gagnerons grâce à l'étude... », « étude, travail, fusil[24]... ». Cette nouvelle chanson révolutionnaire (*nueva trova*) a su créer un son différent en mêlant des musiques noire et blanche, et ses principaux créateurs, Silvio Rodriguez ou Pablo Milanes, ont été invités aux quatre coins de l'Amérique latine. De nombreux récitals de poésie ou des « ateliers littéraires » s'efforçaient de concilier « réalisme socialiste » et « réalisme magique », tandis qu'un nouveau théâtre populaire, représenté par le Groupe de l'Escambray, proposait à partir de 1978 des expériences théâtrales inspirées de l'immédiat politique...

L'art et la littérature au service des idées nouvelles

Des écrivains latino-américains ont contribué à diffuser sur le continent une croyance tenace, à savoir que la rédemption de l'Amérique devait nécessairement passer par l'assimilation des deux valeurs fondamentales de la « civilisation européenne », l'esprit républicain et le libre-échange économique. Pour beaucoup d'auteurs, l'adoption du modèle culturel européen paraissait la seule voie susceptible de réaliser une révolution en profondeur, en arrachant l'Amérique indienne et noire à sa barbarie, à son primitivisme... Deux œuvres majeures ont particulièrement contribué à diffuser cette première conception de la modernité : *Facundo* (1845) de l'Argentin Domingo Faustino Sarmiento et *Doña Bárbara* (1929) du Vénézuélien Rómulo Gallegos.

Véritable pamphlet politique, *Facundo* se présente comme un curieux mélange de récit et de fiction — au XIXᵉ siècle, ce genre tenait un peu le rôle des sciences sociales aujourd'hui. Son sous-titre, *Civilisation et Barbarie*, est déjà révélateur des obsessions de l'auteur face au problème du développement des peuples américains. D.F. Sarmiento (1811-1888), alors exilé au

Chili, ne cesse de dénoncer le « tyran Rosas », maître de l'Argentine, et défend l'idée selon laquelle la modernité de sa patrie doit passer par « le mouvement des idées européennes » dans les domaines de la politique, du droit et de l'éducation. Les ingrédients de la culture authentiquement nationale lui paraissent constituer autant d'obstacles à la diffusion du progrès ; il y dénonce la brutalité « tartare » du *gaucho*, son autoritarisme, mais aussi son indolence et sa vie alanguie dans la pampa. Juan Facundo Quiroga, un ancien « droit commun » devenu *caudillo* des provinces andines de la Fédération argentine, prend, sous la plume de Sarmiento, la dimension inquiétante d'un autre Attila qui menace de s'emparer de la capitale « civilisée », Buenos Aires. Ce monstre repoussant (mais aussi fascinant par la force de son caractère et la démesure de son égoïsme) finira assassiné, peu de temps avant qu'un autre dictateur non moins sanguinaire, Manuel De Rosas, n'impose pour vingt ans sa main de fer sur la République argentine. Contre cette barbarie fondamentale, qui semble enracinée dans tout un peuple et dont le personnage central n'est en fin de compte qu'un représentant symbolique, le seul combat raisonnable reste, aux yeux de Sarmiento, non pas celui de la révolution violente, mais celui de l'éducation : « Cette jeunesse, imprégnée des idées civilisatrices de la littérature européenne, irait chercher chez les Européens... ses propres ancêtres, ses pères, ses modèles [25]... »

Livre repère, *Doña Bárbara* offre une autre clé à la compréhension de la « révolution libérale » que défend une bonne partie de l'intelligentsia latino-américaine. Son auteur, le Vénézuélien Rómulo Gallegos (1884-1969), appartient à la génération littéraire dite « de 1928 », sensible aux œuvres d'inspiration rurale. Dans ce cycle « criolliste » apparaissent des personnages allégoriques, qui caractérisent une autre forme de lutte entre la « barbarie » et la « civilisation ». La première est symbolisée tout aussi bien par la forêt tropicale et ses animaux monstrueux que par la grande propriétaire doña Bárbara, image au féminin d'un caudillisme brutal, qui cumule tous les stigmates du « primitivisme » : la beauté et les instincts sauvages, la violence, la superstition, l'ignorance. Quant à la « civilisation », elle est représentée par un personnage « positif », le jeune Santos Luzardo, un propriétaire qui s'oppose en tout point à doña Bárbara par son excellente éducation, sa ferme volonté, sa modernité, son

respect pointilleux de la loi, seule garantie de l'ordre et de la
« civilisation » dans cet univers hostile. Pour que le tableau
allégorique soit complet, Gallegos introduit dans le roman un
personnage symbole de l'impérialisme, « Mister Danger », représentatif du capitalisme sauvage, qui s'appuie sur la barbarie
— en l'occurrence doña Bárbara — pour dépouiller le pays. La
démonstration est implicite : pour sauver l'Amérique primitive
menacée par le capitalisme yankee, un seul recours : la « vraie »
civilisation venue d'Europe [26]...

Mais cette approche hautement culturelle de la révolution des
mœurs reste singulièrement élitiste et pédagogue. La Première
Guerre mondiale et la révolution russe montreront d'ailleurs
que la barbarie est aussi enracinée au cœur de l'Europe, dont le
déclin paraît non seulement politique, mais aussi culturel.

C'est alors que les arts plastiques, la littérature, le cinéma
s'engagent au service de la révolution mexicaine. Les gravures
caricaturales ou satiriques de José Guadalupe Posada, en parfaite harmonie avec la nature baroque des événements, font
intensément revivre la fin de la dictature porfirienne et le début
de la révolution ; la dévotion de ce graveur pour Madero et pour
la cause zapatiste s'expriment par des traits épais, mais pleins
de mouvement, où la mort, amadouée, devient objet de dérision
et parfois de tendresse macabre. Au début des années 1920,
sous la présidence d'Obregón, au moment où débute une sorte
de période thermidorienne, la peinture révolutionnaire atteint
une plénitude qu'elle ne retrouvera plus. Le maître d'œuvre en
est le ministre de l'Éducation publique, José Vasconcelos, qui
donne un essor décisif à la peinture mexicaine, en proposant du
travail à des peintres de talent qu'il a fait revenir d'Europe pour
la plupart : Diego Rivera, chef de file du mouvement, et sa
femme Frida Kahlo, Fermín Revueltas, Xavier Guerrero, Jean
Charlot, José Clemente Orozco, « le peintre des révolutionnaires », et David Alfaro Siqueiros, le plus radical par ses idées
politiques et sa conception picturale. Cette peinture se veut
l'expression d'une double révolution, sociale et esthétique : elle
prétend liquider l'art de salon, « servile », « bourgeois », au profit
d'un art collectif qui s'affichera en fresques, en « retables pro-
létariens » sur les murs des édifices publics de Mexico : École
nationale préparatoire, secrétariat d'Éducation publique, Palais
national, hôpital de Jesús, palais Sanborn's, couvent San Pedro

y San Pablo, etc. Ce « muralisme » exalte l'homme mexicain dans ses luttes syndicales, dans son système éducatif, dans sa participation à la révolution. En 1922, le Syndicat des peintres proclame solennellement sa solidarité sociale avec le peuple : « Notre objectif fondamental est de socialiser l'expression artistique... L'art doit être porteur de valeur idéologique pour le peuple... » Mais cet art de masse est aussi révolutionnaire sur le plan esthétique, dans la mesure où il intègre des influences radicalement nouvelles au Mexique : néo-impressionnisme, cubisme, futurisme, expressionnisme, au profit d'un style authentiquement mexicain, à la fois volumineux, expressionniste et émotif, jouant autant sur les couleurs que sur les formes, et qui exprime sur des fresques monumentales les symboles et les valeurs révolutionnaires aisément reconnaissables par tout un peuple : la « Trinité » du prolétariat, paysan, ouvrier et soldat, par J.Cl. Orozco à l'École nationale préparatoire, en 1923 ; les fresques sur le peuple au travail, peintes au ministère de l'Éducation, par Rivera, qui sait parfaitement « réconcilier le Mexique avec lui-même, avec ses hommes, ses objets, ses paysages [27]... ». Mais cet art nouveau, à la fois nationaliste et syncrétique, fut finalement rejeté par la population de Mexico, qui lui reprochait d'être, à la fois, une peinture d'État et une peinture « bolchevique » ; dès 1924, le mouvement muraliste entrait en sommeil...

La littérature se met aussi au service de la Révolution, mais, paradoxalement, le cycle du roman révolutionnaire s'amplifie au fur et à mesure qu'on s'éloigne des événements : on compte six titres seulement entre 1910 et 1920, dont l'important *Ceux d'en bas* de Mariano Azuela (1915) ; une dizaine de romans pour la période 1920-1930 ; une cinquantaine entre 1930 et 1940 ; et une trentaine jusqu'en 1947 [28]. Plusieurs auteurs mexicains commencent à réhabiliter la figure tutélaire de Zapata, présenté jusqu'alors comme un simple bandit : López y Fuentes (*Tierra : la revolución agraria en Mexico*), Mauricio Magdalena, Santiago Sierra reprennent le mythe populaire du *Caudillo du Sud* pour en faire un « apôtre de l'agrarisme ». En 1928 est créée une Ligue des écrivains et artistes révolutionnaires, à une époque où l'idéal révolutionnaire est déjà agonisant. Dans ce flot d'ouvrages inégaux appartenant au « cycle du roman révolutionnaire », qui se prolonge pendant plus de trente ans

(1915-1947), on peut identifier plusieurs tendances : un courant influencé par la révolution *cristera*, avec Fernando Robles (*La Vierge des Cristeros*) ; une tendance prolétaire représentée par José Mancisidor (*La Cité rouge*, 1931) ; et un courant nationaliste dont le chef de file, Gregorio López y Fuentes, entreprend (dans *Terre*, 1932) une réhabilitation et une réactualisation du combat zapatiste. Dominant le lot, Martín Luis Guzmán publie en 1928 et 1929 deux œuvres marquantes, tant par leur idéologie que par la pureté de leur écriture : *L'Aigle et le Serpent* et *L'Ombre du caudillo*. Inclassable, la première se présente comme une chronique des intrigues de la période 1913-1915 ; elle s'attache à brosser des portraits sans concession de personnages éminents de la révolution, comme Rodolfo Fierro, le sanguinaire lieutenant de Pancho Villa. Publié à Madrid en 1929, *L'Ombre du caudillo* ne put paraître à Mexico qu'en 1938, tant l'œuvre se montrait critique à l'égard de l'ancien président Obregón et de la société « post-révolutionnaire », dénoncée pour sa corruption et sa démagogie [29]...

Le cinéma sur la révolution mexicaine présente un décalage chronologique par rapport aux événements encore plus surprenant qu'en littérature : à l'exception de *La Vie de Pancho Villa* tournée par Raoul Walsh en 1912 avec l'accord de Villa lui-même, la production est inexistante jusqu'en 1931, année où S.M. Eisenstein tourne ¡ *Que viva Mexico !* Mais, entre 1934 et 1973, on ne comptera pas moins de vingt-sept longs métrages. Dans cette production de valeur plutôt médiocre, la Révolution est bien souvent prétexte à raconter avec emphase les hauts faits d'armes de personnages stéréotypés — si Zapata n'inspire qu'un seul cinéaste, Elia Kazan (*¡Viva Zapata !,* 1952), Pancho Villa continue longtemps de fasciner et le public mexicain et le public nord-américain ; huit longs métrages lui sont consacrés, qui s'inspirent de synopsis fantaisistes, sortes de westerns mélodramatiques qui n'ont plus guère de rapports avec la (supposée) réalité. Si le message idéologique de cette production à dominante commerciale est faible, sa valorisation mythique reste puissante à une époque où le cinéma est en plein essor ; dans l'imaginaire collectif, la révolution mexicaine devient une grande saga à l'exotisme bon marché, une mine inépuisable pour des films d'action aux rebondissements multiples [30]...

Au début des années 1960, on observe une coïncidence entre la révolution castriste et l'éclosion de ce qu'on appelle en Amérique le « boom littéraire » : beaucoup d'écrivains considèrent alors, avec Julio Cortázar, que l'écriture dite « de fiction » peut agir d'une autre manière sur le politique, parce qu'elle a l'avantage de pénétrer bien au-delà de la réalité immédiatement perceptible et qu'elle est chargée de sens multiples [31]...

A Cuba même, le roman révolutionnaire connaît une réelle évolution idéologique entre 1959 et la fin des années 1980. Les premiers romans racontent au jour le jour les principaux épisodes du combat contre la dictature ; les héros, étudiants ou rejetons de la classe moyenne, sont jeunes, romantiques et enthousiastes. *Le Soleil de plomb* d'Humberto Arenal, publié en 1959, est sans doute le plus significatif de cette première veine. Dans les années 1961-1965, les auteurs subissent l'influence de l'existentialisme français — J.-P. Sartre a visité Cuba en 1960 — et des grands romanciers nord-américains Dos Passos et W. Faulkner : leurs personnages apparaissent comme des antihéros qui refusent l'engagement, un peu sceptiques, un peu cyniques, trop « intellectuels-petits-bourgeois » aux yeux des puritains du Parti. *Petites manœuvres* de Virgilio Piñera, *Pas de problème* et *Mémoires du sous-développement* d'Edmundo Desnoes, *Les Jours de notre angoisse* de Noel Navarro présentent quelques-uns de ces personnages sensibles et solidaires, allant sans but ni projet, qui regardent leur vie en spectateurs. A partir de 1966, le roman cubain devient particulièrement fécond. *Paradiso,* de José Lezama Lima, inaugure une série d'œuvres davantage tournées vers l'idiosyncrasie cubaine. L'un des romans les plus réussis de cette période, *Trois Tristes Tigres*, de G. Cabrera Infante, présente un tableau sans concession de La Havane batistienne au petit matin, dans une sorte de parodie du réalisme socialiste, mais teintée de nostalgie, tandis que *Le Monde hallucinant* d'Alejo Carpentier égratigne quelque peu l'image et le style oratoire de Fidel Castro [32].

Les années 1970-1971 inaugurent un réel retour en arrière ; c'est la période du « sectarisme ». En même temps que le gouvernement cubain s'engage dans une guerre de tranchées idéologique, la production littéraire s'amenuise et se dessèche ; pour l'Union des écrivains et des artistes de Cuba (UNEAC, créée en août 1961), toutes les valeurs ordinaires de la vie individuelle doivent être sacrifiées au profit de la seule révolution (*Les enfants prennent congé* de Pablo Armando Fernandez [33]).

L'impact de la révolution cubaine fut si grand en Amérique qu'il suscita, dans un premier temps, toute une littérature engagée, soit pour la défendre contre les envahisseurs, soit pour la célébrer dans son œuvre de construction du socialisme. Une pléiade de grands écrivains latino-américains entrèrent en collaboration avec la prestigieuse Casa de las Américas (créée en 1960 à La Havane) pour présider des prix littéraires ou participer à des tables rondes : Julio Cortázar, Mario Benedetti, José Donoso, Augusto Roa Bastos, Carlos Fuentes, José Revueltas... Plus de vingt romans étrangers furent consacrés à la pure célébration de la révolution cubaine ; parmi les plus représentatifs : *Une croix dans la sierra Maestra*, de l'Équatorien Demetrio Aguilera Malta ; *Le Joug et l'Étoile*, de l'Espagnole Tania de Gamez ; et *La Première Bataille*, de la Mexicaine Luisa Josefina Hernández [34].

En Amérique centrale, terre de poètes, l'engagement politique se manifesta plus par la poésie que par le roman ; héritière d'une tradition de *canto* baroque ravivée par l'inspiration moderniste d'un Ruben Dario, elle devint même une forme d'expression courante de l'engagement révolutionnaire, autour de ses deux poètes phares : le Nicaraguayen Ernesto Cárdenal, créateur d'une poésie transcendantale (Hora Cero), et le Salvadorien Roque Dalton, poète de la quotidienneté révolutionnaire. Esthète devenu militant, exécuté par les siens, ce dernier a écrit des textes anticonformistes, antiprophétiques et sans illusions, ironiques et ambivalents (*Histoires interdites du Petit Poucet* [35]).

Critique et censure dans la révolution

Si l'artiste ou l'écrivain s'attache à dénoncer les carences ou les tares de l'ancienne société, il montre beaucoup plus de réticences à dénoncer les erreurs ou les insuffisances d'une révolution en marche, craignant sans doute de faire le jeu des forces « réactionnaires ». Néanmoins, il arrive que cette cécité volontaire s'efface avec le temps, et qu'une minorité d'écrivains se hasarde à jeter un doute sur le bien-fondé du processus...

Bien avant la fin du cycle révolutionnaire mexicain, des auteurs ont proposé une lecture pessimiste de ce pseudo-événement : Gonzalez Martinez, Ramón López Velarde et, surtout, Mariano Azuela, tous anciens membres de l'Athénée de la jeunesse, une institution antipositiviste et humaniste créée en 1907, n'ont pas hésité à démystifier « la » Révolution. Le médecin Azuela publie en 1916 un roman qui mettra dix ans à percer : *Ceux d'en bas (Los de abajo)*. Découpée comme un scénario, l'œuvre raconte quelques épisodes de la révolution, à partir de l'expérience personnelle de l'auteur confronté à la lutte des factions. Elle décrit la lente dégradation du héros, le *peón* Demetrio Macías, un homme courageux et honnête, archétype de la « mexicanité », qui se corrompt peu à peu par son engagement. *Ceux d'en bas* est le roman de l'anti-épopée. « Qu'elle est belle la Révolution, jusque dans sa Barbarie !... » Pour un jeune idéaliste, le choix est simple : devenir à son tour un bandit, comme les autres, ou bien disparaître de la scène... « La Révolution est un ouragan, et l'homme qui s'en remet à elle n'est plus un homme, mais une feuille balayée... par le vent... » La sombre vision de l'histoire mexicaine perce sous l'ironie : « Pour dominer l'électricité, il a fallu plusieurs centaines de siècles ; pour rendre effectif le mot justice, il faudra peut-être plusieurs millions d'années [36]... » Juan Rulfo, dans une œuvre majeure, *La Plaine en flammes* (1953) donne une autre vision démythifiée de la réalité post-révolutionnaire, à partir des violences intériorisées et des souffrances du monde rural ; dans un style ciselé, il expose le crime et le remords, la pauvreté, la solitude, la patience infinie de ses personnages humbles qui se déplacent le long des routes en d'interminables et indécis voyages. L'un des récits les mieux réussis suggère la longue marche de quelques paysans vers la terre promise — terre de réforme agraire, généreusement attribuée par « le » Gouvernement, mais qui se révélera stérile [37]...

Face à la jeune révolution cubaine, beaucoup d'intellectuels répugnaient, au départ, à exercer la moindre critique. Bien rares furent ceux qui, comme le Péruvien Mario Vargas Llosa, osèrent dénoncer la prise de position de Castro en faveur de l'invasion de la Tchécoslovaquie (août 1968). Jeannine Verdès-Leroux évoque, de son côté, l'autisme politique de la gauche française face à Cuba : « Qu'en 1960, les intellectuels n'aient rien su de Cuba n'est pas choquant ; par contre, qu'ils aient accepté, sans le moindre réflexe critique, la version officielle des détenteurs du pouvoir l'est... Pas la moindre question ni une suspension, au moins provisoire, du jugement chez les intellectuels... Ils reprirent à leur compte la légende de la sierra : l'histoire de cette poignée de guérilleros défaisant une armée puissante était fort peu probable ; même quand ils ne la théorisèrent pas, ils admirent qu'il y avait "une révolution dans la révolution". Littéralement sous la dictée, ils écrivirent et propagèrent des récits mensongers et absurdes. N'ayant aucun repère sur l'histoire, l'économie, la vie dans l'île, ils retinrent des mots ou seulement des sons, des sensations, la logorrhée du chef suprême leur parut elle aussi exotique, et ils furent convaincus que Cuba révolutionnaire était une fête... Seulement occupés des leaders, du chef, du pouvoir, les intellectuels ne virent pas la société [38]... »

A Cuba même, la culture de masse semble avoir étouffé la liberté du créateur. Parler, comme le font Jean Ortiz et Georges Fournial, de « révolution culturelle » à propos de l'alphabétisation, des progrès de l'édition politique, de la diffusion de la lecture ou du sport, semble une référence un peu facile ; la culture ne se réduit pas à des statistiques sur les livres édités : elle implique aussi la liberté des créateurs. En ce sens, le combat pour la liberté de création littéraire et artistique est d'abord un combat politique. Or, faisant écho à la doctrine officielle de Cuba, Jean Ortiz rappelle que « la liberté des créateurs s'arrête là où commencent les droits de la révolution à défendre sa propre existence [39]... ». Dans ce régime non pluraliste, l'espace de liberté accordé aux intellectuels est devenu de plus en plus étroit. En 1969, l'écrivain argentin Julio Cortázar justifiait implicitement la censure cubaine en exprimant clairement ses réserves sur la prétendue liberté de l'écrivain, qui doit, selon lui, adopter une position constructive et responsable face aux enjeux d'une révolution. Sans aller jusqu'à défendre le principe d'une planification bureaucratique de la création, ni adhérer au réalisme socialiste, il soutenait pourtant que l'écrivain ne peut pas dire n'importe quoi, sous le prétexte qu'il est libre. En 1973, le Cubain Juan Marinello réaffirmait que toute position critique est immorale, parce qu'elle rejette « le côté positif et libérateur de chaque époque [40] ». Et pourtant, les premières critiques portant sur le régime cubain vinrent des intellectuels cubains eux-mêmes, la plupart du temps en exil : une trentaine de romans et une vingtaine de nouvelles antirévolutionnaires ont été publiés à Miami, Barcelone ou Madrid, qui stigmatisent les tares mêlées du communisme et du caudillisme (*Territorio libre*, de Luis Ricardo Alonso), réécrivent à leur façon l'épisode de la baie des Cochons (*Le ciel nous appartiendra*, de Manuel Cobo Sausa), racontent la vie des réfugiés à Miami (*Les Dépossédés*, de Gómez Kemp et surtout *Lilayando*, de Sánchez-Boudy, fortement influencé par le style de Cabrera Infante). Même des écrivains étrangers, « amis » de la Révolution, ont fini par publier des œuvres nuancées, ou même franchement critiques : dans *Le Bar de don Juan*, le Brésilien Antônio Callado égratigne les fils de bourgeois devenus guérilleros, qui passent le plus clair de leur temps à boire ou se prêtent à des jeux d'intellectuels. L'écrivain chilien Jorge Edwards donne le fruit de son expérience de chargé d'affaires du président Allende à Cuba au début de 1971 dans un pseudo-roman, *Persona non grata*, où il condamne clairement la politique cubaine à l'égard de ses dissidents. *Adieu à la canneraie*, roman-journal d'une poétesse chilienne, Matilde Ladrón de Guevara, nous fait suivre l'itinéraire d'une enthousiaste du régime, dont le rêve se transforme peu à peu en cauchemar.

Dès le début de la révolution, le gouvernement cubain a essayé de limiter la liberté d'expression, s'attaquant à la seule publication non conformiste et anticommerciale du pays, *Lunes* (lundis) *de Revolución*, le supplément littéraire du journal de Carlos Franqui, *Revolución*, dont les collaborateurs étaient gens de talent : G. Cabrera Infante, P.A. Fernández, Heberto Padilla... *Lunes* avait osé protester contre la censure d'un film. Dans trois discours rapprochés, Castro avait énoncé la doctrine officielle : « Tout dans la Révolution ; rien contre elle ! » (août 1961). *Lunes* cessait de paraître en septembre de cette même année, et, à partir de 1963, une autocensure s'instaurait chez les intellectuels : c'en était fini de la lune de miel des premières années, du temps où les intellectuels étaient choyés par le nouveau régime. Les ex-collaborateurs de *Lunes* furent envoyés à l'étranger comme attachés culturels ou journalistes. En 1967, la pression gouvernementale se faisait plus forte ; même l'intouchable Alejo Carpentier préféra « s'exiler » comme attaché culturel à Paris. C'est alors que commence l'« affaire Padilla » :

à la fin de 1967, cet écrivain lance un pavé dans la mare littéraire en osant provoquer Lisandro Otero, président du puissant Conseil national de la culture, dont le roman, *Pasión d'Urbino*, avait été préféré, pour le prix Seix Barral (Barcelone) de 1964, aux *Trois Tristes Tigres* de G. Cabrera Infante. Padilla feint de s'étonner que le roman de Cabrera Infante n'ait même pas été publié à Cuba. L'affaire s'aggrave lorsque *Verde Olive*, le journal de l'armée, contre-attaque en s'en prenant aux intellectuels. L'écrivain Anton Arrufat est dénoncé pour sa pièce *Les Sept contre Thèbes*, dans laquelle le personnage d'Étéocle est campé comme une figure symbolique du *líder máximo*. Hernán Padilla est également accusé d'exalter l'individualisme. En haut lieu, on affecte de perdre patience face à ces messieurs qui abusent des largesses de la Révolution. La crise éclate le 20 mars 1971 avec l'arrestation « pour activités anticubaines » de Padilla, et se dénoue un mois plus tard par sa libération, obtenue après des rétractations publiques de l'auteur, dignes des pires procès staliniens : « J'ai commis — confesse publiquement l'inculpé — de très nombreuses erreurs, vraiment impardonnables et inqualifiables... » Padilla en vient même à dénoncer pour tiédeur révolutionnaire, pêle-mêle, sa femme, la poétesse Belkis Cuza Malé, l'écrivain Cabrera Infante, le journaliste K.S. Karol et l'agronome René Dumont ! Au cours des années suivantes, Cuba allait se lancer dans une vaste contre-offensive contre les « pseudo-intellectuels de gauche révolutionnaires », dont le modèle repoussoir restait le Péruvien Vargas Llosa. Dès lors, une brisure s'opérait dans la république des lettres : si quelques écrivains ou artistes étrangers persistaient à soutenir la Révolution — un Siqueiros, un Jorge Onetti — la plupart condamnaient ce nouveau procès en sorcellerie, à commencer par la *camarilla* des intellectuels européens — de J.-P. Sartre à A. Moravia —, eux qui avaient jusqu'alors applaudi des deux mains au triomphe de 1959 [41]...

L'année 1971 marque l'apogée du sectarisme culturel à Cuba : le Congrès national d'éducation et de culture inaugure une vraie chasse aux sorcières contre les artistes et intellectuels non conformistes. En 1978, on n'hésite plus à appliquer aux créateurs la loi de « dangerosité », condamnant ainsi un grand nombre d'écrivains à l'exil ou au silence. Parmi les plus grands : Virgilio Pineira, auteur des *Contes froids*, est mort dans l'indifférence ; G. Cabrera Infante (*Trois Tristes Tigres, La Havane pour un infant défunt*), dut s'exiler ; Reinaldo Arenas, auteur du *Puits* et du *Monde hallucinant*, fut interdit de publication et emprisonné pour homosexualité en 1974 ; il choisit de s'embarquer avec les *marialitos* en 1980, et se suicida en 1990 à New York. Même un José Lezama Lima, parfois surnommé le « Proust cubain » pour son œuvre magistrale, *Paradiso*, s'est placé en marge des écrivains dès 1970. D'autres écrivains moins connus, José Trinan, Lydia Cabrera, Severo Sarduy, etc., ont dû choisir l'exil pour être publiés. Seul le poète officiel Nicolas Guillén, ancien communiste du PSP, semble avoir survécu au sectarisme en faisant le dos rond au moment de l'affaire Padilla. Aux yeux du dissident Reinaldo Arenas, la censure et l'autocensure ont anéanti toute liberté de création : « Il n'y a pas eu une seule œuvre importante réalisée dans la révolution et qui lui soit favorable [42]. »

Dans le domaine du cinéma, le prestige de la production documentaire et du festival latino-américain de La Havane n'est pas parvenu à occulter la pauvreté du cinéma de fiction, bloqué par le carcan politique. Le cas du cinéaste Nestor Almendros est bien révélateur de l'incompatibilité entre la création et la censure. Cet ancien directeur de la photographie auprès des plus grands réalisateurs — Éric Rohmer, François Truffaut, Barbet Schroeder — avait déjà dû quitter son pays dès les années 1960 pour un film sentant le soufre, *Les Gens sur la plage*. En 1984, il réalisait *Mauvaise Conduite*, un long métrage consacré à la persécution des intellectuels et des homosexuels. Deux ans plus tard, l'entrée du territoire lui était interdite pour le tournage d'un autre scénario, *Personne n'écoutait*, consacré aux prisonniers politiques et aux intellectuels exilés, tous anciens partisans de Castro. Pour Almendros, ce long métrage en forme d'interviews était une façon de « raconter la manière dont la révolution dévore ses enfants [43] ».

Dans le Nicaragua sandiniste, le droit à l'éducation et à la culture avait été proclamé quelques semaines seulement après la victoire. Cette culture fut, comme le rappelle Claire Pailler, intimement liée dès le départ au processus révolutionnaire : « La Révolution est Culture, et notre Culture d'aujourd'hui est la Révolution. » Cette équivalence dialectique impliquait une re-

définition radicale de la notion de culture, une conception militante qui lui attribuait une fonction éminemment politique :
l'art serait la nouvelle arme de la Révolution, et les intellectuels
ses défenseurs zélés. Quant au processus culturel, il ne pourrait
qu'être « de masse » et « anti-impérialiste ». Mais des principes
à leur application, la marge était un peu trop vaste, dans ce
pays pauvre, confronté à une ruineuse guerre civile : la plupart
des projets ayant trait à la défense du patrimoine, au développement des bibliothèques et du cinéma avortèrent. Seule la
maison d'édition Nueva Nicaragua continua de fonctionner
régulièrement, et quelques manifestations d'action culturelle
purent s'organiser autour de la poésie, de la danse ou de la
musique. Le ministère de la Culture fut même supprimé en
1988. Avant même la chute du sandinisme, on avait pu constater
un raidissement politique de la part du Conseil populaire de la
culture, et la censure, déjà systématique à l'égard de la presse
d'opposition, s'était étendue à des publications suspectes de
non-alignement idéologique. Claire Pailler concluait en mai
1988 : « Progressivement privée de son espace de liberté par
la mainmise du sandinisme, la culture au Nicaragua se révèle
comme une pierre de touche du pluralisme et de toute démocratie véritable [44]... »

Dans une perspective à plus long terme, il apparaît que
l'Amérique latine a connu deux modèles essentiels de révolution culturelle : celui de l'Europe libérale et celui du socialisme
« venu du froid ». Dans une première période, qui va jusqu'au
milieu du XXe siècle, la plupart des intellectuels notables se
réfèrent exclusivement aux valeurs « progressistes » de la démocratie européenne, du Libertador Bolívar à l'écrivain brésilien
Euclides da Cunha (*Os Sertões*, 1902) en passant par l'écrivain
argentin D.F. Sarmiento (*Facundo*, 1845). L'utopie dominante
reste l'européanisation de l'Amérique latine et le rejet des cultures « primitives » indiennes ou africaines, au nom d'un
véritable darwinisme social qui rabaisse les races inférieures et
condamne le métissage. Dans cette perspective, toutes les tares,
politiques, sociales et économiques du continent étaient perçues
comme une fatalité de la race. Le progrès du continent ne
pourrait se faire qu'en imitant la civilisation mère et en facili-
tant l'immigration des Européens.

Dans cette perspective évolutive, l'épisode douloureux et baroque de la révolution mexicaine ne pouvait apparaître que comme un modèle atypique, éventuellement apte à régler les problèmes agraires d'un pays fortement indianisé, sans pour autant prétendre servir de référence à l'ensemble du continent. Dès 1930, l'histoire tourmentée de ce pays montrait la dérive de sa révolution, son embourgeoisement précoce, son double discours et, pour tout dire, son échec, que les écrivains les plus lucides avaient déjà entrevu.

Le second modèle culturel a été la révolution populaire et socialiste, incarnée par Cuba et le Nicaragua. Pendant plusieurs années, un grand nombre d'intellectuels latino-américains pensèrent que celle-ci pourrait résoudre la plupart des problèmes du continent, comme la question nationale du métissage et de l'intégration des Indiens, le sous-développement, la création dans ses formes littéraires et populaires [45]. Cette révolution intégrale pourrait moduler des sociétés différentes et des hommes nouveaux. Bien qu'il soit prématuré de vouloir établir un bilan définitif, tout porte à croire que cette seconde utopie s'est, elle aussi, heurtée à la pesanteur des cultures anciennes et à la passivité des populations. La résistance lucide des écrivains — cubains en particulier — fut révélatrice de la difficulté que rencontrent les régimes monolithiques à vouloir imposer par la contrainte le message révolutionnaire.

11

La fin d'un cycle révolutionnaire :
1989-2000

Avec l'effondrement du « socialisme réel », Cuba allait perdre en quelques années l'aide économique et militaire du bloc de l'Est. Cette île, qui avait été depuis 1960 le phare de la révolution en Amérique latine, entre alors dans une phase de récession économique et de désordres sociaux. Ce déclin ne semble pouvoir s'arrêter qu'avec la disparition, violente ou naturelle, de son dictateur, nullement disposé à céder sur les principes de la révolution « permanente », quelles que soient, par ailleurs, les concessions matérielles qu'il consent aux idoles capitalistes. Par un effet de contagion bien compréhensible, les guérillas d'Amérique centrale et des Andes s'effondrent militairement ou acceptent des négociations de paix. A ce recul général de la « praxis » révolutionnaire en Amérique latine, une exception notable : celle de la révolte du Chiapas (Mexique), où, depuis 1994, un ancien professeur de philosophie s'emploie à fédérer autour de son utopie programmatique des naufragés du marxisme-léninisme et des fanatiques de l'antimondialisation.

Les dérives de la révolution cubaine

Que reste-t-il du socialisme à Cuba, dix ans après la chute du mur de Berlin ? Bien peu de chose, en dehors d'une idéologie radicale, affichée par la propagande cubaine avec d'autant plus d'ardeur que le pays semble s'en éloigner chaque jour davantage. Gardons-nous, toutefois, de proposer un bilan définitif, bilan que seul le recul du temps pourra permettre d'esquisser, lorsque la figure tutélaire et éponyme de la révolution aura disparu de la scène. Pour l'heure, nous devons nous contenter de poser quelques questions, dont la réponse peut éclairer l'histoire immédiate. Quel est le nouveau système économique adopté par le régime ? Que reste-t-il, en l'an 2000, des fameux « acquis de la révolution », tant célébrés par la presse internationale des années 1980 ? Quelle est, aujourd'hui, la popularité du régime et de son leader, quarante ans après la prise du pouvoir ? Et pour finir : l'historien peut-il se risquer à imaginer un futur immédiat pour l'île de Cuba [1] ?

Entre une économie planifiée et une économie de marché

L'onde de choc qu'a représentée l'effondrement du bloc socialiste a été durable. L'aide soviétique, entre 15 et 22 % du revenu disponible, correspondait à une véritable rente, grâce aux subventions soviétiques accordées à l'exportation du sucre et à l'importation du pétrole. Depuis lors, Cuba accumule une suite d'expériences plutôt chaotiques : de 1986 à 1990, la « rectification », face aux « défaillances du socialisme » ; de 1990 à 1993, « la période spéciale en temps de paix » ; et depuis 1994, l'ouverture de « niches » capitalistes dans un pays de moins en moins socialiste et de plus en plus accueillant à l'investissement étranger. Ce socialisme mutant des Caraïbes, d'ailleurs moins ouvert que le modèle chinois, n'a cessé de perdre de sa cohésion interne au fil des ans, dirigé à vue par des « camarades » de l'armée ou du parti communiste, devenus progressivement les « investisseurs » d'une économie nouvelle, tiraillée entre l'étatisme et le marché [2].

D'un côté, le rôle du secteur régulé est réaffirmé, et de l'autre, l'ouverture au secteur privé se réalise dans bien des domaines. Le pouvoir, qui connaît la faible productivité des entreprises d'État, persiste dans la voie de leur modernisation en leur imposant de nouveaux critères, tels que l'autofinancement en dollars, la décentralisation de la gestion, le paiement d'impôts et la baisse des subventions, le tout sous l'œil vigilant de la Confédération des travailleurs cubains, qui devient ainsi un agent actif du « perfectionnement » des entreprises d'État... Parallèlement, le dollar a été légalisé (ou plutôt « dépénalisé ») en juillet 1993, et l'on a créé de nouvelles banques et ouvert des bureaux de change. Dès 1992, la Constitution avait été révisée, afin de pouvoir autoriser la création d'entreprises mixtes, les « joint-ventures », financées par des capitaux extérieurs, mais relevant du droit cubain — l'embauche des salariés est confiée à une agence d'État, qui impose désormais ses critères de sélection, encaisse les salaires en dollars et les reverse en pesos aux travailleurs... Troisième volet de l'« ouverture » : l'autorisation accordée à une minorité de Cubains de créer des entreprises privées de type familial (*cuentapropistas*) dans l'artisanat et dans la petite restauration des tables d'hôtes — les fameux *paladares*. Mais ce secteur reste, pour des raisons idéologiques, très contrôlé. Ironie de l'Histoire, Cuba compte impérativement sur les versements en dollars des émigrés cubains — ce fameux « milliard des émigrés » — qui alimentent près du tiers des entrées de la balance des paiements courants.

Au cours des années 1990-1994, l'économie cubaine a connu un « grand bond en arrière [3] ». Les autorités ont dû recourir massivement à l'armée pour des travaux agricoles urgents et décisifs, tout en essayant de décentraliser la gestion des anciennes fermes d'État, devenues des UBPC (Unités de base de production coopérée). Mais ce fut un échec, à cause des prix fixés trop bas par les autorités. Aussi, par crainte de la famine, les responsables ont-ils dû se résigner à autoriser la réouverture des marchés libres paysans durant l'été 1994. Au cours de ces années, l'agriculture n'a cessé de se dégrader : les champs de canne à sucre sont mal entretenus, les rendements agricoles en chute libre, les coupeurs mal payés, l'absentéisme s'installe et l'exode rural s'accélère. Le tourisme de masse (l'« industrie sans cheminée ») qui a attiré deux millions de visiteurs en 2000 exerce désormais un rôle de locomotive, même s'il induit des effets pervers comme la prostitution, la drogue, la corruption et la délinquance. Le roi-dollar désorganise l'économie cubaine dans des secteurs essentiels comme l'agriculture ou les services sociaux, car les salariés, notoirement sous-payés (en pesos), recherchent des activités plus lucratives ailleurs.

Les autorités cubaines proclament haut et fort leur attachement au socialisme, malgré les concessions capitalistes qui ont suivi la « période spéciale ». Fidel Castro continue de vitupérer le capitalisme et le marché, et il assure que c'est bien la politique qui dicte toujours ses lois à l'économie cubaine, et non pas le contraire. Mais la question demeure de savoir si le leader cubain pourra contrôler longtemps ce dérapage « capitaliste » sans toucher à l'édifice politique...

On a souvent attribué la faiblesse de l'économie cubaine à l'embargo américain. De fait, la première loi restrictive avait été votée par le Congrès dès septembre 1961, soit quelques mois seulement après l'invasion de la baie des Cochons, et Ronald Reagan en avait, par la suite, sensiblement renforcé les dispositions. Paradoxalement, c'est après l'effondrement de l'URSS que la politique américaine se durcit en la matière. D'abord, en octobre 1992, avec la loi Torricelli (« Cuban Democracy Act ») qui interdisait le commerce des filiales américaines avec Cuba et imposait des restrictions drastiques aux navires étrangers qui auraient préalablement fait escale dans un port cubain. Des amendes de 50 000 dollars étaient prévues à l'encontre des citoyens américains récalcitrants. Puis, en mars 1996, la fameuse loi Helms-Burton (dite « Cuba Liberty and Democratic Solidarity Act ») prévoyait de poursuivre devant les tribunaux américains les entreprises étrangères qui s'aviseraient de « trafiquer » avec d'anciennes entreprises américaines nationalisées par Castro ; étaient visés à la fois les investissements et les échanges commerciaux. La loi était cadenassée par une disposition qui prévoit qu'une éventuelle modification de la loi ne pourrait être adoptée que par un vote du Congrès américain.

Le « blocus » de Cuba a nourri bien des débats contradictoires : a-t-il empêché le développement de l'île ou, au contraire, a-t-il servi le pouvoir castriste, qui s'abritait ainsi derrière la décision américaine pour justifier ses propres échecs économiques ? Les souffrances du peuple cubain dues à l'embargo semblent évidentes, bien que difficiles à évaluer. La raréfaction des médicaments nord-américains à partir de 1992 aurait favorisé une poussée épidémiologique de maladies neurologiques, de type optique ou auditif. Les cas d'épidémies se multiplient : « sarampión » (rougeole), typhus, tuberculose. Un rapport officiel de l'American Association for World Health examine en détail les conséquences médicales de l'embargo cubain et cherche à en démontrer le caractère arbitraire autant que dramatique pour la santé publique [4].

De son côté, le département d'État justifie l'embargo par des arguments politiques : c'est bien le gouvernement de La Havane qui est le seul vrai responsable des résultats calamiteux de l'économie et de la santé cubaines. C'est ainsi que l'épidémie neurologique de 1992, qui résultait, à la fois, de carences en vitamines B et du tabagisme, aurait pu être éradiquée rapidement si Castro avait accepté de réouvrir les marchés libres, au début de l'épidémie. Par ailleurs, le gouvernement cubain a créé un véritable apartheid médical en faveur des privilégiés du régime et du « tourisme de santé » — l'exemple caricatural est sans doute celui du footballeur argentin Maradona, traité à Cuba pour une cure de désintoxication. Toujours selon le même département d'État, il est possible d'exporter des médicaments vers Cuba, en demandant des autorisations, qui sont largement accordées, ou au moyen de dons, toujours possibles à travers les ONG cubaines. Enfin et surtout, chacun sait que cet embargo est largement contourné, par exemple avec le vol quotidien La Havane-Cancún (Mexique), devenu un véritable pont aérien pour des marchandises qui finissent souvent dans les magasins à dollars (*diplotiendas*), si bien que « l'embargo prend des allures de véritable passoire [5] ».

Mais le point de vue officiel américain est largement rejeté par l'opinion internationale, qui condamne le « blocus » tant pour des raisons de principes que par inefficacité. Depuis la fin de la guerre froide, les États-Unis n'ont-ils pas ouvert leurs échanges à des pays naguère suspects, comme le Vietnam ou la Chine ? Et puis l'embargo sur la nourriture et les médicaments constitue une violation des principales résolutions internationales et des conventions sur les droits de l'homme — la quatrième convention de Genève de 1949 fait, par son article 23, la différence entre les civils et les États. La justification éthique de l'embargo pose aussi problème, car un embargo peut se justifier moralement si et seulement si le peuple concerné en est d'accord... La justification politique n'apparaît guère plus convaincante, puisque cette longue bataille navale que constitue le blocus n'a pas produit l'effet attendu, à savoir une transition pacifique vers la démocratie. A l'inverse, il a renforcé les « faucons » dans les deux camps. Pour l'écrivain cubain René Vázquez Díaz, « l'embargo constitue une expression de force brutale, illégale, antidémocratique et fondée sur un sentiment primitif de revanche ; il génère chez ceux qui en pâtissent un mépris pour les institutions démocratiques [6] ». Et puis, les conditions politiques ont totalement changé depuis 1960 : à Cuba même, les combattants de la baie des Cochons sont aujourd'hui des vétérans, et les gens au pouvoir ont entre quarante et cinquante ans. Mais Castro est toujours là, après quarante ans de blocus ! L'embargo apparaît donc, à bien des égards, condamnable. Il contribue à renforcer le caractère insulaire de Cuba, et ne semble pas annoncer la fin du régime autoritaire, pourtant souhaitée par la communauté des nations. Justifié par l'argument du nécessaire retour à la démocratie, il contribue indirectement au maintien de la dictature castriste.

Que reste-t-il des acquis de la révolution ?

Même les observateurs les plus favorables à l'« exception cubaine » admettent une forte dégradation des conditions de survie du peuple cubain, qui mérite plus que jamais le titre de « peuple héroïque ». En 1994, le chercheur Gerardo Trueba estimait à 30 % la chute du PIB entre 1989 et 1993[7]. Les citoyens cubains sont confrontés aux contradictions d'un système dont la logique leur échappe : un même produit peut connaître des écarts de prix allant de 1 à 20 ; les salaires correspondent de moins en moins aux qualifications réelles et aux diplômes, et chacun peut prendre conscience qu'il existe dans cette nouvelle économie des perdants et des gagnants — par exemple, toute cette partie mal connue de la population qui a accès au dollar. Une véritable épargne forcée — jusqu'à 40 % du PIB en 1998 — s'impose aux Cubains à cause des carences en biens de consommation. La valeur alimentaire — quelque 2 000 calories — du carnet de rationnement (*libreta*) ne cesse de se dégrader depuis vingt ans, dans un pays où le principal souci reste encore de trouver à manger. Pour « résoudre » les problèmes, tous les moyens sont bons : petits trafics, vols sur le lieu de travail, détournement de marchandises, etc. Le système D pousse ainsi les Cubains à transgresser les principes révolutionnaires : « Cuba est une île où vivent onze millions de délinquants au sens socialiste du terme », note le correspondant français Olivier Languepin [8]. Selon la revue *Bohemia*, « il existe une tolérance tacite de la société et des familles vis-à-vis des prostitués, hommes ou femmes, qui sont vus comme des gagnants ». L'île révolutionnaire et vertueuse est ainsi menacée de toutes les tares de la société capitaliste [9]. Les Cubains souffrent de la dégradation des services publics et sociaux : hôpitaux, transports, ordures ménagères. Le chômage frappait sans doute plus de 800 000 personnes en 1998, soit 7 % de la population active, alors que les économistes de la CEPAL évaluent à près d'un million le nombre d'actifs en surnombre et à plusieurs centaines de milliers les gens qui ont un double, voire un triple emploi, afin de « joindre les deux bouts [10] ». Alors que les nouveaux riches de l'économie ouverte au dollar se pavanent dans les hôtels de luxe de La Havane ou du Varadero, le peuple se voit interdit d'accès à ces espaces réservés aux privilégiés du billet vert [11]. Face à ces inégalités de plus en plus visibles, face au chômage et à la perte des avantages acquis, les mécontentements se manifestent plus nettement, même s'ils restent voilés, car il n'est pas dans la culture cubaine, soumise à l'autocensure depuis 1959, de protester ou de manifester publiquement son mécontentement ; c'est du moins ce que suggère l'écrivain Abilio Estevez : « ... Alors qu'il n'y a presque pas de bus et que [le Cubain] souffre des coupures de courant, du manque de médicaments, des téléphones qui ne marchent pas, il doit faire ses courses avec des dollars qu'il ne possède pas, manger sans plaisir, sans pouvoir planifier un séjour à Varadero ou sur une autre plage. Le Cubain exténué n'a d'autre choix que de fermer les yeux face à une réalité opaque dont les clés lui échappent et à laquelle il se sent de plus en plus étranger [12]... »

Pronostics réservés sur une fin de règne

Bien d'autres maux affectent le moral des Cubains : l'écart grandissant entre les discours officiels et la réalité, l'interdiction de voyager pour le plus grand nombre, la censure pour les intellectuels et l'absence de perspectives chez les jeunes. Bien malin celui qui pourrait évaluer la popularité du régime. Une enquête du *Miami Herald* de novembre 1994 donne une image assez contradictoire des représentations que les Cubains se font de la révolution : ainsi, si la moitié des sondés se plaignent du manque de nourriture, il en est encore 55 % qui estiment que la révolution présente plus de réussites que d'échecs. Seulement 46 % des Cubains de la ville se disent « encore » révolutionnaires, contre 54 % dans les campagnes... On peut aussi penser que face à un monde capitaliste perçu comme agressif et menaçant, les Cubains restent encore attachés au modèle égalitariste qui a fonctionné jusqu'au milieu des années 1980. Malheureusement, ce sondage ne comportait aucune question sur les responsables cubains, ce qui contribue encore à maintenir le doute quant à la popularité du *fidelisme* [13]. Car sur le plan politique, le régime n'a pas relâché la pression : matraquage idéologique dans la presse et à la télévision, surveillance et délation, langue de bois (*teke*), antiaméricanisme viscéral, psychose militariste de l'agression... Le journal officiel *Granma* se croit obligé de dénoncer rituellement « les attitudes sociales négatives », la police est omniprésente, et la peine de mort a été rétablie contre la grande délinquance. Il existe certains indices qui confirment l'existence d'une grande lassitude au sein de la population urbaine ; par exemple, une désaffection sensible des Cubains pour les assemblées populaires, ou encore une plus grande difficulté du parti communiste à recruter de nouveaux membres. Même désaffection pour les Jeunesses communistes.

Tout se passe comme si les Cubains attendaient patiemment des jours meilleurs. Certains se réfugient dans la spiritualité : dans cette Cuba officiellement athée, une vingtaine de religions prospèrent, à côté d'une Église catholique en renouveau après le voyage du pape en janvier 1998 : centres spirites et Églises évangéliques se multiplient, tandis que les divinités afro-cubaines font bon ménage avec les autres croyances... Peu de Cubains ont choisi la voie de la résistance, et la manifestation de quelques centaines de mécontents intervenue en août 1994 reste une exception [14]. Quant à la dissidence, elle ne constitue pas un réel danger pour le pouvoir, car elle est divisée et peu suivie. Vladimiro Roca, dirigeant du parti démocratique socialiste, a été condamné à cinq ans de prison pour « agissements contre la sécurité d'État ». Les dissidents, bien connus du pouvoir, restent très contrôlés : Gustavo Arcos a passé dix années sous les verrous et Elizardo Sanchez Santa Cruz, président de la Commission cubaine des droits de l'homme, reste très isolé. Pour les plus désespérés ou les plus déterminés, la fuite peut apparaître comme l'ultime solution. En 1994, la télévision mondiale diffusa les images pathétiques de Cubains traversant le détroit de Floride à bord d'embarcations fragiles, en route vers l'eldorado américain. Ces dizaines de milliers de *balseros*, dont plus de douze mille ont péri en mer, étaient l'image même du désespoir, sinon de la révolte. Selon des sources américaines de 1999, 600 000 demandeurs de visa pour les États-Unis auraient participé à la loterie (*bombo*) organisée chaque année par la Section d'intérêts américains à La Havane pour désigner les 20 000 élus qui pourront émigrer vers la Floride...

En fin de compte, les Cubains semblent toujours privilégier l'attentisme, mus par un véritable instinct de survie collective. S'ils ont conscience que leur pays est sans avenir, ils restent néanmoins patriotes, tout en craignant pour leur avenir personnel. Ce dédoublement d'attitude, quasi schizophrénique, a été maintes fois relevé par des observateurs ayant longtemps vécu à Cuba : « Le pays entier vit cette troublante dualité : double monnaie..., double marché, double pays (celui des touristes et celui des Cubains), double religion (derrière les saints catholiques, les divinités africaines), et pour finir, double langage, double morale, double personnalité [15]... » Car aujourd'hui, les Cubains connaissent, à travers l'exemple calamiteux de l'ex-URSS, les risques que représenterait un retour pur et simple au capitalisme libéral.

En 2001, le caudillo rouge continue d'exercer un pouvoir sans partage sur onze millions de Cubains. Il est encore impensable d'imaginer la Cuba « socialiste » sans la figure de son grand timonier, qui persiste à se présenter comme le gardien sourcilleux de la révolution : « Un révolutionnaire ne prend pas sa retraite... Je suis le premier esclave de la révolution... » Fidel Castro continue de gouverner son île comme si elle était son fief, avec une main de fer, exerçant sur la foule crainte et fascination — certains considèrent que le régime s'est politiquement durci depuis 1989, comme si l'affaire Arnaldo Ochoa en avait été l'élément déclencheur (v. *supra*, p. 171)[16]. Avec le temps, Castro est devenu plus énigmatique et — si c'est possible — plus secret et plus prudent pour sa protection physique. Entouré de conseillers effacés, il ne cède rien sur les principes de la révolution permanente. Sûr de lui jusqu'au narcissisme, séducteur caméléon, grand communicateur et grand manipulateur, il semble indéracinable. Depuis si longtemps, il se présente aux Cubains comme l'ultime recours, le démiurge capable de changer le cours de l'histoire et d'apaiser les crises, dans l'esprit même du caudillisme latino-américain le plus archaïque. Et pourtant, en ce début de siècle, l'homme charismatique semble avoir perdu quelque peu de son aura ; ses discours se font plus courts, et il arrive qu'on les trouve ennuyeux. Plusieurs auteurs ont proposé des clefs pour saisir cette personnalité fascinante et hors du commun ; on a relevé ses obsessions morbides, qui transparaissent dans le slogan « La Révolution ou la mort ! ». Des écrivains ont mis en lumière chez le leader cubain sa personnalité psychorigide (Régis Debray), son goût avoué pour l'Apocalypse (Mario Vargas Llosa) ou sa fascination pour la violence. De son côté, l'historien nord-américain Robert Quirk a mis en lumière sa nature belliqueuse et sa quête inconsciente de l'échec... Mais sur un autre registre, Castro a toujours su soigner son image internationale, habile à justifier auprès des médias de ses décisions pour en tirer un profit symbolique, comme ce fut le cas avec l'histoire du petit Lilián Ramirez, cet enfant récupéré en mer par des gardes-côtes américains à la suite de la disparition tragique de sa mère qui avait fui Cuba sur un radeau de fortune [17].

Les hypothèses vont bon train quant à la transition politique à Cuba : sera-t-elle violente et soudaine, pacifique et consensuelle ? Quelles en seront les incidences économiques et sociales ? A ce moment précis de l'histoire cubaine, on imagine mal une révolution de palais portant au pouvoir son frère Raúl Castro, commandant en chef des armées. Si rien ne l'y contraint au cours de la prochaine décennie, Fidel Castro, qui n'a que soixante-quatorze ans, peut aspirer à battre un record de longévité politique... Autre cas de figure : le dirigeant cubain disparaît assez vite — et là, il faut surtout imaginer une attaque cérébrale ou cardiaque, car l'homme a su échapper jusqu'ici à des centaines d'attentats... — ; dans cette dernière éventualité, on peut certes tout envisager, mais la guerre civile paraît plus improbable qu'une réconciliation nationale « à l'espagnole ». Les retrouvailles avec le million de Cubains-Américains de Miami impliqueraient, d'abord, une réforme de la Constitution de 1976 qui fait de Cuba une « république socialiste d'ouvriers et de paysans » ; il faudrait ensuite régler la question des indemnités (cinq milliards de dollars) à accorder aux anciens propriétaires cubains et américains expropriés, en particulier à la puissante Texaco. Plus grave encore : une ouverture de Cuba à la mondialisation impliquerait la disparition de plus de 80 % des entreprises obsolètes, et donc de lourds investissements. De leur côté, les États-Unis pourraient craindre un afflux massif d'immigrants cubains en quête de travail [18]...

Laissons à une ancienne militante de la cause cubaine le mot de la fin : « Quarante ans plus tard, l'enthousiasme révolutionnaire est loin. Il a cédé la place à la désillusion, au découragement, voire au cynisme... Le gouvernement ne semble avoir aucun projet, aucun objectif à long terme [19]... » C'est sans doute cette absence d'alternative entre un Fidel immuable et l'inconnu de la globalisation qui paralyse la majorité du peuple cubain, privé ainsi de tout avenir.

L'adieu aux armes en Amérique centrale

Les conflits d'Amérique centrale — Salvador, Guatemala, Nicaragua — ont fait l'objet de multiples questionnements : devait-on assimiler ces conflits localisés à des guerres de basse intensité ? Relevaient-ils de la théorie des dominos ? Pouvait-on les assimiler à des modèles contre-insurrectionnels ? A partir de 1990, l'Alliance atlantique, mais aussi l'OEA, le groupe de Rio et Contadora ont proposé leur médiation en vue de la démilitarisation, de la réconciliation et même du rétablissement de la démocratie dans la région. Si des progrès réels ont été accomplis sur le plan de la paix, on ne peut en dire autant sur le plan de la gouvernance ; ni le Salvador, ni le Guatemala, ni surtout le Nicaragua ne peuvent se targuer d'avoir réussi à consolider une démocratie qui prenne en compte les multiples problèmes d'une population civile traumatisée par des années, voire par des décennies de conflits.

Les frustrations de la paix au Salvador

Les négociations de paix avaient débuté à Genève en avril 1990 sous l'égide de l'ONU, et elles se poursuivirent à Caracas et à San José. Il fallait, en effet, démobiliser et réintégrer dans la société civile les 8 000 partisans du FMLN ; il fallait aussi épurer l'armée tout en l'éloignant de la vie politique. Les négociations étaient d'autant plus délicates pour la guérilla que la droite était revenue au pouvoir avec le président Alfredo Cristiani et le parti de l'ARENA (l'Alliance républicaine nationaliste). Et les discussions traînèrent en longueur ; d'autres massacres furent perpétrés par les escadrons de la mort, comme à El Zapote (21 janvier 1991) où quinze paysans furent froidement exécutés par balles et à l'arme blanche par des hommes masqués vêtus d'un uniforme noir [20]. Finalement, les premiers accords sont paraphés le 31 décembre 1991 à New York sous l'égide de Javier Pérez de Cuellar, et la paix définitive signée à Mexico le 16 janvier 1992. Le cessez-le-feu intervenait dès le 1er février suivant. Mais l'application de ces accords de Chapultepec allait se révéler difficile. Ainsi, malgré la démilitarisation annoncée de la guérilla, on découvrit à Managua, en août 1993, une cache d'armes appartenant au FMLN. L'ancien front des guérillas, composé en réalité de cinq organisations, a dû amorcer sa transformation en un parti politique, type front populaire, sans présenter pour autant une grande cohérence. Et lors des élections générales de mars 1994, qualifiées d'« élections du siècle » parce que toutes les tendances politiques étaient représentées, le regroupement de la gauche issue de la guérilla — le CD-FMLN — fut largement battu par le parti de l'ARENA et par le candidat conservateur Calderón Sol. Quelques semaines plus tard, cette coalition hétéroclite du FMLN se divisait, une partie se rapprochant de la droite. Quant à l'enquête autour de l'assassinat des six jésuites (*supra*, p. 193), elle piétina durant des mois, si bien que le Sénat américain vota une diminution de 50 % de l'aide militaire à El Salvador pour 1991. Il fallut attendre la fin du processus de paix pour entrevoir une issue à ce procès criminel : sur les huit militaires présumés coupables, deux seulement seront condamnés, en janvier 1992, à une peine de trente ans d'emprisonnement.

Mais le principal problème — celui qui n'a pas encore été résolu à ce jour — reste celui de la réintégration sociale des anciens combattants. Les accords de paix approuvés par l'ONU prévoyaient la création d'une Banque des terres, qualifiée pour acheter des domaines privés afin de redistribuer des parcelles à 45 000 bénéficiaires, démobilisés des deux camps... Mais là aussi, il a fallu revoir à la baisse les ambitions, même si l'essentiel des transferts de terres aux anciens combattants est en voie de réalisation. La paix a laissé sur le chemin nombre d'anciens combattants, souvent très jeunes, sans aucune expérience en dehors de la guerre, abandonnés à eux-mêmes, sans ressources, traumatisés, désabusés et amers après douze ans de combats. Pour eux, la transition démocratique a signifié une crise d'identité, et bien souvent le chômage, dans un pays où la moitié de la population a moins de vingt et un ans et vit dans des conditions de forte précarité. Cette plaie sociale, ajoutée aux 70 000 morts et à un million de réfugiés, alourdit le triste bilan de la guerre civile.

Le long processus de paix au Guatemala

La question de la réconciliation sociale y fut encore plus laborieuse qu'au Salvador. Les négociations se sont déroulées dans un contexte de reprise en main du pays par la droite, sous la houlette de l'*ingeniero* néolibéral Jorge Serrano Elías, premier président évangéliste de l'Amérique latine, celui qui attribuait sa victoire à « la main de Dieu [21] ». Commencés en mars 1990 à Oslo, poursuivis à Madrid en juin de la même année, puis à Mexico en janvier 1994 sous l'égide de l'ONU, les pourparlers finissent par aboutir sous la présidence d'Alvaro Arzú, entre mai et décembre 1996. Le « dialogue national », la « réconciliation », la « démocratie réelle » étaient les objectifs affichés par la Commission nationale de réconciliation, qui intégrait non seulement les commandants de l'Unité révolutionnaire nationale guatémaltèque (URNG), mais encore une bonne dizaine de partis politiques aux revendications nécessairement divergentes. La marche vers la paix fut d'abord freinée par le « coup d'État civil » du président Serrano (mai-juin 1993), presque aussitôt déposé par l'armée, cette armée qui restait elle-même très divisée entre une ligne plus institutionnelle et une ligne dure, encore proche de la doctrine de la sécurité nationale et hostile à l'idée de négociation. L'armée guatémaltèque appartient, sociologiquement parlant, à la classe moyenne, mais elle reste contrôlée par une minorité d'officiers supérieurs gravitant autour du pouvoir, experts en affaires et en trafics de toute sorte. Comme au Salvador, une Commission de la vérité (MINUGUA) était créée en novembre 1994, afin de faire la lumière sur les violations des droits de l'homme dans les deux camps. L'accord de mai 1996 cherchait aussi à régler les problèmes sociaux dans les campagnes par des mesures visant à moderniser l'agriculture tout en protégeant mieux les travailleurs de la terre : un fonds spécial était même créé pour diminuer les tensions foncières. Mais comment réguler les conflits, dans une société pyramidale de neuf millions d'habitants, encore contrôlée par l'oligarchie créole, et où la catégorie sociale des métis (*ladinos*) écrase depuis si longtemps la masse de quelque cinq millions d'Indiens ? Le problème de la terre reste toujours primordial dans ce pays, où 500 000 familles au moins en sont dépourvues, ce qui peut expliquer la pratique des occupations illégales de domaines bien au-delà de 1996 [22].

Après trente-six années de guerre civile, le bruit des armes s'est tu, mais les vrais problèmes sont loin d'être réglés. Les accords de paix ne sont pas tous appliqués, des inégalités profondes perdurent, et la réconciliation tant attendue depuis une décennie n'est pas au rendez-vous si l'on en croit les assassinats sporadiques de personnes trop engagées. A l'instar de la Colombie, le Guatemala demeure une terre de violence, cette violence qui reste l'une des expressions de la culture politique au Guatemala [23]. Un rapport publié en avril 1998 par Mgr Girardi, responsable du Bureau des droits de l'homme de l'archevêché de Guatemala, révélait que la violence aurait fait 55 000 victimes, particulièrement au début des années 1980, lorsque les militaires répliquèrent à l'offensive de la guérilla par la stratégie de la terre brûlée : il y aurait eu plus de 410 assassinats collectifs, dont le plus connu reste celui de San Francisco de Huehuetenango, à la frontière du Mexique : un jour de juin 1982, des militaires indiens assassinèrent avec la plus extrême barbarie 300 autres Indiens. De leur côté, les guérilleros n'ont pas hésité à terroriser les paysans indécis — bien que, selon ce même rapport Girardi, ils l'aient fait dans une moindre mesure que les militaires...

Aujourd'hui, les plaies sont loin d'être refermées. Deux jours seulement après la publication de son rapport, Mgr Girardi était lui-même assassiné. Le pays mettra sans doute bien des années avant de faire son deuil d'une histoire de violence et de sang ; le travail de mémoire ne fait que commencer. En attendant, la question de la consolidation démocratique dans un pays exsangue reste toujours d'actualité, car ô combien ! hypothétique : ainsi, aux élections générales de janvier 1996, gagnées par le candidat libéral Alvaro Arzú, le taux d'abstention au second tour a dépassé 63 %, pour atteindre 70 % dans certains départements. Comme le note justement Nathalie Affre, « ces taux d'abstention témoignent de la continuité du profond décalage qui, au Guatemala, sépare encore aujourd'hui la sphère politique d'une majorité de la population, malgré ces dix dernières années de transition vers un régime démocratique [24] ».

Difficile transition au Nicaragua

Le 25 février 1990, le parti-État sandiniste (FSLN) perdait les élections générales, après dix ans de domination sans partage. Surprise totale : la représentante de la coalition d'opposition, Mme Violeta Chamorro, l'emportait nettement sur le président sortant Daniel Ortega, par 54,70 % des suffrages contre 40,8 %, à l'issue d'élections totalement libres et régulières. Contrairement à tous les sondages, les sandinistes venaient de perdre le défi des urnes. Après six années de guerre civile (1982-1988), les accords de paix d'Esquipulas (août 1987) poussaient tous les pays belligérants d'Amérique centrale vers la « réconciliation nationale ». Le Nicaragua sortait exsangue de deux guerres successives, celle du FSLN contre Somoza et celle des « contras » soutenus par la CIA ; deux guerres au coût énorme, sans doute 17 milliards de dollars et près de 100 000 morts, sans compter les disparus, les déplacés, les orphelins. Mais si les sandinistes perdaient le pouvoir politique, ils conservaient le contrôle des forces armées, de la police, et aussi d'une bonne partie de l'administration. La nouvelle présidente héritait d'une situation difficile, avec une inflation encore forte, des capacités productives diminuées tant par la guerre interne que par les inconséquences de la gestion précédente [25]. Il fallait organiser le retour à la vie civile des « contras » de la « Résistance nicaraguayenne », qui refusaient de déposer leurs armes tant que le général Humberto Ortega, frère du président sortant, resterait à la tête de l'armée « sandiniste ». Par ailleurs, la nouvelle coalition au pouvoir était loin d'être homogène ; à côté des anciens somozistes, se trouvaient des représentants de la classe moyenne radicalisée à droite ainsi qu'un groupe de chefs d'entreprise qui n'avaient pas souffert des réformes sandinistes et qui, à cause de cela sans doute, étaient disposés à conserver une partie des acquis de la révolution... Mais la cohésion idéologique n'existait pas, non plus, chez les perdants, car le FSLN, bien que soutenu par l'armée sandiniste et par la Cour suprême, sortait déstabilisé d'une défaite électorale mal vécue par ses électeurs, tout particulièrement par les chrétiens socialistes qui avaient fait le « choix des pauvres », et qui se sentaient orphelins de la révolution.

A partir des années 1991-1992, le Nicaragua post-sandiniste entre dans une sombre période de paralysie économique, de dislocation sociale et de crise politique et morale dont il n'est pas encore sorti à la fin de la décennie.

Après leur démilitarisation, 82 000 soldats et 20 000 « contras » se sont retrouvés sans emploi, sans ressources ni terres ; regroupés dans une Coordination nationale paysanne, bon nombre se lancèrent dans l'occupation illégale de domaines caféiers et bananiers ; ou bien ils barraient les routes et menaçaient de reprendre les armes... En 1993, la tension monta d'un cran lorsque 1 500 démobilisés des deux camps s'emparèrent de la ville d'Estelí, opération durement réprimée, qui se solda par 45 morts. Les prises d'otages vont alors se multiplier. Fils perdus de la révolution, un certain nombre de démobilisés passaient du désœuvrement à la délinquance et au banditisme... On peut s'étonner de ces fraternisations spontanées entre sandinistes et « contras », mais il faut se souvenir que la plupart de ces derniers n'avaient jamais été guidés par des motivations purement idéologiques. Selon l'historienne Lynn Horton, qui a étudié la guerre civile dans le département de Nueva Segovia, une région rurale enclavée à la frontière du Honduras, les paysans pauvres s'étaient engagés dans la « contra » surtout pour défendre des liens parentaux, communautaires et clientélistes, autant de valeurs négligées par les sandinistes au pouvoir, mais qui pourraient expliquer les fraternisations qui avaient suivi le retour à la paix [26]...

Socialement, le pays se décomposait. Tous les secteurs étaient touchés : paysans, ouvriers, classe moyenne, anciens fonctionnaires remerciés, militaires des deux bords ; même les gros producteurs n'étaient pas épargnés par la crise générale. Avec un taux de chômage à 60 %, une sous-nutrition généralisée, un analphabétisme grandissant, la perte des acquis sociaux, un PIB par habitant tombé à 425 dollars en 1992, et une dette publique six fois plus élevée que le budget, le Nicaragua devenait avec Haïti le plus pauvre pays hispanique et supportait la dette la plus élevée du monde *per capita*. Sur le terrain des relations sociales, on était vite retombé dans les ornières de l'individualisme, de la débrouillardise et du sauve-qui-peut... Signe révélateur de cette dégradation : la multiplication des bandes de jeunes délinquants à Managua, les *pandilleros*, apparues dès la fin de la guerre civile. « Défenseurs de quartiers » au départ, ils étaient devenus, au fil des ans, des marginaux sociaux sans espoir de reconnaissance sociale ou même de travail, dans un pays où les moins de trente ans représentaient 72,5 % de la population (en 1997).

Au cours des années 1990, le mouvement sandiniste et la coalition élue connaissent des soubresauts internes qui se traduisent par des revirements d'alliances imprévisibles. A deux reprises, la présidente libérale se voit contestée par l'un de ses puissants alliés : en décembre 1990, le vice-président de la République tente un coup de force, et en mai 1992, le président de l'Assemblée nationale, excédé par le maintien de l'influence sandiniste, obtient de Washington le gel d'une partie de l'aide nord-américaine... Du côté sandiniste, les choses n'allaient guère mieux : au fil des années, la cohésion des dirigeants s'effiloche ; les neuf commandants mythiques s'affrontent pour la première fois publiquement. L'ancien président Daniel Ortega n'hésite pas à dénoncer l'existence de sectes au sein du FSLN ; il critique les médias du parti, en particulier *Barricada*, présenté comme « un journal destiné aux riches »... La direction du FSLN se divise au nom de la pureté idéologique, alors que la préoccupation majeure du peuple demeure la survie économique. Exclu par Daniel Ortega, Sergio Ramirez créait le Mouvement du renouveau sandiniste, tandis que Fernando Cardenal, figure symbolique de l'Église engagée, décidait de quitter le FSLN, dénonçant les actes de corruption chez les dirigeants et les luttes internes pour le pouvoir. Les images d'un parti corrompu ne faisaient que se confirmer au fil des ans ; l'opinion reprochait aux dirigeants sandinistes d'avoir trop pratiqué la *piñata*, une sorte de pillage à grande échelle des anciens biens de l'État, après la privatisation décidée par Violeta Chamorro. Les dirigeants de l'ancien front révolutionnaire souffrent toujours d'un déficit d'image et de crédibilité — en particulier Daniel Ortega, englué dans un scandale moral et familial, accusé par les siens de s'intéresser davantage à son rôle de leader qu'aux graves problèmes sociaux du pays. Cette perte de prestige moral explique en grande partie qu'aux élections générales d'octobre 1996, un autre candidat libéral, avocat et producteur de café, Arnoldo Alemán, l'ait encore emporté sur Daniel Ortega, par 51 % des suffrages contre 38 % au candidat sandiniste. En octobre 1999, l'image de l'ancien chef du parti révolutionnaire sortait plus ternie encore d'un pacte électoraliste conclu avec le principal parti de l'opposition. Cet accord « contre nature » tendrait à confirmer la thèse de C.W. Anderson pour qui la vision centraméricaine de la politique se réduit à un processus de manipulations et de négociations entre des concurrents, qui n'hésitent pas à négocier entre eux pour la conquête du pouvoir. Nous sommes ici aux antipodes de la démocratie représentative moderne [27].

Vingt ans après le renversement d'A. Somoza, beaucoup s'interrogent sur l'héritage de cette révolution qui avait soulevé tant de sympathie à travers le monde. La plupart des acquis — réforme agraire, alphabétisation, progrès sanitaires — ont été remis en cause, et l'on trouve difficilement des explications à ce naufrage. Mauvaise gestion sandiniste ? Sans doute. Confusion entretenue entre les intérêts du peuple et ceux du parti sandiniste-léniniste ? Assurément. Corruption à tous les niveaux de l'État ? Incontestablement. Pour l'ancien leader sandiniste Sergio Ramirez, les causes de l'échec de l'expérience sandiniste sont moins dues à l'agression des États-Unis qu'à l'absence d'une véritable éthique révolutionnaire. Les ambitions personnelles, la guerre des chefs, la quête des prébendes et la compétition dans la recherche des privilèges matériels l'ont emporté sur l'intérêt général. Sergio Ramirez lance une dernière flèche à ses anciens compagnons : si la figure de Daniel Ortega a prévalu depuis deux décennies, c'est parce qu'elle s'alimentait de la médiocrité de ses concurrents potentiels... Et au tournant de l'an 2000, l'État reste encore fragile, fragmenté et incohérent. Doit-on s'en étonner ? Après les quarante ans de dictature du clan Somoza et dix ans d'autoritarisme pseudo-marxiste, le pays est toujours en quête d'institutions authentiquement démocratiques, avec une administration publique, un État de droit moins corrompu et une politique de décentralisation réelle. Le chemin vers le redressement est encore long.

Quand on examine l'histoire de la dernière décennie de ces trois pays d'Amérique centrale, on a l'impression qu'ils sont à peine sortis de l'état de guerre. Certes, la paix s'est partout imposée, mais bon nombre de problèmes demeurent. La participation politique reste faible, et le développement économique stagne, encore freiné par une mauvaise répartition des richesses et des revenus : on estime que les deux tiers de la population d'Amérique centrale vivent encore en dessous du seuil de pauvreté, et qu'un tiers de la population est analphabète — sauf au Nicaragua où ce taux n'est que de 15 %... Aujourd'hui, les hommes politiques au pouvoir présentent la création du SICA (Système d'intégration centraméricaine, décembre 1991) comme le futur moteur d'un développement durable, première étape vers l'intégration économique. Mais tout, ou presque tout, reste à faire en matière de développement social, d'alphabétisation et de santé publique. C'est sans doute le maillon faible de cette « culture de la paix » tant célébrée par les hommes politiques de tous bords.

Crises sociales et convulsions politiques dans les pays andins

Toujours la violence en Colombie

Immergée dans une guerre civile rampante, la Colombie est officiellement engagée dans un processus de paix depuis plus de... vingt ans. Et la guérilla colombienne ne semble guère pressée de conclure : grâce à la drogue, elle bénéficie, en effet, d'avantages financiers et stratégiques considérables. Dans ce conflit interfèrent de multiples intérêts : les groupes de guérilla, bien sûr, mais aussi le gouvernement de Bogotá et son armée officielle, les groupes paramilitaires (dits parfois d'autodéfense), les États-Unis et même les États voisins — Venezuela, Panamá —, sans oublier une part grandissante de la société colombienne, qui voudrait bien que l'on prenne en compte sa lassitude...

Une guérilla anachronique et... puissante

Les FARC (Forces armées révolutionnaires colombiennes), en activité depuis 1964, n'ont cessé de se renforcer lors de la dernière décennie. Leurs 15 à 17 000 combattants (dont plusieurs centaines d'enfants mineurs) se répartissent en 23 groupes armés disséminés sur le territoire, principalement au sud, dans l'État frontalier du Putamayo où la guérilla dispose depuis novembre 1998 d'une zone libre — *el despeje*, littéralement la « zone de détente » —, à 600 kilomètres à vol d'oiseau au sud de Bogotá, en pleine forêt amazonienne, autour du bourg de San Vicente de Gaguán. Ce territoire « libéré », vaste deux fois comme le Salvador (40 000 km²) avait été concédé par le gouvernement, en échange d'une promesse de négociations. Mais deux ans plus tard, cette concession du gouvernement à la guérilla est de plus en plus critiquée, faute de résultats concrets. Le fondateur « historique » des FARC, Manuel Marulanda Velez, alias « Tirofijo », et son lieutenant Jorge Briceño réaffirment, encore et toujours, la ligne « marxiste-léniniste », pure et dure, d'un mouvement « révolutionnaire » créé au temps de la guerre froide, à des années-lumière de l'État démocratique de droit revendiqué par la quasi-totalité des États enregistrés à l'ONU [28]. Malgré la fin de la guerre froide, elle persiste dans ses prétentions à vouloir prendre le pouvoir par les armes. Cette guérilla « historique » qui se veut la plus ancienne dans le monde est également présente dans les grandes villes du pays, à Medellín comme à Bogotá, où des « unités urbaines » pratiquent leur sinistre besogne « au nom des opprimés » : massacres, impôt révolutionnaire, enlèvements réels ou virtuels (à l'époque d'Internet, ces derniers correspondent à une anticipation de paiement par la future victime !).

A côté des FARC, survivent quelques autres fronts. Par exemple, l'ELN — Armée de libération nationale —, mouvement « guévariste » longtemps dirigé par « le curé » Pérez, et qui contrôle plutôt le Nord pétrolier (des attentats contre les oléoducs ont constitué sa forme d'action privilégiée). Bien diminuée militairement, l'ELN a passé des accords avec les FARC pour faire face aux contre-offensives de l'AUC (Autodefensas Unidas de Colombia), mouvement paramilitaire « de droite », qui recrute à la fois chez les militaires et chez les déçus de la guérilla. Cette force de 8 000 hommes est organisée comme une armée, beaucoup plus agressive cependant que l'armée officielle de 100 000 hommes, dont le moral n'est pas très élevé ; elle agit surtout dans les États de Sucre, d'Antioquia et de Cauca. Selon Amnesty International, les cibles privilégiées des « paramilitaires » restent les responsables d'organisations syndicales et les défenseurs des droits de l'homme, désignés comme le « bras non armé de la subversion ».

La « guerra sucia » colombienne n'est pas tout à fait une guerre civile, dans la mesure où elle n'oppose pas deux camps idéologiques bien ciblés. Les divers protagonistes surarmés de ce conflit interne obéissent à des motivations parfois obscures, mais agissent avec la plus extrême violence. Une statistique de 1999 révèle une forte augmentation des assassinats politiques à partir de 1986-1987. Des 30 000 morts violentes annuelles, les « violentologues » colombiens estiment à plus de 10 % le nombre des exécutions rattachées à la catégorie HIPS — un sigle qui signifie « homicides par intolérance politico-sociale » — et qui inclut les victimes « idéologiques », celles de la répression d'État, les exécutions « privées » et extrajudiciaires... Une autre tendance se dessine dans la statistique des délits : celle de la diminution notable des détentions politiques et autres enlèvements « privés », qui avaient pris une grande importance dans les années 1978-1985, et qui étaient souvent dirigés contre des personnalités de l'opposition ou des médias [29]. La statistique souligne également le nombre élevé d'enlèvements individuels (3 000 pour l'an 2000) ou collectifs, ainsi que l'augmentation très sensible de la catégorie « morts au combat », sans parler de la multiplication des sabotages contre les biens publics ou privés. La cible privilégiée reste la population civile, et l'armée officielle se révèle impuissante, malgré l'aide logistique nord-américaine, à stopper cette dynamique de la violence, qui a fait sans doute plus de 40 000 morts et un million et demi à deux millions de « personnes déplacées » tout au long de la dernière décennie.

L'enjeu de la drogue

Au nom des valeurs marxistes-léninistes, les forces révolutionnaires supervisent la production et contrôlent une partie de la commercialisation de la drogue. San Vicente, « capitale » de la zone rouge, est entourée de champs de coca, et cache les ingrédients — acide sulfurique, acétone — nécessaires à la fabrication de la pâte base qui donne la cocaïne. Les guérilleros détournent le pétrole des oléoducs pour le céder aux paysans, afin que ceux-ci puissent s'en servir pour fabriquer la pâte de coca, premier stade de la fabrication de cocaïne. Les « révolutionnaires » savent justifier par une rhétorique imparable cette activité si lucrative : en protégeant les paysans *cocaleros*, ils se présentent en défenseurs du « prolétariat rural », tout en empêchant les gros propriétaires de prospérer davantage... Ils justifient cette activité illégale en invoquant le maintien d'une culture « patrimoniale », et ils dénoncent la destruction des champs de coca par défoliants au nom de... l'environnement — mode écologique oblige !

Une étude conduite sur les vingt dernières années dans le département de Caquetá révèle des relations complexes qui lient les producteurs et les guérilleros, bien au-delà des discours réducteurs ou moralisants [30]. Quelles que soient les réactions de l'opinion publique, nationale et internationale, la coca a donné à la guérilla une sorte de légitimation chez les producteurs locaux. Car ces zones étaient pauvres, souvent frappées de sécheresse — celle de 1979 fut accompagnée d'énormes incendies de forêts. Et la coca présente l'énorme intérêt d'être plus rentable que le manioc de subsistance ou que le maïs et la banane, dont les cours sont au plus bas. C'est au milieu des années 1980 que la guérilla décide de réguler la culture de coca et de percevoir un impôt. Dans ce « Far West » des cultures illicites, elle se met à exercer une pression « fiscale » sur les patrons des laboratoires (les « cuisines ») et sur les intermédiaires, tout en diminuant celle qui frappait les petits producteurs. Au début des années 1990, la guérilla s'implique encore davantage dans l'économie de la cocaïne, mais elle refuse d'en assumer les effets négatifs, comme la violence qui touche désormais les colons et les villages. En 1995 et 1996, les FARC n'hésitent pas à mobiliser les colons dans des « marches de protestation », pour exiger du gouvernement la suppression des « fumigations » ! Depuis 1998, elles ont éliminé les commerçants de « pasta de coca », pour devenir les intermédiaires directs du trafic. Mais selon des témoignages nombreux, on ne peut, pour autant, parler d'un « cartel des guérillas », car les FARC ne possèdent en propre ni champs ni laboratoires ni aérodromes ; les cadres révolutionnaires se contentent de lever des contributions sur la production, la transformation et le transport, comme de classiques collecteurs d'impôts, une fonction quasi régalienne. Entre 1995 et 1998, la surface consacrée aux cultures de coca a doublé, avec plus de 100 000 ha, et selon Rafael Pardo, ancien ministre de la Défense, les FARC sont ceux qui ont profité le plus de la coca [31]. Parallèlement, les paramilitaires les suivent dans cette dérive mafieuse. Dès lors, une véritable concurrence, commerciale autant que guerrière, oppose ces deux groupes armés, et il en résulte un doublement des « cours » de la « pasta de coca », sans parler de la multiplication des assassinats d'intermédiaires ou d'acheteurs... Les experts s'interrogent : les cartels vont-ils continuer à privilégier les FARC si les prix offerts par les paramilitaires sont plus élevés, et la fidélité politique des paysans « cocaleros » à la guérilla résistera-t-elle à la flambée des prix ? Ce qui est sûr, c'est qu'aucun des deux adversaires ne semble disposé à renoncer à des revenus aussi décisifs pour leur survie et leur développement. Avec la coca, les FARC ont assuré, à la fois, leur autonomie financière et leur puissance politique : même lorsque les cours de la coca reculent (ce fut le cas en 1996), les FARC en tirent un avantage, car les paysans préfèrent alors s'engager dans les FARC plutôt que de semer du maïs ou de récolter des bananes à très bas prix [32].

On s'interroge évidemment sur l'ampleur des ressources des FARC. Sur un « revenu » révolutionnaire global compris entre 450 et 500 millions de dollars, près de la moitié — 216 millions, 48 % précisément du total des recettes — viendrait directement du narcotrafic. Dans la mesure où les « dépenses de fonctionnement » des FARC n'excéderaient pas 64 millions, tout le reste se convertirait donc en argent blanchi, investi dans des circuits économiques nationaux ou internationaux. Voici donc un groupe de guérilla qui accumule et reproduit du capital, en totale contradiction avec ses principes marxistes-léninistes ; ses responsables cessent alors d'appartenir à la classe « ouvrière-paysanne » qu'ils sont censés défendre... Mais trêve de casuistique : la drogue a renforcé la capacité de nuisance militaire, et donc de négociation des deux camps... Elle permet aussi de justifier toutes les dérives morales au nom de la « bonne cause » — c'est ainsi que Carlos Castano, chef des brigades d'autodéfense de Córdoba, légitimait cette activité illégale, en alléguant que la rente de la coca servait d'abord à des travaux d'utilité publique, comme la construction des routes régionales, face à un État central défaillant...

Les faiblesses de l'État colombien font reculer les espoirs de paix

Le conflit interne de la Colombie est devenu plus complexe encore avec l'intervention de plus en plus pressante du gouvernement de Washington, qui voudrait bien voir tarir les flux de cocaïne et d'héroïne colombiennes qui transitent vers les États-Unis. De leur côté, les autorités colombiennes ressentent de plus en plus l'urgence de régler par tous les moyens possibles ce conflit interne, afin de pouvoir s'intégrer dans la société internationale ; grâce à la biodiversité de son vaste territoire, grâce aussi à ses ressources et à son potentiel humain, la Colombie peut espérer jouer un rôle géopolitique important... si, et seulement si, elle parvient à régler ses problèmes intérieurs. Car le contexte a changé : face aux deux dogmes universels que sont devenus la démocratie et le respect des droits de l'homme, la guérilla colombienne apparaît à la fois archaïque et dangereuse pour la Colombie et pour la région. On peut craindre, en effet, de voir s'aggraver l'instabilité subrégionale, en direction de pays à grande valeur stratégique, comme Panamá avec son canal, ou énergétique, comme le Venezuela, pays avec lequel la Colombie partage une frontière commune de plus de 2 000 km et qui reste son principal partenaire commercial dans le cadre du Pacte andin. Quant aux États-Unis, ils sont de plus en plus convaincus par la ligne dure du général Mc Caffrey, responsable américain du combat contre les drogues, qui pense que, dans le cas colombien, la lutte doit viser en priorité la guérilla des FARC, de plus en plus associée au trafic de drogue dont elle dépend financièrement (et donc stratégiquement). C'est ainsi qu'entre 1995 et 1999, l'aide militaire américaine a été multipliée par neuf, faisant de la Colombie le troisième pays aidé dans le monde, juste après les États du Moyen-Orient. Si les Américains présents sur le terrain ne sont pas très nombreux (moins de 1 000 hommes en 2001), ils participent activement à l'entraînement de plusieurs bataillons « antinarco » des armées colombiennes et ils pilotent des hélicoptères et des avions fumigènes. En janvier 2000, le président Clinton proposait une enveloppe globale de plus d'un milliard et demi de dollars, à la fois pour lutter contre le narcotrafic et pour favoriser le respect des droits de l'homme et le processus de paix [33]. De temps à autre, le gouvernement lance une vaste offensive militaire, afin de mieux soigner son image — celle d'août 2001 a été conduite à 800 km au sud-est de la capitale par 6 000 soldats appartenant à la Force de déploiement rapide, plus aguerrie et mieux équipée ; elle a permis d'imposer de lourdes pertes à la guérilla... Certains observateurs y ont vu une modification des rapports de force sur le terrain.

Depuis près de vingt ans, la Colombie est à la recherche de la paix : de Belisario Betancur à Pastrana, tous les présidents colombiens ont entamé des négociations avec les guérillas. En 1991, nous posions (*supra*, p. 194) la question de savoir si « la société colombienne [avait] suffisamment évolué en vingt ans pour amorcer une négociation fructueuse » ; la suite des événements a, hélas, montré que la question reste encore d'actualité. En effet, la plupart des plans de paix prenaient, trop souvent, la forme de paris volontaristes, sans que les cadres politiques ou les élites suivent. Ainsi, durant l'administration B. Betancur (1982-1986), la trêve signée en 1984 avec le M19, les FARC, l'EPL et quelques secteurs de l'ELN fut rompue dès l'année suivante ; elle n'avait servi qu'à renforcer l'implantation géographique des organisations guérilleras et des paramilitaires, qui progressèrent vertigineusement. Sous la présidence de V. Barco (1986-1990), les initiatives en faveur de la paix ne manquèrent pas, mais n'aboutirent jamais concrètement. De son côté, le président Cesar Gaviria (1990-1994) avait essayé d'élargir la négociation à tous les groupes armés, et en mai 1991, le mouvement Quintín Lame renonçait à la violence, suivant ainsi la voie tracée par d'autres groupes, comme le Mouvement du 19 avril ou le Parti révolutionnaire des travailleurs. Mais après qu'un groupe de guérilleros se fut emparé de l'ambassade du Venezuela (30 avril 1991), l'État répliquait en déclarant une « guerre intégrale » à la guérilla. Le président Ernesto Samper (1994-1998) était sans doute plus ambitieux dans son schéma de paix, qui prévoyait la participation des représentants de la société civile et des partis politiques. Malheureusement, son projet ne résista pas à la crise de légitimité subie par le président lui-même, lorsqu'il fut accusé d'avoir financé sa campagne avec des fonds du narcotrafic. Avec l'administration Andrés Pastrana (1998-2002), la conjoncture internationale semblait plus favorable à une négociation, et le président divulgua en décembre 1998 un plan Colombia, à moyen terme, ambitieux et d'un coût élevé (7,5 milliards de dollars dont 4 à la charge de la Colombie). Ce projet prétendait s'attaquer à plusieurs problèmes majeurs, comme la restauration de l'État de droit, l'approfondissement de la démocratie, ou encore la prise en compte des personnes déplacées par la guerre interne [34]. Le plan Colombia prévoyait aussi l'éradication de la coca et du pavot dans l'État de Putamayo, devenu l'épicentre de la guerre interne.

En Colombie, il est clair que la question de la violence révolutionnaire (qui a rythmé son histoire) s'inscrit dans la longue durée, tant il est vrai qu'elle traduit plusieurs inadéquations entre l'État et la nation. Depuis la Constitution de 1886, ce pays est officiellement unitaire et centralisé, mais les élites sociales et économiques qui le dirigent n'ont qu'une représentation lointaine de l'espace national, de ses régions périphériques et de leurs populations. Le territoire est émietté, à la fois géographiquement et politiquement, et le pouvoir reste fragmenté, quand il n'est pas purement et simplement absent[35]. Dans quel autre pays observe-t-on qu'une partie du territoire national puisse échapper aux autorités pour être confiée à des guérilleros ? Cet État sans consistance est également un État peu accessible aux citoyens, particulièrement à ceux qui vivent à la périphérie et qui n'ont guère accès aux services de base — santé, transports, éducation, droits à la dignité, à la sécurité et à la protection de l'État. L'absence d'une continuité géographique de l'État et de ses services, l'autonomie absolue des groupes économiques qui fonctionnent selon la loi (ici dévoyée) de la « main invisible », le vide judiciaire face aux conflits sociaux ou régionaux ont facilité le remplacement de l'État par des entités privées, des guérillas ou des groupes paramilitaires. C'est encore ce vide constitutionnel, administratif mais aussi culturel qui explique que la violence des groupes privés ait toujours constitué le seul mécanisme de règlement des conflits. D'où cette « mauvaise éducation politique et sociale » qui consiste à éliminer l'adversaire plutôt que de négocier avec lui. Pour beaucoup de Colombiens, « la Loi » reste encore une entité abstraite et menaçante. La démocratie inscrite dans les textes — en particulier dans la Constitution de 1991 — ne concerne qu'une partie du pays ; l'autre partie est abandonnée aux conflits, à la violence et reste contrôlée par des groupes armés.

Une note d'espoir, pour conclure ? Durant l'été 1999 se sont déroulées plusieurs « protestations publiques », animées par des citoyens excédés de tant de souffrances et d'impunité. La société civile est peut-être en marche. Mais elle aura besoin, pour gagner la bataille de la paix, d'un long travail de mobilisation, qui prendra sans doute encore bien des années.

De l'effondrement du SL péruvien à l'émergence d'un nouveau populisme « de gauche » au Venezuela

Le Pérou et le Venezuela ont en commun d'avoir connu une histoire longtemps chaotique, rythmée par des révoltes populaires, des putschs militaires ou des pronunciamientos d'hommes forts. Leurs traditions démocratiques sont récentes et fragiles : au Pérou, pas avant 1980, et au Venezuela à partir de 1958 seulement. Dans les deux cas, on a reproché aux partis politiques, seuls piliers de la vie démocratique, de mal gérer la chose publique, d'être corrompus et de ne pas être représentatifs des intérêts du « peuple ». Au Pérou, la contestation avait pris la forme d'une guérilla sanglante, convaincue de sa fonction purificatrice ; au Venezuela, un enchaînement de crises — de l'État modernisateur, des partis politiques et du pétrole —, poussait la société civile à se donner à un nouvel homme fort.

L'effondrement du Sentier lumineux au Pérou

En août 1992, le Sentier lumineux décidait de faire main basse sur la municipalité de Villa « El Salvador », vaste banlieue pauvre de Lima, forte de 300 000 résidents et autogérée par près de 3 000 associations ; après avoir assassiné l'adjointe au maire, SL prenait le contrôle du conseil exécutif au nom de l'« idéologie du prolétariat » et de la « lutte des classes », avec l'intention manifeste de détruire par la violence toutes les organisations populaires. Par ailleurs, SL maintenait son contrôle sur les zones productrices de coca du piémont oriental andin, massacrant à l'arme blanche des autorités civiles, des instituteurs ou des enfants, un châtiment réputé exemplaire, qui avait en outre le mérite d'économiser les balles... Ces assassinats arbitraires et sadiques avaient aussi pour objectif d'exacerber les luttes tribales entre communautés indiennes, Shipibos, Yaneshas et autres Ashaninka ; victimes de recrutements forcés, de séquestrations et de disparitions, les Indiens se voyaient, en outre, dépouillés de leurs terres ancestrales par les narcotrafiquants et les entreprises forestières — entre 1983 et 1996, plus de 4 000 personnes auraient réellement disparu dans les zones indiennes, éliminées par le Sentier lumineux ou par les paramilitaires.

Mais le 12 septembre 1992, l'organisation maoïste était frappée au cœur, avec l'arrestation du président fondateur, Abimael Guzmán, bientôt suivie de celles de dix-neuf membres du comité central. Condamné à la prison à vie, le chef suprême était enfermé dans la base navale d'El Callao, mais moins d'un an après son incarcération, il adressait plusieurs requêtes au président A. Fujimori, afin d'obtenir l'ouverture de négociations officielles entre son propre mouvement et le président lui-même. Cette supplique respectueuse émanant du leader énigmatique d'un mouvement particulièrement sanguinaire pouvait surprendre, mais elle était bientôt confirmée par un autre document signé par d'autres « chefs historiques » repentis, Osmán Morote en tête. Dans un premier temps, les militants sentiéristes en liberté ne virent dans ces lettres qu'une manipulation grossière, tant il était admis jusqu'alors qu'une négociation était synonyme de trahison. Et pourtant le camarade Gonzalo récidivait dans d'autres lettres, justifiant sa demande par le fait que, l'essentiel du comité central étant arrêté, il était de son devoir de sauvegarder les forces du mouvement. Si pour certains « sentiéristes » repentis, ou en prison, le message était recevable, pour d'autres, il signifiait que le camarade Gonzalo avait subi un lavage de cerveau, à moins qu'il ne s'agît d'un sosie qui parlait à sa place. Pour d'autres encore, il avait trahi la cause et il méritait la mort, car la révolution ne pouvait que triompher ! C'est qu'en effet le discours sentiériste, qui fut parfois défini comme un fondamentalisme rationaliste, fait à la fois appel au cœur et à la raison. Au cœur, tant la pensée du camarade Gonzalo s'appuie sur des métaphores bibliques pour annoncer des temps prophétiques — cette ferveur révolutionnaire, quasiment d'essence religieuse, se traduit par une croyance aveugle dans le récit de la victoire inéluctable de la révolution, et lorsque le président Gonzalo dit une chose, il ne peut se tromper ni tromper ses croyants. A la raison, car la pensée gonzalienne se veut pragmatique et rationnelle, dans le droit-fil du communisme scientifique et du stalinisme qui l'ont nourrie à ses origines. Cette double posture, contradictoire plus que dialectique, explique alors pourquoi la décision prise par le chef suprême de se soumettre et de négocier a pu avoir « des effets dévastateurs dans les rangs sentiéristes », les uns acceptant de suivre aveuglément leur chef, les autres adoptant, au nom du marxisme-léninisme, une posture de doute et de refus [36]...

Pour le président Fujimori, il ne pouvait y avoir de négociations, tout au plus la reddition pure et simple d'une guérilla divisée. Mais la violence aveugle ne s'est pas arrêtée pour autant : des groupes de guérilleros ont continué de mutiler et d'assassiner à coups de machettes et de couteaux des civils sans défense, et l'armée répliquait par des mitraillages en hélicoptère contre des villages suspectés de « narcoterrorisme ». Ces affrontements sanglants apparaissaient déjà comme l'hallali d'une trop longue traque, car le SL était militairement vaincu. Des centaines de jeunes sentiéristes repentis se rendaient aux « sinchis », laissant les populations civiles dans une situation de grande détresse psychologique et de peur. Telle la queue d'une comète, la violence « révolutionnaire » a continué de frapper aveuglément bien au-delà de 1992, aussi bien dans les quartiers périphériques de Lima, où des dirigeants de la base ou des syndicalistes étaient froidement assassinés, que dans la forêt amazonienne du Huallaga où des irréductibles dissidents du Sentier, désormais baptisé « rouge » (par opposition au Sentier noir des repentis) s'efforçaient de reconstituer les bases politiques du mouvement tout en réalisant des assassinats sélectifs. Ainsi, le SL continuait à œuvrer partout où la misère lui procurait un terrain propice, particulièrement dans les « pueblos jóvenes » de la capitale. Dans la région amazonienne du haut Huallaga, les nouveaux leaders éclos dans la clandestinité se nommaient Artemio, Miguel ou Luis. Comme en Colombie, ils survivaient surtout grâce à l'argent du narcotrafic.

A la fin des années 1990, le SL faisait de moins en moins parler de lui : très affaibli par ses divisions internes, sans stratégie militaire fiable, il apparaissait de plus en plus comme la « maladie endémique » d'un pays où le chômage frappait encore les trois quarts de la population et où l'injustice sociale reste toujours d'actualité. Aux plus radicaux des sentiéristes, la « guerre populaire » apparaissait encore comme la seule voie possible, et le nouveau leader Feliciano avait adopté une nouvelle stratégie politique d'enracinement dans les deux zones « historiques » de la province d'Ayacucho et du haut Huallaga. Parfois, le discours se faisait plus conciliant lorsque les révoltés se sentaient encore en position de faiblesse ; mais dans le haut Huallaga, un département où la carence de l'État est manifeste, la violence demeurait toujours vivace, également dirigée contre les autorités locales, contre les « repentis » et contre les comités d'autodéfense [37]. Si le chômage, le sous-emploi, mais aussi les fluctuations du cours de la feuille de coca et l'absence de cultures de substitution peuvent favoriser la survie politique du mouvement, par contre tout semble compromettre son avenir militaire : vaincu militairement, isolé socialement, on voit mal comment il pourrait relancer une dyna-

mique de révolution sans le charisme d'un nouveau camarade
Gonzalo.

Les perspectives sont presque aussi sombres pour les militants
du MRTA, le mouvement révolutionnaire « Tupac Amaru » d'obédience guévariste, sans doute moins violent et moins sectaire, mais
en concurrence directe avec les sentiéristes dans les zones de coca.
Le nom du MRTA a été diffusé par les médias du monde entier,
entre décembre 1996 et avril 1997, lorsqu'un commando d'une
quinzaine de guérilleros investit l'ambassade du Japon dans le
quartier huppé de San Isidro à Lima, et prit en otage plusieurs
centaines d'hôtes de l'ambassadeur. L'opération avait été minu-
tieusement préparée par son leader, Nestor Cerpa, contre une
ambassade mal défendue, et elle se déroula sans incident majeur,
au point que les médias en donnèrent une image favorable et firent
connaître leurs deux revendications principales : la libération de
prisonniers du MRTA et l'ouverture d'un dialogue politique. Mais
A. Fujimori n'envisageait aucune négociation, car il avait bâti son
autorité sur l'intransigeance, et il savait qu'il avait le temps avec
lui, car les preneurs d'otages deviennent otages à leur tour,
assiégés et soumis à des tensions permanentes, menacés du syndrome de Stockholm, qui veut qu'une relation affective s'établisse
entre les agresseurs et les victimes. Et comme le souligne Olivier
Dollfus, « un huis clos d'assiégés, en ville, c'est autre chose que
de nomadiser dans des maquis forestiers ou montagnards [38] ».
L'assaut final du 23 avril 1997 valorisa l'image du président, à la
fois dans son pays et à l'extérieur, tandis que la mort des jeunes
guérilleros, exécutés lors de la prise d'assaut, faisait reculer
davantage encore les chances de la révolution violente.

La révolution « bolivarienne » d'Hugo Chávez au Venezuela

Curieux retournement de la démocratie vénézuélienne que l'élection triomphale, en décembre 1998, à la présidence de la république du commandant Hugo Chávez : l'ancien lieutenant-colonel
putschiste venait de s'emparer du pouvoir par des voies légales, en
écrasant l'Action démocratique (sociale-démocrate) et le COPEI
démocrate-chrétien, les deux grands partis qui, en alternance,
avaient animé depuis 1958 la démocratie vénézuélienne, une

démocratie fragile fondée sur le clientélisme et alimentée par la rente pétrolière. Personnage haut en couleur et charismatique, le nouveau président avait placé son action sous le signe de Bolívar et de... Fidel Castro.

Né en 1954 dans la région orientale de Barinas, ce fils d'instituteurs entre à l'académie militaire, moins par vocation que par l'opportunité qui lui est donnée de se perfectionner dans le base-ball. Militaire éclectique, il aime le chant et la poésie, et il s'est formé aux sciences politiques et à l'histoire, une histoire vaguement teintée de marxisme. A vingt-trois ans, à peine sorti de la promotion « Simón Bolívar », il crée avec d'autres sous-lieutenants une société secrète : le « Mouvement bolivarien révolutionnaire 200 » (MBR 200), fondé sur le culte de Bolívar, figure tutélaire du Venezuela. Le 27 février 1989, une insurrection populaire secoue la capitale, quelques jours seulement après l'élection du président social-démocrate Carlos Andrés Pérez ; motivée par les mesures d'austérité prises par le nouveau gouvernement, cette révolte populaire est durement réprimée par l'armée ; elle se soldera par 256 morts. Au cours de ces journées d'émeute, le commandant Chávez dit avoir pris conscience de l'absurdité d'une répression militaire conduite aveuglément contre les habitants des bidonvilles et des quartiers populaires [39].

En février 1992, Chávez organise un putsch (le « Caracazo »), qui échoue. Avant de se rendre, il obtient de s'expliquer à la radio ; il y assume son entière responsabilité dans la conduite du « mouvement militaire bolivarien », tout en dénonçant le néolibéralisme mondial et la corruption dans son pays. Chávez est condamné à deux ans de prison, puis amnistié en 1995. Mais la situation économique et sociale du Venezuela reste toujours aussi tendue, et la démocratie aussi fragile, car, pour reprendre les propos d'un ancien président démocrate-chrétien, Rafael Caldera : « Il est difficile de demander au peuple de se sacrifier pour la liberté et la démocratie quand celui-ci estime que cette liberté et cette démocratie sont incapables de lui donner à manger [40] ». Chávez décide alors de se présenter aux élections présidentielles de décembre 1998, en s'appuyant sur une coalition hétéroclite qui englobe l'armée, une partie de la gauche traditionnelle ainsi que certains secteurs marginalisés jusqu'alors par le système bipartisan. Comme on l'a dit plus haut, il l'emporte largement en rassemblant sur son nom 56,2 % des suffrages.

Le nouveau président décide alors de fonder une « Cinquième république », largement plébiscitée en décembre 1999 par un référendum, qui lui donne 71 % des voix. Cette Magna Carta nouvelle est censée refonder le Venezuela à partir d'un projet national. Elle exprime l'idéologie de gauche d'une partie de la coalition gouvernementale, en énonçant les droits sociaux et les devoirs des élus. En juillet 2000, Chávez est à nouveau élu pour six ans avec près de 60 % des suffrages, soutenu à l'Assemblée nationale par une majorité de « révolutionnaires bolivariens [41] ». Il a fortement radicalisé son programme, au point que les médias vénézuéliens l'accusent de vouloir « cubaniser » le pays. C'est ainsi qu'il décide la création des Cercles bolivariens, réplique des CDR cubains : dans les entretiens réguliers qu'il donne à la radio et à la télévision, il encourage ses concitoyens à mettre en place dans chaque pâté de maisons un Cercle, chargé à la fois de dénoncer la corruption et de proposer des solutions pratiques aux problèmes de chômage ou d'insécurité. Ses adversaires l'accusent de vouloir reproduire à Caracas les organisations de masse de La Havane, au nom de la « défense de la révolution » (bolivarienne). Lors d'une rencontre avec des dirigeants communistes, le président Chávez a défini « sa » révolution comme étant « justicière et anti-impérialiste ». Il dénonce les moyens de communication qui répandraient, selon lui, la « haine de classes » et le « revanchisme social », et il menace de chasser du pays tous les étrangers qui critiqueraient son programme... Dans son désir de radicaliser le projet révolutionnaire, il s'est attaqué symboliquement à l'élitisme culturel de l'oligarchie « rancie », en décidant de remplacer la présidente et fondatrice du magnifique musée d'art contemporain de Caracas, Sofia Imber, par un peintre communiste, Manuel Espinoza. Dans le même élan, il a limogé les directeurs de plusieurs dizaines d'institutions culturelles ; par cette décision, il prétend diffuser une authentique révolution culturelle antibourgeoise, de telle sorte que les Picasso, Chagall et autres Kandinsky ne restent plus monopolisés par l'élite cosmopolite de Caracas. Il veut aussi faire en sorte que l'État encourage la création de centres culturels en province et dans les villages, et il encourage l'artisanat populaire, les groupes théâtraux, la musique « populaire », dont il se dit friand [42].

En politique extérieure, Hugo Chávez prétend s'inscrire dans une posture tiers-mondiste, castriste, voire « maoïste ». Il dénonce sans nuances les principes du libéralisme au nom de la lutte contre la pauvreté continentale, assurant que « le néolibéralisme est le chemin de l'enfer ». Lors du sommet des pays andins, réuni à Valencia (Venezuela) en juin 2001, il s'est singularisé en s'opposant au projet nord-américain d'un marché commun des Amériques pour 2005. Reprenant à son compte les imprécations du patriarche Fidel Castro, il a invoqué le mythe de l'unité latino-américaine, pour s'opposer à un monde « unipolaire » dominé par les États-Unis. Jusqu'à présent, cette rhétorique n'a eu comme effet réel que de faire fuir les investisseurs potentiels, alors qu'il apparaît clairement que la seule voie réaliste au développement vénézuélien reste l'intégration régionale — au cours des trois dernières décennies, la communauté des nations andines a été fortement dynamisée par l'essor de son commerce interne. Le nationalisme de Chávez se retrouve, encore, dans sa politique régionale, et plus particulièrement dans ses relations avec la Colombie, confrontée à sa guerre interne ; le président vénézuélien a refusé de condamner les guérillas « marxistes », malgré tous les problèmes frontaliers qui en résultent : il affirme avoir des relations « amicales » avec les FARC colombiennes auxquelles il reconnaît le statut de « belligérant ». Il pourrait même autoriser des bandes de guérilleros à se servir du territoire vénézuélien comme d'un sanctuaire. Derrière ces proclamations, on retrouve l'antiaméricanisme d'H. Chávez, qui n'accepte pas que les États-Unis considèrent le Venezuela comme un pays pétrolier de haute valeur stratégique[43].

Le populisme d'Hugo Chavez, parfois taxé de despotique, se heurte à l'hostilité de l'Église catholique, qui ne craint pas de qualifier le président de « populaire, populiste et populacier [*populachero*]... » ; en retour, le président dénonce le clergé par des formules provocantes et anticléricales. Mais le nouveau régime reste impuissant face à l'appauvrissement collectif, à l'hyperinflation et au chômage ; l'État de droit est menacé par les conflits sociaux et par l'agressivité urbaine des exclus. Et déjà l'on parle à Caracas de menaces de coups d'État, par exemple durant le long déplacement du président en Asie (juin-juillet 2001). Il est vrai que le projet « bolivarien » a suscité de fortes espérances dans les milieux populaires. Ce fils spirituel de Fidel Castro a surtout bénéficié jusqu'à présent de la rente pétrolière, qui lui a permis de soutenir une certaine politique de redistribution directe à partir de plans sociaux, mais il irrite bon nombre de citoyens, déçus par l'inefficacité politique et sociale de sa Cinquième république et outrés de l'image énigmatique autant qu'excentrique de son leader, tour à tour populiste et despotique.

Pour nombre d'observateurs, le « chavisme » est une doctrine hétéroclite, qui manque de rigueur idéologique : « Le président bouge avec ses propres contradictions : il veut une démocratie participative, mais il se précipite vers l'autoritarisme..., il cherche à améliorer le sort du peuple, mais celui-ci s'est appauvri davantage..., il veut diversifier l'économie, mais celle-ci tombe sous le poids du pétrole [44]... » La dynamique révolutionnaire a perdu de son souffle, l'homme apparaît de plus en plus isolé, même si l'Assemblée nationale lui est totalement acquise. Mais tant qu'il aura le soutien de l'armée, il restera le vrai dépositaire de la légitimité révolutionnaire...

Une révolution d'après guerre froide : le néo-zapatisme du Chiapas

Coup de tonnerre dans le ciel mexicain : le 1er janvier 1994, 3 000 guérilleros cagoulés de l'EZLN (Armée zapatiste de libération nationale) s'emparaient de la ville de San Cristobal de las Casas, ancienne métropole de l'État du Chiapas, à la frontière du Mexique et du Guatemala. Dix jours plus tard, le gouvernement décrétait l'arrêt des combats, après avoir fait encercler les rebelles : le conflit entrait alors dans sa phase politique. Des négociations plutôt laborieuses sous la médiation de l'évêque du lieu finissent par aboutir, le 16 février 1996, aux accords de San Andrés, qui prétendaient régler en profondeur les problèmes qui avaient motivé cette guerre éclair. Mais les tensions se prolongèrent dans le Chiapas, où l'armée, forte de 50 000 hommes, encerclait les zones « sensibles », et où une douzaine de groupes paramilitaires — presque toujours des jeunes déracinés et sans travail — exerçaient toutes sortes de pressions et de violences sur les communautés indigènes, sur les agents de développement, sur les observateurs et les journalistes. Le 22 décembre 1997, 45 indigènes tzotzils de la communauté d'Acteal étaient assassinés par un groupe armé aux ordres du maire d'une commune voisine, acquis au parti officiel.

Il faudra attendre l'entrée en fonctions du nouveau président du

Mexique, Vicente Fox, pour voir un début de déblocage. Afin de réamorcer le dialogue avec le pouvoir central, les responsables de l'EZLN réalisaient en février 2001 une « marche » pacifique et triomphale de 3 000 km vers Mexico, sous le regard des médias. Symboliquement, elle suivait l'itinéraire emprunté par Emiliano Zapata en décembre 1914, dans sa marche sur Mexico. Elle se conclut par un grand meeting sur le Zócalo, cœur historique de la capitale, suivi d'une réception des « 24 commandants » zapatistes par le Congrès mexicain. Mais les négociations furent à nouveau rompues par l'EZLN, qui jugeait insuffisantes les propositions du Congrès sur les droits des indigènes et sur l'autonomie des communautés.

Tout, dans ce mouvement néo-zapatiste, paraît décalé par rapport aux autres guérillas, et pour tâcher d'en comprendre la dynamique, il convient de prendre en considération plusieurs aspects de la révolte. Car, si l'arrière-plan social du mouvement semble *a priori* comparable à bien d'autres foyers, le contexte politique national et international en est bien différent, ainsi que les modes d'action et les revendications. Alors que le processus est loin d'être achevé, les analyses ou les interprétations proposées divergent sensiblement selon les auteurs. D'une certaine manière, le Chiapas exerce un rôle de révélateur des idéologies et des fantasmes, aussi bien en Amérique latine qu'en Europe.

Le contexte social

Et tout d'abord, le Chiapas. Cet État mexicain de 73 000 km² peuplé de 3,2 millions d'habitants est classé parmi les États les plus pauvres du pays : il appartient au Mexique centraméricain, qui se distingue en tous points du Mexique septentrional ; le revenu par tête y est quasiment deux fois plus faible qu'au Nord (2 700 $ contre 5 000 $), la sécurité y est moins grande, l'efficacité administrative plus faible et les conflits sociaux plus nombreux. Alors que le Chiapas est devenu un important État producteur de pétrole et d'énergie hydroélectrique, 40 % des foyers chiapanèques n'ont pas l'électricité... Située à l'ouest du Chiapas, la Lacandonie, base sociale de l'EZLN, correspond à ce que les anthropologues mexicains appellent une terre-refuge. Aujourd'hui encore, près de 30 % des habitants du Chiapas parlent une langue indigène, et 50 % d'entre eux sont analphabètes. Pourtant, dans ce Sud profond, les revendications identitaires semblent presque occultées par les problèmes sociaux, héritage de la colonisation, et la poussée démographique indienne. Un rapport d'ONG daté de 1997 révèle que 83 % des Indiens sont des marginaux sociaux, souvent victimes de violations des droits de l'homme. Ajoutons-y les conflits ancestraux pour la terre, car la révolution mexicaine de 1910 avait été impuissante à éliminer l'oligarchie. Ici, les terres collectives des *ejidos* sont en moyenne dix fois plus petites que dans le reste du Mexique, et les grands domaines de café jouxtent les terres communautaires. Plus de 500 000 chefs de famille aspirent à posséder un lopin de terre et les litiges fonciers sont permanents, que ce soit dans la zone des *Altos*, à la frontière du Guatemala, ou dans la zone de colonisation de la *Selva*.

Dans cet État trop longtemps négligé par le pouvoir central, un mouvement social et indigène avait débuté au début des années 1960 : sous la pression du marché, les domaines (*fincas*) commencèrent à s'orienter vers l'élevage, et les gros propriétaires incitèrent leurs « peones », désormais peu utiles, à quitter le domaine. Beaucoup s'enfoncèrent dans la forêt (la *selva*) pour y défricher leur champ de maïs (*milpa*), sur des sols fragiles et médiocres. Ces Indiens, souvent analphabètes, furent alors pris en main par des adeptes de la théologie de la libération, dominicains, jésuites et autres maristes, qui formèrent des catéchistes sensibilisés au discours de l'Exode, dans lequel la forêt figurait comme la nouvelle Terre promise. Ils parlaient de justice agraire, de santé, d'éducation, et de refus de l'exploitation par les métis (*ladinos*). A côté des prêtres catholiques officiaient bon nombre de pasteurs presbytériens, et surtout des évangélistes, pentecôtistes et adventistes. Sans oublier, bien sûr, les militants « politiques » : castristes, trotskistes et autres maoïstes, portés par la dynamique de la révolution centraméricaine. L'intense agitation de la parole transforma rapidement le Chiapas en une « énorme caisse de résonance [45] », tandis que les nombreuses associations paysannes voyaient leur histoire « jalonnée de morts et de répressions [46] ». De son côté, le gouvernement mexicain ne parvenait pas à désamorcer la crise sociale, malgré quelques distributions de terres et un encouragement donné à l'enseignement des langues indiennes ; en février 1992, il prenait même une mesure lourde de conséquences en démantelant les *ejidos* et en décrétant, au nom du libéralisme, la fin de la réforme agraire. C'est dans ce contexte explosif que prend corps, à partir de la fin des années 1980, le projet néo-zapatiste, un projet qui met une décennie à éclore, d'abord sous la forme d'un parti politique (le Parti des forces de libération nationale, créé en janvier 1993), inspiré du marxisme le plus orthodoxe, et ensuite sous la forme d'une structure militaire, l'EZLN [47]. L'indifférence du gouvernement central et du parti officiel (PRI), dans le contexte d'effondrement du cours du café, a encore durci les revendications et préparé la révolte de 1994.

Les objectifs et les méthodes zapatistes

L'originalité de la guérilla néo-zapatiste tient sans doute autant à ses objectifs qu'à ses modes d'action. Au départ, cette révolte ne s'apparente nullement aux conflits traditionnels qui opposent depuis toujours les grands propriétaires aux communautés et, plus généralement, les *ladinos* aux Indiens. Elle n'est pas non plus dirigée seulement contre l'État mexicain qui, on l'a vu, avait pris quelques mesures conservatoires. Il est clair que les principales revendications, formulées par les acteurs du développement social, concernaient la santé, l'éducation et le développement rural des communautés indiennes. Mais très vite, dès les premières *Déclarations de la forêt lacandone*, les objectifs affichés s'élargissent : il s'agit, bien sûr, de redonner tous leurs droits aux 30 % d'indigènes mexicains trop longtemps bafoués par l'Histoire, mais il s'agit aussi de construire une authentique démocratie mexicaine, plus libre et plus juste, et aussi de lutter contre le processus de mondialisation. En outre, le programme zapatiste dénonce les nuisances du parti officiel, et il réaffirme avec force un nationalisme mexicain bien trempé. Au fond, ce mouvement s'enracine avec d'autant plus de détermination dans le passé indien du Mexique qu'il prétend s'élargir à la dimension du monde « globalisé ». Projet ambitieux qui veut prendre en compte non seulement les quelque dix millions d'indigènes, mais encore les quarante millions de « pauvres » mexicains, et tous les laissés-pour-compte du libre-échange [48]. En refusant de faire de « l'indigène un entrepreneur » et du Mexique un « immense bazar », Marcos dénonce en même temps la dimension économique de la mondialisation ; par l'enracinement indigène, il se replace dans la tradition, qui cherche à défendre « une vision de la vie, de la mort, de la culture, de la terre, de l'histoire, de l'avenir [49]... ». Dans son discours, la révolte zapatiste introduit aussi une touche post-moderne car elle englobe dans son projet non seulement les Mexicains les plus pauvres, mais encore toutes les minorités « opprimées » : les handicapés, les femmes, les artistes, les homo-sexuels...

L'un des mystères de l'EZLN tient sans doute à l'étrange alchimie qui a permis une réelle osmose entre les communautés indiennes plus ou moins politisées de la *Selva* et une douzaine d'intellectuels, héritiers directs de la gauche guévariste. Ceux-ci, qui portent des prénoms bibliques (Josué, Moises, David), ont donné vie au projet zapatiste. Plus étrange encore : l'EZLN a choisi d'être dirigée par un Blanc, et sans doute par le seul véritable « non-Indien » du mouvement... Le « sous-commandant » Marcos, camouflé sous son passe-montagne, est devenu « l'homme à la voix » des zapatistes. On a longtemps prêté des identités multiples à celui qui prétendait être né « dans la forêt lacandone un beau matin du mois d'août 1994 [50] ». Depuis février 1995, on sait — par le président Zedillo — qu'il s'appelle Rafael Guillén Vicente, et qu'il est né en 1957 à Tampico d'une famille de commerçants de religion catholique. Bon élève des jésuites (comme Fidel Castro !), amateur de cinéma et de poésie, il a enseigné la philosophie, après avoir soutenu une thèse dans la tradition du structuralisme althussérien. Lui-même se dit antimilitariste et hostile à la violence. Lecteur de Lewis Caroll et de Borges, il prétend ne pas se séparer du *Quijote* en toute circonstance. Son succès, il le doit surtout à son art de la communication et de la publicité. Il sait exploiter l'image de l'Indien « victimisé » et manipule à bon escient la figure de Zapata. Son discours détonne, imprégné du parler poétique indien : pastiche de l'éloquence indigène et du langage évangélique, qui recourt tour à tour à l'émotion, au réalisme cru, à la satire mordante.

La principale originalité de Marcos tient dans sa méthode, une méthode d'après guerre froide, qui ne semble vouloir recourir à la violence que dans des cas exceptionnels. Ce choix est dicté, d'abord, par la faiblesse militaire de l'EZLN ; composée de jeunes Indiens maya des deux sexes — tzotziles, tzeltales, choles, tojobales — sans expérience de combats, et dotée d'armes hétéro-clites, cette « armée » résisterait mal, face aux 20 000 hommes des troupes spéciales anti-insurrectionnelles. Mais la non-violence reste aussi une affaire de principe et de meilleure efficacité. Ainsi, Marcos a cru bon d'envoyer en août 1996 un courrier aux chefs d'une autre guérilla mexicaine plus « classique », l'Armée populaire révolutionnaire (EPR), qui sévit dans l'État plus septentrional du Guerrero : « Nous ne voulons pas de votre appui. Nous avons nos propres ressources, modestes, c'est sûr, mais qui sont les nôtres. Les mobilisations que nous attendons sont civiles et pacifiques. Nous dialoguons avec la société civile. Ce qui nous différencie des autres organisations politiques, ce ne sont pas les armes ni les passe-montagnes, mais bien notre proposition politique. Les communautés zapatistes ont tenu mille jours de résistance avec la révolte armée et avec la poésie. Vous luttez pour la prise de pouvoir. Nous pour la démocratie, la liberté et la justice [51]... » En sept ans de guerre, l'EZLN a toujours montré ses préférences pour le dialogue et la négociation.

Par ailleurs, le « sous-commandant » Marcos a utilisé des armes inattendues pour un guérillero : la poésie, les symboles, les contes et les histoires, les post-scriptums décapants [52], qui renvoient à l'humour, à l'autodérision, à la moquerie : autant d'outils de déconstruction du langage « révolutionnaire », qui sont aux antipodes du « sérieux » d'un Abimael Guzman ou d'un Manuel Marulanda. Ainsi, l'importance des symboles se manifeste dès le premier jour de la révolution, à la fois dans le choix de la date et du lieu : le 1er janvier 1994 est le jour de l'entrée en application du traité de libre-échange de l'ALENA ; San Cristobal, capitale du Chiapas jusqu'en 1992, est un bon symbole du pouvoir blanc et métis où l'on observe encore les séquelles de la guerre des castes. L'usage du passe-montagne qui cache les visages cherche à attirer l'attention sur les Indiens, restés trop longtemps « invisibles ». Le grade, inconnu dans l'armée, de « sous-commandant » se veut une autodérision par rapport à toute hiérarchie militaire, à mille lieux du mythique *comandante* Che Guevara. Marcos ne manque jamais de mettre en garde les zapatistes contre la tentation de se prendre pour ce qu'on leur dit parfois qu'ils sont... Certains de ses détracteurs lui ont même reproché une dérive esthétique...

Autre originalité zapatiste : le recours intensif aux communiqués de presse, aux lettres ouvertes (comme celle qui fut adressée le 2 décembre 2000 au nouveau président mexicain, le conservateur Vicente Fox), aux happenings. Ainsi, en août 1994,

6 000 intellectuels et délégués syndicaux étaient invités à San Cristobal, et l'année suivante, une réunion « intergalactique » contre le libéralisme vit affluer dans la *selva* les militants les plus inconditionnels de la solidarité conviviale et du tourisme révolutionnaire (juillet-août 1995). Des campements pour la paix sont régulièrement organisés dans les villages zapatistes, qui attirent une certaine jeunesse venue de plusieurs pays. La marche sur Mexico était aussi un bel exemple d'art de la communication. Les zapatistes vont jusqu'à détourner à leurs propres fins l'outil pragmatique et symbolique de la mondialisation, le réseau Internet qui leur permet à la fois de soigner leur image et d'informer leurs partisans en temps réel. Marcos dit parfois que les zapatistes sont devenus des cyberguérilleros...

L'image du néo-zapatisme à l'extérieur

Le mouvement du Chiapas a immédiatement rencontré un écho favorable à l'extérieur, au point qu'on a pu parler d'un zapatisme international. En Europe, aux États-Unis et au Canada, se sont créés des comités de soutien, et les associations des droits de l'homme ont défendu leur cause. Tout se passe comme si le néo-zapatisme avait donné à une certaine gauche en déshérence du socialisme réel un motif de remobilisation. Parfois, on a l'impression que les étudiants et les professeurs européens ou nord-américains qui pataugent dans la boue de La Realidad et des autres villages du Chiapas ont cédé à l'exotisme des charters bon marché, même si cet engouement semble avoir quelque peu faibli depuis les accords de San Andrés.

Pour le sociologue Yvon Le Bot, le zapatisme tient un peu d'une auberge espagnole, où chaque militant mondialisé se retrouve dans l'indéfinition de la doctrine [53]. Les intellectuels ne cessent de disséquer le mouvement, qui est, paradoxalement, mieux reçu à l'étranger qu'au Mexique même... Au tout début de la révolte, le poète mexicain Octavio Paz y voyait l'expression « anachronique » d'un mouvement indigéniste manipulé par des guérilleros qui l'étaient tout autant. Pour l'historien Enrique Krauze, le zapatisme ne peut espérer représenter à lui seul les 10 millions d'Indiens et, encore moins, les 40 millions de pauvres du Mexique, quel que soit le génie médiatique de Marcos, car la représentativité se gagne avec des votes, et non pas avec des passe-montagnes. D'autres Mexicains estiment que ce mouvement exalte l'imaginaire européen, qui croirait volontiers qu'on peut faire une révolution en un week-end ou durant des vacances passées dans le tiers monde. Résurrection commode du mythe du bon sauvage porteur des nouvelles lumières révolutionnaires, et de surcroît d'un bon sauvage poète et pacifiste ; l'idéal pour un intellectuel postmoderne qui voudrait faire une révolution propre et sans violence, être radical sans rien risquer... Mais dans le premier monde, les critiques sont plutôt rares. L'ethnosociologue Henri Favre est un des rares chercheurs français, fin connaisseur du Mexique de surcroît, à avoir manifesté peu d'enthousiasme pour un mouvement qui a fait couler plus d'encre que de sang : pour lui, le zapatisme, c'est d'abord « une guérilla marxiste orthodoxe », occultée par un discours indigéniste, et même indianisant, dont l'objet semble « réservé à la communication externe du mouvement »[54]. Selon lui, le programme initial est fort classiquement d'inspiration marxiste en ce qui concerne la lutte des classes et la guerre révolutionnaire, les deux étant mises au service des « prolétaires » indiens.

Mais cette position de réserve est rejetée par la plupart des intellectuels : Régis Debray voit dans le Chiapas une guerre de résistance, une sorte de « Vendée progressiste » ; Yvon Le Bot et Marie-Christine Renard ne croient guère au contenu marxiste et socialiste du discours zapatiste, et pour le sociologue Alain Touraine, il s'agit d'abord d'un combat démocratique, où Marcos pourrait se reconnaître dans Lech Walesa... D'autres intellectuels, comme le linguiste Noam Chomsky ou le prix Nobel José Saramago, voudraient voir en lui un leader potentiel de l'antimondialisation, à la tête des ONG et des mouvements civiques...

C'est dire combien la cause zapatiste joue à merveille sa fonction d'utopie. Cette région longtemps ignorée du Mexique, qui fut naguère le fief des anthropologues avant de devenir le paradis des hippies californiens, puis le laboratoire des prêtres, des nonnes et des pasteurs engagés, a drainé tout un réseau d'influences cosmopolites et d'informations globalisées, au carrefour du local, du national et de l'international. Le zapatisme conduit depuis 1994 une autre « guerre d'images », une guerre qu'il n'a pas encore perdue.

Marcos laisse entrevoir, malgré tout, certaines contradictions majeures du zapatisme : d'un côté, il prétend conduire une guérilla non violente — bien qu'elle ait commencé dans la violence et se soit traduite par quelques centaines de victimes —, tout en affirmant qu'il est prêt à reprendre les armes si les négociations n'aboutissent pas ; d'autre part, il dit rejeter la politique des partis « traditionnels », mais il envisage de transformer un jour l'EZLN en une « formation » politique, susceptible d'agir à visage découvert [55]... Le néo-zapatisme devra donc choisir entre la rébellion sociale et l'action politique dans le cadre d'une démocratie imparfaite.

Le bilan des ultimes soubresauts révolutionnaires de la dernière décennie du XXᵉ siècle laissera nécessairement l'historien sur sa faim, dans la mesure où il s'agit, souvent, d'une simple chronique, où l'enchaînement des événements tient lieu de causalité et de principe explicatif [56]. Ce défaut est avéré pour la « révolution bolivarienne » d'Hugo Chávez, qui débute en décembre 1998 par une... élection présidentielle, et dont nul ne peut dire, moins de trois ans plus tard, si elle aura constitué une véritable rupture dans l'histoire du Venezuela. Quant à la révolte du Chiapas, il est tout aussi difficile d'en imaginer l'avenir, tant cette dernière dépend de la bonne volonté du gouvernement central. Mais l'expérience du Chiapas reste tout à fait novatrice, par ses méthodes non violentes de négociation, par son absence de sectarisme idéologique et par son audience dans le premier monde... Elle a aussi le grand mérite d'associer l'idée de révolution à des valeurs universelles, comme le refus de la discrimination à l'égard des Indiens, la justice sociale ou la liberté.

S'agissant des autres mouvements révolutionnaires, on ne peut qu'être frappé par la concordance de certaines évolutions : en Amérique centrale, par exemple, les guerres intérieures s'apaisent en quelques années : au Nicaragua, à partir des élections générales de février 1990 ; au Guatemala et au Salvador, par des négociations plus ou moins laborieuses, commencées respectivement en mars et en avril de la même année. Cette concordance des temps confirme la théorie du politologue Olivier Dabène, selon laquelle il existe en Amérique latine une véritable interdépendance des États pour ne pas dire un système, qui s'impose à eux, soit par effet de démonstration, soit par imposition venue de l'extérieur [57].

Dans le cas centraméricain, la pression extérieure paraît avoir été essentielle, avec les accords d'Esquipulas (août 1987, *supra*, p. 192), qui ont cherché à imposer la paix aux belligérants. L'effondrement du bloc socialiste entre 1989 et 1991 a été un facteur extérieur tout aussi décisif, dans la mesure où les guérillas se voyaient privées, du jour au lendemain, de ressources militaires et de justification idéologique. La nécessité de faire la paix s'imposait avec d'autant plus de force que, dans chacun des pays centraméricains, aucun des camps n'était susceptible de s'imposer à l'autre, sauf à imaginer une vraie guerre d'extermination financée par le grand allié de l'extérieur...

Dans les pays andins concernés par des violences non moins endémiques, la tendance à l'apaisement est moins observable. Il semble, en effet, qu'ici le facteur « drogues » ait joué un rôle capital dans le maintien des guérillas jusqu'à aujourd'hui. Au Pérou, l'arrestation, en septembre 1992, des membres du comité central du SL décapite l'organisation et stoppe son dynamisme, sans empêcher toutefois la poursuite d'une activité mafieuse dans les régions productrices de feuilles de coca. En Colombie, les guérillas restent plus actives que jamais à cause des drogues, et des drogues seulement. Mais peut-on encore raisonnablement parler de projet révolutionnaire quand on évoque les FARC ou l'ELN ? Il semble que nous retrouvions ici la tradition colombienne des révoltes locales, enracinées dans des régions qui échappent depuis toujours au pouvoir central...

Quant à l'exception cubaine, elle ne prend sens que par le maintien au pouvoir de son leader, malgré la vague de fond qui a balayé le socialisme réel de la surface du monde. Cette longévité exceptionnelle, il la doit sans doute en partie à l'armée et aux cadres du parti communiste cubain ; mais il la doit aussi à sa personnalité, non moins exceptionnelle. Au milieu des décombres de son île, Castro reste encore une grande figure de la seconde moitié du XXe siècle, même si, à soixante-quinze ans passés, son visage émacié et grisonnant fait penser davantage au Quichotte de Cervantes revu par Gustave Doré qu'au guérillero « héroïque » de la Sierra Maestra. L'aura de Fidel, à Cuba comme dans le monde, c'est l'écrivain Jean-Edern Hallier qui l'a le mieux expliquée : « Fidel, c'est un crocodile — un animal antédiluvien de la politique — qui a survécu au naufrage de l'Histoire... » Et l'ancien directeur de *L'Idiot international* d'apostropher le *Comandante* :

« Fidel Castro, vous avez fait rêver le monde, vous êtes le dernier dépositaire de l'illusion lyrique de la révolution [58]... » Faire rêver, mais aussi résister : Castro donne depuis 1985 une leçon magistrale d'orgueil et de refus. Il offre à son peuple et au monde l'image du résistant autant que du rebelle. Pour les Cubains, il reste encore le « Cheval » qui avance sans jamais reculer, qui rejette tout défaitisme face au nouvel ordre implacable du monde capitaliste. Intangible sur « ses » principes socialistes, il emprunte, comme l'a souligné l'écrivain espagnol Manuel Vázquez Montalbán, au langage imprécateur de la Contre-Réforme, quitte à accepter des réformes décisives sur le long terme. L'on voit mal comment la révolution pourrait survivre à la disparition de cette figure baroque.

La révolution entre le mythe et l'utopie

« La révolution est une mutation brutale qui touche tout le système social et ses références culturelles : les idées, l'imaginaire, les valeurs, les comportements, les pratiques politiques, mais aussi les langages qui les expriment, le discours philosophique, la rhétorique politique, la symbolique et l'iconographie, les rituels et même l'esthétique et la mode [1]... » Cette réflexion que l'historien Fr.-X. Guerra porte sur la Révolution française pourrait être généralisée à l'ensemble des phénomènes révolutionnaires : car toute révolution ne se perçoit-elle pas, d'abord, comme un point de fracture entre le monde ancien et le monde nouveau, à égale distance entre deux pôles de l'imaginaire, l'un qui renvoie au mythe d'origine propre à chaque société, l'autre qui se projette, comme écrit Albert Camus, dans « un âge d'or renvoyé au bout de l'histoire » ?

Expression d'une sensibilité collective, la révolution apparaît — du moins dans ses versions latino-américaines — comme une transgression du pouvoir. Parce que celui-ci s'enracine dans l'autorité du chef, dans son charisme, dans sa parole, il tend à se sacraliser, voire à se diviniser, comme un symbole de la cohésion et de l'ordre du monde. Or, toute révolution introduit un déséquilibre dans cet ordre apparemment immuable, et l'on pourrait, semble-t-il, appliquer au thème de la « révolution » les subtiles analyses que Roger Caillois proposait, dès 1939, dans *L'Homme et le Sacré*, sur la fonction des guerres : toute révolution n'est-elle pas, également, l'expression d'une sombre colère, d'une fête « dionysiaque », « saturnale », d'un carnaval symbolisant le retournement de l'ordre du monde, censé purifier, régénérer le corps social ? Ce grand fléau, ce chaos, ces destructions sacrilèges, ces gaspillages d'énergie et de biens apparaissent alors comme autant de rites d'actualisation du grand temps mythique qui précède tout âge d'or...

Dans son archéologie première, le mot « révolution » implique d'abord l'idée de retournement cyclique, de retour en arrière, de restauration d'un ordre prétendument ancien, perturbé par le cours du temps. Dans l'histoire latino-américaine, cette mythologie des origines réapparaît parfois en filigrane du discours dominant. On se souvient qu'en 1810 les *juntas* révolutionnaires se révoltèrent au nom d'un prétendu « pacte originel » scellé entre les conquérants et le roi Charles Quint, par lequel le « royaume d'Amérique » aurait été rattaché directement à la personne du roi. La révolution — c'est-à-dire la rupture — devenait parfaitement légitime à partir du moment où ce pacte avait été rompu par l'élimination du roi légitime Ferdinand VII, remplacé sur le trône d'Espagne par un intrus, Joseph Bonaparte...

La révolution agraire du Mexique offre un autre exemple de discours mythique sur les origines. Dans ce pays à forte culture indienne, le courant agrariste du zapatisme ne fut pas seulement l'expression d'une revendication des terres ; il représenta aussi la nostalgie d'un âge d'or, celui d'une époque reculée où la communauté du lignage primitif (le *calpulli*) disposait librement de ses terres collectives et sacrées. L'engagement des Indiens du Morelos aux côtés de Zapata, nouveau *calpuleque*, apparaissait donc comme une démarche à la fois actuelle et régressive, puisque, en essayant de récupérer les terres, on cherchait aussi à faire revivre les communautés ancestrales et à restaurer l'ordre ancien [2]...

Le mythe incaïque a plusieurs fois servi de référence à la violence sociale ou à l'action révolutionnaire : certaines jacqueries indiennes des hauts plateaux andins, à la fin du XIXe siècle et au début du XXe, exprimaient à travers un slogan : « Vive le Tawantinsuyu ! » un immense espoir, celui de retrouver leur unité perdue. De même, la révolution militaire de 1968 multiplia les images de propagande autour de la « splendide organisation inca » et de « l'immortel et libertaire Tupac Amaru »... Plus près de nous, de 1974 à 1980, le Mouvement indien péruvien (MIP) s'efforça de diffuser dans le haut Pérou un programme politique archaïsant qui tenait en trois mots : « Construire un second Tawantinsuyu... »

Mais la plupart des révolutions expriment surtout une projection dans l'avenir, dans un langage prophétique qui offre un décryptage du présent en fonction de rêves, d'utopies et même de « gigantesques mystifications », selon la belle formule de Guglielmo Ferrero (*Pouvoir*, Le Livre de poche, 1988, p. 273). Tout penseur révolutionnaire exprime à sa manière l'impossible et nécessaire utopie, la quête d'un ordre nouveau et purifié, à la façon dont la poétesse portugaise Sophia de Mello Breyner définit « la » Révolution :

> Comme demeure propre
> Plancher balayé
> Comme porte ouverte
> Comme pur début
> *Comme ère nouvelle*
> Sans tache ni vice [3]...

Si cet idéal de la table rase se retrouve dans la plupart des idéologies révolutionnaires, il apparaît avec plus de force encore dans les modèles anarchistes et socialistes. L'idéal libertaire, si commun au monde ouvrier du cône Sud — Chili, Argentine, Uruguay — dans les années 1900-1920, préconise non seulement la destruction du « Vieux Monde », mais aussi la quête du bonheur individuel au cœur de cités idéales et humanisées, où, pour une fois, l'ordre social, accepté et intériorisé, n'impliquerait plus le défi d'une rébellion permanente (J. Andreu, M. Fraysse, etc., *Anarkos*, Buenos Aires, 1990).

La révolution cubaine a produit en Amérique latine un impact d'autant plus retentissant qu'elle semblait l'application grandeur nature de la prophétie marxienne d'une société sans classes, sorte de *millenium* socialiste conduit par le prophète Fidel Castro. Lors du XIIe Congrès de la Confédération des travailleurs cubains, en août 1966, le *líder máximo* n'hésitait pas à annoncer une accélération de l'Histoire dans son propre pays : « Un pays peut très bien s'imaginer qu'il est en train de construire le communisme, alors qu'il est en train de construire le capitalisme [allusion implicite à l'URSS]. En ce qui nous concerne, nous voulons construire *en même temps* le socialisme et le communisme... » Évoquant ensuite la figure de « l'homme nouveau », Castro ajoutait : « Il n'est pas question que la société socialiste construise un homme qui soit mû par les mêmes critères que l'homme capitaliste [4]... » Cette obsession d'une « conscience communiste nouvelle » se traduisit sur le terrain par tout un ensemble de dispositions concrètes touchant à l'éducation et au travail ; il s'agissait, ni plus ni moins, d'éliminer toute manifestation d'individualisme et toute trace d'égoïsme au sein des masses... C'était l'époque utopique où, comme le rappelle Jeannine Verdès-Leroux, Fidel Castro affirmait sans sourciller que « tous les hommes ont droit à tout ce qu'ils demandent, même s'ils demandent la lune... ».

L'idéal des révolutionnaires contemporains reste bien celui de la table rase : changer le vieux monde, et d'abord dans ses structures socio-économiques, avec l'idée implicite que « le reste » suivra et que la révolution pourra, grâce à une réforme radicale de l'éducation, modeler « l'homme nouveau ». Mais le cours récent de l'histoire latino-américaine révèle un énorme décalage entre l'utopie et la réalité observable : alors que les révolutions marxistes voulaient rénover les structures productives, elles les ont plutôt paralysées au point de compromettre gravement les grands équilibres : production agricole, balance commerciale, endettement, sans parvenir à supprimer la dépendance externe : que deviendra Cuba sans l'aide économique de l'URSS ? Les barbus sauveurs exprimaient, aussi, leur soif d'une justice sociale élémentaire impliquant un renversement des classes sociales par un appauvrissement des riches et une redistribution en faveur des pauvres. Le constat du seul socialisme réel observable — celui de Cuba — montre plutôt un nivellement par le bas et l'instauration de certaines inégalités en faveur d'une « nomenklatura » inavouable et d'un nouvel ordre social non moins figé que l'ancien. La réflexion désabusée d'Anatole France semble encore pouvoir s'appliquer à beaucoup d'expériences révolutionnaires contemporaines : « Il n'y a pire conservateur que le révolutionnaire au pouvoir... » En généralisant à l'ensemble des expériences révolutionnaires du XXe siècle, on observe une relative impuissance de l'action révolutionnaire à réaliser ses programmes de changement radical, particulièrement dans les mentalités ; tout au plus agit-elle comme l'accélérateur d'un mouvement inscrit dans le cours des choses. Déjà, Alexis de Tocqueville notait à propos de 1789 : « Tout ce que la Révolution a fait se fût fait, je n'en doute pas, sans elle... Si la Révolution n'avait pas eu lieu, le vieil édifice social n'en serait pas moins tombé, ici plus tôt, là plus tard seulement... » (*L'Ancien Régime et la Révolution*, Garnier-Flammarion, 1988, p. 85, 115).

L'inventaire quelque peu fastidieux des mouvements révolutionnaires en Amérique latine à l'époque contemporaine semble confirmer notre hypothèse de départ : toute action révolutionnaire est l'expression culturelle d'une violence, plus ou moins profondément enracinée dans une tradition — l'exemple de la Colombie étant le cas le plus extrême. La « banalisation » et le fatalisme face au chaos social apparaissent alors comme des formes de défoulement. Le temps des révolutions imprègne les sociétés d'une marque indélébile par ces formes de violence dont les significations restent ambiguës : cruauté sadique libidineuse, désir de vengeance par déplacement d'agressivité, *catharsis* ?...

Cette agressivité sociale traduit, bien évidemment aussi, l'absence d'un consensus au sein des États, et finalement la mauvaise intégration des groupes sociaux et des ethnies à l'intérieur des nations. Elle confirme les atavismes anciens d'un système autoritaire hérité de l'époque coloniale. Sur ce plan, il faut bien reconnaître que l'inflation des mouvements révolutionnaires aux XIXe et XXe siècles est révélatrice de la médiocrité des systèmes pseudo-démocratiques créés au moment de l'indépendance. La crise révolutionnaire apparaît alors comme une procédure radicale de régulation des conflits en l'absence de moyens institutionnels efficaces ; elle révèle aussi pleinement l'absence d'intégration de groupes sociaux et ethniques au sein de la nation.

A partir des révolutions majeures observées sur le continent latino-américain, on peut se demander s'il n'existerait pas un modèle de cycle révolutionnaire. Celui-ci aurait une durée approximative de vingt-cinq à trente ans — le temps d'une génération — et se décomposerait en plusieurs moments : d'abord, la révolte explose en une guerre civile plus ou moins longue et meurtrière ; le cycle se poursuivrait avec la mise en place des nouvelles structures politiques ; puis le modèle se figerait dans une institutionnalisation étroitement contrôlée par les nouveaux pouvoirs. Alors, la révolution s'essouffle par perte de créativité, les idéaux révolutionnaires s'estompent dans une partie non négligeable de la population, de la jeunesse en particulier, qui ne se reconnaît plus dans les valeurs de la génération précédente. Il semble possible de vérifier cette hypothèse pour les révolutions d'indépendance (1800-1830), pour la révolution mexicaine (1910-1940) et pour la révolution cubaine (1956-1990).

La fin de ce millénaire apportera-t-elle avec elle l'effacement durable des idéaux révolutionnaires ? Face aux échecs de la plupart des révolutions à travers le monde, on peut légitimement s'interroger : assistons-nous au déclin de l'utopie optimiste qui, de la philosophie des Lumières au marxisme, en passant par le romantisme et le rationalisme, prétendait donner un sens à l'Histoire — vieille tentation religieuse de la téléologie des fins dernières, si souvent justifiée par les thuriféraires du progrès indéfini des sociétés humaines ? « Requiem pour les révolutions », suggère Paul-Marie de La Gorce. Prométhée serait-il mort ? Voici venu le temps du doute...

Postface

L'Amérique latine semble avoir oublié le vocabulaire de la révolution, sa philosophie de la table rase, ses images de violence et de sang, ses consignes d'héroïsme et de sacrifice, sa morale d'« homme nouveau » et de « modèle socialiste ». Seule la Cuba castriste persiste à marteler son slogan « la Révolution ou la Mort ! ». Mais avec quelle résonance et pour combien de temps ? Aujourd'hui, d'autres mots et d'autres valeurs du vocabulaire politique ont pris le relais : consolidation démocratique, gouvernance, société civile, droits de l'homme, exclusion, devoir de mémoire... Il semble que nous soyons parvenus à la fin d'un cycle, celui où la révolution pouvait être perçue comme une grille de lecture compréhensive de l'histoire latino-américaine contemporaine. Ce cycle qui avait débuté au cours des années 1960 par la révolution cubaine, et qui s'achève à la fin des années 1990, a correspondu à la diffusion du modèle guévariste comme mode de rupture et de transformation sociale à travers le continent.

Dans plusieurs pays, la peur de la « contagion marxiste » a déclenché des réactions en chaîne au sein des armées nationales, conditionnées par l'idéologie de la « sécurité nationale ». Ces armées ont conduit, sans modération ni discernement, des répressions massives contre les « subversifs », visant indifféremment les vrais acteurs de la guérilla et les civils — intellectuels, étudiants, syndicalistes et militants des partis de gauche — suspectés d'être les responsables intellectuels de la guerre interne. Si la crise de Cuba de 1962 est bien le dernier moment critique de la guerre froide, elle s'est prolongée dans les nombreux conflits internes qui ont émaillé l'histoire de plusieurs pays latino-américains — Chili, Argentine, Pérou, Bolivie, Uruguay, Brésil ainsi que l'Amérique centrale. Sans doute n'a-t-on pas suffisamment éclairé l'histoire des guérillas et des répressions militaires sous l'angle du conflit Est-Ouest, guerre indirecte et périphérique, appuyée d'un côté par les États-Unis et de l'autre par la Cuba socialiste, satellite de l'URSS. Longtemps après les événements, les officiers des armées latino-américaines refusent dans leur immense majorité, et la responsabilité de la « guerra sucia » et la repentance pour les actions répressives. Si la plupart gardent le silence, les plus convaincus justifient leurs actions, perpétrées dans une période où les démocraties latino-américaines paraissaient affaiblies et impuissantes face aux guérillas marxistes.

A l'heure des bilans, l'Amérique latine a bien du mal à faire le point sur ces « années de plomb », au cours desquelles la violence s'est exercée aveuglément, aussi bien dans les pays du cône Sud que dans les États d'Amérique centrale. Dans ces derniers, où la paix a été tardive, des « commissions de la vérité » ont été chargées d'établir des rapports sur les violences réciproques ; à cet égard, l'assassinat en avril 1998 de Mgr Girardi, quelques jours seulement après la publication de son étude sur la violence au Guatemala, montre combien le sujet reste encore très brûlant. Dans les pays du cône Sud, rendus à la vie démocratique depuis plus longtemps, une partie des opinions publiques s'efforce de mettre en œuvre un travail de mémoire sur ce passé douloureux. Mais la remémoration bute sur une série de lois d'amnistie, adoptées dans l'urgence par les militaires sur le départ ou par les fragiles coalitions qui leur succédaient [1] ; elle se heurte aussi à la résistance d'une partie de l'opinion, qui préférerait oublier les traumatismes de la guerre civile, sous peine de fragiliser la transition démocratique. L'impératif de la réconciliation nationale condamne donc, pour un temps, ces pays au refoulement d'un passé douloureux ; avoir les yeux fixés devant soi plutôt que regarder dans le rétroviseur : telle est la métaphore automobile à laquelle recourent volontiers ceux qui veulent oublier la « guerre sale », au nom du consensus démocratique. Mais le refus de se retourner vers le passé fait obstacle à la cause des droits de l'homme et à la prise en compte de la souffrance des victimes : blessures physiques, traumatismes psychologiques liés à des tortures ou à une disparition ; blessure morale de l'exilé rentré au pays et devenu étranger pour ses propres concitoyens ; sentiment d'un échec politique, perçu comme une faute ou une erreur devant l'Histoire qui semble donner raison à l'adversaire... Seuls, à ce jour, les écrivains, les cinéastes et les artistes peuvent revenir sur cette histoire douloureuse en la transcendant par la création [2].

Si la révolution a cessé d'être le moteur de l'histoire comme utopie et comme action, les conditions économiques et sociales de la révolte n'ont pas, pour autant, disparu en Amérique latine. Lors de la dernière décennie, des mutations considérables ont transformé les économies régionales, sous l'impact de la globalisation conduite par les États-Unis. Les barrières douanières ont été entrouvertes, derrière lesquelles les activités économiques nationales et les emplois correspondants étaient jusque-là protégés. Les accords de libre-échange du Mercosur (1991) et de l'Alena (1994) ont rapproché, respectivement, 200 et 380 millions de consommateurs potentiels des deux Amériques — sans parler de la Communauté andine ou du système d'intégration centraméricain... Imprégnés d'idéologie libérale, ces accords ont aiguisé la compétitivité à l'exportation, et avec l'ouverture des frontières, beaucoup d'entreprises ont disparu, notamment dans les branches à fort contenu technologique. Par ailleurs, l'économie latino-américaine dépend de plus en plus des flux financiers internationaux, flux volatiles, rendus encore plus incontrôlables par la déréglementation. On l'a vu en décembre 1994, lorsque des capitaux flottants se sont retirés du Mexique, au constat du déficit énorme de sa balance des paiements. La panique financière s'est aussitôt propagée dans les autres pays (c'était l'effet « tequila »). Et la crise financière a recommencé en 1996, puis en 1998, au Brésil et ailleurs, cette fois-ci sous l'impact de la récession en Asie du Sud-Est et en Russie... Face à toutes ces secousses, les États ont dû procéder à des « ajustements structurels », véritable thérapie de choc consistant en une réduction drastique des dépenses publiques et en un démantèlement de ce qui restait de l'État-providence.

Cette révolution culturelle du néolibéralisme s'est donc traduite par une détérioration des conditions de vie et de survie pour les classes moyennes et pauvres, dans une population urbanisée aux trois quarts. Pour Pierre Salama, la pauvreté est devenue « massive, profonde et hétérogène [3] ». Si dans les années 1980, elle résultait essentiellement des envolées de l'inflation monétaire, dix ans plus tard, elle découle de l'ouverture du marché, une ouverture qui a conduit à l'aggravation du chômage, car le système, devenu plus productiviste, n'est pas capable de créer suffisamment d'emplois. Le dogme du marché régulateur contribue à diminuer l'intervention de l'État en matière sociale, et comme le note encore Pierre Salama, « les plus pauvres le deviennent davantage, d'autres le deviennent et une part importante des classes moyennes connaît une régression brutale de son pouvoir d'achat... Les licenciements augmentent [4]... ». Il en résulte un nombre croissant d'individus laissés à l'écart du développement : pour une population « sous-continentale » évaluée à près de 490 millions d'habitants en l'an 2000, le tiers vit en dessous du seuil de pauvreté, et près de 20 % de ceux-ci — soit 90 millions — dans une pauvreté extrême, à la limite de la clochardisation [5]. Dans les pays andins — Pérou, Bolivie et Colombie —, il faudrait ajouter les déchaînements de violence liés aux activités de la drogue, qui a fait surgir un bon nombre d'organisations illégales armées, et qui a renforcé les activités mafieuses des guérillas jusque dans les bidonvilles, où un climat d'impunité aggrave encore le sentiment général d'insécurité. Jean Favre rappelle opportunément que l'Amérique latine est devenue le continent le plus violent, tant par le nombre des crimes de sang que par la grande délinquance : braquages de banques, enlèvements, règlements de comptes...

L'exclusion sociale constitue-t-elle un terreau où pourraient germer d'autres révoltes ? La réponse à cette question est d'autant plus incertaine que les individus semblent avoir perdu les réflexes de luttes collectives. Immergés dans des villes tentaculaires et mouvantes, déracinés fraîchement de leurs attaches rurales, les habitants des vastes bidonvilles consacrent trop d'énergie à survivre quotidiennement pour s'intéresser à des projets collectifs, à une époque où les modèles de la table rase ne font plus recette.

Face à la déstabilisation des liens familiaux (femmes seules, enfants sans image paternelle) et face à la destruction du lien social, le sentiment d'abandon est si fort que la religion semble être devenue pour beaucoup l'unique espérance et l'unique refuge. Si l'Amérique latine reste encore, avec 45 % des baptisés dans le monde, le premier continent catholique, elle connaît néanmoins une importante « dérégulation » de ses croyances, au profit de dizaines d'autres « sociabilités religieuses », pour reprendre le vocabulaire du sociologue Jean-Pierre Bastian [6]. Au sein de l'Église catholique, on observe un grand changement par rapport à la situation postconciliaire. Depuis la quatrième conférence épiscopale du CELAM, convoquée à Saint-Domingue en octobre 1992, pour la célébration du cinquième centenaire de la découverte de l'Amérique, une sorte de Contre-Réforme néoconservatrice tend à s'imposer dans l'Église. Sur l'ensemble du continent, on observe une véritable reprise en main des Églises nationales par le Vatican : nomination d'évêques conservateurs dans plusieurs pays (Brésil, Chili, Pérou), envoi de « visiteurs romains » dans les séminaires progressistes, fermeture de l'Institut théologique de Recife, fondé par don Helder Cámara, création en 1992 à Managua d'une université pontificale (*Redemptoris Mater*), dirigée par des conservateurs de l'*Opus Dei*, et destinée à contrecarrer l'université jésuite de la UCA, jugée trop à gauche [7]. Le seul compromis papal a été l'acceptation du choix des pauvres comme priorité pastorale pour l'ensemble du continent latino-américain — concession facilitée par l'effondrement de l'URSS. Mais avant d'être sociologique ou politique, cette « option préférentielle pour les pauvres » trouve son inspiration dans la Bible, et plus précisément dans l'Exode (3,7-3 ; 2,23) : rejetant les positions extrémistes, l'Église continue de soutenir la pastorale des pauvres, dans un juste milieu qui condamne à la fois les effets brutaux de la mondialisation et tout engagement politique radical [8].

C'est sans doute à cause de cette « normalisation » de l'Église officielle que les exclus de la société fréquentent de moins en moins les églises, qui leur paraissent trop éloignées du monde de leurs souffrances ; ils se tournent plutôt vers les communautés ecclésiales de base, où la théologie « de la libération » faisait naguère bon ménage avec la doctrine marxiste, au nom du juste combat à conduire contre l'injustice sociale, la pauvreté, et toutes les formes de répression. Mais depuis la crise du socialisme, et face à une exclusion massive des pauvres, la théologie « tiers-mondiste » a évolué. Aujourd'hui, elle se veut une herméneutique du « pauvre », ce mot étant pris dans le double sens de « pauvre en esprit » et de pauvre en richesses matérielles. Elle se veut aussi compatissante devant la souffrance humaine, et elle cherche à redonner l'espérance et le goût de l'utopie, face au messianisme postmoderne du libéralisme, qui enseigne que tous les problèmes de l'humanité seront réglés par le marché : « Hors du marché, point de salut. » Dans le discours de cette nouvelle théologie du Sud, la notion de « pauvre » recouvre plusieurs formes d'oppression, puisqu'elle inclut le Noir, l'indigène, la femme, et finalement tous les « exclus » de la société. Théologie prophétique, qui s'ouvre de plus en plus aux laïcs, mais aussi aux femmes, aux défenseurs de l'écologie et même aux représentants des religions anciennes — il existe même une théologie indienne, qui a pour ambition de produire un syncrétisme entre la Bible et les grands mythes amérindiens.

Mais ce catholicisme populaire trouve devant lui la concurrence grandissante des Églises évangéliques, du mouvement pentecôtiste, de l'Église universelle du royaume de Dieu, etc. De nombreux catholiques sont attirés par ces cultes qui se nourrissent de la lecture de la Bible, récitent des prières communes, laissent s'exprimer les émotions et le langage corporel autant que la parole individuelle, et font participer les croyants aux décisions, contrairement aux Églises traditionnelles qui laissent les fidèles dans une plus grande passivité. Malgré les réserves portées sur ces « sectes », qui exploitent l'arme de la télévision et sont accusées de diffuser une « théologie de la prospérité », on observe de plus en plus un « néopentecôtisme » ouvert au monde des pauvres, qui se penche sur le « vécu » des fidèles, sur leurs difficultés économiques et familiales, sur leurs problèmes de santé. Le néopentecôtisme répond de plus en plus à des besoins d'assistance, d'identification communautaire et de reconnaissance sociale ; il se veut une affirmation égalitaire en faveur des exclus. Cette préoccupation pour les questions sociales explique sans doute la forte poussée du mouvement évangélique dans les couches populaires de la plupart des pays latino-américains, et plus particulièrement dans les pays de souche amérindienne — pays andins, Amérique centrale — ou à religion afro-brésilienne — au Brésil, on estime à 20 millions le nombre d'*evangélicos*, face à 60 millions de catholiques... On a longtemps reproché aux mouvements évangélistes leur conservatisme ou leur désintérêt pour la politique ; mais cela est de moins en moins vrai, car depuis une bonne dizaine d'années, de plus en plus de fidèles évangélistes se font élire, et à tous les niveaux de la politique. Ils puisent leur légitimité dans un électorat de classes moyennes, qui ont adhéré au courant évangéliste depuis plus longtemps, parfois comme au Chili ou au Brésil depuis le début du XXᵉ siècle...

La montée en puissance de la pratique religieuse confirme ce que nous pressentions déjà, à savoir le déplacement du politique vers le civil. Dans ces temps de postmodernité, la mythologie politique s'est émoussée et la révolution n'est plus à l'ordre du jour. En l'absence d'utopies révolutionnaires pouvant offrir un contre-modèle à la démocratisation planétaire, émerge aujourd'hui un nouvel internationalisme réformiste, soutenu par les réseaux multiples et contrastés de la société civile. La réunion de Porto Alegre semblait vouloir opposer à l'utopie néolibérale la nouvelle utopie de l'antimondialisation, elle-même mondialisée, comme une pensée trotskiste qui aurait été réactivée par les manipulateurs du Web. C'est dire combien l'horizon d'attente est incertain pour cette Amérique latine, en voie d'intégration à l'horizon 2005, dans une vaste zone de libre-échange « de l'Alaska à la Terre de Feu ». Seule une poignée de militants reste convaincus de la nécessité d'une rupture radicale, face à un système capitaliste qui s'affiche comme triomphateur. Contre la fin annoncée de l'Histoire, certains persistent à rêver et à croire qu'il est possible de trouver des formules concrètes pour rendre l'utopie viable...

Annexes

Notes*

Introduction

1. Institut national d'anthropologie et d'histoire, *Mi pueblo durante la Revolución*, Mexico, 1985, vol. 2, p. 27.

2. H.W. Tobler, « Quelques particularités de la révolution mexicaine », in *Conservatisme et Révolution*, Univ. de Bordeaux, AFSSAL, 1988, p. 13.

3. Alain Rey, *Révolution, histoire d'un mot*, NRF-Gallimard, 1989, p. 10-18.

4. Sur 18 dictionnaires consultés, 8 étaient espagnols, 4 hispano-américains, 4 mexicains, un bolivien et un brésilien. 3 sur 18 étaient antérieurs à 1913 (en gros, avant la révolution mexicaine), 7 antérieurs à 1959 (date de la révolution cubaine) ; les autres ont été publiés dans les années 1980.

5. Flora Tristan, *Les Pérégrinations d'une paria*, Maspero-La Découverte, 1979 (1838), p. 200.

1. Les révolutions d'indépendance

1. D'après les données recueillies par A. de Humboldt au début du XIXᵉ siècle, le déséquilibre exportations/importations, de l'ordre de 50%, n'était comblé que par des sorties d'or et d'argent. *Essai politique sur le royaume de la Nouvelle-Espagne*, Paris, 1811, t. IV, chap. XII, p. 153-154. — L'historien chilien Sergio Villalobos fut l'un des premiers à démontrer les effets pervers de la relance du commerce espagnol en Amérique : effondrement des prix, faillites, déséquilibre de la balance

---

* Pour les ouvrages français, quand le lieu d'édition est Paris, il n'est pas mentionné.

commerciale (*El comercio y la crisis colonial, Santiago*, Ed. de la Universidad de Chile, 1968).

2. Là encore, le témoignage de Humboldt, qui a visité les principales villes du continent, est tout à fait précieux : « Le gouvernement qui se méfie des créoles, donne les grandes places exclusivement aux natifs de l'ancienne Espagne. Depuis quelques années, on disposait même à Madrid des plus petits emplois dans l'administration des douanes ou dans la régie du tabac... Le plus souvent, c'était l'intérêt pécuniaire seul qui faisait passer tous les emplois aux mains des Européens. Il en est résulté des motifs de jalousie et de haine perpétuelle entre les chapetones et les créoles... », *Voyages dans l'Amérique équinoxiale*, présentation de Ch. Minguet, Maspero-La Découverte, 1980, t. II, p. 242.

3. *La cultura hispano-italiana de los Jesuitas expulsos, 1767-1814*, Madrid, 1966, 698 p. Voir aussi Ricardo Krebs Wilkens, « The Victims of a Conflict of Ideas », in *The Expulsion of the Jesuits from Latin America*, New York, 1965, p. 47-56.

4. Salvador de Madariaga, *Le Déclin de l'Empire espagnol d'Amérique*, Albin Michel, 1958, p. 290-335 ; et Raoul Girardet, *Mythes et Mythologies politiques*, Seuil, 1986, p. 25-63.

5. *Las revoluciones hispanoamericanas, 1808-1826*, Barcelone, Ariel, 1986, p. 39. Voir aussi Jacques Solé, *La Révolution en questions*, Seuil, « Points Histoire », 1988, p. 19-38.

6. Catalogue d'une exposition intitulée : *La Révolution française, la Péninsule ibérique et l'Amérique latine, 1789-1989*. Dans ce même document, un secrétaire d'État se permet d'écrire : « Pour avoir fourni aux peuples d'Amérique latine le modèle d'une émancipation..., la Révolution nous permet aujourd'hui de poser sur leur histoire une indispensable grille de déchiffrement... », BDIC, 1989. On retrouve la même ambiguïté dans : *Mission du Bicentenaire de la Révolution française. L'Amérique latine et la Révolution française*, La Découverte/*Le Monde*, 1989, 222 p.

7. A moins de défendre, comme le fait Salvador de Madariaga, la thèse des « contradictions qui abondent chez l'homme » : contradictions et inconséquences d'une classe de grands propriétaires qui, « entourés d'esclaves, prêchaient la liberté, et l'égalité, alors qu'ils étaient bardés de privilèges... », *Le Déclin de l'Empire espagnol, op. cit.*, p. 289.

8. Mario Castro Arenas, *La rebelión de Juan Santos*, Lima, Ed. Milla Batres, 1973, 167 p.

9. Jürgen Golte, *Repartos y rebeliones, Tupac Amaru y las contradicciones de la economia colonial*, Lima, LEP, 1980. — Fernando Mires, *La rebelión permanente ; las revoluciones sociales en América latina*, Mexico, Siglo XXI, 1959, p. 15-58.

10. L'historien Carlos Daniel Valcarcel évoque le « projet séparatiste » de Condorcarqui (*La rebelión de Tupac Amaru*, Lima, Peisa, 1973,

p. 148-153), et J. José Vega en fait un ancêtre de la « péruanité » (*Tupac Amaru*, Lima, 1969, p. 117).

11. Victor Schoelcher, *Vie de Toussaint-Louverture*, Karthala, 1982, 456 p. — Roger Dorsinville, *Toussaint-Louverture, ou la vocation de la liberté*, Montréal, Cidhea, 1987, 271 p. — Pierre Pluchon, *Toussaint-Louverture, un révolutionnaire sous l'Ancien Régime*, Fayard, 1989, 654 p.

12. F.A. Encina, *Historia de Chile*, Santiago, 1947, vol. 7, p. 127.

13. Jaime Eyzaguirre, *Historia de Chile*, Santiago, 1973 (1964), p. 356.

14. Luis de Villorio, « La revolución de Independencia », in *Historia general de Mexico*, Mexico, El Colegio de Mexico, 1977, t. II, p. 316 *sq.* — D.A. Brading, *Classical Republicanism and Creole Patriotism : Simon Bolivar (1783-1830) and the Spanish American Revolution*, Cambridge, Center of Latin American Studies, 1983, p. 4-5.

15. Tulio Halperin Donghi, *Histoire contemporaine de l'Amérique latine*, Payot, « Le regard de l'histoire », 1972 (1969), p. 61.

16. Les historiens mexicains ont voulu récupérer l'image d'Hidalgo pour en faire le premier ancêtre de l'agrarisme mexicain, sous le prétexte qu'il avait exprimé dans « le décret constitutionnel pour la liberté de l'Amérique latine » — du 22 octobre 1814 — un certain nombre d'idées progressistes, comme la limitation du grand domaine, l'enseignement obligatoire et gratuit, la liberté des esclaves, l'égalité devant la loi, le suffrage universel, la division des pouvoirs, etc. (Tulio Halperin Donghi, *Histoire contemporaine de l'Amérique latine*, op. cit., p. 82).

17. Le témoignage indirect du Français Jullien Mellet, qui visita Bogotá peu de temps après, est d'autant plus intéressant que ce voyageur s'interdisait de prendre parti entre ceux qu'il appelait les « loyalistes » et les « indépendans » : « Le général Morillo s'y distingua par sa cruauté envers ses bons habitans. Après avoir chassé les indépendans qui l'occupoient lors de son expédition, il en fit passer une infinité au fil de l'épée, sous prétexte qu'ils avaient pris part à l'insurrection... » (*Voyage dans l'intérieur de l'Amérique méridionale*, Masson, 1824, p. 243).

18. Jaime Eyzaguirre, *Ideario y ruta de la emancipacion chilena*, Santiago, 1988 (1957), p. 143-144.

19. Comme l'observe justement Tulio Halperin Donghi, l'Espagne affaiblie par les guerres napoléoniennes n'avait plus les moyens de sa politique ; elle souffrait aussi des contradictions au sein de son armée entre les courants libéral et absolutiste (*Histoire contemporaine de l'Amérique latine, op. cit.*, p. 70).

20. D'après *Voyages dans l'Amérique équinoxiale*, op. cit., t. II, p. 254.

21. Charles C. Griffin, « What Kind of Revolution Occurred in Latin

America Between 1810 and 1830 ? », *History of Latin American Civilization*, vol. II, *The Modern Ages*, Londres, Methuen & C⁰ Ltd, 1969, p. 4.

22. Luis Vitale, *Interpretación marxista de la historia de Chile*, Santiago, 1971, t. III, p. 59 *sq.* — Tomas Guevara, *Los Araucanos en la revolución de la Independencia*, Santiago, 1910 ; et Benjamín Vicuña Mackenna, *La guerra a muerte*, Santiago, 1940, *Obras Completas*, vol. XV.

23. M.-D. Démélas, Y. Saint-Geours, *La Vie quotidienne en Amérique du Sud au temps de Bolívar, 1809-1830*, Hachette, 1987, p. 166.

24. John Lynch, *Las revoluciones hispanoamericanas*, Barcelone, Ariel, 1985, p. 364.

25. Cette politique d'extorsion et de répression eut au Chili des effets limités dans la mesure où, dès 1814, elle intervenait dans un pays économiquement ruiné (Sergio Villalobos, *Historia de Chile*, Santiago, Ed. Universitaria, 1988 [1974], p. 385).

26. John Lynch, *Las revoluciones hispanoamericanas, op. cit.*, p. 324.

27. François Chevalier, *L'Amérique latine de l'indépendance à nos jours*, PUF, « Clio », 1977, p. 280.

28. M.-D. Démélas, Y. Saint-Geours, *La Vie quotidienne en Amérique du Sud...*, *op. cit.*, p. 167.

29. Flora Tristan, *Les Pérégrinations d'une paria, op. cit.* p. 219.

30. Sergio Villalobos, *Portales, una falsificación histórica*, Santiago, Ed. Universitaria, 1989, 233 p.

31. Jacques Lambert, *Amérique latine. Structures sociales et institutions politiques*, PUF, « Thémis », 1968, p. 329-331.

2. Révolution et dictature

1. Pierre Clastres, *Chronique des Indiens guayaki*, Plon, « Terre humaine », 1972, 288 p. — *La Société contre l'État*, Minuit, « Critique », 1974, 188 p.

2. Pour un aperçu rapide sur l'ampleur du pouvoir des dieux-rois du Nouveau Monde, on peut se reporter à : Serge Gruzinski, *Le Destin brisé de l'Empire aztèque* ; et Carmin Bernand, *Les Incas, peuple du Soleil*, Gallimard, « Découverte-G/Histoire », n⁰ˢ 33 et 37, 1989.

3. Sur ce débat, voir Lewis Hanke, « Was Inca Rule Tyrannical ? », *History of Latin American Civilization*, vol. I, *The Colonial Experience*, Londres, Methuen C⁰ Ltd, 1969, p. 71-118.

4. *Ibid.*, p. 98-101. — P. Sarmiento de Gamboa, *Historia de los Incas*, éd. par A. Rosenblat et A. Braun Menendez, Buenos Aires, 1950.

5. *Voyages dans l'Amérique équinoxiale*, Maspero-La Découverte, 1980, t. II, p. 136.

6. *Nueva historia del mundo*, 7, *América precolombina*, Madrid, Edaf, « Nueva Historia », 1975, p. 82.

7. P. Chaunu, *L'Amérique et les Amériques*, Armand Colin, 1964, p. 142-151.

8. A l'exception de la découverte des côtes actuelles du Canada par le Génois Jean Cabot engagé au service de l'Angleterre (en 1497) et de la remontée du Saint-Laurent par Jacques Cartier (en 1534), la quasi-totalité des expéditions européennes à travers l'Amérique du Nord se place au XVIIᵉ siècle : Champlain au Québec à partir de 1604, Hudson vers la baie qui porte son nom en 1610, Joliet et Marquette le long du lac Michigan et du Mississippi, de 1669 à 1674 (*in* G. Duby, *Atlas historique*, Larousse, 1988, p. 278).

9. *L'Homme espagnol. Attitudes et mentalités du XVIᵉ au XIXᵉ siècle*, Hachette, « Le temps des hommes », 1975, p. 103.

10. Helio Silva, *O poder militar*, São Paulo 1985, p. 13.

11. Sergio Villalobos, *Historia de Chile*, Santiago, Ed. Universitaria, 1988 (1974), p. 87-88.

12. Dans *Les Mécanismes de la conquête coloniale : les Conquistadores*, Flammarion, « Question d'histoire », 1972, Ruggiero Romano évoque ce type de contrat coutumier, la *compaña* — à ne pas confondre avec la *compañía* — qu'il rattache à « une couche plus archaïque de la pensée juridique » (p. 42).

13. *Los grupos de Conquistadores en Tierra Firme (1509-1530). Fisonomia historico-social de un tipo de conquista*, Universidad de Chile, Centro de historia colonial, 1962, 149 p.

14. Bartholomé Bennassar, qui croit à la force des institutions espagnoles en Amérique, admet pourtant que leur influence était réduite à l'intérieur des provinces : *La América española y la América portuguesa, siglos XVI-XVIII*, Madrid, Akal-Bolsillo, 26, 1980, p. 97.

15. Pierre Vayssière, « Pouvoir créole et contre-pouvoir indien au Pérou », in *Les Frontières du pouvoir en Amérique latine*, Toulouse, Presses du CNRS, 1983, p. 49.

16. Rubén Zorrilla, *Extracción social de los caudillos*, 1810-1870, Buenos Aires, La Pléyade, 1972, 190 p.

17. Gutavo Pons Muzzo, *El Perú contemporáneo*, Lima, 1961, p. 227.

18. Edwin Lieuwen, *Arms and Politics in Latin America*, New York, 1961, p. 21.

19. Flora Tristan, *Les Pérégrinations d'une paria*, Maspero-La Découverte, 1979 (1838), p. 204.

20. La meilleure synthèse reste encore celle de Jacques Lambert, *Amérique latine. Structures sociales et institutions politiques*, PUF, « Thémis », 1968, p. 205-226.

21. Nous laissons de côté les innombrables « caciques » régionaux qui, de l'Argentin Facundo Quiroga au Mexicain Manuel Lozada (1823-

1873), leader agrariste du Nayarit, ont imposé durablement leur marque dans leurs provinces, sans jamais parvenir à la subversion de l'État.

22. Chrístián Sarramón, « Bandoleros et caudillos », *Animan*, nº 7, 1986, p. 51.

23. D.F. Sarmiento, *Facundo. Civilización y barbarie*, Madrid, 1932 (1845), p. 303-304.

24. L'écrivain argentin D.F. Sarmiento a évoqué dans *Facundo. Civilisation et barbarie* ce jeu cruel pour le pouvoir des « caudillos-gauchos » des diverses provinces d'Argentine ; il oppose symboliquement Facundo Quiroga, l'homme fort de la pampa sauvage de l'intérieur, et qui n'a jamais pu dépasser une dimension régionale, à Manuel de Rosas qui parvient à contrôler Buenos Aires et prend une autorité nationale, fondée d'ailleurs en grande partie sur la terreur que ses hommes de main (la Mazorca) imposent à tout le pays.

25. Paul Verdevoye, *Caudillos, Caciques et Dictateurs dans le roman hispano-américain*, Éditions hispaniques, 1978, 539 p.

26. José Castro, « Doña Bárbara », in *ibid.*, p. 494-500.

27. Guglielmo Ferrero, *Pouvoir. Les génies invisibles de la cité*, Le Livre de poche, 1988, p. 35.

28. María Dolorés Jaramillo, « El gran B.B. ha muerto » de Jorge Zalamea, in Paul Verdevoye, *Caudillos, Caciques et Dictateurs, op. cit.*, p. 192.

29. Jorge Castellanos et Miguel A. Martinez, « El dictador hispano-americano como personaje literario », *Latin American Research Review*, Austin, vol. XVI, nº 2, 1981, p. 79-105.

30. Alain Rouquié, *Amérique latine. Introduction à l'Extrême-Occident*, Seuil, 1987, p. 267.

31. Gustavo Pons Muzzo, *Historia del Perú*, Lima, Ed. Universo, 1968. — Alfredo Rebaza Acosta, *Historia del Perú y del mundo*, Lima, 1977.

32. Pour la période allant de 1821 à 1939, Pons Muzzo a comptabilisé pour ce seul pays 13 révolutions militaires — dont 6 régionales et 2 « contre-révolutions » populaires cherchant à s'opposer à des rébellions dirigées par des militaires... (*El Perú contemporáneo*, Lima, 1961, p. 227-231).

33. Le contenu de certains journaux est révélateur de cette phraséologie, dans laquelle la révolution française de 1848 est évoquée jusqu'au mimétisme. Ainsi, la « Nación » de Concepción proclame : « Citoyens, l'heure est arrivée de prendre le fusil et d'exterminer... les infâmes aristocrates. L'insurrection est un droit qui appartient au peuple... Citoyens, la république est en danger... » (cité par Luis Vitale, *Interpretación marxista de la historia de Chile*, t. III, Santiago, 1973, p. 238-239).

34. Pierre Vayssière, *Un siècle de capitalisme minier au Chili, 1830-1930*, Toulouse, 1980, p. 101.

35. Sergio Villalobos, *Historia de Chile, op. cit.*, p. 558.

36. G. Ferrero, *Pouvoirs. Les génies invisibles de la cité, op. cit.*, p. 6-7.

3. La révolution mexicaine

1. D.A. Brading, *Caudillo and Peasant in the Mexican Revolution*, Londres, Cambridge Latin American Studies, 1978, VII.

2. Sur l'histoire de la révolution, la bibliographie est immense. Pour une initiation, on peut se reporter à : Americo Nunes, *Les Révolutions du Mexique*, Flammarion, « Questions d'histoire », 1975. — Jesús Silva Herzog, *Breve historia de la revolución mexicana*, Mexico, 1960, 2 vol. — Jean Meyer, *La Révolution mexicaine*, Calmann-Lévy, 1973. — Colegio de Mexico, *Historia general de Mexico*, 1977, vol. 4.

3. Gehrard Brendler, Manfred Kossok, A. Soboul, *Las revoluciones burguesas. Problemas teóricos*, Barcelone, Ed. Crítica, 1983, p. 217 *sq.*

4. Henri Enjalbert, « Le peuplement du Mexique », *Cahiers d'outre-mer*, janvier-mars 1971, 24, p. 5-15.

5. Friedrich Katz, « Labor Conditions on Haciendas in Porfirian Mexico : Some Trends and Tendencies », *Hispanic American Historical Review*, vol. 54, 1974, p. 3-47.

6. Jesús Silva Herzog, *Breve historia de la revolución mexicana*, 1960, t. I. — Americo Nunes, *Les Révolutions du Mexique, op. cit.*, p. 32-33.

7. John Tutino, *From Insurrection to Revolution in Mexico. Social Bases of Agrarian Violence, 1750-1940*, Princeton Univ. Press, 1986, p. 425.

8. Jean Meyer, *La Révolution mexicaine, op. cit.*, p. 17.

9. *Id.* « Les ouvriers dans la révolution mexicaine : les "bataillons rouges" », *Annales ESC*, janvier-février 1970. — Il ne faut pas surestimer l'importance d'un anarchiste du Parti libéral, Ricardo Florés Magón, modelé par la pensée de Bakounine et de Reclus : traqué de part et d'autre de la frontière, Magón avait lancé un programme radical, le plan de San Luis Missouri, annonçant la révolution prochaine. Mais son influence sur la petite classe ouvrière semble avoir été plutôt faible (R. Florés, *La revolución mexicana*, Mexico, Grijalbo, 1970).

10. Henry Bamford Parkes, *A History of Mexico,* Boston, 1970, p. 311.

11. *Ibid.* — José Mancisidor, *Historia de la revolución mexicana*, Mexico, 1973, p. 97 *sq.*

12. José Mancisidor, *ibid.*, p. 177.

13. Marta R. Gómez, *Pancho Villa*, Mexico, Fondo de cultura económica, 1972.

14. Bernard Oudin, *Villa, Zapata et le Mexique en feu*, Gallimard, « Découverte », 1989, p. 88.

15. Pere Foix, *Pancho Villa*, Mexico, Ed. Trillas, 1967.

16. John Womack Jr., *Zapata y la revolución mexicana*, Mexico, Siglo XXI, 1969, p. 210 *sq.*

17. Dans ce pays de caudillos, les scrupules constitutionnels de Madero étaient perçus comme autant de manifestations de naïveté — d'ailleurs, son second prénom, Indalecio, était malicieusement traduit Inocenti. Bernard Oudin, *Villa, Zapata..., op. cit.,* p. 45-82. — Jean Meyer, *La Révolution mexicaine, op. cit.*, p. 41.

18. Henry B. Parkes, *A History of Mexico, op. cit.*, p. 336.

19. Selon Parkes, l'administration Carranza fut la plus corrompue de l'histoire du pays. On avait inventé un verbe, *carrancear*, qui signifiait « voler » (*ibid.*, p. 359).

20. Vicente Blasco Ibañez, *La Révolution mexicaine et la Dictature militaire*, Vuibert, 1920, cité par Bernard Oudin, *Villa, Zapata..., op. cit.,* p. 152-155.

21. Juan Rulfo « Luvina », *Antología personal*, Mexico, Editorial Nueva Imágen, 1984, p. 55.

22. Luis Gonzalez, *Les Barrières de la solitude*, Plon, « Terre Humaine », 1972, p. 110.

23. Annulant le vieux code minier espagnol, une loi de 1901 avait accordé aux propriétaires du sol l'exploitation libre du sous-sol (Daniel Cosío Villegas, *Historia moderna de Mexico*, Mexico, Hermés, 1964, vol. III, p. 513 *sq.*).

24. Jean Meyer, *La Révolution mexicaine, op. cit.*, p. 27.

25. A Tampico, deux *marines* qui avaient profané des tombes furent arrêtés, puis bientôt relâchés avec des excuses. Il n'en fallut pas davantage pour déclencher le débarquement...

, 26. Jean Meyer, *La Révolution mexicaine, op. cit.*, p. 129.

27. Tadeusz Wyrma, *Le Mexique*, Librairie générale de droit et de jurisprudence, 1969, p. 277-306.

28. Carlos Fuentes, *La muerte de Artemio Cruz*, La Havane, Casa de las Américas, 1987, p. XII.

29. Jean Meyer, *La Révolution mexicaine, op. cit.*, p. 41.

30. *Ibid.*, p. 169.

31. Pour une étude quasi exhaustive de cette guerre de religion, se reporter à la thèse de Jean Meyer, *La Christiade. Apocalypse et Révolution au Mexique*, Paris-X Nanterre, 1972, 3 vol.

32. Elgar Llinas Alvarez, *Revolución, educación y mexicanidad*, Mexico, 1979, p. 121 *sq.* — Fernando Solana *et al.*, *Historia de la educación pública en Mexico*, Mexico, SEP, 1981, p. 157-326.

33. Jesús Romero Flores, *Lazaro Cárdenas. Biografía de un gran mexicano*, Mexico, Costa-Amic, 1971, 170 p.

4. Révoltes populaires et rébellions militaires (1890-1950)

1. Lucio Mendieta y Nunez, *El problema agrario de Mexico y la Lei federal de Reforma Agraria*, Mexico, Porrua, 1977, p. 93.— Jean Meyer, *La Révolution mexicaine*, Calmann-Lévy, 1973, p. 86.

2. Federico Brito Figueroa, *Tiempo de Ezequiel Zamora*, Caracas, Universidad Central de Venezuela, 1981, 575 p.

3. Carlos Mariategui, *Sept Essais sur la réalité péruvienne*, Maspero, 1968 (1928). — Wilfredo Kapsoli, *Los movimientos campesinos en el Perú*, 1879-1965, Lima, Delva Ed., 300 p. — Jean Piel, *Capitalisme agraire au Pérou*, Anthropos, t. I. — Jean Piel, *Crise agraire et Conscience créole au Pérou*, Toulouse, Presses du CNRS, 1982, 113 p. — Manuel Burga, Alberto Florés Galindo, *Apógeo y crisis de la República aristocrática*, Lima, Ed. Rikchay, 1981, p. 114-129.

4. Catherine Legrand, « Los antecedentes agrarios de la violencia : el conflicto social en la frontera colombiana, 1859-1936 », *in* Gonzalo Sanchez, Ricardo Peñarán, *Pasado y presente de la Violencia en Colombia*, Bogotá, Fondo Ed. Cerec, 1986, p. 87-110.— Diego Castrillon Arboleda, *El Indio Quintin Lame*, Bogotá, Ed. Tercer Mundo, 1973. — J. Gonzalez Sanchez, *Las ligas campesinas en Colombia*, Bogotá, Ed. Tiempo Presente, 1977.

5. David Bushnell, « Partidos políticos en el siglo XIX », *Pasado y presente de la Violencia...*, *op. cit.*, p. 37. — Carlos Eduardo Jaramillo, « La guerra de los Mil Días : aspectos de la organización guerrillera », in *ibid.*, p. 47-86.

6. M. Niedergang, *L'Amérique et les Amériques*, Seuil, 1969, vol. II, p. 182. — Olga Behar, *Las guerras de la paz*, Bogotá, 1986, p. 15-21.

7. Tirado Mejía Alvaro, « Los derechos humanos : alternativas contra la cultura de la Violencia », *Texto y Contexto*, Bogotá, avril 1988, 13, p. 7-14. — Salomon Kalmonovitz, « Economia de la Violencia », *Revista Foro*, Bogotá, juin 1988, 6, p. 3-12. — P. Gilhodés, *Politique et Violence. La question agraire en Colombie, 1958-1971*, Armand Colin, 1974. — Daniel Pécaut, « De las violencias a La Violencia », in *Pasado y Presente de la Violencia...*, *op. cit.*, p. 183-94. — Marie-Noëlle Stevens et Bartolomé Bennassar, « Bogotá : du paradis à l'enfer », *L'Histoire*, no 68, juin 1984, p. 59-69.

8. De la vaste bibliographie consacrée à la diplomatie américaine, on retiendra : Samuel Flagg Bemis, *Guide to the Diplomatic History of the United States*, Washington, Government Printing Office, 1935, 979 p. — James W. Gantenbeim (éd.), *The Evolution of Our Latin American Policy : A Documentary Record*, New York, Colombia Univ. Press, 1950, 977 p. — Dexter Perkins,

Hands Off; A History of the Monroe Doctrine, Boston, Little Brown, 1941, 455 p.

9. Leslie Manigat, *Évolution et Révolutions. L'Amérique latine au* xxᵉ *siècle, 1889-1929*, Éd. Richelieu, 1973, p. 355-363.

10. Pierre Vayssière, *Sandino ou l'Envers d'un mythe*, Toulouse, Presses du CNRS, 1988, 269 p. — Gregorio Selser, *Sandino, general de hombres libres*, La Havane, 1960, 2 vol. — Neil Macaulay, *Sandino*, San José, Educa, 1970, 346 p. — Sergio Ramirez, *El pensamiento vivo de Sandino*, Managua, Ed. Nueva Nicaragua, 1984, 2 vol.

11. Leslie Manigat, *Évolution et Révolutions...*, *op. cit.*, p. 61.

12. Celso Furtado, *La economia latinoamericana desde la Conquista ibérica hasta la Revolución cubana*, Santiago, Ed. Universitaria, 1970, p. 109-133.

13. « La violence dans la presse anarchiste au Chili », *Caravelle*, Toulouse, 1973, p. 83.

14. Fernando Ainsa, « La ciudad anarquista americana », in *ibid.*, p. 65-78.

15. J.W.F. Dulles, *Anarchists and Communists in Brazil : 1900-1935*, Austin-Londres, Univ. of Texas Press, 1973, xviii, 603 p. — Gomez Alfredo, *Anarquismo y anarcosindicalismo en América latina : Colombia, Brazil, Argentina, Mexico*, Ruedo Ibérico, 1980, 236 p.— Godio Julio, *Historia del movimiento obrero latino-americano. Anarquistas y socialistas, 1850-1918*, Mexico, Nueva Imagen, 1980, 317 p. — Zaragoza Rouira Gonzalo, « Anarchisme et mouvement ouvrier en Argentine à la fin du xixᵉ siècle », *Le Mouvement social*, nᵒ 103, avril-juin 1978, p. 7-30.

16. *Siete ensayos de interpretación de la realidad peruana*, Lima, Ed. Amauta, 1969 (16ᵉ éd.).

17. Carlos Rama, *Historia del movimiento obrero y social latinoamericano contemporáneo*, Buenos Aires, Ed. Palestra, 1967, p. 72-77.

18. *Évolution et Révolutions...*, *op. cit.*, 1973, p. 263.

19. Luis Alberto Sanchez, *Apuntes para una biografia del Apra*, La Paz, Mosca Azul, 1976, p. 13.— Alain Rouquié, « La genèse du nationalisme culturel dans l'œuvre de Manuel Galvez (1904-1903) », *Caravelle*, nᵒ 19, Toulouse, 1972.

20. Luis Alberto Sanchez, *Haya de la Torre o lo político*, Santiago, Ercilla, 1934 ; et *Haya de la Torre y el Apra*, Santiago, Ed. del Pacífico, 1955.

21. Jacques Lambert, *Amérique latine. Structures sociales et institutions politiques*, PUF, « Thémis », 1968, p. 293-294.

22. Alain Rouquié, *L'État militaire en Amérique latine*, Seuil, 1982, p. 84-87.

23. Cette ouverture sociale du corps des officiers reste alors strictement limitée aux couches sociales qui peuvent payer la scolarité

secondaire — ce qui exclut à l'époque toutes les catégories populaires. Mais il existe aussi un code non écrit du recrutement : celui qui, dans la pratique, sélectionne les candidats en fonction de critères raciaux apparents ou de normes sociales ségrégatives, dans le genre : pas de Noirs, pas de fils de divorcés ou d'immigrés, etc. (*ibid.*, p. 110-111).

24. Jacques Lambert, Alain Gandolfi, *Le Système politique de l'Amérique latine*, PUF, 1987, p. 476.

25. Jean Meyer, « Technocrates en uniforme », *Critique*, août-septembre 1977, p. 363 *sq.*

26. Jacques Lambert, *Amérique latine...*, *op. cit.*, p. 321-323.

27. Charles Morazé, *Les Trois Ages du Brésil*, Armand Colin, 1954, p. 112 *sq.*

28. Richard Marin, *Une épopée brésilienne : la longue marche de la colonne Prestes (octobre 1924-février 1927)*, Toulouse, 1986, p. 5.

29. Sergio Villalobos, *Historia de Chile*, Santiago, Ed. Universitaria, 1988 (1974), p. 742-745.

30. Grove aurait confié au journal *Hoy* : « Il ne s'agit pas seulement de changer le régime économique ; il faut aussi créer une nouvelle mentalité et une morale publique qui traduise dans les faits les idéaux de la révolution. » De son côté, Eugenio Matte Hurtado, avocat et membre de la junte, se déclarait convaincu, au moment du putsch, que « les privilèges et l'exploitation des classes laborieuses avaient cessé à jamais... » (cité par Fernando Silva V., *in* Sergio Villalobos, *ibid.*, p. 838). Voir aussi Alain Joxe, *Las fuerzas armadas en el sistema político de Chile*, Santiago, Ed. Universitaria, 1970, p. 68-71.

31. François Bourricaud, *Pouvoir et Société dans le Pérou contemporain*, Armand Colin, 1967, p. 280 *sq.* — Fernando Lecaros, *Historia del Perú y del Mundo, Siglo* xx, Lima, Rikchay-Peru, 1980, p. 180-182.

32. Otavio Tauni, *La formación del estado populista en América latina*, Mexico, 1977.— Francisco Weffort, *Populismo, marginalización y dependencia*, San-José, 1976.

33. Francisco Alencar, Lucia Carpi, Marcus Venicio Ribeiro, *Historia da sociedade brasileira*, Rio, 1983, p. 252. — Luiz Koshiba, Denise Manzi Frayeze Pereira, *Historia do Brasil*, São Paulo, Atual Editoral, 1980, p. 260-264.

34. David Rock, *Argentina, 1516-1987*, Londres, I.B. Tauris, 1987, p. 239. — Markos Kaplan, « 50 años de historia argentina, 1925-1975 », *in América latina. Historia de medio siglo*, Buenos Aires, Siglo xxi, 1979, p. 24.

35. Fernando Calderón, « La consolidación democrática en Bolivia », *Pensamiento iberoamericano*, Madrid, no 14, juillet-décembre 1988, p. 47.

36. J. Handy, « The Most Precious Fruit of Revolution. The Guate-

malan Agrarian Reform », *Hispanic American Historical Review*, 1988, vol. 68, p. 675-706.— Roberto Díaz Castillo, « Una revolución urbana en un país agraria », *Cuadernos de marcha*, novembre 1980, p. 5-9.

37. D.F. Maza Zavala, « Historia de medio siglo en Venezuela : 1926-75 », *in* Pablo Gonzalez Casanova, *Historia de medio siglo*, Mexico, Siglo XXI, 1979, t. I, p. 467.

5. La révolution de Fidel Castro

1. Paul Estrade, *José Marti (1853-1895)*, Éditions caribéennes, 1988, 2 vol. L'auteur le dépeint comme l'inspirateur d'une « République démocratique », encore à naître, sorte d'anticipation de la révolution de 1959...

2. Leslie Manigat, *Évolution et Révolutions. L'Amérique latine au XXe siècle*, 1889-1930, Éd. Richelieu, 1973, p. 121.

3. André et Francine Demichel, *Cuba*, Librairie générale de droit et de jurisprudence, 1979, p. 222.

4. S'agissant de Grau San Martin, la notion de « progressisme » est toute relative, puisqu'il fut accusé, lors de son second mandat, dans les années 1944-1948, de corruption et de détournement de fonds publics (André et Francine Demichel, *Cuba, op. cit.*, p. 223-224).

5. Pour un témoignage sur l'impact social de la prostitution, lire le témoigage de Pilar, ancienne prostituée « réhabilitée », *in* O. Lewis et S. Rigdon, *Trois Femmes dans la révolution cubaine*, Gallimard, 1980, p. 182 *sq.* Dans un ouvrage polémique, Jeannine Verdès-Leroux propose une lecture « révisionniste » de la période Batista, dont l'économie lui apparaît plus « dynamique », la démocratie plus « vigoureuse », et la dictature plus douce que les castristes ne le laissent entendre... (*La Lune et le Caudillo. Le rêve des intellectuels et le régime cubain [1959-1971]*, L'Arpenteur, 1989, p. 100, 532).

6. Un baptême aussi tardif restait l'exception dans ce pays catholique. Fidel Castro se souvient d'avoir été baptisé « à cinq ou six ans » et ajoute : « Celui qui n'était pas baptisé, on l'appelait "juif". Je m'en souviens parfaitement » (*Entretiens sur la religion avec frei Betto*, Cerf, 1986 [1985], p. 57). Voir aussi Jean-Pierre Clerc : *Fidel de Cuba*, Ramsay, 1988, p. 21 : « Enfant naturel ? Il n'a jamais démenti les rumeurs. »

7. Tad Szulc, le biographe de Fidel, reprend l'anecdote rapportée par le journaliste Herbert Matthews : un jour, le jeune Fidel aurait menacé son père de mettre le feu à la maison s'il refusait de le renvoyer à l'école... Les rapports entre le père et le fils semblent avoir été plutôt

conflictuels, et dénués de chaleur ; Fidel reprochait à son père sa dureté vis-à-vis de ses ouvriers haïtiens. Il ne le revit pas à la fin de sa vie... (*Castro, trente ans de pouvoir absolu*, Payot, 1987 [1986], p. 56 *sq.*).

8. Dans cette lettre, datée du 6 novembre 1940, retrouvée beaucoup plus tard dans les archives de l'ambassade de La Havane, le jeune Fidel écrit : « *I am twelve years old... I do not think that I am writing to the President of the United States... If you like, give me a ten dollars bill green american... If you want iron to make your ships, I will show to you the bigest (minas) or iron of the land...* » (*American Archivist*, Chicago, été 1987, vol. 50, p. 284 *sq.*).

9. Carlos Franqui, *Journal de la révolution cubaine*, Seuil, « Combats », 1975, p. 28.

10. J.-P. Clerc, *Fidel de Cuba, op. cit.*, p. 47. Pour cet auteur, la thèse d'une conversion précoce de Fidel au communisme — thèse défendue à la fois par ses adversaires et par ses thuriféraires — est « insoutenable » (*ibid.*) : cet être fougueux — « un volcan » — aurait sans doute assumé clairement cette idéologie, ce qu'il n'a jamais fait avant 1960. Par ailleurs, il a été souvent attaqué par les communistes...

11. Fidel Castro, *Entretiens sur la religion...*, *op. cit.*, p. 101-109.

12. J.-P. Clerc, *Fidel de Cuba, op. cit.*, p. 96. — Pour un récit chaleureux sur l'attaque de la Moncada, cf. Robert Merle, *Moncada, premier combat de Fidel Castro*, Laffont, 1965.

13. Pour Jeannine Verdès-Leroux, cette libération anticipée, bien digne d'un caudillo, prouverait que sa « dictature » n'était pas aussi sanguinaire qu'on a pu l'écrire ; Fidel Castro révélera beaucoup plus de dureté vis-à-vis de ses opposants (*La Lune et le Caudillo, op. cit.* p. 99-103).

14. Jeannine Verdès-Leroux, *ibid.*, p. 373.

15. L'aide militaire US, qui avait été très importante dans la période 1955-1957 (T. Szulc, *op. cit.*, p. 352), se tarit en 1958, ce qui gêna l'aviation de Batista. Pour éviter la victoire castriste, Washington entreprendra, inutilement, quelques manœuvres dans les tout derniers jours (J.-P. Clerc, *Fidel de Cuba, op. cit.*, p. 170).

16. André et Francine Demichel, *Cuba, op. cit.*, p. 237.

17. Le secrétaire du PC américain, Earl Browder, avait transformé son parti en un rassemblement plus large du peuple américain, face à l'impossibilité pratique d'une révolution socialiste dans son pays...

18. Sur l'ampleur de la dictature batistienne, les opinions divergent. Tad Szulc insiste, preuves à l'appui, sur la violence de certaines répressions. *Castro..., op. cit.*, p. 355.— En historienne révisionniste, Jeannine Verdès-Leroux conteste le chiffre de 20 000 assassinats, que le journal *Bohemia* avait attribués à la dictature. *La Lune et le Caudillo, op. cit.*, p. 160.

19. Ainsi, le 26 juillet 1953, les soldats de la caserne Moncada ont

cru d'abord qu'il s'agissait d'une attaque de *maffiosi* et y ont répliqué par une violence aveugle... (Yves Lacoste, « Stratégies autour de la Sierra Maestra », *Hérodote*, Maspero, l980, p. 89).

20. J.-P. Clerc, *Fidel de Cuba, op. cit.*, p. 140 ; et Tad Szulc, *Castro..., op. cit.*, p. 352.

21. Tad Szulc, *ibid.,* p. 369.

22. Yves Lacoste, « Stratégies... », art. cité, p. 39-44. — J.-P. Clerc semble soutenir l'hypothèse d'un plan préétabli, sans pour autant avancer sa documentation : « Les chefs avaient été informés que le premier QG de la guérilla serait les Cinq Palmiers... assez loin dans la sierra... » (*Fidel de Cuba, op. cit.*, p. 134).

23. Fidel se souvient de cette époque : « Les familles amenaient leurs enfants et me demandaient d'être parrain, ce qui à Cuba est considéré comme un second père. J'ai des tas de filleuls dans la Sierra Maestra... C'est dire que les paysans ont noué avec nous des liens qui, plus que d'amitié, étaient des liens familiaux... » (Fidel Castro, *Entretiens sur la religion..., op. cit.*, p. 124).

24. Tad Szulc, *Castro..., op. cit.*, p. 403.

25. J.-P. Clerc, *Fidel de Cuba, op. cit.* p. 160.

26. Tad Szulc, *Castro..., op. cit.*, p. 412-414.

27. *Ibid.*, p. 427-433.

28. Le plan initial monté sous l'administration Eisenhower prévoyait seulement l'envoi de guérilleros infiltrés, pour déstabiliser le régime ; la modification, qui intervint au début de janvier, fut acceptée par Allan Dulles (directeur des services de renseignement) ; Robert Mac Namara (secrétaire à la Défense) et Robert Kennedy (ministre de la Justice). Claude Delmas, *Crises à Cuba*, Éd. Complexe, 1983, p. 53.

29. Le secrétaire d'État Dean Rusk aurait, au dernier moment, convaincu J.F. Kennedy de ne pas autoriser l'envoi d'un second raid aérien, en prétextant que les B 26 seraient pilotés par des aviateurs nord-américains : il fallait que l'opération restât cubaine jusqu'au bout... (*ibid.*, p. 74).

30. Pour un récit complet, J.-P. Clerc, *Fidel de Cuba, op. cit.*, p. 243-260.

31. Claude Delmas, *Crises à Cuba, op. cit.*, 1983, p. 109.

32. L'ensemble de ces lettres sur la crise des fusées a été publié par *Le Monde* du 24 novembre 1990. Elles ont été remises à l'écrivain Jean-Edern Hallier par Fidel Castro lui-même...

33. Marta Harnecker : *Cuba. Dictature ou démocratie ?*, Maspero, « Cahiers libres », 312/313, 1976, p. 7.

34. André et Francine Demichel, *Cuba, op. cit.*, p. 276.

35. C'est ainsi que le premier président de l'État cubain, le magistrat Urrutia, accusé de freiner les réformes, fut remplacé au bout de six

mois par Osvaldo Dorticós, « un quadragénaire à l'échine souple » (J.-P. Clerc, *Fidel de Cuba, op. cit.*, p. 204).

36. Ses effectifs ont évolué, passant de 250 000 vers 1970 à 120 000 en 1974 et à 150 000 au moment de l'intervention en Angola ; son budget (de 400 à 500 millions de dollars) correspond à quelque 6% du PNB... (*ibid.*, p. 373).

37. Jean Ortiz, Georges Fournial, *Le Socialisme à la cubaine*, Éditions sociales, 1983, p. 103.

38. André et Francine Demichel, *Cuba, op. cit.*, p. 377-82. L'absence de liberté d'opinion se révèle dans l'interdiction décidée par Fidel Castro en 1990 d'introduire à Cuba les revues de la *glasnost* soviétique, *Les Nouvelles de Moscou* et *Spoutnik*.

39. Bernard Cassen, « Le socialisme réel et la désillusion », *Le Monde diplomatique*, mai 1980.

40. On peut distinguer deux « vagues » migratoires : celle qui commence en 1959 et s'arrête dans l'été 1961, puis celle qui court de 1965 à 1980, avec un flux annuel de 4 000 à 20 000 personnes, et enfin l'accélération de 1980 (J.-P. Clerc, « Cuba : les noces d'argent de Fidel Castro », *Le Monde*, 12 janvier 1985). — Francis Pisani, « Miami, Little Havana », *Autrement*, n° 35, 1989, p. 85-95.

41. Lucie Conger, « Droits de l'homme », in *ibid.*, p. 106-117.

42. Armando Valladares-Pierre Golendorf, *Prisonnier de Castro*, Grasset, 1979, p. 20. Son premier livre, *Sept Ans à Cuba : trente-huit mois dans les prisons de Fidel Castro*, Belfond, 1976, décrit plus précisément les méthodes de la Sécurité...

43. Un résumé des accusations apparaît dans l'ouvrage (procastriste) de J. Ortiz et G. Fournial, *Le Socialisme à la cubaine, op. cit.,* p. 197-199. Avant de crier à l'imposture, comme le font ces auteurs, encore faudrait-il pouvoir disposer d'autres sources (par exemple concernant les dix-sept autres « terroristes » arrêtés en même temps que Valladares...). Dans *Les Masques*, publié chez Gallimard, R. Debray précise : « J'ai obtenu la libération avant terme... d'un poète condamné pour délit d'opinion. Sa détention était cent fois trop longue, mais le délit n'était pas d'opinion, l'homme n'était pas poète, le poète n'était pas paralytique et le Cubain est aujourd'hui américain... »

44. Marta Freyde, *Écoute, Fidel*, Denoël, 1987 (trad. fr.). — J.-P. Clerc commente : « Il y a dans le sytème carcéral fidéliste quelque chose qui se souvient de l'Inquisition espagnole... », *Fidel de Cuba, op. cit.,* p. 412.

45. Juan Vivés, *Les Maîtres de Cuba*, Laffont, 1981, 391 p.

46. Herbert Matthews, *Fidel Castro*, Seuil, « Histoire immédiate », 1970 (trad. fr.), p. 26-30.

47. J.-P. Clerc, « De Fidel à Castro. Trente ans sans élections.

Marxisme ou caudillisme ? », *Cuba, trente ans de révolution*, revue *Autrement*, 1989, p. 99-105.

48. Un exemple significatif de cette manie de vouloir tout contrôler : en 1986, pour accélérer le changement, il décide de s'occuper directement (par-dessus la tête des ministres) de l'armée, de l'intérieur, de la culture et de la santé...

49. Dans l'archétype du bestiaire imaginaire, le symbole du cheval renvoie, par la fulgurance de sa course, dont les foulées dépassent largement les possibilités du simple mortel, à la fuite du temps ; noir coursier de l'Apocalypse, il peut aussi désigner un animal terrifiant entraînant dans sa chevauchée violente et éperdue tout un peuple vers les ténèbres de l'enfer... (Gilbert Durand, *Les Structures anthropologiques de l'imaginaire*, PUF, 1960, p. 69 *sq.*).

50. Reinaldo Arenas, « Cuba, par Reinaldo Arenas », *Le Monde*, 28 décembre 1990, p. 2.

51. René Dumont, *Terres vivantes*, Plon, 1961 ; *Cuba. Socialisme et développement*, Seuil, 1964 ; *Cuba est-il socialiste ?*, Seuil, 1970. Malgré sa compétence et à cause de son franc-parler, R. Dumont fut accusé (en 1971) d'appartenir à la CIA ; ses ouvrages ne figurent pas à la BN « José Marti » de La Havane...

52. Le témoignage d'un admirateur de Fidel, l'écrivain colombien G. García Márquez, est en soi révélateur : « Cuba fut en ces premières années le royaume de l'improvisation et du désordre... Les premières queues avaient fait leur apparition, et un marché noir naissant... On imposa (le 12 mars 1962) un rationnement drastique sur les denrées alimentaires... » (« La Havane au temps du blocus », *Autrement*, n° 35, p. 25-33).

53. « Cuba : vingt ans de transformations économiques », *La Documentation française, Problèmes économiques*, n° 1712, 27 février 1981.— « La situation de l'économie cubaine », *Problèmes économiques*, n° 1647, 14 novembre 1979.

54. Jeannette Habel, *Ruptures à Cuba (Le castrisme en crise)*, La Brèche, 1989, 283 p.

55. Francis Pisani, « La rectification », *Cuba, trente ans de révolution, op. cit.*, p. 221.

56. Dans une interview accordée à Herbert Matthews, à la fin de 1967, Castro affirmait déjà : « Nous sommes en train de planifier progressivement et avec succès notre système économique, afin de créer une société dans laquelle l'argent sera inutile... » (Carmelo Mesa-Lago, « Los incentivos de Cuba », *Aportes*, n° 20, avril 1971). Ce dédain pour l'argent semble, par ailleurs, l'un des traits de caractère de Fidel (Herbert Matthews, *Fidel Castro, op. cit.*, p. 29-30).

57. Ignacio Ramonet, « Rénovation dans la révolution », *Le Monde diplomatique*, 2 septembre 1985.

58. Même s'il est prévu que les Cubains et les touristes ne doivent pas se rencontrer, la référence unique au dollar multipliera les risques de corruption. « La deuxième révolution de F. Castro », *Bancs d'essai du tourisme*, nᵒ 19, juillet-août 1988, p. 35-41. — Marie-Christine Robert, « Le pari du tourisme », *Le Monde*, 7 juin 1988, p. 52. L'écrivain dissident Reinaldo Arenas — aujourd'hui décédé — définissait la *castroïka* comme une antiperestroïka ou comme une contre-réforme réactionnaire, digne d'un Staline (*Le Monde*, 28 décembre 1990).

59. Selim Mohor, « La petite agriculture cubaine », *Amérique latine*, nᵒ 17, mars 1984, p. 43-59.

60. Ainsi, pour expliquer l'échec sucrier de 1970, Castro n'hésite pas à charger le parti, les syndicats, les ministères et, finalement, les « tire-au-flanc ». En 1979, encore, il dénonce devant le comité central du 27 décembre « l'indiscipline, l'irresponsabilité, l'absentéisme, la négligence, le copinage... » (J.-P. Clerc, *Fidel de Cuba, op. cit.*, p. 359, 426). Selon un expert hongrois, plus de la moitié des récoltes de fruits se perdent par négligence. Marie-Claude Descamps, « Cuba "dernière tranchée" du socialisme », *Le Monde*, 22 février 1990.

61. J.-P. Clerc, *Fidel de Cuba, op. cit.*, p. 466.

62. Françoise Barthélémy, « Les défis diplomatiques de La Havane », *Le Monde diplomatique*, avril 1989, p. 23. — Marie-Claude Descamps, « Cuba... », art. cité, *Le Monde*, 21 février 1990, p. 5. En septembre 1990, l'URSS a décidé de diminuer les livraisons de pétrole à Cuba, tout en alignant ses prix sur le cours mondial et en exigeant le paiement en devises convertibles.

63. Marie-Agnès Crosnier, « La dépendance économique de Cuba », *Le Courrier des pays de l'Est*, nᵒ 239, avril 1980.

64. Fidel Castro, *La impagable deuda externa de América latina y del Tercer Mundo...*, Mexico, Excelsior, 1985, p. 56.

65. Jeannine Verdès-Leroux, *La Lune et le Caudillo, op. cit.*, p. 111.

66. Marie-France Mottin, *Cuba quand même*, Seuil, 1980. Professeur de français à Santiago de Cuba en 1976, l'auteur, d'origine canadienne, livre ses impressions : « J'étais venue dans une école et je me retrouvais dans un camp de vacances... » (p. 210) ; « Pour stimuler les consciences, il y a d'abord les cours de marxisme, la manne quotidienne... » (p. 221).

67. Le dernier roman de Jesús Díaz, *Raconte-moi ta vie*, est l'histoire d'un Cubain qui cherche à obtenir le titre de « travailleur émérite », mais qui a des difficultés à l'obtenir parce qu'on l'a surpris en train de faire l'amour dans les locaux de la Jeunesse communiste... (« Raconte-moi ta vie », *Autrement*, nᵒ 35, p. 183-195).

68. Jean Valence, « Les jeunes du Saint-Esprit », *Autrement*, nᵒ 35, 1989, p. 131.

69. Marie-Claude Descamps, « Cuba... », art. cité, *Le Monde*, 23 février 1990.

70. Fidel Castro, *Entretiens sur la religion...*, *op. cit.*, p. 164.

71. Stanislas Maillard, « La fin de l'exil intérieur », *Autrement*, nᵒ 35, janvier 1989, p. 124-129. — Marie-Claude Descamps, « Cuba... », art. cité, *Le Monde*, 23 février 1990.

72. Marie-Christine Granjon, « Les relations entre Cuba et les États-Unis dans les années 1970 », *Problèmes d'Amérique latine*, La Documentation française, avril 1982, p. 123-141.

73. J.-P. Clerc, *Fidel de Cuba, op. cit.*, p. 439-442.

74. Alain Rouquié, « Premiers rôles et vulnérabilité », *Problèmes d'Amérique latine*, La Documentation française, nᵒ 64, avril 1982, p. 80 *sq*.

75. André et Francine Demichel, *Cuba, op. cit.*, p. 319-333 ; Alain Rouquié, *ibid*.

76. Ezzedine Mestiri, *Les Cubains et l'Afrique*, Karthala, 1980, p. 100-102.

77. Castro a toujours voulu souligner son autonomie totale dans l'affaire angolaise, rappelant que 310 000 Cubains « internationalistes » s'étaient battus en Angola « avec brio » de 1975 à 1988. A la bataille de Cuito Canavale, par exemple, les soldats cubains ont infligé une sévère défaite à l'Unita et aux forces sud-africaines... (Françoise Barthélémy, « Les défis diplomatiques de La Havane », *Le Monde diplomatique*, avril 1989). — J.-P. Clerc, *Fidel de Cuba, op. cit.*, p. 445.

78. Antonio Caballero, « Angeles y demonios de la revolución », *Cambio*, 16, nᵒ 893, 9 janvier 1989.

79. Jeannine Verdès-Leroux rappelle le scandale produit par *La Septième Mort du Che*, un roman paru en 1976, qui présentait le Che en héros négatif... (*La Lune et le Caudillo, op. cit.*, p. 10-11 et 538-539).

6. Échec des guérillas marxistes (1960-1990)

1. Pedro Vuskovic et Balarmino Elgueta, *La herencia del Che en la América latina*, La Havane, Casa de Las Américas, 1987, p. 46.

2. Tad Szulc, « Exporting the Cuban Revolution », *in* John Plank (éd.), *Cuba and the United States*, Washington, Brookings Institution, 1967, p. 79.

3. Richard Gott, *Guerrillas Movements in Latin America*, Londres, 1970, p. 62. — Régis Debray, *La Critique des armes*, t. II, *Les Épreuves du feu*, Seuil, « Combats », 1974, p. 235. — Adolfo Gilly,

« The Guerrilla Movement in Guatemala », *Monthly Review*, mai 1965, p. 20. — Huberman et Sweezy, *Debray y la revolución latinoamericana*, Mexico, Ed. Nuestro Tiempo, 1970, 120 p.

4. Andrew Hoehn et Carlos Weiss, « Overview of Latin American Insurgencies », *in* Georges Fauriol (éd.), *Latin American Insurgencies*, The Georgetown University, 1985, p. 35-36.

5. Au début des années 1960, le système politique organisé en 1957 selon les règles de l'alternance au pouvoir des conservateurs et des libéraux bloquait toute possibilité d'ouverture à d'autres tendances. Eduardo Pizarro, « La guerrilla revolucionaria en Colombia », *in* Gonzalez Sanchez, *Pasado y Presente de la Violencia en Colombia*, Bogotá, Cerec, 1986, p. 391 *sq.*

6. Agustin Blanco Muñoz, *La lucha armada, la Izquierda revolucionaria*, Caracas, 1981, p. 28.

7. Ramon J. Velasquez *et al.*, *Venezuela moderna*, Caracas, 1979, t. III, p. 274. — Charles Minguet, *La Venezuela de Hoy*, Masson, 1973, p. 101-104. — Régis Debray, *La Critique des armes*, t. II, *op. cit.*, p. 56.

8. Hector Bejar, *Les Guérillas péruviennes de 1965*, Maspero, « Cahiers Libres », 1969, 107 p.— Wilfredo Kapsoli, *Los movimientos campesinos en el Perú, 1879-1965*, Lima, s.d., p. 120.— Julio Cotler, « Estado oligárquico y reformismo militar », *in* Pablo Gonzalez Casanova, *Historia de medio siglo*, Mexico, Siglo XXI, I, 1979, p. 399.

9. Ruben Vasquez Díaz, *La Bolivie à l'heure du Che*, Maspero, « Cahiers Libres », no 120, 1968, p. 176-186. — Guido « Inti » Peredo, *Mi campaña junto al Che*, Cochabamba, Ed. Universitaria, 1970, p. 18. — José Luis Alcazar, « Bolivia, el Che y el foco guerillero », *Cuadernos de marcha*, Mexico, 1er-3 septembre 1979, p. 57. — Daniel James (éd.), *The Complete Bolivian Diary of the Che Guevara and Other Captured Documents*, New York, 1968. — *El diario del Che en Bolivia*, Santiago, Ed. Arco, 1968, 195 p. — Régis Debray, *La Guérilla du Che*, Seuil, « Histoire immédiate », 1974, p. 18-23.

10. David Rock, *Argentina, 1516-1917*, Londres, 1987, p. 347 *sq.*

11. Omar Costa, *Los Tupamaros*, 1972, p. 61. — Régis Debray, « Nous les Tupamaros », in *Apprendre d'eux*, Maspero, « Cahiers Libres », 1971, p. 217.

12. D. Michael Shafer, *The Failure of US Counterinsurgency Policy*, Princeton Univ. Press, 1989, 344 p. — Gregorio Selser, « La intensa guerra de baja intensidad », *Nueva Sociedad*, Caracas, 1987, p. 100. — José A. Rodriguez Elizondo, « El gran viraje militar en América latina », *Nueva Sociedad*, Caracas, 1979, p. 166. — Régis Debray, *La Critique des armes*, Seuil, « Combats », 1974, t. I, p. 90.

13. Richard Gott, *Rural Guerrillas in Latin America*, Londres, The Pelican American Library, 1973.

14. Gérard Chaliand, *Voyages dans vingt ans de guérillas*, Éd. de l'Aube, 1988, p. 63.

15. *Ibid.*, p. 23.

16. Yonah Alexander et Richard Kucinski, « The International Terrorist Network », *in* George Fauriol (éd.), *Latin American Insurgencies, op. cit.*, p. 42. — US State Department, *Soviet Bloc Assistance to Cuba and Nicaragua*, Washington, Latin American Dispatch, 1987. — « La Union Soviética y Centroamérica », *Boletín informativo del Cedoh*, Tegucigalpa, novembre 1988, numéro spécial. — Jacobsen Report, *Soviet Attitudes Towards, Aid to, and Contacts with Central American Revolutionnaries*, Washington, Department of State, 1984.

17. Yvon Le Bot, « Guatemala. Violence, révolution et démocratie », *Cahiers des Amériques latines*, nº 11, 1991.

18. xxx, *Los pueblos indígenas y la revolución guatemalteca*, La Havane, Casa de las Américas, 135, 1982, p. 3-14. — H. Davis and Julie Hodson, *Witnesses to Political Violence in Guatemala*, Boston, Oxfam America, 1982. — Ricardo Falla, « Masacre de la finca de S. Francisco de Huehuetenango, Guatemala, 17 de julio de 1982 », *ECA*, 417-418, juillet-août 1983, p. 641-642. — Manuel Ocampo de la Paz, « Le visage indigène de la révolution guatémaltèque », *Cuadernos de marcha*, Mexico, 10, novembre 1980, p. 47-53. — Yvon Le Bot, *Guatemala...*, *op. cit.*, p. 9. — Alain Touraine, *La Parole et le Sang*, Odile Jacob, 1988, p. 422.

19. Philippe Burin des Rosiers, « Salvador, l'offensive du 11 novembre 1989 », *L'Ordinaire du mexicaniste*, nº 125, janvier 1990. —Marie-Chantal Barre, *Amérique centrale. Une dynamique de la paix*, La Documentation française, nº 593, 14 octobre 1988. — Peter Waldam, « La antigua y la nueva guerrilla en América latina », *Ideas en ciencias sociales*, nº 5, año III, 1986. — Marco Longo, *El Salvador, 1981-1984. La dimension politica de la guerra*, San Salvador, UCA, 1985. — Adolfo Gilly, « El suicidio de Marcial », *Nexos*, Mexico, nº 9, 1984. — C.R. Cabarrus, *Genesis de una revolución*, Mexico, Ed. de la Casa Chata, 1983, p. 133.

20. Certaines guérillas ont accepté de renoncer à la lutte armée après discussion avec le gouvernement : le M 19, en mars 1990, et le PRT (Parti révolutionnaire des travailleurs), installé sur la zone littorale de la mer des Caraïbes, en décembre 1990 (*Le Monde*, 31 décembre 1990).

21. Alain Négrel, *Nation, Classes sociales et Luttes de libération en Colombie. FARC et M 19*, Toulouse, thèse de 3e cycle, 1984. — Luis Alberto Restrepo, « La guerra como substitución de la política », *Análisis politico*, nº 3, janvier 1988, p. 80-93. — Laura Restrepo, *Historia de una traición*, Madrid, 1986. — Daniel Pécaut, « Crise, guerre et paix en Colombie », *Problèmes d'Amérique latine*, nº 84, 1987, p. 19.

— *Id.*, « Colombie : au-delà du point de non-retour », *Problèmes d'Amérique latine*, no 86, 1987, p. 15.

22. Henri Favre, *Sentier lumineux et horizons obscurs*, Credal-Ersipal, Doc. de travail no 31, 1984, p. 15. — David Scott Palmer, « The Sendero Luminoso Rebellion in Rural Peru », *in* George Fauriol (éd.), *Latin American Insurgencies, op. cit.*, p. 85.

23. Alain Hertoghe, Alain Labrousse, *Le Sentier lumineux du Pérou. Un nouvel intégrisme dans le tiers monde*, La Découverte, 1989. — Eugenio Chang-Rodriguez, « Sendero luminoso : teoría y praxis », *Nueva Sociedad*, Caracas, no 89, mai-juin 1987. — Francisco Guerra, « Où va le Pérou ? », *Amérique latine*, Cetral, no 20, décembre 1984.

7. Révolutions et contre-révolutions militaires (1960-1990)

1. Carlos Vilas, « El populismo como estrategia de acumulación », *Revista centroamericana de Economía* (Honduras), no 1, septembre 1979, p. 54-87. — A Stepan (sous la dir. de) *Authoritarian Brazil : Origins, Politics and Future*, Yale Univ. Press, 1973. — F.H. Cardoso, *Estado y Sociedad en América latina*, Buenos Aires, Nueva Vision, 1972. — Alain Touraine, *La Parole et le Sang*, Odile Jacob, 1988, p. 323 *sq*.

2. « La vida de un militar », *¿Que pasa ?*, Santiago du Chili, no 625, avril 1983.

3. Entre 1946 et 1976, 71 000 officiers latino-américains ont reçu une formation contre-insurrectionnelle — dont 28 000 dans la Canal Zone ou aux États-Unis (CIDE, *Cuadernos semestrales*, Mexico, 1979, p. 75-76).

4. Cette formation économico-sociale dispensée par la Sorbonne permettra à beaucoup d'officiers supérieurs brésiliens de figurer dans de nombreux conseils d'administration après 1964. Ubiratan Borges de Macedo a le mérite de montrer que la doctrine de la sécurité nationale n'est pas restée immuable ni homogène après le coup d'État de 1964 : sa créativité semble décliner à partir de 1974... (« A Escola superior de guerra, sua ideologia e tránsito para a democracia », *Politica e estrategia*, São Paulo, avril 1988, p. 215-221).

5. Eliérer Rizzo de Oliveria, « A Doutrina da Segurança nacional, Pensamento politico e projeto estrategico », *Politica e estrategia*, São Paulo, avril-juin 1987, p. 233-251.

6. Pour une approche synthétique de l'idéologie de la Sécurité nationale, dont la bibliographie est vaste : Genario Arriagada, *Ideology and Politics in the South American Military (Argentina, Brazil, Chile, Uruguay)*, Santiago, 1981. — Philippe Meyer, « L'intelligence militaire », *Critique*, 363/364, p. 741-752.

7. S.P. Huntington, *Policital Order in Changing Societies*, New Haven, Yale Univ. Press, 1968, p. 221. — Sur le rôle modernisateur de l'armée bolivienne, H. Rivière d'Arc, « Les fonctions civiles de l'armée bolivienne », *Cahiers des Amériques latines*, nº 20, 1979.

8. François Bourricaud, « Los militares : ¿ por qué y para que ? », *Fuerzas armadas, poder y cambio*, Caracas, 1971, p. 101-172.— La bibliographie touchant au « processus révolutionnaire péruvien » est immense : Guido Soenens a recensé 864 titres d'articles et d'ouvrages pour la première phase de la révolution militaire (1979-1985). In *Apuntes*, Lima, Universidad del Pacífico, nº 6, 1977, p. 99-120.

9. Pablo Macera, *Visión histórica del Perú*, Lima, Ed. Milla Batres, 1978, p. 258.

10. V. Villanueva, *El CAEM y la revolución de las fuerzas armadas*, Lima, IEP, 1972.

11. George Phillip, « The Soldier as Radical : the Peruvian Military Government, 1968-1975 », *Journal of Latin American Studies*, 1976, 8 (1), p. 41.

12. Stephen M. Gorman, « Corporatism with a Human Face ? The Revolutionary Ideology of Juan Velasco Alvarado », *Inter-American Economic Affairs*, Washington, automne 1978, 32 (2), p. 25-37.

13. Les principaux leaders de la révolution appartenaient tous à la petite classe moyenne (cas de Velasco Alvarado, originaire de Piura) ; Morales Bermudez, Ernesto Montagne, Benavides, les frères Barandiarán étaient des fils de militaires. Aucun d'entre eux n'avait de contacts avec les milieux d'affaires... (*in* G. Phillip, « The Soldier... », art. cité, p. 38). — George Phillip, *The Rise and Fall of the Peruvian Military Radicals*, The Athlone Press of Univ. of London, 1978, p. 97-99.

14. Pour plus de détails sur les relations Pérou-États-Unis, voir *The Rise and Fall...*, *ibid.*, p. 55-74.

15. Pierre Vayssière, « Nos ancêtres les Incas », GRAL, *L'Indianité au Pérou. Mythe ou réalité ?*, Toulouse, Presses du CNRS, 1983, p. 51-88.

16. *Ibid.*, p. 89-113.

17. François Bourricaud, « Los militares... », art. cité.

18. George Phillip, « The Soldier... », art. cité, p. 49.

19. Pour une discussion autour des interprétations possibles, voir Cristobal Kay, « Assessing the Peruvian "Revolution" », *Bulletin of Latin American Research*, Londres, 1985, vol. 4, nº 2, p. 151-157.

20. Cynthia McClintock et Abraham F. Lowenthal (éd.), *The Peruvian Experiment Reconsidered*, Princeton, 1983, 442 p. — George Phillip, *The Rise and Fall...*, *op. cit.*, p. 162.

21. Renato Pereira, *Panamá. Le processus de développement politique et le rôle des forces armées*, thèse de 3e cycle, EHESS, 1976.

22. Omar Torrijos, « Soy un soldado de América latina », *Nueva*

Sociedad, Caracas, nº 58, 1982, p. 95-98. — Alain Rouquié, *L'État militaire en Amérique latine*, Seuil, 1982, p. 395-99.

23. A. Rouquié, *ibid.*, p. 400-403. Voir aussi Emmanuel Fauroux, « Équateur. Les lendemains d'une réforme agraire », *Problèmes d'Amérique latine*, nº 56.

24. Hélio Silva, *O poder militar*, São Paulo, 1985, p. 29.

25. João Paulo Machado Peixoto, « Por que os militares intervem na politica ? Brasil 1964 : un estudo de caso », *Politica e estrategia*, São Paulo, 4 (3), juillet-septembre 1986, p. 355-371.

26. Catherine Durandin, « L'idéologie de la sécurité nationale au Brésil », *Notes et Études documentaires*, XLIV, 17 juin 1977.

27. Richard Marin, *Olinda et Recife : un diocèse du Nordeste dans une Église brésilienne en transition*, Toulouse, thèse « nouveau régime », 1990, t. II, p. 233-240.

28. D'après Hélio Silva (*O Poder militar*, Rio Grande do Sul, 1984, p. 347, 353 *sq.*), la révolution avait été annoncée de longue date par la conspiration de trois ministres militaires du président J. Quadros ; mais ce furent des membres de la Sorbonne, dont H. Castelo Branco, qui donnèrent l'impulsion décisive. Un débat s'est instauré au Brésil sur l'éventuelle participation des Nord-Américains au coup d'État ; niée officiellement par l'ancien ambassadeur à Brasilia, elle reste hypothétique au niveau de l'intervention de la CIA.

29. Cité par Jorge Arrate et Paulo Hidalgo, *Pasión y razón del socialisme chileno*, Santiago, Ornitorrinco, 1989, p. 80.

30. « Message au Congrès » du 21 mai 1971, cité par Salvador Allende, *La Voie chilienne vers le socialisme*, Santiago, 1974, p. 39.

31. De l'abondante bibliographie sur l'expérience Allende et le coup d'État du 11 septembre, on retiendra : J. Ann Zammit (éd.), *The Chilean Road to Socialism*, Brighton, Univ. of Sussex, 1973, 465 p. — Régis Debray, *Entretiens avec Allende sur la situation au Chili*, Maspero, « Actuels », 1974, 172 p. — Alain Joxe, *Le Chili sous Allende*, Julliard, « Archives », 1974, 263 p. — Coll., *Chili. Le dossier noir*, Gallimard, 1974, 262 p. — Joan Garcés, *Le Problème chilien. Démocratie et contre-révolution*, Marabout, 1975, 349 p. — Carlos Altamirano, *Chili. Les raisons d'une défaite*, Flammarion, 1979, 228 p. — Patricia Politzer, *Altamirano*, Santiago, Melquiades, 1989, 194 p.

32. Sur l'existence de ce plan, la controverse demeure ; si le socialiste Carlos Altamirano le nie (« Le Plan Z fut à Pinochet ce que l'incendie du Reichstag fut à Hitler »), d'autres affirment qu'il exista réellement ; son objet aurait été d'éliminer les officiers les moins « sûrs » pour l'Unité populaire. Carlos Altamirano, *Chili...*, *op. cit.*, p. 184. — *Que pasa ?*, Santiago, nº 646, septembre 1983.

33. La thèse du suicide est aujourd'hui communément retenue, y compris par le Dr Patricio Guijón Klein, médecin de la présidence, qui

entendit la décharge de mitraillette qui fracassa le crâne de Salvador Allende (voir le témoignage dans la revue *Ercilla* du 2 janvier 1974, p. 131-132). Certains ont rapproché cet acte des velléités suicidaires du président, plusieurs fois évoquées en public ; on a aussi évoqué son caractère dépressif...

34. L'ancien leader socialiste Carlos Altamirano affirme que les généraux de l'armée de terre — y compris Pinochet — furent des personnages secondaires, et que la loyauté de Pinochet avait été en quelque sorte avalisée par son prédécesseur, le général Prats. Point de vue confirmé par Joan Garcés, collaborateur d'Allende, qui rapporte qu'un message militaire chiffré capté depuis Puerto Montt, le 21 août, affirmait : « Le Petit Chaperon rouge est avec nous » — pseudonyme qui pouvait désigner Pinocchio, *alias* Pinochet... (*Le Problème chilien..., op. cit.*) Le biographe officiel de Pinochet dément en soutenant que son héros avait pensé à un « projet alternatif » dès avril 1972, que ce projet, commun aux forces armées, était fixé au 14 septembre et que la date en avait été modifiée au dernier moment à la demande de l'amiral Merino, afin de faire coïncider le *golpe* avec des manœuvres américaines, baptisées « Unitas ». Manuel Arraya Villegas, *Biografía de S.E. el presidente de la republica de Chile...*, Santiago, 1984, 310 p.

35. D'après le Vicariat de la solidarité, le nombre d'arrestations s'élevait encore à plus de 7 000 en 1986 (et le nombre de tués à 62).

36. « Argentine : chronologie des années 1974-1975 », *Problèmes d'Amérique latine*, XL, 20 mai 1976, p. 43.

37. Aldo Ferrer, « Perspectives économiques en Argentine », et Raúl H. Green, « Argentine 1976-1981 : croissance et déclin d'un projet », *Amérique latine*, n° 11, juillet-septembre 1982, p. 49 et 57-62.

38. Alain Rouquié, « Le pouvoir militaire dans l'Argentine d'aujourd'hui : mutation ou continuité ? » *Amérique latine*, n° 11, juillet-septembre 1982, p. 42-48.

39. Alain Rouquié, *L'État militaire..., op. cit.*, p. 305-315. Pour une étude plus détaillée de ce long coup d'État, voir François Lerin et Cristina Torrés : « Les transformations institutionnelles de l'Uruguay, 1973-1977 », *Problèmes d'Amérique latine*, XLIX, 6 novembre 1978, p. 9-57.

40. Dès le début de ce siècle, l'Uruguay apparaissait comme un « modèle », dans la mesure où le président Battle e Ordonez (1903-1907, 1911-1915) fit accompagner la réussite économique d'une avancée sociale exceptionnelle. Après la crise de 1930, la poussée industrielle, dite « de substitution », relança l'économie nationale jusqu'au milieu des années 1950, période de crise financière sans précédent, de fuite des capitaux et d'inflation continue et ascendante. Maria Petit de Prego, « Étapes d'un processus économique : de l'expansion à la crise », *Problèmes d'Amérique latine*, XLIX, novembre 1978, p. 107-135. Voir

aussi Martin Rama, « Uruguay, de la croissance à la crise », *Problèmes d'Amérique latine*, nº 70, décembre 1983, p. 96-126.

41. Juan Rial, « Transición hacia la democracia y gobernabilidad del Uruguay, 1985-1988 », *Pensamiento iberoamericano*, Madrid, 14, juillet 1988, p. 248-260.

42. George Phillip, *Las fuerzas armadas en la política de América del Sur*, Caracas, Universidad Santa Maria, 1985, 20 p.

8. Nicaragua, une révolution avortée (1960-1990)

1. Humberto Ortega Saavedra, *50 años de lucha sandinista*, Managua, Colección Las Segovias, 1977, p. 3.

2. Omar Cabezas donne un témoignage vivant et sans complaisance sur ces jeunes étudiants de la ville, « plus complexes, plus sophistiqués », qui découvraient la réalité de la guérilla et l'écart qui les séparait des paysans endurcis de la montagne. Beaucoup de ces jeunes recrues de la ville contractent la lèpre des montagnes qui laisse des séquelles indélébiles (*La montaña es algo más que una inmensa estepa verde*, Managua, Editorial Nueva Nicaragua, 1983, p. 93 *sq.*).

3. *Ibid.*, p. 66.

4. Au père fondateur, Anastasio Somoza García (1936-1956), succédèrent ses deux fils, Luis Somoza Debayle (1956-1963) et Anastasio Somoza Debayle (1967-1972 et 1974-1979).

5. Henri Weber, *Nicaragua, La Révolution sandiniste*, Maspero, « Dialectiques », 1981, p. 48.

6. La production cotonnière était passée de 7 000 tonnes en 1950 à 130 000 tonnes en 1977. Mais le coton renforçait la dépendance du pays, à cause des cours mondiaux, très fluctuants. René Dumont, *Finis les lendemains qui chantent*, I, Seuil, « Histoire immédiate », 1983, p. 200. — Les deux grands groupes financiers du pays étaient Banamérica et Banic qui, l'un et l'autre, ne soutenaient plus le monopole des Somoza (Equipo interdisciplinario latinoamericano, *Teoria y practica revolucionarias en Nicaragua*, Managua, 1983, p. 55-57).

7. Témoignage du *comandante* Joaquim Cuadra, *in* Francis Pisani, *Muchachos*, Encre, 1980, p. 81. Le *comandante* Fabian donne aussi un témoignage vivant sur les divergences proprement militaires (*ibid.*, p. 111-120).

8. *Ibid.*, p. 64.

9. Henri Weber, *Nicaragua...*, *op. cit.*, p. 50.

10. D'après Jaime Wheelock, la « bourgeoisie » a essayé, sans succès, de mettre en place une guérilla. Il est aussi vraisemblable qu'une

partie de l'opposition politique avait manœuvré à l'extérieur du pays pour empêcher la victoire sandiniste (Francis Pisani, *Muchachos, op. cit.*, p. 224).

11. *Teoría y práctica revolucionarias en Nicaragua, op. cit.*, p. 157.

12. Francis Pisani, *Muchachos, op. cit.*, p. 123 et 166.

13. René Dumont, *Finis les lendemains qui chantent*, I, *op. cit.*, p. 185-259. — Pierre Vayssière (éd.), *Nicaragua. Les contradictions du sandinisme*, Presses du CNRS, 1988, 213 p.

14. Roberto Santana, « Enjeux de l'espace et pouvoir sandiniste », *in* Pierre Vayssière, *Les Contradictions du sandinisme, op. cit.*, p. 62.

15. Claire Pailler, « La nouvelle culture au Nicaragua », in *ibid.*, p. 110.

16. Dans ce même discours prononcé pour le premier anniversaire de la victoire, Daniel Ortega rendait un hommage qui, dix ans plus tard, aurait pu paraître déplacé, à « ce héros et martyr de la lutte anti-somoziste, Pedro Joaquim Chamorro... » (*Habla la dirección de la vanguardia*, Managua, 1981, p. 20).

17. L'officier supérieur Joaquin Cuadra reconnaît que l'année 1984 fut la plus difficile, car la *contra* élargissait sa base sociale (« El mayor acierto : un ejército popular », *Pensamiento proprio*, nº 61, p. 8).

18. Bertrand de La Grange, « La guerre des *contras* et l'incompétence des dirigeants ont ruiné le pays », *Le Monde*, 19 juillet 1989.

19. Une première association indienne, Alpromisu, avait été créée en 1972 ; elle fut transformée en Misurasata (Alliance des Miskito, Sumu, Rama et sandinistes), dirigée par une jeune élite intellectuelle, le biologiste Steadman Fagoth et le mathématicien Brooklin Rivera (Andréas Pfeifer, « Les revendications des Indiens du Nicaragua », in *Les Contradictions du sandinisme, op. cit.*, p. 94).

20. Yvon Le Bot, « La question miskito : un révélateur de l'imaginaire politique sandiniste », in *ibid.*, p. 97 *sq.*

21. En mai 1986, la Commission permanente des droits de l'homme, indépendant du gouvernement, avait signalé 196 cas de tortures physiques ou psychologiques (*Latin American Newsletters*, Londres, 16 mai 1986).

22. *Latin American Newsletters*, Londres, 1984-1990.

23. C'est dans ce contexte que prend place l'opération « Las Manos », organisée en octobre-novembre 1987 : à la frontière du Honduras, les sandinistes avaient organisé une vaste opération médiatique pour attirer les réfugiés nicaraguayens installés au Honduras. Mais ce furent 3 000 Nicaraguayens qui profitèrent de l'ouverture des frontières pour fuir au Honduras... (Roberto Santana, « L'opération Las Manos », *L'Ordinaire du mexicaniste*, nº 113, janvier-février 1988).

24. Xavier Gorostiaga, « El patrimonio internacional del sandinismo », *Pensamiento proprio*, Managua, nº 61, juillet 1989, p. 2-3.

25. *Pensamiento proprio*, nº 67, janvier-février 1990, p. 19 et 23.

26. Mario Arana, « Reforma economica : marchas y contra-marchas », *Pensamiento proprio*, nº 58, mars 1989, p. 2.

27. *Inforpress centroamericana*, nº 846, 20 juillet 1989, p. 2. Par ailleurs, pour sortir le pays de sa crise profonde, le gouvernement sandiniste lança en août 1989 une campagne pour attirer les capitaux étrangers, à partir d'une loi votée en décembre 1987, qui dérogeait aux lois fondamentales de 1979... (*Inforpress centroamericana*, nº 852, 31 août 1989, p. 3).

28. Entre 1982 et 1989, l'aide économique de l'URSS atteignit 2,5 milliards de dollars, et la dette nicaraguayenne au grand frère socialiste, quelque 2 milliards. Plus de la moitié de cette aide correspondait à des fournitures de pétrole (40% de la consommation du pays), le reste étant formé de biens primaires et d'équipement. 1 500 étudiants étaient boursiers en URSS. Mais c'est surtout l'aide militaire qui a été décisive pour la survie du régime sandiniste : en 1988, Moscou a fourni — directement ou par Cuba interposée — 19 000 tonnes d'armement pour un montant d'un demi-milliard de dollars. En octobre 1989, pourtant, à la suite des négociations entre Moscou et Washington, le chancelier soviétique Chevarnadzé avait, dans son voyage de retour de Washington, fait étape à Managua pour signifier aux sandinistes que Moscou suspendait ses livraisons d'armes ; c'était un coup supplémentaire porté au régime par une puissance amie (*Inforpress centroamericana*, nº 858, 12 octobre 1989, p. 3).

9. Les Églises face à la révolution

1. Nobmac'h, *Du Mexique à la Terre de Feu, une Église en colère*, Bordas. Sur la christianisation de l'imaginaire des sociétés indiennes, voir les chapitres IV, V et VI de Christian Gruzinski, *La Colonisation de l'imaginaire. Sociétés indigènes et occidentalisation dans le Mexique espagnol, XVIe-XVIIIe siècle*, Gallimard, 1988, p. 189-298.

2. Mario Boero, « El Vaticano II en América latina. Veinte años de posconcilio », *Cuadernos hispanoamericanos*, 431, mai 1986, p. 61-64.

3. Leonardo Boff, franciscain radical, jette un éclairage plus trouble sur l'unanimisme de l'épiscopat à Medellín : « L'Église, c'est comme l'Arche de Noé : on y trouve des animaux de toute sorte. Le meilleur et le pire. [A Medellín] les trois quarts des évêques n'étaient même pas capables de comprendre les documents qu'ils signaient. Ces textes ne correspondent absolument pas à l'opinion moyenne. Nous avons profité du fait que un sur dix seulement des participants était capable de

rédiger le moindre texte [pour le faire à leur place] » (cité par Claude Deffarge et Gordian Troeller, « Une Église révolutionnaire en Amérique latine », *La Nef*, nº 41, 1970, p. 110).

4. *Informations catholiques internationales*, 1er octobre 1968, p. 21-25.

5. Bispos da América latina, *Conclusões de Medellín*, São Paulo, Edições Paulinas, 1984, p. 32-33.

6. José Oscar Beozzo, « De Medellín a Puebla », *Vozes* (72, 8), octobre 1978, p. 5. — Éditeurs de ECA, « Puebla después de Medellín », San Salvador, nº 365, 1979, p. 107. — Enrique Dussel, *De Medellín à Puebla. Una década de sangre y esperanzas*, 1968-1979, Mexico, Ed. Edicol, 1979, p. 67.

7. Mario Boero Vargas, « Religion y sociedad en Iberoamerica », *Cuadernos hispanoamericanos*, Madrid, nº 395, 1983, p. 258.

8. C'est l'analyse qu'en donne le théologien méthodiste Julio de Santa Ana dans « Situation de la théologie latino-américaine (1982-1987) », *Concilium*, 219, 1988, p. 65-75. Quant à l'influence universitaire de la TL, elle est illustrée par l'attraction exercée par ses leaders sur plusieurs universités nord-américaines ; ainsi, le père Gustavo Guttiérrez a été pendant plusieurs années *visiting professor* à l'université du Michigan (Paul E. Sigmund, *Liberation Theology : An Historical Evaluation*, Washington DC, Smithsonian Institute, « Working Papers », nº 176, s.d., p. 1). Le succès médiatique de ce mouvement a été facilité par une large diffusion éditoriale ; ainsi, aux États-Unis, l'ordre de Maryknoll a publié dans sa collection Orbis Press plus d'une centaine de titres en anglais au début des années 1970.

9. Enrique Dussel, « Retos actuales a la filosofía de la liberación », *Lateiamerika*, Rostock, 1987 (22), p. 11-12.

10. Fait tout à fait nouveau dans l'histoire de la pensée théologique, la contribution féminine est particulièrement féconde ; citons les travaux de Beatriz Couch, Yvone Gebara, Elsa Támez, María-Clara Bingemer, Tereza Cavalcanti, Nelly Ritchie, Ana Maria Tepedino ou de la Nord-Américaine Ana Glora Anderson qui travaille à Olinda (Brésil)...

11. Pablo Richard, « La production théologique en Amérique latine », *Concilium*, 219, 1988, p. 115-126.

12. José Francisco Gómez H., « El intelectual orgánico según Gramsci y el teólogo de la liberación en América latina », *Christianismo y Sociedad*, Mexico, nº 91, 1987, p. 102-104.

13. Juan Segundo : « Les deux tendances actuelles de la théologie de la libération », *La Documentation catholique*, nº 1881, 7 octobre 1984, p. 912 *sq.*

14. L'intervention complète du cardinal Ratzinger est publiée en français dans *Communion et Libération* du 3 mars 1984.

15. *La Documentation catholique*, nº 1881.

16. Leonardo Boff fut officiellement condamné pour avoir nié le rôle prophétique de l'Église et pour avoir comparé sa structure de pouvoir — « autoritaire, pyramidal, personnalisé » — à celle d'un parti communiste...

17. « Cinq observations des PP. Leonardo et Clodovis Boff », *La Documentation catholique*, nᵒ 1881, p. 912.

18. José Comblin, « Teología e marxismo na América latina », *Perspectiva teológica*, 1984 (40) ; et « El intelectual orgánico... », art. cité, p. 95-109.

19. « Democracy and the Debt Crisis », *This World*, nᵒ 14, 1986, p. 93.

20. Rodolfo R. de Roux, *Una Iglesia en estado de alerta. Funciones sociales e funcionamiento del catolicismo colombiano : 1930-1980*, Bogotá, 1983, 185 p.

21. Otto Maduro, « La démocratie chrétienne et l'option de libération des opprimés dans le catholicisme latino-américain », *Concilium*, 213, 1987 p. 113.

22. Pour être complet, il faudait ajouter à cette liste le Paraguay et la République dominicaine. Au Mexique, le courant démocrate-chrétien se retrouve partiellement dans le PAN (Parti d'action nationale).

23. Pierre Letamendia, *Eduardo Frei*, Beauchesne, 1989, p. 172.

24. Michel Langand, *Système politique et réforme agraire. Le cas chilien*, Aix, Institut d'études politiques, 1978, p. 181 *sq*.

25. Dans sa « Déclaration de Temuco » d'avril 1971, la Conférence épiscopale condamna nettement « le projet marxiste » (Luis Pacheco Pastene, *El pensamiento proprio de los obispos chilenos, 1962-1973*, Santiago, Ed. Salesiana, 1985, p. 113). — Selon Patricio Dooner, la Démocratie chétienne n'aurait pas cherché à déstabiliser le régime d'Allende par une obstruction systématique... (*Crónica de una democracia cansada*, Santiago, 1988, p. 198-199).

26. Pierre Letamendia, *Eduardo Frei, op. cit.*, 1988, p. 141.

27. Un exemple de modération : le projet de réforme agraire au Guatemala. Plutôt que d'imposer par la force une réforme agraire classique, le président Vinicio Cerezo a préféré lancer des programmes d'urgence, de productivité et de financement de l'agriculture. Seulement pour 12 000 à 15 000 familles motivées, il a entrepris de redistribuer des terres publiques. Politique réaliste de la « voie étroite »...

28. Propos du secrétaire général de la CNBB, dom Luciano Mendes : Charles Vanhecke, « Au Brésil : campagne pour la réforme agraire », *Le Monde*, 8 avril 1986. — Herbert José de Souza, « Igreja e Estado no Brasil », *Vozes*, 76 (5), juin-juillet 1982, p. 51-52.

29. Robert Solé, « Le prélat et le despote », *Le Monde*, 13 février 1986.

30. Henri Tinck, « En Haïti : un rôle décisif dans la chute de Duvalier », *Le Monde*, 9 avril 1986.

31. María Antonieta Huerta et Luis Pacheco Pastene, *La Iglesia*

chilena y los cambios sociopolíticos, Santiago, Pehuen, 1988, p. 108 *sq*.

32. *Ibid*., p. 286.

33. Comité permanent de l'épiscopat, *Evangelio y Paz*, Document de travail, 5 septembre 1975, p. 111.

34. Ainsi, le cardinal a célébré un *Te Deum* pour l'installation de Pinochet à la Moneda, le 11 mars 1981, après le référendum de septembre 1980. Ce dernier a été également invité à la clôture du XIᵉ Congrès eucharistique national (décembre 1980). Par ailleurs, le cardinal a porté des critiques très vives sur le nouveau modèle économique ultra-libéral, ainsi que sur la violence du régime (Sergio Spoerer, « L'Église catholique chilienne, un acteur de la crise », *Problèmes d'Amérique latine*, 72, mars 1984, p. 77 *sq*.).

35. Lors d'une assemblée nationale des catholiques, en février 1986, le principe d'un dialogue avec les non-croyants fut adopté, afin de réintégrer l'Église catholique au sein de la société cubaine (Margaret Crahan, Henry R. Luce, *Religion and Revolution : Cuba and Nicaragua*, Washington DC, Smithsonian Institute, Latin American Program, « Working Papers », 1987, p. 15 *sq*.).

36. Ignacio Ellacuria, « Luzes e sombras da Igreja na América central », *Cadernos do CEAS*, nᵒ 89, janvier 1984, p. 68.

37. Gregorio Selser, « La Iglesia en Guatemala, Asimetrias Testimoniales », *Cuadernos de marcha*, nᵒ 10, novembre-décembre 1980, p. 59-71.

38. C'est en tout cas le point de vue de Philip J. Williams, « The Catholic Hierarchy in the Nicaraguan Revolution », *Journal of Latin American Studies*, 17, 1985, p. 362.

39. John Kirk, « John Paul II and the Exorcism of Liberation. A Retrospective Look at the Pope in Nicaragua », *Bulletin of Latin American Research*, 1985, vol. 4, nᵒ 1, p. 33-47.

40. Pour une analyse plus détaillée : Mario Boero Vargas, « Religión y sociedad en Iberoamérica », *Cuadernos hispanoamericanos*, Madrid, nᵒ 395, mai 1986, p. 258-266.

41. Charles Antoine, « Bible et communautés de base en Amérique latine », *Études*, août-septembre 1981, p. 235.

42. Alain Touraine, *La Parole et le Sang*, Odile Jacob, 1988, p. 113.

43. Sergio Jerez Riffo, « Christianismo y politica », *Plural*, Rotterdam, 1ᵉʳ semestre 1985, p. 46.

44. Claude Deffarge et Gordian Troeller, « Une Église révolutionnaire en Amérique latine », *La Nef, op. cit.*, p. 107.

45. Daniel H. Levine et Scott Mainwaring, *Religion and Popular Protest in Latin America*, Notre Dame, Kellog Institute, 1986. — Ignacio Ellacuria, « Luzes e sombras da Igrega na América central », art. cité, p. 71.

46. « Nous sommes tous affectés de voir à quels extrêmes vont les insurrections révolutionnaires, mais on ne peut leur refuser leur légitimité morale et juridique en cas de tyrannie évidente et prolongée qui porterait atteinte aux droits fondamentaux de la personne et nuirait dangereusement au bien commun du pays... » (cité par Charles Antoine, *Le Monde diplomatique*, avril 1983).

47. Philip J. Williams, « The Catholic Hierarchy in the Nicaraguayan Revolution », art. cité, p. 365.

48. Sergio Spoerer, « Pentecôtisme et religiosité populaire au Chili », *Problèmes d'Amérique latine*, n⁰ 81, 3ᵉ trimestre 1986, p. 103. — J.P. Bastian, « Protestantismo popular y política en Guatemala y Nicaragua », *Revista mexicana de sociología*, Mexico, UNAM, 3/86, juillet-septembre 1986, p. 181.

49. Sergio Vuskovic, « Las nuevas bases del dialogo marxisto-cristiano en América latina », *Plural*, Rotterdam, 4, 1985, p. 76.

10. La révolution : fait culturel

1. François-Xavier Guerra, « Révolution française et révolutions hispaniques. Filiations et parcours », *Problèmes d'Amérique latine*, n⁰ 94, 4ᵉ trimestre 1989, p. 19.

2. John Womack Jr., *Zapata y la revolución mexicana*, Mexico, Siglo XXI, 1970, p. XI.

3. Jean Meyer, *La Révolution mexicaine*, Calmann-Lévy, 1973, p. 257. — Éric Jauffret, *Révolution et Sacrifice au Mexique*, Cerf, 1986, p. 77.

4. Jeannine Verdès-Leroux, *La Lune et le Caudillo*, L'Arpenteur, 1989, p. 94-105. —Tad Szulc, *Castro, trente ans de pouvoir absolu*, Payot, 1987, p. 393.

5. *Ibid.*, p. 404.

6. Francis Pisani, *Muchachos*, Encre, 1980, p. 144.

7. Che Guevara, *El diario del Che en Bolivia*, Santiago, Arco, 1968, p. 106, 132.

8. Enrique Florescano, « La Revolución mexicana en la mira », *La Jornada*, n⁰ 57, 15 juillet 1990, p. 30-31.

9. John Mason Hart, *Revolutionary Mexico. The Coming and Process of the Mexican Revolution*, Univ. of California Press, 1987 (1931), p. 327 *sq*.

10. Tad Szulc, *Castro...*, *op. cit.*, p. 164. — Jean-Pierre Clerc, *Fidel de Cuba*, Ramsay, 1988, p. 90 *sq*.

11. Henri Weber, *Nicaragua. La Révolution sandiniste*, Maspero, « Dialectiques », 1981, p. 51.

12. Omar Cabezas, *La montaña es algo más que una inmensa estepa verde...*, Managua, Nueva Nicaragua, 1982, p. 95.

13. Humberto Cuenca, *La Universidad revolucionaria*, cité par Louis Mercier-Vega, *La Révolution par l'État*, Payot, 1978, p. 74 *sq.*

14. Che Guevara, *El diario del Che en Bolivia, op. cit.*, p. 125.

15. Tad Szulc, *Castro..., op. cit.*, p. 219.

16. Omar Cabezas, *La montaña es..., op. cit.*, p. 114.

17. Francis Pisani, *Muchachos, op. cit.*, p. 106-108.

18. Carlos Rangel, *Du bon sauvage au bon révolutionnaire*, Laffont, 1976, 257 p.

19. Gérard Chaliand, *Voyage dans vingt ans de guérillas*, Éd. de l'Aube, 1988, p. 30.

20. Jeannine Verdès-Leroux, *La Lune et le Caudillo, op. cit.*, p. 370.
— Francis Pisani, *Muchachos, op. cit.*, p. 167.

21. H.C.F. Mansilla, « Violencia e identidad. Un estudio crítico-ideologico sobre el movimiento guerrillero latino-americano », *Cuadernos americanos*, Mexico, 2, 1980, p. 14-39.

22. *Romances de la guerra de Independancia*, Mexico, 1945, 87 p.
— Meri Franco-Loa, *¡ Basta ! Canciones de testimonio y rebeldía de América latina*, Mexico, Era, 1974, p. 41.

23. Raquel Thiercelin, *La Revolución mexicana*, Masson, 1972 ; et Françoise Puyrègne, *Reformas agrarias en México y Cuba*, Masson, 1972.

24. Meri Franco-Loa, *¡ Basta !..., op. cit.*, p. 228 ; *Himnos y canciones revolucionarios*, La Habana, s.d., 39 p.

25. D.F. Sarmiento, *Facundo. Civilización y Barbarie*, Madrid, 1932 (1845), p. 319.

26. Rómulo Gallegos, *Doña Bárbara*, Buenos Aires, 1960 (1929), 290 p. — Id., « Doña Bárbara », *in* Paul Verdevoye, *Caudillos, Caciques et Dictateurs dans le roman hispano-américain*, Éditions hispaniques, 1978, p. 494-501 ; Hernán Vidal, *Literatura latinoamericana e ideologia liberal : surgimiento y crisis*, Buenos Aires, 1976.

27. Claude Fell, « Diego Rivera et les débuts du muralisme mexicain. Étude iconologique », *Études mexicaines*, Université de Perpignan, 1984, p. 107-126.

28. *La novela de la revolución mexicana*, La Havane, Casa de las Américas, 1975, p. 395-98.

29. Manuel Pedro Gonzalez, « De El Aguila y la Serpiente a La Sombra del Caudillo », *La Novela de la Revolución Mexicana*, La Habana, Casa de Las Américas, 1975, p. 252 *sq.*

30. Bernard Oudin, *Villa, Zapata et le Mexique en feu*, Gallimard, « Découverte » 1989, p. 164-167.

31. Oscar Collazos, Julio Cortázar, Mario Vargas Llosa, *Literatura en la revolución y revolución en la literatura*, Mexico, Siglo XXI, 1970.

32. Seymour Menton, *Prose Fiction of the Cuban Revolution*, Austin, 1975, p. 1-110.

33. Seymour Menton, *La narrative en la revolución cubana*, Madrid, 1978 (1975), 312 p.

34. Seymour Menton, *Prose Fiction...*, *op. cit.*, p. 274 *sq.*

35. John Beverley, *Del Lazarillo al Sandinismo. Estudios sobre la función ideológica de la literatura española e hispanoamericana*, Minneapolis, 1987, p. 124 *sq.*

36. Pour une analyse plus détaillée, voir : J.C. Rodriguez, A. Salvador, *Introducción al estudio de la literatura hispanoamericana*, Madrid, Akal, 1987.

37. Silvia Lorente-Murphy, *Juan Rulfo. Realidad y mito de la revolución mexicana*, Mexico, 1988.

38. Jeannine Verdès-Leroux, *La Lune et le Caudillo, op. cit.*, p. 517.

39. Jean Ortiz, *Cuba, une révolution socialiste ?*, Toulouse, thèse de 3e cycle, 1981, t. I.

40. Juan Marinello, *Creación y revolución*, La Havane, 1972, p. 215.

41. Plus près de nous, l'affaireTania Diaz Castro rappelle l'affaire Padilla : cet écrivain militant des droits de l'homme s'est rétractée à la télévision après avoir été mise au secret (juin 1990). Cf. Reinaldo Arenas, « Cuba, par Reinaldo Arenas », *Le Monde*, 28 décembre 1990, p. 2.

42. *Ibid*.

43. Henri Behar, « De Cuba à Cuba, une vie de vingt films », *Le Monde*, 2 février 1990.

44. Claire Pailler, « La nouvelle culture au Nicaragua », *in* Pierre Vayssière, *Les Contradictions du sandinisme*, Presses du CNRS, 1988, p. 145.

45. Octavio Ianni, *Revolução e cultura*, Rio, 1983, p. 110-115.

11. La fin d'un cycle révolutionnaire : 1989-2000

1. « ¿ Cuba sí, Cuba no ? », *Cahiers des Amériques latines*, IHEAL, 31/32, 1999.

2. Haroldo Dilla Alfonso, *ibid.*, p. 83.

3. P. Bertolier, *Volcans*, n° 13, 1994.

4. Un seul exemple suffira à en révéler le côté pernicieux : en décembre 1994, le département du Commerce américain a refusé une licence d'exportation pour un contrat de 705,30 dollars canadiens à la filiale canadienne de Picker International de Cleveland. Il s'agissait de 110 pièces de rechange pour des équipements de rayons X. Ces éléments

ne contenaient que 27 % de composants américains, le tout pour la somme de 193,10 dollars. D'autres exemples tout aussi déplorables pourraient être cités à propos du sida, de la cardiologie, des problèmes immunitaires, etc. René Vázquez Díaz, *Salud y nutrición en Cuba ; efectos del embargo norteamericano*, Stockholm, The Olof Palme International Center, 1999, 208 p.

5. C. Cumerlato, D. Rousseau, *L'Ile du docteur Castro, la transition confisquée*, Stock, 2000, p. 241.

6. R. Vázquez-Díaz, *op. cit.*, 1999, p. 12.

7. Cité par J. Habel, *Problèmes d'Amérique latine*, n° 17, avril-juin 1995, p. 18.

8. O. Languepin, *Cuba, faillite d'une utopie*, Gallimard/Folio, Le Monde, 1999, p. 114.

9. C. Cumerlato, D. Rousseau, *L'Ile du docteur Castro, op. cit.*, 2000, p. 100.

10. Coll., *La economía cubana*, Mexico, FCE, 1997, p. 188.

11. D. Yanssen, « Le mirage du dollar », *Libertés* (Belg.), 1996, n° 323, p. 6-7.

12. *El País,* 30 octobre 1999, cité par J. Habel, « ¿ Cuba sí, Cuba no », *Cahiers des Amériques latines,* 1999, 2-3, p. 51.

13. J. Habel, « Cuba : une transition à haut risque », *Problèmes d'Amérique latine*, n° 17, avril-juin 1995, p. 26.

14. A. Daems, « Impasses idéologiques et transition politique à Cuba », *Cahiers du CELA-IS*, 1994, n° 3, p. 58-87.

15. C. Cumerlato, D. Rousseau, *L'Ile du docteur Castro, op. cit.*, 2000, p. 119.

16. J.-P. Clerc, *Les Quatre Saisons de Fidel Castro*, Seuil, 1996, p. 341.

17. Confié par la suite à un oncle anticastriste de Miami, l'enfant fut bien vite réclamé par le père resté à Cuba. Durant plusieurs mois, Fidel Castro a su admirablement jouer avec les bons sentiments humanitaires en orchestrant des manifestations publiques « spontanées » sur le thème de la « juste » revendication cubaine du retour à Cuba du jeune « séquestré ». A la suite d'une décision de la justice américaine favorable au père, les médias du monde entier diffusèrent cette scène piquante du « rapt » de l'enfant chez l'oncle par des agents fédéraux, qui le remettaient ensuite à son père venu spécialement le chercher, et qui fit un retour triomphal à La Havane. Castro prolongea l'exploitation politico-médiatique de l'affaire en créant un musée consacré à l'événement…

18. Francisco Fiallos, *The Future of Cuba*, Miami, 1999.

19. J. Habel, *Espaces latinos*, n° 160, janvier 1999.

20. Dans un jargon sociologique élémentaire, les tueurs prétendaient agir au nom de la « classe supérieure créatrice » — celle des grands propriétaires et des industriels —, contre la « classe moyenne amorphe », la « classe inférieure destructrice » et la « classe intellectuelle nuisi-

ble… ». « La doctrine des tueurs des escadrons de la mort », *DIAL*, n° 1578, 28 mars 1991.

21. Y. Le Bot, « Guatemala : de l' "éternelle tyrannie" à un présent démocratique ? », *Problèmes d'Amérique latine*, juil.-sept. 1991, p. 41.

22. Selon une enquête de l'Agence internationale pour le développement (AID), le système foncier reste l'un des plus inégaux du monde : seule la moitié du territoire guatémaltèque est cultivable, et la moitié de cette surface est abandonnée à la jachère ; 2 % seulement des grands propriétaires contrôlent 67 % de la surface cultivable, tandis qu'à l'autre bout de l'échelle, les petits paysans connaissent une démographie galopante, qui contribue à diminuer encore la taille du microfundium. Quelle négociation de paix pourra prendre en compte l'urgence d'une redistribution sociale ? « La signature des accords de paix et la situation agraire », *DIAL*, D 2091, juillet 1996.

23. Y. Le Bot, *La Guerre en terre maya, violence et modernité au Guatemala*, Karthala, 1992, p. 232.

24. N. Affre, « Guatemala : élections de 1995-1996 », *Problèmes d'Amérique latine*, juil.-sept. 1996, p. 30.

25. Gilles Bataillon, « Élections au Nicaragua : réaménagement du système des "concurrents pour le pouvoir" », *Problèmes d'Amérique latine*, juil.-sept. 1991, p. 39.

26. Lynn Horton, *Peasants in Arms : War and Peace in the Mountains of Nicaragua, 1979-1994*, Athens, Ohio, 1998.

27. Gilles Bataillon, *op. cit.*, 1996, p. 7.

28. Salomón Kalmanovitz, « El programa economíco de las Farc », <www.atrato.com>.

29. V. le livre de Gabriel García Márquez, *Journal d'un enlèvement*, trad. Grasset, 1997. Ce récit sobre, dépouillé et passionnant raconte la dramatique séquestration de huit journalistes, entre août 1990 et juin 1991, réalisée par le cartel de Medellín pour s'opposer à l'extradition de plusieurs narcotrafiquants vers les États-Unis.

30. Juan Guillermo Ferro Medina, « Los FARC y su relación con la economia de la coca en el sur de Colombia », Toulouse, *ORLA*, n° 179, 2000, p. 59.

31. *DIAL*, D 2234, 1er-5 déc. 1999.

32. J. G. Ferro Medina, « Les FARC y su relación con la economia de la coca en el sur de Colombia », *ORLA*, n° 179, 2000, art. cité, p. 73.

33. Alfonso Monsalve Solorzano, « Marco internacional de la situación política colombiana », Toulouse, *ORLA*, n° 179, janv.-mars 2000, p. 25 *sq*.

34. Selon des rapports du Haut-Commissariat pour les réfugiés des Nations unies, à la fin de l'an 2000, la Colombie figurerait au cinquième rang mondial des États à populations déplacées (et au premier rang de toute l'Amérique latine), *Inter Press Service*, 21 juin 2001.

35. Daniel Pécaut, *L'Ordre et la Violence*, 1986.

36. Carlos Ivan Degregori, « Pérou : l'effondrement surprenant du Sentier lumineux », *Problèmes d'Amérique latine*, avril-juin 1994, p. 3-17.

37. *DIAL*, D 2207, 1er-15 mars 1998.

38. Olivier Dollfus, « La prise d'otages à Lima : symboles, tragédie et politique », *Cahiers d'Amérique latine*, avril-juin 1997, p. 63.

39. Gabriel García Márquez, « L'énigme des deux Chávez », *Le Monde diplomatique*, août 2000.

40. *DIAL*, n° 1677, 9 avril 1992.

41. Temir Porras Ponceleón, « Venezuela : les ambiguïtés de la "révolution bolivarienne" », *Problèmes d'Amérique latine*, n° 39, oct.-déc. 2000, p. 23.

42. Larry Rohter, « Venezuela's Artistic Upheaval : President Attacks Elitism », *New York Times*, April 24, 2001.

43. Alfonso Monsalve Solórzano, « Marco internacional de la situación política colombiana », Toulouse, *ORLA*, n° 179, janv.-mars 2000, p. 35.

44. Carlos A. Romero, « Le dilemme Chávez : idéalisme ou réalisme », *DIAL*, D 2415, 1er-15 nov. 2000.

45. H. Favre : « Mexique : le révélateur chiapanèque », *PAL*, n° 25, avril-juin 1997, p. 10.

46. M.-Ch. Renard, « Le Chiapas est aussi le Mexique », *CAL*, n° 17, 1994, p. 8.

47. M. del Carmen Legorreta Díaz, *Religión, política y guerrilla en Las Cañadas de la Selva Lacandona*, Mexico, Cal y Arena, 1998.

48. Bernard Duterme, *Mythes et réalités d'une rébellion en sursis*, Bruxelles, Éd. Duterme, 2001.

49. *DIAL*, D 2340, déc. 2000.

50. *DIAL*, n° 1972, 13 avril 1995. Voir aussi *Esprit*, n° 222, 1996, p. 129-146.

51. *DIAL*, D 2105, 1er-15 oct. 1996.

52. Ainsi dans ce long post-scriptum à un pseudo-communiqué, dans lequel Marcos se charge de mille accusations auxquelles il répond invariablement par la formule : « Coupable ! », et qui conclut : « Les théoriciens l'accusent d'être pragmatique… Coupable/ Les pragmatiques l'accusent d'être théoricien… Coupable ! » *DIAL*, D 1972, 13 avril 1995.

53. Yvon Le Bot, sous-commandant Marcos, *Le Rêve zapatiste*, Seuil, 1997, p. 210, 240.

54. Henri Favre, « Mexique : le révélateur chiapanèque », *Problèmes d'Amérique latine*, n° 25, avril-juin 1997, p. 21.

55. Ignacio Ramonet, *Marcos. La dignité rebelle*, Galilée, 2001.

56. « Post hoc, ergo propter hoc » : ainsi pourrait être définie la limite subjective de l'histoire immédiate, si proche des événements, et qui prive l'observateur d'une mise en perspective des données.

57. O. Dabène, *La Région Amérique latine. Interdépendance et changement politique*, Presses de Sciences Po, 1997, 379 p.

58. J.-E. Hallier, *Fidel Castro, conversation au clair de lune*, 1990, p. 231-234.

Conclusion

1. François-Xavier Guerra, « Révolution française et révolutions hispaniques... », art. cité, p. 12.
2. Éric Jauffret, *Révolution et Sacrifice au Mexique*, Cerf, 1986, p. 77.
3. « Révolution », *Europe*, avril 1984, p. 116.
4. Carmelo Mesa-Lago, « Los incentivos de Cuba », *Aportes*, nº 20, avril 1971.

Postface

1. Au Chili en 1980, en Uruguay en 1986 et 1989, en Argentine en 1983, 1986 et 1987. Pierre Vayssière, « Les années de plomb : deuil et mémoire », *Ordinaire latino-américain*, Toulouse, IPEALT, 183, janvier-mars 2001.
2. En Argentine, plusieurs cinéastes sont revenus sur ces années de plomb, entre 1983 et 1988 : Luis Puenzo (*La Historia oficial*), Fernando Solanas (*Sur*), Miguel Pérez (*La república perdida*). Pierre Vayssière, *ibid*.
3. P. Salama, « Des nouvelles causes de la pauvreté en Amérique latine », *Problèmes d'Amérique latine*, Paris, Documentation française, nº 29, avril-juin 1998, p. 74.
4. *Ibid.*, p. 96.
5. Henri Favre, *L'Amérique latine*, Flammarion, « Dominos », 1998, p. 116.
6. J.-P. Bastian, « La dérégulation religieuse de l'Amérique latine », *Problèmes d'Amérique latine*, nº 24, janvier-mars 1997, p. 3.
7. Rodolfo de Roux, *Teología de la liberacíon : opción por los pobres y revolución. Una perpectiva socio-histórica*, Toulouse, IPEALT, 1999. — *DIAL*, nº 2051, 16-29 février 1996.
8. L'exemple de l'Église catholique nicaraguayenne est tout à fait représentatif de cette reprise en main par Rome des institutions catholiques (université, radio) et d'une dépolitisation de la vie religieuse. P. Vayssière, « L'Église catholique nicaraguayenne : bilan d'une décennie », *in* Joël Delhom et Alain Musset, *Nicaragua dans l'œil du cyclone*, Paris, IHEAL éditions, 2000, p. 185-197.

Chronologie

1741-1751 : Révolte de Juan Santos Atahualpa dans le Pérou central.

1765 : Révolte antifiscale de Quito.

1780 : Révolte de José Gabriel Tupac Amaru Condor Kanki.

1780-1781 : Révolte antifiscale de Socorro et Mérida (Nouvelle-Grenade).

1789 : Conjuration « mineira » (Minas Gerais, Brésil).

1798 : Conjuration « baiana » (Bahia, Brésil).

1804 : Indépendance d'Haïti, première république noire (avril).

1805 : Trafalgar (oct.). La flotte espagnole est détruite, et les relations de l'Espagne avec ses colonies interrompues.

1806 : Échec d'un débarquement anglais à Buenos Aires.

1807 : Traité de Fontainebleau. Napoléon envahit le Portugal (oct.).

1808 : Arrivée à Rio de la famille royale portugaise (mars). Entrevue de Bayonne (abdication de Charles IV. Joseph Bonaparte, roi d'Espagne). L'Espagne se soulève. Miranda échoue dans sa tentative de « libération » du Venezuela.

1810 : Formation de « juntes patriotiques » à Buenos Aires, Caracas, Santa Fe de Bogotá, Santiago. « Cri de l'indépendance » par le curé Morelos au Mexique.

1811 : Première proclamation de l'indépendance à Caracas.

1812 : La Junte de Cadíz adopte une constitution libérale.

1814 : Restauration de Ferdinand VII en Espagne. Envoi d'un corps expéditionnaire de 10 000 hommes dans l'empire d'Amérique.

1815 : Le curé Morelos est fusillé au Mexique. La contre-révolution triomphe en Amérique.

1816 : Indépendance de l'Argentine (juil.). Le *gaucho* Artigas refuse le contrôle argentin sur la « Banda oriental » (Uruguay). Au Brésil, à la mort de la reine Maria, le régent prend le titre de João VI.

1817 : « Révolution de Pernambouc ». Des sociétés secrètes planifient une séparation. L'Argentin San Martín et le Chilien O'Higgins franchissent les Andes.

1818 : Indépendance du Chili, après la bataille de Maipo (févr.).

1819 : Au Congrès d'Angostura, Simón Bolívar est proclamé président de la Grande-Colombie (fév.).

1820 : « Révolution libérale » à Cadíz. Le roi Ferdinand VII se soumet aux Cortés. Au Mexique, des royalistes écrasent les troupes nationalistes de Guerrero.

1821 : Indépendance définitive du Venezuela après la victoire de Carabobo. Proclamation de l'indépendance du Mexique (sept.). San Martín s'empare de Lima. Indépendance du Pérou.

1822 : Au Brésil, D. Pedro décide de rester (*Dia do Fíco*), puis il proclame l'indépendance (oct.). Entrevue de Guayaquil, au cours de laquelle San Martín abandonne le combat au profit de Bolívar. Au Mexique, Iturbide se fait proclamer empereur sous le nom d'Agustin Ier.

1823 : Indépendance et union de l'Amérique centrale (juin). Au Pérou, début d'une série de soulèvements militaires.

1824 : Après les victoires de Junín (août) et d'Ayacucho (déc.), le général Sucre devient le premier président de la Bolivie.

1826 : Congrès de Panamá. Échec de l'idéal bolivarien d'une unité latino-américaine.

1828 : Indépendance de l'Uruguay par rapport au Brésil.

1829-1852 : Dictature de Rosas en Argentine.

1834 : Première dictature de Santa Anna au Mexique.

1835-1848 : Série de révolutions au Brésil — régionales (« Farroupilha » dans le Rio Grande do Sul, 1835-1845 ; « Praieira », Pernambouc, 1848) ; sécessionnistes (« A Sabinada », Bahia, 1837-1838) ; sociales (« A Cabanagem », Pará, 1835-1840 ; « A Balaiada », Maranhão, 1838-1841).

1839-1842 : Première guerre civile entre conservateurs et libéraux en Nouvelle-Grenade.

1845 : Au Pérou, caudillisme « éclairé » de Ramón Castilla. Publication de *Facundo* par l'Argentin Domingo Faustino Sarmiento.

1847-1902 : « Guerre des Castes » (soulèvements intermittents des Mayas dans le Yucatán, Mexique).

1860 : Au Mexique, promulgation des lois de la réforme par Juarez ; les terres des villages indiens sont menacées.

1861-1875 : En Équateur, caudillisme « théocratique » de García Moreno.

1875-1894 : Au Mexique, les lois dites de « colonisation » « désamortissent » des terres en friche (*baldíos*) appartenant aux communautés indiennes ; 40 millions d'hectares ont fait l'objet d'appropriations privées entre 1875 et 1910.

1876-1877 : Recrudescence des guerres civiles en Colombie.

1895-1898 : Guerre d'indépendance de Cuba.

1899-1902 : « Révolution des Mille Jours » en Colombie.

1900-1915 : Apogée du courant anarchiste en Amérique du Sud.

1910 : Au Mexique, plan de San Luis Potosi de Madero (oct.). Soulèvements armés (nov.). Divers soulèvements des Indiens yaqui dans le Sonora.

1911 : Au Mexique : élection de Madero (oct.). Plan de Ayala, de Zapata (nov.).

1912 : Raoul Walsh tourne *La Vie de Pancho Villa*. Soulèvement d'Orozco contre Madero (mars), mais il est battu par Huerta (août).

1913 : Madero assassiné (févr.).

1914 : Débarquement des *marines* à Veracruz (avril). Convention des révolutionnaires à Aguascalientes (oct.). Après le départ de Huerta, Zapata et Villa entrent à Mexico (nov.).

1915 : Loi agraire de Carranza (janv.). Villa battu par Obregón à Celaya (avril). Publication de *Ceux d'en bas* de Mariano Azuela.

1917 : La Constitution de Queretaro au Mexique (févr.). V. Carranza président de la République (mai).

1918 : Au Mexique, fondation de la CROM (Confédération ouvrière). Début de la « réforme universitaire » à Córdoba (Argentine).

1919 : Intense agitation ouvrière dans de nombreux pays d'Amérique du Sud. Nombreux soulèvements indiens dans les Andes péruviennes.

1920 : Assassinat de Carranza (mai). Obregón président du Mexique (déc.). Loi sur les *ejidos* (déc.).

1922-1924 : Vasconcelos ministre de l'Éducation au Mexique ; alphabétisation et peinture des fresques révolutionnaires à Mexico.

1924 : Pérou et Mexique : création par Haya de la Torre de l'APRA (Alliance populaire révolutionnaire américaine). Début du tenentisme au Brésil. Début de la « longue marche » de la « colonne Prestes ». Début des soulèvements militaires au Chili. Au Mexique, Elías Calles élu président du Mexique (1924-1928) ; il restera l'homme fort du pays jusqu'en 1935.

1926 : La révolution nationaliste de A.C. Sandino au Nicaragua (1926-1933). Au Mexique, la guerre des Cristeros (1926-1929).

1929 : Le Vénézuélien Rómulo Gallegos publie *Doña Bárbara*. Le Mexicain Martin Luis Guzman publie *L'Ombre du caudillo*. Au Mexique, fondation du PNR (Parti national révolutionnaire).

1930 : Des révolutions militaires de droite en Argentine (Uriburu contre Yrigoyen — sept.) et au Pérou (Sanchez Cerro contre Leguía — août). Début de la dictature de Trujillo en République dominicaine. Getúlio Vargas participe à la révolution de 1930 au Brésil.

1931 : Le cinéaste soviétique S.M. Eisenstein tourne *¡Que viva Mexico !*

1932 : Fugace « république socialiste » de M. Grove au Chili (janv.).

1933-1934 : A Cuba, « révolution des sergents » ; Batista devient l'homme fort.

1934-1940 : Lázaro Cárdenas président du Mexique (nov.). Il nationalise l'industrie pétrolière mexicaine (1938).

1937 : Au Brésil, coup d'État de Getúlio Vargas et inauguration de l'O Estado Novo, corporatiste et dictatorial (nov.).

1938 : Création au Chili de la Phalange nationale, qui deviendra le Parti démocrate-chrétien.

1943 : Coup d'État militaire en Argentine (juin) qui portera au pouvoir Juan Domingo Perón de 1946 à 1955.

1945 : La Conférence panaméricaine de Chapultepec dénonce le danger marxiste sur le continent.

1946-1957 : Extrême agitation politique au Venezuela, avec coups d'État militaires et mouvements de rue.

1947 : A la Conférence de Rio est créé le TIAR —Traité interaméricain d'assistance réciproque (sept.).

1948-1953 : La « Violence » éclate en Colombie après l'assassinat du leader libéral Jorge Gaitán (avril) ; elle fera peut-être 300 000 morts.

1949 : Au Brésil, création de l'École supérieure de guerre du Brésil.

1951-1954 : Au Guatemala, expérience réformiste du colonel Arbenz, qui sera finalement éliminé par un complot « anticommuniste ».

1952 : En Bolivie, révolution nationale, après quinze ans d'intense agitation politico-militaire (avril). Le Mouvement nationaliste révolutionnaire entreprend des réformes de fond en Bolivie, avec Victor Paz Estessorro. Elia Kazan tourne *¡Viva Zapata !*

1953-1959 : La guérilla castriste à Cuba. Attaque de la Moncada (26 juin 1953). Débarquement du *Granma* (déc. 1956). Guerre de guérilla dans la sierra Maestra. Offensive finale (nov.-déc. 1958). Libération de La Havane (janv. 1959). Première réforme agraire (mai). Mort de Camilo Cienfuegos (oct.).

1957 : Au Brésil, le général Golbery do Couto e Silva publie *Géopolitique du Brésil*, première formulation de l'idéologie de la sécurité nationale.

1960 : Ernesto Guevara, *La Guerre de guérillas*. Création à La Havane de la Casa de las Américas. Guatemala : soulèvement des officiers « révolutionnaires » Yon Susa et Turcios Lima. Création du Front sandiniste de libération nationale du Nicaragua.

1961 : J.F. Kennedy lance son plan d'aide à l'Amérique latine pour répondre au défi castriste : l'Alliance pour le progrès (mars). A Cuba, débarquement des contre-révolutionnaires dans la baie des Cochons (avril). Gouvernement du président Joã Goulart au Brésil (1961-1964).

1962 : A Cuba, affaire Escalante, dite du sectarisme : tentative de « noyautage » des nouvelles structures par d'anciens communistes. Affaire des fusées : on frôle un conflit mondial parce que les Russes ont installé des fusées à Cuba (oct.). Fondation du Mouvement de libération nationale des Tupamaros en Uruguay.

1963 : Organisation latino-américaine de solidarité (OLAS) (juil.). A

Cuba, deuxième réforme agraire, création de l'INRA (Institut national de la réforme agraire, oct. 1963). Long voyage de Castro en URSS. Premier échec du FSLN nicaraguayen à Bocay (juil.).

1964 : Accords soviéto-cubains (janv.). Révolution rédemptrice des militaires brésiliens (avril). Au Chili, le démocrate-chrétien Eduardo Frei remporte les élections présidentielles et inaugure la « révolution dans la liberté » (oct.).

1965 : Effondrement de la guérilla péruvienne. Le Parti communiste vénézuélien décide de ne plus appuyer la guérilla. A Cuba, création du nouveau Parti communiste cubain.

1966 : Mort au combat du père Camilo Torrés (févr.). En Colombie, création des FARC (Forces armées révolutionnaires colombiennes) d'obédience communiste. En Argentine, coup d'État de droite du général Onganía. A Managua, communauté ecclésiale de base créée par un prêtre espagnol, José de la Jara.

1967 : Régis Debray, *Révolution dans la révolution*. Mort du Che Guevara en Bolivie (oct.).

1968 : Conférence épiscopale de Medellín (août). Révolution militaire « de gauche » au Pérou avec le général Alvarado (oct.). Au Venezuela, victoire du démocrate-chrétien Rafael Caldera. Assassinat d'étudiants sur la place des Trois-Cultures à Mexico avant les Jeux olympiques (oct.). Au Brésil, l'acte institutionnel numéro 5 supprime l'*Habeas corpus* ; le régime militaire entreprend la lutte contre « la guerre révolutionnaire » (déc.).

1969 : A Panamá, Omar Torrijos s'impose à la garde nationale pour conduire, jusqu'en 1978, une révolution militaire « de gauche ». En Uruguay, les Tupamaros lancent un raid contre la ville de Pando (juil.). En Argentine, émeutes ouvrières à Córdoba.

1970 : Échec relatif de la « *zafra* historique » à Cuba. Au Nicaragua Miguel Obando y Bravo est nommé archevêque de Managua. Au Chili, gouvernement de l'Unité populaire, sous la présidence du socialiste Salvador Allende (1970-1973). En Uruguay, début de l'état de siège contre la guérilla des Tupamaros.

1971 : Au Pérou, le père Gutiérrez publie *Vers une théologie de la libération*. A Cuba, affaire Padilla concernant la liberté de création.

1972 : En Équateur, « révolution nationaliste » du général Rodriguez Lara (févr. 1972-janv. 1976). Cuba est intégrée dans le CAEM. Au Guatemala, création de l'EGP (Armée guérillera du peuple).

1973 : Coup d'État militaire au Chili (sept.). En Uruguay, première phase du coup d'État militaire : le Parlement est dissous et la Constitution suspendue, mais le président Bordaberry est maintenu.

1974 : En Colombie, création de la guérilla M 19. En Argentine, mort du président Perón qui était rentré en Argentine l'année précédente pour prendre la succession du péroniste Hector Campora. Son épouse,

Maria Estala de Perón prend la présidence ; début d'une intense agitation sociopolitique.

1975 : Au Nicaragua, le FSLN éclate en trois fractions. A Cuba, premier congrès du Parti communiste cubain.

1976 : Première Constitution à Cuba (févr.). Coup d'État militaire en Argentine ; la présidence est attribuée au lieutenant-colonel Jorge Rafael Videla (mars). En Uruguay, le « processus révolutionnaire » est institutionnalisé par l'armée qui dépose le président Bordaberry (juin).

1977 : Au Chili, la CNI (Centrale nationale d'information) remplace la DINA (Direction de l'intelligence nationale) trop impopulaire à cause des 6 000 disparus.

1977 : « Opération Carlota » : F. Castro envoie 15 000 Cubains à Luanda pour soutenir le mouvement prosoviétique d'Agostinho Neto en Angola.

1978 : Au Nicaragua, assassinat du leader conservateur P.J. Chamorro : début de la mobilisation générale contre Somoza (janv.). Réunification militaire du FLSN (déc.).

1978 : Victoire de la démocratie-chrétienne au Venezuela avec L. Herrera Campins.

1979 : Conférence épiscopale latino-américaine de Puebla (janv.). Au Nicaragua, la Conférence épiscopale du Nicaragua justifie le tyrannicide (juin) ; Somoza est chassé par l'insurrection générale (juil.). Sixième sommet des « non-alignés » à Cuba, sous la présidence de F. Castro (sept.). Au Salvador, « révolution du 15 octobre » (colonels Gutiérrez et Majano).

1980 : Le Sentier lumineux du Pérou se fait connaître en brûlant des urnes électorales (mai). Au Nicaragua, le FSLN lance une croisade nationale d'alphabétisation. Au Chili, Pinochet fait adopter une nouvelle constitution par référendum (sept.).

1981 : Au Salvador, le Front Farabundo Marti de libération nationale (FMLN) échoue dans sa tentative d'insurrection générale (janv.). Au Nicaragua, intensification de la censure contre le journal d'opposition *La Prensa*. La contre-révolution se manifeste dans le Nord du pays par des attentats.

1982 : Début de la « guerre des Malouines » (avril-juin). La défaite argentine conduit directement à l'effondrement du régime militaire du général Galtieri l'année suivante. Au Guatemala, le président Efraín Ríos Montt lance le plan Victoria 2 (« Haricots et fusils ») contre la guérilla ; multiplication des massacres d'Indiens (mars-juil.).

1983 : Des journalistes de Lima sont assassinés par des paysans de la région de Huanta (janv.).Invasion de l'île de la Grenade par les Américains, après l'assassinat du leader marxiste Maurice Bishop (oct.). En Uruguay, les militaires retournent dans leurs casernes ; impunité garantie en échange d'élections libres.

1984 : Rome condamne le père L. Boff à une période de « silence pénitentiel pour quatre options dangereuses » (mars). Au Nicaragua, le FSLN déplace 10 000 Indiens miskito pour des raisons militaires. L'opposition décide de boycotter les élections de novembre. Au Salvador, le candidat démocrate-chrétien Napoleón Duarte remporte les élections présidentielles (1984-1988).

1985 : « Rectification économique » à Cuba. Au Chili, Pinochet confie le poste de ministre des Finances à Hernán Buchi, leader des *Chicago Boys*, institutionnalisant ainsi sa « révolution économique ». Mgr Fresno, archevêque de Santiago, travaille à un accord national pour la transition démocratique. Après vingt et un ans de pouvoir, les militaires brésiliens rentrent dans les casernes à la fin de la présidence du général João Figueiredo (1979-1985).

1986 : Le Vatican accepte la théologie de la libération, rappelant son « option préférentielle pour les pauvres » (avril). Le démocrate-chrétien Marco Vinicio Cerezo remporte les élections présidentielles au Guatemala. A Lima, 250 prisonniers de Sentier lumineux se révoltent et sont assassinés par la garde nationale. Le président Reagan obtient du Congrès américain une aide de 70 millions de dollars pour les « combattants de la liberté » (août). En août, éclate le scandale de l'Irangate : des fonds provenant de ventes d'armes à l'Iran sont versés à la *contra* nicaraguayenne.

1987 : Au Nicaragua, le FSLN accorde un statut d'autonomie à la côte Atlantique (avril). Les cinq présidents d'Amérique centrale signent les accords de paix dits d'Esquipulas II (août).

1988 : Cessez-le-feu entre l'armée nicaraguayenne et les *contras* (accords de Sapoa, 24 mars).

1988 : Au Chili, Pinochet subit une défaite dans le plébiscite du 5 octobre qui était censé proroger ses pouvoirs.

1989 : A Cuba, exécution d'Arnaldo Ochoa, ex-commandant en chef des forces cubaines en Angola pour « haute trahison » et trafic de drogue (juil.). Au Salvador, échec de l'insurrection finale à San Salvador (nov.).

1990 : Au Nicaragua, le Front sandiniste de libération nationale (FSLN) perd les élections du 25 février. Au Costa Rica, victoire du démocrate-chrétien Rafael Angel Calderón (févr.).

1992 : A El Salvador, signature de la paix avec la guérilla (16 janv.). Venezuela : putsch d'Hugo Chávez à Caracas (février). Pérou : arrestation d'Abimael Guzman, président du Sentier lumineux (12 sept.). États-Unis : adoption de la loi Torricelli, qui interdit le commerce des filiales américaines avec Cuba (oct.).

1993 : A Cuba, dépénalisation du dollar (juillet).

1994 : Chiapas (Mexique) : révolte de l'Armée zapatiste de libération nationale (1er janv.). A Cuba, fuite de dizaines de *balseros* vers la Floride.

1996 : Mexique : accords de San Andrés sur le Chiapas (16 février). États-Unis : adoption de la loi Helms-Burton, qui prévoit la poursuite judiciaire des entreprises étrangères qui commerceraient avec Cuba (mars). Guatemala : signature de la paix entre le gouvernement et la guérilla (mai).

1997 : Pérou : fin de la prise d'otages à l'ambassade du Japon par un commando du MRTA (avril).

1998 : Le plan « Colombia » du président colombien Andrés Pastrana propose la restauration de l'État de droit et l'éradication de la drogue (déc.). Venezuela : élection triomphale d'Hugo Chávez (déc.).

2001 : Mexique : marche pacifique et triomphale des zapatistes sur Mexico (février-mars).

Glossaire des hispanismes et lusitanismes

abigeo : voleur de bétail dans les Andes.

apriste : membre de l'APRA (Alliance populaire pour la révolution américaine), fondée par le Péruvien Haya de la Torre en 1924.

asentamiento : nom chilien désignant des coopératives agricoles.

audiencia : entité administrative et judiciaire collégiale de l'époque coloniale ; sorte de parlement. Les *audiencias* ont servi de cadres « naturels » aux nouveaux États au moment des découpages de l'indépendance.

ayllus : dans les Andes, communauté villageoise originelle, organisée autour d'un terroir commun, la *marka*.

ayuntamiento : assemblée municipale plus ou moins structurée de citoyens.

bandolero : bandit de grand chemin, mais, aussi bien, bandit d'honneur.

cabalgada : chevauchée, expédition de conquête.

caballería : mesure agraire encore utilisée à Cuba en 1959, valant approximativement 13,5 hectares.

cabildo : conseil municipal, cellule de base des cités espagnoles ou coloniales, comprenant l'ensemble des citoyens (*vecinos*) de la ville.

cabildo abierto : assemblée générale des habitants de la ville, convoquée pour des circonstances exceptionnelles.

cacique : nom d'origine mexicaine désignant un chef indien ; est aussi employé dans le sens moderne d'homme de pouvoir.

capitanía : unité administrative désignant un type de province frontalière de l'Empire espagnol, et dont la fonction militaire était essentielle ; elle était dirigée par un *capitán general*.

capitulación : contrat passé entre la couronne et un entrepreneur de conquête sur les modalités, les dépenses et les droits de l'entreprise.

casta(s) : dans la société multiraciale de l'Amérique espagnole, ce mot désigne la diversité ethnique ; il renvoie implicitement à un jugement social sur la place des individus dans la société.

caudillo : chef de guerre, maître de clan ou chef politique exerçant un pouvoir fort.

CEPAL : Commission économique pour l'Amérique latine.

chapetón : surnom des Espagnols dans le Pérou colonial.

científico : au Mexique, technocrates positivistes de l'époque de P. Díaz (1876-1910).

cimarrón : esclave en fuite.

cohecho : au Chili, achat de voix en période électorale.

conuco : à Cuba, la parcelle de terre individuelle attribuée par la réforme agraire aux travailleurs intégrés dans les fermes d'État.

conquistador : au XVIᵉ siècle, entrepreneur de conquête.

contra : à Cuba et au Nicaragua, contre-révolutionnaire.

coronel : « colonel » ; au Brésil, a désigné d'abord un commerçant enrichi devenu chef politique de la zone ; plus généralement, un personnage important disposant de vastes terres. Modalité brésilienne du caudillo.

corregidor : représentant de la couronne espagnole au niveau régional ; au XVIIIᵉ siècle, les charges de *corregidor* étaient achetées.

criollo : créole, Américain d'ascendance espagnole.

cuartelazo : soulèvement d'une caserne.

encomendero : Espagnol ayant la charge d'une *encomienda*.

encomienda : en théorie, charge d'une communauté indienne confiée à un Espagnol qui doit veiller à sa protection ; en pratique, main-d'œuvre exploitée par un Espagnol.

estancia : en Argentine, grand domaine d'élevage extensif.

foco : foyer révolutionnaire ; théorie du foyer : ensemble de principes censés régir efficacement la guerre de guérilla.

gachupín : surnom donné aux Espagnols au Mexique avant l'indépendance.

gamonal : grand propriétaire traditionnel du Pérou.

gaucho : en Argentine, gardien de bétail à cheval ; à la fin du XIXᵉ siècle, devient un mythe littéraire, métis barbare vêtu de cuir..

golpe : terme général pour désigner un coup d'État militaire.

Grande-Colombie : fédération rassemblant la Colombie, le Venezuela et l'Équateur (1819-1830).

granjas del pueblo : « fermes du peuple », désigne à Cuba des regroupements de coopératives, comparables aux sovkhozes.

gringo : étranger (de *griego*, grec ?) ; terme plutôt péjoratif quand il désigne un Nord-Américain.

hacendado : grand propriétaire terrien, maître d'une *hacienda*.

hacienda : au Mexique et au Chili, désigne le *latifundium* par excellence.

ingenio : moulin à moudre (la canne à sucre à Cuba, les minerais ailleurs).

junta : à l'époque de l'indépendance, désigne une commission ou un pouvoir exécutif collégial de nature insurrectionnelle. Au XXᵉ siècle, il s'agit habituellement d'un exécutif militaire.

latifundio : grand domaine d'exploitation extensive.

leyes de Indias : plusieurs corps de textes adoptés au XVIᵉ siècle par la cour de Castille pour gérer les Indes occidentales : en particulier, les lois de Burgos en 1512 et les nouvelles lois de 1542.

libreta : carnet d'alimentation à Cuba.

Meso-Amérique : unité géographique de l'« Amérique moyenne », allant du Mexique jusqu'au sud du bassin Caraïbe — Colombie et Venezuela inclus.

mestizo : métis, fils d'un Blanc et d'une Indienne.

mita : corvée imposée par les Incas pour l'entretien des routes et la production de la coca. Sous la colonie espagnole, la *mita* était imposée aux Indiens pour travailler dans les mines d'argent et de mercure.

montoneros : à l'époque de l'indépendance du Chili, désignait les derniers partisans de l'Espagne, qui se battaient contre les indépendantistes dans le Sud du pays. Dans les années 1970, les *montoneros* étaient des guérilleros proches des péronistes luttant contre le régime militaire.

mulato : mulâtre, fils d'un Blanc et d'une Noire.

Nouvelle-Grenade : vice-royauté créée en 1717, dont la capitale était Santa Fe de Bogotá. En 1819, elle devint la Grande-Colombie.

obrajes : travaux forcés imposés aux Indiens, surtout dans le textile.

peón : ouvrier agricole, sans terre, sans droits.

peón acasillado : *peón* rattaché à un domaine.

plantado : à Cuba, désigne les prisonniers politiques qui refusent la réhabilitation.

población : terme générique signifiant population ou agglomération.

Porfiriato : au Mexique, l'époque du gouvernement de Porfirio Díaz (1876-1910), parfois décrite comme ayant été la « Belle Époque » du Mexique.

precarista : à Cuba, paysan travaillant une terre sans aucun titre de propriété.

pronunciamiento : soulèvement militaire, plutôt d'une partie seulement de l'état-major (vient de *pronunciarse* : se prononcer).

pueblos jóvenes : au Pérou, bidonvilles ou quartiers périphériques précaires.

putsch : terme d'origne allemande signifiant coup d'État militaire.

rancho : cabane d'habitation modeste.

resguardo : en Colombie, terres communautaires indigènes.

selva : forêt tropicale, plus ou moins impénétrable ; peut aussi désigner la région nord-est du Pérou.

sertão : intérieur du Nord-Est brésilien, steppe broussailleuse, et, plus généralement, la terre du Brésil.

sierra : au Pérou, nom générique qui désigne l'ensemble des hauts plateaux où vivent en majorité les Indiens et les métis. Le mot est souvent opposé à la *costa* (côte), synonyme du monde blanc. Ses habitants sont les *serranos*.

sinchis : au Pérou, troupes d'élite spécialisées dans la lutte contre la guérilla de Sentier lumineux.

Terre Ferme : au XVIe siècle, désigne le littoral d'Amérique centrale, par opposition aux îles Caraïbes.

terrenos baldíos : au Mexique, terrains en friche utilisés librement par les communautés indiennes.

tributo : tribut, ou capitation, imposé depuis la conquête aux Indiens mâles de plus de quinze ans.

virrey : vice-royauté. A la fin du XVIIIe siècle, l'Amérique était divisée en quatre vice-royautés dont les capitales étaient Mexico, Lima, Santa Fe de Bogotá et Buenos Aires.

zafra : à Cuba, la coupe de la canne à sucre ou bien la période même de cette coupe (de décembre à avril).

Orientation bibliographique

Nous avons réactualisé cette bibliographie par rapport à celle de l'édition de 1991 en éliminant les ouvrages les plus descriptifs et en maintenant les travaux de type explicatif. Le nouveau chapitre 11, intitulé « Fin du cycle révolutionnaire », a fait l'objet d'une bibliographie en rapport avec le contenu thématique du chapitre.

Ouvrages généraux

AFSSAL, *Conservatisme et Révolution en Amérique latine*, Bordeaux, PUB, 1988.

N.E. Baron, *La Succession des coups d'État dans la légitimation des mécanismes étatiques de violence en Amérique latine*, Thèse Paris I, 1980.

Gérard Chaliand, *Mythes révolutionnaires du Tiers monde*, Paris, Seuil, « Histoire immédiate », 1976.

—, *Voyage dans vingt ans de guérillas*, Paris, Éd. de l'Aube, 1988.

Ronald Chilcote H., *Revolution and Structural Change in Latin America. A Bibliography on Ideological Development and the Radical Left : 1930-1965*, Stanford University Press, 2 vol., 1973.

Orlando Fals-Borda, *Révolutions inachevées en Amérique latine*, Paris, Desclée de Brouwer, 1972.

Paul Herrick, Robert S. Robins, « Varieties of Latin American Revolutions and Rebellions », *Journal of Developping Areas*, 10 (3), avril 1976, p. 317-336.

Yvan Illich, « Gradual Change or Violent Revolution in Latin America ? », *Latin America. The Dynamics of Social Change*, Londres, 1972, p. 157-171.

Manfred Kossok, *Historia comparativa de las revoluciones en la época moderna. Problemas metodólogicos y empíricos de la investigación*, Rostock, s.d.

Michael Lowy, *Le Marxisme en Amérique latine*, Paris, Maspero, 1980.

Fernando Mires, *La rebelión permanente. Las revoluciones sociales en América latina*, Mexico, Siglo XXI, 1988.

James Petras, Maurice Zitlin, *Latin America : Reform or Revolution*, New York, 1968.

Carlos Rangel, *Du bon sauvage au bon révolutionnaire*, Paris, Laffont, 1976.

Eric Wolf, *Les Guerres paysannes du xxᵉ siècle*, Paris, Maspero, 1974.

1. Les révolutions d'indépendance

Georges Baudot (coord.), « L'Amérique latine face à la Révolution française ; l'époque révolutionnaire : adhésion et rejets », *Caravelle*, Toulouse, nº 54, 1990, p. 1-354.

David Bushnell, *The Liberator, Simón Bolívar. Man and Image*, New York, 1970.

Cahiers de L'Herne, *Simón Bolívar*, Paris, 1986.

Simon Colliers, *Ideas and Politics of Chilean Independence, 1808-1833*, Cambridge, 1967.

Marie-Danielle Démélas, Yves Saint-Geours, *La Vie quotidienne au temps de Bolívar, 1809-1830*, Paris, Hachette, 1987.

Jean Descola, *Les Libertadors*, Paris, Fayard, « Les Grandes Études historiques », 1964.

Jaime Eyzaguirre, *Ideario y ruta de la emancipación chilena*, Santiago, 1988 (1957).

Gabriel García Márquez, *El general en su laberinto*, Madrid, Montadori, 1989.

R.A. Humphreys, « The historiography of the Spanish American revolutions », *Hispanic American Historical Review*, XXXVI, 1956, p. 81-93.

R.A. Humphreys, John Lynch (éd.), *The Origins of the Latin American Revolutions, 1808-1826*, New York, 1965.

John Lynch, *Las revoluciones hispanoamericanas*, Barcelone, Ariel, « Historia », 1985.

Salvador de Madariaga, *Le Déclin de l'Empire espagnol d'Amérique*, Paris, Albin Michel, 1958.

Gerhard Masur, *Simón Bolívar*, Albuquerque, 1948.

Charles Minguet, « Le sentiment d'américanité dans le mouvement émancipateur des colonies espagnoles d'Amérique (à propos des concepts de dépendance et de décolonisation) », *Romanistische Zeitschift für literaturgeschichte*, Heidelberg, 1982, p. 9-23.

Mission du bicentenaire de la Révolution française, *La Révolution française, la Péninsule ibérique et l'Amérique latine*, catalogue d'exposition, Paris, 1989.

José Honorio Rodriguez, *Independencia : revolução e contra-revolução*, Rio, 5 vol., 1975.

Jacques Rossignol, « Guerre populaire et société dans les mouvements révolutionnaires chiliens au XIXᵉ siècle », *Cahiers des Amériques latines*, 15, 1977, p. 1-45.

J. L. Salcedo-Bastardo, *Bolívar, un continent et un destin*, Paris, La Pensée universelle, 1976.

2. Révolution et dictature au XIXᵉ siècle

Miguel Acosta Saignes, « La Sociología del Cacique », *Revista de cultura universitaria*, Caracas, vol. LXV, s.d., 14 p.

Jorge Castellanos, Miguel Martinez, « El dictador hispanoamericano como personaje literario », *Latin American Research Review,* Austin, 16 (2), 1981, p. 79-105.

François Chevalier, « Caudillos et caciques en Amérique. Contribution à l'étude des liens personnels », *Mélanges Marcel Bataillon*, Bordeaux, 1962, p. 30-47.

Georges Fournial, *Francia, l'incorruptible des Amériques*, Paris, Messidor, 1986.

Tulio Halperin Donghi, « El surgimiento de los caudillos en el marco de la sociedad rioplatense postrevolucionaria », *Estudios de historia social*, Buenos Aires, nº 1, octobre 1965.

Robert Kern, *The Caciques, the Oligarchical Politics and the System of Caciquismo in the Luso Hispanic World*, Albuquerque, University of New Mexico, 1973.

Mariane Lion-Viollet, « Le dictateur littéraire. L'exemple latino-américain », *Bicéphale* (4), été 1981, p. 77-83.

John Lynch, *Argentine Dictator : Juan Manuel de Rosas (1829-1852)*, Oxford, 1981.

Mariano Picón Salas, « Caudillos de fín de siglo », *Revista nacional de cultura*, Caracas, septembre-octobre 1953, nº 100, p. 9-17.

Paul Verdevoye, *Caudillos, Caciques et Dictateurs dans le roman hispano-américain*, Paris, Éditions hispaniques, 1978.

Robert Zilmore, *Caudillism and Militarism in Latin America, 1810-1910*, Ohio University Press, 1964.

Rubén Zorrilla, *Extracción social de los caudillos, 1810-1870*, Buenos Aires, La Pléiade, 1972.

3. La révolution mexicaine

Collectif, *Mi pueblo durante la revolución*, Mexico, INAH, 1985, 3 vol.

Jacqueline Covo-Maurice, *La Révolution mexicaine. Son passé et son présent*, Paris, Ellipses, 1999.

Edmundo Flores, *Vieja revolución, nuevos problemas*, Mexico, 1976.

François-Xavier Guerra, « De l'Espagne au Mexique : le milieu anarchiste et la révolution mexicaine, 1910-1915 », *Mélanges de la Casa Velázquez*, Madrid, t. IX, 1973, p. 653-687.

—, Le Mexique, de l'ancien régime à la révolution, Paris, L'Harmattan, « Publications de la Sorbonne », 2 tomes, 1985.

Éric Jauffret, *Révolution et Sacrifice au Mexique. Naissance d'une nation (1910-1917)*, Paris, Cerf, 1986.

Friedrich Katz, *Riot, Rebellion and Revolution : Rural Social Conflict in Mexico*, Princeton University Press, 1985.

Alan Knight, *The Mexican Revolution*, Londres, Cambridge University Press, 2 vol., 1987.

John Mason Hart, *Revolutionary Mexico. The Coming and Process of the Mexican Revolution*, Berkeley, University of California Press, 1989.

Jean Meyer, *La Révolution mexicaine*, Paris, Calmann-Lévy, « Archives des sciences sociales », 1973.

—, *Apocalypse et Révolution au Mexique. La guerre des Cristeros (1926-1929)*, Paris, Gallimard, « Archives », 1974.

—, Jean Meyer, John Womack, « Diálogos sobre la historiografía de la revolución mexicana », *in* A. Musset, *Des Indes occidentales à l'Amérique latine*, Fontenay-aux-Roses, éditions ENS, 1997, p. 543-558.

Michael Meyer, *El rebelde del Norte : Pascual Orozco y la revolución*, Mexico, UNAM, 1984.

Américo Nunes, *Les Révolutions du Mexique*, Paris, Flammarion, 1975.

Bernard Oudin, *Villa, Zapata et le Mexique en feu*, Paris, Gallimard, « Découverte », 1989.

Marta Portal Nicolas*, Proceso narrativa de la revolución mexicana*, Mexico, 1980.

Ramón E. Ruiz, *The Great Rebellion*, Mexico 1905-1924, New York, W.W. Norton, 1980.

John Rutherford, *La sociedad mexicana durante la revolución*, Mexico, 1978.

John Womack Jr., *Zapata y la revolución mexicana*, Mexico, Siglo XXI, 1970.

4. Révoltes populaires et révolutions militaires (1900-1950)

Jean Andreu, Maurice Fraysse, Eva Gumuscio de Montoya, *Anarkos, literaturas libertarias de América del Sur*, Buenos Aires, Ed. Corregidor, 1990.

Edgard Carone, *Revoluçãos do Brasil contemporaneo, 1922-1938*, São Paulo, 1975.

John W.F. Dulles, *Anarchists and Communists in Brasil, 1900-1935*, Austin-Londres, University of Texas Press, 1973.

Pierre Gilhodés, « La violence en Colombie, banditisme et guerre sociale », *Caravelle*, 1976, p. 69-81.

Julio Godio, *Historia del movimiento obrero latinoamericano. Anarquistas y socialistas, 1850-1918*, Mexico, Nueva Imágen, 1980.

Alfredo Gomez, *Anarquismo y anarcosindicalismo en América latina (Colombia, Brasil, Argentina, Mexico)*, Paris, Ruedo Ibérico, 1980.

Marcos Kaplan (éd.), *Proceso político y movimiento obrero en América latina*, Mexico-Toluca, UNAM, 1983.

Taacov Oved, *El anarquismo y el movimiento obrero en Améric latina*, Mexico, Siglo XXI, 1978.

Daniel Pécaut, *L'Ordre et la violence. Évolution sociopolitique de la Colombie entre 1930 et 1953*, Paris, EHESS, 1987.

Gordon Rubio, « Los movimientos vertebradores, populistas y revolucionarios en Iberoamerica », *Cuadernos hispanoaméricanos* (398), août 1983, p. 343-357.

Nelson Werneck Sodre, *A coluna Prestes. Analise e depoimentos*, Rio, Jose Olympio, 1985.

Alejandro Soto Cárdenas, « La bibliografía de los movimientos populares y populistas en América latina en el siglo XX (1900-1972) », *Boletín histórico* (45), septembre 1977, p. 371-402.

Pierre Vayssière, Augusto César Sandino ou l'Envers d'un mythe, Toulouse, Presses du CNRS, 1988.

Carlos Vilas, « El populismo latinoamericano : un enfoque estructural », *Desarollo económico*, Buenos Aires, 28 (11), octobre-décembre 1988, p. 323-352.

Gonzalo Zaragoza, « Anarchisme et mouvement ouvrier en Argentine à la fin du xixe siècle », *Le Mouvement social*, Paris, nº 103, avril-juin 1978, p. 7-30.

5. La révolution de Fidel Castro (1953-1990)

Daniel Alarcón-Ramirez, *Vie et mort de la révolution cubaine*, Paris, Fayard, 1996.

Fidel Castro, *Entretiens sur la religion avec Frei Betto*, Paris, Cerf, 1986.

Jean-Pierre Clerc, *Fidel de Cuba*, Paris, Ramsay, « Document », 1988.

—, *Les Quatre Saisons de Fidel Castro*, Paris, Seuil, 1996.

« ¿ Cuba sí, Cuba no ? », *Cahiers des Amériques latines*, Paris, n° 31/32, 1999, p. 33-328.

Corinne Cumerlato, Denis Rousseau, *L'Ile du docteur Castro, la transition confisquée*, Paris, Stock, 2000.

Régis Debray, *Loués soient nos seigneurs*, Paris, Gallimard, 1996.

René Dumont, *Cuba est-il socialiste ?*, Paris, Seuil, « Points Politique », 1970.

Carlos Franqui, *Vie, aventures et désastres d'un certain Fidel Castro*, Paris, Pierre Belfond, 1988.

Martha Frayde, *Écoute, Fidel*, Paris, Denoël, 1987.

Georgy Ann Geyer, *Guerrilla Prince. The Untold Story of Fidel Castro*, Boston, Little Brown, 1990.

Janette Habel, *Ruptures à Cuba. Le castrisme en crise*, Montreuil, La Brèche-PEC, 1989.

Olivier Languepin, *Cuba, la faillite d'une utopie*, Paris, Le Monde/Folio, 1999.

Maurice Lemoine, *Cuba, trente ans de révolution*, Paris, Revue Autrement, n° 35, 1989.

Marie-France Mottin, *Cuba quand même. Vies quotidiennes dans la révolution*, Paris, Seuil, « Histoire immédiate », 1980.

Jean Ortiz, George Fournial, *Le Socialisme à la cubaine*, Paris, Éditions sociales, « Notre temps/Monde », 1983.

Robert Quirk, *Fidel Castro*, New York, Norton, 1993.

Tad Szulc, *Castro, trente ans de pouvoir absolu*, Paris, Payot, 1987.

Armando Valladares, *Mémoires de prison*, Paris, Albin Michel, 1986.

Pierre Vayssière, « Fidel Castro : du rebelle au caudillo », Toulouse, *L'ordinaire latino-américain*, n° 175, 1999.

Manuel Vázquez Montalbán, *Et Dieu est entré dans La Havane*, Paris, Seuil, 2001 (1998).

Jeanine Verdès-Leroux, *La Lune et le Caudillo. Le rêve des intellectuels et le régime cubain (1959-1971)*, Paris, L'Arpenteur, 1989.

Juan Vivés, *Les Maîtres de Cuba*, Paris, Laffont, 1981.

6. Les guérillas marxistes

John Lee Anderson, *Che Guevara, A Revolutionary Life*, London, Bantam Press, 1997.

Gilles Bataillon, *Violence et politique en Amérique centrale. Essai sur la mise en place de la guerre civile nicaraguayenne et des affrontements armées au Guatemala et au Salvador*, Paris, thèse EHESS, 1996.

Ronald Berg, « Sendero Luminoso and the Peasantry of Andahuaylas », *Journal of Interamerican Studies and World Affairs* (28), 4, 1986, p. 165-196.

Manuel Caballero, « Una falsa frontera entre la reforma y la revolución. La lucha armada en Latinoamerica (1930-1980) », *Nueva sociedad*, Caracas (89), mai-juin 1987, p. 141-151.

Omar Costa, *Los Tupamaros, recopilación*, Buenos Aires, 1975.

Régis Debray, *Révolution dans la révolution ? Lutte armée et lutte politique en Amérique latine*, Paris, Maspero, 1967.

Alain Destexhe, *Amérique latine. Enjeux politiques*. Bruxelles, Complexe, 1989.

Alain Hertoghe, Alain Labrousse, *Le Sentier lumineux du Pérou. Un nouvel intégrisme dans le tiers monde*, Paris, La Découverte, 1989.

George Fauriol (éd.), *Latin American Insurgencies*, The Georgetown University, 1985.

Lynn Horton, *Peasants in Arms : War and Peace in the Mountains of Nicaragua, 1979-1994*, Ohio, Athens, 1998.

Pierre Kalfon, *Che, Ernesto Guevara, une légende du siècle*, Paris, 1997.

Yvon Le Bot, *La guerre en terre maya. Communauté, violence et modernité au Guatemala (1970-1992)*, Paris, Karthala, 1992.

—, *Violence de la modernité en Amérique latine,* Paris, Karthala, 1994.

Atilio Garcia Mellid, *Montoneros y caudillos en la historia argentina*, Buenos Aires, Eudeba, 1985.

Maria Ester Gilio, *La guerrilla tupamara*, Buenos Aires, 1970.

Richard Gott, *Rural Guerillas in Latin America*, Londres, The Pelican Latin American Library, « Penguin Books », 1973.

Ernesto Che Guevara, *El diario del Che*, Santiago, Éd. Arco, 1968.

E. Guevara Lynch, *Mi hijo el Che*, Montréal, 1985.

Alain Labrousse, « Amérique latine. Les nouvelles guérillas rurales », *Universalia*, 1984, p. 194-196.

H.C.F. Mansilla, « Violencia e identidad. Un estudio crítico-ideológico sobre el movimiento guerrillero latino-americano », Cuadernos americanos, 1980, 2, p. 14-39.

Alain Negrel, *Nation, Classes sociales et Luttes de libération en Colombie, FARC et M 19*, Toulouse, thèse de 3ᵉ cycle, 1984.

Marco Palacios, *Entre la legitimidad y la violencia, 1875-1994*, Bogota, Norma, 1995.

Robert Paris, « Difusión y apropriación del marxismo en América latina », *Boletín de estudios latinoamericanos y del Caribe*, Amsterdam (36), juin 1984, p. 3-12.

Daniel Pécaut, « Crise, guerre et paix en Colombie », *Problèmes d'Amérique latine*, nº 84, 2ᵉ trimestre 1987.

Alain Rouquié, *Guerres et Paix en Amérique centrale*, Paris, Seuil, 1992.

Gonzalo Sanchez, Ricardo Peñaranda, *Pasado y presente de la violencia en Colombia*, Bogota, Cerec, 1986.

Paco Ignacio Taibo II, *Ernesto Guevara connu aussi comme le Che*, Paris, Métailié/Payot, 1996.

7. Révolutions et contre-révolutions militaires (1964-1990)

Collectif, *El control político en el cono sur*, Mexico, Siglo XXI, 1980.

Collectif, « The State and the Military in Latin America », *Iberoamericana*, vol. VII, 2/VIII, 1978, Stockholm, Institute of L.A. Studies.

Collectif, « A doutrina de Segurança nacional na Argentina e no Brasil », *Politica e estrategia*, (2), Rio, avril-juin 1988, p. 173-177.

Norma E. Baron, *La Succession des coups d'État dans la légitimation des mécanismes étatiques de violence en Amérique latine (Argentine, Bolivie, Pérou)*, Paris, thèse de 3ᵉ cycle, 1980.

Fernando Bustamante, *Los paradigmas en el estudio del militarismo en América latina*, Santiago, Flacso, 1986.

Joseph Comblin, *Le Pouvoir militaire en Amérique latine. L'idéologie de la Sécurité nationale*, Paris, J.-P. Delarge, 1977.

Henry A. Dietz, Karl Schmitt, *Militarization in Latin America. For What ? and Why ?* Austin, The University of Texas, Institute of L.A. Studies, « Offsprint Series », s.d., 259, p. 44-63.

Edwin Lieuwen, *Arms and Politics in Latin America*, New York, Praeger, 1961.

Albert Meister, *L'Autogestion en uniforme. L'expérience péruvienne de gestion du sous-développement*, Toulouse, Privat, 1981.

Luis Molla, « Brasil : ejército y dictadura », *Historia*, 16 (36), avril 1979, p. 11-18.

João Paulo Peixoto Machado, « Por quê os militares intervem na politica ? Brasil, un estudo de caso », *Politica e estrategia* (3), juillet-septembre 1986, p. 355-371.

Renato Pereira, Panamá. *Le processus du développement politique et le rôle des forces armées*, thèse de 3ᵉ cycle, Paris, EHESS, 1976.

George Phillip, *Las fuerzas armadas en la política de América del Sur*, Caracas, Université Santa Maria, 1985.

Jorge del Prado, « Une étape décisive de la révolution au Pérou », *La Nouvelle Revue internationale*, 18 (8-204), août 1975, p. 22-41.

Ezequiel Raggio, *La formación del estado militar en la Argentina, 1955-1979*, Buenos Aires, Lozada, 1986.

Alain Rouquié, « El poder militar en la Argentina de hoy : cambio y continuidad », extrait de *El poder militar en la Argentina (1976-1981)*, Francfort, 1982.

—, *L'État militaire en Amérique latine*, Paris, Seuil, 1982.

Isabel Santi, *Autoritarisme et légitimité dans les discours militaires. Argentine, Chili*, Paris, GRAL, 1983.

Alberto Sepúlveda, « El militar en la sociedad latinoamericana », *Documentos internacionales*, Santiago du Chili, nº 6/7, p. 17-103.

Helio Silva, *O poder militar*, Porto Alegre, 1985.

Stephen Sufferq, « Les forces armées chiliennes entre deux crises politiques », *Problèmes d'Amérique latine*, nº 85, La Documentation française, 3ᵉ trimestre 1987, p. 3-29.

Les Temps modernes, Argentine : entre populisme et militarisme, nº 420/421, juillet-août 1981, 363 p.

Daniel Van Euwen, « Le projet théorique de la "révolution péruvienne" », *Cultures et Développement*, 11 (4), 1979, p. 119-130.

8. La révolution avortée du Nicaragua (1960-1990)

Collectif, « Nicaragua », *Cahiers des Amériques latines*, Paris, IHEAL, 1, 1985, p. 51-128.

Philip A. Dennis, « The Costeños and the Revolution in Nicaragua », *Journal of Interamerican Studies and World Affairs* (23), 3, 1981, p. 271-296.

Marie Duflo (éd.), *Le Volcan nicaraguayen*, Paris, La Découverte, 1985.

René Dumont, *Finis les lendemains qui chantent*, t. I, *Albanie, Pologne, Nicaragua*, Paris, Seuil, 1983.

Francisco J. Mayorga, « Nicaragua, trayectoria economica, 1980-1984.

Algunas apreciaciones », University of Florida, *Latin American and Caribbean Center*, « Occasional Papers Series », 1985.

Humberto Ortega Saavedra, *50 años de lucha sandinista*, Managua, Colección Las Segovias, 1979.

Salman Rushdie, *Il sorriso del giaguaro. Viaggio in Nicaragua*, Milan, Garzanti Editore, 1989 (1987).

Pierre Vayssière (éd.), *Nicaragua. Les contradictions du sandinisme*, Paris, Presses du CNRS, 1988.

Carlos M. Vilas, *Perfiles de la revolucións sandinista*, La Havane, Casa de las Américas, 1984.

Henri Weber, *Nicaragua. La révolution sandiniste*, Paris, Maspero, « Dialectiques », 1981.

Jaime Wheelock, *Imperialismo y dictadura*, La Havane, 1980.

9. Les Églises face au projet révolutionnaire

L'Église catholique

R. Alberdi, R. Alegria, J.M. Alemany, *Cristianos en una sociedad violenta*, Santander, Sal Terrae, 1980.

Frei Betto, « A revolução na Nicaragua e a Igreja », *Cadernos do Ceas*, Bahia (89), janvier-février 1984, p. 66-71.

Teofilo Cabastrero, *Des prêtres au gouvernement. L'expérience du Nicaragua*, Paris, Karthala, 1986.

José Comblin, *Teologia de la revolución*, Bilbao, Desclée de Brouwer, 1979, 2 vol.

Margaret Crahan, *Religion and Revolution : Cuba and Nicaragua*, Washington, 1987.

Marie-Danielle Démélas, Yves Saint-Geours, « L'Eglise catholique dans les Andes. Évolution de 1948 à 1984 », *Problèmes d'Amérique latine*, La Documentation française, Paris, AL 81, 3e trimestre 1986, p. 65-96.

Yves Do Arnaval Lesbaupin, *Mouvement populaire. Église catholique et politique au Brésil, l'apport des communautés ecclésiales urbaines de base aux mouvements populaires*, Paris, Thèse, 1987.

La Documentation française, « L'Église et le pouvoir en Amérique latine », *Problèmes politiques et sociaux*, n° 362, 11 mai 1979.

Michael Dodson, « Liberation Theology and Christian Radicalism in Contemporary America », *Journal of Latin American Studies*, 11 (1), mai 1979, p. 203-222.

Enrique Dussel, *Historia de la Iglesia en América latina*, Barcelona, Nova Terra, 1972, 352 p.

Alain Gheerbrant, *L'Église rebelle d'Amérique latine*, Seuil, 1969.

Pierre Gilhodes, « L'Église catholique et la politique en Amérique latine », *Revue française de sciences politiques*, vol. XIX, n° 3, juin 1969.

José Francisco Gómez H., « El intelectual orgánico según Gramci y el teólogo de la liberación », *Araucaria*, Santiago (41), 1988, p. 85-93.

Marta Harnecker, « Los cristianos y el movimiento revolucionario », *Revista nicaragüense de ciencias sociales*, 2, mars 1987, p. 19-32.

Cesar Jerez, « La Iglesia católica frente a la revolución sandinista », *Cristianismo y sociedad*, 24, 1986, p. 65-80.

M. Kidron, P. Segal, « Les religions au pouvoir », *Atlas encyclopédique du monde*, Paris, Calmann-Lévy, 1981.

John Kirk, « John Paul II and the Exorcism of Liberation Theology. A Retrospective Look at the Pope in Nicaragua, *Bulletin of Latin American Research*, Oxford, 4 (1), 1985, p. 33-47.

D. Levine, *Religion and Popular Protest in Latin America*, Notre Dame, Kellog Institute, 1986.

Pablo Richard, « L'organisation politique des chrétiens en Amérique latine. Nouveau modèle de démocratie chrétienne », *Concilium*, n° 213, 1987, p. 31-40.

Samuel Silva-Gothay, « Las condiciones históricas y teorícas que hicieron posible la incorporación del marxismo histórico en el pensamiento cristiano en América latina », *Cristianismo y sociedad*, Mexico, 23 (84), 1985, p. 25-48.

Sergio Spoerer, « L'Église catholique chilienne, un acteur de la crise », *Problèmes d'Amérique latine*, 72, 2ᵉ trimestre 1984, p. 77-83.

Philipp Williams, « The Catholic Hierarchy in the Nicaraguayan Revolution », *Journal of Latin American Studies*, Londres, 17 (2), novembre 1985, p. 341-369.

Les Églises protestantes

Manuel Baeza Rodriguez, *Sociologie des religions en Amérique latine. La religion populaire et la politique ; le cas du Chili*, Paris, IHEAL, 1987.

J.P. Bastian, « Religión popular protestante y comportamiento político en América central : clientela religiosa y estado patrón, Guatemala y Nicaragua », *Cristianismo y sociedad*, 24 (88), 1986, p. 41-56.

André Corten, « Pentecôtisme et politique en Amérique latine », in *Problèmes d'Amérique latine*, n° 24, janvier-mars 1997, p. 17-32.

Christian Lalive d'Épinay, *El refugio de las masas. Estudio sociológico del protestantismo chileno*, Santiago, 1968.

Scott Mainwaring, Church and Politics in Brazil, Stanford, thèse de doctorat, 1983.

Protestantismo y sociedades latinoamericanas, Cristianismo y sociedad, Mexico (76), numéro spécial, 1983.

Francisco Rolim, *Pentecôtisme et Société*, Louvain, Social Compass, 1979, vol. 26, n° 2/3.

Sergio Spoerer, « Pentecôtisme et religiosité populaire au Chili », *Problèmes d'Amérique latine*, 81, 3e trimestre 1986.

10. La révolution, fait culturel

Alfredo Chacón, « Identidad revolucionaria y autenticidad cultural », *Ruedo Ibérico*, n° 22/24, décembre 1968, p. 259-267.

Oscar Collazos, *Literatura en la revolución y revolucíon en la literatura*, por Julio Cortázar y Mario Vargas Llosa, Mexico, 1971.

Serge Fauchereau, *Les Peintres révolutionnaires mexicains*, Paris, Messidor, 1985.

Meri Frano-Lao, *¡ Basta ! Chants de témoignage et de révolte d'Amérique latine*, Paris, Maspero, 1967.

W. Fry, J. Cassel, *Poetry of the Nicaraguan Revolution*, Sydney, 1985.

Orietta Garcia Golding, *Le Récit insurrectionnel au Venezuela dans les années 1960*, Paris, thèse de 3e cycle, EHESS, 1981.

Jacques Gilard, « Guérillas et guérilleros dans le récit colombien actuel », *Caravelle*, 1984, vol. 42, p. 61-76.

V.M. Gomes de Mattos Fontes, *Démocratie et révolution : sciences sociales et pensée politique au Brésil contemporain, 1973-1991*, Thèse NR, Nanterre-Paris X, 1993.

Octavio Ianni, *Revolução e cultura*, Rio, 1983.

Pierre Kalfon, « La source révolutionnaire latino-américaine : sciences sociales et pensée politique : le cas de Cuba et du Chili ; la France et l'Amérique latine », *Relations internationales et stratégiques*, 1992, n° 6, p. 156-163.

Institut sociologique de l'Université libre de Bruxelles, *Idéologies, Littératures et Sociétés en Amérique*, Bruxelles, 1975.

Symour Menton, *Prose Fiction of the Cuban revolution*, Austin, Univ. of Texas, 1975.

Julio Ortega, « Cultura nacional y revolución », *Cambio*, Mexico, vol. 3, n° 7, avril-juin 1977, p. 42-50.

Abel Poitrineau, *Les Mythologies révolutionnaires. L'utopie et la mort*, Paris, PUF, « Histoire », 1987.

Marta Portal, *Proceso narrativa de la revolución mexicana*, Madrid, 1977.

Recopilación de textos sobre la novela de la revolución mexicana, La Havane, Casa de las Américas, 1975.

Juan Rial, *El imaginario social. Los mitos políticos y utopias en el Uruguay. Cambios y permanencias durante y despues del autoritarismo*, Montevideo, 1986, 29 feuillets.

John Sax-Fernandez, *Etiología de la « patología » revolucionaria y profilaxis contrarrevolucionaria*, Mexico, UNAM, 1975.

Hugo Verani, *Las vanguardias literarias en Hispanoamérica*, Rome, Buzoni, 1986.

Abelardo Villegas, *Cultura e política en Latinoamérica*, Mexico, UNAM, 1978.

Leopoldo Zea (coord.), *América en sus ideas*, Mexico, Siglo XXI, 1986.

11. La fin d'un cycle révolutionnaire (1990-2000) ?

Abascal-Jaen, « L'impasse actuelle des luttes armées de libération. Utopie et paix viable », *Liaisons internationales*, BEL, 1992, n° 71, p. 2-5.

C.S. Arturi *et al.*, *Les Chemins incertains de la démocratie en Amérique latine : stratégies de transition et de consolidation politiques*, Paris, L'Harmattan, 1993.

J.-M. Blanquer (coord.), *La Colombie à l'aube du troisième millénaire*, Paris, IHEAL, 1996.

J.G. Castaneda, *L'Utopie désarmée ; l'Amérique latine après la guerre froide*, Paris, Grasset, 1996.

Georges Couffignal, *Amérique latine, tournant de siècle*, Paris, La Découverte, 1997.

C.I. Degregori, « Pérou : l'effondrement surprenant du Sentier lumineux », *Problèmes d'Amérique latine*, 1994, n° 13, p. 3-17.

Bertrand de La Grange et Maité Rico, *Sous-comandante Marcos, la géniale imposture*, Plon, 1998.

Joël Delhom (coord.), *Nicaragua dans l'œil du cyclone*, Paris, IHEAL, 2000.

De Roux Rodolfo (coord.), « Colombia. Dos decadas de procesos de paz », *L'Ordinaire latino-américain*, Toulouse, n° 179, 2000, p. 3-106.

Yvon Le Bot, Sous-commandant Marcos, *Le Rêve zapatiste*, Paris, Seuil, 1997, 297 p.

B. Lutz, *Le Mythe du sous-commandant Marcos au Mexique*, Paris-III-IHEAL, 1995.

A. Monsalve Solorzano (éd.), *Colombia : democracia y paz*, Medellín, Universidad Pontificia Bolivariana, 1999.

M.J. Nadal, *A l'ombre de Zapata : vivre et mourir dans le Chiapas*, Québec, Éd. du Félin, 1995.

Javier Pérez Siller, « La révolte du Chiapas : guérilla ou transition démographique ? Bilan historiographique », *Histoire et Sociétés de l'Amérique latine*, Paris, n° 8, p. 203-208.

Rajchenberg (H), coord., *Considérations sur la portée et le contexte du néo-zapatisme*, Université libre de Bruxelles, 1999, Cahiers du Celais, 9.

Ignacio Ramonet, *Marcos. La dignité rebelle*, Paris, Galilée, 2001.

M.C. Renard, « Le Chiapas est aussi le Mexique. Néo-zapatisme et changement politique », *Cahiers des Amériques latines*, 1994, n° 17, p. 5-23.

D. Van Eeuwen (dir.), *La Transformation de l'État en Amérique latine*, Karthala-Crealc, 1994.

Index des auteurs cités

Index des personnages historiques

Index des thèmes

Index des noms de lieux

Table

PREMIÈRE PARTIE

*Les révolutions traditionnelles
1810-1950*

DEUXIÈME PARTIE

Les révolutions marxistes
et leurs prolongements
(1953-2000)

RÉALISATION : CHARENTE-PHOTOGRAVURE À L'ISLE-D'ESPAGNAC (16340)
IMPRESSION : BRODARD ET TAUPIN À LA FLÈCHE
DÉPÔT LÉGAL : JANVIER 2002. N° 52886 (10372)